À PROPOS DE L'AUTRICE

N° 1 sur les listes de best-sellers du *New York Times*, Stephanie Laurens a commencé à écrire pour fuir l'austérité du monde scientifique, mais bientôt ce passe-temps est devenu une véritable carrière. Ses romans situés à l'époque de la Régence ont captivé les lecteurs du monde entier, faisant d'elle l'un des auteurs de romance les plus populaires au monde. Stephanie a publié une soixantaine de romances historiques. Elle vit aujourd'hui avec son mari et ses deux chats près de Melbourne, en Australie, où elle partage son temps entre écriture, lecture et jardinage. Suivez son actualité et retrouvez toutes les informations sur ses romans sur son site officiel : www.stephanielaurens.com.

Une fiancée à séduire

Collection : VICTORIA

Titre original :
THE TAMING OF RYDER CAVANAUGH

Ce roman a déjà été publié en 2017.

HARPERCOLLINS FRANCE
83-85, boulevard Vincent-Auriol, 75646 PARIS CEDEX 13
Service Clients — www.harlequin.fr
ISBN 978-2-2805-0798-1 — ISSN 2493-013X

Édité par HarperCollins France.
Composition et mise en pages Nord Compo.
Imprimé en septembre 2024 par CPI Black Print (Barcelone)
en utilisant 100% d'électricité renouvelable.
Dépôt légal : octobre 2024.

FSC www.fsc.org
MIXTE
Papier issu de sources responsables
FSC® C159065

Pour limiter l'empreinte environnementale de ses livres, HarperCollins France s'engage à n'utiliser que du papier fabriqué à partir de bois provenant de forêts gérées durablement et de manière responsable.

STEPHANIE LAURENS

Une fiancée à séduire

Traduit de l'anglais (États-Unis) par
MARIE PASCAL

Victoria

HARLEQUIN

La famille Cynster

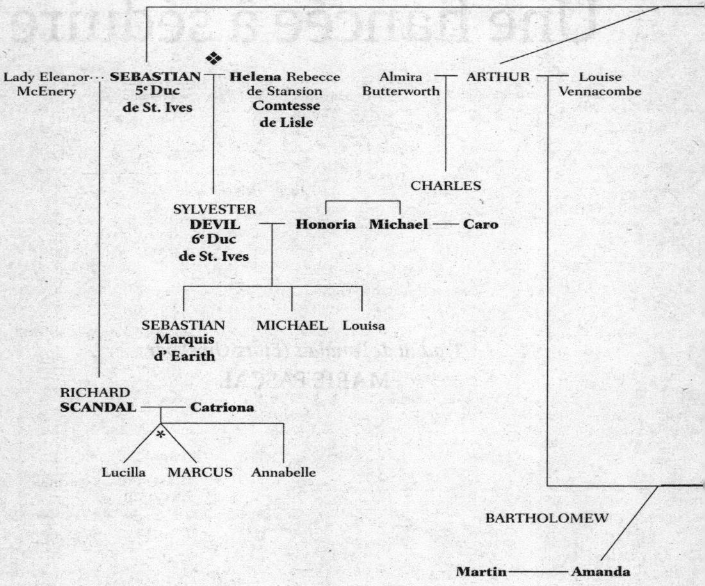

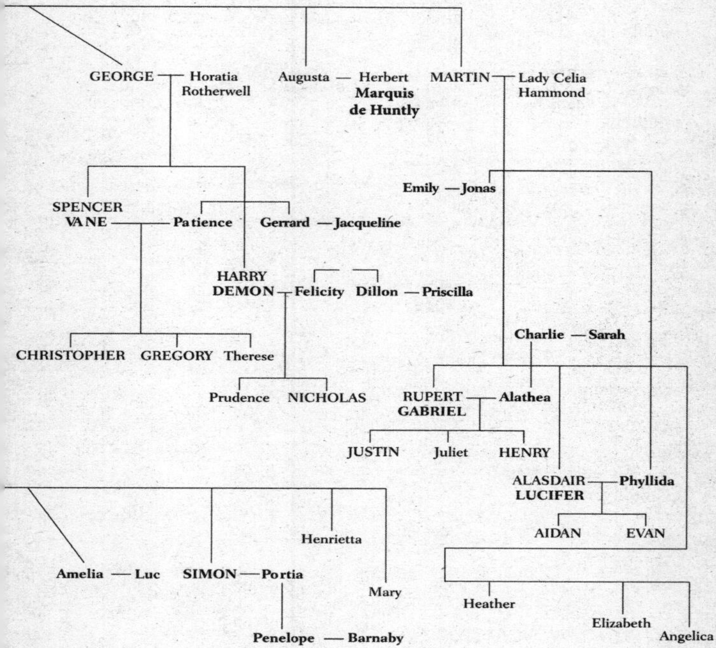
GEORGE
Horatia Rotherwell
Augusta
Herbert Marquis de Huntly
MARTIN
Lady Celia Hammond
Emily
Jonas
SPENCER VANE
Patience
Gerrard
Jacqueline
HARRY DEMON
Felicity
Dillon
Priscilla
Charlie
Sarah
CHRISTOPHER
GREGORY
Therese
Prudence
NICHOLAS
RUPERT GABRIEL
Alathea
JUSTIN
Juliet
HENRY
ALASDAIR LUCIFER
Phyllida
AIDAN
EVAN
Henrietta
Amelia
Luc
SIMON
Portia
Mary
Heather
Elizabeth
Angelica
Penelope
Barnaby

1

Londres, mai 1837

— C'est *lui* que vous avez choisi ?

Quand elle reconnut cette voix, Mary Alice Cynster fit un bond spectaculaire ; elle en eut l'impression du moins. La fureur s'empara d'elle, et elle se retourna pour jeter un regard noir à celui qui semblait prendre tant de plaisir à l'agacer et à la poursuivre. Pourquoi Ryder Cavanaugh la harcelait-il de la sorte ? Elle n'en avait pas la moindre idée, mais depuis qu'ils s'étaient revus aux fiançailles de sa sœur, deux jours plus tôt, il ne la laissait pas en paix et tentait sans cesse d'attirer son attention. Une vraie plaie !

Devant eux, la salle de bal des Felsham était pleine à craquer. Le meilleur de ce que comptait le grand monde se trouvait là. Le satin et la soie des robes des ladies resplendissaient à côté des vêtements noirs des gentlemen. Les coiffures des femmes étaient éblouissantes, les bijoux chatoyaient, et des centaines de voix distinguées s'élevaient, produisant une musique des plus charmantes.

Mary s'était retirée dans l'ombre, sous la tribune réservée aux musiciens, pour mieux observer sa cible. Elle était tellement absorbée par cette tâche qu'elle n'avait pas vu Ryder approcher. Malgré sa taille, il se déplaçait de façon souple et silencieuse. Comme d'habitude, ses habits de soirée, sobres et impeccables, mettaient en valeur la force immuable que dégageait sa silhouette. Une épaule contre le mur, il la fixait de son regard de félin.

Les gens se laissaient souvent abuser par son air aimable. Mais elle, non. Jamais. Derrière ces yeux noisette à l'éclat intense se trouvait un esprit aussi incisif, déterminé et prêt à tout que le sien.

Malgré la sophistication de sa pose, elle comprit à son ton qu'il avait été réellement surpris de la découvrir là.

En pestant intérieurement, car il était bien la dernière personne avec qui elle avait envie de partager cette information, elle braqua son regard sur Ryder et ses yeux verts, constellés d'éclats dorés.

— Allez-vous-en, assena-t-elle en détachant lentement les syllabes.

Naturellement, son ordre ne fut suivi d'aucun effet. Elle aurait mieux fait d'économiser sa salive. Ryder avait hérité six ans plus tôt, à la mort de son père, du titre de marquis de Raventhorne. Il était le cinquième du nom et, comme était censé le faire un homme de son rang, il n'obéissait à personne. Peu de gentlemen se voyaient reconnaître ce droit par les grandes dames. Ils devaient être de la plus haute noblesse et assez puissants pour qu'elles les laissent déambuler à leur guise dans les salles de bal, les salons et les salles à manger du grand monde. Mais, s'ils respectaient les règles les plus élémentaires de la bonne société, cette liberté était l'un de leurs privilèges tacites.

Elle restait devant lui, sans frémir ni baisser le regard, bien consciente de l'immense pouvoir dont jouissait Ryder.

D'aussi près, il était impossible de ne pas se rendre compte de son importance.

Il la regardait comme une proie curieuse et potentiellement succulente. Elle n'était pas seulement la plus jeune des cousines Cynster, elle était aussi la plus petite. Et il devait mesurer plus d'un mètre quatre-vingts. Cette différence de taille aurait dû intimider Mary, mais ce n'était pas le cas. Il l'agaçait, la dérangeait, la déstabilisait au point qu'elle avait parfois l'impression de perdre l'équilibre. Mais il ne l'intimidait pas. Pas le moins du monde. Peut-être parce qu'elle le fréquentait depuis toujours. Leurs deux familles faisaient partie des plus anciennes de l'aristocratie et se connaissaient donc bien.

Ses yeux noisette aux cils épais étaient toujours fixés sur elle.

— Vous ne pouvez tout de même pas imaginer un seul instant que Rand ferait un bon époux pour vous ?

Elle leva le menton mais, même de cette façon, elle ne pouvait pas le regarder de haut.

— Il me paraît pourtant évident que c'est à moi et à moi seule qu'appartient cette décision.

— Ne vous donnez pas la peine d'y réfléchir. Vous n'êtes pas du tout faits l'un pour l'autre.

— Ah oui ?

Elle hésita un instant. Si quelqu'un était bien placé pour connaître les aspirations de Randolph, c'était son demi-frère, Ryder. Elle leva les sourcils et adopta un air à la fois incrédule et dédaigneux, pour lui donner envie de développer.

— Et pourquoi cela, je vous prie ? s'enquit-elle.

Il semblait hésiter à répondre et, tandis qu'elle attendait, Mary se demanda s'il n'aurait pas été plus sage de nier son intérêt pour Randolph, ou plus précisément Lord Randolph Cavanaugh, l'un des demi-frères de Ryder et le plus proche de lui en âge. Mais, aux fiançailles de Henrietta et James, elle avait congédié Ryder sans ménagement et refusé une invitation à danser pour laquelle la plupart des femmes du grand monde, jeunes, moins jeunes ou vieilles, auraient été prêtes à tuer père et mère. Elle avait ainsi, sans le vouloir, piqué la curiosité de Ryder, réveillé en lui le prédateur, et il s'était mis à la traquer partout, sans relâche.

Apparemment, il avait suffi de quarante-huit heures pour que Ryder devine ses intentions. Non, elle n'avait aucun intérêt à essayer de le tromper. Ça ne l'aurait rendu que plus diabolique.

Il esquissa un sourire et prit une grande inspiration avant de répondre :

— Si vous le voulez bien, je vais énumérer mes arguments, commença-t-il d'une voix si profonde qu'elle ressemblait à un ronronnement. En premier lieu, permettez-moi de souligner que, puisque vous êtes la dernière Cynster de votre génération à être encore célibataire, votre main sera considérée comme un prix d'une valeur inestimable.

Elle fronça les sourcils, perplexe.

— Et comment pourrait-il en être ainsi ? demanda-t-elle en lui adressant un regard pénétrant. Je suis la plus jeune de la famille et, même si ma dot est loin d'être ridicule, je ne suis pas un joyau que tout le monde s'arrache, ni la plus riche héritière du pays, loin de là.

Puisqu'elle devait supporter sa présence, autant profiter de ce qu'il savait et de ce qu'il pourrait lui apprendre. S'il pouvait lui être utile, ce serait toujours cela de gagné.

La tête penchée, Ryder lutta contre l'envie de lui dire que c'était un excès de personnalité et certainement pas un manque de beauté qui l'empêchait d'être la débutante la plus convoitée de Londres. Elle était assez séduisante pour faire tourner la tête des hommes et stimuler leur imagination. Il avait pu en prendre conscience au cours de ces derniers jours passés à la suivre comme son ombre, poussé par la curiosité, l'orgueil et une fascination un peu trouble.

— Certes, concéda-t-il. Mais vous avez négligé un point important. Vous représentez pour les plus grandes familles la dernière chance de s'allier aux Cynster, sans avoir besoin d'attendre la génération suivante. Il faudra plusieurs années avant que les enfants de vos cousins soient en âge de se marier. Par conséquent, quoi que vous en pensiez, votre main est d'une valeur inestimable. Et, comme vous le savez, Rand n'héritera ni du titre ni d'aucun domaine.

Contrairement à Ryder. Sans la quitter des yeux, il leva les sourcils d'un air désinvolte.

— Toutes les grandes dames à qui vous poserez la question vous diront la même chose. Tout le monde s'attend à ce que Mary Cynster fasse un très beau mariage.

D'un ton sceptique, elle lui répondit :

— Non. Si tel était le cas, je serais assaillie par tous les célibataires du pays.

— Pas encore, répondit-il, car il ne voyait aucune raison de taire ce qu'il savait. Mais, la saison prochaine, vous le serez. Vous n'avez que vingt-deux ans et, cette année, il y a déjà les fiançailles et le mariage de Henrietta qui accaparent l'attention de votre famille. C'est pour cette raison que personne ne vous convoite en ce moment.

Personne, à part lui. Et il semblait bien décidé à prendre de l'avance sur tous ses concurrents potentiels.

— C'est peut-être vrai, mais vous me parlez là de ce que pensent les gens, alors que la seule chose qui compte est ce que je pense moi quand il s'agit de celui que je vais épouser.

Son ton se faisait de plus en plus belliqueux.

Et malgré tout le respect que...

— Rand n'est pas celui qu'il vous faut. Il a six ans de moins que moi, et deux de plus que vous.

Tout en faisant cette remarque, il comprit l'une des raisons qui avaient poussé Mary à ce choix surprenant.

— Au cas où cela vous aurait échappé — ce dont, entre nous, je doute fort —, même s'il a acquis toute sa maturité physique, un gentleman de vingt-quatre ans est rarement mûr intellectuellement.

Le sourire qu'il laissa éclater sur ses lèvres était tout à fait sincère.

— Laissez un peu de temps à Rand, poursuivit-il, et je vous garantis qu'il deviendra exactement comme moi.

C'était justement ce que Mary voulait éviter. Elle se détourna et se remit à observer le jeune homme en question. Il se trouvait au centre de la longue salle de bal, au milieu d'un petit groupe.

— Je crois que Randolph fera un époux parfait pour moi.

Elle pensait cela parce qu'il était une version édulcorée de Ryder. Si elle l'épousait, elle était certaine de pouvoir l'influencer afin qu'il ne devienne pas l'individu mortellement dangereux pour le sexe opposé qu'était son frère. En devenant sa femme, elle rendrait même un fier service à ses congénères, car la gent féminine n'avait vraiment pas besoin d'un autre Ryder. En effet, en plus de posséder un charme ravageur, il était absolument incorrigible.

Elle examina Randolph et passa en revue ses qualités. Contrairement à ceux de Ryder, qui arborait une magnifique crinière aux reflets dorés, ses cheveux étaient châtain foncé et rappelaient ceux de sa mère, Lavinia. Ryder avait des cheveux un peu longs, qui formaient une masse bouclée, volontiers chahutée par le vent, et dans laquelle la plupart des femmes rêvaient de plonger leurs doigts. Mais la coiffure de Randolph, ni courte ni longue, suivait la mode du moment, comme celle de la plupart des hommes présents ce soir-là.

Les épaules de Randolph étaient larges, mais d'une façon moins spectaculaire que celles de son frère. Il était élancé, plus mince que Ryder qui le dépassait de plusieurs centimètres, et dont la largeur du torse était proportionnelle à la taille. Randolph était bien fait lui aussi, mais à une échelle plus commune, ou moins divine, selon le point de vue que l'on choisissait.

Cela résumait parfaitement la différence entre les demi-frères. Pas juste entre Ryder et Randolph, mais aussi entre Ryder et les frères cadets de Randolph : Christopher — qu'on appelait Kit — et Godfrey. Ryder était le seul enfant que son père avait eu de sa première femme. Randolph, Kit et Godfrey étaient les fils de Lavinia, la seconde épouse de feu le marquis. Il y avait aussi une sœur, Eustacia, que tout le monde surnommait Stacie. Mary les connaissait tous de vue, mais pas davantage, et elle comptait en apprendre bien plus au sujet de cette famille qu'elle avait l'intention de faire sienne.

Il fallait qu'elle s'y mette, qu'elle commence à manœuvrer pour pousser Randolph à demander sa main. Elle avait passé les premiers mois de cette saison à examiner un à un tous les gentlemen susceptibles de lui plaire. Après avoir compris que Randolph correspondait parfaitement à ses attentes, elle s'était appliquée à convaincre sa sœur aînée, Henrietta, de lui donner le collier offert aux sœurs Cynster par une Écossaise que tout le monde appelait « la Lady », une sorte de divinité du grand monde. La Lady était liée à leur famille par Catriona, l'épouse de Richard, lui-même cousin de Mary. Catriona, l'une des fidèles dévouées de la déesse, avait transmis aux Cynster ce message : la Lady souhaitait que toutes les cousines de la famille portent tour à tour le collier pour les aider à trouver leur vrai héros, celui qui leur ferait connaître l'amour et le bonheur conjugal. Au début, elles s'étaient montrées sceptiques vis-à-vis des pouvoirs de ce bijou, mais la magie avait opéré, pour Heather d'abord, puis pour Eliza, Angelica et enfin, bien qu'elle ait douté jusqu'au bout, pour Henrietta.

Au collier, composé de perles d'améthyste et de maillons d'or, était accroché un pendentif en quartz rose, à facettes. Il ornait en ce moment même le cou de Mary, et elle sentait entre ses seins la chaleur dégagée par le cristal.

Elle croyait, de tout son cœur et avec toute sa volonté — et celle-ci était considérable — que la magie allait maintenant opérer pour elle.

Mais, pour hâter les choses, elle avait déjà fait sa part de travail et identifié Randolph Cavanaugh comme « l'élu », l'époux idéal pour elle. Tout ce qu'elle attendait du collier, c'était qu'il confirme son choix.

Elle l'avait reçu deux jours plus tôt, juste avant le bal donné pour les fiançailles de Henrietta et James. Henrietta le lui avait accroché autour du cou et, depuis, Mary ne l'avait pas quitté. La veille au soir, pour la première fois, elle avait eu l'occasion de parler avec Randolph tout en portant le collier, lors d'une fête donnée par la duchesse de Cornouailles. Elle avait passé plus d'une demi-heure à discuter dans le même petit groupe que Randolph mais, contrairement à ses attentes, elle n'avait rien ressenti de particulier.

Qu'espérait-elle au fond ? Elle n'en savait rien. Mais, d'après les témoignages de ses cousines et de Henrietta, le collier n'avait pas vraiment d'effet concret. Il agissait comme une sorte de catalyseur. Porter le collier, c'était la garantie que son héros lui apparaîtrait, mais elle ne devait pas en attendre davantage. Il ne lui fallait pas compter sur un signe flagrant.

Elle allait donc devoir passer plus de temps avec Randolph. S'il était vraiment son héros, son héros indiscutable, alors... quelque chose se produirait. Quelque chose s'enclencherait.

Elle fit un pas vers la salle et regarda autour d'elle, réfléchissant à la meilleure façon de l'approcher.

— Comment dois-je m'y prendre ? murmura-t-elle.

Elle sentit alors Ryder s'approcher. Il essayait d'entendre ce qu'elle marmonnait. Mary lutta de toutes ses forces contre l'envie — pourtant impérieuse — de se tourner vers lui. Il était si près désormais que, si elle cédait, elle risquait de se faire hypnotiser par son regard captivant, par ses yeux vert et or, qui ne se trouvaient qu'à quelques centimètres de ses lèvres charnues et de son sourire ravageur...

Elle sentait sur sa droite la présence de Ryder, charmante, magnétique, irrésistiblement magnétique, cette présence qui recélait une mystérieuse promesse et attirait toutes les femmes, sans qu'il ait à faire le moindre effort. Elle pensait que ce charme sensuel, si particulier, devait lui être inné. Il émanait de lui de façon tout à fait naturelle.

Elle n'y était pas insensible d'ailleurs. Mais elle avait compris depuis longtemps que montrer à un homme l'effet qu'il vous faisait signifiait le laisser prendre le contrôle de la situation.

Et elle avait décidé de toujours garder ce contrôle, et surtout de rester maîtresse d'elle-même.

Sa famille comptait un certain nombre d'hommes beaux et naturellement dominants, si bien qu'elle savait par cœur comment se conduisait ce type d'hommes, comment ils réagissaient quand une femme se montrait troublée, et quels étaient les signes qui pouvaient trahir un émoi.

Elle était aussi sensible que n'importe quelle femme au pouvoir de séduction de Ryder, mais elle ne lui donna aucune raison de croire qu'il lui faisait de l'effet.

Ce n'était pas son attention qu'elle voulait attirer mais celle de Randolph, et ce soir elle était bien décidée à y parvenir. Elle portait une robe de soie neuve, couleur bleuet, qui était assortie à ses yeux et mettait en valeur les perles d'améthyste, d'un violet profond.

Randolph. Elle se focalisa sur lui. Mais, si elle n'eut aucun mal à poser son regard sur lui, ses autres sens étaient plus dissipés.

Satané Ryder. Il se tenait trop près d'elle. Elle avait beau essayer de résister, elle se sentait aimantée par lui plutôt que par Randolph. Randolph était beau, bien bâti et charmant, mais question sensualité il paraissait presque insignifiant à côté de son demi-frère. Il n'y avait pas une femme — tous milieux confondus — qui ne l'aurait placé en tête du classement des hommes les plus beaux et les plus outrageusement séduisants.

Mais Ryder était trop beau et trop séduisant pour son propre bien, et pour le bien d'autrui.

Et surtout pour le bien de Mary. Elle ne se faisait aucune illusion quant à sa propre force. Ryder possédait une volonté supérieure à la sienne, et elle ne serait jamais capable de faire ce qu'elle voudrait de lui. Aucune femme n'en serait jamais capable.

Randolph, au contraire, était largement à sa portée. Il lui conviendrait parfaitement.

— Au risque de vous agacer, murmura Ryder dans son dos, pouvez-vous me dire comment vous comptez vous y prendre pour convaincre Rand que vous êtes faite pour lui ?

Ryder entendit du bruit dans la galerie située au-dessus de leurs têtes. Avec un peu de chance, les musiciens venaient d'arriver et ils se mettraient bientôt à jouer. Tout ce qu'il aurait à faire, alors, serait de retenir Mary jusqu'à ce que la musique commence. Ensuite, ce serait gagné.

Elle tourna lentement la tête, juste assez pour lui décocher un regard qu'elle imaginait sans doute d'une noirceur décourageante. Elle avait beaucoup à apprendre, la pauvre petite. Un gentil sourire l'aurait davantage découragé. Sa résistance lui faisait le plus grand des effets. Pour un être blasé comme lui, la nouveauté revêtait un attrait sans pareil. Cependant, pour s'en tenir à son but et la retenir le plus longtemps possible, il resta silencieux et se contenta d'attendre sa réaction, avec l'infinie patience du redoutable prédateur qu'il était.

Le gratifiant toujours de son regard sombre, elle fronça les sourcils.

— Je ne vois pas du tout en quoi cela vous regarde.

Il écarquilla les yeux.

— Mais cela me semble pourtant évident. Rand est mon frère cadet, après tout.

— Demi-frère, précisa-t-elle, avant de lever son petit nez pointu, de regarder de nouveau dans la direction de Rand et de reprendre la parole. Rand ne possède certainement pas votre instinct prédateur, mais je ne vois pas pourquoi vous pensez qu'il aurait besoin de son frère aîné pour se protéger de quelqu'un comme moi.

— Vous êtes bien insolente, mademoiselle Cynster, répondit-il en souriant de bonne grâce.

Mais le fait était qu'elle avait vu juste. Elle avait jeté son dévolu sur son frère cadet, encore jeune et innocent, et il se sentait en effet le devoir de le protéger. Une femme comme Mary Cynster avait tout pour terroriser Rand, qui manquait encore d'expérience.

Si les pulsions protectrices de Ryder s'accordaient à ses projets personnels, c'était un pur hasard. Ou bien l'un de ces coups de pouce du destin dont il était familier.

Sans quitter Rand des yeux, Mary leva son épaule délicate.

— Je suis comme je suis. Et ce que je suis ne saurait constituer une menace pour Randolph.

— Cela dépend beaucoup du point de vue que l'on adopte.

Elle lui décocha un autre regard assassin mais, avant qu'elle ait le temps de lui répondre, un bruit sourd se fit entendre au-dessus de leurs têtes, suivi par les premières mesures d'une valse.

Parfait. C'était parfait.

Sans lui laisser le temps de réagir et de s'enfuir, Ryder sortit de l'ombre protectrice de la tribune et se plaça en pleine lumière, sous l'éclat des lustres en cristal de lady Felsham. Là, il adressa à Mary une révérence qu'il s'appliqua à rendre irrésistible, puis il tendit la main vers elle et croisa alors son regard interloqué.

— Me ferez-vous l'honneur d'accepter cette danse ?

Il vit la panique traverser le regard de Mary. Elle parut même, l'espace d'un instant, légèrement horrifiée. Il l'observait avec attention et sut qu'elle venait de comprendre ce qui se passerait quand il la tiendrait entre ses bras. Elle venait de prendre conscience qu'elle ne parviendrait pas à dissimuler plus longtemps la réaction qu'il faisait naître en elle. La réaction instinctive et naturelle qu'elle avait jusque-là refoulée de toutes ses forces.

Elle regarda sa main, puis ses yeux.

— Non, répondit-elle.

Il sourit. Largement.

— Je suis certain que vous n'avez pas envie de causer un incident, ni d'attirer sur nous l'attention de toutes les grandes dames ici présentes. Après tout — il leva un sourcil — quelle excuse acceptable allez-vous trouver pour me refuser cette danse ?

Sans baisser les yeux, elle les plissa légèrement. Elle pinça les lèvres, ces lèvres pulpeuses qui avaient commencé à le faire rêver. Une seconde plus tard, elle hocha la tête. Une fois seulement.

— Très bien.

La main de Mary se leva pour s'approcher de la sienne, mais se figea à quelques centimètres de sa paume.

Résistant à l'envie de s'en emparer pour l'attirer à lui, il chercha de nouveau son regard.

Ses beaux yeux bleus affichaient une volonté et une détermination de fer.

— Une seule danse, assena-t-elle. Ensuite, vous m'accompagnerez jusqu'au groupe de Randolph.

Il répondit sans hésiter :

— Marché conclu.

Ses doigts se refermèrent sur ceux de Mary. Il l'attira à lui et se tourna vers le centre de la salle que les invités quittaient, afin de laisser la place aux danseurs.

Alors qu'il menait Mary vers la piste, il ne put s'empêcher de sourire. À la façon dont elle se déplaçait, légère et presque sautillante, il comprit qu'elle pensait avoir gagné, qu'elle pensait en tout cas avoir passé un accord équitable.

Mais c'était un grand maître qu'elle avait en face d'elle. À ce jeu, il en savait plus qu'elle n'en apprendrait jamais. Il avait été ravi d'obéir à la condition qu'elle lui avait posée.

Et, avant qu'il la conduise vers son frère, elle allait devoir payer le prix qu'il avait fixé, c'est-à-dire lui accorder cette valse. Et cette valse serait la première d'une longue série, même si Mary semblait afficher pour l'instant une nette préférence pour Randolph.

Une fois arrivé sur la piste, il se tourna vers elle et l'attira doucement à lui. Sans surprise, elle n'opposa aucune résistance, posa une main sur son épaule et le laissa saisir son autre main. Mais, plutôt que de le regarder, elle inclina légèrement le visage vers la droite, pour observer Randolph et ses amis.

C'était comme si elle avait l'esprit ailleurs, alors qu'elle était entre ses bras.

Il posa sa main bien à plat sur son dos délicat et il sentit très bien le frisson qui la parcourut, même si elle semblait tout faire pour le réprimer.

Il esquissa un sourire dans lequel se mêlaient le plaisir et la victoire — déjà. Ryder se mit à danser, se délectant de cette réaction spontanée qu'elle n'avait pu contenir. Se délectant de la façon dont les beaux yeux bleus de Mary étincelèrent quand ils se posèrent sur son visage. De la façon dont ses lèvres pleines et sensuelles s'entrouvrirent très légèrement. De la façon dont sa respiration s'accéléra.

À partir de ce moment, il sut qu'il avait toute son attention.

Il n'avait pas l'intention d'y renoncer.

Captant son regard bleu, de la couleur d'un champ de bleuets sous un ciel d'orage, il la fit tourner, se concentrant sur le mouvement tourbillonnant qui les emportait, eux et leurs sens, s'appliquant à préserver à chaque instant la précision et l'intensité de leurs gestes, la beauté de la danse qu'ils exécutaient avec une aisance et une grâce proches de la perfection.

S'il était un expert de la valse, elle n'était pas loin d'en être une déesse. Elle s'accordait parfaitement à lui et suivait ses pas, de façon plus instinctive qu'intentionnelle.

Elle ne baissait pas les yeux et lui tenait tête, refusant de montrer la moindre émotion.

C'était un pur défi.

Un défi qu'ils se lançaient mutuellement.

Tandis qu'ils virevoltaient, ils exprimaient toute leur volonté et toute leur défiance, comptant non sur les mots mais sur la puissance de ce qu'ils pouvaient communiquer avec leurs regards.

Ceux qui les observaient devaient être incapables de voir autre chose qu'un couple en train de danser, les yeux dans les yeux.

Personne ne pouvait voir la lutte — la bataille primitive et élémentaire — à laquelle ils se livraient.

Il s'agissait d'une guerre à huis clos qui, le soupçonnait Ryder, donnerait lieu bientôt à une ultime attaque.

Stimulé et ravi, le prédateur qui sommeillait en lui s'en réjouissait. Il n'avait pris aucune décision consciente. Ce n'était pas sa façon habituelle de procéder. Il savait depuis longtemps que, pour lui, le succès était au rendez-vous lorsqu'il suivait son instinct.

C'était ce qu'il faisait en ce moment précis. Son instinct l'avait conduit vers Mary Cynster, et maintenant il n'avait qu'une idée en tête : faire d'elle sa captive.

Elle serait sienne, et il savait que ce dénouement était ce qu'il pouvait souhaiter de mieux. C'était ce qu'il lui fallait. Il devait obtenir ce qu'il désirait et ce dont il avait besoin dans la vie.

Pour que sa vie soit conforme à son idéal.

Voilà ce qu'il avait besoin de savoir.

Et aussi que, dans cette bataille, la victoire lui reviendrait. Peu importait le dédain que Mary affichait, car il possédait des talents infaillibles. Elle ne voulait peut-être pas de lui pour l'instant, mais elle changerait d'avis.

Mary avait du mal à respirer. Elle se sentait oppressée. Ryder esquissa doucement un sourire, et son regard se fit plus déterminé encore, plus intense.

Elle ne pouvait pas faire semblant de ne pas comprendre et ne devait pas perdre de temps à ces simagrées. Ce malappris avait réussi à percer ses lignes de défense, peut-être pas dès le premier instant, mais au moment où elle avait regardé dans la direction de Randolph en oubliant que le danger le plus menaçant se trouvait juste devant elle.

Au moment où la main de Ryder, si large et si puissante, s'était posée sur son dos.

Elle chassa ce souvenir. À lui seul, il suffisait à la faire frissonner. À n'en plus finir. Et elle n'avait pas besoin de tenter davantage le diable qui la faisait virevolter sur la piste.

Ce qu'elle devait faire, en revanche, c'était reprendre le contrôle. Le contrôle d'elle-même et de la situation. Si elle avait appris une chose ce soir, c'était que Ryder — pour une raison qu'elle ne s'expliquait pas — s'était mis en tête de la traquer sans relâche. Et il était l'un des seuls gentlemen à posséder le talent et l'habileté nécessaires pour parvenir à ses fins, la contrôler, la manipuler et faire d'elle ce qu'il voulait. Cette valse en témoignait. La simple pensée qu'on puisse ainsi la manœuvrer suffisait à la tendre et à la révolter. Mais elle savait très bien que, dans ce cas particulier, l'attitude la plus sage consistait non pas à se battre mais à s'enfuir.

Une femme avisée ne se lançait jamais dans quelque chose qu'elle était incapable de maîtriser. Et Mary ne pouvait pas maîtriser Ryder. Aucune femme n'en était capable.

Pire encore, il lui suffisait de réfléchir un tout petit instant pour être certaine qu'il la dominerait dans absolument tous les domaines. D'après ce qu'elle devinait, il excellait autant qu'elle dans l'art de jouer des conventions sociales pour s'en servir à son avantage.

Oui, elle devait s'enfuir, et vite. S'éloigner le plus possible de lui et le tenir à distance, au moins jusqu'à ce qu'il abandonne et se choisisse une proie plus consentante.

En supposant, bien sûr, qu'il soit bien en train de se divertir comme il en avait l'habitude.

Une pensée inquiétante surgit, qui chemina dans son cerveau. Elle était jeune, célibataire et de très bonne famille. Il était évident qu'elle n'avait rien à voir avec les femmes qui figuraient d'ordinaire au tableau de chasse de Ryder...

Elle ne chercha pas à masquer sa perplexité. Un silence tendu planait toujours autour d'eux, un silence lourd et oppressant, né de l'affrontement de deux personnalités dominantes occupées à lutter pour ne pas céder de terrain.

Sans réfléchir, elle brisa leur mutisme.

— Pourquoi faites-vous cela ?

Sa question était laconique, mais elle savait qu'il l'avait parfaitement comprise.

Une seconde passa, puis il leva un sourcil.

— À votre avis ?

— Si je le savais, je ne poserais pas la question. Et, vous connaissant un peu, je ne me hasarderais jamais à essayer de lire dans vos pensées.

Il commença par faire la grimace puis, comme à contrecœur, il esquissa un sourire admiratif.

— Très sage de votre part.

Elle ouvrait la bouche pour préciser sa pensée quand il l'attira plus près de lui.

Suffisamment près pour qu'elle perçoive la chaleur de son corps à travers sa robe. Suffisamment près pour qu'elle se retrouve tout entière plongée dans un océan de sensations provoquées par le contact de ce corps viril, bien plus large, dense, musclé et puissant que le sien.

Ce corps étranger, inconnu, si différent et pourtant si viscéralement attirant.

Sa respiration se fit difficile. Ses pensées se brouillèrent. Son esprit se mit à danser plus vite que ses pieds.

Pendant qu'il la faisait tournoyer, sous la pression grandissante des autres couples qui avaient envahi la piste, elle eut l'impression de ne plus pouvoir respirer. Elle fut même incapable de lui en vouloir quand il l'attira plus près de lui encore. Elle sentit sa main se tendre dans son dos et, dans un geste protecteur, il l'enveloppa de son bras pour la faire tourner en bout de piste sans que personne ne la heurte. Ils étaient si proches l'un de l'autre que la cuisse ferme de Ryder se glissa entre ses jambes. Avec davantage de détermination et de vitesse encore, il virevolta.

Ils s'éloignèrent un peu du reste des danseurs, et elle s'efforça de calmer sa respiration.

Dès qu'elle y parvint, elle souffla :

— Ryder...

La musique ralentit, puis cessa. Le sourire aux lèvres, il leva un sourcil, la lâcha avec élégance et s'inclina devant elle.

Les lèvres pincées, elle exécuta une révérence, puis le laissa l'aider à se relever.

Avant qu'elle ait le temps de parler pour essayer d'obtenir de lui une réponse — n'importe laquelle —, il leva la tête et passa en revue les invités.

— Voyons, où peut bien se trouver Rand désormais ?

Il lui adressa un regard interrogateur, doux et presque innocent.

— Naturellement, vous souhaitez toujours que je vous accompagne jusqu'à lui ?

Elle fixa ses yeux noisette, perplexe. Elle ne pouvait qu'être méfiante mais...

Elle inclina la tête.

— Oui, s'il vous plaît.

Sans la quitter des yeux, il attendit, puis leva un sourcil.

— Et...

Elle savait ce qu'il voulait, mais elle laissa le temps s'étirer un moment avant de s'exécuter.

— ... merci pour cette valse.

Il sourit, et ce fut vraiment déloyal de sa part tant son sourire était en tout point irrésistible. D'un geste souple, il lui offrit son bras. Quand elle posa la main sur sa manche, il pencha la tête vers la sienne et murmura :

— Tout le plaisir a été pour moi.

L'intense sensualité contenue dans sa voix la fit de nouveau frissonner. Luttant pour ne pas plonger dans ses yeux, elle leva la tête, prit une grande inspiration et regarda à droite, puis à gauche.

— Randolph se trouve là-bas, je le vois.

Elle désigna de la tête l'endroit où se trouvait le demi-frère de Ryder, au milieu d'un petit groupe d'hommes et de femmes.

Ryder marqua une courte hésitation puis, comme il avait accepté de le faire, il la mena auprès de Randolph.

Après avoir accompagné Mary dans le cercle de Rand — ce qui lui valut un regard suspicieux de la part de sa proie —, Ryder échangea avec les invités présents quelques politesses, avant de se retirer. Même s'il connaissait tous les hommes, qui étaient des amis de Rand, et savait à peu près qui étaient les jeunes femmes, il n'appartenait pas à la même génération qu'eux. Mis à part l'intérêt non dissimulé que lui prêtaient ces dames, rien ne le liait à eux.

Se dirigeant d'un pas nonchalant vers la pièce où se trouvaient les rafraîchissements, il se remémora les événements de la soirée et se sentit satisfait de ce qu'il avait accompli. Il avait décidé de se marier au plus vite, avant que les grandes dames se chargent de prendre sa destinée en main et de lui trouver une épouse. Il avait donc décidé de profiter de l'occasion offerte par le bal donné pour les fiançailles de Henrietta Cynster et James Glossup pour servir son but. Son regard s'était arrêté sur Mary, et il avait immédiatement perçu son potentiel. Il était donc allé la voir, sans plan bien défini, mais elle l'avait éconduit sans ménagement.

Cet événement avait suffi à renforcer son intérêt pour elle. Il l'avait donc suivie et l'avait surprise en train de confier qu'elle s'était mise en quête de son « héros », c'est-à-dire du jeune homme qu'elle avait l'intention d'épouser. Elle avait déclaré l'avoir déjà trouvé, mais il avait dû attendre ce soir pour découvrir de qui il s'agissait.

Quand il avait appris que c'était sur Rand qu'elle avait posé ses yeux bleus, il aurait pu s'effacer et laisser son frère décider seul de son avenir. Mais il savait très bien que Rand n'avait pour l'heure aucune intention de se marier. Il n'avait que vingt-quatre ans. S'il assistait à ce genre de soirées, c'était uniquement pour faire plaisir à sa mère, Lavinia. La belle-mère de Ryder aimait jouer les marieuses, et Rand était encore à un âge où il préférait céder à sa mère plutôt que de lui tenir tête et de chercher la confrontation. Quoi qu'il en soit, Mary et Rand n'étaient pas du tout faits l'un pour l'autre. Pauvre Rand, comme il souffrirait avec elle ! Mary était bien trop... indépendante. Forte. Autoritaire. Obstinée. Prête à tout. Et manipulatrice.

Elle contrôlerait Rand d'une main de fer, le mènerait par le bout du nez.

Bien entendu, elle essayerait de faire la même chose avec Ryder. Mais, en plus d'être fait pour elle, il attendait aussi cet affrontement avec impatience. Cette bataille.

Ce défi.

Il se connaissait suffisamment pour admettre qu'il trouvait cette perspective séduisante. Tout comme il était séduit par l'attitude de Mary qui, contrairement à la plupart des ladies plus jeunes ou plus âgées qu'elle, n'hésitait jamais à le regarder dans les yeux. Quand ils conversaient, elle se concentrait sur leur discussion, sur l'échange qui avait lieu entre leurs deux êtres ; elle, et lui. Et son engagement semblait total, comme dans tout ce qu'elle entreprenait. Son attention ne flanchait pas, lui appartenait tout entière, et elle ne se laissait jamais distraire.

Ce n'était pas sans raison qu'on le comparait souvent avec un certain animal. L'attention particulière que lui accordait Mary flattait et stimulait son ego de félin et faisait ronronner de plaisir le lion qui sommeillait en lui.

Arrivé à la table des rafraîchissements, il saisit un verre de brandy, en but une gorgée, puis se retourna pour observer les invités. Il laissa son regard s'attarder sur Rand et Mary. Ils se tenaient côte à côte et écoutaient tous deux, avec avidité pour Rand et avec une impatience à peine contenue pour Mary, l'un des amis de Rand qui, d'après ses gestes, semblait être en train de raconter une histoire dans laquelle il était question de chevaux.

Malgré la distance qui les séparait, Ryder voyait bien que, si Rand était captivé, Mary se montrait distraite. Pas loin de s'ennuyer.

Et c'était précisément pour cela qu'il l'avait laissée là, à côté de Rand et au milieu de tous ces jeunes gens, pour la priver de tout échange stimulant. Ou, plus précisément, pour la priver de tout échange auquel elle aurait pu participer. Le contraste avec la valse intense qu'ils venaient de partager ne devait en être que plus frappant.

Mieux encore, Rand et ses amis devaient la trouver légèrement envahissante et ils allaient la traiter avec une réserve qui n'allait pas manquer de l'exaspérer.

En souriant, Ryder but une nouvelle gorgée. Décidément, Lady Felsham avait choisi de servir à ses invités un brandy plus que convenable.

Un petit mouvement, juste à côté de lui, lui fit baisser les yeux, qui tombèrent sur le visage trop maquillé de sa belle-mère. Les cheveux bruns, les yeux sombres, Lavinia conservait sur le visage quelques vestiges de sa beauté passée, mais la marquise de Raventhorne, à mi-chemin entre quarante et cinquante ans, s'empâtait malheureusement de plus en plus. Ryder, qui ne la portait pas dans son cœur, la voyait le moins possible. Mais il était trop tard pour l'éviter. Avec une lenteur délibérée, il inclina la tête.

— Lavinia.

Elle balaya son visage d'un œil irrité, puis son regard s'arrêta sur le gros diamant qu'il portait épinglé à la cravate. Il avait appartenu au marquis et faisait partie des bijoux de famille auxquels Lavinia n'avait pas eu le droit de toucher après la mort de son époux.

À côté de Lavinia, l'une de ses amies intimes, Lady Carmody, souriait avec obséquiosité. Elle exécuta une petite révérence à laquelle il répondit en ne s'inclinant que très légèrement. Il avait appris depuis longtemps qu'observer une froide politesse était la façon la plus efficace de garder Lavinia et ses amies à distance.

— Je dois avouer que je suis surprise de vous trouver ici, déclara Lavinia en le fixant de ses yeux un peu protubérants, comme si elle espérait pouvoir déchiffrer les intentions de Ryder sur ses traits.

— Vraiment ?

Ryder la regarda dans les yeux en fronçant légèrement les sourcils.

— Je pensais pourtant que vous saviez que cet endroit faisait partie de mon périmètre de chasse habituel. Je me sens un peu seul en ce moment. J'ai donc décidé de rendre visite au troupeau.

Lavinia rougit.

— Vraiment, Ryder, ce n'est pas la peine d'être si explicite ! s'offusqua-t-elle avec une évidente exagération. Je me moque bien de savoir où vous trouvez vos victimes.

Lady Carmody ricana. Quand Lavinia et Ryder se tournèrent vers elle, elle s'expliqua :

— Voyons, Lavinia, ce pauvre garçon doit bien trouver ses maîtresses quelque part. Et vous préférez, j'en suis certaine, qu'il les trouve ici, dans cette foule, plutôt qu'au théâtre ou dans un autre lieu du même acabit.

Ryder n'appréciait pas spécialement Lady Carmody, mais il intervint tout de même pour désamorcer la colère de Lavinia, qui semblait prête à s'abattre sur celle qui était censée être son amie.

— J'ai parlé avec Rand il y a peu, dit-il. Il se trouve au milieu de ce petit groupe, là-bas.

Ryder s'interrompit pour laisser Lavinia regarder dans la direction qu'il indiquait et localiser son aîné.

— Dois-je conclure de sa présence ici que Rand et moi avons le même objectif ?

Lavinia prit un air indigné.

— Ne soyez pas stupide ! lança-t-elle tout en continuant d'observer le groupe. Contrairement à vous, Randolph n'est pas intéressé par ce genre de liaisons. Il cherche juste une jeune lady avec laquelle fonder un foyer et perpétuer la lignée des Cavanaugh.

Lavinia jeta un regard perfide à Ryder avant de poursuivre :

— Il faut bien que quelqu'un s'en charge, et c'est ce que votre père aurait voulu.

C'était vrai, on ne pouvait le nier. Toutefois, c'était à Ryder que son père avait fait promettre de se marier et de perpétuer la lignée. Mais, plutôt que d'en informer Lavinia, il profita du ton méprisant de sa belle-mère pour murmurer :

— Et, sur cette remarque, je pense que je vais prendre congé. Lavinia, fit-il en inclinant la tête. Lady Carmody.

Lavinia lui répondit à peine, mais Lady Carmody lui adressa un sourire complice.

Il reposa son verre sur la table et se fondit dans la foule.

Ryder s'était à peine éloigné que Lavinia agrippa la manche de Lady Carmody.

— Regardez ! souffla-t-elle. J'osais à peine y croire, mais on dirait que mes manœuvres discrètes ont porté leurs fruits.

Lady Carmody suivit le regard extatique de Lavinia.

— Voyez-vous cela...

Après avoir observé un moment le groupe dans lequel se trouvait Randolph, Lady Carmody reprit :

— Je dois admettre, très chère, que je ne pensais vraiment pas que Mary Cynster se laisserait influencer par quiconque. Mais le fait est qu'elle se trouve bien, en ce moment même, en train de discuter d'un air assuré avec votre Randolph.

— Oui ! s'exclama Lavinia, transportée. Je vous l'avais bien dit, si l'on veut suggérer quelque chose à un être tel que Mary Cynster, il faut s'y pendre avec une grande subtilité et d'infinies précautions. Je n'ai pas parlé directement avec elle une seule fois et j'ai fait en sorte que les messages que j'avais à faire passer ne soient jamais trop clairs à propos de Randolph. Le but était juste de faire prendre peu à peu conscience à Miss Cynster de son existence.

Inspirant profondément, Lavinia bomba le torse d'un air satisfait.

— Et, de toute évidence, ma stratégie a fonctionné !

Elle jeta un regard à Lady Carmody et sourit d'un air béat.

— À présent, je pense que nous pouvons laisser la nature faire le reste. Randolph n'est pas idiot, et Miss Cynster va vite comprendre qu'elle ne trouvera pas de meilleur parti dans tout le grand monde.

— Hmm, acquiesça Lady Carmody, qui était toujours en

train d'observer le couple en question. Je suppose que vous avez aussi fait comprendre à votre cher fils que Mary était la dernière Cynster à être encore célibataire, et qu'elle représentait donc la dernière chance pour vos deux familles de s'unir.

— Bien entendu ! déclara Lavinia en passant son bras sous celui de son amie. Mais de façon très subtile, voyez-vous, car les jeunes gens de son âge n'aiment pas tellement recevoir de conseils de la part de leur maman. Mais, quand il s'agit d'être discrète, vous pouvez me faire confiance.

Elle lança un dernier regard vers Randolph et Mary, puis emmena son amie dans la direction opposée.

— J'ai planté des graines qui me semblent bien parties pour germer et éclore.

Lavinia leva la tête et sourit, avant de conclure :

— Ce qui, je dois dire, me réjouit infiniment. J'ai vraiment hâte de pouvoir informer Ryder de ces fiançailles.

— Et alors, ma chérie, comment s'est passée ta soirée ?

Mary regarda sa mère, Louise, assise à côté d'elle dans la calèche familiale qui les ramenait à la maison, en roulant doucement sur les pavés.

— Elle fut utile, répondit-elle en faisant la moue. Rien de plus, malheureusement.

Louise, dont le visage fut brièvement éclairé par la lumière d'un réverbère, adressa un sourire à sa fille. Puis elle lui attrapa la main et la tapota gentiment.

— Ne sois pas si pressée, ma chérie. Tu trouveras ton héros quand le moment sera venu.

Mary grommela. Elle jeta un œil au collier et s'attarda sur le pendentif de quartz rose qui descendait entre ses seins. Quelle déception ! Elle était restée aux côtés de Randolph pendant plus d'une demi-heure et une fois de plus… rien. Pas la moindre connexion d'aucune sorte. Et tout ce dont ses amis et lui-même avaient consenti à parler, c'était de chevaux !

Elle avait frémi d'impatience en rejoignant Randolph, mais il l'avait laissée de marbre.

Rien à voir avec les sensations qu'elle avait éprouvées durant cette délicieuse valse partagée avec Ryder.

Mais elle n'était pas stupide au point d'imaginer que Ryder, qui pouvait si facilement faire naître chez elle ce genre de sensations, était l'élu. C'était tout bonnement impossible. Aucune déesse n'aurait l'idée de rapprocher une femme comme elle, une femme qui aimait tout contrôler, d'un homme qui, sous sa nonchalance féline, n'était rien d'autre qu'un tyran de la pire espèce.

Les sensations que Ryder éveillait en elle ne signifiaient rien, puisqu'il provoquait la même réaction chez la moitié de la population féminine, au moins.

C'était simplement sa façon d'être, un don qui s'exprimait naturellement, sans qu'il ait besoin d'y réfléchir.

— Tout à l'heure, en passant, j'ai parlé avec tes tantes des derniers préparatifs du mariage. C'est curieux mais tout semble en très bonne voie, assez en tout cas pour que nous ayons eu l'idée d'aller passer quelques jours à la campagne afin de nous reposer un peu. Cela nous aidera à affronter ce grand jour avec sérénité.

Louise inclina la tête contre le dossier de la banquette avant de poursuivre :

— Nous avons décidé de profiter de ce moment de calme relatif et partons pour Somersham demain. Nous reviendrons trois jours plus tard. Cela suffira à nous aérer un peu.

Louise tourna la tête pour observer Mary.

— Bien entendu, tu es la bienvenue. Mais c'est l'apogée de la saison et, comme tes sœurs et tes belles-sœurs sont en ville, si tu souhaites rester...

Mary fronça les sourcils. Elle n'avait pas encore avancé d'un millimètre avec Randolph. Et elle n'était pas prête à envisager la possibilité de s'être trompée, la possibilité qu'il ne soit pas fait pour elle. Elle devrait peut-être passer un peu de temps seule avec lui, hors du groupe.

— J'aimerais mieux rester, répondit-elle en se tournant vers sa mère. Amanda, Amelia et Portia ont prévu d'assister à tous les bals que je ne veux pas manquer.

Louise hocha la tête.

— Je leur enverrai un billet à toutes les trois quand nous serons arrivées à la maison. Si elles acceptent de te chaperonner, je ne vois aucune raison de ne pas te laisser rester. Tu pourrais ainsi assister à tous les bals auxquels tu es invitée.

— Tant mieux.

Mary replongea dans ses pensées et se mit à envisager les situations dans lesquelles Randolph Cavanaugh pourrait être amené à se comporter comme elle s'y attendait, à lui révéler enfin sa nature héroïque.

2

— Reposez-vous bien et surtout ne vous inquiétez pas ! dit Mary en enlaçant sa mère, avant de reculer pour laisser la place à ses deux sœurs aînées, Amanda et Amelia, qui embrassèrent Louise tendrement.

— N'ayez aucune crainte, renchérit Amanda tout en couvant Mary d'un regard affectueux. Nous la surveillerons.

Louise rit et posa doucement ses mains sur les épaules des jumelles.

— Je sais que je peux vous faire confiance à toutes les deux. Et à Portia aussi.

À son tour, Portia s'avança pour serrer Louise dans ses bras. Henrietta, qui se trouvait dans la bibliothèque avec son fiancé, James Glossup, pour tenter de résoudre l'épineuse question du logement des membres de la famille de James, qui vivaient tous à la campagne, surgit dans le hall, suivie de près par son fiancé.

— Au revoir, chers parents ! s'exclama-t-elle en embrassant sa mère, puis son père, Arthur. Passez un agréable séjour et surtout reposez-vous bien.

Arthur rendit son baiser à Henrietta. Avec ses frères, ils avaient décidé d'accompagner leurs épouses à la campagne et de profiter de ce moment de calme pour se reposer, mais aussi pour chasser. Pendant que Louise enfilait son manteau, les jeunes femmes lui firent leurs adieux.

Le petit déjeuner était passé depuis une heure et Amanda, Amelia, Simon et Portia étaient arrivés pour assister au départ de Louise et Arthur et pour dissiper leurs inquiétudes potentielles. Alors que toute la famille était rassemblée à Londres pour célébrer le futur mariage, chacun participait comme il pouvait aux préparatifs.

Un sourire bienveillant aux lèvres, Arthur regarda son fils Simon, le mari de Portia, qui se tenait aux côtés de son meilleur ami, James.

— Avec mon départ, c'est toi qui deviens l'homme de la maison, mon garçon. Fais en sorte que tout ce petit monde file droit.

Simon se mit à rire, bientôt imité par les autres.

— Je suis certaine que tout va parfaitement bien se passer, fit remarquer Amanda de sa voix la plus sérieuse. Et après tout, vous ne serez absents que trois jours.

— Ne vous en faites pas, ajouta Amelia en pressant la main de Louise. Profitez de ce moment de repos sans penser à rien d'autre. Vous l'avez tous bien mérité.

Quand Hudson, le majordome, ouvrit la porte, le cliquetis du harnais se fit entendre. Louise jeta un coup d'œil dehors.

— Parfait, la voiture est là.

Elle couva ses enfants d'un regard maternel.

— Soyez sages. Et faites attention à vous.

Puis elle se tourna vers Arthur et lui sourit.

— Venez, Louise, dit-il en la prenant par le bras, avant de baisser la voix de façon exagérée. Je crois qu'il n'y a rien à craindre, nous pouvons les laisser.

Louise rit et se laissa conduire vers l'escalier du perron. Le reste de la famille les suivit jusqu'en haut des marches pour les saluer une dernière fois.

La calèche s'élança puis tourna au coin de la rue, Simon et Portia prirent congé, Henrietta et James retournèrent à la bibliothèque pour s'atteler de nouveau à leur tâche délicate, et Amanda, Amelia et Mary se retrouvèrent dans le hall pour se mettre d'accord sur leur emploi du temps.

— Je ne peux pas t'accompagner ce soir, annonça Amanda. J'ai un dîner avec des parents de Martin. Cela risque d'être très ennuyeux, mais la soirée est prévue depuis une éternité et je ne peux absolument pas me décommander. En revanche, si tu veux aller faire un tour au parc cet après-midi, je peux passer te prendre à 16 heures.

Mary hocha la tête.

— Oui, très bien. La journée promet d'être radieuse. Mais — et elle adressa un regard plein d'espoir à Amelia — qu'en est-il du bal des Castelmaine ce soir ? Dois-je y renoncer ?

Geraldine Carmody s'était retrouvée aux côtés de Mary dans le cercle de Randolph la veille au soir, et elles avaient quitté le groupe ensemble. Geraldine lui avait alors appris qu'elle avait entendu Randolph et ses amis dire qu'ils se rendraient chez Lady Castelmaine le lendemain.

— Oh ! je peux t'y accompagner et te servir de chaperon, déclara Amelia. Et Portia aussi. Nous avons toutes les deux prévu de nous y rendre.

— Merveilleux ! s'exclama Mary, rayonnante.

Amelia et elle reconnurent qu'il serait plus commode pour Mary de prendre la calèche familiale et de retrouver Amelia et Portia sur place. Elles iraient par leurs propres moyens.

— On ne sait jamais, c'est plus prudent, conclut Amelia en enfilant ses gants.

Portia et elle avaient de très jeunes enfants et elles envisageaient toujours la possibilité d'un retour précipité, en cas d'urgence.

Satisfaites, les jumelles rentrèrent chez elles quand tout fut arrangé, laissant Mary désœuvrée. Elle hésita quelques instants à rejoindre Henrietta et James dans la bibliothèque, mais décida qu'il valait mieux les laisser résoudre seuls le problème qui les tracassait. Si elle les rejoignait, elle prendrait les choses en main. C'était toujours ce qu'elle faisait.

Et les autres la laissaient toujours faire.

Parce que c'était bien plus simple comme cela.

Elle était très douée pour organiser les choses et diriger les gens, mais Henrietta avait plus besoin qu'elle d'apprendre à gérer la famille de James.

Assez fière d'avoir résisté à l'envie de se mêler des affaires des autres — cela l'aurait pourtant occupée —, elle se dirigea vers le petit salon, où elle alla se poster près de la fenêtre.

Elle contemplait le jardin, bras croisés, attendant que la pensée qu'elle sentait poindre en elle depuis le matin se précise.

Ce qui finit par se produire.

— Ah...

C'était une question pertinente, elle dut le reconnaître.

— Pourquoi diable Ryder se trouvait-il là ?

Au bal chez les Felsham la veille au soir, et à la soirée chez la duchesse de Cornouailles l'avant-veille ?

Après quelques minutes de réflexion, elle parvint à formuler l'hypothèse la plus probable :

— Il doit chercher une nouvelle conquête.

Une nouvelle maîtresse éphémère. Car, d'après les on-dit, Ryder ne goûtait guère les liaisons qui s'éternisaient. Apparemment il se lassait vite, au grand désarroi des dames concernées.

D'après ce qu'elle avait pu observer autour d'elle — son frère et ses cousins avaient été de redoutables séducteurs avant de se marier —, les hommes comme lui cherchaient leurs maîtresses parmi les femmes mûres, issues de leur milieu et connaissant parfaitement les contraintes imposées par la société ainsi que les lois qui régissaient ces liaisons illicites.

— Il faut bien qu'il les trouve quelque part, ces femmes. Et il devait y en avoir une belle collection lors de ces deux dernières soirées. Cela risque d'être différent ce soir, en revanche. Il s'agit plutôt d'un rassemblement de jeunes gens à marier. Avec un peu de chance, Ryder n'y sera donc pas, et je pourrai me concentrer sur Randolph.

Sans avoir à gérer la source de distraction que représentait ce frère séduisant et bien envahissant.

— Enfin, demi-frère, précisa-t-elle. Malgré ce que semble penser Ryder, Randolph ne lui ressemble pas du tout.

Encouragée par ses déductions, elle passa en revue les possibilités que pourrait lui offrir ce bal.

Peut-être allait-elle enfin pouvoir parler seul à seul avec Randolph.

— Nous serons quelque part par là.

S'arrêtant sur l'escalier qui descendait vers la salle de bal de Lady Castelmaine, Portia désigna l'extrémité de la pièce, avant de se tourner vers Mary qui se tenait une marche derrière elle.

— N'hésite pas à venir nous trouver si tu as besoin de nous.

Déjà occupée à scruter l'assemblée, Mary répondit à peine.

À côté de Portia, Amelia ouvrit son éventail et l'agita avec vigueur.

— Oui, très bien. C'est en effet là que nous serons. Il y a déjà un monde fou, mais au moins les fenêtres sont ouvertes là-bas.

À son tour, elle se tourna vers Mary.

— Tu connais les règles. Ne fais rien que nous n'aurions fait à ton âge, et nous viendrons te chercher quand nous serons prêtes à partir.

Mary avait localisé Randolph, qui se trouvait de nouveau au milieu d'un groupe composé de plusieurs de ses amis et de quelques jeunes femmes. Elle hocha la tête.

— Oui. D'accord.

Elle descendit l'escalier avec Amelia et Portia, avant de partir dans la direction opposée et de se fondre dans la foule. Arrivée près du groupe de Randolph, elle s'arrêta et regarda autour d'elle. Apercevant une jeune femme qui détaillait le même groupe, elle sourit et se dirigea vers elle. Après avoir échangé quelques mots qui leur suffirent à comprendre qu'elles partageaient les mêmes objectifs, elles se prirent par le bras et allèrent se mêler à la conversation.

Mary fit en sorte, alors que le cercle s'ouvrait obligeamment pour les laisser y pénétrer, de se placer à côté de Randolph.

Son premier objectif atteint, elle attendit patiemment que George Richards ait terminé l'histoire qu'il était en train de raconter, même s'il était encore question de chasse et de chevaux. Quand il arriva au bout de son récit, ses amis le félicitèrent chaudement, et les jeunes femmes présentes l'applaudirent — un peu froidement. En fixant Colette Markham qui se trouvait juste en face d'elle et semblait avoir des vues sur Grayson Manners, l'un des amis de Randolph, Mary demanda :

— L’un d’entre vous a-t-il vu la pièce qui se joue en ce moment au théâtre royal ?

Colette regarda Mary et s’empressa de répondre :

— J’ai entendu dire que c’était la meilleure pièce de la saison.

Puis elle se tourna vers Grayson, qui se trouvait juste à côté d’elle.

— L’avez-vous vue, M. Manners ?

Par chance, la réponse était oui. Encouragé par Colette et Mary, il fut invité à proposer un résumé détaillé de la pièce en question. Dès qu’il eut terminé, Miss Melchett, la jeune femme avec laquelle Mary venait de faire connaissance, enchaîna en saluant la qualité de l’offre proposée par les deux théâtres de Haymarket.

Mary se tourna vers Randolph, le regarda dans les yeux et sourit. Profitant de ce que les autres continuaient leur conversation, elle murmura :

— Êtes-vous un grand amateur de théâtre, Lord Randolph ?

— Euh... eh bien, balbutia-t-il en écarquillant les yeux. Je ne suis pas sûr d’avoir assez d’expérience pour juger... Presque chaque fois je me suis retrouvé au parterre. Ce n’est donc pas tout à fait la même chose, n’est-ce pas ? Peut-être que, dans quelques années, je parviendrai à me faire un avis sur la question et à apprécier l’art dramatique à sa juste valeur.

Mary ne se départit pas de son sourire.

— Mais qu’en est-il des pièces elles-mêmes ? Préférez-vous Shakespeare ou les œuvres plus contemporaines ?

Randolph écarquilla de nouveau les yeux.

— Euh...

Depuis l’autre bout de la salle, la marquise de Raventhorne, Lavinia, regardait son fils discuter avec Mary Cynster, un sourire approbateur aux lèvres.

Voyant sa mine réjouie, Lady Eccles, qui se tenait à ses côtés, suivit le regard de Lavinia.

— Eh bien, ma très chère Lavinia, déclara-t-elle avec surprise, pour un coup de théâtre c'en est un !

— Il faut bien l'avouer, répondit Lavinia en remarquant l'air impressionné de Lady Eccles. Et je suis vraiment ravie. Ils ont passé du temps ensemble hier soir et, de toute évidence, les choses progressent de façon très favorable. Ils forment un très beau couple, n'est-ce pas ?

— Tout à fait. Sans compter qu'une telle alliance aiderait grandement votre Randolph, ajouta Lady Eccles en adressant un regard soupçonneux à Lavinia. Y seriez-vous pour quelque chose par hasard ?

Lavinia émit un petit rire.

— Je dois admettre que j'ai donné un petit coup de pouce au destin, mais de façon à peine perceptible. Il a fallu glisser les bons mots au bon moment, aux oreilles de la bonne personne, afin que ces chers enfants ne gâchent pas cette merveilleuse opportunité qui se présentait à eux. Vous savez comment sont les jeunes gens... Ils ne voient pas toujours clairement où se situe leur intérêt.

— Vous avez raison. Je le répète assez souvent à mes fils, remarqua Lady Eccles en remettant son châle sur ses épaules. Mais pardonnez-moi, très chère, j'ai promis à Elvira de faire une apparition à sa soirée.

Lady Eccles regarda une dernière fois l'assemblée.

— Avez-vous prévu de vous y rendre ? reprit-elle. Ou bien préférez-vous rester pour vous assurer que les choses se passent bien comme vous le souhaitez ?

— Non... non, répondit Lavinia en détachant à contrecœur son regard de son fils.

Elle n'avait guère le choix puisqu'elle avait profité de la voiture de Lady Eccles pour venir.

— Je suis certaine qu'ils vont très bien se débrouiller tout seuls, poursuivit-elle. Et moi aussi j'ai promis à Elvira de passer chez elle.

— Très bien, conclut Lady Eccles en se dirigeant déjà vers l'escalier. Allons-y alors.

Après avoir jeté un dernier regard à la scène qui se déroulait à l'autre bout de la salle, Lavinia, ravie, suivit son amie.

Mary, quant à elle, venait de rencontrer un premier écueil dans sa conquête du bonheur matrimonial. Randolph et ses amis souffraient en effet d'un manque de conversation abyssal. Elle était excellente cavalière, adorait monter, et le cheval était un animal qu'elle aimait beaucoup, mais il n'y avait pas que les courses de chevaux, les compétitions de carricks et les parties de chasse dans la vie. Après le petit exposé de Miss Melchett sur les différentes pièces à l'affiche, George Richards s'était emparé des rênes de la conversation et avait brutalement interrompu Mary et Randoph, pour demander à ce dernier des informations au sujet de la jument qui avait gagné la dernière course à Newmarket, deux semaines auparavant.

Randolph avait répondu à la question de George avec bien plus d'enthousiasme et de détails qu'il ne l'avait fait avec celle de Mary. Ensuite, il avait entraîné la conversation sur la dernière vente de Tattersalls.

Dès que Randolph et Julius Gatling eurent terminé d'échanger leurs informations sur les chevaux vendus et leur prix, Miss Fotheringay prit la parole, avec l'air de s'impatienter sérieusement :

— L'un d'entre vous a-t-il visité les Kew Gardens récemment ? Les nouvelles serres sont somptueuses.

Malgré l'évident désespoir de Miss Fotheringay et, par conséquent, le manque de conviction de son intervention, Mary, Miss Melchett et Colette déployèrent tous leurs efforts afin que la conversation s'attarde sur les plantes et les herbes, tout plutôt que de revenir à l'éternel sujet des chevaux.

Mary soupçonna Julius de savoir précisément ce qu'il faisait lorsqu'il profita d'une remarque sur la camomille pour orienter la discussion vers le cataplasme préconisé par son palefrenier, en cas de jarret contusionné.

La mâchoire crispée, Mary regarda autour d'elle. Dans les

yeux des autres jeunes femmes, elle vit briller un désespoir plein d'exaspération — à moins que ce ne soit de l'exaspération pleine de désespoir. Tous les jeunes hommes étaient-ils si... jeunes ?

Si immatures ?

Randolph devait être différent, elle en était sûre. Ce n'était pas possible autrement. Mais jusqu'ici elle n'avait pu échanger avec lui qu'en présence de ses amis. De toute évidence, il fallait qu'elle l'arrache à son groupe.

Comme un fait exprès, les accords de la première valse s'élevèrent alors dans la salle. Ragaillardie et rayonnante, elle se tourna avec espoir vers Randolph. Hélas, elle ne découvrit rien d'autre sur son visage qu'une expression de bête traquée. Il se mit à regarder en face de lui, vers Colette, qui s'était tournée avec autant d'espoir que Mary vers Grayson et semblait attendre qu'il l'invite à danser.

Grayson regarda Randolph, puis jeta un coup d'œil à George, comme si aucun d'entre eux n'avait jamais valsé, ce qui semblait proprement absurde.

Mary vit le visage de Randolph changer d'expression, comme s'il voulait dire à ses amis : « Puisque nous n'avons pas le choix, allons-y. »

Avant que Mary ait le temps de réagir, Randolph sourit et s'inclina.

— Voulez-vous me faire l'honneur de cette danse, Miss Cynster ?

Sa révérence n'était qu'une pâle imitation de celle de Ryder, et sa voix ne contenait aucun sous-entendu troublant, mais au moins il l'avait invitée. Mary sourit et tendit la main.

— Je vous remercie, Lord Randolph. J'en serais ravie.

— Je vous en prie, appelez-moi Randolph, répondit-il en souriant et en prenant sa main.

Tout en se disant qu'il n'était pas réaliste de s'attendre à ressentir quoi que ce soit tant la façon qu'avait Randolph de lui tenir la main était guindée, Mary se laissa conduire sur la piste. Puis elle se posta face à lui, pleine d'impatience et d'excitation.

C'était maintenant. Ce qui devait éclater au grand jour allait se manifester pendant cette valse.

Randolph la prit dans ses bras et se mit à tourner. Il était bon danseur, mais elle n'en doutait pas.

Alors qu'ils faisaient le tour de la piste, virevoltant sans conviction et selon un académisme strict, elle se rendit compte qu'elle en attendait bien plus de lui. C'était la faute de Ryder. Il lui fallait cesser de comparer Randolph à son divin aîné.

Il lui suffit de penser à Ryder pour que resurgissent les souvenirs bien trop vivaces de la valse intense qu'ils avaient dansée ensemble la veille au soir. C'était un comble ! Elle avait enfin obtenu ce qu'elle voulait — Randolph juste pour elle — et, à cause de Ryder, son esprit était ailleurs.

Avec détermination, elle se concentra sur le visage de Randolph. Ses traits étaient beaux, mais pas encore aussi affirmés et distingués qu'ils allaient le devenir.

— Nous sommes déjà en mai, lança-t-elle. Attendez-vous quelque chose de particulier de cette saison ?

Comme il paraissait surpris, voire perdu, elle précisa sa pensée.

— Avez-vous un but particulier que vous voudriez atteindre avant l'arrivée de l'été et le départ de tout ce beau monde pour la campagne ?

— Euh... Eh bien, j'espère trouver une nouvelle paire de chevaux pour mon carrick...

— Et quelque chose qui ne concerne pas les chevaux ?

Le ton sec qu'elle venait d'employer surprit Randolph qui écarquilla les yeux. Il garda néanmoins le regard fixé au-dessus de la tête de sa partenaire, comme s'il se servait du prétexte de devoir veiller à ne heurter personne pour ne pas la regarder dans les yeux.

Ses yeux, que Ryder n'avait jamais quittés pendant tout le temps qu'avait duré leur valse.

— En fait... non.

Randolph s'éclaircit la gorge et la regarda enfin.

— Je me rends compte que ma présence et celle de mes amis, à des soirées comme celle-ci, tendrait à témoigner d'un intérêt qui n'aurait rien à voir avec celui des chevaux.

Il reprit son souffle, leva brièvement les yeux pour négocier une virevolte, puis la regarda de nouveau et esquissa une grimace.

— En vérité, si nous sommes là, c'est uniquement pour faire plaisir à nos mères, aux hôtesses et aux grandes dames. Et aussi — un sourire espiègle illumina brièvement son visage et ses yeux — pour servir de cavaliers aux jeunes femmes telles que vous, bien sûr.

Mary observa son visage, cet éclair malicieux qui traversait son regard, son sourire. Y avait-il un quelconque espoir ? Mais elle se répéta ses mots, en considéra le manque évident de galanterie... et en conclut que, non, il n'y avait aucun espoir.

Ce n'était pas juste. Quelque chose n'allait pas.

Elle réprima l'envie pressante d'extraire le pendentif en quartz de son décolleté et de regarder ce satané bijou, de l'agiter entre eux deux pour voir s'il se passait quelque chose.

Avant qu'elle ait le temps de réfléchir au prochain sujet de conversation qu'elle allait tenter de lancer, la musique ralentit et la valse prit fin. La danse les avait emmenés à l'autre extrémité de la salle. Elle se rendit compte que les fenêtres ouvertes auxquelles Amelia avait fait allusion étaient en fait des portes-fenêtres qui donnaient sur une terrasse pavée.

En se relevant de sa révérence, Mary remarqua plusieurs couples en train de se promener au clair de lune.

— Il s'agit de votre sœur, là-bas, n'est-ce pas ? demanda Randolph en faisant un mouvement de la tête vers Amelia, assise un peu plus loin. Voulez-vous rejoindre mes amis avec moi ou bien... ?

— En fait, l'interrompit Mary en s'éventant de la main, je me demandais si vous ne pourriez pas m'accompagner quelques minutes sur la terrasse. L'atmosphère est plutôt étouffante ici, vous ne trouvez pas ?

Étouffante, incroyablement bruyante et surpeuplée. Pour n'importe qui, la terrasse aurait fait figure d'oasis.

Randolph regarda en direction des portes-fenêtres, mais n'esquissa pas le moindre mouvement susceptible de montrer qu'il acceptait sa suggestion.

— Je, euh… Vraiment, je ne pense pas que…

Elle réprima un froncement de sourcil contrarié et se tourna vers la terrasse.

— Il y a du monde dehors. Il n'y aurait rien de mal à y passer quelques minutes.

Elle fit un pas, souhaitant de toutes ses forces qu'il la suive.

— Je sais, mais…

Il vacilla — pour de bon —, puis recula. S'éloignant d'elle et de la terrasse. Mary le dévisagea avec stupéfaction.

— Ce sont tous des couples. Et plus âgés que nous, expliqua-t-il.

Abasourdie, elle regarda de nouveau les personnes qui se promenaient sur la terrasse. À la lumière de la lune, leurs visages étaient bien visibles depuis la salle.

— Ils ne sont pas tellement plus âgés que nous.

— Mais ils se font… *la cour.*

Il avait prononcé ces derniers mots comme s'ils étaient prohibés par les bonnes mœurs.

Mary le dévisageait, incrédule. Elle ne comptait pas le nombre de fois où des gentlemen — pas aussi jeunes que Randolph, certes — avaient essayé de l'attirer vers de sombres terrasses.

Elle s'était donné beaucoup de mal pour rendre la situation tout à fait acceptable et faciliter la tâche à Randolph — son héros —, et que faisait-il ? Il se dérobait ?

Non, pire, il fuyait !

— Je, euh…

Randolph fit mine de se retourner vers la salle et son groupe d'amis.

— Je ferais mieux d'y aller ou ils vont envoyer la cavalerie… Enfin, vous voyez ce que je veux dire.

Elle commençait en effet à y voir clair. Randolph et sa bande avaient *peur* des jeunes femmes comme elle.

Des jeunes femmes qui cherchaient un mari.

— Ah…

Comme s'il se rendait soudain compte que la laisser là alors qu'elle venait d'exprimer le souhait d'aller se promener sur la terrasse n'était pas une conduite digne d'un gentleman,

Randolph fit un pas vers elle. Il avait un air plus paniqué encore qu'auparavant.

— J'imagine… Si vous voulez, enfin, si vous avez vraiment besoin de prendre l'air, alors…

Le temps d'un moment suspendu, l'espoir resurgit.

Randolph leva les yeux et regarda autour de lui.

— Nous pouvons peut-être trouver quelqu'un qui voudra bien vous tenir compagnie.

Mary prit une profonde inspiration. Et la bloqua. Avant de lâcher entre ses dents :

— Randolph.

— Ah ! lança tout à coup Randolph, dont les yeux s'éclairèrent. Voici justement la bonne personne.

Son soulagement était plus que perceptible, et il regarda derrière Mary, l'air soudain détendu.

— Miss Cynster ne se sent pas très bien, expliqua-t-il au nouvel arrivant. Elle a besoin de prendre un peu l'air.

Mary écarquilla les yeux quand ses sens soudain en alerte lui firent comprendre qui venait de se matérialiser derrière son épaule gauche.

— Vraiment ? fit une voix profonde qu'elle ne reconnut que trop bien. Peut-être pourrais-je vous être de quelque secours ?

Elle tourna la tête et découvrit le beau visage de Ryder. Elle croisa ses yeux amusés et parvint malgré tout à garder son sang-froid.

— Bonsoir, Ryder.

— Mary.

Ses yeux, mélange cristallin de verts et de bruns intenses, ne voulaient pas lâcher les siens. Et comme la veille au soir, il avait, sans faire le moindre effort apparent, réussi à la subjuguer tout entière, à tel point que le reste du monde semblait avoir disparu.

Mary cligna des yeux pour se libérer de ce sortilège et, sur un ton pincé, elle fit remarquer :

— Randolph et moi étions sur le point de…

Elle voulut se tourner vers Randolph, mais il avait déjà disparu. Tout ce qu'elle put distinguer de lui fut sa chevelure, alors qu'il se faufilait parmi la foule dense pour rejoindre le plus vite possible ses amis, auprès desquels il serait enfin en sécurité.

— Je vous avais prévenue, murmura Ryder.

Elle regardait toujours dans la direction de Rand, mais il l'entendit grommeler.

Il lui laissa un moment pour digérer son échec. Malgré l'intérêt — croissant — qu'il portait à Mary Cynster, il était arrivé tard chez les Castelmaine, comme tous les gentlemen de son espèce. Il ne souhaitait pas attirer l'attention de quiconque sur ses nouveaux projets. Il devait se comporter selon son habitude, comme il l'avait fait la veille au soir lorsqu'il avait croisé Lavinia, pour que tout le monde suppose qu'il était à la recherche de sa nouvelle maîtresse.

Et non de sa future femme.

Il savait désormais qu'il pouvait jouer avec les sensations de Mary, qu'elle était tout sauf insensible à son charme et qu'elle entendait lui résister, ce qui le stimulait encore davantage. Son impatience à la retrouver avait été grande. Cependant, il avait jugé plus sage d'opter pour une arrivée tardive. S'il avait été présent depuis le début de la soirée, il aurait été tenté de la monopoliser dès son apparition.

Trop de monde l'aurait remarqué, et cela aurait soulevé des questions auxquelles il aimait mieux ne pas avoir à répondre.

Si les grandes dames avaient la moindre idée de ses intentions réelles, alors... Alors, étant donné que son choix s'était arrêté sur Mary, elles préféreraient sans doute ne pas s'en mêler. Mais tout de même, il entendait rester libre de son choix. Malgré son jeune âge, trente ans — pour quelqu'un comme lui, c'était jeune pour se marier —, il n'avait pas besoin que toutes les femmes de la haute société insistent pour l'aider et le conseiller dans ses projets matrimoniaux.

Pour l'instant, tout le monde pensait encore qu'il était forcément trop jeune pour avoir compris la nécessité de se marier et de donner un héritier à sa lignée, mais dans quelques années toutes les grandes dames se mettraient à faire attention à lui.

Il avait donc jugé plus sage et préférable de prendre les devants et d'agir dans l'ombre.

De toute façon, étant donné la promesse qu'il avait faite à son père, il n'avait pas le choix. Il devait se marier. Renoncer à quelques années de célibat — dont il commençait à se lasser — semblait un petit prix à payer pour conserver la liberté de faire son propre choix et de mener la traque comme il en avait envie.

Et il ne fallait surtout pas faire ce choix à la légère, car celle qui deviendrait sa marquise jouerait un rôle crucial dans son avenir.

Son avenir dont, avec conviction et détermination, il avait déjà décidé de tous les aspects.

Commençant à être habitué aux réactions de Mary — il surveillait sa proie avec une grande vigilance —, il comprit qu'elle venait de tirer un trait sur Rand et qu'elle était prête à passer à autre chose. Pour un temps, tout du moins.

La désillusion et la déception se lisaient sur son beau visage aux traits fins.

— Venez, dit-il en tendant le bras. Vous avez sans doute vraiment besoin de prendre un peu l'air maintenant.

Elle grommela de nouveau, pour signifier non pas son refus mais plutôt sa résignation, et consentit à poser sa main sur la manche de Ryder. Elle le toucha à peine, mais il ressentit ce contact jusque dans sa moelle.

— En fait, déclara-t-elle alors qu'ils se dirigeaient vers les portes-fenêtres, j'avais vraiment envie de faire quelques pas dehors. La chaleur est absolument étouffante dans cette pièce.

— Vous n'avez pas d'éventail ? demanda-t-il en écartant pour elle les fins voilages qui encadraient les fenêtres.

— Trop encombrant, répondit-elle en secouant la tête.

Il avait remarqué qu'elle ne semblait guère apprécier les fanfreluches. Elle portait bien un réticule, mais sans doute davantage pour des raisons pratiques que par coquetterie.

Résistant à l'envie pressante de poser sa main sur la sienne, il la conduisit lentement vers la terrasse, ajustant son allure au pas plus lent de Mary. Tout en marchant, il essayait d'imaginer quelles conclusions elle pouvait tirer du petit affront qu'elle venait d'essuyer. Cela remettrait-il en cause sa détermination à conquérir son demi-frère ?

Mais il n'eut pas à déployer des trésors d'imagination pour répondre à cette question, car Mary le fit pour lui.

— Ce n'est pas juste, assena-t-elle, le regard fixé droit devant elle et les lèvres pincées. Pourquoi diable Randolph a-t-il refusé de m'accompagner ?

Il poussa un soupir théâtral.

— Tout simplement parce que vous êtes *trop* pour lui.

Elle le regarda en plissant les yeux.

— Vous n'avez pas l'air de partager son opinion.

Il sourit. L'idée qu'il puisse la trouver *trop* pour lui était un non-sens absolu.

— Bien sûr que non.

— Mais, si vous pouvez vous entretenir et échanger avec moi sans aucun problème, pourquoi pas lui ?

— Au risque de me répéter, j'ai trente ans et lui vingt-quatre. La différence est significative.

— Vous seriez-vous enfui comme il vient de le faire à vingt-quatre ans ?

Il réfléchit un instant avant de répondre :

— À dire vrai, je ne suis pas certain de me rappeler avec exactitude la façon dont je me conduisais à vingt-quatre ans, mais... sans doute pas.

Elle poussa un soupir dans lequel il crut déceler beaucoup de déception et d'amertume.

Rand paraissait avoir baissé dans son estime, mais ce n'était pas seulement sa faute à lui, le pauvre. Mary semblait sous-évaluer sa propre force et la puissance incroyable de sa personnalité, qu'elle ne cherchait pas du tout à dissimuler.

Cette absence de dissimulation était d'ailleurs l'une des choses qu'il trouvait séduisantes chez elle. Mais cela faisait fuir les hommes comme Rand, quel que soit leur âge. En fait, Rand venait tout simplement de prouver que son instinct de conservation fonctionnait très bien.

Ils parvinrent au bout de la terrasse. Mary retira la main de son bras et tourna vers lui son visage déterminé.

— Très bien. Dans ce cas, je pense que je ferais mieux de persévérer.

Elle commença à se diriger vers les portes-fenêtres d'un pas décidé.

Elle l'avait laissé seul près de la balustrade mais, malgré sa stupéfaction, il pivota et la rattrapa en quelques rapides enjambées.

— C'est-à-dire ?

— C'est-à-dire que je dois absolument trouver un moyen de parler avec votre frère — avec votre demi-frère, plutôt — en tête à tête.

— Ah... je vois.

Ils arrivèrent ensemble à la porte-fenêtre, et il écarta de nouveau le rideau de gaze, afin qu'elle puisse entrer plus facilement.

Alors qu'il la suivait dans la salle de bal, il se demanda s'il devait la laisser poursuivre Rand de ses assiduités, ce qui ne devrait pas manquer de le traumatiser à vie, ou bien...

Tout à coup, son regard s'arrêta sur l'estrade où se trouvaient les musiciens, juste au moment où ils s'apprêtaient à jouer.

— Mary.

Elle s'arrêta et se retourna. Il était clair à son expression qu'elle n'appréciait guère qu'on la retarde de la sorte quand elle avait une idée en tête.

— Oui ?

— Venez danser.

Il ne commit par l'erreur de lui poser la question et se contenta de lui prendre la main, de l'entraîner sur la piste, de l'attirer dans ses bras et de se mettre à valser.

Il ne lui avait pas laissé le temps de résister. Une fois en train de virevolter avec aisance au milieu des autres couples, il la regarda et fut transpercé par deux épées d'un bleu intense. Quand elle plissait les yeux de la sorte, son regard devenait vraiment assassin.

Il lui sourit.

Il la sentit flancher. Elle prit une immense inspiration, qui fit gonfler sa poitrine sous son corsage de soie et offrit à Ryder un spectacle des plus intéressants, une vision des plus ravissantes.

Il se rendit compte alors que, malgré son intérêt pour elle, il n'avait jusque-là pas prêté grande attention à son physique, ce qui était assez étonnant venant de lui. C'étaient plutôt son tempérament, sa sensibilité et son comportement qui avaient accaparé son attention, et qui étaient ce qui le captivait le plus. Mais il fallait avouer que sa silhouette avait elle aussi de quoi séduire.

Il regarda de nouveau ses yeux, qui lançaient à présent des éclairs.

— C'est... c'est...

Elle était à court de mots, et cela semblait la désespérer.

— Insupportable ? proposa-t-il. Il s'agit de la pire effronterie à laquelle vous ayez jamais été confrontée ?

— Oui ! C'est exactement cela.

Le fusillant toujours du regard — le bleu de ses yeux semblait s'embraser —, elle prit de nouveau une grande inspiration, fulminant.

— Si vous-même le reconnaissez...

— Vous aviez besoin d'être détournée de votre objectif.

— Pardon ?

— Ce n'est pas dans votre intérêt de harceler Rand. Vous ne réussirez qu'à l'apeurer davantage et à le faire fuir d'ici pour de bon.

Il lui adressa un sourire nonchalant, tout à fait conscient de l'effet qu'il pouvait produire chez elle.

— Vous feriez mieux d'aiguiser vos serres sur moi. Je suis assez solide pour cela.

Elle cligna des yeux, l'air décontenancé. Puis elle finit par demander :

— Pourquoi parlez-vous de serres ?

— Serres... Aigle... Empereur... dit-il en soutenant son regard. Votre comportement est un brin impérieux, vous savez.

Elle fit une moue contrariée et détourna le regard. Au bout

d'un moment, au cours duquel il sentit que le balancement apaisant de la danse finissait par la gagner, elle murmura :

— Vous au moins, vous savez parler.

— En effet, répondit-il en profitant d'un virage pour l'attirer légèrement plus près de lui. Qui se ressemble s'assemble, comme on dit.

Aucun incident — ni verbal ni de quelque nature que ce soit — ne vint émailler le reste de la valse.

Il se demanda si elle se doutait qu'on pouvait voir sur son visage qu'elle était en train de manigancer quelque chose.

À la fin de la danse, il la relâcha, s'inclina, puis l'aida à se relever de sa révérence et attendit de voir ce qu'elle allait faire.

— Merci pour la valse, dit-elle en regardant autour d'elle. Si vous voulez bien m'excuser...

Il la laissa se retourner, avant de demander :

— La fleur a décidé d'aller s'épanouir ailleurs ?

Cette question — qu'elle eut l'air de trouver déplacée sur le fond comme sur la forme — lui valut un regard noir.

— Je vais au vestiaire si vous voulez tout savoir.

Il inclina la tête.

— Alors, à très bientôt.

Comme elle s'éloignait déjà, il l'entendit murmurer :

— Pas si je peux l'éviter.

Mais, déjà impatient de la retrouver et ravi de l'effet qu'il produisait sur elle, il sourit.

Mary se dirigea effectivement vers le vestiaire. C'était le seul endroit où elle était certaine de trouver le calme et la tranquillité dont elle avait besoin pour réfléchir.

Réfléchir entre les bras de Ryder tout en évoluant sur la piste avait été impossible. Malgré les efforts constants qu'elle faisait pour se concentrer, ses sens n'avaient cessé de venir parasiter et corrompre ses pensées en lui envoyant un message trompeur, dans lequel il était question de plaisir et de bonheur. Cela l'avait amenée à s'interroger sur l'émoi qu'elle ressentait en dansant avec Ryder, et sur la déception qu'avait représentée la même expérience quand elle l'avait faite avec Randolph.

De telles réflexions n'étaient pas pertinentes. Ryder avait bien plus d'expérience que Randolph, ce qui était à l'immense avantage de ce dernier. Assise devant un miroir, elle fit semblant de remettre en place ses boucles sombres qui tombaient déjà parfaitement et détourna avec vigueur son esprit de ces considérations, pour se concentrer sur son objectif immédiat : réussir à passer du temps en tête à tête avec Randolph, de préférence dans une configuration où il se sentirait à l'aise, tout en évitant Ryder.

Ces deux objectifs étaient liés, mais le plus important des deux restait d'éviter Ryder. Bien malgré elle, il la troublait au point qu'elle en oubliait tout le reste.

Elle s'attarda dans le vestiaire, assez longtemps sans doute pour qu'il ait perdu patience et que, espérons-le, il ait été distrait par quelqu'un d'autre. Se décidant enfin à sortir, elle s'arrêta au bout du long couloir qui menait à la salle de bal pour regarder autour d'elle, quand elle sentit de longs doigts se refermer sur son coude.

Avant qu'elle ait le temps de protester, Ryder déclara :

— Il y a là-bas une discussion animée au sujet du livre de ce Thackeray qui vient de paraître, *Yellowplush Papers*. Je me suis dit que cela pourrait vous intéresser d'y participer.

Bien entendu, cela la détourna tout de suite de son but. Elle laissa Ryder la conduire vers un grand groupe qui comptait quelques personnes parmi les plus érudites du grand monde, en se disant qu'elle ne faisait que s'accorder une petite pause aussi agréable qu'instructive. Elle avait entendu parler de l'œuvre en question, des mémoires fictionnelles, et cela l'avait intriguée.

Ryder et elle furent accueillis au sein du groupe par des salutations prononcées à voix basse et par des signes de tête polis, même si les principaux interlocuteurs, Lord Hennessey et l'honorable Carlton Fytzmythe, interrompirent à peine leur échange pour leur dire bonsoir.

Le débat, portant sur le rôle de miroir de la société que jouait ce type d'œuvres, était argumenté mais brouillon, et Mary ne voyait pas très bien quel avait été le point de départ de la discussion, ni où ces messieurs voulaient en venir.

Au bout d'un moment, Ryder murmura :

— Je ne comprends pas bien : tout le monde a l'air de faire comme s'il s'agissait réellement des mémoires de Charles Yellowplush.

— C'est exact, répondit Mary en chuchotant elle aussi. Mais c'est une œuvre de fiction, inventée et forgée de toutes pièces. J'avoue donc ne pas voir l'intérêt de tous ces grands débats.

Elle croisa les yeux de Ryder et vit son propre cynisme se refléter dans son regard noisette, incroyablement acéré.

— Voulez-vous que nous passions notre chemin ? proposa-t-il.

Elle acquiesça.

Il eut l'air de comprendre qu'elle lui avait donné l'autorisation, par ce signe de tête, de la prendre par le bras. Et, après quelques mots d'excuse destinés au reste du groupe, il l'emmena un peu plus loin.

— Thackeray..., fit-il en la guidant parmi la foule. Est-ce le même que le critique littéraire du *Times* ?

— Je crois.

Elle essaya de s'en tenir à cette brève réponse mais, lorsqu'elle leva les yeux vers lui, Mary ne put s'empêcher de demander :

— Vous lisez donc les critiques littéraires ?

Tout en scrutant la foule, il haussa les épaules d'un air détaché.

— Cela m'arrive.

Ce fut pour elle une surprise et une révélation. Aussitôt, elle se demanda si Randoph lui aussi... Mais non, elle chassa cette pensée. Comme Ryder lui-même l'avait fait remarquer, six années les séparaient, ce qui entraînait une grande différence de maturité. Les comparer ne servait à rien.

Seulement...

Mais non, elle ne devait pas se laisser distraire. Car, oui, le simple fait de se promener dans une salle de bal aux côtés de Ryder représentait une distraction en soi. Avec fermeté, elle s'intima donc l'ordre de se concentrer à nouveau sur sa quête.

En la regardant, Ryder comprit tout de suite ce que signifiait la détermination qu'il lisait une nouvelle fois sur son visage. Il leva vite la tête, à la recherche d'une autre diversion.

— Ah..., fit-il. Nous avons été repérés.

Mary regarda autour d'elle en plissant le front, mais la densité de la foule l'empêchait de bien voir.

— Par qui ?

— Une vieille tante à moi... Enfin, je l'appelle ma tante, mais c'est plus compliqué que cela. Je suis sûr qu'elle vous a vue. Nous n'allons pas pouvoir l'éviter.

Sans lui laisser le temps de protester, il se faufila parmi les convives, vers le fauteuil où il avait aperçu la cousine de son père, Lady Maude Folliwell. Elle était affreusement myope et n'y voyait pas à un mètre, mais elle était toujours contente de parler avec lui, et il n'avait aucun scrupule à se servir d'elle pour mener son plan à bien. D'ailleurs, si Maude découvrait quel était son but, nul doute qu'elle l'applaudirait des deux mains.

Mary se retrouva face à un type de ladies qu'elle connaissait bien, mais Lady Maude était très différente de sa tante Clara. Sa conversation était encore tout à fait sensée et facile à suivre. Cependant, quand Mary remarqua l'épaisseur des verres de ses lorgnettes, elle se demanda comment elle avait pu les repérer depuis l'autre bout de la pièce. Malgré cela, elle sourit avec gentillesse, laissa de bonne grâce Ryder faire les présentations et répondit aux questions de la vieille dame à propos de sa famille.

— Je n'ai vu ni votre mère ni vos tantes, très chère, constata Lady Maude en promenant son regard chaussé de ses lorgnettes le long du mur contre lequel étaient assises la plupart des ladies plus âgées.

— Mes parents, ainsi que mes tantes et mes oncles, se sont retirés à la campagne pour quelques jours.

— Ah, oui... Ils prennent quelques forces avant le mariage de votre sœur. Quelle belle surprise que cette union, et je sais que les Glossup sont enchantés ! Transmettez, je vous prie, mes félicitations aux futurs mariés.

Mary promit de le faire, et lady Maude se tourna vers Ryder. Mary s'attendait à entendre les reproches habituels que les ladies d'un certain âge ne peuvent s'empêcher d'adresser aux jeunes hommes tels que Ryder. Mais, ô surprise, Lady Maude adorait Ryder apparemment et, même si ses commentaires laissaient clairement apparaître qu'elle n'était pas si aveugle qu'elle en avait l'air, elle semblait, au moins dans l'ensemble, ne pas avoir de critiques à faire sur la conduite de son jeune parent.

Alors que Ryder répondait avec la même gentillesse et la même affection, et que la conversation déviait sur des questions familiales, Mary comprit que sa chance était venue et elle essaya de la saisir avant qu'il soit trop tard. Comptant s'éloigner en toute discrétion, elle s'inclina poliment devant Lady Maude et recula. Elle comptait profiter de ce que Ryder était encore en pleine conversation pour rejoindre Randolph. Mais, quand elle commença sa manœuvre, elle se rendit compte avec désespoir et consternation qu'elle ne parviendrait pas à se débarrasser de Ryder aussi facilement.

Pourtant, il n'avait pas interrompu son échange avec Lady Maude et n'avait pas donné l'impression d'avoir compris ses intentions.

Mais les longs doigts de Ryder, qui avaient eu l'outrecuidance de glisser le long de sa jupe en soie, l'agrippaient et la maintenaient fermement.

La main qui emprisonnait ses jupes derrière sa cuisse n'était pas visible par Lady Maude, et la foule était si dense dans la pièce qu'il semblait improbable que quelqu'un remarque quelque chose.

Mary dut ravaler sa colère et continuer de sourire gentiment.

Mais elle était désormais plus déterminée que jamais à conquérir Randolph. D'une façon ou d'une autre, elle l'emporterait.

Sa chance se présenta dès qu'ils eurent pris congé de Lady Maude. Alors qu'ils plongeaient de nouveau dans la foule, Lady Heskett et Lady Argyle, d'élégantes mères de famille du même âge que Ryder, bondirent sur lui en même temps, une de chaque côté.

— *Darling*, cela fait une éternité que je ne vous ai pas vu ! s'exclama Lady Heskett en prenant la place de Mary à ses côtés.

Trop contente d'être ainsi évincée, Mary retira sa main du bras de Ryder et s'éloigna.

— Raventhorne !

La voix de Lady Argyle était un peu plus perçante et possessive. Dans un mouvement plein de fougue, elle agrippa l'autre bras de Ryder.

— Où vous cachiez-vous, monsieur le marquis ?

Durant un instant, Ryder fut totalement accaparé.

Avec un sourire de triomphe, Mary recula, tourna les talons et s'enfuit.

Plongeant dans la foule, elle se faufila tel un renard tentant d'échapper aux chiens de chasse lancés à sa poursuite, avant de faire demi-tour et d'aller trouver refuge près de la colonnade qui menait au vestiaire.

Elle passa les têtes en revue, mais n'aperçut pas la crinière dorée de Ryder.

— Parfait, fit-elle avec un soupir de soulagement. Maintenant, trouvons Randolph.

Sans rien perdre de sa vigilance — un lion avait vite fait de fondre sur sa proie —, elle parcourut la pièce des yeux. Comme elle aurait pu s'en douter, le groupe de Randolph se trouvait toujours plus ou moins à la même place. Elle était sur le point de se diriger vers eux lorsqu'elle vit Ryder longer le mur non loin d'elle, débarrassé de ses amies encombrantes. Il était apparemment en grande discussion avec un autre gentleman mais, en réalité, il la cherchait.

Elle recula, mais ce mouvement attira son attention.

La scène qui suivit ressemblait à une version très élaborée du jeu du chat et de la souris. À la grande surprise de Mary, Ryder n'avait pas seulement l'intention de l'empêcher de rejoindre Randolph. Il la poursuivait tandis qu'elle se faufilait, essayant de le perdre dans la foule...

Mais il était assez grand pour la repérer facilement.

Très vite, il se rapprocha, et un frisson de panique très particulier — délicieux et plein d'attente — la parcourut.

Elle refusa de s'attarder sur l'étrangeté de cette sensation.

Elle ne voyait qu'un seul moyen de s'enfuir. Elle retourna dans le couloir qui menait au vestiaire. S'arrêtant sous le plafond voûté, elle regarda derrière elle… et vit Ryder à quelques mètres à peine. Seules trois personnes les séparaient.

Il la regardait dans les yeux, avec intensité.

Et ce qu'elle vit dans son regard lui serra la poitrine.

Une partie d'elle-même se dit que c'était ridicule, mais son instinct la poussait vers ce seul but : fuir.

Fuir quoi ? Et pourquoi ? Elle l'ignorait. Tout ce qu'elle savait, c'était qu'elle devait le faire.

En étouffant une petite exclamation de désespoir, elle tourna les talons et fonça dans le couloir. Mais, au lieu de s'arrêter au vestiaire, elle continua sa course. Le grand couloir longeait tout un côté de la salle de bal et, au bout, il formait un coude. Elle l'emprunta et arriva à une porte qu'elle avait déjà vue lors de ses précédentes visites chez Lady Castelmaine. Elle inspira profondément, essaya de ralentir les pulsations de son cœur qui battait la chamade et leva la tête. Elle se redressa, se para de son flegme et de son sang-froid habituels, ouvrit la porte et se retrouva sur la terrasse.

C'était le dernier endroit où Ryder aurait l'idée de venir la chercher. Elle n'avait aucune raison objective d'y retourner, surtout seule.

Elle referma la porte en silence et s'arrêta dans la zone d'ombre que formaient les murs pour observer les cinq couples qui déambulaient sur la terrasse. Être seule — et surtout se promener seule — allait attirer l'attention.

À l'endroit où elle se trouvait, elle n'était pas visible depuis la salle de bal mais, si elle avançait, on la verrait forcément. Et une silhouette solitaire était quelque chose d'assez rare et curieux pour attirer l'attention, même de ceux qui étaient en pleine conversation.

Sans parler des couples qui se promenaient. Au moins trois d'entre eux la connaissaient, et ils chercheraient sans aucun doute à la rejoindre et à la raccompagner dans la salle de bal… où l'attendait Ryder.

Elle jeta un coup d'œil vers la gauche. Une volée de marches en pierre raides, dissimulée dans l'ombre, menait à une petite allée pavée. Sans bouger, elle attendit un moment où les couples étaient trop occupés pour la remarquer et en profita pour descendre l'escalier, et emprunter l'allée jusqu'à l'angle de la maison.

Devant elle se trouvait le jardin rectangulaire sur lequel donnaient les appartements privés de la grande demeure et qui se prolongeait, de l'autre côté, par une grande pelouse et une petite gloriette. Cette dernière, construite en marbre blanc, brillait légèrement dans le clair de lune. Quand il faisait beau, lady Castelmaine servait souvent le thé de l'après-midi sur cette belle pelouse. La salle de bal n'y donnait pas accès directement, et la pelouse était plongée dans le noir.

Personne ne devait se trouver dans la gloriette en ce moment. Mary pourrait profiter du calme et de l'obscurité pour aller s'y asseoir quelques minutes, calmer son cœur qui s'était emballé de façon stupide et recouvrer ses esprits. Elle ignorait pourquoi la traque de Ryder — cette détermination sans faille et quasi obsessionnelle qu'il avait affichée — l'avait troublée à ce point, mais elle avait besoin d'apaiser ses nerfs et ses sens, de reprendre le contrôle de son esprit, de trouver un plan qui lui permettrait de passer du temps avec Randolph et de décider si, oui ou non, il était son héros.

Le fait même de douter et de remettre en question sa certitude initiale l'irritait. Elle en avait été si sûre... et, d'un côté, elle l'était toujours. En toute logique, et selon des critères objectifs, Lord Randolph Cavanaugh était le mari idéal pour elle.

Il devait donc être son héros.

Elle longea lentement la pelouse et emprunta la petite allée qui menait à la gloriette. Le chemin était bordé de larges parterres fleuris, de petits buissons et d'arbustes en fleurs. Leurs couleurs étaient atténuées par l'obscurité, mais leur odeur était bien perceptible dans la brise nocturne. Peu à peu, l'étrange panique qui s'était emparée d'elle se dissipa. Mary avançait à pas lents, le regard fixé sur le chemin. Elle sentait la colère monter alors qu'elle analysait plus posément ce qui venait de se produire.

Ryder l'avait forcée à quitter la salle de bal — son champ d'action — et l'avait poussée dehors. Quel despote importun, autoritaire et arrogant ! Car, malgré le vernis d'amabilité sous lequel il dissimulait sa vraie nature, Ryder n'était rien d'autre qu'un despote.

Et ce soir, il s'était joué d'elle.

D'elle, qui d'ordinaire menait toujours la danse. Qui plus est, il l'avait fait sur un territoire qu'elle considérait comme lui revenant de droit. Dans lequel elle se sentait libre d'arranger les choses à sa guise.

Les yeux plissés, elle souleva ses jupes pour gravir les trois marches qui conduisaient à la gloriette en bouillant intérieurement.

Personne ne pouvait la voir mais elle pinça les lèvres, en signe de colère et de détermination.

En haut des marches, elle relâcha ses jupes. Ses sens vacillèrent. En état d'alerte, elle se figea. Le silence était total. Pourtant, son instinct lui hurlait qu'un prédateur se trouvait tout près. Trop près.

Deux fois, elle cligna des yeux. Osant à peine respirer, tandis qu'elle s'habituait à l'obscurité plus profonde qui régnait à l'intérieur de la gloriette, elle tourna lentement la tête vers la gauche...

Il était assis sur le banc qui flanquait la structure, avec sa nonchalance féline habituelle. Et il la regardait. Avec intensité. Et sans bouger.

Il se tenait la tête renversée en arrière, les épaules appuyées contre une colonne, les bras détendus et croisés sur ses cuisses, les mains bien à plat, dans une pose qui mettait en valeur sa stature, sa puissance et son charme redoutable. À le voir ainsi, il n'y avait aucun doute possible : il représentait un danger pour toute femme qui aurait la stupidité de s'approcher trop près de lui.

Cela dit... En inclinant la tête, elle interrogea son instinct — toute trace de panique avait disparu en elle — et reçut la confirmation que Ryder Cavanaugh ne lui inspirait pas la moindre peur, ni même la moindre inquiétude.

En revanche, il lui inspirait de la colère et un certain respect.

Ces deux sentiments trouvaient leur source dans la conscience accrue qu'elle avait du mal qu'il pourrait causer à ses projets — malgré toute la détermination dont elle faisait preuve —, de la distraction qu'il pouvait représenter, du pouvoir qu'il savait exercer sur son corps.

Elle avait la certitude absolue qu'il serait un adversaire implacable et un ennemi pire encore.

Et il lui avait fait très clairement comprendre qu'il n'approuvait pas qu'elle poursuive son frère cadet de ses assiduités.

Cependant...

Elle le fixa, l'observa et accepta l'idée qu'il devait juste vouloir protéger Randolph.

Mais il ne serait pas allé jusque-là si cela avait été sa seule motivation.

— Comment m'avez-vous devancée ?

Il déplia ses longs doigts pour désigner la maison.

— À l'autre bout du couloir, il y a une entrée qui donne directement sur cette allée.

Elle regarda la porte en question avant de demander, perplexe :

— Comment avez-vous su que je viendrais ici ?

Il laissa passer un moment avant de répondre :

— Vous oubliez qu'un homme comme moi est censé connaître les endroits propices au libertinage dans toutes les grandes maisons, ainsi que les façons d'y accéder.

— Mais vous ne pouviez pas savoir que je viendrais ici.

Il marqua une nouvelle pause, avant de poursuivre :

— De toute évidence, je commence à connaître votre façon de penser. Suffisamment en tout cas pour deviner comment vous allez vous comporter.

Ce n'était pas du tout rassurant. Son cœur ne cognait plus dans sa poitrine, mais n'avait toujours pas retrouvé son rythme tranquille et habituel. Malgré cela, il fallait à tout prix qu'elle résiste.

— Pourquoi me poursuivez-vous ? demanda-t-elle en ouvrant les bras. Jusqu'ici même ?

Ses yeux s'étant habitués à l'obscurité, Ryder étudia les traits de Mary. Il hésitait à lui dire la vérité.

Il ne s'était pas levé à son arrivée ce qui, si Mary avait fait davantage attention, aurait pu trahir ses intentions. Il s'agissait en effet d'un privilège normalement réservé aux hommes qui entretenaient des relations étroites et personnelles avec la personne concernée, et qu'elle n'ait pas eu l'air de le remarquer, ni même de s'en offusquer, semblait vouloir dire qu'elle acceptait — même si c'était de façon inconsciente — cet état de fait.

Et tout cela était de très bon augure. Cela signifiait qu'une nouvelle étape avait été franchie avec succès.

S'il ne s'était pas levé, c'était aussi parce que, dans cette configuration où ils se retrouvaient seuls tous les deux au beau milieu de la nuit dans un espace relativement confiné, être debout lui aurait donné un trop net avantage. Il aurait pu la faire céder. Une partie de lui était intriguée à cette idée, tentée de voir ce que cela pourrait donner, mais il était rationnel et savait que Mary n'était pas encore prête à cela.

Il pensa aussi qu'il n'était pas encore prêt à répondre à la question qu'elle venait de lui poser. Il ne le ferait pas, sauf s'il y était obligé. La fixant dans les yeux, il leva un sourcil.

— Qu'en pensez-vous ?

Sa réponse lui dirait au moins jusqu'à quel point elle l'avait cerné.

Elle leva le menton, dans une attitude de défi conscient ou de mépris inconscient — ou les deux à la fois.

— Je pense que vous vous ennuyez, mais que pour l'instant vous n'avez pas trouvé de nouvelle proie à votre goût. Je pense que, pour une raison mystérieuse, j'ai attiré votre regard le soir des fiançailles de Henrietta et James, et que, pour une raison plus inexplicable encore, vous me trouvez divertissante. Et, maintenant que vous avez découvert mon intérêt pour Randolph, vous avez décidé de vous amuser, non seulement en vous dressant en travers de ma route, mais aussi en essayant de me détourner de mon but.

Sa voix et son ton étaient devenus de plus en plus fermes et confiants à mesure qu'elle parlait. Maintenant, elle le regardait bien en face. Même dans l'obscurité, il sentait son regard plein de défi.

— Ai-je raison ?

Il soutint son regard.

— Tout ce que vous avez dit est indéniablement vrai.

Même si ce n'était pas là toute la vérité.

— Ha ! lança-t-elle, triomphante, allant et venant sur le sol de marbre. Elle s'arrêta face à lui. Mais *pourquoi* ? demanda-t-elle sur un ton presque implorant, en ouvrant les bras. Dites-moi pourquoi — pourquoi exactement — vous tenez tant à m'empêcher de m'approcher de Randolph.

— Je vous l'ai déjà dit. Rand n'est pas l'homme qu'il vous faut.

Lui, si. Mais elle parviendrait d'elle-même à cette conclusion. Quand elle le voudrait et comme elle le voudrait. Il comprenait les fortes personnalités comme elle. Et comme lui. Elles refusaient que l'on se mêle de leur vie et, quand il s'agissait de sujets personnels, elles acceptaient mal les conseils et avis d'autrui. Ni lui ni elle ne se laisseraient jamais influencer ou guider par quiconque. Ce n'était pas une question de confiance mais plutôt de détermination et de liberté. En cela, il la comprenait parfaitement. C'était pour elle d'une importance qu'il avait très bien saisie, et il lui laisserait du temps pour qu'elle parvienne à la bonne conclusion par elle-même.

Elle le fixa pendant un long moment, puis poussa une sorte de cri de rage et de désespoir qui résonna dans la nuit.

— Argh ! Ce n'est pas à vous d'en décider !

— Dans l'état actuel des circonstances, je pense que si.

— Mais c'est *faux*. Ryder...

Poussant un soupir discret, il décroisa les jambes et se leva. C'était la seule façon de mettre un terme à cet interlude. Son sens inné de l'écoulement du temps lui dit que le bal était en train de prendre fin. Il fallait qu'il la raccompagne à l'intérieur avant qu'on s'aperçoive de sa disparition.

Et il n'était prêt ni à parler ni à l'informer de ses intentions. Le défi, avec elle, était de la conquérir sans se déclarer. S'il lui disait sans détour qu'il voulait l'épouser... il n'était pas spécialement prétentieux, mais personne dans le grand monde ne nierait qu'il était un excellent parti. S'il le lui disait, donc, et qu'elle décidait d'accepter, il ne saurait peut-être jamais quels étaient vraiment ses sentiments à son égard. Il ne saurait peut-être jamais pourquoi elle avait décidé d'accepter. En ce moment, il n'avait aucune idée de ce qu'elle ressentait pour lui. Il ignorait même si elle ressentait autre chose que de l'irritation et de l'exaspération, et si elle serait capable d'éprouver autre chose que le désir passager qu'il se savait capable de susciter chez toutes les femmes.

Mais pire encore : que se passerait-il s'il lui dévoilait ses intentions et qu'elle l'éconduisait ?

Non, il était mieux, beaucoup plus sage et moins risqué de l'attendrir un peu d'abord.

À ce propos... Il se dressa de toute sa hauteur et avança d'un pas pour se retrouver tout près d'elle. Si près qu'elle dut pencher la tête en arrière pour le regarder.

Il aurait pu en profiter pour l'intimider, mais ce type de méthode n'était pas une option.

Surtout pas avec Mary. Les reflets argent du clair de lune baignant son visage, elle le fixait avec une impassibilité de façade qu'il ne connaissait que trop bien.

Elle n'était pas insensible à son charme, ni à l'aura sensuelle qu'il dégageait.

À la séduction qu'il savait déployer en maître.

Il y eut un moment de flottement, durant lequel tout — même les choses les moins licites — parut possible. Il caressa du regard la courbe délicate de ses joues et de sa mâchoire, et sentit un fourmillement dans les doigts. Parce qu'il pouvait le faire, il plongea les yeux dans les siens et, du bout du doigt, traça sur sa merveilleuse peau d'albâtre le chemin que son regard avait dessiné.

Il observa ses beaux yeux vaciller, entendit son souffle se raccourcir. Et il regretta que l'obscurité l'empêche de mieux voir le désir naître en elle.

Elle entrouvrit ses lèvres roses et mûres en une invitation tacite et inconsciente.

Il pouvait l'embrasser désormais. Il pouvait commencer son entreprise de séduction, ici et maintenant.

La tentation s'insinua en lui, plus puissante qu'il ne l'aurait cru. Sa bouche avide voulait celle de Mary.

Mais il ne figurait pas parmi les plus grands séducteurs de Londres pour rien. Il savait ce que conquérir une femme voulait vraiment dire.

Conquérir une femme, ce n'était pas l'amener à se plier au désir de celui qui la courtisait.

Séduire une femme, c'était l'amener à se soumettre à son propre désir.

Il fallait qu'elle le désire.

Il fallait qu'elle vienne à lui.

Et c'était ce qu'elle ferait.

Elle viendrait à lui et, vu la personnalité de Mary, les choses devaient se passer ainsi. Ce serait mieux pour lui.

Il commençait à comprendre qu'il allait peut-être devenir fou de désir pour elle et il avait absolument besoin qu'elle le désire autant que lui.

Il respira profondément et s'éloigna du bord du précipice dans lequel il avait failli les précipiter tous les deux.

Puis il baissa la main et saisit Mary par le coude.

— Venez, dit-il en la poussant en douceur vers les marches. Je vous raccompagne à l'intérieur.

Elle prit une inspiration légèrement tremblante et le regarda un moment. Il était évident qu'elle hésitait entre protester contre la caresse qu'il lui avait prodiguée ou, au contraire, faire comme s'il ne s'était rien passé. Sans surprise, elle choisit la seconde option. Les yeux plissés, elle le laissa néanmoins l'aider à descendre les marches. Puis il la lâcha et, en levant la tête, elle lui emboîta le pas.

Ils marchèrent ainsi jusqu'à la maison.

— Passons par la terrasse, murmura-t-il.

Elle obéit et reprit le chemin qu'elle avait emprunté plus tôt, en sens inverse. Au bout de quelques pas, elle demanda :

— Pourquoi ?

— Si les gens nous voyaient revenir directement du jardin, répondit-il, ils parleraient. C'est un lieu idéal pour une entrevue secrète, et il n'en faudrait pas davantage pour délier les langues de toutes les commères, malgré votre jeune âge.

Elle réfléchit un instant à ce qu'il venait de dire, avant de faire remarquer :

— Mais me voir en votre compagnie sur la terrasse ne fera pas jaser ?

— Non. Pas du tout.

Il se retourna vers elle et chercha son regard, avant de finir par expliquer :

— C'est l'un des avantages d'une réputation comme la mienne. À moins de faire quelque chose de vraiment trop évident — comme rentrer ensemble par la porte donnant sur le jardin —, et étant donné que mes goûts et mes préférences sont connus de tous, ceux qui me verront avec vous sur la terrasse supposeront seulement que je vous ai accompagnée dehors pour que vous puissiez prendre un peu l'air. C'est d'ailleurs ce que j'ai fait tout à l'heure, je vous le rappelle. Et personne n'y trouvera rien à redire.

Ils contournèrent la maison, puis gravirent les marches qui montaient à la terrasse. Deux couples se dirigeaient vers les portes-fenêtres. Ils les suivirent.

Quand Mary s'arrêta pour le laisser écarter le rideau de gaze, il passa devant elle. Mais, tandis que le rideau formait un écran translucide entre eux et le reste de l'assemblée, de son bras il l'empêcha d'avancer.

Elle lui adressa un regard interrogateur.

Sans la lâcher des yeux, il baissa la tête et, d'une voix douce, en employant à dessein un ton détaché mais intime, il déclara :

— Vous voyez, personne ne peut imaginer que je tente de vous séduire.

Alors qu'elle ouvrait de grands yeux surpris, il poursuivit :

— Vous êtes trop jeune, trop innocente. Et bien trop « épousable », ajouta-t-il en souriant. Absolument pas mon genre de maîtresse.

Elle laissa ses prunelles bleues se promener sur son visage, de ses yeux à ses lèvres, sur lesquelles elles s'attardèrent un instant. Puis elle renifla avec dédain, regarda devant elle et, quand il écarta le rideau, pénétra calmement dans la salle de bal.

Il la suivit, en fixant son dos gracile. Et il omit de préciser qu'il était, toutefois, de plus en plus certain qu'elle était son style d'épouse.

3

— Je ne pensais pas devoir me rendre dans le Wiltshire. Et Simon et Portia ont envie de nous accompagner, en grande partie pour faire prendre l'air aux enfants qui étouffent un peu à Londres, déclara Henrietta en regardant Mary, assise en face d'elle à la table du petit déjeuner. Tu vas donc te retrouver toute seule à la maison.

— Pas vraiment seule, répondit Mary en désignant Hudson, qui se tenait debout près de la table. Les domestiques seront là. Et puis Amanda, Martin, Amelia et Luc ne sont qu'à quelques rues d'ici.

— Tout de même, soupira Henrietta. Je ne voulais vraiment pas y aller, mais James n'a pas le choix, il doit s'y rendre. Et c'est mieux pour moi de connaître un peu Whitestone Hall avant d'y arriver en tant que nouvelle maîtresse des lieux.

— Oui, c'est une occasion à ne pas laisser passer, assura Mary.

Elle avala une bouchée de toast avant de poursuivre :

— Je ne vois pas pourquoi cela t'angoisse à ce point. Papa et maman seront de retour après-demain. Amanda va m'accompagner au concert chez Lady Hopetoun tout à l'heure, et Amelia chez lady Bracewell demain soir. Ensuite maman sera là, et elle s'occupera de tout comme d'habitude. Il n'y a absolument aucune raison que tu renonces à ce voyage. Et c'est pareil pour Simon et Portia.

Henrietta scruta le visage de Mary.

— Bon, si tu es sûre de toi, dit-elle, avant de lever la main pour arrêter sa jeune sœur qui s'apprêtait à reprendre la parole. Pas la peine d'en rajouter, je vois bien que tu l'es… C'était purement rhétorique.

— Quand pars-tu, alors ? demanda Mary en souriant.

— Dans l'heure, répondit Henrietta en regardant l'horloge. Oh mon Dieu !

Elle vida sa tasse de thé d'une seule gorgée, puis posa sa serviette sur la table avant de se lever.

— Il faut que je me dépêche. Sois sage et fais attention à toi, ajouta-t-elle en regardant sa sœur dans les yeux.

En riant, Mary lui fit signe de s'en aller.

— C'est bon, tu peux partir !

Ce que fit Henrietta.

Sans cesser de sourire, Mary prit son temps pour savourer son thé, puis mangea un deuxième toast à la confiture.

Tout en réfléchissant au plan à mettre en œuvre pour trouver son héros.

La façon dont elle réagissait instinctivement aux tentatives que faisait Ryder pour la détourner de son but la poussait à redoubler d'efforts, à persévérer sur la voie qu'elle s'était tracée, sans changer de cap. Mais elle était adulte désormais et elle était capable de ne plus réagir de manière aussi bornée quand on s'opposait à elle. Mary espérait être devenue assez sage et raisonnable pour reconnaître que, parfois, ses hypothèses et ses intuitions pouvaient être fausses.

Et à vrai dire, ce n'était pas l'attitude adoptée par Ryder la veille au soir qui l'amenait à remettre en question ce qu'elle avait pris jusque-là pour des certitudes, mais bien celle de Randolph. Il n'avait rien fait d'autre que la pousser dans les bras de Ryder avant de s'enfuir.

Ce qui était tout sauf un comportement héroïque.

Plus elle repensait à ce moment, moins elle avait envie de sourire.

Elle reposa sa tasse et regarda le collier que l'on devinait sous l'encolure ronde de sa robe bleu pâle. Le pendentif de quartz rose qui se nichait au creux de sa poitrine n'était pas visible, mais elle le sentait et elle sentait son poids.

« Si, maintenant que tu portes ce collier, tu ne ressens rien de particulier pour le mystérieux gentleman de tes pensées, s'il ne ravit pas ton esprit, s'il ne s'insinue pas en toi pour occuper tes pensées sans que tu puisses l'en chasser, alors je t'en prie, promets-moi d'écouter les conseils de la Lady. »

Sa cousine Angelica avait prononcé ces mots lors du bal de fiançailles de Henrietta et James, le soir où Mary avait reçu le collier. De toutes ses cousines, Angelica, qui était aussi la cadette de sa branche, était celle dont le tempérament se rapprochait le plus du sien. Tout le monde s'accordait à le dire. Le collier avait fonctionné pour Angelica, et Mary croyait toujours qu'il fonctionnerait pour elle.

Mais, face à Randolph, elle ne ressentait rien d'autre qu'une exaspération née d'attentes déçues.

Cela ne signifiait pas nécessairement que Randoph n'était pas son héros. Mais, de toute évidence, il ne l'était pas encore et ne le deviendrait sans doute pas avant des années...

En caressant le collier du bout des doigts, elle murmura :

— Je ne vais pas attendre des années, surtout si le résultat n'est pas garanti.

Elle réfléchit un moment, martelant de son ongle l'une des perles d'améthyste. Puis elle fit la grimace et reposa sa main sur la table.

— Je dois accepter l'idée que Randolph n'est peut-être pas mon héros. Je peux profiter du concert de ce soir — auquel Ryder, Dieu merci, n'assistera pas — pour mettre Randolph à l'épreuve une dernière fois. Et ensuite, si comme je le crains je vois qu'il ne correspond vraiment pas aux critères que j'ai fixés, je me mettrai à chercher mon héros ailleurs.

Héros qui ne jouait pas des coudes pour se présenter à elle de lui-même ...

« S'il ne ravit pas ton esprit, s'il ne s'insinue pas en toi pour occuper tes pensées sans que tu puisses l'en chasser... »

Malheureusement, cette phrase lui évoquait plutôt Ryder.

Et, maintenant qu'elle y pensait, il était le premier gentleman auquel elle avait parlé après que Henrietta lui eut passé le collier autour du cou. Mais la veille au soir, de façon directe et franche, il avait confirmé ce qu'elle pensait des raisons qui le poussaient à la harceler de la sorte. Et d'ailleurs, il n'était pas étonnant qu'il se montre protecteur vis-à-vis de Randolph, au point de se comporter comme il le faisait. Ryder était le chef de famille, une famille aussi ancienne que les Cynster, et il avait conscience des devoirs incombant au rôle qu'il occupait. Il agirait sans hésiter pour défendre tous ceux qui se trouvaient sous sa protection. Et son jeune demi-frère en faisait partie, sans aucun doute.

Il n'y avait donc aucune raison d'imaginer que Ryder soit son héros. Et beaucoup, beaucoup de raisons pour s'assurer qu'il ne l'était pas.

Parmi ces raisons figurait en bonne place le fait que leurs caractères étaient si semblables, la principale différence — hormis leurs sexes — résidant dans le fait que Ryder était plus âgé, infiniment plus expérimenté, et donc plus fort qu'elle.

Elle plissa le nez. Non, la vérité, c'était qu'il était naturellement plus fort. Elle ne se montrerait pas stupide au point de ne pas le reconnaître ni l'accepter. Mais, pour une lady qui aspirait comme elle à gouverner sa propre vie, Ryder était assurément l'antithèse du héros.

Ce qui signifiait que ce maudit personnage héroïque n'avait toujours pas fait son apparition.

Elle jeta un dernier regard vaguement agacé au collier, puis se leva et sortit.

Ce soir, au moins, elle serait sûre de ne pas être distraite par Ryder et sa sensualité magnétique. Les soirées musicales comme celle de Lady Hopetoun étaient courues par les marieuses, leurs protégées et les jeunes hommes de bonne famille en âge de se marier. Les hommes comme Ryder ne s'y montraient jamais. Ce soir elle aurait donc le champ libre.

Et elle prendrait sa décision, dans un sens ou dans l'autre, au sujet de lord Randolph Cavanaugh.

Mary suivit sa sœur aînée dans le salon de musique de Lady Hopetoun. Amanda, qui était comtesse de Dexter, avança dans la pièce, puis salua ses amis qui s'étaient rassemblés en un petit cercle. Mary, elle, s'arrêta près de la porte et regarda la pièce.

Elles étaient arrivées en retard, car Amanda avait dû rester aux côtés de son dernier-né, qui souffrait d'une toux persistante depuis plusieurs jours. Heureusement, la guérison semblait en bonne voie et Amanda, qui était désormais une mère expérimentée, s'était déclarée suffisamment rassurée pour assister à cette soirée musicale à Hill Street. Par précaution, elle avait préféré que Mary prenne la voiture de ses parents, au cas où elle serait obligée de rentrer de façon précipitée avant la fin de la soirée.

Tous les invités devaient donc être arrivés à l'heure qu'il était. Les musiciens de chambre étaient en train d'accorder leurs instruments et, alors que la majorité des convives discutait encore par petits groupes disséminés dans la pièce, d'autres avaient déjà pris place sur les sièges de velours disposés en rangs face à la scène.

Randolph.

Où se trouvait-il ?

Mary passa tous les visages en revue une première fois puis, fronçant légèrement les sourcils, elle se déplaça dans la pièce pour chercher plus attentivement.

— Ils ne sont pas là.

Fort heureusement, elle n'avait pas sursauté. Tournant à peine la tête, elle accorda à Ryder un rapide coup d'œil alors qu'il s'approchait d'elle. Après une seconde de flottement, pendant laquelle elle hésita à lui sauter à la gorge, elle baissa les bras et demanda :

— À qui faites-vous référence par ce « ils » ?

Avec sa taille, il pouvait voir bien mieux qu'elle les visages des convives.

— Rand et ses amis.

— Aucun d'entre eux ? demanda-t-elle, stupéfaite.

— Je crois qu'ils ont pris peur.

Peur. Encore ce mot. Elle demanda néanmoins :

— Peur de quoi ?

Puis, résignée, elle se tourna vers Ryder.

Arborant son air de félin flegmatique, il la regarda dans les yeux, puis leva un sourcil.

— Tout le monde sait que les soirées de ce genre, surtout quand elles ont lieu à cette période de l'année, n'ont qu'un seul but réel. Et ce but n'a rien à voir avec la musique.

Elle ne contesta pas ce point. C'était pour cela qu'elle était venue. Mais...

— Randolph et les autres ont assisté au bal hier soir mais il m'a dit que, s'ils se rendaient à ce genre de soirées, c'était pour faire plaisir à leurs mères, aux hôtesses et aux grandes dames.

— Il a bien voulu l'admettre ? s'enquit Ryder avec un sourire satisfait. Tout espoir n'est pas perdu, alors.

Elle lui décocha un regard consterné.

— Selon vos propres critères, peut-être. Mais, si ce qu'a dit Randolph est vrai — ce que je crois —, pourquoi ses amis et lui ne sont-ils pas là ce soir ? demanda-t-elle en jetant un coup d'œil rapide mais attentif autour d'elle. Je suis sûre que leurs mères auraient souhaité qu'ils soient présents. Regardez toutes ces jeunes femmes accompagnées de leur mère ou de leur chaperon. Et il y a aussi un grand nombre de gentlemen plus jeunes que vous.

— La plupart d'entre eux, si vous regardez de plus près, ont un an ou deux de moins que Rand et ses amis.

Elle l'avait remarqué. Comme elle regardait de nouveau les invités en fronçant légèrement les sourcils, Ryder poursuivit, répondant à la question qu'elle commençait à se poser :

— Je suppose qu'hier soir Rand et ses amis se sont approchés un peu trop près du gouffre qui s'est ouvert à leurs pieds.

— Et leur absence trahit le choix d'un repli stratégique en lieu sûr ?

Il esquissa un sourire plus compréhensif que moqueur. Car il se mettait aisément à la place de son frère, mais aussi à celle de Mary.

— Je pense que vous pouvez l'interpréter de la sorte.

À sa grande surprise, Mary ne ressentit rien de plus que de la résignation.

— Eh bien, dans un sens, cela me facilite la tâche.

Elle le regarda dans les yeux en plissant légèrement les siens.

— Cela m'est pénible de reconnaître que vous aviez raison mais, de toute évidence, votre frère n'est pas fait pour moi.

Ryder jubilait intérieurement tout en espérant ne pas trop le montrer.

— Je suis heureux de vous l'entendre dire.

— Cela étant dit, déclara Mary en se tournant vers le reste de l'assemblée, je dois me remettre à la tâche.

Ryder cligna des yeux et lui emboîta le pas alors qu'elle avançait vers le centre de la salle.

— Ah... Et vous remettre à quelle tâche, exactement ?

— Mais me remettre en quête du gentleman qui est fait pour moi, voyons !

— Je... je vois.

Il la suivit vers une rangée de sièges située près du centre de la pièce. Comme elle s'y engageait pour y prendre place, il vint s'asseoir juste à côté d'elle.

Tandis que les musiciens jouaient un premier morceau bref pour inciter les invités à s'installer, elle lui adressa un long regard en coin.

— Vous continuez à me surveiller ?

Il soutint son regard un instant puis, alors que les invités s'asseyaient et que les conversations cessaient, il sourit, se cala dans son siège et, sans détourner les yeux, murmura :

— On peut le dire ainsi.

Elle grommela et se concentra ostensiblement sur les musiciens.

À l'autre bout de la pièce, Lady Carmody s'assit à côté de Lavinia en fronçant les sourcils. Profitant de ce que la musique venait de commencer, elle se pencha vers son amie et lui adressa un petit coup de coude.

— Vous avez vu ? murmura-t-elle. Que fait votre beau-fils ici ? Et pourquoi se trouve-t-il en train de converser, en ce moment même, avec Mary Cynster ? Où se trouve donc Lord Randolph ? ajouta-t-elle en regardant autour d'elle.

Lavinia observa à son tour ce couple étonnant qui s'était formé à l'autre bout de la salle et elle n'était pas la seule, de nombreuses ladies semblant être en train de regarder dans la même direction. Elle répondit à son amie sans tourner la tête, d'une voix dans laquelle s'entendaient la tension et l'effort qu'elle faisait pour ne pas se mettre à crier.

— Excellentes questions. Je n'ai de réponse à aucune.

Puis Lavinia regarda droit devant elle, inclina la tête et susurra à Lady Carmody :

— J'avais dit à Randolph de venir !

— Manifestement il ne vous a pas écoutée. Que voulez-vous, ajouta Lady Carmody d'un ton qui se voulait apaisant, il faut bien que jeunesse se passe...

Lavinia fixait l'estrade, mais la musique ne parvenait pas jusqu'à elle. Son attention glissait, encore et encore, vers la crinière fauve de son beau-fils, vers ses larges épaules, vers la façon dont elles bougeaient quand, de temps en temps, Mary Cynster et lui échangeaient quelques commentaires.

— La dernière chose dont j'ai besoin, dit-elle en grinçant des dents, assez bas pour que seule Lady Carmody puisse l'entendre, c'est que Ryder fasse tourner la tête de cette petite idiote.

Lady Carmody réfléchit un instant, avant d'opiner.

— Je doute sérieusement que quiconque — même lui — puisse détourner Miss Cynster du chemin qu'elle s'est tracé. Et puis il ne peut pas s'être sérieusement mis en tête de la séduire, n'est-ce pas ? Il sait forcément que ce n'est pas la meilleure chose à faire. Il ne pourrait rien entreprendre de tel sans déclencher un immense scandale. En plus, elle n'est pas du tout son type.

Lavinia prit un air perplexe.

— C'est vrai.

Puis elle adressa un nouveau regard à son infernal beau-fils.

— Que fait-il ici, alors ?

Lady Carmody haussa les épaules et s'installa plus à son aise, dans l'espoir de pouvoir enfin profiter de la musique.

— Je ne sais pas. Peut-être qu'il s'ennuie, tout simplement, et qu'il aime la musique.

L'air toujours aussi perplexe, Lavinia garda le silence.

Il s'ennuie sans doute. Et puis il aime la musique... Et il se sent à l'aise avec moi, d'autant plus qu'il sait que je ne risque pas de me jeter à son cou.

Mary s'arrêta sur ce dernier argument. Elle avait trouvé. C'était la raison pour laquelle Ryder restait à ses côtés.

Avec moi, il sait qu'il n'a rien à craindre.

L'idée que l'un des gentlemen les plus dangereux de Londres puisse venir se cacher dans ses jupes n'était pas déplaisante.

Alors que le concert se poursuivait, elle se rendit compte qu'elle aimait autant écouter la musique qu'en parler avec Ryder, qui abordait avec finesse et intelligence des sujets variés. Il réfléchit par exemple à la combinaison d'instruments qui était selon lui susceptible de rendre au mieux la sensibilité de chaque morceau, il commenta le choix des pièces présentées et évoqua l'acoustique de la salle, la température qui ne cessait d'augmenter et qui amènerait sans doute les musiciens à réaccorder leurs instruments.

Si elle possédait les connaissances suffisantes pour rebondir sur presque tous les sujets qu'il lançait, elle n'avait jamais bien compris les questions d'accordage. Mais il s'avéra que Ryder avait vu juste.

Plus ils discutaient, plus elle se détendait et plus elle s'amusait.

Ryder ne semblait pas avoir d'autre intention que celle d'apprécier la musique et de partager ce moment avec elle, de la façon la plus innocente qui soit. Durant l'entracte, ils allèrent se restaurer dans la pièce voisine, tout en débattant avec animation des mérites des instruments à vent et des cordes puis, au signal, retournèrent au salon de musique et reprirent leurs places pour assister à la seconde partie du concert, qui était aussi la plus longue.

Elle était si absorbée par l'instant présent, par son intensité nourrie de cette combinaison de musique délicieuse et d'échanges inattendus, aussi agréables que stimulants, qu'elle ne vit les regards inquisiteurs lancés vers Ryder depuis tous les coins de la salle que vers la fin du spectacle.

Après en avoir pris conscience, elle s'interrogea un instant avant de comprendre ce qui poussait ces ladies — en particulier les grandes dames et les mères de famille — à lancer à Ryder des regards aussi intrigués que pénétrants.

Que faisait-il ici ? se demandaient-elles. Et surtout, dans quel but était-il venu et pourquoi était-il resté ?

Mary se posait exactement les mêmes questions.

Elle avait d'abord supposé qu'il était venu pour protéger Randolph de ses assauts. Après lui avoir annoncé l'absence de son jeune frère, il l'avait suivie et s'était assis à côté d'elle, sans doute parce qu'il avait eu envie d'écouter le concert sans être dérangé par quelqu'un d'autre à qui il aurait dû parler.

Il n'était pas rare qu'un gentleman de sa trempe s'intéresse à la musique. Mais elle n'avait jamais entendu dire auparavant que Ryder était l'amateur éclairé qu'elle venait de découvrir. À voir les regards interrogateurs qui lui étaient adressés, il semblait évident qu'aucune autre femme ne l'avait jamais vu fréquenter ce type de soirée musicale.

Mary ressentit sur sa nuque un léger picotement qui descendit jusqu'entre ses omoplates.

Comme Ryder lui-même le lui avait fait remarquer, ces événements, quand ils étaient programmés à ce moment précis de la saison, étaient exclusivement destinés à favoriser les rencontres entre jeunes gens qui songeaient au mariage. D'ailleurs, il suffisait pour le comprendre de voir tous ces jeunes couples occupés à discuter partout dans la salle, sous l'œil attentif de leurs chaperons. Par conséquent, la présence d'un gentleman tel que Ryder pouvait être prise comme un aveu, pouvait signifier qu'il était en quête non d'une maîtresse mais d'une épouse.

La musique s'emballa dans un *crescendo* impétueux. Mary se sentait légèrement oppressée. En bougeant à peine la tête, elle jeta un coup d'œil à Ryder. Toujours aussi tranquille et élégant, il semblait captivé par la musique.

Elle observa son visage à la dérobée, ses traits finement ciselés, sa beauté virile qui ne masquait rien de la force et de la puissance qui se dégageaient de lui, puis regarda de nouveau droit devant elle en prenant une profonde inspiration.

Assez profonde pour calmer le vertige qui venait de la saisir.

Il était là, et il était resté.

Pour la musique.

Pour quelle autre raison ?

Le fourmillement nerveux qui parcourait sa poitrine et son ventre était proprement ridicule. Il n'y avait absolument aucune raison de réagir ainsi, se sermonna-t-elle avec sévérité. Ce n'était pas comme s'il avait fait en sorte qu'elle se sente...

Il était là, à côté d'elle, imposant comme personne.

Elle rejeta comme erronée l'hypothèse qui avait fait son chemin en elle, à cause des regards inquisiteurs des autres femmes.

Bien décidée à dissimuler sa fébrilité soudaine et déplacée, elle se força à écouter la dernière sonate jusqu'à la dernière note. Quand celle-ci eut fini de résonner, Mary applaudit avec autant de conviction que les autres spectateurs et sourit d'un air enchanté en se levant avec le reste du public.

Les applaudissements cessèrent, Lady Hopetoun remercia les musiciens, puis l'ovation reprit. Ensuite, chacun alla retrouver ses proches.

Sans quitter son sourire ravi, elle s'empressa de prendre congé de Ryder, le remerciant pour son excellente compagnie. Puis elle courut se mettre à l'abri auprès de son chaperon.

Le dos appuyé contre la dernière colonne du porche d'entrée des Hopetoun, Ryder se tenait dans l'ombre et écoutait la conversation de Mary et Amanda. Après avoir quitté la maison de leurs hôtes, les deux femmes s'étaient arrêtées sur les marches qui menaient à la rue. D'autres invités passèrent devant elles, rentrant chez eux par groupes de deux ou trois, mais personne ne le remarqua.

Mary secoua son châle de soie, avant de le mettre sur ses épaules largement découvertes.

— Nos deux voitures sont ici, dit-elle. Inutile de me suivre jusqu'à Upper Brook Street. Je serai avec John, le cocher, et avec notre valet de pied. Je ne risque absolument rien.

— Tu as sans doute raison, répondit Amanda en inspectant son châle et son réticule, et tu ne vas pas très loin.

— Et puis Park Lane est encore plus près, ajouta Mary en se penchant pour embrasser Amanda. Merci d'être venue et d'avoir veillé sur moi. Je sais que tu aurais annulé si tu n'avais pas dû m'accompagner. Et ne t'inquiète pas pour Ryder. Comme je te l'ai dit, il était seulement là pour la musique. Il ne me fait pas la cour, j'en suis certaine.

— Hmm... C'est possible. Mais n'oublie pas ce que je t'ai dit. Il dissimule mieux ses intentions que quiconque. Ne le sous-estime pas.

Tapi dans l'ombre, Ryder ricana en silence.

Les deux sœurs se séparèrent pour gagner leurs calèches respectives. Il regarda les deux valets leur tendre la main pour les aider à grimper en voiture, puis refermer les portières derrière elles. La voiture d'Amanda s'ébranla la première, suivie par celle qui transportait Mary, et toutes deux rejoignirent le flot des belles calèches qui se dirigeaient lentement vers les quartiers ouest de la ville.

Une fois que la voiture de Mary eut disparu dans la courbe que formait Hill Street, Ryder mit son chapeau et, faisant danser sa canne d'une main, sortit de sa cachette. Il se coula dans le flot des invités, gagna le trottoir et, en adressant des signes de tête polis à certaines dames, s'éloigna dans la rue.

Il se déplaçait rarement en calèche à Mayfair. Avec ses longues jambes, il avançait vite et il trouvait apaisant le silence relatif de la nuit, interrompu par le passage régulier et familier des voitures. Surtout après les soirées dans lesquelles régnaient le bruit et la cacophonie.

Obliquant vers le nord pour passer par les Hayes Mews, zone moins fréquentée, il se laissa envelopper par l'obscurité et le calme de la nuit. Il marchait d'un pas tranquille, sans se presser, mais sans traîner de façon exagérée. Il laissa son esprit vagabonder et revenir à sa guise sur les événements survenus au cours des dernières heures.

Il était ravi de l'instinct qui l'avait poussé à attendre devant la porte d'entrée, pour s'assurer que Mary rentrait bien chez elle sans encombre. C'était la première fois qu'il ressentait ce besoin. Il ne s'était par exemple jamais inquiété pour l'une de ses maîtresses. Cela révélait sans doute la façon singulière dont il regardait Mary, et la nature du rôle qu'il la voyait jouer dans sa vie.

Les sourcils légèrement froncés, il réfléchit à la question. Il n'y avait rien d'alarmant dans tout cela. Il restait le même homme mais, vu qu'il considérait désormais Mary comme sa future épouse, de telles réactions étaient compréhensibles, prévisibles même.

Ce qui l'intriguait, c'était le changement d'attitude qu'il avait observé chez Mary vers la fin de la soirée. Jusqu'alors, elle avait conversé librement avec lui, sans réticence ni arrière-pensée visible, mais elle semblait s'être soudain rendu compte — sans doute à cause des innombrables regards interrogateurs tournés vers lui — que sa présence à ses côtés requerrait une explication.

Il s'était demandé quelles conclusions elle avait pu en tirer. Au cours de sa conversation avec Amanda, elle avait dit assez clairement ce qu'elle en pensait. Mais croyait-elle vraiment qu'il était resté à ses côtés à cause de sa... prétendue passion pour la musique ?

Arrivé au bout des Hayes Mews, il tourna à gauche dans Farm Street. Tout sourires et faisant virevolter sa canne, il traversa la rue pavée et arriva au début de la ruelle par laquelle il avait l'habitude de couper, lorsqu'il rentrait chez lui à Mount Street depuis le sud de Mayfair.

À cette heure de la nuit, même dans ce quartier aristocratique sûr et protégé, la plupart des Londoniens évitaient les ruelles étroites. Mais il s'y engagea sans la moindre réticence. Sa taille découragerait la plupart de ses assaillants potentiels. Mais, si l'envie de s'attaquer à lui les prenait néanmoins, la rapière cachée dans sa canne saurait les dissuader pour de bon.

Il savait s'en servir. Aucun gentleman ne sortait d'Eton sans y avoir appris tout ce qu'il y avait à savoir sur l'art du combat à mains nues et sur le duel.

À dire vrai, il craignait peu de choses dans la vie. Rien ne l'inquiétait. Pas d'un point de vue physique en tout cas. Mais il avait compris qu'il y avait d'autres sortes de menaces, beaucoup plus dangereuses, et susceptibles de causer de plus grands dommages et de plus grandes pertes.

Ces menaces n'étaient pas un sujet qu'il aimait aborder ni contempler. Elles étaient liées à des questions qu'il était grand temps, à son âge, d'affronter.

Avant qu'elles le saisissent à la gorge et l'étouffent.

La ruelle devenait plus étroite encore sur ses derniers mètres, lui laissant juste la place de passer. Lorsqu'il émergea de l'obscurité et retrouva Mount Street, plus passante et mieux éclairée, il obliqua à gauche et fit quelques pas avant de traverser la rue juste devant chez lui.

Il entra avec sa propre clé. Lorsqu'il pénétra dans l'entrée monumentale, il fut surpris de voir son majordome, Pemberly, surgir des profondeurs de la maison et se précipiter vers lui pour prendre sa canne et son chapeau. Pemberly avait été le majordome de son père, et tout comme la gouvernante, Mrs Perkins, et plusieurs autres domestiques, Ryder l'avait toujours connu.

— Bienvenue, monsieur. J'imagine que votre soirée s'est bien passée.

— Oui, très bien, répondit Ryder en tendant son chapeau et sa canne. Et même mieux que je l'espérais.

Il s'était rendu chez Lady Hopetoun en pensant que Rand y serait. L'absence de ce dernier et la résignation de Mary avaient simplifié les choses, car Ryder n'avait pas eu d'efforts particuliers à fournir pour la convaincre que son demi-frère n'était vraiment pas fait pour elle. Puisqu'elle l'avait reconnu d'elle-même, il avait pu aller plus loin que ce qu'il avait d'abord prévu.

Il fallait désormais passer à l'étape suivante.

— Allez-vous ressortir, monsieur ? demanda Pemberly. Pour assister à un autre bal, vous rendre au club ou… chez une dame…

Ryder secoua la tête.

— Non, vous pouvez fermer, répondit-il en s'engageant dans le couloir qui traversait l'immense maison. Je vais passer un moment dans la bibliothèque, puis j'irai me coucher.

— Très bien, monsieur. Je vais prévenir Collier.

Ryder acquiesça. Collier avait été le valet de chambre de son père, mais il était encore trop jeune à la mort de ce dernier pour prendre sa retraite. Ryder n'avait besoin de l'aide de personne pour s'habiller, et encore moins pour se déshabiller, et il n'aimait pas avoir quelqu'un toujours près de lui, mais il acceptait que Collier s'occupe de lui. Il s'était montré très dévoué auprès de son père, notamment durant ses derniers moments. Cependant, Ryder n'aimait pas le terme *valet de chambre* et se battait pour le remplacer par quelque chose de plus moderne, qui restait encore à trouver. La bataille n'était pas gagnée d'avance, mais il ne renoncerait pas.

Il pénétra dans la bibliothèque. Une fois la porte fermée, il resta un moment immobile, se laissant envelopper par l'atmosphère rassurante et accueillante de la vaste pièce — celle dans laquelle il passait le plus de temps, seul ou avec son père. Puis, poussant un petit soupir de satisfaction, il se dirigea vers la grande cheminée.

Du sol au plafond, les murs étaient couverts de hautes étagères remplies de livres à la reliure de cuir. Les seuls espaces qui n'en étaient pas tapis étaient la double porte, la cheminée et les trois grandes fenêtres qui lui faisaient face. Les lourds rideaux de velours étaient tirés, comme chaque nuit, et la lumière provenait d'une lampe placée sur une table basse située entre deux canapés, disposés en angle face au foyer, et du feu qui brûlait doucement dans l'âtre. La lumière vibrante et dorée se reflétait sur le bois verni, faisait subtilement miroiter les lettres d'or inscrites au dos des livres et caressait le cuir marron foncé des canapés et des fauteuils, avec douceur.

Ignorant le grand bureau situé au fond de la bibliothèque, Ryder s'arrêta près de la cheminée et prit le paquet de cartes qui se trouvait sur le manteau de marbre. Il s'agissait de toutes les invitations qu'il avait reçues pour les jours à venir.

Comme à son habitude, il retira les cartes du jour du haut de la pile et les jeta au feu. Après avoir extrait les invitations pour le lendemain, il reposa le reste du paquet sur la tablette, puis s'approcha de la lampe. Il disposa les cartes en éventail dans sa main et les étudia à la lumière.

Ce soir, Mary avait commencé à s'interroger sur ses motivations, à se poser des questions. Même si elle parvenait à se convaincre qu'il était resté chez Lady Hopetoun pour la musique, cette conviction ne durerait pas. Bientôt, elle lui demanderait clairement quelles étaient ses intentions, et ils seraient obligés d'entrer tous les deux dans le vif du sujet.

Et il avait hâte, songea-t-il en esquissant un sourire.

Il ne pouvait pas prévoir quand aurait lieu exactement cette inévitable confrontation, mais il était certain qu'il pouvait laisser à Mary le soin de provoquer la discussion. Elle aborderait le sujet quand elle serait prête à le faire, ce qui lui allait très bien. Il n'aurait pas à se donner de mal pour savoir à quel moment elle serait mûre : il lui faisait confiance, elle le lui dirait.

Souriant plus franchement, il passa en revue les soirées qui lui étaient proposées pour le lendemain.

Dans l'état actuel des choses, il n'avait pas besoin de faire plus que d'apparaître religieusement aux côtés de Mary à tous les événements qu'elle honorerait de sa présence. Tout ce qu'il avait à faire pour passer à l'étape suivante de son plan, c'était se montrer. Et elle ferait le reste. Elle ferait en sorte qu'il ne puisse rester aucun doute quant aux intentions qu'il nourrissait à son sujet.

Choisissant une carte ivoire parmi les sept qu'il tenait en main, il la relut en hochant la tête.

— Celle-ci.

Tapotant la carte contre son pouce, il murmura :

— C'est là qu'elle se rendra demain soir. Au bal de Lady Bracewell.

4

— Par tous les saints, qu'est-ce que Ryder est en train de manigancer ?

Le lendemain matin, devant son thé et ses toasts, Mary se posait la question avec une gravité qui ne cessait de croître.

Pour la énième fois, elle se remémora les conversations qu'ils avaient échangées au cours des trois dernières soirées. À deux reprises, elle lui avait demandé ce qu'il avait en tête, et chaque fois il avait esquivé la question.

Mais, quand il l'avait mise au défi de lui dire quelles étaient, d'après elle, les motivations qui le poussaient à agir de la sorte, et quand elle lui avait exposé son sentiment de façon nette et précise, il avait admis qu'elle avait raison. Pourtant, il avait passé la soirée de la veille à ses côtés, à un événement où un gentleman de son âge n'aurait pas dû se montrer s'il n'avait pas l'intention de se marier prochainement. Sa présence pouvait s'expliquer par sa volonté de protéger Randolph mais, dans ce cas, pourquoi était-il resté après s'être assuré que ce dernier n'était pas là, ce qu'il avait découvert avant même qu'elle soit arrivée ?

Pour la musique ?

Son envie d'entendre un orchestre de chambre talentueux mais sans grande renommée jouer des airs connus de tous était-elle si forte ?

Ou bien était-il resté pour une autre raison ?

Mary jeta un œil à la chaise vide située en bout de table, celle que sa mère occupait d'habitude. Si Louise avait été présente,

Mary lui aurait demandé son avis. Sa mère, elle en était certaine, aurait été capable de voir clair dans les intentions de Ryder.

— Ils rentrent demain matin, mademoiselle.

Elle leva les yeux, se rendant compte qu'elle avait dû fixer la chaise vide avec insistance pendant un certain temps.

— Oui, je sais, répondit-elle en souriant à Hudson. Ils seront très vite à la maison.

— En attendant, mademoiselle, s'il y a la moindre chose que nous pouvons faire pour vous, n'hésitez pas à nous le demander.

— Merci, Hudson, mais tout va bien.

Elle lui fit signe de poser la théière qu'il portait et se servit une tasse de thé.

— J'ai juste besoin d'un conseil que maman sera sans aucun doute à même de me donner, mais rien ne presse.

Elle adressa un nouveau sourire à Hudson pour le rassurer.

— Cela peut très bien attendre jusqu'à demain.

En s'inclinant, Hudson débarrassa son assiette et ses couverts pour les rapporter à la cuisine.

Mary se cala dans le fond de sa chaise pour boire son thé. Le souvenir de la conversation qu'elle avait eue la veille au soir avec Ryder lui revint aussitôt en tête. Elle cligna des yeux. Sa tasse toujours suspendue dans les airs, elle se redressa, se repassa une nouvelle fois les moments clés de leurs échanges et de la soirée, et réfléchit...

Elle fronça les sourcils, prise d'une soudaine angoisse. Avait-elle négligé quelques signes révélateurs et refusé de voir l'évidence ?

Comme ils s'étaient beaucoup vus et avaient longuement parlé ensemble ces derniers jours, et puisqu'ils se connaissaient depuis longtemps, elle pouvait comprendre, étant donné le rang de Ryder et le sien, qu'il se soit dispensé de l'appeler « Miss Cynster. » Mais la veille, et même le soir précédent, à part quand il avait voulu attirer son attention...

Il ne s'était embarrassé d'aucune appellation.

Il lui avait parlé — et elle avait répondu — comme si... une sorte de connivence s'était déjà installée entre eux...

— Non...

Elle prononça ce mot d'une voix faible, puis le répéta, avec une conviction grandissante.

— Non, non, et non !

Les lèvres pincées, elle reposa sa tasse en secouant la tête.

— Ce n'est pas possible. Je ne peux pas laisser faire cela !

Ryder n'était pas et ne pouvait pas être son héros. Pas cet homme qui passait pour le gentleman le moins contrôlable et le moins manipulable de toute l'aristocratie.

Puisqu'elle était déterminée à rester, jusqu'au bout, aux commandes de sa propre vie — et donc de celle de son mari —, Ryder ne pouvait pas être fait pour elle.

Mais que se passerait-il s'il avait décidé qu'elle était faite pour lui ?

Alors qu'elle fixait la table sans la voir vraiment, la question résonna encore et encore dans sa tête.

— Que diable vais-je devenir s'il en a décidé ainsi ?

Quand elle entra aux côtés d'Amelia dans la salle de bal de Lady Bracewell, Mary se sentit pleine de confiance. Elle était certaine d'être sur la bonne voie.

Sur la voie qui allait la mener vers son héros, celui qui ravirait son cœur et lui ferait connaître le bonheur conjugal.

Tout ce qu'elle avait à faire, c'était de le débusquer. Le collier et la Lady s'occuperaient du reste.

Elle s'était décidée à reprendre sa quête en fin de matinée, pendant qu'elle se promenait au parc avec Penelope, la sœur de Portia. Elles avaient emmené le petit Oliver, l'aîné de Penelope, pour qu'il profite du soleil et de la douceur de l'air. Tandis qu'elle marchait, Mary avait observé les gentlemen qui conduisaient leur carrick ou foulaient les pelouses, mais aucun d'entre eux n'avait retenu son attention de façon particulière.

Si Penelope n'avait pas été Penelope, Mary aurait peut-être essayé de lui parler de Ryder. Mais la sœur de Portia en savait davantage sur le comportement des hommes de l'Antiquité que sur ceux d'aujourd'hui. Davantage aussi sur le comportement des criminels, un autre de ses sujets de prédilection. Si Mary s'était confiée à elle, il lui aurait fallu mettre en doute la moindre des observations formulées par son amie.

Et elle n'avait vraiment pas besoin d'embrouiller davantage ses pensées, surtout en ce qui concernait Ryder.

En quittant le parc, elle avait rejoint Amanda chez elle, et elles s'étaient rendues ensemble chez Lady Holland pour un déjeuner exclusivement féminin. Les trajets en calèche auraient représenté l'occasion idéale de consulter sa sœur aînée, au sujet d'un certain marquis qui la suivait d'un peu trop près ces derniers temps mais, à sa propre surprise, elle n'avait pas abordé le sujet.

Elle s'expliqua ce silence en se disant qu'elle essayait à tout prix d'oublier cet homme. De le chasser de son esprit.

Mais malheureusement, c'était plus facile à dire qu'à faire.

Amelia, dans sa robe en soie bleu clair soulignée aux poignets et à l'encolure par un ruban couleur bleuet, salua Lady Bracewell, aussitôt imitée par Mary qui procéda à cette formalité avec son assurance habituelle. Elle entreprit ensuite de descendre l'escalier vers la salle de bal et fut alors — stupeur et consternation — saisie par un sentiment de nervosité.

Elle avait besoin de se concentrer sur sa tâche, besoin de déambuler librement et de considérer tous les gentlemen présents, en particulier ceux qui se trouvaient en haut de sa liste avant qu'elle fasse le choix de Randolph Cavanaugh.

Bien entendu, les échanges qu'elle avait pu avoir avec ces jeunes gens s'étaient produits sans l'assistance de son précieux collier. Un gentleman qui ne lui avait peut-être pas paru très intéressant, comparé à Randolph, risquait d'apparaître plus séduisant au travers du prisme offert par la Lady.

En descendant l'escalier de marbre et en parcourant la foule des invités des yeux, elle sentit, bien malgré elle, une tension latente et une certaine impatience. Mais nulle part elle ne vit Ryder, n'aperçut sa crinière parsemée de reflets dorés.

Arrivée aux dernières marches, elle baissa les yeux. Elle ne voulait pas qu'il soit là. Elle ne voulait pas qu'il accapare son attention, lui fasse perdre la tête en insistant pour qu'elle valse avec lui. Elle avait tout à fait conscience de n'être pas assez forte ni assez expérimentée pour lui refuser cette faveur. Et, s'ils dansaient ensemble, que deviendrait-elle ?

Elle se retrouverait irrémédiablement prise dans les filets du terrible Ryder Cavanaugh, comme elle l'avait été au bal de Lady Castlemaine.

Mais en arrivant dans la salle, elle se rappela, en levant la tête et en considérant la foule des convives, qu'il n'y avait plus aucune raison pour qu'il la poursuive. Pas ici, pas ce soir. Ni plus jamais.

— Bonsoir, Amelia.

Mary tourna brusquement la tête et étouffa une plainte. Les yeux plissés, elle observa Ryder, qui avait surgi de derrière l'escalier où il s'était dérobé à son regard, et se penchait sur la main d'Amelia.

— Ryder, répondit Amelia en lui rendant son sourire, avant de jeter un coup d'œil à sa sœur. Je crois que Mary et vous avez déjà été présentés.

Ryder lui sourit. Elle trouva ce sourire vorace, mais c'était sans doute un effet de son imagination.

— C'est exact.

Se souvenant qu'Amelia ignorait qu'elle avait évité cet homme toute la soirée chez Lady Castlemaine et qu'elle avait passé un moment charmant à ses côtés la veille, Mary resta digne et adressa à Ryder un sourire empreint d'avertissement.

— Oui, nous nous sommes déjà rencontrés.

Ryder soutint son regard pendant un instant, avant de se tourner vers Amelia.

— J'ai croisé Lady Croxton qui vous attend. Elle se trouve parmi le groupe que vous voyez là-bas, précisa-t-il en désignant un point très éloigné de la salle.

— Ah, je vous remercie, répondit Amelia en regardant dans la direction indiquée. Mary, tu sauras où me trouver. Ryder.

En lui adressant un signe de tête, Amelia s'éloigna, avant de disparaître dans la foule.

Mary fixait les yeux de Ryder. Elle n'avait pas besoin de se laisser perturber par le reste de ses qualités physiques. Comme à son habitude, il incarnait l'aristocrate anglais dans toute son élégance et sa sophistication. Les lèvres pincées, elle déclara :

— Je suis déterminée à chercher d'autres prétendants. Maintenant que j'ai rayé Randolph de ma liste, vous n'avez plus aucune raison de me suivre partout.

Il soutint son regard plein de défi pendant de longues secondes, puis ses lèvres esquissèrent un sourire qui n'en était pas vraiment un.

— C'est possible. Nous verrons.

— Quelle sorte de réponse est-ce là ? demanda-t-elle, interdite.

Il fronça les sourcils, avec cette nonchalance dont il était coutumier.

— La seule que vous obtiendrez.

Elle étouffa un grognement agacé. Il jouait de nouveau avec elle.

— Ryder, s'il vous plaît. Allez-vous-en.

Il sembla considérer sa requête, hésiter à obtempérer. Elle se prit presque à espérer mais, sans la quitter des yeux, il secoua la tête.

— Je ne suis pas sûr de pouvoir vous obéir.

Elle cligna des yeux. Mon Dieu, que pouvait-elle faire ?

— Eh bien...

Elle ne pouvait le chasser s'il refusait de s'en aller. Les yeux plissés et les lèvres pincées comme jamais, elle répondit :

— Très bien mais, si vous devez rester à proximité, ayez au moins l'obligeance de ne pas vous mettre en travers de mon chemin.

Sans attendre de réponse, elle pivota sur ses talons et s'avança d'un pas décidé dans la foule.

Ryder sourit et la laissa le précéder, dans un premier temps.

Cinq minutes plus tard, tout cela ne l'amusait plus autant.

— Vous ne pouvez tout de même pas considérer Rigby ou Cantwell comme des prétendants sérieux ! Votre famille, vos cousins surtout, seraient consternés.

— Et pourquoi ? demanda Mary en lui adressant un regard en coin.

— Ils sont endettés, répondit-il en lui rendant son regard. Tous les deux.

Et ce n'était pas le pire...

— Oh...

Elle semblait légèrement dépitée. Après avoir observé un petit moment les deux hommes en question — qui se trouvaient parmi plusieurs dandys de leur espèce —, elle demanda :

— En êtes-vous sûr ?

— Tout à fait sûr. Rigby est proche de la banqueroute, et les terres de Cantwell sont toutes hypothéquées.

Il hésita un moment, avant d'ajouter :

— Ce n'est pas tout à fait de notoriété publique, mais cela se sait.

Elle grommela et se détourna.

— Il devrait y avoir une liste. Les grandes dames pourraient se charger de l'établir et de la mettre à jour. Le registre des gentlemen bons à épouser.

— Je pensais que la liste des membres de l'Almack's Club suffisait à jouer ce rôle.

Elle inclina la tête.

— Les membres célibataires du club font sans doute figure de parti idéal pour la plupart des jeunes femmes en quête d'époux mais, pour ma part, je suis plus intéressée par les gentlemen désireux de s'en enfuir en courant.

Par les gentlemen comme lui, en somme.

Mais il se garda bien de le dire et se remit à la suivre. Mieux valait, ce soir, la laisser déambuler à sa guise, la laisser s'arrêter devant qui elle voulait. Il n'aurait qu'à se contenter ensuite de souligner les défauts de ceux qu'elle envisageait comme époux potentiels. Et s'ils n'en avaient pas... Eh bien, il comptait sur le fait que la plupart des gentlemen avaient dû remarquer son omniprésence aux côtés de Mary Cynster et en déduire qu'il ne fallait pas s'approcher d'elle.

Il savait quelle place il occupait parmi les gentlemen mariables.

Peu d'hommes se seraient donné la peine de rivaliser avec lui. Et, parmi le petit nombre qui restait, tous étaient des connaissances, sinon des amis, et aucun d'entre eux n'aurait eu envie de tenter le diable en demandant la main de Mary.

Elle était le type de harpie que tous les hommes fuyaient.

Il aurait peut-être dû se rallier à leur façon de voir d'ailleurs.

Mais non, ce n'était pas ce qu'il pensait d'elle. Mary possédait une indéniable capacité à le surprendre et, plus important encore, à le faire rire, même si c'était souvent involontaire.

Elle était prête à se lancer à la conquête de George Cruikshank, qu'elle avait réussi à isoler de son groupe, lorsque s'élevèrent les premiers accords de la première valse.

George leva les yeux vers Ryder dans une prière silencieuse. Doux et gentil, il ressemblait à un lapin pris au piège, frémissant et cherchant par tous les moyens à s'échapper.

Avant que Ryder ait la possibilité d'intervenir et d'inviter Mary — comme il en avait de toute façon l'intention —, elle posa crânement la main sur le bras de George et lui sourit gentiment.

— Puis-je me permettre cette audace, monsieur ? J'aime tellement danser.

— Ah..., balbutia George, qui semblait terrifié. Ah... Ma jambe... Je ne peux pas.

Mary cligna des yeux.

— Oh ? fit-elle en regardant les jambes de George qui, jusque-là, n'avaient montré aucun signe de faiblesse.

Il attrapa l'une de ses cuisses et grimaça faiblement.

— Je n'aime pas marcher avec une canne, voyez-vous. Orgueil déplacé peut-être. Mais j'ai bien peur de ne pouvoir valser.

— Oh !

Le regard fixé sur les jambes de George, Mary semblait visiblement dépitée.

Avant qu'elle ait le loisir de pousser George à mentir davantage en lui demandant des détails sur sa prétendue blessure, Ryder la saisit par le coude et cacha sa joie quand il la sentit tressaillir.

— Venez danser avec moi et laissons ce pauvre George à sa souffrance.

Mary leva les yeux vers lui. Pendant un moment, son regard bleu fut perdu dans le vague — comme s'il était absorbé par autre chose —, puis elle cligna des yeux et le regarda plus intensément.

— D'accord.

Elle se tourna vers George et inclina la tête.

— Merci pour cette agréable discussion, monsieur. J'espère que votre jambe guérira bien vite.

Réprimant un sourire, Ryder adressa un hochement de tête à George. Le soulagement visible et la gratitude évidente de ce dernier menacèrent grandement le sérieux de Ryder, mais il avait compris depuis longtemps que Mary ignorait totalement à quel point elle terrorisait les gentlemen du monde.

Une fois qu'ils furent arrivés sur la piste, il se plaça face à elle.

— Ce ne sera pas George, j'en ai peur.

— De toute évidence, non.

Les sourcils froncés, Mary se laissa guider. Et lutta avec ardeur pour ne penser à rien d'autre qu'à sa quête.

Après deux tours de piste — deux tours intenses et vertigineux —, une question se mit à l'obséder. Pourquoi était-ce si agréable de valser avec Ryder ? Pourquoi cela semblait-il si juste, si naturel, si... parfait ? Certes, il dansait merveilleusement bien, mais il était tellement plus grand et plus fort qu'elle. Elle aurait dû se sentir écrasée par lui. Mais, au contraire, elle se sentait... à l'abri. Comme si un bouclier la protégeait de tout contact et de tout choc.

Quand ils dansaient, ils formaient un bloc, une entité bien séparée du reste des gens.

Valser avec lui revenait à tournoyer librement au sein d'un monde qui perdait soudain de sa réalité, se faisait lointain. Leurs mouvements étaient guidés par la force parfaitement maîtrisée de Ryder, leurs sens et leurs consciences s'abandonnant de façon totale.

Ils s'apprêtaient à traverser de nouveau la salle, quand Mary reprit contact avec la réalité. Et là, elle se rendit compte qu'elle s'était détendue, qu'elle était toute au plaisir de la danse et qu'elle souriait à Ryder, sans retenue et avec sincérité.

Et il lui souriait aussi, d'une façon tranquille, mais avec une certaine satisfaction dans le regard.

Devait-elle lui dire qu'elle commençait à penser qu'ils ne devraient plus valser ensemble ? Que tout autre partenaire lui semblerait irrémédiablement fade à ses yeux ? Ce serait peut-être mieux. Mais, d'un autre côté, elle devait peut-être considérer les expériences qu'elle faisait avec lui comme un point de repère. Quand elle aurait trouvé son héros, danser avec Ryder perdrait peut-être toute sa saveur.

Cette saveur délicieuse et merveilleusement incomparable.

Bien entendu, puisqu'il s'agissait de Ryder — qui n'avait pas besoin d'encouragements ni d'être poussé au défi —, elle préféra se taire et se contenter d'apprécier la suite de la danse.

Quand la valse se termina, elle le remercia avec une gratitude sincère, avant de regarder du côté de l'honorable Warwick Hadfield qui venait de danser avec sa propre cousine, Miss Manners, et s'était arrêté non loin d'eux.

Warwick figurait sur sa liste originelle et, socialement parlant, il serait sans doute mieux assorti à elle que Randolph. Le père de Warwick n'était autre que le vicomte de Moorfield, et Warwick hériterait de ses nombreuses terres et de tous ses domaines. Sa famille et elle ne prêtaient pas grand intérêt à ce genre de considérations mais, comme Ryder l'avait souligné, la société nourrissait quelques attentes.

Maintenant qu'elle portait le collier, il lui fallait s'intéresser d'un peu plus près à Warwick.

Provoquer une rencontre ne fut pas compliqué. La plupart des convives circulaient de groupe en groupe. Mais, alors que Warwick répondait avec intelligence à ses questions et se montrait plutôt charmant, elle ne ressentit rien. Rien du tout. Et Warwick ne semblait pas davantage troublé par elle. En fait, il paraissait bien plus intéressé par sa jolie cousine.

Rayant mentalement Warwick de sa liste, elle poursuivit son chemin. Ryder restait près d'elle, l'escortant plus ou moins. Et, comme la foule devenait de plus en plus dense, elle était heureuse de se faire accompagner par de si larges épaules et une présence si imposante, car tout le monde s'écartait miraculeusement devant eux. Et il fallait bien reconnaître que, même s'il ne se privait pas de faire de nombreux commentaires, la plupart d'entre eux étaient amusants sans être blessants. Il avait l'intelligence de ne pas critiquer les choix qu'elle faisait, sauf lorsqu'il avait des arguments vraiment solides et pertinents à faire valoir.

Et, même alors, il n'intervenait pas directement.

En tout cas, pas avant qu'elle s'arrête — en grande partie poussée par le désespoir — au sein d'un groupe qui comptait, d'après Ryder, plusieurs libertins en herbe et un intrigant de très bonne naissance.

Même si elle connaissait leurs inclinations, elle jugeait Jasper Helforth et Joselin Filliwell récupérables, et tous les deux présentaient par ailleurs de nombreuses qualités. Elle devait donc s'intéresser à leur cas d'un peu plus près.

Elle trouva leur conversation agréable, même si elle remarqua la façon dont les deux jeunes gens firent bien attention à inclure Ryder dans leurs échanges. Mais elle ne sentit aucune étincelle, aucune trépidation, aucun picotement. Rien qui soit susceptible de la détourner du magnétisme exercé sur elle par Ryder. À chaque fois qu'elle s'adressait à Jasper et Joselin, ses sens se focalisaient d'abord sur lui plutôt que sur ses prétendants potentiels. Elle commençait à se servir de ce phénomène comme d'un baromètre lui permettant d'évaluer le potentiel des autres hommes.

Si Ryder avait décidé de la suivre partout, autant qu'il lui soit utile à quelque chose.

Elle ignorait ce qu'il pouvait retirer de tout cela, à part la réjouissance qu'il ne se donnait même pas la peine de dissimuler. Mais, s'il insistait pour rester auprès d'elle, il la laissait déambuler où bon lui semblait et ne cherchait pas à l'entraver dans sa quête.

Les musiciens entamèrent une autre valse, et Joselin Filliwell sourit, avant de lui demander de bien vouloir lui accorder cette danse. Elle s'empressa d'accepter. D'après les discussions qu'ils avaient eues, il lui semblait davantage correspondre à son idéal que Jasper ou que tous ceux qu'elle avait approchés jusque-là.

Joselin dansait très bien.

Elle essaya, elle essaya vraiment, de retrouver la magie envoûtante de ses valses avec Ryder, mais...

Adoptant un sourire de façade et réprimant un soupir, elle se laissa raccompagner par Joselin au sein du petit groupe quand la danse, qui resta exempte de tout événement remarquable, prit fin.

Quand ils rejoignirent le groupe, sa composition avait changé. Jasper n'était pas revenu, mais deux autres jeunes hommes, qu'elle connaissait de vue, étaient arrivés, ainsi que Cassie Michaels et Rosalind Phillips. Entourée par Joselin et Ryder, elle passa les vingt minutes suivantes à discuter avec les nouveaux venus. Il lui apparut clairement que Cassie et Rosalind étaient animées par les mêmes intentions qu'elle, ce qui n'était peut-être pas le cas des gentlemen présents, même s'ils se montraient plutôt gentils et charmants. Cependant, aucun d'eux ne parvint à l'intéresser. Ils étaient... trop jeunes. Trop immatures.

Elle était sur le point de se tourner vers Ryder et de lui suggérer de quitter le groupe, lorsque les musiciens entamèrent une nouvelle valse.

— Miss Cynster, je serais très honoré si vous m'accordiez le privilège de danser avec moi.

Mary se retourna et découvrit, un peu plus loin, Claude Legarde. Légèrement plus âgé que les autres gentlemen du groupe, il avait la réputation d'être un intrigant en devenir. Il était habillé de façon très élaborée et voyante, avec des dentelles au col et aux poignets. Une odeur entêtante de girofle et de myrrhe flottait autour de sa silhouette.

Mary ne voulait pas danser avec lui. Elle n'eut même pas besoin d'y réfléchir, car un frisson de dégoût la parcourut.

Mais comment décliner son offre sans l'offenser alors qu'elle était clairement disposée à danser avec d'autres ? Legarde était bien connu pour posséder une vraie langue de vipère.

— Je suis navré de devoir vous annoncer, Legarde, que

Miss Cynster m'a promis cette valse, déclara Ryder d'une voix aussi traînante mais moins provocante que celle de Legarde.

Mary ressentit un tel soulagement qu'elle en aurait volontiers embrassé Ryder. C'était ridicule, vraiment, mais l'idée de toucher Legarde lui répugnait au plus haut point. Quand Ryder se tourna vers elle, elle sourit et s'empressa de lui tendre la main.

— Merci. Je n'avais pas oublié.

— Je n'ai jamais pensé que vous auriez pu oublier, dit-il avec un sourire satisfait.

Après avoir adressé un vague signe de tête à l'ensemble du groupe — qu'elle imita —, il la conduisit vers la piste.

Tout en s'éloignant, elle jeta un dernier coup d'œil furtif à Legarde. Il affichait une mine réjouie et presque transportée qui la laissa perplexe. Mais elle essaya de ne pas le montrer.

Pourquoi Legarde avait-il réagi de la sorte ? Comme s'il avait vu ou appris quelque chose de secret, voire d'illicite. Quelque chose qu'il était le seul à savoir.

Mais, quand Ryder la prit dans ses bras et se mit à glisser sur la piste, elle chassa Legarde et ses réactions de son esprit, pour s'abandonner à l'instant présent.

Après quelques tours, elle réussit à reprendre momentanément ses esprits.

— Merci de m'avoir sauvée. Mr Legarde ne figure vraiment pas sur ma liste.

— Dieu merci.

Ryder la regarda dans les yeux et observa le sourire confiant qu'elle esquissait. Il tentait de brider ses instincts, plus intenses quand elle était concernée qu'il n'aurait pu l'imaginer. D'une certaine façon, elle avait réussi à entrer directement en contact avec cette part primitive et instinctive de lui-même. Et ce, depuis le début. Cette connexion n'avait fait que s'intensifier au fur et à mesure de leurs rencontres.

Et ce lien lui était apparu de façon plus distincte quand il avait appris pour quelles raisons elle avait voulu assister à ce bal.

Mais jusque-là il avait réussi à résister. À résister à l'envie de se jeter sur elle, de l'enlacer et de s'enfuir avec elle. Pour l'instant, il pouvait être assez fier de lui. Ce qu'il avait accompli n'était pas un mince exploit.

Rien de spécial ne se passa pendant cette valse, ce qui était très bien. Pour le moment, Ryder n'avait pas besoin de faire valoir ses avantages. Mieux valait la laisser se rendre compte par elle-même — comme cela finirait par se produire — qu'aucun homme ne lui conviendrait aussi bien que lui. Certes, une attirance était déjà à l'œuvre entre eux, encore naissante mais potentiellement puissante — et il ne tenait qu'à lui de la développer pour qu'elle prenne toute son ampleur —, mais il avait le sentiment que Mary serait plus convaincue par sa propre logique.

Il se faisait confiance pour la laisser tracer son propre chemin, qui finirait de toute façon par la mener à lui.

À la fin de la danse, ils souriaient et se sentaient en symbiose parfaite. Elle se laissa guider vers un groupe de ladies et de gentlemen qui avaient à peu près le même âge que lui. Il les connaissait tous et la présenta. Selon lui, ces rencontres ne devraient pas manquer de souligner l'immaturité des jeunes hommes qu'elle avait approchés jusque-là.

Lady Paynesville, qui avait été sa maîtresse, se tourna vers lui en souriant.

— Monsieur, mon frère cherchait justement à savoir si j'allais vous voir ce soir. Nous voulions vous demander si vous aviez envie d'aller chasser cet été, dans le nord de l'Écosse.

En voyant le regard de Juliet, Ryder comprit parfaitement que le gibier ne serait pas la seule chose à laquelle il aurait accès, s'il acceptait leur invitation. Mais c'étaient justement ces petits intermèdes — agréables, mais sans aucune signification ni aucune utilité sur le long terme — qui commençaient à l'ennuyer. Ses instincts de chasseur lui disaient qu'il avait mieux à faire de son temps.

— Remerciez John de ma part, mais je ne sais pas encore ce que je ferai cet été.

Juliet sembla accepter son refus de bonne grâce.

— Ah, très bien.

Elle sourit et posa les yeux sur Mary.

— On ne sait jamais ce qui peut arriver.

Ryder sourit à son tour et suivit le regard de Juliet. Il dut aussitôt réprimer un froncement de sourcil et un grognement contrarié.

Pendant ces quelques instants passés avec son ancienne maîtresse, un gentleman avait rejoint le petit cercle et était venu se placer à la droite de Mary.

Et ce gentleman — si l'on pouvait dire — n'était autre que Jack Francome. Beau, affable, d'excellente naissance et aussi à l'aise que Ryder lui-même, Francome avait ses entrées partout dans le grand monde et était accepté dans la plupart des salons. Mais il avait la réputation d'être un personnage douteux, aux mœurs troubles. Il avait dilapidé son patrimoine au jeu avant d'avoir atteint l'âge de vingt-cinq ans et avait ensuite vécu en se faisant entretenir par ses maîtresses successives, qu'il prenait soin de choisir fortunées.

Même s'il avait l'habitude de cibler des veuves plus âgées que Mary, Francome n'était pas du genre à avoir d'états d'âme à séduire une jeune et innocente héritière.

Mais il devait être sacrément désespéré pour tenter sa chance auprès d'une Cynster.

Francome connaissait tous les trucs. Il s'était adressé à Mary de façon à ce qu'elle se tourne légèrement vers lui, et elle et lui étaient désormais en conversation semi-privée tout en se tenant toujours dans le groupe. S'approchant autant qu'il le put, Ryder écouta leur discussion d'une oreille. Francome faisait bien attention à éviter tout sujet susceptible d'éveiller la suspicion de Mary.

Et puis ces satanés musiciens se remirent à jouer.

Mary leva la tête, s'assura qu'il s'agissait bien d'une nouvelle valse, puis adressa un regard encourageant à Mr Francome. Ce n'était pas la première fois qu'elle le voyait — ils s'étaient rapidement croisés à des bals —, mais elle n'avait jamais eu l'occasion de bavarder avec lui, et il était très certainement bien plus intéressant que les gentlemen plus jeunes qu'elle avait approchés avant lui.

Peut-être fallait-il qu'elle étende son champ d'investigation ?

Francome souriait, ses yeux bruns dansant de contentement.

— Je vous inviterais volontiers à valser, Miss Cynster, mais il y a tant de monde que je me demandais si vous ne préféreriez pas vous promener sur la terrasse.

Ils ne se trouvaient qu'à quelques mètres d'une porte-fenêtre ouverte, qui donnait sur une terrasse pavée et une douce nuit de printemps. En voyant les couples se promener au clair de lune, Mary fut saisie d'une envie d'air frais.

— Je vous remercie. Ce serait avec plaisir.

Elle sourit à Francome avec enthousiasme et, d'une façon très galante, il lui offrit son bras. Elle s'apprêtait à poser sa main sur sa manche, quand...

Quand une large main se referma sur la sienne, l'empêchant d'entrer en contact avec Francome.

Surprise — et même choquée —, elle leva les yeux vers Ryder. La dernière fois qu'elle l'avait regardé, il parlait à la jeune femme qui se trouvait à côté de lui.

— Que faites-vous ?

Mais la voix de Ryder, autoritaire et véhémente, oblitéra totalement sa question.

— Je ne vous permets pas !

Ce n'était pas à elle qu'il parlait, mais à Francome. Elle n'avait jamais vu Ryder avec un visage si dur — du granit aurait été plus tendre. Quant à ses yeux, ils fixaient sans relâche le visage de Francome.

Si un regard avait pu tuer, l'autre serait passé de vie à trépas de façon instantanée.

Se sentant tout à coup oppressée, Mary observa Francome qui ne lâchait pas Ryder des yeux.

L'homme pâlit, déglutit, avant de baisser le bras avec moins de décontraction et d'assurance qu'à son habitude. Puis il dit :

— Je n'avais pas compris...

Francome fit un effort pour se libérer de l'emprise visuelle de Ryder et considéra Mary. Il plissa les yeux.

— Mais peut-être que...

— N'y pensez même pas, répondit Ryder d'une voix toujours puissante, et sur un ton suffisamment menaçant pour que Francome détourne tout de suite son attention de Mary.

Après quelques secondes, Ryder poursuivit :

— Et dites-vous bien que vous avez de la chance que je ne sois pas l'un de ses cousins.

Francome chercha le visage de Ryder. Ses yeux.

— Vous ne feriez pas cela.

Mary les regarda tour à tour puis s'arrêta sur Ryder quand, avec un visage toujours aussi dur, il demanda :

— Voulez-vous parier ?

Elle grinça des dents. Il n'y avait rien de plus déplaisant que d'être traitée comme un os par deux chiens agressifs. Elle prit une grande inspiration.

— Ryder…

Mais Francome lui coupa la parole.

— Si vous voulez bien m'excuser, Miss Cynster, je crois que l'on m'attend ailleurs.

Elle cligna des yeux.

— Je… vois.

Il s'inclina rapidement devant elle. Quand il se redressa, il échangea un long regard avec Ryder. Puis il tourna les talons et disparut très vite dans la foule.

Mary le suivit des yeux avant de se tourner vers Ryder et d'apercevoir les visages des autres membres du groupe.

Tout le monde avait vu ou entendu l'échange qui venait de se produire, même s'ils faisaient comme si de rien n'était. Mais ce qui la frappa le plus fut leur absence totale de réaction.

L'attitude de Ryder n'avait choqué personne.

Alors, comme dans un kaléidoscope, les phrases, les regards et les souvenirs dansèrent devant ses yeux, avant de s'assembler pour se mettre en place.

Et elle comprit tout à coup ce qui s'était passé.

Ce qui s'était passé au cours des trois soirs précédents, sous son regard naïf et innocent.

Posant ses yeux désormais bien ouverts sur le visage de

Ryder, elle le fixa avec insistance. Il était totalement impassible. Mais, peu à peu, son visage retrouvait son affabilité habituelle.

Rien à voir avec ce qu'elle avait pu observer quelques secondes plus tôt.

Il baissa les yeux vers sa main, qu'il tenait toujours avec fermeté. Lentement, comme s'il devait faire un effort pour décrisper ses longs doigts, il desserra sa prise et la relâcha.

Cela, plus encore que la petite démonstration qui avait précédé, confirma ses soupçons et déchaîna sa colère.

Elle plissa les yeux puis, au lieu de baisser la main qu'il venait de libérer, elle agrippa résolument sa manche.

Elle plaqua bien le bras de Ryder contre elle, puis sourit aussi gentiment qu'elle le put aux autres membres du groupe.

— Si vous voulez bien nous excuser, nous allons marcher un peu.

Du coin de l'œil, elle vit Ryder lever un sourcil. Elle lui décocha un regard sévère. Tandis qu'ils s'éloignaient, elle chuchota d'une voix autoritaire :

— Dehors !

Il soupira.

— Comme vous voudrez, mais comportons-nous au moins en personnes civilisées.

Il se libéra d'une légère torsion et saisit la main de Mary pour la poser dans le creux de son bras.

— Venez, avant de vous trouver mal. Ou d'avoir une attaque.

Vraiment, elle était à deux doigts de l'étrangler.

Mais elle réussit à faire bonne figure et se laissa guider jusqu'à la terrasse. Une fois dehors, ils regardèrent autour d'eux. Ils repérèrent un espace tranquille, situé au bout de la grande terrasse, et sans avoir besoin de se consulter ils prirent cette direction.

Elle s'y serait précipitée si, de sa main appuyée sur la sienne, il ne l'avait obligée à conserver une démarche tranquille pour ne pas attirer l'attention.

Elle écumait de colère et se sentait près d'exploser. Désormais, elle savait très bien ce qui s'était passé. Il avait érigé une sorte de carapace protectrice autour d'elle. Une version plus vaste et plus complexe du bouclier qu'elle avait senti se déployer pendant qu'ils dansaient. Les autres hommes pouvaient voir cette protection. Et certaines femmes devaient assez bien connaître les hommes pour la détecter elles aussi.

D'une façon toute primitive, il marquait son territoire.

Elle pouvait comprendre qu'il ait envie de la protéger. Elle savait quel type d'hommes il était, et elle savait aussi que l'instinct de protection était l'une des caractéristiques des êtres dans son genre. C'était pour cette raison qu'elle ne s'était pas trop inquiétée de ce qu'elle avait ressenti en dansant avec lui.

Mais la possessivité... cela, non. Chez les hommes comme lui et pour les femmes comme elle, ce n'était pas un sentiment acceptable.

L'endroit où ils se trouvaient était invisible depuis la salle de bal, mais pas pour les couples qui se promenaient dehors. Quand ils y arrivèrent, elle extirpa sa main de la chaleur du bras de Ryder et pivota pour tourner le dos à la balustrade et lui faire face. Dans cette configuration, il faisait écran entre elle et les éventuels curieux, qui n'apprendraient rien en observant son dos.

Semblant comprendre qu'elle voulait qu'il la protège des regards indiscrets, il se campa juste devant elle, à quelques dizaines de centimètres tout au plus.

Dès qu'il s'approcha, elle plissa les yeux avec sévérité et tendit un doigt sous son nez.

— Je vous ai demandé — à deux reprises — pourquoi vous me suiviez partout dans les salles de bal, et il ne m'a pas échappé que, les deux fois, vous n'avez pas vraiment répondu à ma question.

Elle s'interrompit, le temps de reprendre son souffle, avant d'ajouter sur le même ton véhément et pincé, et avec le même regard assassin :

— Après le petit épisode qui vient de se produire, je veux que les choses soient claires une bonne fois pour toutes : je ne vous appartiens pas !

Elle pensait qu'il allait lui répondre, d'une façon ou d'une autre. Mais les secondes s'égrenèrent, et il se tenait toujours face à elle, immobile, impassible et muet. Elle fronça les sourcils.

— Qu'y a-t-il ? Avez-vous perdu votre langue ?

— Non. J'essaye de réfléchir à la meilleure façon de vous expliquer que vous vous trompez.

Elle prit une longue inspiration puis, le regardant dans les yeux, elle déclara sèchement :

— Je ne me trompe pas.

— Permettez-moi d'exprimer mon désaccord.

— Non ! Vous ne pouvez qu'être d'accord !

Mon Dieu, non, pas cela. Pas lui...

— Ce n'est pas possible, dit-t-elle, saisie d'effroi.

Et il se contentait d'ouvrir plus grand les yeux, comme si elle continuait à l'amuser.

— Arrgh !

N'y tenant plus, elle planta son doigt contre sa poitrine, dure comme le roc.

— Alors, répondez-moi cette fois, et répondez-moi pour de bon. À quel petit jeu êtes-vous en train de vous livrer ?

Elle ouvrit les bras dans un geste d'impuissance.

— Que cherchez-vous à obtenir en vous comportant de la sorte ?

— Vous. Je vous veux comme épouse.

Ryder était prêt à cesser de faire semblant. En plus du reste, elle avait tout vu ou presque de son échange tendu avec Francome. Il ne servait à rien de continuer à dissimuler la vérité.

Baissant lentement les bras, elle le fixa, l'air abasourdi. Puis, très doucement, comme si elle réapprenait ce geste, elle secoua la tête.

— Non. Cela n'arrivera jamais.

Il soupira, comme pour exprimer son incrédulité, puis demanda d'un ton légèrement moqueur :

— Et pourquoi donc ?

— Parce que je ne veux pas vous épouser.

— C'est ce que vous dites maintenant... Et cela signifie juste que je vais devoir m'employer à vous faire changer d'avis.

Elle le regarda pendant un long moment puis, adoptant le même ton que lui, répondit de façon presque badine :

— Savez-vous combien de personnes ont essayé de me faire changer d'avis et ont lamentablement échoué ?

— J'en ai entendu parler. Votre réputation vous précède.

La tête penchée, elle l'observa, avant de s'enquérir :

— Si vous en savez tant à mon propos et au sujet de mon caractère, pourquoi voulez-vous m'épouser ?

C'était là une question véritablement critique. Celle à laquelle il ne pouvait répondre, pour la simple raison qu'il n'était pas certain de connaître la vérité lui-même. Il baissa les yeux et réajusta l'une de ses manches.

— Parce que, contrairement à ce que vous pensez pour l'instant, nous sommes faits l'un pour l'autre, vous et moi.

Il releva les yeux et poursuivit :

— Vous n'avez aucune raison de résister. Et je me permets de vous dire que, de toute façon, ce n'est pas votre résistance qui va me décourager. Je ne vous connais déjà que trop bien, ajouta-t-il en lui adressant un regard pénétrant.

À ces mots, elle pointa son joli nez vers le ciel.

— Au contraire, vous n'avez rien compris de moi si vous pensez pouvoir m'influencer avec des considérations de cet ordre.

Il aurait pu discuter ce point. Mais il préféra demander :

— Qu'est-ce qui compte à vos yeux, alors ?

— L'indépendance. Garder le contrôle de ma propre vie bien sûr, mais aussi avoir la mainmise sur mon entourage. La liberté d'agir comme je le souhaite, sans avoir à demander le consentement de mon époux.

Les réponses avaient surgi si spontanément, avec un ton d'une telle ferveur et une telle expression de défi, qu'il ne pouvait remettre en cause l'importance que revêtait cette question à ses yeux.

Elle le fixa et déclara :

— Et vous devriez garder à l'esprit que, malgré toutes vos déclarations, je sais quel type d'hommes vous êtes. Vous êtes un despote. Un despote aimable, affable, courtois peut-être, mais un despote quand même.

Il ne pouvait discuter ce point. Quoique… Soutenant son regard, il l'observa, réfléchit et répondit avec une certaine douceur :

— Cela ne vous a jamais traversé l'esprit que même les despotes pouvaient être disposés à…, disons, trouver les moyens de satisfaire une dame, une certaine dame, indépendante, déterminée, intelligente et volontaire, qu'ils auraient envie de prendre pour épouse ?

À cette idée… Mary se sentit tout à coup comme Randolph et ses amis, debout devant un gouffre venant de s'ouvrir inopinément à ses pieds. Cherchant le regard noisette de Ryder, elle fut saisie d'un vertige qui ébranla toutes ses idées préconçues et ses anciennes certitudes.

— Je…

— Vous ne savez que dire ? termina-t-il en haussant légèrement les épaules. Pour l'instant, vous n'avez pas besoin de dire quoi que ce soit.

Un mouvement les fit se retourner. Les couples quittaient la terrasse pour rentrer dans la maison. Le bal devait toucher à sa fin.

— Nous devrions rentrer.

Elle avait envie de mettre un terme à cette conversation au plus vite, avant de faire quelque chose de vraiment idiot, comme de lui demander jusqu'où il serait prêt à aller pour…

Non. Elle ne devait pas s'engager dans cette voie qui ouvrait sur une tentation, à laquelle Mary ne se sentait pas prête à être soumise.

Elle savait quel type d'hommes il était, et il n'avait pas essayé de le nier. À quoi cela aurait-il servi ?

Au lieu de nier, il lui avait proposé quelque chose qu'elle n'avait jamais envisagé, une option inédite pour elle, une chance qu'elle n'aurait jamais cru avoir l'occasion de saisir.

Elle prit une grande inspiration. Elle était tentée, en effet. Et il était assez intelligent et perspicace pour avoir deviné à quel point cela pouvait l'intéresser.

Ce qui ne le rendait que plus dangereux. Pour elle, pour son avenir, et pour sa tranquillité d'esprit.

Il était en train d'observer par la fenêtre la foule qui se raréfiait. Il recula d'un pas et tendit son bras.

— Vous avez raison malheureusement, nous ne pouvons rester ici plus longtemps.

Ryder venait d'apercevoir un visage stupéfait. Le visage de quelqu'un qu'il aurait aimé ne pas savoir là ce soir, de quelqu'un qui n'aurait pas dû les voir ensemble même si, finalement, il ne s'était pas passé grand-chose sur la terrasse.

Il n'avait pas besoin que Lavinia tire des conclusions sur lui et ses intentions. Surtout pas de justes conclusions.

Mary posa très légèrement la main sur son bras, et ils marchèrent le long de la terrasse.

Alors qu'ils approchaient des portes-fenêtres, elle leva les yeux vers lui. Elle attendit qu'il la regarde à son tour pour annoncer :

— Je ne vais pas vous laisser me séduire.

Elle le défiait. Sans trembler. Il était curieux de savoir comment elle comptait s'y prendre pour l'en empêcher, mais il se contenta de répondre :

— N'essayez surtout pas de m'éviter. Faites-moi confiance, cette tactique est vouée à l'échec.

Si elle devait choisir cette stratégie, il ne la laisserait pas faire.

Elle observa ses yeux pendant un moment encore, comme si elle entendait les mots qu'il n'avait pas prononcés et comprenait malgré elle qu'ils étaient vrais. Puis elle renifla d'un air contrarié et leva le nez.

Pas mécontent de lui, il l'aida à franchir le seuil et, à sa demande, l'escorta vers Amelia qui était en train de se lever, de secouer ses jupes et de réajuster son châle pour se préparer à partir.

Après avoir laissé Mary avec sa sœur, il ne s'attarda pas dans la salle de bal. Mieux valait que les éventuels curieux comprennent que leur petite promenade sur la terrasse n'avait abouti à rien, et qu'il s'apprêtait donc à rentrer chez lui comme si le sort de Mary lui importait peu.

En ce moment précis, laisser parler ses instincts et se montrer trop protecteur se révélerait sans aucun doute contre-productif. En outre, Mary ne risquait rien avec Amelia.

Depuis son poste d'observation, situé près des fenêtres donnant sur la terrasse, Lavinia regarda son beau-fils quitter la salle de bal — et sans doute la demeure des Bracewell — sans se retourner. Les yeux plissés, elle se tourna ensuite dans la direction de Mary Cynster.

— Quelle impudence ! Comment cette infâme canaille a-t-elle osé essayer de séduire la jeune femme que j'avais choisie pour Randolph ?

Aux côtés de Lavinia, Claude Potherby, un ami de longue date qui l'avait accompagnée au bal, était occupé à secouer et à replier son mouchoir en dentelle.

— Voyons, voyons, ma chère, il n'y a aucune raison de vous mettre dans des états pareils. N'ayant pas informé votre beau-fils de vos projets pour ce cher Randolph, vous ne pouvez accuser Raventhorne de vous damer le pion de façon intentionnelle. Et vous devriez peut-être considérer son intérêt pour la jeune fille en question comme la confirmation de l'excellence du choix que vous avez fait pour votre fils.

— Ne soyez pas absurde, grogna Lavinia. Je me moque de ce que pense Ryder.

Potherby jeta un coup d'œil à Mary, qui se dirigeait vers l'escalier aux côtés d'Amelia.

— Quoi qu'il en soit, d'après ce que je vois, les tentatives d'approche de votre beau-fils n'ont pas été couronnées de succès. La jeune lady ne me semble pas spécialement conquise.

— Mary Cynster est suffisamment sensée pour se méfier de Ryder. Son hédonisme a de quoi effrayer toute lady un tant soit peu saine d'esprit.

Lavinia esquissa un geste de dédain, puis réajusta son châle afin de se préparer à rejoindre la foule des invités qui s'apprêtaient à partir. Potherby lui offrit galamment le bras. Elle l'accepta, puis se pencha vers lui pour murmurer :

— Mais vous avez raison. Je n'ai pas à m'inquiéter au sujet de Ryder. Ce n'est pas lui qui se retrouvera bientôt devant l'autel, en tout cas pas aux côtés de Mary Cynster.

Potherby sourit avec ironie et cynisme.

— Bien sûr que non, très chère. C'est inimaginable. Vos projets vont aboutir, c'est certain. Comment pourrait-il en être autrement ?

Comme elle l'avait fait en quittant Amanda après le concert chez Lady Hopetoun, Mary se sépara d'Amelia devant chez les Bracewell et grimpa dans la voiture de ses parents. Quand Peter, le valet de pied, eut refermé la portière, elle baissa la vitre et se pencha pour faire signe à Amelia qui, tandis qu'elle se dirigeait vers sa propre voiture, la cherchait du regard.

Rassurée, Amelia lui fit signe à son tour et monta dans sa voiture.

Mary referma la vitre et se cala dans son siège. Une seconde plus tard, la calèche s'ébranla pour se mettre lentement en route sur les pavés. La demeure des Bracewell se trouvait à Berkley Street, juste au sud de Berkley Square. Comme la saison battait son plein, un nombre incalculable de bals, soirées, fêtes et dîners avaient eu lieu ce soir-là à Mayfair. À en juger par le chaos des voitures qui faisaient le tour de la place, de nombreux événements avaient dû se terminer à la même heure.

Habituée à ce genre de contretemps, Mary trouva une position plus confortable sur la banquette de cuir et apprécia l'obscurité et la relative tiédeur de l'habitacle. La calèche tangua et réussit à s'engager dans une rue qui donnait sur la place, avant de se retrouver à nouveau immobilisée. Par la vitre, Mary aperçut la voiture de sa sœur, qui parvenait à doubler toute une file de calèches pour quitter Berkley Square vers l'ouest. Amelia, elle, serait bientôt chez elle.

Seule et sans réelle distraction, Mary inspira profondément puis laissa ses pensées vagabonder à leur guise — enfin. Depuis le moment où elle avait quitté la salle de bal, elle les avait bridées et avait étouffé toutes ses réactions. Elle n'avait pas voulu attirer l'attention d'Amelia ni de quiconque sur les doutes cataclysmiques qui s'étaient emparés d'elle.

Ryder venait de changer les règles gouvernant son monde

et, ce faisant, en avait fait trembler les fondations. Elle avait besoin de savoir où elle en était à présent et quelle direction elle devait choisir. Et ce, le plus tôt possible.

Elle inspira de nouveau, puis expira lentement dans l'espoir de calmer le tourbillon de ses pensées. Quoi que Ryder pense ou fasse, elle resterait maîtresse de sa vie. C'était à elle de prendre les décisions qui influeraient sur son avenir.

Peu à peu, sa confiance coutumière lui revint. De plus en plus calme, elle essayait de réfléchir à cette nouvelle situation, au nouveau paysage que Ryder avait dessiné pour elle.

Se remémorant en détail les images et les mots échangés, elle repensa à ce qu'ils s'étaient dit sur la terrasse. Et à tout ce qu'ils ne s'étaient pas dit. Il avait fait part de ses intentions, sans détour ni équivoque possible, et, même s'il n'avait pas fermé les yeux sur le problème que posait la résistance qu'elle affichait, il n'était pas prêt à accepter un refus de sa part.

Mais la possibilité qu'il avait évoquée... Quelle étourdissante tentation cela représentait ! Tentation rendue plus alléchante encore par le fait qu'elle émanait de lui et de personne d'autre.

Qu'un homme comme lui, qu'un homme de son étoffe, de son tempérament et de son caractère fasse ce genre de proposition... Qu'il évoque la possibilité de changer pour que sa vie à ses côtés soit telle qu'elle le souhaitait...

— Eh bien ! souffla-t-elle. C'est vraiment incroyable !

Et si tentant, surtout pour elle. Pas seulement parce qu'elle était une Cynster, mais à cause du défi terriblement alléchant que représentait le fait de dompter un homme tel que Ryder Cavanaugh.

En tout cas, il avait accepté de la laisser essayer.

Qu'elle y parvienne ou non était un autre problème.

— Mais je m'égare, murmura-t-elle. Essayons de raisonner autrement... Si je ne tenais pas compte de ses défauts et si je le passais au crible des critères que j'ai préétablis pour m'aider à choisir mon futur époux, ferait-il un candidat acceptable ?

Il ne lui fallut pas longtemps pour répondre par l'affirmative. Le titre, la famille, la fortune, le patrimoine, la position sociale de Ryder… La benjamine d'une grande famille comme la sienne n'aurait jamais pu espérer trouver mieux.

— La société et les grandes dames approuveraient sans aucun doute. Mais je me moque de tout cela. Et ma famille acceptera celui que j'aurai choisi, quel qu'il soit. Alors, de quoi ai-je vraiment envie ?

Tenir le rang de marquise de Raventhorne lui plairait-il ? Pourrait-elle en retirer de la satisfaction ?

Du bonheur ?

— La réponse n'est pas aisée, murmura-t-elle pour elle-même en jetant un œil par la fenêtre.

Ils n'avaient guère avancé et se trouvaient toujours au sud de Berkley Square. Se rendant compte qu'il était plutôt agréable de penser à voix haute sans risquer d'être entendue par quiconque, elle poursuivit ses ruminations.

— Être l'épouse de Ryder. C'est là que réside le nœud du problème. En étant sa femme, serais-je capable d'être celle que je veux être ?

Elle grimaça.

— Et, même s'il n'est pas facile de prendre une décision, je ne vais pas pouvoir m'y soustraire. Il va falloir accepter ou refuser sa demande. Et, si je la refuse, une lutte va s'engager, parce qu'il n'acceptera pas mon rejet aussi facilement.

Éconduire Ryder demanderait une bonne dose de courage et de force de persuasion.

— Et de l'assurance. Ce dont je ne suis pas sûre d'être bien pourvue en ce moment.

Pouvait-elle lui faire confiance et se fier à ce qu'il avait dit ?

— Je suis certaine qu'il était sincère et que, s'il le fallait, il *essayerait* de trouver des moyens de respecter mon désir d'indépendance. Mais s'il n'y parvenait pas ? Même s'il fait preuve de bonne volonté, cela suffira-t-il et — elle fit un grand geste de la main dans la voiture — réussira-t-il à faire les efforts et les ajustements nécessaires ? Même s'il le voulait, le lion serait-il capable de changer ?

Elle avait beau envisager le problème sous différents angles, accepter sa demande en mariage représentait un risque énorme. Pour elle. Pas pour lui.

— Si j'accepte, mis à part les conditions que j'aurai posées, il aura obtenu tout ce qu'il veut.

C'est-à-dire elle. Comme épouse.

— Pourquoi m'a-t-il choisie, moi ? se demanda-t-elle, perplexe.

La question était tout à fait pertinente, mais il lui avait au moins fourni une explication. Elle était la dernière Cynster de sa génération à être encore célibataire. Étant donné l'âge qu'il avait, elle représentait sa dernière chance de s'allier avec leur famille.

En plus de cela, elle dut le reconnaître, il s'avérait qu'ils allaient plutôt bien ensemble, ce qu'elle n'aurait jamais imaginé au départ. Ils étaient issus du même milieu. Elle saurait donc aisément trouver sa place à ses côtés en société. Et la connaissance qu'elle avait des hommes comme lui — presque tous les hommes de sa famille lui ressemblaient — l'aidait vraiment à le cerner.

Et l'aidait même à excuser certains comportements que d'autres femmes auraient du mal à tolérer.

Cela ne signifiait pas qu'elle ne trouverait pas certaines réactions agaçantes. Mais elle saurait comprendre que, dans certaines situations, il ne pouvait se contrôler.

Comme avec Francome.

Elle se remémora un instant la façon dont elle avait vécu la scène, avant de secouer la tête pour revenir à son problème.

— Où en étais-je ? Ah, oui. De toute évidence, il me trouve amusante, et je dois reconnaître qu'il est plus que passablement drôle et qu'il danse la valse comme un dieu. Pour le reste…

C'est-à-dire les sensations qu'il faisait naître en elle, l'effet qu'il produisait sur elle et qu'elle s'était forcée à ignorer, n'étant pas capable de les étouffer.

— Hmm… Je suis prête à parier les perles de grand-maman qu'il fait le même effet à toutes les femmes dont les sens fonctionnent à peu près correctement. Je ne peux donc rien en déduire.

La voiture avait avancé de quelques mètres. À présent, elle tanguait, mettant ses suspensions à l'épreuve. Le cocher dirigea les chevaux vers le côté ouest de la place, et la calèche se mit à rouler au pas, à une vitesse plus régulière.

Quittant la route des yeux, Mary reprit ses réflexions. D'un point de vue social et familial, Ryder et elle étaient tout à fait assortis.

— Mais aucun de ces critères ne prend en compte l'amour.

Et c'était là sa plus grande interrogation, la pierre d'achoppement de son raisonnement, le plus gros obstacle. Même si elle déployait des trésors d'imagination, elle ne pouvait croire un seul instant que Ryder soit amoureux d'elle. Pas pour l'instant. Mais la question était la suivante : pourrait-il le devenir ?

Si elle lui en donnait la possibilité, pourrait-il tomber amoureux d'elle ? Et elle de lui ?

Pourrait-il, lui, Ryder Cavanaugh, marquis de Raventhorne, être son héros, celui qui ravirait son cœur et lui ferait connaître le bonheur matrimonial parfait ?

Elle butait sur cette question quand le cocher fit claquer son fouet, faisant prendre de la vitesse à la calèche. Quand il ralentit pour négocier la bifurcation vers Davies Street, Mary posa sa main sur le collier et extirpa le pendentif de quartz rose de son décolleté.

À la faible lumière d'un réverbère, elle l'observa en le faisant tourner entre ses doigts. Elle s'était imaginé que ce serait facile. Qu'il suffirait de porter le collier pour trouver son héros. Qu'il apparaîtrait d'un coup et s'inclinerait devant elle...

Elle cligna des yeux et repensa au soir où elle avait porté le collier pour la première fois. Le premier gentleman qu'elle avait croisé et à qui elle avait parlé n'avait été autre que... Ryder.

Elle l'avait remis à sa place et avait passé son chemin.

« S'il ne s'insinue pas en toi pour occuper tes pensées sans que tu puisses l'en chasser... »

La description d'Angelica s'appliquait parfaitement à Ryder.

Elle fixa le pendentif de quartz rose puis, les lèvres pincées, le remit dans son corsage. Elle croyait aux pouvoirs du talisman de la Lady — elle y croyait vraiment —, mais elle ne s'attendait pas à devoir prendre de tels risques pour trouver son héros. Elle ne s'attendait pas à devoir entrer dans la cage aux lions.

Bien calée dans son siège, alors que la calèche s'engageait dans Mount Street, elle fit la grimace.

— Dois-je continuer de croire que mon héros m'attend quelque part ? Si je renonce à cette idée, j'accepte que Ryder et mon héros soient une seule et même personne.

Dans la rue, un mouvement attira soudain son attention. Comme si le fait d'avoir prononcé son nom l'avait fait apparaître, Ryder déboucha d'une ruelle.

Mais il ne marchait pas, il titubait.

Comme la calèche arrivait à son niveau, elle le vit chanceler, se tourner lentement, puis s'écrouler face contre terre sur le trottoir.

Il aurait pu être ivre, mais elle savait que ce n'était pas le cas. Pas lui.

Elle se leva d'un bond et tambourina du poing sur la trappe située au plafond.

— John ! Arrêtez-vous ! *Arrêtez-vous !*

5

Elle se précipita hors de la calèche alors que celle-ci roulait encore. Le cœur battant la chamade, elle courut le long du trottoir. John et Peter criaient qu'elle devait attendre, mais ils semblaient déjà très loin.

Avant même d'avoir atteint Ryder, elle savait que quelque chose allait mal, que quelque chose allait terriblement, horriblement mal.

Une tache de sang brillait, fraîche et rouge rubis, à côté de lui.

Elle tomba à genoux près de lui.

— Oh mon Dieu, non !

Un regard lui confirma qu'il était inconscient. Il tenait à la main une rapière dégainée, dont la lame était maculée de sang.

Paniquée, elle essaya de l'allonger sur le dos, pour voir où se trouvait sa blessure. Il y avait tellement de sang... Mais il était trop lourd, et elle ne parvint pas à le bouger.

Peter arriva. Elle ne leva même pas les yeux.

— Vite ! Aidez-moi !

Avec son aide, elle réussit à faire basculer Ryder sur le dos.

Une vilaine entaille sur son flanc gauche, près de sa taille, saignait abondamment.

— Non ! s'écria-t-elle, désespérée.

Elle pressa une main sur la blessure. Puis, comme ses doigts étaient déjà couverts de sang, elle posa son autre main sur la première afin d'essayer de contenir l'hémorragie.

Jetant un coup d'œil autour d'elle, elle découvrit Peter en

train d'inspecter les environs. Il s'engagea avec précaution dans la ruelle et il en ressortit presque aussitôt, le visage livide.

— Il y a deux gredins là-bas, mademoiselle. Ils ont l'air morts. Ils l'ont sûrement attaqué.

En reprenant son souffle, il désigna Ryder.

— Il s'est bien défendu, mais ils ont réussi à le toucher.

— Oui, très bien, mais ne restez pas là sans rien faire !

Quand il s'approcha avec son air contrit, elle insista :

— Il n'est pas encore mort !

Le flot chaud qu'elle sentait sous ses doigts lui assurait qu'elle disait vrai. Mais pour combien de temps encore ?

— Pour l'amour de Dieu, vite !

La panique s'empara d'elle. Elle regarda autour d'elle et découvrit John, le cocher, qui courait vers eux. Il avait dû garer la calèche et trouver un gamin des rues pour garder les chevaux.

— Ah, enfin... John, poursuivit-elle plus fort, il s'agit du marquis de Raventhorne. Il est grièvement blessé, mais sa maison se trouve juste ici.

Sans ôter ses mains du flanc de Ryder — était-ce son imagination ou le flot était-il en train de se tarir ? Était-ce bon ou mauvais signe ? —, elle reprit son souffle, ravala sa peur et désigna les maisons situées de l'autre côté de la rue.

— Il s'agit de la maison aux grilles en fer forgé. Allez prévenir ses gens immédiatement !

— Bien, mademoiselle.

Aussitôt, John fit demi-tour et traversa la rue en courant.

Malgré les embouteillages de Berkley Square et la circulation qui se faisait très dense un peu plus loin dans la rue, aucune voiture n'était pour l'instant passée par là. Mary ne savait pas si elle devait s'en réjouir ou le regretter. D'un côté, cela la forçait à rester concentrée sur Ryder mais, de l'autre, cela la privait d'une aide qui aurait pu se révéler précieuse.

Elle baissa les yeux et essaya de reprendre ses esprits. La source de lumière la plus proche — un réverbère — se trouvait à quelques mètres des pieds de Ryder. Elle n'y voyait pas assez clair pour être sûre que la plaie sur laquelle elle faisait pression était la seule.

— Peter, demanda-t-elle, voyez-vous une autre blessure ? Saigne-t-il ailleurs ?

— Il ne me semble pas, mademoiselle.

Peter était allé ramasser le chapeau et la canne de Ryder — le fourreau de sa rapière — dans la ruelle. Puis il se posta face à elle, agité et nerveux.

— Y a-t-il autre chose que vous vouliez que je fasse, mademoiselle ?

L'esprit de Mary semblait se scinder entre deux niveaux. Au premier se déchaînait un tumulte d'émotions. Au second, ses pensées étaient étonnamment calmes et claires. C'était une bonne chose. La panique n'avait pas sa place ici. Ryder n'avait pas besoin de cela. Réussissant à contenir son affolement, elle réfléchit à ce qu'il fallait faire. Cela tombait bien, elle excellait dans ce domaine.

— Oui. Allez en face vous aussi et dites aux domestiques du marquis que leur maître a perdu connaissance et qu'il faudra une porte ou une planche pour le transporter. Et ils doivent faire quérir son médecin immédiatement.

— Ah... Je veux bien, mais je ne devrais pas vous laisser seule...

— Il n'y a personne aux alentours. Allez, faites ce que je vous ai dit ! lança-t-elle sur un ton ne souffrant aucune protestation.

D'ailleurs, Peter ne protesta pas. Il fonça, tête baissée.

Elle s'interdit de songer à la quantité de sang répandue sur le trottoir, sans compter celle qui baignait les vêtements de Ryder et lui collait aux mains. En contemplant avec un certain dégoût ses doigts maculés, elle eut l'envie soudaine de retirer ses mains de la blessure. Mais elle résista et se concentra sur la poitrine de Ryder, qui continuait de se soulever et de s'abaisser, Dieu merci. Elle suivit ce rythme, sur lequel sa propre respiration vint se caler.

Puis elle posa les yeux sur son visage, ce visage incroyablement magnifique, à présent si pâle et si immobile, privé de sa vie habituelle. La lueur de ses yeux noisette, son sourire moqueur, son froncement de sourcil narquois ; tout cela avait disparu.

Quelque chose se déchira dans sa poitrine. Sa vision se brouilla.

— Ne me faites pas cela, Ryder, murmura-t-elle, fiévreuse. Ne mourez pas entre mes bras. Pas maintenant.

Ryder sentait le trottoir dur sous son dos. Il avait froid. Il était transi de froid. Mais à vrai dire, il n'était pas sûr de sentir réellement son corps. Tout semblait si lointain.

Cependant, il devina la présence d'une source de chaleur près de lui. Il aurait aimé s'approcher.

Il se souvenait avoir reçu un coup d'épée et s'être demandé pourquoi la chance, qui lui avait toujours souri, l'avait tout à coup abandonné.

Il essaya de soulever les paupières et fut surpris lorsqu'elles s'ouvrirent pendant une fraction de seconde.

Un ange aux cheveux noirs et soyeux était penché au-dessus de lui. Sa vision s'éclaircit, et il reconnut Mary. Ce n'était pas un ange. C'était bien mieux que cela.

Elle avait un teint d'albâtre, mais elle était encore plus pâle qu'à son habitude. Ses sourcils étaient froncés. Elle semblait inquiète, angoissée...

Pourquoi ? Il avait les lèvres curieusement sèches, la langue comme empesée.

— Que... ?

Mais ce fut un souffle plus qu'un mot.

Elle le regarda avec stupeur, sans bouger les bras ni les mains. Puis son expression devint fiévreuse, et ses yeux bleus s'enflammèrent.

— Restez avec moi !

Il cligna des yeux. Il voulait lui dire qu'il n'avait aucune intention de faire quoi que ce soit d'autre, mais ses paupières refusèrent de se rouvrir, et tout devint trouble. Puis il sombra dans les ténèbres.

Mary fixait le visage de Ryder. Elle voulait qu'il rouvre les yeux et lui redonne espoir. Mais ses traits étaient redevenus immobiles. De nouveau, il avait perdu connaissance.

Elle entendit des bruits de pas précipités et perçut un mouvement affolé. Puis elle fut entourée par plusieurs hommes qui semblaient aussi inquiets qu'indécis sur la conduite à tenir. Elle fut donc contrainte de leur donner des ordres.

— Non, déclara-t-elle, je ne reculerai pas. Je ne peux pas retirer mes mains. Pas encore.

Elle regarda autour d'elle.

— Très bien. Vous êtes assez nombreux. L'un de vous doit se placer à sa tête, un autre pour chaque épaule, un à chaque hanche, et un à ses pieds. Les trois autres, vous glisserez cette porte sous son corps quand nous le soulèverons.

Ils s'exécutèrent et, continuant de suivre ses ordres, ils réussirent à placer Ryder sur la porte. Six hommes soulevèrent ensuite la planche de bois pendant que le majordome de Ryder — qui s'était présenté sous le nom de Pemberly — aidait Mary à se relever sans qu'elle ait besoin de déplacer ses mains.

Mais la pression qu'elle exerçait se relâcha forcément un court instant, pendant lequel le sang coula, moins abondamment et moins vite qu'auparavant.

Adressant une rapide prière aux cieux, elle fit un signe de la tête, et ils se mirent en route vers la maison. John et Peter s'assurèrent qu'aucune calèche ne passait au moment où les autres traversèrent, transportant le blessé.

Quand, avec lenteur et précaution, ils gravirent les marches du perron, Mary expliqua :

— Il a repris brièvement connaissance juste avant que vous arriviez, et il a parlé. Il n'a prononcé qu'un seul mot, mais...

Elle s'interrompit, car sa voix tremblait.

— Il n'est pas encore mort, parvint-elle à terminer.

Elle ne savait pas si elle parlait pour rassurer les autres ou pour se rassurer elle-même, mais elle entendit clairement le majordome pousser un soupir de soulagement. Il accéléra le pas et franchit le perron pour aller tenir la porte d'entrée. En même temps, il s'adressa à ceux qui étaient restés à l'intérieur.

— Il est toujours en vie.

— Oh ! merci mon Dieu !

En franchissant le seuil, Mary comprit que la voix féminine qu'elle venait d'entendre n'appartenait pas à un membre de la famille de Ryder mais à une femme qu'elle identifia comme sa gouvernante.

Tous les domestiques étaient rassemblés, l'air soucieux et prêts à faire quelque chose — sans savoir quoi. Mary n'hésita pas. Le temps n'était pas aux politesses. Et si elle usurpait la place de quelque lady en prenant les commandes des opérations, eh bien, cette lady n'avait qu'à être là pour tenir son rôle.

— Pemberly... De l'aide, je vous prie. Il faut porter le marquis à l'étage.

Stimulé par la vigueur de sa voix, Pemberly referma la porte et présenta la gouvernante, Mrs Perkins, ainsi que le valet de chambre de Ryder, Collier.

— Très bien. Mrs Perkins, vous pouvez peut-être aller vous assurer que le lit de monsieur le marquis est prêt à le recevoir. Mais, s'il vous plaît, n'allumez pas de feu dans sa chambre, pas avant la visite du médecin.

— Très bien, mademoiselle.

Les yeux ronds, Mrs Perkins inclina le buste et se précipita dans l'escalier.

Mary se tourna vers Collier. L'homme semblait désemparé.

— Allez chercher des ciseaux pour couper les vêtements du marquis. Nous n'arriverons pas à les lui retirer sinon. Et allez chercher des bandages et une bassine. Vous pouvez aussi vous occuper de son arme, ajouta-t-elle en regardant autour d'elle. C'est mon valet qui l'a.

Collier prit une grande inspiration et se redressa.

— Je vais aller la chercher, mademoiselle. Ainsi que le reste de ses effets.

Sans ôter ses mains du flanc de Ryder, elle se tourna vers Pemberly.

— Avez-vous fait appeler le médecin de monsieur le marquis ?

— Oui, mademoiselle. Un garçon est parti le chercher.

— Parfait, répondit-elle, avant de regarder le grand escalier. Dans ce cas, montons le marquis dans sa chambre.

— Très bien, mademoiselle…, commença Pemberly en essayant d'accrocher son regard.

— Cynster. Mary Cynster.

Sans s'éloigner de la porte servant de brancard de fortune, Mary dirigeait les porteurs.

— Faites très attention. Pas de précipitation.

Prenant bonne note de ses directives, les six domestiques grimpèrent les marches une à une.

Mary ne vit pas l'heure suivante passer. Avec beaucoup de précautions, ils réussirent à transférer Ryder sur son lit sans qu'elle ait besoin de retirer ses mains. Elle finit à genoux à côté de lui, comprimant toujours la blessure. Collier et Mrs Perkins s'affairèrent autour d'elle pour découper les vêtements de Ryder. Puis la gouvernante nettoya une bonne partie du sang qui maculait sa peau bien trop pâle.

Le regard captivé par son large torse, par ses muscles saillants que caressaient quelques boucles d'un brun doré, par sa peau plus mate que la sienne, douce et tendue sur son corps sculpté, Mary se sentit fascinée. Mais d'une façon distante et détachée.

Quelque part au fond d'elle, elle nota l'ampleur de sa carrure, la musculature impressionnante de ses bras, de ses épaules, de son torse, de son abdomen, et puis, plus bas, l'étroitesse de son bassin. Les mains de Mary étaient plaquées contre son flanc, juste au-dessus de sa taille. En théorie, ses mains étaient — de façon tout à fait scandaleuse — collées contre sa peau, mais la présence du sang annihilait tout contact réel.

Ce n'était pas dans ces conditions qu'elle aurait dû le voir à demi-nu pour la première fois.

Ce n'étaient pas des mains poisseuses de sang qu'elle aurait dû poser pour la première fois sur son torse dénudé.

Elle nota l'incongruité de ses pensées, mais n'eut pas le temps de s'y attarder.

— Voilà, mademoiselle, l'interpella Mrs Perkins en penchant la tête pour accrocher son regard. Je pense qu'il est temps que nous examinions cette blessure d'un peu plus près. Elle n'a plus l'air de saigner beaucoup.

Voyant que la gouvernante tenait un linge propre et mouillé, Mary reprit son souffle, hocha la tête et, lentement — prête à reposer ses mains si nécessaire —, elle retira de la blessure une première main, puis la suivante.

Collier se présenta à côté d'elle avec un chiffon mouillé. Sans quitter la plaie des yeux, elle le laissa lui essuyer les mains. L'entaille ne mesurait pas plus de cinq centimètres de long. Mais, étant donné l'arme utilisée, elle devait être profonde.

Les yeux fixés sur la plaie, le souffle coupé, ils attendirent, attentifs, mais plus une seule goutte de sang ne se déversa.

— Dois-je nettoyer la blessure, mademoiselle ? demanda Mrs Perkins en approchant déjà les linges.

— Non.

Les sourcils froncés, Mary se tourna vers Collier qui lui apportait un bol d'eau afin qu'elle se lave les mains.

— Je pense que nous devrions attendre le médecin.

Elle regarda Pemberly, qui avait observé toute la scène depuis le pied du lit.

— Dans combien de temps arrivera-t-il, à votre avis ?

— Le cabinet du Dr Sanderson se trouve à Harley Street, mademoiselle. Il devrait donc arriver sous peu.

Mary jeta un œil au trou sanguinolent qui altérait la silhouette parfaite de Ryder. Cette vision lui sembla obscène.

— Dans ce cas, je suggère que nous placions une compresse sur la blessure — de la gaze si vous avez — et que nous la maintenions avec une petite bande, pas trop serrée.

Elle regarda le visage de Ryder.

— Juste au cas où il reviendrait à lui et se mettrait à bouger.

Ils suivirent son conseil, puis Mrs Perkins et elle se retirèrent pour laisser à Collier, aidé de Pemberly, le soin de retirer le reste des vêtements de Ryder.

Quand Mary revint, la pièce baignait dans la lumière douce des lampes que l'on avait voilées. Ryder était allongé, immobile, sous ses couvertures remontées jusqu'au cou. Ses cheveux aux reflets dorés étincelaient sur l'ivoire immaculé de l'oreiller. Mais son visage était horriblement pâle, ses lèvres légèrement bleues, ses traits dépourvus de la moindre animation.

On aurait pu croire qu'il s'agissait d'une statue, si l'on n'avait vu sa poitrine se soulever à intervalles réguliers. Sa respiration était toujours faible mais calme.

Pemberly était allé attendre le médecin au rez-de-chaussée. Quant à Mrs Perkins, elle avait quitté la pièce pour emporter le linge sale.

Seul restait Collier, assis silencieusement dans un coin, les mains entre les genoux, les yeux fixés sur la silhouette alitée.

Toujours animée par l'espoir que Ryder reprenne connaissance, Mary alla chercher une chaise. Collier voulut se lever pour l'aider, mais elle lui fit signe de rester à sa place. Puis elle plaça sa chaise à côté du lit, s'assit et, comme Collier, s'apprêta à veiller le blessé. Les coudes en appui sur l'extrémité du matelas, elle croisa les bras et se mit à fixer le visage de Ryder.

Il ne servait plus à rien de s'agiter pour l'instant et, maintenant qu'ils avaient fait tout ce qu'ils pouvaient faire, elle prit un moment pour retrouver son calme et se reconnecter avec une plus vaste réalité.

Au bout de quelques minutes, elle murmura :

— Collier… Ai-je raison de penser qu'il n'y a pas de lady dans cette maison ?

— Oui, mademoiselle, répondit Collier en changeant de position sur sa chaise.

Après quelques secondes d'hésitation, il poursuivit :

— La marquise et monsieur ne s'entendent pas. Il lui a acheté une maison à Chapel Street, et c'est là qu'elle vit.

— Et sa demi-sœur, Lady Eustacia ?

— Elle vit avec sa mère.

— Et ses demi-frères ?

— Lord Randolph et Lord Christopher possèdent leurs propres appartements, et Lord Godfrey habite toujours à Chapel Street.

Quelques secondes plus tard, Collier s'éclaircit la gorge et déclara avec prudence, voire avec une certaine méfiance :

— Si vous le jugez nécessaire, nous pouvons envoyer chercher Lord Randolph.

L'héritier de Ryder. Si elle faisait appeler Randolph maintenant... Mis à part le fait qu'il était certainement de sortie et ne rentrerait pas chez lui avant l'aube, envoyer chercher Randolph — qui ne leur serait d'aucune aide — équivaudrait à accepter quelque chose qu'elle n'était pas du tout prête à envisager.

Elle prit une grande inspiration et la retint jusqu'à ce qu'elle soit sûre que sa voix ne tremblerait pas, et que son ton serait aussi ferme et autoritaire qu'elle le souhaitait.

— Comme le marquis ne va pas mourir, je ne pense pas que la présence de Lord Randolph puisse nous aider en quoi que ce soit.

Collier, qui avait retenu son souffle, expira lentement et profondément.

— Vous avez raison, mademoiselle. Et de toute façon, c'est Lord Cavanaugh qui aide son frère d'habitude, pas l'inverse.

Avec un léger sourire — cette information ne l'avait pas surprise le moins du monde —, Mary s'adossa à sa chaise.

Au bout de quelques minutes, Collier demanda :

— Allez-vous rester, mademoiselle ?

Comme pour excuser ce qui ressemblait davantage à une requête qu'à une question, il s'empressa d'ajouter :

— Le dernier visage qu'il a vu, c'est le vôtre. Cela serait peut-être utile que vous soyez là quand il se réveillera.

Ce n'était pas une mauvaise excuse.

— Oui, je vais rester, répondit-elle en inclinant la tête. Au moins jusqu'à ce que le médecin arrive et livre son diagnostic.

Elle resterait jusqu'à ce qu'elle ait la conviction que Ryder allait survivre. Elle n'avait pas besoin de réfléchir, de faire appel à sa raison pour savoir que telle était sa décision, et que rien ne l'en ferait changer.

Le simple fait d'imaginer qu'il puisse mourir...

Elle ne songea même pas à se demander en quoi sa présence pouvait empêcher la mort de venir le cueillir. Si elle partait et qu'il mourait, elle ne se le pardonnerait jamais.

Quand elle entendit des bruits dans le couloir, elle regarda autour d'elle. Elle n'avait pas vraiment prêté attention à la chambre jusqu'à présent — elle n'avait vraiment prêté attention qu'à Ryder. Mais, alors que le médecin allait sans doute faire son entrée sous peu, elle observa mieux son environnement et ne fut pas surprise de découvrir que, même si le décor était indéniablement masculin, il n'en était pas moins somptueux.

La structure de l'imposant lit à baldaquin, en chêne sculpté, était drapée d'une tenture d'un velours luxueux et lourd, aux teintes vieil or qui s'accordaient parfaitement à la patine du bois dont était fait le mobilier de la chambre. De part et d'autre du lit, deux grandes fenêtres étaient encadrées par des rideaux confectionnés dans le même tissu, qui recouvrait également deux chaises et deux fauteuils.

Un couvre-lit en soie brodée était posé sur le lit. Les draps et les taies d'oreiller en lin ivoire étaient d'une simplicité austère, qui offrait un contrepoint parfait à la richesse et à la luxueuse sensualité du décor.

La porte s'ouvrit. Mary tourna la tête pour regarder entrer l'homme que ses vêtements désignaient comme un gentleman. Grand, mince, avec un visage anguleux et un regard bienveillant mais inquiet. Le sac noir qu'il portait confirmait qu'il s'agissait bien du médecin de Ryder. Comment Pemberly avait-il dit qu'il s'appelait ?

Les yeux du Dr Senderson s'étaient tout de suite fixés sur Ryder, tellement silencieux et immobile. Il ralentit et s'arrêta au pied du lit, comme s'il s'attendait à ce que Ryder ouvre les yeux et parte dans un grand éclat de rire. Puis il sembla se libérer de ce qui le retenait et, les sourcils froncés, fit prestement le tour du lit pour venir se poster en face de Mary.

Quand il posa son sac, il croisa son regard.

— Bonjour… Car il me semble qu'un nouveau jour n'est pas loin de se lever. Je suis David Sanderson. Et vous, mademoiselle, vous êtes ?

— Mary Cynster.

Elle l'avait bien jugé. Sanderson était peut-être médecin, mais il était aussi un gentleman.

— J'ai vu Ryder s'effondrer dans la rue. Je me suis portée à son secours et j'ai demandé à mes domestiques d'aller prévenir les siens.

Sanderson cligna des yeux. Plusieurs fois. Mais il se contenta de répondre :

— Je vois.

Il tendit la main vers les couvertures. Mary se leva pour l'aider à les descendre et à découvrir Ryder jusqu'à la taille.

Sanderson saisit le poignet de Ryder et ferma les yeux. Au bout d'un moment, il murmura :

— Son pouls est régulier mais faible.

Puis il rouvrit les yeux.

Mary désigna le pansement qu'ils avaient appliqué sur la blessure de Ryder.

— C'est là qu'il a été touché. Il a perdu une grande quantité de sang.

Sanderson grommela. Il souleva l'une des paupières de Ryder et examina son œil.

— Est-il évanoui depuis que vous l'avez trouvé ?

— Il a repris connaissance pendant un bref — très bref — instant alors que nous étions encore dehors.

— A-t-il parlé ? demanda Sanderson en jetant un rapide coup d'œil à Mary.

— Oui, il m'a parlé, acquiesça-t-elle.

— Et vous a-t-il reconnue ?

Elle allait hocher la tête, quand elle eut une légère hésitation. Elle se remémora leur très bref échange.

— Je pense, répondit-elle en grimaçant. Mais il n'en a pas dit assez pour que j'en sois sûre.

— Mais a-t-il réagi ? À quelque chose que vous avez dit, par exemple ?

— Il me semble, se força-t-elle à répondre. Mais je ne peux en être certaine.

Sanderson était occupé à défaire le bandage de fortune. Il lui adressa un curieux regard.

— Bien, dit-il enfin en soulevant la compresse. Cela ne me

gêne pas qu'il soit évanoui pour l'instant. C'est même mieux s'il a perdu beaucoup de sang.

Il s'interrompit, avant de reprendre :

— Et, à en juger par la froideur de sa peau et par sa pâleur, il en a perdu bien plus que je ne l'aurais voulu.

— J'imagine qu'étant son médecin, vous auriez préféré qu'il n'en perde pas du tout, répliqua-t-elle en fronçant les sourcils.

La blessure était totalement libérée du pansement à présent. Sanderson eut un bref éclat de rire.

— Je connais Ryder depuis Eton. Croyez-moi, il lui est souvent arrivé de perdre du sang.

Le médecin retrouva son sérieux en examinant la plaie. Un long moment passa puis, les lèvres pincées, il déclara :

— Mais les autres fois, il avait eu la bonne idée de ne pas en perdre autant.

Sanderson se pencha plus encore sur la blessure, puis regarda Collier.

— Je vais avoir besoin d'eau bouillante pour nettoyer cela. Allez en faire chauffer tout de suite et rapportez-la dans le récipient dans lequel vous l'aurez fait chauffer, avec une bassine en métal et un plus petit bol, en métal si vous avez, ou en porcelaine.

Collier s'était levé à l'entrée du médecin et, depuis, il se tenait prêt à recevoir ses ordres. Il s'empressa d'acquiescer.

— Bien, docteur. Tout de suite.

Pemberly était entré dans la chambre à la suite du praticien. Il était resté dos à la porte, qu'il ouvrit pour Collier avant de la refermer.

Mary fixait toujours Sanderson, qui continuait d'examiner la blessure. Au bout d'un moment, incapable de se contenir plus longtemps, elle demanda :

— Est-ce grave ?

Interrompant son examen, le médecin leva les yeux.

— Je n'en suis pas encore sûr. Comment cela s'est-il produit exactement ? Le savez-vous ?

— D'après ce que l'on sait, il se trouvait dans la ruelle — elle fit un geste en direction de la rue — et il rentrait chez lui. On sait aussi que deux gredins s'y trouvent, morts, et que Ryder tenait sa rapière à la main quand il est tombé.

— Deux morts ? demanda Sanderson en regardant Pemberly.

— En effet, docteur, opina le majordome.

— Se trouvent-ils toujours dans la ruelle ?

Pemberly parut légèrement vexé par cette question.

— Je le suppose, Mr Sanderson.

Les lèvres pincées, le médecin se redressa. Il fixait toujours Pemberly, tout en semblant réfléchir à quelque chose. Mary le comprit lorsqu'il déclara :

— Je vous conseille de transporter ces deux corps jusqu'ici. Votre maître voudra savoir qui l'a attaqué quand il se réveillera et qu'il sera en état de réfléchir.

— Ah, fit Pemberly, qui semblait soudain avoir compris où le médecin voulait en venir.

Lentement, il hocha la tête.

— Bonne idée, docteur. Je vais envoyer des valets chercher les corps et...

— Je ne veux rien savoir, Pemberly.

Ce dernier esquissa un léger sourire.

— Bien sûr. Vous n'avez absolument rien à voir avec la disparition de ces deux cadavres.

Le médecin sourit brièvement à son tour.

— Parfait.

Puis il se pencha de nouveau et reprit son examen, tandis que Pemberly sortait sans bruit.

Mary observait les cheveux noirs de Sanderson.

— Si j'ai bien compris, vous venez de prendre un gros risque pour lui.

Sans lever les yeux, il haussa les épaules.

— À côté de tous les risques qu'a pris Ryder pour moi, ce n'est rien.

Puis il se redressa en soupirant.

Voyant le regard interrogateur de Mary, il reprit :

— Il était le fils aîné d'un marquis — il n'était que vicomte à l'époque — tandis que j'étais le cadet d'une famille modeste, entré à Eton grâce à une bourse d'études. J'étais le cerveau. Il était le bras. Notre duo a étonnamment bien fonctionné. Pour nous deux.

Mary regarda Sanderson, puis Ryder. Sanderson était trop modeste et ne leur accordait pas tout le crédit qu'ils méritaient. Sanderson avait beau être mince, il ne semblait pas faible du tout, et personne n'ignorait à quel point la vie de médecin était exigeante physiquement. Quant à Ryder, il se servait à l'évidence de sa force et de sa présence imposante pour détourner l'attention de son intelligence. Mais elle ne s'était jamais laissé abuser.

Tandis qu'elle fixait Ryder, Sanderson l'observait. Quand elle leva les yeux et croisa son regard, il prit une grande inspiration, avant de dire :

— Plutôt que de vous demander ce que vous faites ici, chez Ryder, à côté de son lit...

Elle eut de nouveau l'impression que Sanderson menait un combat intérieur contre ses propres scrupules. Et, comme la première fois, le bon sens l'emporta.

— Je vais plutôt vous demander si vous pouvez supporter la vue du sang sans vous évanouir.

Mary soutint son regard.

— Quand Ryder a été amené ici, mes paumes se trouvaient à la place de la compresse que vous avez retirée. Mes mains étaient maculées de son sang. Il s'était répandu entre mes doigts, et c'était horriblement collant.

Elle s'interrompit, puis ajouta :

— Si vous voulez savoir, je n'ai pas ressenti le moindre vertige.

Sanderson eut un rire bref.

— Bien. Très bien, même.

Mais son sourire s'effaça vite lorsqu'il inspecta de nouveau la blessure de Ryder.

— Je vais avoir besoin d'une autre paire de mains calmes.

Mary essaya de lire sur le visage de Sanderson. Il paraissait inquiet mais déterminé.

— Vous n'avez pas du tout l'air sûr de ce que vous devez faire.

Il la regarda brièvement dans les yeux. Il réfléchit de nouveau, avant de répondre :

— Voici ce qui me tracasse : Ryder a la constitution d'un taureau et le cœur d'un lion. Avec ce type de blessures, avoir un cœur de lion est très utile, mais avoir une constitution de taureau est plutôt un handicap.

— Comment cela ? demanda-t-elle, perplexe.

— Dans la ruelle, son cœur a dû battre très fort. En réaction à l'attaque, à cause de la colère et du combat qu'il a dû livrer pour se défendre. Et son cœur est très puissant. C'est pour cela qu'il a perdu tant de sang en si peu de temps.

Sanderson la fixa de nouveau, plus longuement cette fois.

— Franchement, si vous ne vous étiez pas portée à son secours et si vous n'aviez pas fait ce que vous avez fait — garder vos mains pressées contre la plaie si longtemps —, il serait certainement mort au bout de quelques minutes.

Il fallut un peu de temps à Mary pour digérer cette information. Puis, de plus en plus perplexe, elle poursuivit :

— Mais il n'est pas mort. Donc...

— Il n'est pas mort parce que la pression de vos mains a permis à ses lésions internes les plus graves de se refermer. C'est très bien. Mais il faut absolument que je voie quels organes ont été touchés, et s'il faut recoudre ou non. Car sinon, quand il se réveillera, au moindre geste, les plaies risquent de se rouvrir. Si je le recouds sans exploration préalable, il peut se mettre à saigner sans que personne ne voie rien, et l'issue pourrait être fatale.

— Parce que l'hémorragie serait interne ?

— Exactement.

Sanderson jeta un coup d'œil vers le couloir, où l'on entendait des bruits de pas. Puis il regarda de nouveau Mary.

— Nettoyer le sang séché pour voir ce qui a été entaillé n'est pas sans danger. Ryder peut recommencer à saigner. Mais je ne peux pas prendre le risque de ne pas vérifier. Et si vous voulez bien m'aider à maintenir la plaie ouverte — je vous montrerai comment faire — alors nous pourrons peut-être éviter une nouvelle hémorragie.

Il jeta un œil au visage de Ryder.

— Son corps ne la supporterait pas.

— Je vais vous aider, bien sûr, répondit-elle, avant d'ajouter, pour faire bonne mesure : Je n'allais pas l'abandonner entre vos mains, de toute façon.

Sanderson sourit. Et l'inquiétude quitta brièvement son visage, révélant la beauté insouciante de ses traits.

— On dirait que Ryder peut compter sur au moins deux personnes pour le soutenir.

La porte s'ouvrit alors pour laisser entrer Mrs Perkins, Pemberly et Collier, qui portaient deux récipients fumants, un assortiment de bassines métalliques, des bols et une pile de linges propres.

— D'après ce que je vois, il peut aussi compter sur le soutien de toute sa maisonnée, murmura Mary.

Sanderson inclina la tête pour acquiescer, puis commença à se préparer pour l'opération.

Mary assistait à une intervention chirurgicale pour la première fois. C'était un travail colossal. Trois domestiques de Ryder restèrent près d'eux pour tenir et incliner les lampes selon les indications du médecin, remplir les récipients d'eau chaude, tendre les linges propres à Sanderson.

Finalement, la tête penchée sur la plaie que Mary ne pouvait donc pas voir, Sanderson murmura :

— Il a toujours eu la chance de son côté.

Il bougea très légèrement pour regarder Mary, avant de se remettre à la tâche.

— Je n'osais même pas l'espérer, mais seul son foie est touché. Cela explique le sang qu'il a perdu mais, heureusement, la blessure va cicatriser d'elle-même. Je n'ai pas besoin de l'ennuyer à essayer de recoudre son foie.

Mary ne savait pas bien comment interpréter cette information.

— Cela veut-il dire que Ryder va récupérer quand il se réveillera ?

— Puisque aucun autre organe n'a été touché, alors... oui.

Sanderson se redressa lentement, en fermant les yeux quand

il déplia son dos, qui devait être encore plus douloureux que celui de Mary. Quand il les rouvrit, il chercha son regard et esquissa un sourire fatigué.

— Une fois que j'aurai recousu la plaie, la peau et les tissus vont se refermer, et ce sera terminé. Sauf s'il se remet à saigner, bien entendu... Cependant, continua-t-il en reprenant un air bien plus grave, avant que nous puissions être tout à fait rassurés, il faut d'abord qu'il survive au traumatisme d'avoir perdu autant de sang.

Mary plissa les yeux.

— Qu'est-ce que cela implique ? Pour quelqu'un qui a une constitution de taureau ?

— Cela implique, expliqua Sanderson en se penchant de nouveau sur la plaie, que je dois le recoudre et qu'ensuite nous verrons. *S'il* se réveille, nous pourrons souffler. Mais j'ai le regret de vous informer qu'il n'est pas sûr du tout qu'il se réveille.

Tous les visages s'assombrirent d'un coup.

Sanderson finit son examen, nettoya les abords de la plaie, puis mania son aiguille. Mary le regarda faire, incapable de s'en empêcher.

Bientôt, tout fut terminé. La blessure fut de nouveau bandée, et les couvertures remontées sur Ryder. Pendant qu'il se lavait les mains, Sanderson ordonna qu'on allume un feu pour réchauffer la pièce.

— Mais attention, dit-il en regardant les domestiques, pas au point de faire de cette chambre une étuve. Je veux une chaleur normale et raisonnable. Ne le laissez pas avoir trop chaud. Ce ne serait pas pour son bien.

— Oui, docteur, répondirent les trois domestiques en chœur.

Sanderson retourna près de Ryder, dont il contrôla le pouls. Puis il regarda Mary, qui avait repris sa place sur la chaise située de l'autre côté du lit.

— Son cœur bat toujours de façon régulière, mais bien trop faiblement. La lenteur de son pouls est inhabituelle. Je préférerais vous annoncer de meilleures nouvelles, mais je ne peux toujours pas me prononcer sur son sort.

Il prit une courte inspiration, avant d'ajouter :

— Je pense que j'en saurai plus ce matin, quand il se réveillera.

Le regard fixé sur le visage de Ryder, Mary acquiesça. Elle avait bien compris que Sanderson voulait dire « s'il se réveille ». Sans lever les yeux, elle déclara :

— Je vais rester. Jusqu'à ce qu'il se réveille.

Si Ryder devait mourir, elle ne pouvait pas le laisser mourir seul.

Sanderson l'observa en silence pendant plusieurs secondes. Elle sentit son regard mais ne le croisa pas. Puis, du coin de l'œil, elle le vit incliner la tête.

— J'ai un accouchement à superviser. On m'a déjà fait prévenir. Je reviendrai dès que possible, mais ce ne sera sans doute pas avant la fin de la matinée. Quoi qu'il en soit, si l'état de Ryder se dégrade, prévenez-moi. J'expliquerai à Pemberly où vous pouvez me trouver.

Elle le salua d'un signe de tête. Ce n'était pas à elle de remercier Sanderson. En outre, le remercier aurait été une insulte faite à l'admiration qu'il semblait porter à Ryder.

En murmurant quelques mots d'adieu, le médecin s'en alla.

Sa référence au monde extérieur lui avait rappelé qu'il existait. John et Peter devaient toujours être en train de l'attendre au rez-de-chaussée, et Hudson et tous les domestiques de l'Upper Brook Street allaient bientôt commencer à s'inquiéter de leur absence. Elle leva les yeux et demanda :

— Pemberly, si vous vouliez bien aller chercher du papier, une plume et de l'encre, j'aimerais écrire un mot que mon cocher apportera chez moi.

— Bien entendu, mademoiselle. Tout de suite.

Avant que Pemberly quitte la pièce, Collier proposa :

— L'écritoire portative de monsieur le marquis se trouve dans la pièce d'à côté. Cela vous conviendrait-il, mademoiselle ?

— Je vous remercie. Ce serait parfait.

Au moment où Collier revint pour disposer de quoi écrire sur le lit devant elle, Mary se rendit compte qu'elle avait en fait deux billets à écrire. L'un à Hudson, pour le rassurer, et l'autre à ses parents. Billet qu'il faudrait leur tendre dès qu'ils auraient franchi le seuil de la maison ce matin-là, au cas où elle ne serait pas encore rentrée.

Les deux billets qu'elle rédigea étaient brefs et explicites. Dans le premier, elle disait au majordome que tout allait bien et qu'il ne devait pas s'inquiéter. Dans le second, elle expliquait son absence de façon plus détaillée et demandait à ses parents de la rejoindre chez Ryder dès qu'ils le pourraient.

Leur arrivée lèverait toute équivoque sur sa présence et, si Ryder ne s'était pas réveillé, lui apporterait tout le soutien dont elle pourrait avoir besoin.

Mrs Perkins s'affairait à tout remettre en ordre dans la chambre. Quand elle eut terminé, elle adressa un dernier regard au lit et s'en alla. Pemberly se tenait toujours près de la porte, discutant à voix basse avec Collier pour organiser la surveillance de leur maître.

Mary plia le mot destiné à ses parents, écrivit leur nom et les instructions de remise au dos de la feuille, puis la glissa à l'intérieur du billet rédigé à l'attention de Hudson.

— Veuillez donner ceci à John, mon cocher, et lui dire que Peter et lui doivent rentrer à la maison et le remettre à Hudson, le majordome de mes parents.

Pemberly s'inclina en prenant le billet.

— Tout de suite, mademoiselle.

Puis il se redressa et attendit que Collier ait fini de ranger l'écritoire portative pour déclarer :

— S'il y a quoi que ce soit que nous puissions faire pour vous, je vous en prie, dites-le-nous. N'importe quoi.

Collier hocha la tête pour abonder dans son sens.

Mary trouva la force de leur sourire. Leurs visages exprimaient une immense gratitude.

— Je vous remercie. Si j'ai besoin de quoi que ce soit, je sonnerai. Ou bien je demanderai à Collier.

Elle ne doutait pas un seul instant du fait que le petit homme veuille rester aux côtés du marquis.

Pemberly s'éclaircit la gorge.

— Ah... à la lumière du verdict du Dr Sanderson, pensez-vous que nous devrions envoyer chercher Lord Randolph, Miss Cynster ?

Mary réfléchit, avant de secouer la tête.

— Pas pour l'instant.

En se tournant pour jeter un coup d'œil à Ryder, elle se força à ajouter :

— Si monsieur le marquis n'a toujours pas repris connaissance en milieu de matinée, alors nous y repenserons.

L'air visiblement soulagé, Pemberly s'inclina avant de disparaître, emportant avec lui le billet à transmettre au cocher. Collier arrangea les couvertures puis se retira dans son coin, sur sa chaise.

Le silence s'installa peu à peu, enveloppant la pièce d'un calme trompeur, teinté d'angoisse et d'attente. Seul le bruit très léger de la respiration de Ryder se faisait entendre. L'odeur d'antiseptique imprégnait l'air ambiant. Dans la cheminée, les flammes avaient déjà cédé la place aux braises. La pièce était chaude mais, comme préconisé par le médecin, sans excès.

Soufflant doucement pour essayer de chasser la tension sourde qui crispait ses muscles, Mary se cala au fond de sa chaise pour se préparer à attendre. À espérer et à prier.

Les yeux fixés sur le visage immobile de Ryder, elle laissa son esprit sortir du cadre étroit dans lequel il avait été confiné au cours des heures précédentes.

Il était bien après minuit. Elle jeta un coup d'œil à l'horloge posée sur la tablette de la cheminée et vit qu'il était en effet plus de 2 heures du matin. Et elle était près du lit de Ryder, chez lui, dans sa chambre à coucher alors qu'il s'y trouvait aussi. Mais il était inconscient, et Collier était là, et... peu lui importait ce que pouvait penser la bonne société. Ses parents et sa famille comprendraient. En fait elle faisait exactement ce qu'ils auraient voulu qu'elle fasse.

Ils auraient voulu qu'elle attende et veille, au cas où Ryder mourrait.

On ne pouvait laisser quelqu'un comme lui mourir seul.

Il était à la tête d'une grande famille, similaire à la sienne, ancienne, fortunée, titrée, riche de possessions et porteuse d'un fier héritage.

Tout cela était vrai, de façon indiscutable. Et tout cela pouvait lui servir d'excuse, mais elle savait très bien que ce n'étaient pas des considérations de ce type qui la retenaient dans ce lieu.

Qui l'attachaient à ce lieu.

Elle ne pouvait le laisser mourir à cause de ce qu'il était.

À cause du type d'hommes qu'il était, cet homme fascinant qu'elle avait commencé à découvrir au cours des quelques soirées passées ensemble.

À cause de l'incomparable danseur qu'il était, celui qui lui avait révélé la vraie magie de la valse.

À cause du défi infiniment tentant qu'il lui avait, avec force, arrogance et intelligence, proposé quelques heures plus tôt.

Elle ne pouvait le laisser mourir seul parce qu'il était peut-être celui qu'elle attendait.

Et elle ne lui avait pas encore laissé l'occasion de l'en convaincre.

Et elle n'avait pas encore eu l'occasion de décider si oui ou non il était bien celui-là.

Elle voulait être là quand il se réveillerait, pour lui dire qu'elle lui offrait sa chance, qu'elle était prête à envisager cette possibilité.

Son avenir tout entier, celui auquel elle tenait tant et qu'elle avait tellement à cœur de planifier — pour qu'ils puissent connaître le futur qu'ils méritaient —, reposait sur la force intérieure de Ryder, sur sa capacité à se remettre d'une blessure qui avait déjà failli lui coûter la vie.

Elle était donc assise à son chevet et l'implorait de continuer à respirer, de continuer à vivre.

Et, de temps à autre, dans l'obscurité de la nuit, elle s'adressait à la Lady et lui promettait que, s'il survivait, si le matin venu il se réveillait et la regardait de ses beaux yeux étincelants, elle lui laisserait, comme il le lui avait demandé, la chance de la convaincre qu'il était celui qu'elle attendait.

6

Ryder naviguait entre conscience et inconscience. Ou bien était-il endormi ? Pouvait-il seulement faire la différence ?

Ces pensées — pertinentes mais pas si importantes — traversaient son esprit et l'accaparaient, le détournant de toute autre chose. Et l'empêchant de se pencher sur des questions plus cruciales.

Comme la présence de Mary. Que faisait-elle ici, assise près de son lit ? Et qu'est-ce que cela signifiait ?

« Restez avec moi ! »

Il entendait encore résonner les mots qu'elle avait prononcés plus tôt, malgré le flou qui baignait son passé immédiat. Il entendait encore sa voix lui donner cet ordre.

Mais il semblait que, pour être sûre de se faire obéir, c'était *elle* qui était restée.

Ce qui paraissait étrange, vu la nature de leurs relations.

Les choses n'auraient pas dû se passer ainsi.

Mais il n'allait pas s'en plaindre. La présence de Mary l'apaisait et le réconfortait, d'une façon qu'il ne parvenait pas tout à fait à comprendre.

Un peu plus tard, la douleur qu'il ressentait au flanc lui rappela ce qui s'était passé, et il se souvint des deux bandits qu'il avait laissés, morts, dans cette ruelle qu'il empruntait toujours pour rentrer chez lui depuis les quartiers sud. Le guet-apens avait été bien préparé. Ils avaient attendu, cachés, chacun d'un côté, à l'endroit où la ruelle se faisait plus étroite.

Perdu dans des considérations sur son avenir et Mary, il était passé devant le premier homme — qui devait être tapi dans l'ombre d'un porche — quand le second s'était précipité vers lui. Et, avant qu'il ait le temps de se rendre compte du danger, le premier l'avait attaqué par-derrière, profitant de la charge de son complice pour lui planter son poignard dans le corps.

S'il avait été de taille moyenne, il serait mort.

Cependant... il était si faible, plus faible qu'il ne l'avait jamais été, même enfant quand il était malade. Il n'avait pas la force de bouger un muscle, ni même de soulever les paupières pour regarder autour de lui. Au mieux, il pouvait jeter un coup d'œil à travers ses cils, mais seulement quelques secondes.

Il dut sombrer de nouveau. Et, quand il revint à lui, il ne prit pas la peine d'essayer d'ouvrir les yeux. Il se concentra sur sa blessure...

En respirant un peu plus profondément, il sentit la présence d'un bandage autour de sa taille. Sanderson avait dû venir et repartir. Un bref élan de possessivité lui donna la force de soulever les cils — mais Mary était toujours là.

Malgré l'heure — il devait être très tard — elle était réveillée. Elle le fixait, incapable de voir dans la pénombre qu'il était conscient et qu'il l'observait. Il lui aurait volontiers souri, mais cela même était au-dessus de ses forces.

L'expression de Mary était sérieuse et inquiète. La main sur son corsage, elle était en train de toucher — d'une façon qui semblait machinale — le pendentif qui se trouvait suspendu au bout de cet étrange collier ancien qu'elle portait.

Ce spectacle le rassura. Le poids de son regard l'apaisa.

Il ferma tout à fait les paupières et replongea dans les abysses.

Acceptant comme inévitable le fait qu'elle finirait par s'endormir, Mary avait échangé sa chaise contre un fauteuil et avait convaincu Collier d'en faire de même, soulignant que cela ne servirait à rien qu'ils tombent de leurs chaises.

Quand elle se réveilla, elle était donc pelotonnée dans le

fauteuil, les jambes repliées sous ses jupes, une main contre sa joue. Lorsqu'elle ouvrit les yeux, avant même de bouger la tête, elle croisa le regard noisette de Ryder.

Elle cligna des paupières, regarda mieux, reconnut l'esprit acéré qu'elle avait pris l'habitude de distinguer dans ce beau mélange de verts et d'ors, cette expression amusée et tranquille, et sentit un immense soulagement s'emparer d'elle.

— Vous êtes réveillé ! Merci, mon Dieu !

Elle déplia les jambes, s'étira et se redressa.

Ryder sourit avec malice.

— Je ne suis pas sûr que Dieu ait grand-chose à voir là-dedans. Si je me souviens bien, c'est plutôt vous que je dois remercier.

— C'est vrai, acquiesça-t-elle en se levant. J'y suis aussi pour quelque chose.

Elle n'était pas sotte au point de refuser ses hommages, quels qu'ils soient.

Le léger ronronnement qui se faisait entendre dans le coin de la pièce cessa brusquement et fit place à une série de ronflements bruyants. Ignorant Collier, Mary s'approcha de la tête du lit, se pencha et posa la paume sur le front de Ryder.

Le pendentif de quartz rose jaillit de son corsage.

Soulevant la main qui reposait sur son torse, Ryder l'attrapa.

— C'est donc cela.

Il fit tourner le cristal à la forme hexagonale entre ses doigts.

— Je vous ai vue le toucher pendant la nuit et je me demandais ce que c'était.

Quand il caressa l'une des faces plates de la pierre, il fronça légèrement les sourcils.

— Curieux... Il semble très chaud.

Étant donné l'endroit où il se trouvait d'habitude, Mary n'en fut pas surprise.

— Oui, répondit-elle en retirant le pendentif des doigts de Ryder qui se laissa faire sans résistance.

Puis, ignorant le regard intéressé de ce dernier, elle replaça le pendentif dans son décolleté et remarqua qu'il était en effet très chaud.

— Apparemment, la pierre conserve très bien la chaleur.

Elle retira la main de son front et recula. Il leva les sourcils, d'un air interrogatif.

— Vous êtes chaud, mais je ne pense pas que vous ayez de la fièvre.

— J'ai eu si froid la nuit dernière que je suis ravi de ressentir un peu de chaleur.

Toujours aussi faible qu'un chat venant de naître, Ryder réussit à peine à montrer sa blessure.

— J'imagine que Sanderson a été prévenu.

— Oui. Il est venu et a examiné votre plaie, puis il l'a recousue.

Mary hésita un instant, le regarda dans les yeux puis, en baissant la voix, elle ajouta :

— Il a dit que, si vous vous réveilliez, vous seriez tiré d'affaire.

Jusqu'à ce qu'elle sorte de son engourdissement et le découvre conscient, elle ne savait donc pas si elle veillait un homme vivant ou un cadavre.

— Merci d'être restée.

S'il avait pu bouger le bras, il aurait pris sa main pour l'embrasser.

— Si je pouvais m'incliner devant vous, je le ferais. Pour l'instant, je ne peux même pas hocher la tête, mais soyez assurée de mon infinie gratitude.

L'inquiétude réapparut dans ses beaux yeux couleur bleuet.

— Vous sentez-vous si faible ?

Il se dit qu'il ne servait à rien de nier la vérité.

— Oui, extrêmement faible.

— Vous avez perdu une énorme quantité de sang, ce n'est donc pas étonnant.

Elle prit un air songeur.

— Sanderson a dit qu'il reviendrait dès qu'il en aurait fini avec l'accouchement qu'il devait superviser. Et en attendant, je ne sais même pas si nous pouvons vous donner à manger.

— Pour l'instant, je ne suis pas sûr de pouvoir avaler quoi que ce soit. Rien de solide, en tout cas.

— Nous pouvons essayer de vous donner un peu d'eau. Et,

si vous réussissez à l'avaler, je suis sûre que Mrs Perkins peut vous faire préparer un bouillon.

Mary regarda l'horloge, puis cligna des yeux.

— Dieu du ciel ! Il est déjà 11 heures !

Collier choisit ce moment pour se réveiller. Il regarda devant lui et se leva d'un bond en poussant un cri de joie qui n'avait rien de professionnel. Se ressaisissant bien vite, il s'inclina et se confondit en excuses, même si son sourire rayonnant montrait bien qu'il ne s'en voulait pas tant que ça. Il conclut en déclarant :

— Si vous saviez comme je suis soulagé de vous voir réveillé, monsieur le marquis.

— Et en pleine possession de vos moyens, observa Mary en croisant le regard de Ryder.

Il sourit. Au moins, il arrivait à bouger la bouche.

— Oui, vous serez sans doute heureuse d'apprendre que mes facultés mentales n'ont pas été altérées.

— Puis-je faire quelque chose pour vous, monsieur le marquis ? Avez-vous besoin de quoi que ce soit ? s'empressa de demander Collier, qui s'était arrêté au pied du lit.

— De l'eau, répondit Mary.

Elle désigna la carafe posée sur la table de chevet.

— De l'eau fraîche, de préférence.

— Oui, bien sûr, répondit Collier en s'emparant de la carafe, l'air ravi de se voir confier une mission.

— Et prévenez les autres que je suis revenu d'entre les morts, lança Ryder. Et dites aussi à Pemberly de faire monter Sanderson dès qu'il sera là.

— Bien, monsieur le marquis ! répondit Collier en bondissant hors de la chambre.

— On ne croirait jamais qu'il a passé la nuit sur une chaise, murmura Ryder en secouant la tête intérieurement.

Quand il leva les yeux, il vit Mary le regarder calmement.

— Ils vous sont tous très dévoués.

Il réussit à esquisser un haussement d'épaules.

— Ils me connaissent depuis que je suis enfant.

Maintenant que Collier était parti, il pouvait enfin poser les questions qui l'obsédaient.

— Les deux hommes qui m'ont attaqué... Je les ai laissés dans la ruelle.

— Sanderson a bien compris que vous voudriez enquêter à leur sujet après votre réveil. Il a demandé à Pemberly de ramasser les corps et de les transporter ici.

— Il a très bien fait, merci à lui.

Et maintenant, une question un peu plus épineuse.

— Et quelles dispositions...

Le bruit de la cloche de l'entrée parvint jusqu'à eux. Collier avait laissé la porte entrouverte.

— Ah ! ce doit être mes parents, fit Mary en se dirigeant vers la porte. Ils étaient partis en voyage depuis quelques jours, précisa-t-elle en se retournant, et ils étaient censés rentrer ce matin. Je leur ai fait porter un billet pour leur expliquer où j'étais et pourquoi, et pour leur demander de venir aussi vite que possible. De cette façon, ma présence ici semblera à tous un peu moins... incongrue, disons.

Elle sortit alors que, les yeux maintenant bien ouverts, il l'appelait.

— Non, attendez !

Comme elle ne réapparaissait pas, il pesta, contre sa faiblesse surtout, qui ne lui permettait pas de courir après elle pour l'empêcher de faire quelque chose qu'une lady n'aurait jamais dû faire : quitter la chambre d'un gentleman célibataire sans être certaine de l'identité des personnes qui venaient d'entrer chez lui.

Mais il retomba sur ses oreillers, épuisé.

— Pemberly arrivera à la porte le premier, tenta-t-il de se rassurer. Il la verra arriver et lui dira de se retirer.

Il essaya d'imaginer la scène mais ne voyait personne oser donner un ordre à Mary, surtout parmi ses domestiques loyaux, dévoués, et dans les circonstances actuelles sans doute extrêmement reconnaissants envers cette jeune femme. Quant à se faire obéir...

Mais il était impuissant. Il poussa un soupir résigné, s'enfonça plus profondément dans ses oreillers, en murmurant une phrase qu'il n'aurait jamais pensé prononcer :

— Mon Dieu, faites qu'il s'agisse de ses parents !

La maison de famille des Raventhorne était aussi grande et impressionnante que celle des Saint-Ives, qui se trouvait juste un pâté de maisons plus bas, à Grosvenor Square. Mary n'était pas loin de courir dans le couloir qui menait au grand palier surplombant l'escalier monumental. Elle jeta un œil autour d'elle au passage et trouva fort à son goût le décor luxueux sur lequel elle n'avait pas eu l'occasion de s'attarder la nuit dernière. D'épais tapis orientaux, aux tons riches et précieux, étouffaient ses pas. Les murs étaient couverts de panneaux de bois foncé et de tableaux de toutes tailles, aux cadres dorés et ouvragés. Le hall d'entrée était éclairé par une grande verrière circulaire. Arrivée sur le palier, elle se pencha au-dessus de la rambarde en bois et vit Pemberly fouler les carreaux noirs et blancs du sol, en direction de la porte d'entrée.

Elle serait bien contente de voir ses parents, sa mère en particulier. Esquissant un sourire, elle releva ses jupes et se précipita vers l'escalier.

Elle commençait à descendre quand Pemberly ouvrit la porte.

— Oui ?

— Bonjour, Pemberly. Nous venons voir mon beau-fils.

Mary se figea. Immobile sur une marche, au beau milieu de l'escalier, elle regarda, catastrophée, la marquise de Raventhorne ignorer les vaillantes tentatives que faisait Pemberly pour la repousser.

— Écartez-vous donc ! lança-t-elle, irritée, avant de bousculer le pauvre homme pour entrer dans le vestibule.

Elle était suivie par deux ladies entre deux âges qui, la tête haute, l'air pincé et leurs réticules plaqués devant elles, marchaient dans son sillage.

Les trois femmes virent Mary en même temps. Elles ralentirent, avant de s'arrêter complètement.

Leurs mâchoires semblèrent se décrocher. La stupeur et l'effarement vidèrent leurs traits de toute expression quand elles comprirent qui elle était... et où elle était...

Passé l'effet de surprise, Mary tourna les talons et grimpa l'escalier quatre à quatre.

Sans se soucier du protocole, elle courut sur le palier et dans le couloir jusqu'à la chambre de Ryder.

Elle ouvrit précipitamment la porte et se réfugia à l'intérieur — faisant sursauter Collier, qui venait de finir d'aider Ryder, désormais vêtu de sa robe de chambre, à boire un verre d'eau. Puis elle se retourna pour fermer la porte.

Elle resta immobile une seconde, avant de se précipiter vers le lit.

— Ryder...

— Je suppose qu'il ne s'agissait pas de vos parents, dit-il en levant un sourcil.

Il ne paraissait pas catastrophé, mais plutôt résigné et même vaguement amusé.

— C'est votre belle-mère, déclara Mary en désignant la porte. Elle monte.

En s'enfuyant, elle avait entendu une exclamation. Et, tandis qu'elle courait dans le couloir, elle avait discerné des bruits de pas décidés dans l'escalier.

Ryder soupira en regardant le plafond.

— Merveilleux.

— Non ! C'est pire que cela, s'écria Mary, qui luttait contre l'envie de l'attraper par le bras et de le secouer. Elle est avec Lady Jerome et Mrs Framlingham !

Le regard de Ryder se posa sur son visage.

— Ah !

Il ne paraissait plus du tout amusé. Il la fixa deux secondes, avant d'ordonner :

— Collier, aidez-moi à me redresser.

Mary aurait aimé protester. Mais elle se retrouva à genoux sur le lit, pour aider Ryder à se relever sur ses oreillers. En suivant ses indications, Collier l'aida à lever le bras gauche et à placer la main derrière sa tête…

— Pourquoi vouloir vous redresser ? demanda-t-elle, perplexe.

— Je joue la comédie.

— Mais pourquoi ?

— Parce que Lavinia est une personne devant laquelle il ne faut jamais montrer le moindre signe de faiblesse.

Elle ne comprenait pas, mais avait toute confiance en lui. Il devait savoir ce qu'il faisait. Il avait plus l'habitude de ce genre de situation qu'elle, c'était indiscutable.

— Aidez-moi à lever mon autre bras, demanda Ryder à Mary.

— Collier… cachez-vous.

— Oui, monsieur le marquis.

Ryder semblait vouloir lever les deux bras de la même façon, comme s'il était appuyé contre ses oreillers, les bras repliés au-dessus de la tête, mais il était encore si faible que Mary avait du mal à l'aider. Puis elle entendit des bruits de pas qui approchaient et les protestations de Pemberly, étouffées par les glapissements de Lavinia. Vite, il fallait finir d'installer Ryder.

— Non, laissez mon bras là où il est. Tournez-vous face à la porte. Tout de suite !

Mary lui adressa un regard stupéfait, mais obéit néanmoins.

Elle était donc, dans sa robe du soir de soie bleu ciel, ses boucles noires légèrement décoiffées caressant ses joues, assise sur le lit de Ryder, au creux de son bras, tandis qu'il paraissait tout à fait détendu et à son aise.

À 11 heures du matin.

Dans un dernier effort, Ryder réussit à tendre suffisamment le bras pour passer les doigts autour de l'épaule droite de Mary.

Pemberly entra le premier, comme poussé en avant par une tornade.

— Monsieur le marquis ! J'ai essayé…

D'un air désespéré, il désigna Lavinia qui, les yeux embrasés par une vive incrédulité et une colère bouillonnante, se précipita dans la chambre.

Lady Jerome et Mrs Framlingham, deux des pires commères que comptait la haute société londonienne, restaient tapies dans l'ombre du couloir, comme si elles avaient davantage conscience que leur amie du fait qu'on ne pouvait faire irruption dans une chambre sans y avoir été invité.

La tête bien calée sur ses oreillers, Ryder ne fit pas le moindre mouvement.

— Je vous remercie, Pemberly.

Puis il tourna les yeux vers Lavinia, et son ton se fit tout de suite plus froid.

— Bonjour, Lavinia. Je ne savais pas que nous avions rendez-vous. Que me vaut cette intrusion déplacée ?

Comme il fallait s'y attendre, le regard de Lavinia se braqua sur Mary. La belle-mère de Ryder écarquilla les yeux. Sa bouche s'ouvrit et se referma plusieurs fois — ce qu'il aurait trouvé amusant si les circonstances avaient été différentes —, puis elle finit par le regarder de nouveau et désigna Mary d'un geste brusque.

— Que diable fait-elle ici ?

Jouant aussi la comédie pour le public qui se trouvait dans le couloir, il soupira de façon ostensible, à la manière d'un homme suprêmement agacé par ces femmes qui ne comprennent jamais rien à rien, et avec délicatesse et prévenance il agrippa l'épaule de Mary.

— Si vous voulez savoir, la nuit dernière, Miss Cynster m'a fait l'honneur d'accepter ma demande en mariage.

Les yeux mi-clos, Ryder adressa un rapide regard à sa future épouse. Il l'avait évidemment sentie tressaillir à ces mots mais, à voir son profil, la surprise n'avait pas l'air de se lire sur son visage. Elle était trop occupée à toiser Lavinia avec hauteur. Rendant son regard à sa belle-mère, il poursuivit sur le même ton froid et arrogant :

— Sa présence ici ne devrait donc surprendre personne, et ne devrait surtout intéresser personne. Votre présence à vous, cependant, demeure inexplicable.

Lavinia n'aurait pu sembler plus stupéfaite. Il lui fallut trois tentatives avant de réussir à remuer la langue et à parler.

— Vous...

Puis son regard se tourna vers Mary, et elle serra les poings.

— Espèce de petite idiote ! Vous auriez pu avoir mon Randolph...

Lavinia s'interrompit, comprenant sans doute qu'aux yeux du grand monde l'idée que Mary ait pu préférer Randolph à Ryder était parfaitement ridicule.

Lavinia commença par pâlir, puis ses joues s'empourprèrent. Elle fixa Mary en plissant les yeux.

— Vous, espèce de...

— Lavinia !

Ryder reprit les rênes avec autorité. Il fallait faire vite, car ses forces allaient bientôt l'abandonner.

— Vous — et vos amies — avez fait irruption dans ma maison et dans mes appartements sans crier gare. Je vous suggère de vous retirer. Tout de suite.

Il la regarda droit dans les yeux et poursuivit :

— Pemberly, veuillez s'il vous plaît raccompagner madame la marquise.

— Bien sûr, monsieur.

Bien qu'il ne l'ait pas prononcé, Pemberly semblait avoir ajouté : « avec plaisir ».

Lavinia toisa le majordome qui, investi d'un pouvoir conféré par l'autorité de Ryder, avança vers elle et la prit par le bras. Étouffant un juron, Lavinia se dégagea. Elle adressa un dernier regard furieux et toujours stupéfait au couple enlacé, pivota sur ses talons et sortit. Pemberly la suivit et referma la porte derrière elle.

Epuisé, Ryder retomba sur ses oreillers. Ses yeux se fermèrent d'eux-mêmes.

Il entendit Collier sortir de la garde-robe.

Une seconde plus tard, immobile à ses côtés, Mary murmura :

— Voulez-vous baisser votre bras gauche ?

— Oui, s'il vous plaît.

Elle l'aida à dégager son bras de derrière sa tête et à l'allonger sur le lit.

Il détestait, il détestait plus que tout, être faible. Et maintenant, grâce à sa chère belle-mère, il allait devoir affronter une autre bataille.

— Collier... sortez.

— Bien, monsieur le marquis.

Il attendit d'entendre la porte se refermer avant de prendre une grande inspiration et de se forcer à soulever les paupières. Il fallait au moins qu'il puisse la voir.

Toujours assise sur le lit, Mary s'était tournée vers lui. Son expression et son regard — posé sur lui — étaient... totalement indéchiffrables.

Cela le surprit. Jusqu'à maintenant, il s'était montré capable de lire en elle de façon relativement aisée. Il n'avait jamais envisagé que les choses puissent changer, et qu'elle parvienne à lui cacher ce qu'elle pensait et ressentait.

Les sourcils légèrement froncés, elle l'observait franchement, comme s'il avait été un curieux spécimen d'une espèce qu'elle croyait pourtant connaître.

Quoi qu'elle puisse avoir en tête, il n'y avait pour Ryder qu'une façon possible de procéder.

— Je vous prie de m'excuser. Platement, ajouta-t-il en réussissant à faire un petit geste de la main droite. Ce n'est pas du tout comme cela que j'aurais souhaité demander votre main.

Elle fronça franchement les sourcils. Puis, après avoir marqué une légère hésitation, elle déclara :

— Si j'ai bien compris, non seulement vous m'avez demandé ma main, mais en plus j'ai accepté.

Comprenant la question sous-entendue par ses propos, il grimaça.

— C'était la seule solution.

Alors qu'elle continuait de l'observer, et alors qu'il continuait à ne pas avoir la moindre idée de ce qui pouvait lui passer par la tête, il demanda :

— Puis-je me permettre une observation ?

Elle l'invita à poursuivre en haussant les sourcils.

— Je m'attendais plutôt à ce que vous vous mettiez à crier et à m'insulter. En tout cas, à grommeler et à protester. Ou à faire les cent pas peut-être...

Il chercha son regard.

— Vous savez, vos réactions habituelles...

Elle esquissa un léger sourire, avant de reprendre tout de suite son sérieux.

— Je ne vois pas à quoi nous mèneraient les cris et les protestations.

Il la considéra, de plus en plus circonspect.

— Comme c'est raisonnable de votre part.

Ces mots la firent de nouveau sourire.

— Ne vous y trompez pas, je serais volontiers tentée de vous réprimander. Mais je ne parviens pas à me montrer déraisonnable au point de vous reprocher ce qui vient de se passer. Vous n'aviez pas le choix. Ce n'est pas comme si c'était vous qui aviez invité votre belle-mère et ses amies à entrer ici.

Il réussit à incliner légèrement la tête.

— Merci. Et je vous assure que ce n'était pas ce que j'avais en tête quand j'ai déclaré vouloir tout entreprendre pour vous faire changer d'avis.

Elle poussa un petit soupir mais garda le silence.

Elle continuait à le regarder sans dire un mot, comme pour le pousser à s'inquiéter du plan qu'elle devait être en train de fomenter et à la questionner. Mais il déclara :

— J'imagine que, si j'étais quelqu'un d'autre, je trouverais un moyen chevaleresque de vous libérer de l'engagement que vous avez pris de façon bien involontaire.

Elle plissa les yeux.

— Mais vous ne ferez pas une chose pareille, n'est-ce pas ?

En soutenant son regard, il secoua la tête.

— Non. Je n'imaginais pas que je serais attaqué hier soir, je n'imaginais pas que vous passeriez par là et que vous vous porteriez à mon secours, et ce n'est pas moi qui ai fait venir Lavinia et sa garde rapprochée. Et si je suis comme je suis aujourd'hui, c'est que j'ai su apprendre à profiter de chaque bénédiction placée par le destin sur mon chemin.

Il s'interrompit avant de reprendre d'une voix plus douce :

— Donc non, je ne chercherai pas à défaire ce que le destin a fait. D'aucune façon.

Comme elle ne réagissait toujours pas, il poursuivit :

— Si vous voulez trouver un moyen de vous sortir de là, vous allez donc devoir chercher par vous-même.

Elle le regarda droit dans les yeux et se contenta de répondre :

— Hmm.

S'il avait pu agiter ses mains pour la sortir de sa torpeur, il l'aurait fait. Laissant sa tête retomber complètement sur les oreillers, il contempla le plafond et demanda avec dépit :

— Mais à quoi diable pensez-vous ?

Il se passa une demi-minute avant qu'elle réponde :

— Pour être parfaitement honnête, je ne sais pas trop.

Il fronça les sourcils, puis la regarda de nouveau.

— Comment cela ? D'habitude vous savez toujours tout. Sur tout.

— Oui, répondit-elle en pinçant les lèvres pour exprimer son regret. C'est vrai. Mais pas maintenant.

Dans le lointain, la cloche de l'entrée retentit.

— Cette fois, dit-elle, ce doit être mes parents.

Elle descendit du lit et secoua ses jupes, avant de lui adresser un regard sévère.

— Je vais descendre pour tout leur expliquer et leur demander conseil. Ensuite, je reviendrai, et nous pourrons discuter de la situation. En attendant, vous devriez vous reposer. Le Dr Sanderson va bientôt arriver.

Ryder la regarda remettre un peu d'ordre dans sa coiffure et adopter l'attitude la plus digne possible. Puis, la tête haute, elle quitta la chambre.

Une fois la porte refermée, il se laissa tomber sur ses oreillers et jura de plus belle. Se sentir à ce point impuissant était intolérable.

Lorsque Mary arriva sur le palier, Pemberly avait fait entrer ses parents dans le vestibule. Elle dévala l'escalier, remplie de joie. Elle n'avait jamais été aussi heureuse de les voir.

— Maman ! Papa !

Louise et Arthur se tournèrent vers elle. Louise sourit.

— Te voilà, ma chérie.

Malgré l'incongruité de sa présence en ces lieux, ses parents l'accueillirent en souriant et à bras ouverts. Ils s'étreignirent avec effusion.

— Ma chérie, dit Louise avant de reculer, l'air tout à coup préoccupé. Comment va Ryder ?

— Il se remet, Dieu merci. Mais je crains que nous ayons une complication d'un autre genre à affronter.

— Ah ? C'est-à-dire ? demanda Arthur d'une voix fort sérieuse.

Mary jeta un regard à Pemberly.

— Pemberly, y aurait-il un endroit où…

Le majordome désigna aussitôt une porte et se précipita pour l'ouvrir.

— Le salon, mademoiselle.

— Je vous remercie.

Mary passa la première. La pièce était large, longue, et meublée avec goût, dans un style assez masculin. Les chaises étaient rembourrées et recouvertes de cuir vert, tout comme le canapé. Après avoir pris ses repères, Mary conduisit ses parents jusqu'au canapé, installé face à une cheminée massive. Il était flanqué de deux fauteuils, et l'ensemble était disposé autour d'une table basse.

— Dois-je vous apporter du thé, mademoiselle ? demanda Pemberly.

— Oh… oui, merci, répondit Mary en lui adressant un regard reconnaissant. C'est une excellente idée.

Tels qu'elle connaissait ses parents, ils avaient lu sa lettre dès leur arrivée et s'étaient rendus chez Ryder directement. Quant à elle, une tasse de thé lui ferait sans doute le plus grand bien. Elle avait sauté le petit déjeuner.

Pemberly s'inclina.

— Tout de suite, mademoiselle.

Suite à cela, Louise et Arthur échangèrent un bref regard. Puis, à l'invitation de Mary, ils s'assirent tous les deux sur le canapé et lui accordèrent toute leur attention.

Mary s'assit dans l'un des fauteuils.

— Tout d'abord, je dois vous dire que Ryder me... poursuit de ses assiduités depuis que nous nous sommes vus au bal de fiançailles de Henrietta et James.

— Il te poursuit de ses assiduités ? C'est-à-dire ? demanda Arthur d'une voix légèrement étranglée.

— Voyons, très cher, dit Louise en tapotant sa cuisse. Vous savez très bien ce que cela veut dire.

— Oui, vous le savez, renchérit Mary en remerciant intérieurement sa mère pour son intervention, fort utile comme bien souvent. Et il l'a fait de façon absolument irréprochable, sans que jamais la moindre limite ne soit franchie. Il était présent à tous les bals auxquels j'ai assisté dernièrement et, il y a deux jours, il est venu à la soirée musicale de lady Hopetoun, où il ne m'a pas quittée un seul instant.

Louise prit une grande inspiration.

— Dieu du ciel ! Il ne cherche donc pas à se cacher et il a fait état de l'intérêt qu'il te porte au grand jour.

Sans oser répondre qu'il n'était en effet pas du genre à se cacher, Mary acquiesça.

— C'est vrai. Mais, au départ, je pensais qu'il ne faisait que... s'amuser, parce qu'il s'ennuyait. Et ensuite, un peu plus tard, je croyais qu'il me suivait partout parce qu'il avait compris que je m'intéressais à son demi-frère Randolph et qu'il ne voyait pas ce rapprochement d'un bon œil. Ce qui était vrai. Mais il ne me faisait pas la cour juste pour me faire oublier Randolph, comme je le pensais.

Arthur hocha la tête.

— Il avait lui-même des vues sur toi. J'ai toujours su que Ryder était malin.

— Oui, eh bien, après la soirée musicale, pendant laquelle son comportement m'avait intriguée, je lui ai posé la question, et...

Elle s'interrompit et se souvint de l'échange qui avait eu lieu sur la terrasse de Lady Bracewell.

— Il m'a déclaré qu'il me voulait comme marquise.

Louise sourit.

— Ma chérie. C'est une merveilleuse nouvelle. Cependant, je ne sais pas pourquoi, mais je sens qu'il y a un « mais ».

Arthur avait l'air abasourdi.

— Mais non, pourquoi y aurait-il un « mais » ? Il ne faut pas de « mais » dans cette affaire. Que lui as-tu répondu ?

Mary croisa les yeux de son père, d'une teinte plus claire que les siens.

— Je lui ai fait remarquer qu'il était un despote irrécupérable et que, comme je préférais rester maîtresse de mes décisions, je pensais que nous n'étions pas compatibles.

Elle jeta un regard à sa mère, qui sourit avec ravissement.

— Oh ! ma chérie, déclara Louise, si tu voulais vraiment décourager quelqu'un comme Ryder, ce n'était pas du tout la réponse qu'il fallait lui donner.

— C'est une observation tout à fait juste, opina Arthur. Mais je ne vois pas pourquoi elle voudrait décourager Ryder. Qu'a-t-il dit, alors ?

Voyant les yeux curieux et impatients d'Arthur et le regard plus compréhensif de Louise, Mary reprit son souffle et expliqua :

— Il a tout d'abord parié qu'il réussirait à me faire changer d'avis. Puis il a affirmé avec force qu'il trouvait que nous allions particulièrement bien ensemble. Et ensuite, il a laissé entendre qu'il serait prêt à faire les efforts et les compromis nécessaires pour satisfaire à mon besoin d'indépendance.

Même Louise parut surprise. Mais elle semblait surtout favorablement impressionnée.

— Alors... qu'as-tu dit ?

Mary grimaça.

— Je ne savais pas quoi répondre. Et puis il était temps de rentrer. Nous étions sur la terrasse...

— Vous en êtes donc restés là ? demanda Arthur.

Elle acquiesça.

— C'est ainsi que nous nous sommes quittés après le bal de Lady Bracewell hier soir. Et puis, sur le chemin du retour, dans la voiture…

Avec concision, elle relata les événements de la nuit passée.

Pemberly apparut alors avec un plateau bien garni. Il le posa sur la petite table, puis se retira. Mary s'interrompit dans son récit pour servir le thé. Elle avala quelques gorgées avant de reprendre.

Arthur et Louise furent tous les deux aussi choqués d'apprendre que Ryder avait failli perdre la vie, et ils félicitèrent leur fille pour son attitude.

— Je suis certaine que tu as fait tout ce que tu as pu. Et rassure-toi, ma chérie, personne ne te reprochera ta conduite, déclara Louise. D'autant plus que personne n'habite ici mis à part Ryder. Dans ces circonstances, attendre le médecin était ce qu'il fallait faire.

— Certes, mais ce n'est pas tout à fait terminé, continua Mary en se demandant comment présenter la chose, avant de se lancer. Je suis restée après le passage du Dr Sanderson, vous l'avez compris. Je ne pouvais pas me résoudre à laisser Ryder, pas quand nul ne savait s'il allait vivre ou mourir.

— Tout à fait compréhensible, dit Arthur d'un ton un peu brusque.

— En effet, acquiesça Louise. Par ailleurs, en faisant abstraction de tes nobles sentiments, si tu étais partie et qu'il était mort… tu sais bien les questions que peut soulever la mort d'un homme de son rang, lorsqu'elle survient sans témoins.

— Et puis tu savais que nous allions rentrer ce matin et que nous viendrions ici pour lever toute ambiguïté sur ta présence. C'est pour cela que tu nous as envoyé ce mot, enchaîna Arthur en reposant sa tasse vide et en adressant un regard entendu à Mary. Alors, qu'est-ce qui te chiffonne ?

Elle aurait voulu dire les choses de façon un peu plus subtile, mais…

— Collier, le valet de chambre, est resté avec moi auprès de Ryder toute la nuit. Mais nous avons fini par nous endormir et ne nous sommes réveillés — elle regarda l'horloge au-dessus de la cheminée — qu'il y a une heure à peu près. C'est alors que nous avons découvert que Ryder avait repris connaissance et que, malgré sa faiblesse, il se portait aussi bien que le permettaient les circonstances.

Elle s'interrompit, vida sa tasse et la reposa sur sa soucoupe.

— Et c'est à ce moment-là que la cloche a retenti. J'ai pensé que c'était vous et je me suis précipitée en bas...

Elle croisa le regard de sa mère.

— Sauf que ce n'était pas vous, mais la belle-mère de Ryder, accompagnée de Lady Jerome et de Mrs Framlingham.

Louise prit un air perplexe.

— Comme c'est curieux ! Pourquoi venir voir Ryder accompagnée de deux amies ?

Mary cligna des yeux. Jusqu'à maintenant, cette question ne lui avait pas traversé l'esprit, mais Louise avait raison : c'était curieux. Au bout d'un moment, elle haussa les épaules.

— Pour une raison ou pour une autre, c'est ce qu'elle a fait... et toutes les trois m'ont vue dans l'escalier.

Posant sa tasse et sa soucoupe sur la table, elle désigna sa robe de bal.

— Habillée ainsi. En train de descendre l'escalier de chez Ryder à 11 heures du matin.

Fixant le visage de Mary, Louise se laissa tomber dans le fond de son siège.

— Oh ! ma chérie.

Arthur fronça les sourcils.

— Je ne vois pas où est le problème. Le pauvre garçon était entre la vie et la mort, et son valet se trouvait avec vous. Et le médecin pourra expliquer que...

— Non, très cher, intervint Louise en levant la main et en secouant la tête. Vous oubliez une chose. C'est de Ryder Cavanaugh que nous sommes en train de parler. Aucune blessure ne fera figure d'excuse valable. Faites-moi confiance, il faudrait qu'il soit mort — et déclaré mort — pour que la bonne société accepte cette fable. Et, même dans ce cas, il y aurait des commérages.

— Mais le médecin, fit Arthur, l'air contrarié.

— C'est un ami proche de Ryder, depuis Eton, expliqua Mary en secouant la tête. Maman a raison, aucune explication n'aurait suffi. Et Ryder l'a tout de suite compris.

Louise inclina la tête.

— Alors, que s'est-il passé ? demanda-t-elle d'une voix anxieuse.

Mary prit une grande inspiration.

— J'ai couru jusqu'à la chambre de Ryder pour le prévenir. Il pouvait à peine bouger mais il a insisté pour que nous jouions une petite comédie, que nous cachions sa blessure et que nous fassions comme si nous étions… enfin, exactement ce que pensaient ces trois femmes. Puis, quand elles ont fait irruption dans la chambre…

— Elles n'ont pas osé, tout de même ? demanda Louise, l'air scandalisé.

— Eh bien, si, répondit Mary en hochant la tête avec gravité. Enfin sa belle-mère seulement. Les deux autres sont restées dans le couloir.

— Et alors ? grogna Arthur.

Le moment critique était arrivé. Mary prit de nouveau une grande inspiration.

— Alors Ryder a déclaré qu'il avait demandé ma main la veille au soir et que j'avais accepté, et que, par conséquent, ma présence dans cette maison, dans sa chambre, sur son lit, ne devait surprendre personne et ne concernait que lui et moi.

— Eh bien ! s'exclama Louise en la regardant.

Arthur la regardait aussi, les sourcils froncés, comme s'il réfléchissait intensément.

Un bref silence s'ensuivit, puis Mary haussa les épaules.

— J'ai dû faire comme si j'étais d'accord, bien entendu.

Louise cligna des yeux.

Arthur s'agita.

— Voyons si j'ai bien compris. Hier soir, Ryder t'a informée qu'il te voulait comme marquise. Vous avez discuté de ce point, mais vous l'avez laissé en suspens. Et ensuite, à cause d'une succession d'événements, durant lesquels aucun de vous n'a fait quoi que ce soit de mal, vous vous retrouvez fiancés ce matin.

Mary réfléchit, avant d'acquiescer.

— Cela résume bien la situation.

Secouant la tête d'un air admiratif, Arthur murmura :

— J'avais déjà entendu dire que ce garçon avait une chance extraordinaire.

Mary se mordit la langue. Son père était un Cynster. Une telle réaction était prévisible.

Quelques secondes s'égrenèrent puis sa mère, qui l'observait, se pencha et posa une main sur la sienne, qu'elle tenait serrée entre ses genoux. La regardant dans les yeux, Louise demanda :

— Et toi, qu'en penses-tu ?

Sans quitter sa mère des yeux, Mary chercha les bons mots dans ce tumulte que formaient ses pensées. Elle tomba enfin sur la vérité.

— Je ne sais pas.

Elle jeta un coup d'œil à Arthur, puis revint à Louise.

— Avant de parler avec lui sur la terrasse de Lady Bracewell, je pensais savoir, mais maintenant... Maintenant, conclut-elle en secouant lentement la tête, je ne sais pas.

Et elle ignorait comment les choses en étaient arrivées là. Elle ne comprenait pas comment ses émotions avaient pu se développer avec une force suffisante pour la faire dévier du chemin rationnel et logique qu'elle s'était fixé.

Au départ, elle savait où elle voulait aller. Et pourtant elle se retrouvait désormais fiancée à Ryder Cavanaugh.

Le dernier homme qu'elle aurait choisi comme époux.

Toutefois, au cours des jours précédents, ses émotions d'ordinaire si prévisibles et dociles — car soumises à sa volonté — avaient changé de nature. Elles étaient devenues plus puissantes, plus nombreuses, et avaient fini par constituer une sorte de chaos.

Elle était passée par tous les états. D'abord agacée, elle avait ensuite été charmée, troublée, emportée par la magie de la valse, puis irritée par la possessivité de Ryder, troublée de nouveau par sa déclaration d'intention, tentée par ses promesses habiles, et enfin horrifiée et paniquée par la perspective de sa mort.

Et, malgré ce tourbillon, rien ne l'avait préparée à l'avalanche d'émotions qui l'avait emportée et ensevelie à l'idée de le perdre. À l'idée de ne plus l'avoir dans sa vie.

Ces émotions tumultueuses s'étaient emparées d'elle depuis que Ryder avait fait irruption dans son existence, pas seulement depuis qu'il avait failli mourir.

Toutes ses certitudes — les certitudes qui avaient formé le socle de son existence jusqu'alors — s'étaient effondrées.

Elle pensait se connaître et se comprendre, elle pensait savoir ce qu'elle voulait, savoir où elle allait, et même pourquoi elle empruntait cette direction mais, en fait, elle se trompait.

Elle partait à la dérive. Non, pire que cela. Elle était inexorablement attirée sur un chemin qui n'était pas celui qu'elle avait choisi, et dont elle ignorait où il pouvait mener.

Oh ! maman, que dois-je faire ?

Si elle avait été une jeune femme plus faible, elle aurait sans doute prononcé ces mots.

Mais, après l'avoir regardée dans les yeux pendant de longues secondes, Louise tapota sa main et répondit comme si elle avait entendu sa plainte.

— Dans ce cas, ma chérie, tu dois aller de l'avant, jusqu'à ce que la réponse t'apparaisse. Te connaissant, je pense que tu sauras relever le défi.

Arthur les regarda l'une après l'autre, avant de secouer la tête.

— Je ne suis pas sûr de bien vous comprendre, mais j'ai l'impression qu'il est temps que Ryder et moi ayons une petite conversation.

Comme s'il s'était senti appelé, Pemberly frappa et entra.

— Si vous le voulez bien, monsieur, madame, le marquis souhaiterait vous voir quelques instants. Comme il ne peut présentement venir jusqu'à vous, il demande si vous auriez l'extrême obligeance de monter jusqu'à sa chambre.

— Parfait ! s'exclama Arthur en se levant. Cela tombe à point nommé.

Congédiant Pemberly, Mary conduisit ses parents jusqu'au couloir qui menait à la chambre de Ryder. Les domestiques lui avaient déjà accordé le statut de maîtresse des lieux et si, comme il le semblait, elle était vouée à endosser ce rôle de façon permanente, elle ne voyait aucune raison de ne pas les laisser faire. Si Ryder avait été à sa place, c'était sans doute ainsi qu'il aurait procédé.

Arrivée à sa porte, elle frappa. Quand elle l'entendit leur demander d'entrer, elle s'effaça pour laisser passer ses parents.

Ryder était lavé, rasé, les cheveux coiffés et brillants, mais il restait pâle comme la mort. Cependant, il avait enfilé une chemise, une cravate et une veste de smoking en velours bordeaux et, même s'il était contraint de rester assis, appuyé sur ses coussins qui avaient été retapés, ses longues jambes recouvertes du couvre-lit en soie dorée, il dégageait l'aura d'un roi donnant audience.

Son regard caressa Mary, avant de se poser sur Louise et Arthur. Il inclina la tête.

— Veuillez m'excuser de ne pas vous accueillir ni vous recevoir comme il se doit, Lord Arthur et Lady Cynster. Mais je suppose que Mary vous a parlé de ma blessure.

D'un petit geste de la main, Ryder invita la mère de Mary à s'asseoir près du lit.

— Merci, dit-elle en prenant place. Et oui, Mary nous a expliqué la situation. Dans sa globalité, je pense.

À l'invitation de Ryder, Collier quitta la chambre.

Dès que la porte se referma, Ryder regarda Lord Arthur, qui était venu se placer derrière la chaise de sa femme.

— Je regrette, monsieur, que les circonstances de cette rencontre ne soient pas celles que j'aurais souhaitées. Cependant, j'avoue qu'il était dans mon intention que nous nous voyions, mais de façon plus conventionnelle et un peu plus tard. Quoi qu'il en soit, le sujet dont nous devons discuter est très clair, et je pense que vous avez déjà compris les raisons qui me poussent à vous parler dès maintenant. Par conséquent, sans plus attendre, je souhaite que vous m'accordiez la permission de demander à votre fille Mary si elle veut bien me faire l'honneur de devenir ma femme.

Sous ses sourcils broussailleux, Arthur l'observa plusieurs secondes, avant de s'éclaircir la gorge.

— Très joliment dit.

Puis il regarda sa femme.

— Qu'en dites-vous, très chère ?

Louise était elle aussi en train de jauger Ryder. À la question de son mari, elle jeta un coup d'œil à sa fille, qui était allée se placer à l'autre bout du lit pour mieux suivre l'échange. Après l'avoir observée pendant un moment, Louise porta son attention sur Ryder, puis hocha la tête.

— Oui, solliciter cette permission serait sans doute mieux pour tout le monde.

Quand elle appuya légèrement sur ce « tout le monde », Ryder marqua un temps d'arrêt. Il connaissait les femmes Cynster de réputation et, dans la mesure du possible, il avait toujours essayé de garder ses distances. Mais il en avait suffisamment appris de ses pairs gravitant dans leur orbite pour les considérer comme infiniment respectables.

Il inclina la tête devant les parents de Mary.

— Je vous remercie.

Il tourna la tête pour regarder Mary dans les yeux et tendit la main, en essayant de masquer les efforts que lui coûtait ce geste.

Elle n'hésita qu'une demi-seconde, avant de s'avancer et de poser la main dans la sienne. D'une pression délicate de la paume, elle l'encouragea à reposer son bras sur les couvertures, pour qu'il ne s'épuise pas à le garder tendu.

Il referma ses doigts autour des siens et contempla ses beaux yeux. Il dut lutter pour masquer le désir de la posséder qui le saisit et n'y parvint pas tout à fait.

Cependant, elle soutint son regard sans bouger. De si près, elle voyait ce qu'il ressentait, cela ne faisait aucun doute, mais il ne perçut aucun tremblement chez elle.

Les mots que l'on prononçait en ce genre d'occasion étaient

là, sur le bout de sa langue. Il les avait répétés tout en s'habillant. Mais il ne les prononça pas. Entre elle et lui... il en voulait davantage.

— Ce n'est évidemment pas comme cela que j'aurais souhaité que les choses se passent. Mais vous savez que j'avais l'intention de vous poser cette question à un moment donné. Le destin s'en est mêlé et a tout précipité, sans nous laisser le temps d'apprendre à mieux nous connaître. Et à mieux nous comprendre. Alors que nous devons prendre l'une des décisions les plus importantes de notre vie, nous sommes donc obligés de nous faire confiance. C'est ainsi. En échange de la confiance que vous voudrez bien m'accorder — je l'espère —, je jure de travailler main dans la main avec vous pour faire en sorte que votre avenir, celui que nous allons partager, soit conforme à vos aspirations.

Il s'interrompit puis, sans quitter le bleu de ses yeux, reprit son souffle, avant de demander :

— Alors qu'en dites-vous, Mary, acceptez-vous de prendre ma main pour avancer à mes côtés, en étant ma marquise et ma femme, et faire de grandes et belles choses de notre vie commune ?

Mary était prisonnière de son regard, mais elle n'était ni perdue ni noyée. Elle voyait sa détermination, claire et franche, et elle voyait sa puissance aussi, même si, pour l'instant, elle ignorait d'où elle pouvait tirer sa source. Il la voulait pour femme. Depuis le début. Elle savait avec certitude qu'il pensait tous les mots qu'il avait prononcés, ce jour et les jours précédents, et qu'il tiendrait toutes les promesses qu'il lui avait faites.

— Oui.

Elle s'entendit prononcer ce mot fatidique et reconnut qu'il était venu d'un lieu en elle où la raison n'avait pas cours. Acceptant cet état de fait, elle hocha la tête, plus pour elle-même que pour lui, et confirma :

— Oui, je veux être votre marquise. Oui, je veux être votre femme.

Ses lèvres, sensuelles et tentatrices, esquissèrent un sourire. Malgré ses muscles tremblants, il essaya de soulever la main de Mary. Avec délicatesse, elle l'aida pour qu'il puisse la porter à ses lèvres.

Ses yeux, si perçants et si intelligents, brillaient d'un désir contenu. Ils fixèrent les siens comme pour sceller leur pacte quand il déposa un baiser sur ses doigts.

Ses traits exprimaient une jubilation qui confirmait ce qu'elle lisait dans ses yeux.

Mienne. Vous êtes mienne.

— C'est un désastre effroyable ! rageait Lavinia, la marquise de Raventhorne, en marchant devant la cheminée de son boudoir.

Dans la pièce se trouvait aussi Claude Potherby. Il était, comme à son habitude, assis avec un mélange de style et de décontraction dans un fauteuil qui faisait face au feu, et il regardait Lavinia faire les cent pas. Il la connaissait trop bien pour répondre tout de suite. Habitué à ses simagrées, il préférait la laisser s'épancher en silence. À une autre époque, on l'aurait appelé son sigisbée. Il était son confident de toujours, bien qu'ils n'aient jamais été amants. Des décennies plus tôt, il avait aspiré à nouer avec elle des liens plus intimes, avant que Lavinia s'empresse de se détourner de lui pour se précipiter vers le mariage arrangé qui allait faire d'elle la marquise qu'elle était encore.

Cependant, à sa propre surprise, son dévouement envers Lavinia n'avait pas fléchi. Bien que traité avec un patent manque de considération depuis un si grand nombre d'années qu'il n'aurait pu les compter, il était toujours là, en train d'écouter les divagations de Lavinia, et prenait encore un plaisir discret à la voir multiplier les intrigues pour continuer à s'élever dans la société.

— C'est intolérable, je vous le dis !

Les yeux lançant des éclairs, les poings serrés, elle se tourna vers lui.

— Comment cette dévergondée a-t-elle osé séduire Ryder ?

Claude cligna des yeux.

— Ah… S'agit-il de la dévergondée que vous vouliez marier à ce cher Randolph ? Mary Cynster ?

— Oui, elle-même ! maugréa Lavinia. Elle a réussi à se hisser jusque dans le lit de Ryder, et maintenant…

— Savez-vous, très chère, que je peine à vous suivre ? Certains points de votre démonstration me paraissent obscurs. Et par exemple, chacun sait dans la bonne société que Mary Cynster n'a pas besoin de recourir à la séduction pour s'assurer d'un bon avenir. Étant la dernière Cynster de sa génération à ne pas être encore mariée, elle n'aurait aucune raison de se donner autant de mal. Bientôt tous les gentlemen célibataires du pays vont défiler pour demander sa main.

Avant que Lavinia puisse l'interrompre, Claude poursuivit :

— Et, même si je dois reconnaître que votre beau-fils n'est pas le dernier pour séduire une femme, il ne s'est jamais intéressé aux jeunes ladies, et encore moins aux jeunes ladies du calibre de Miss Cynster.

Intrigué cependant par les déclarations de Lavinia, Claude la fixa d'un regard interrogateur et faussement naïf.

— Êtes-vous sûre, très chère, de ce que vous et vos amies avez vu ? Êtes-vous sûre de ne pas avoir tiré des conclusions aussi hâtives qu'erronées ?

Lavinia remua ses jupes avec humeur.

— Je ne vois pas comment nous aurions pu interpréter la scène différemment. Elle était assise sur son satané lit, toujours dans sa robe de bal, et il avait l'air satisfait d'un chat en train de se lécher les babines après un festin de choix.

— En fait, dit Claude, perplexe, un autre point m'échappe. Que veniez-vous faire chez Ryder avec vos deux amies ?

Lavinia évita son regard. Après quelques allers et retours devant la cheminée, elle lança de façon agressive :

— Si vous voulez tout savoir, après avoir vu Ryder au concert chez Lady Hopetoun et l'avoir observé passer toute la soirée aux côtés de Mary, j'ai compris qu'il s'était mis en tête de chercher une femme. Et bien sûr, comme il n'est pas stupide, il a pensé à Mary.

— Ah, acquiesça Claude. Je comprends à présent. Comme vous vouliez Mary pour Randolph, avec vos amies...

Il cligna des yeux, puis adressa un regard mi-amusé mi-incrédule à Lavinia.

— Vous vous êtes rendues chez Ryder pour lui proposer de l'aider à trouver une épouse convenable.

— Et pourquoi pas ? répliqua Lavinia comme si elle se parlait à elle-même. Je suis sa belle-mère, après tout. Et je suis l'actuelle marquise. Si quelqu'un doit savoir ce qu'implique ce titre et quelle jeune lady peut être à même d'endosser ce rôle, c'est bien moi. Et Joyce Jerome et Kate Framlingham connaissent par cœur toutes les deux la liste des jeunes filles à marier.

— Laissez-moi deviner, fit Claude d'une voix glissant vers le cynisme. Si Ryder s'était laissé faire, vous et vos amies l'auriez coincé en ne lui proposant que des jeunes femmes ne lui convenant pas.

— Eh bien, rétorqua Lavinia, il n'a aucune raison de se marier. Randolph le fera bientôt. Et, après Ryder, ce sera à lui puis à son fils que le titre reviendra. Mon cher et regretté époux aurait approuvé, j'en suis certaine. Randolph est son fils, après tout, autant que Ryder.

— Oh ! mais j'y songe..., fit Claude en luttant de toutes ses forces pour ne pas sourire.

— Quoi ? demanda Lavinia en fronçant les sourcils.

— Eh bien, très chère, si nous envisageons la possibilité que Mary Cynster se soit trouvée chez Ryder pour une tout autre raison...

Il se cala dans son siège pour mieux observer Lavinia, avant de poursuivre :

— Alors, il est possible que votre... tentative bien intentionnée pour vous mêler de la vie de Ryder lui ait donné l'idée et l'envie de demander la main de Mary Cynster.

Lavinia fixa Claude pendant de longues secondes puis, les poings serrés et les bras rigides, elle grinça des dents, rejeta la tête en arrière et se mit à hurler.

7

— Tu as une mine abominable, dit Ryder en observant David Sanderson, pendant que ce dernier rajustait la mèche de la lampe de chevet.

Le regard de David se posa sur le visage de son ami.

— J'en déduis donc que personne ne t'a tendu de miroir.

— Oui, mais moi j'ai une excuse. Que t'est-il arrivé ?

— Un premier accouchement difficile. Il s'est bien terminé, mais ce fut long et laborieux.

— Je ne veux pas savoir, en fait. Les naissances…

Malgré son état, Ryder réussit à hausser les épaules.

— C'est le seul sujet capable de causer chez tous les hommes de terribles accès de faiblesse. Et je suis déjà assez faible comme cela.

— D'ailleurs, j'aimerais jeter un coup d'œil à cette blessure.

Ryder essaya de rabattre les couvertures, mais David saisit son poignet.

— Reste tranquille et laisse-moi faire. Te dépenser inutilement ne servirait qu'à te rendre plus faible encore qu'un chaton.

Ryder soupira et obéit sans protester.

— Mais, si l'on devait faire un bras de fer, c'est le chaton qui gagnerait, se vanta-t-il sans y croire.

David grommela. Il inspecta le bandage, puis souleva la compresse qui recouvrait la plaie.

— Incroyable.

— Oui, je sais.

Ces mots déclenchèrent chez le médecin un grand éclat de rire.

— Voyons jusqu'à quel point.

En surveillant le visage de Ryder, David palpa doucement les alentours de la plaie. Quand il vit son ami inspirer profondément, il demanda :

— C'est douloureux ?

Ryder réfléchit avant de répondre :

— Oui, mais la douleur n'est pas lancinante, plutôt diffuse.

— C'est mieux quand je retire mes mains ?

— Oui. Dans ce cas, la douleur disparaît rapidement.

— C'est à cause de la contusion, alors. C'est compréhensible. J'ai dû farfouiller un peu pour m'assurer qu'aucun organe vital n'avait été touché.

— Là encore, je ne suis pas sûr d'avoir envie de savoir.

Ryder se força à rester immobile, pendant que David lui faisait un nouveau pansement.

— Je suis vivant… ah et, au passage, je suis aussi fiancé désormais.

David se raidit et le regarda. Puis sa surprise fit place à une évidente perplexité.

— Pas à cette jeune femme qui était ici… Miss Cynster ?

Ryder sourit.

— Eh bien, si, celle-là même.

Et il raconta à David tout ce qui s'était passé.

À la fin de son récit, son ami l'observa un moment, les sourcils froncés.

— Alors ? Est-ce une bonne chose ?

Se sentant comme un chat devant un bol de crème, Ryder rayonnait.

— C'est excellent !

David secoua la tête en riant.

— Je n'ai jamais rencontré quelqu'un d'aussi chanceux que toi.

Il marqua une pause, avant de poursuivre en se rembrunissant :

— Te rends-tu compte que tu as été à deux doigts de mourir ? Si Miss Cynster n'avait pas été là pour faire ce qu'il fallait, je serais en train de veiller un corps et non de rendre visite à un blessé.

Soudain plus sérieux lui aussi, Ryder hocha la tête.

— J'ai bien compris. Je lui dois tout. Mais dis-moi... Combien de temps faudra-t-il avant que je sois suffisamment remis pour pouvoir me lever et aussi... hmmm... pour profiter de la chance qui est la mienne ?

David lui adressa un regard faussement réprobateur.

— À tout autre homme que toi, je dirais d'attendre au moins quatre semaines. Mais te connaissant et connaissant tes capacités de récupération, je te conseille de manger tout ce que tu veux et quand tu le veux, et dans quelques jours tu devrais pouvoir descendre — monter et descendre l'escalier t'aidera d'ailleurs à te remuscler. Mais pour ce qui est de profiter de ta demoiselle Cynster, pour l'amour de Dieu, attends au moins une semaine !

Ryder fit la grimace.

— Je crois être sûr qu'il ne se passera rien avant cela.

— Comment ? Et ton savoir-faire légendaire, alors ?

— Je ne l'ai pas du tout perdu, rassure-toi. Mais c'est une Cynster, et elle s'apprête à devenir marquise de Raventhorne. Nous ferons donc tout dans les règles de l'art.

Dans cette optique, le lendemain matin, Ryder s'assit sur la chaise qui se trouvait près de son lit, pour écrire quelques lettres à faire porter dans différents endroits de Mayfair. Il se sentait déjà bien mieux.

Mary arriva peu après et le força à se recoucher. Comme elle promit de lui donner à la petite cuillère le bouillon de poulet reconstituant que la cuisinière avait préparé, il accepta. C'était la première fois qu'une femme autre qu'une infirmière prenait ainsi soin de lui. Et pour tout avouer, à petites doses, il aimait plutôt cela.

Mais il refusa qu'elle l'aide avec le reste du repas — constitué de cinq plats — qu'apporta Collier. Quand elle comprit qu'il était tout à fait capable de manier le couteau et la fourchette, elle lui adressa un regard réprobateur et autorisa Pemberly à lui servir son repas à la petite table qu'il avait installée à côté du lit.

Après s'être nourri, il eut envie de dormir, comme un chat bien repu. Elle regarda ses paupières s'alourdir. Quand elle le pensa endormi, elle s'approcha du lit, resta à le contempler pendant un long moment, avant de se pencher pour déposer sur son front un baiser, léger comme une plume. Puis elle s'en alla.

Malgré la douceur du contact, sa peau garda très longtemps la mémoire de cette délicieuse sensation.

Il somnola, lut et somnola de nouveau pendant tout l'après-midi. Puis Mary revint partager avec lui un dîner pris de bonne heure. Elle lui rapporta les premières réactions aux inévitables rumeurs qui couraient sur leurs fiançailles. Puis ils discutèrent du faire-part qu'il allait envoyer à la *Gazette* quand Lord Arthur et lui se seraient mis d'accord sur certains détails.

Il voulait vraiment que tout soit fait dans les formes.

Comme elle partit avant qu'il s'endorme, Ryder n'eut pas droit à un autre délicieux baiser.

Le lendemain, selon les prévisions de David, Ryder réussit à descendre pour honorer son rendez-vous avec Lord Arthur et leur notaire, maître Heathcote Montague. Ils devaient régler ensemble tous les aspects de cette prochaine union. Une fois Lord Arthur parti, Montague resta pour discuter quelques points plus personnels. Après son départ, Ryder resta au rez-de-chaussée. Il avait hâte de déjeuner avec sa promise, qui avait fait savoir par son père qu'elle arriverait à l'heure du repas.

Si ses domestiques n'avaient pas encore compris la teneur de leurs relations, la réaction de Mary quand elle le trouva en bas fut éloquente. Lorsqu'elle entra dans la salle à manger et le vit debout près de la table, elle se précipita vers lui en l'examinant de la tête aux pieds.

— Mais que diable faites-vous ici ?

Il sourit et recula la chaise située à côté de la sienne.

— Je vous attendais pour déjeuner.

Il n'était pas encore prêt à tenter une révérence complète, mais s'inclina avec grâce.

— Si vous voulez bien prendre place, très chère.

Elle marqua un temps d'arrêt et le fixa en plissant les yeux, une habitude dont il commençait à raffoler.

— Vous êtes un patient terrible, déclara-t-elle.

En guise de réponse, il leva les sourcils et désigna la chaise d'un signe de tête.

Poussant un petit soupir contrarié, elle releva ses jupes et s'assit.

Laissant à un valet le soin d'avancer la chaise de Mary, il se dirigea vers la sienne.

— Je suis surpris que David — Sanderson — ne vous ait pas appris que je me remettais rapidement de mes blessures.

— Il me semble l'avoir entendu dire que vous étiez fort comme un taureau.

Elle sourit brièvement à Pemberly, puis adressa un regard perçant à Ryder.

— Toutefois, le bon docteur n'a pas précisé que vous étiez têtu comme une mule.

Ryder éclata de rire. Le valet sourit, et même Pemberly eut du mal à conserver son flegme habituel.

Ryder leva la main pour montrer qu'il abandonnait la partie.

— Faisons la paix. Je promets de faire attention à ne pas en faire trop.

Quand elle lui adressa un regard incrédule, il ajouta, d'une voix plus basse :

— Vous n'imaginez pas un seul instant que je n'aie pas envie d'être tout à fait remis le plus vite possible ?

Elle était assez intelligente pour comprendre ce qu'il voulait dire, même quand il s'exprimait de façon détournée. Ses joues se voilèrent d'un rose délicat et charmant, mais elle ne détourna pas les yeux. Bien au contraire, elle le fixa, un temps assez long, avant d'étudier les plats que Pemberly avait disposés devant eux.

— Du moment que vous promettez de ne pas commettre d'imprudences.

Après avoir déjeuné, ils se dirigèrent vers la bibliothèque. Pendant qu'elle se familiarisait avec la pièce, la parcourant en long et en large, admirant les œuvres d'art et examinant les ouvrages, il s'assit à son bureau et s'attela à sa correspondance, qu'il avait par la force des choses négligée.

Alors que l'après-midi était déjà bien entamé, il hésita à lui proposer gentiment de partir, mais ne put s'y résoudre. Par conséquent, lorsque la cloche de la porte retentit à 15 heures, elle était là pour accueillir ses cousins et leurs épouses, qui furent tous les six conduits dans la bibliothèque par Pemberly.

Ryder avait invité Devil Cynster — duc de Saint-Ives et chef de la famille Cynster —, ainsi que Vane et Gabriel Cynster. Les trois hommes étaient les cousins les plus âgés de Mary. Ryder ne fut pas surpris de constater que leurs épouses avaient choisi de les accompagner. Il se leva pour aller les accueillir et traversa la pièce en étant bien conscient du regard méfiant que Mary lui adressait. Elle abandonna les ouvrages qu'elle était en train de feuilleter dans un coin de la pièce pour se lever à son tour.

Arrivé devant Honoria, la duchesse de Saint-Ives, Ryder sourit et prit la main qu'elle lui tendait. Il était sur le point de s'incliner quand Mary lui administra une petite tape sur le bras.

— Non ! s'exclama-t-elle, quand il la regarda avec étonnement.

Puis elle s'adressa à ses cousines par alliance pour s'expliquer.

— Il s'est fait poignarder. Il ne devrait même pas essayer de se pencher.

— Ah ! fit Honoria, qui serra la main de Ryder en lui souriant. Dans ce cas, vous êtes excusé.

Mary fit les présentations. Même s'il connaissait ces messieurs et avait récemment rencontré ces dames aux fiançailles de Henrietta et James, il fut néanmoins heureux qu'on lui rafraîchisse la mémoire.

Comme il s'en doutait, ils avaient tous entendu la nouvelle et présentèrent donc leurs félicitations, que Mary et lui acceptèrent de bonne grâce. En leur désignant les fauteuils et canapés disposés autour de la cheminée, il ajouta :

— Lord Arthur et moi-même avons réglé tous les détails officiels ce matin. Le faire-part paraîtra dans la *Gazette* demain.

Devil, qui était assis sur une chaise à dossier droit à côté du fauteuil où avait pris place son épouse la duchesse, adressa à Ryder un regard direct et assez pénétrant.

— Mais je suis certain que vous ne nous avez pas fait venir ici pour nous communiquer cette information.

S'asseyant face à eux, Ryder inclina la tête.

— En effet.

Il regarda brièvement les autres, avant de poursuivre :

— Je vous ai invités pour vous faire savoir que l'attaque à laquelle je dois ma récente blessure n'était pas, comme tout le monde le croit, une tentative de vol qui aurait mal tourné.

Un long silence s'installa tandis que ses invités — et Mary, qui le regardait avec stupéfaction depuis le canapé où elle avait trouvé place — digéraient cette information.

— Je me demande en effet pourquoi, déclara enfin Vane, un voleur sain d'esprit vous aurait enfoncé un poignard dans le corps.

— Je sais qu'il faisait sombre dans cette ruelle, renchérit Gabriel, mais vos agresseurs auraient dû voir que vous étiez grand et fort. En toute logique, ils auraient dû hésiter à s'en prendre à vous.

Ryder acquiesça.

— Et je portais une canne-épée, de façon bien visible. Ils ne pouvaient être absolument certains qu'il s'agissait d'une arme mais, tout de même, ils auraient dû se montrer plus prudents.

— Mais les deux hommes qui vous ont attaqué, ils étaient bien deux, n'est-ce pas ? demanda Devil.

Quand Ryder hocha la tête, le duc poursuivit :

— Ils ne se sont pas méfiés.

— Non, en effet. Et ils connaissaient le chemin que j'emprunte lorsque je rentre des quartiers sud — je me déplace presque toujours à pied quand je me rends à une soirée à Mayfair.

— C'est ce que nous faisons tous, commenta Vane en se penchant en avant. Mais êtes-vous en train de dire qu'ils vous attendaient ?

— Non seulement ils m'attendaient, mais ils s'étaient positionnés de la meilleure façon qui soit pour me prendre au piège, à l'endroit où la ruelle se fait si étroite que mes épaules en touchent presque les murs.

— C'est-à-dire au seul endroit où vous étiez réellement vulnérable, ajouta Gabriel en grimaçant.

— Ce que vous êtes en train de dire — et Devil avait plissé ses yeux verts — c'est que vous étiez spécifiquement visé. Mais par qui ?

Ryder inclina la tête.

— Malheureusement, je n'ai pas de réponse à cette question.

— Et vos deux assaillants ?

— Morts, j'en ai peur. Je les ai... embrochés avant de me rendre compte que j'aurais peut-être besoin de les interroger afin de savoir qui les avait engagés. Cependant, j'ai demandé à un enquêteur privé d'examiner les corps avant de les faire emmener par la police, et il a fait des recherches. Nous avons ainsi obtenu la confirmation que ces deux gredins étaient des tueurs à gages, souvent employés dans le quartier des docks, et qu'ils avaient été contactés par un inconnu d'âge et d'aspect indéterminés. L'enquêteur n'a rien appris de plus.

— Donc, reprit Gabriel, la question est la suivante : qui pourrait vouloir votre mort ?

Ryder esquissa un haussement d'épaules.

— Je n'en ai pas la moindre idée.

Le bref silence qui s'installa fut rompu par l'épouse de Vane, Patience.

— C'est assez délicat à dire, mais j'imagine que plusieurs gentlemen seraient heureux de vous voir sinon mort, en tout cas grièvement blessé.

Ryder réussit à transformer son sourire en grimace.

— En fait, non. Pas tant de gentlemen que cela, voire aucun. Je crains que ma réputation, au moins à ce sujet, ne soit quelque peu exagérée.

Honoria grommela, l'air dubitatif. Quand Ryder la regarda dans les yeux, elle déclara :

— Permettez-moi d'avoir du mal à y croire... Cependant, j'ai des informations qui vont plutôt dans votre sens. Lady Fitzhugh.

Il fixa Honoria, avant de secouer la tête lentement.

— Je ne pense pas avoir jamais rencontré Lady Fitzhugh.

Honoria hocha la tête.

— C'est bien ce qu'il me semblait. Elle n'est pas du tout votre genre. Et j'ai d'ailleurs connu plus fréquentable, comme personne. Cependant, je sais de source sûre qu'elle s'est servie d'une supposée liaison avec vous pour attiser la jalousie de son mari. Et Fitzhugh, on ne doit pas l'oublier, est un Écossais à la chevelure de feu et au tempérament d'Écossais.

— Je l'ai moi-même entendu tempêter contre vous, ajouta Alathea, la femme de Gabriel. Il n'était pas loin de l'apoplexie.

— C'est vrai, renchérit Gabriel. Mais pour être honnête envers Fitzhugh, s'il en avait après vous, il aurait sans doute agi lui-même.

— Je n'en suis pas si sûr, intervint Devil. J'ai entendu dire hier soir que, la semaine dernière, il s'était mis dans une rage folle après avoir entendu une nouvelle rumeur à propos de sa femme. Et le lendemain, il l'emmenait dans le Grand Nord en exil forcé, dans son château des Highlands. Ils y sont encore.

Devil chercha Ryder du regard.

— Même si j'hésite à évoquer cette possibilité, j'imagine très bien Fitzhugh dévoré par la rage au point de ne pas être capable de régler cela directement avec vous et de devoir engager deux hommes de main pour exécuter sa vengeance.

— Mais je ne connais même pas cette femme ! protesta Ryder.

— Malheureusement, Fitzhugh l'ignore, expliqua Vane. Mais, s'il est bien derrière cette attaque, cela m'étonnerait qu'il y en ait une nouvelle.

Ryder inclina la tête.

— C'est vrai.

Puis il jeta un regard à Mary.

— Du thé ?

Elle cligna des yeux, puis acquiesça et se leva.

— Je vais sonner.

Pemberly et les cuisinières avaient déjà préparé le plateau, que le majordome apporta et posa sur la table basse devant le canapé, selon les instructions de Mary.

Elle adressa un coup d'œil interrogateur à Honoria, et celle-ci lui sourit.

— Tu seras bientôt la maîtresse des lieux. C'est à toi de servir.

Mary s'exécuta. Gabriel l'aida à faire circuler les tasses, et la conversation devint plus légère.

Mary savait que ses cousines par alliance avaient hâte de lui poser des questions, mais qu'elles ne pouvaient pas parler tant que Ryder et leurs maris étaient présents.

Gabriel finit par se déplacer vers l'autre bout de la pièce, pour examiner le globe terrestre assez ancien qui se trouvait dans l'angle près du bureau de Ryder. Il fut bientôt suivi par le maître des lieux. Puis Vane et Devil se joignirent à eux.

Laissant les hommes à leur conversation, les femmes se regroupèrent.

— Je suppose, dit Honoria, ouvrant ainsi la séance des questions, que tu es satisfaite.

Mary réfléchit.

— Je...

Les lèvres pincées, elle hocha la tête.

— Oui, je le suis.

— La nouvelle nous a surprises venant de toi, renchérit Patience en l'observant par-dessus sa tasse.

— Ce fut très inattendu, confirma Mary. Mais, comme l'a dit maman, je peux relever ce défi.

— À vrai dire, déclara Alathea dont le regard se posa, à l'autre bout de la pièce, sur le dos large de Ryder, Lord Cavanaugh représente un gros défi, même pour toi.

— T'es-tu rendu compte, demanda Patience, que tout le monde attend le moment où il posera un genou à terre devant toi ?

Alathea eut un petit rire.

— C'est vrai. Il va devoir payer le prix fort. S'il veut épouser une Cynster, il doit absolument lui déclarer son amour, c'est la coutume.

Patience acquiesça.

— Et, pour quelqu'un comme lui, cela doit se faire avec des mots, et pas de façon détournée.

Mary réfléchit un moment.

— Ryder n'agit jamais de façon détournée, cela facilite donc les choses. Et pour le reste, cela fait partie du défi, n'est-ce pas ?

Les trois autres femmes rirent doucement en acquiesçant.

— Mais que s'est-il passé avec ce collier que vous vous passez toutes de main en main ? demanda Honoria.

Mary baissa les yeux, puis sortit le pendentif de son décolleté et se rendit compte qu'il n'était pas excessivement chaud. Elle repensa à toutes les fois où elle l'avait trouvé presque brûlant et, lentement, elle cligna des paupières.

— Je crois, murmura-t-elle, que le collier a fonctionné exactement comme il était censé le faire. Je peux le donner à quelqu'un d'autre, désormais.

À l'autre bout de la pièce, Gabriel se tourna vers Ryder.

— Je vois que vous n'êtes pas convaincu par l'hypothèse Fitzhugh. Y aurait-il sinon quoi que ce soit dans vos finances qui aurait pu précipiter l'incident ? Des investissements, des questions ayant trait à la gestion de vos possessions ou même des acquisitions récentes ?

Ryder fit la grimace.

— Pas à ma connaissance. Nous n'avons fait aucune acquisition depuis des années — les dernières remontent à l'époque de mon père —, et tout mon patrimoine est géré par Montague, comme c'est le cas pour vous tous ici présents.

Ryder regarda Devil qui était désormais appuyé contre le bureau situé dans son dos.

— Pensez-vous que quelque chose dans mes affaires aurait pu justifier que l'on s'en prenne à moi ?

— Non, pas vraiment, répondit Vane. Mais, maintenant que ces dames ne peuvent pas nous entendre, dites-nous vraiment pourquoi vous nous avez fait venir ici.

Ryder esquissa un sourire.

— Ce rendez-vous avait en effet un autre but. L'attaque était ciblée, et elle a failli m'être fatale. Si j'avais été touché quelques centimètres plus haut, je serais mort. Et maintenant je ne suis plus seul : il y a Mary. Si, dans un futur proche, quelque chose devait m'arriver…

— Nous serions là bien sûr et nous nous occuperions de Mary, répondit Devil en regardant Ryder dans les yeux. Est-ce cela que vous vouliez entendre ?

Ryder acquiesça. — Randolph, mon frère — mon demi-frère pour être exact — est mon héritier, mais il est trop jeune pour la protéger correctement. Et je préférerais que Mary ne soit jamais… — j'hésite à le dire — abandonnée à la merci de Lavinia, ma belle-mère. Même si je ne la crois pas capable de se comporter de façon réellement haineuse, elle pourrait très mal se conduire. Elle me déteste, et je pense que son inimitié pourrait s'étendre à Mary.

Devil hocha la tête avec détermination.

— Si quelque chose devait vous arriver, nous ferions en sorte que Mary retourne dans le giron des Cynster.

— Merci, fit Ryder en inclinant la tête.

— Alors votre belle-mère ne vous aime pas ? demanda Gabriel. Pourrait-elle se trouver derrière cette attaque ?

Ryder réfléchit, avant de grimacer.

— J'ai du mal à l'imaginer. Lavinia donne facilement dans le mélodrame et porte des accusations à tort et à travers. Elle est du genre à se sentir toujours lésée, abandonnée, maltraitée ou persécutée. Elle se plaint, gémit, hurle même, mais je la vois mal agir directement contre moi. Elle ne l'a jamais fait. Qui plus est, si elle me supprimait, qui tiendrait-elle responsable de toutes les désillusions et les déceptions de son existence ? Et pour finir, si elle avait voulu engager des hommes pour me supprimer, je doute qu'elle ait su comment s'y prendre.

— Dans ce cas, conclut Devil en se redressant et en se tournant vers ces dames, Fitzhugh reste le suspect numéro un. Je vais voir si je trouve un moyen de lui laisser entendre qu'il n'y a rien de vrai dans les assertions de sa femme. Si cela échoue, nous essayerons peut-être de le faire rentrer à Londres.

Ryder se dirigea avec les autres vers les femmes. Et, pour la première fois de sa vie, l'une d'entre elles était la sienne.

Un quart d'heure plus tard, ignorant le regard que Mary lui adressait pour lui faire comprendre qu'il devait rester tranquillement dans la bibliothèque pendant qu'elle raccompagnait sa famille, Ryder quitta la pièce en compagnie de tous les Cynster. Ces dames passèrent les premières, pendant que Vane et Gabriel suivaient, laissant Devil et Ryder, qui marchaient plus lentement, fermer le cortège.

Profitant de ce moment d'intimité relative, Ryder murmura :

— Je suis plutôt surpris que vous ayez pris la chose de façon si... amicale, disons. Je m'attendais à une réaction un peu plus hostile.

En fixant le petit groupe devant lui, Devil eut un bref sourire qui vint éclairer un instant son visage, d'ordinaire plutôt sévère.

— Ah, mais vous êtes qui vous êtes et, comme nous connaissons Mary bien mieux que vous, nous sommes à même d'apprécier à quel point vous la méritez.

— Ainsi formulé, cela ne semble pas très rassurant, répondit Ryder en clignant des yeux.

— Ce n'était pas le but, confirma Devil en souriant de nouveau. Disons juste que tous les hommes de la famille vous remercient de les débarrasser d'elle. C'est officiellement à vous que revient le casse-tête de gérer son caractère !

Ryder réfléchit à ces mots. À l'éclairage un peu différent que cela jetait sur sa condition de futur fiancé officiel. Mais, quand il se retourna après avoir salué ses parents et qu'elle se précipita vers lui, les yeux pleins d'angoisse, il sourit et se dit que si vivre avec elle représentait un défi il avait hâte de le relever.

— Vous devez être épuisé.

Posant la main sur la table du hall de façon discrète, il haussa légèrement les épaules.

— Peut-être un peu.

Elle émit un petit bruit agacé.

— Ah, les hommes... vous êtes tous les mêmes. Cela vous ferait-il mal d'avouer, parfois, que vous n'êtes pas au meilleur de votre forme ?

Gardant un visage impassible, il désigna une étagère.

— Si j'avais ma canne, ce serait peut-être mieux.

Elle lui rapporta l'objet.

— Vous devriez vous en servir constamment. En tout cas, jusqu'à ce que vous ayez retrouvé vos forces.

S'appuyant sur sa canne, il avança d'un pas étrangement traînant.

Mary émit un autre petit bruit désapprobateur et s'approcha.

— Voilà... Laissez-moi vous aider.

Elle attrapa son bras libre et le posa sur ses frêles épaules.

Ryder dissimula un sourire de triomphe. Parce qu'il était bien plus grand qu'elle — le sommet de sa tête atteignait à peine ses épaules —, la seule façon pour elle de l'aider était de plaquer son corps contre le sien. Ce qu'elle fit sans hésiter.

— Merci, murmura-t-il.

Sans l'empêcher de se coller à lui autant qu'elle le souhaitait, il se laissa guider dans le vestibule puis dans le couloir.

La sensation de son corps contre le sien — de ses courbes sveltes mais bien dessinées contre son flanc, de sa tiédeur féminine qui se diffusait jusqu'à lui à travers les différentes épaisseurs de tissu qui les séparaient, de ses petites mains appuyées contre sa poitrine et son dos — le troubla au point de le déranger. Mais, tandis qu'ils avançaient lentement vers la bibliothèque, il se dit que cette proximité était si précieuse qu'elle valait bien la gêne qu'elle pouvait lui causer.

Surtout lorsqu'elle lui donna l'occasion, une fois qu'ils se retrouvèrent au centre de la bibliothèque et que Pemberly eut refermé la porte derrière eux, de dégager son bras, de le glisser autour de sa taille bien fine et de l'étreindre pour de bon.

Elle posa sur lui ses grands yeux bleus, le fixa comme si elle avait momentanément suspendu toute réflexion. Il profita de cet instant pour éprouver pleinement les sensations provoquées par leur étreinte. Mais, dès qu'elle commença à pincer les lèvres et à plisser les yeux, il déclara :

— Je ne vous ai pas encore remerciée de m'avoir sauvé la vie.

Elle ouvrit davantage les yeux, mais leur expression disait bien qu'elle ne comptait pas lui laisser la main.

— Je n'ai toujours pas décidé de ce que j'allais vous demander en guise de récompense.

— Vous avez raison. Et il faudra me le dire. En attendant, j'ai néanmoins pensé que je devrais commencer à payer mon dû... comme ceci.

Il la regarda dans les yeux, posa sa canne contre sa cuisse et lui attrapa délicatement le menton. Puis, en lui laissant suffisamment de temps pour anticiper le moment, il baissa lentement la tête et, très doucement, l'embrassa.

Le premier contact de ses lèvres contre les siennes...

Mary sentit un tressaillement s'insinuer en elle et parcourir tout son corps. Une caresse délicate et envoûtante, plus prometteuse et évocatrice qu'immédiatement satisfaisante. Il se repaissait pendant qu'elle savourait et, très vite, il comprit qu'elle en voulait davantage.

Ils en voulaient tous les deux davantage. Sans y être incitée, elle entrouvrit les lèvres et fut transportée de bonheur lorsqu'il pencha la tête et accepta aussitôt son invitation.

Ses lèvres fermes sur les siennes, elle apprécia leur pression et leur chaleur. Ils pouvaient sentir l'un chez l'autre l'appétit voilé et même, le désir plus fermement contenu.

Elle se hissa et se pressa contre lui, ayant l'impression de se déployer physiquement, de s'étirer.

Comme si elle renaissait à la vie d'une façon toute nouvelle.

Elle ne fut pas surprise qu'il soit la cause de cette sensation inédite. Il était un expert en la matière, après tout.

Il referma les bras autour d'elle et la serra plus fort. Elle s'approcha encore et inclina la tête comme il semblait le lui demander.

Elle sentit sa satisfaction.

Puis il suivit le contour de ses lèvres du bout de sa langue, qui s'insinua ensuite doucement en elle.

Elle arrêta alors de penser.

Ryder vacillait au bord d'un précipice où il ne s'était pas aventuré depuis des années. Il avait l'envie instinctive et impérieuse de s'y jeter. Mais en fin tacticien il savait très bien que la meilleure stratégie était de ralentir les choses et de ne pas aller plus loin.

Ralentir les choses afin de pouvoir savourer, de pouvoir profiter de ce que cette étreinte signifiait vraiment, dans toutes ses nuances. Ce premier baiser échangé. Le premier d'une longue série, c'était certain mais, par définition, celui qui serait appelé à rester gravé dans leurs mémoires, dans celle de Mary, mais dans la sienne également.

Et puis ne pas aller plus loin pour ne pas l'effaroucher. Il ne devait pas oublier qu'elle était novice en la matière.

Novice au point de n'avoir aucune idée de l'endroit où, pour son propre bien, les choses devaient en rester à présent. Réussissant à contenir du mieux possible ses instincts les plus primaires, il passa le bout de la langue sur cette bouche sensuelle, délicieusement sucrée après le thé et les biscuits, et se réjouit de la passion latente que le chasseur qui était en lui sentait enfler chez cette jeune fille innocente. Mais alors, elle se colla à lui avec audace et fougue.

Ce contact le foudroya, annihila tout contrôle qu'il pouvait avoir sur ses pulsions.

Et le baiser devint torride et débridé.

Ce fut un déchaînement de passion effrénée et de délice indescriptible.

L'idée de prendre son temps et de ne pas aller plus loin vola en éclats.

Sa tête n'aurait pas dû tourner. Ses sens n'auraient jamais dû céder si facilement à l'appel du désir et de l'extase.

Elle était suspendue à ses lèvres et le mettait au supplice, encore et encore. Et il ne voulait surtout pas qu'elle s'arrête.

Telle une sirène, elle le charmait, afin de...

La cloche de l'entrée retentit, les ramenant brusquement à la réalité.

Ils mirent fin à leur étreinte. Stupéfait, il la regarda… et vit un sourire — fier et émerveillé — poindre sur ses lèvres gonflées, puis gagner ses yeux, qu'il fit briller.

Il entendit des bruits de pas et des voix familières, et se tourna vers la porte.

— Mes demi-frères et sœur, murmura-t-il.

— Ah !

Il la lâcha, et elle recula d'un pas. Il attrapa sa canne qui était sur le point de tomber et, ensemble, ils se dirigèrent vers la porte.

Qui s'ouvrit, poussée par une silhouette vêtue de mousseline vert pomme.

— Ryder ! Oh mon Dieu ! Est-ce que tu vas bien ? Nous venons juste d'apprendre la nouvelle ! s'exclama Stacie en se précipitant dans la pièce.

La vue de Mary à ses côtés freina sa demi-sœur dans son élan et l'empêcha de se jeter dans ses bras, ce qui, vu la gravité de sa blessure, était tout aussi bien.

— Oh !

Stacie fixa Mary, qui lui adressa un sourire poli.

— Bonjour.

Au ton de sa sœur et au regard interrogateur qu'elle lui lança, Ryder déduisit qu'elle n'était pas au courant de ses fiançailles.

— Voici Miss Cynster.

Se tournant vers Mary, il dit :

— Mary, laissez-moi vous présenter ma demi-sœur, Lady Eustacia, que tout le monde appelle Stacie.

Mary sourit sereinement.

— Oui, je sais. Nous nous sommes déjà rencontrées. Bonjour, Stacie.

Les yeux écarquillés, Stacie hocha poliment la tête et serra sa main.

— Mary.

Jetant un regard à Ryder, puis autour d'elle, pour s'assurer que la pièce était bien vide et qu'aucun chaperon ne s'y trouvait, Stacie demanda :

— Que se passe-t-il ?

À ce moment précis, Rand, Kit et Godfrey firent leur entrée. Ryder réussit donc à éviter de répondre à sa demi-sœur, trop occupé par les exclamations et les questions qui fusaient autour de lui.

— Que diable s'est-il passé ? demanda Rand. Pourquoi ne pas nous avoir dit que tu avais été attaqué ?

Il s'inclina devant Mary.

— Miss Cynster, c'est un plaisir de vous voir...

Puis, remarquant ce que Stacie avait remarqué avant lui, Rand fit une moue perplexe.

— Est-ce grave ? demanda Godfrey, avant de répondre lui-même à sa question en considérant la situation. Pas si grave que cela, on dirait.

Puis il inclina la tête devant Mary.

— Miss Cynster.

Le plus réservé des quatre, Christopher — Kit — s'était arrêté à quelques mètres du petit groupe et regardait alternativement Ryder et Mary. Quand il finit par croiser le regard de son frère, il haussa les sourcils et dit :

— Nous te pensions à l'article de la mort, et en fait on te découvre...

S'inclinant avec fluidité devant Mary, il déclara :

— Bonjour, Miss Cynster.

Puis il se tourna de nouveau vers Ryder.

— Eh bien, pour l'amour de Dieu, dis-nous un peu ce qui se passe.

Ryder leva la main.

— D'abord, de qui tenez-vous que j'ai été attaqué ?

Rand prit un air contrit.

— Je suis tombé sur David dans la rue il y a quelques heures. Littéralement tombé sur lui. Il tenait à peine debout. Il ne faut pas lui en vouloir d'avoir parlé : il était à moitié endormi et marmonnait quelque chose sur tes facultés de récupération.

Après cela, bien sûr, je l'ai sommé de m'expliquer ce qui t'était arrivé. Il m'a fait promettre de ne rien dire à personne mais — Rand regarda ses frères et sœur —, évidemment, il ne voulait pas parler de ces trois-là.

Ryder avait des doutes à ce sujet, mais...

— Très bien. Asseyons-nous comme des personnes civilisées, et je vais tout vous raconter.

— Où donc es-tu blessé ? demanda Stacie en lui prenant le bras pour le conduire à un siège.

Mais Ryder ne se laissa pas faire.

— Au flanc, ce qui signifie que je suis parfaitement capable de marcher.

Stacie le regarda en plissant le nez.

— Alors fais-le et va t'asseoir.

Ryder obéit en riant et choisit de prendre place à côté de Mary sur le canapé. Les autres s'installèrent dans les fauteuils, sans jamais cesser de le fixer avec curiosité. En soupirant intérieurement, il leur livra une version sévèrement abrégée des faits. Et, bien entendu, à la fin de son récit, tous exprimèrent leurs remerciements sincères à Mary.

Elle accepta leur reconnaissance avec un calme serein.

— C'était le moins que je puisse faire, déclara-t-elle.

Ryder reprit vite les rênes de la conversation.

— Et puis ce n'est pas la seule nouvelle. Miss Cynster m'a fait l'honneur d'accepter ma demande en mariage, et elle sera donc bientôt votre belle-sœur.

— Vraiment ? fit Stacie en se redressant et en écarquillant les yeux, comme si elle avait complètement oublié sa blessure. Il va y avoir un mariage ?

Rand se leva pour présenter ses félicitations, et les autres l'imitèrent. Personne n'aurait pu douter de leur sincérité ni de leur enthousiasme. Calé au fond de son siège, Ryder observa Mary qui éclata d'un rire franc et se mit ensuite à discuter avec le quatuor, en toute liberté.

Et il sentit ses épaules se délester d'un poids dont il avait jusque-là ignoré la présence.

Il s'était toujours posé en protecteur vis-à-vis de ses frères et sœur. Pour lui, pour sa tranquillité d'esprit, il était essentiel que sa femme voie les choses de la même façon et leur accorde toute l'attention qu'ils méritaient. Il ne les ferait jamais passer avant elle, mais il ne leur refuserait pas non plus l'aide et le soutien dont ils pourraient avoir besoin.

Ce fut Stacie qui posa la question :

— Je suppose que maman n'est pas au courant ? Ni pour l'attaque ni pour vos fiançailles ?

— Elle ne sait pas pour l'attaque. Et, s'il vous plaît, gardez cela pour vous. Il n'y a aucun intérêt à ébruiter cette information.

Il leur avait donné l'explication la plus probable : un mari trompé — ou supposé trompé — avait sans doute voulu freiner ses ardeurs conquérantes.

— Mais en ce qui concerne nos fiançailles, reprit Ryder, Lavinia est déjà au courant. Et, pour le reste du monde, la nouvelle paraîtra demain dans la *Gazette*.

— Pas étonnant qu'elle ne m'ait rien dit, fit remarquer Stacie, je ne l'ai pas vue ces deux derniers jours. J'étais constamment sortie, invitée par des amis.

Tout à coup, elle devint pensive.

— La nouvelle paraît demain, dis-tu ? Je me demande sous quel prétexte je vais pouvoir m'éclipser pour ne pas la croiser...

Kit rit de bon cœur, se moqua de sa sœur qui n'osait pas affronter sa propre mère et la traita même de poule mouillée. Stacie rétorqua que c'était facile à dire quand on ne vivait plus sous le même toit. Kit et Rand n'étaient pas contraints comme elle et Godfrey de trouver refuge ailleurs que chez eux.

— Moi aussi, je vais devoir l'éviter, gémit Rand en jetant un coup d'œil à Ryder. Elle va me reprocher de ne pas être encore fiancé moi-même.

— Pareil pour moi, renchérit Kit. Godfrey est trop jeune, lui au moins. Tu vas échapper à ses foudres, petit chanceux.

Ryder surprit le regard légèrement étonné que Mary lui adressa et hocha la tête de façon presque imperceptible pour lui indiquer qu'il lui expliquerait plus tard.

Comme il fallait s'y attendre, Stacie avait des questions sur tout. Quand avait eu lieu leur première rencontre ? Comment s'étaient-ils rendu compte qu'ils étaient faits l'un pour l'autre ? Quand lui avait-il fait sa demande ? Et, bien sûr, comment ? Ses frères n'étaient pas si exaltés qu'elle, mais ils se révélèrent curieux eux aussi. Mary se montra aussi habile que lui pour éluder les questions auxquelles ils n'avaient pas envie de répondre. Puis elle renversa la situation, et ce fut à elle de mener l'interrogatoire, profitant de sa position de future belle-sœur pour en apprendre davantage à leur sujet.

À la surprise de Ryder, sa demi-sœur et ses demi-frères se prêtèrent volontiers au jeu des questions et la traitèrent bientôt avec la même affabilité que lui. Alors que les remarques, les bons mots et les questions fusaient et que Mary — plus proche d'eux en âge — semblait en passe d'être adoptée, il sourit et se détendit à son tour.

Sa famille proche — cette famille — n'avait jamais été stable. Elle n'avait jamais eu le ciment ferme et solide du clan Cynster, ce socle inébranlable que Mary et ses cousins considéraient sans doute comme normal et naturel puisqu'ils n'avaient jamais rien connu d'autre.

Cette solide cohésion, basée sur la loyauté, la dévotion et la confiance aveugle, était une chose à laquelle il aspirait depuis son plus jeune âge. En grandissant, il avait fait de cette aspiration un idéal pour son existence future.

Et il avait toujours su qu'il ne pourrait avoir ce type de famille — qu'il ne pourrait bâtir sa propre version de ce type de famille — sans la bonne épouse. Sans une épouse qui comprenait de façon innée tout ce que la famille pouvait et devait signifier. Sans une épouse qui comprenait comment ce type de famille fonctionnait.

Et Mary possédait ces qualités.

Même si elle avait perçu le caractère complexe de sa relation avec Lavinia et qu'elle était consciente, il en était certain, de l'impact que cela pouvait avoir sur la vie de ses frères et sœur, elle leur avait déjà tendu la main et était déjà — sous ses propres yeux — en train de jeter les bases d'une relation qu'il espérait voir prospérer.

Alors que les minutes passaient et que cette relation naissante devenait plus profonde et plus forte, alors que les rires emplissaient la pièce restée — comme toute la maison — trop calme depuis des années, il se prit à souhaiter que ce moment continue. Se tournant discrètement vers Rand pendant que Kit racontait l'une de ces histoires dont lui seul avait le secret, il demanda :

— Je ne sors pas ce soir et je dînerai donc tôt. Peux-tu rester ?

— Oui... bien sûr, répondit Rand en regardant d'abord Mary, puis Ryder.

Ce dernier hocha la tête et, quand Kit conclut son histoire, il lança l'idée d'un petit dîner de famille improvisé. Idée que tout le monde accepta aussitôt.

Ryder se tourna alors vers Mary.

— Nous serions extrêmement honorés que vous restiez dîner avec nous.

Il prit sa main pour la porter à ses lèvres et, en la regardant dans les yeux, effleura le bout de ses doigts d'un baiser léger.

— Je vous en prie.

Kit et Godfrey, toujours taquins, imitèrent des miaulements.

Mary les ignora et lui sourit.

— Merci. Je serais ravie de me joindre à vous — elle jeta un coup d'œil autour d'elle — et au reste de la famille.

— Merveilleux, s'enthousiasma Ryder.

Sans lâcher sa main, il s'adressa à Rand.

— Sonne Pemberly, Rand, et...

Mais il s'interrompit quand la cloche de l'entrée retentit de nouveau.

— Qui cela peut-il bien être, à présent ? s'interrogea-t-il, interdit.

Comme tous les autres, Mary regarda vers la porte.

Pemberly entra pour annoncer :

— Mr et Mrs Simon Cynster, Miss Henrietta Cynster et Mr James Glossup, monsieur.

Mary se leva en même temps que les autres. Elle se tenait à côté de Ryder quand entrèrent son frère, sa sœur, sa belle-sœur et son futur beau-frère. Elle s'avança pour les accueillir et faire les présentations.

Les félicitations et les bons mots fusèrent de nouveau. Pendant quelques minutes, alors que les deux groupes se mêlaient, les salutations, les commentaires, les exclamations et les explications emplirent la pièce d'un joyeux brouhaha.

Finissant par laisser Simon et James discuter avec Ryder et ses demi-frères et sœur, Mary se tourna vers Portia et Henrietta, qui déclara :

— Maman ne savait pas ce que tu avais prévu pour ce soir. Comme nous venons de rentrer et d'apprendre la nouvelle, nous avons proposé de passer te prendre pour te ramener à la maison ou pour transmettre à maman un message quant à ce que tu comptes faire.

— Je vois.

Mary hésita un instant, puis regarda Ryder qui venait de les rejoindre.

— Henrietta vient juste de me demander quels étaient mes projets pour ce soir. Combien de convives votre table peut-elle accueillir ?

Ryder lui adressa son sourire de lion nonchalant.

— Quarante-huit convives peuvent s'asseoir à la grande table. Mais, comme nous ne sommes que dix, nous pouvons tout à fait dîner dans la salle à manger familiale.

Mary regarda Henrietta, puis Portia.

— Avez-vous des projets pour ce soir ? Ou pouvez-vous vous joindre à nous pour un petit dîner improvisé ?

Portia échangea un regard avec Henrietta, avant de se tourner vers Mary.

— Comme nous ne savions pas précisément quand nous rentrerions...

S'adressant à Ryder, elle expliqua :

— Nous étions dans le Wiltshire, où James avait des affaires à régler. Personnellement, je n'ai rien prévu pour ce soir, je serais donc enchantée de rester. Et je suis sûre que c'est aussi le cas de Simon.

— Vous pouvez compter sur James et moi, renchérit Henrietta en souriant. Il nous faut fêter vos fiançailles, après tout.

Ryder sourit plus franchement.

— Parfait.

Puis il se tourna vers Mary :

— Voulez-vous bien sonner Pemberly, ma très chère ?

Voyant dans ses yeux à quel point il était heureux de la direction qu'avaient prise les événements, elle inclina la tête.

— Bien sûr.

8

Le lendemain matin, Mary était assise sur le rebord de la fenêtre dans le petit salon de ses parents, occupée à examiner le faire-part officiel de ses fiançailles paru dans la *Gazette* du jour.

Toujours légèrement étonnée de l'endroit où l'avait menée sa quête, elle se réjouissait néanmoins du défi que représentait son union future avec Ryder.

Jouant machinalement avec le pendentif de quartz rose, elle relut le faire-part. Ses yeux s'attardèrent sur le nom complet de son futur époux : Ryder Montgomery Sinclair Cavanaugh. Les deux noms du milieu devaient être ceux des précédentes marquises. Et, mis ensemble, ils évoquaient toute la puissance et la majesté de l'aristocratie anglaise.

Le défi. Il s'inscrivait devant elle en lettres capitales, si flagrant que personne ne pouvait l'ignorer. Cette idée ne serait venue à personne d'ailleurs, car tous les membres de la bonne société connaissaient, au moins de réputation, le caractère et la personnalité de Ryder.

Mais il revenait à elle et à elle seule de relever ce défi particulier, celui de le faire plier devant elle. Aucune autre femme n'aurait jamais la chance d'être choisie par lui pour devenir sa marquise. D'avoir affaire à lui avec cet avantage.

C'était peut-être le destin qui avait décidé d'abréger la phase de séduction et de découverte, mais l'annonce officielle parue dans la *Gazette* rendait sa position irrévocable. La seule solution possible, c'était d'aller de l'avant.

Ce qui signifiait qu'elle avait besoin d'en apprendre davantage — bien davantage — sur Ryder, et dans les plus brefs délais. Elle ne parviendrait peut-être jamais à faire de lui ce qu'elle voulait, mais il fallait malgré tout qu'elle apprenne à le connaître en profondeur, qu'elle se concentre sur ce qui était important pour lui et sur ce qui l'animait.

Il avait beaucoup apprécié la soirée de la veille. C'était le cas de tout le monde, mais lui semblait avoir été particulièrement heureux de la tournure prise par les événements. Tournure, du reste, qu'il avait largement encouragée et facilitée. Ce n'était qu'à 21 heures passées que Mary, remarquant une certaine crispation dans le regard de Ryder et supposant qu'il devait être épuisé, avait de façon subtile mis un terme à la soirée. Tous les invités étaient partis en même temps, ravis de ces nouveaux liens d'amitié. Mary s'en était allée avec Henrietta et James, mais elle avait fait en sorte de s'assurer auprès de Pemberly et de Collier qu'ils aideraient leur maître à grimper le grand escalier menant à sa chambre.

Au moins, il n'appartenait pas à cette catégorie d'hommes assez stupides et butés pour refuser l'assistance physique de leurs proches.

Esquissant un sourire, elle repensa au faire-part. Elle appréciait beaucoup ce petit avant-goût de son futur. Peu à peu, elle se sentait rentrer dans la peau de la marquise qu'elle allait bientôt devenir. La marquise que Ryder semblait tant tenir à ce qu'elle devienne, comme s'il l'en jugeait particulièrement digne.

Il paraissait, à cet égard, avoir apprécié son comportement de la veille au soir. C'était un succès mineur, mais c'était un bon début. Et en effet, cette petite soirée lui avait permis de se faire une idée de ce que pouvait être l'existence de son futur mari, et avait fait naître en elle quelques questions.

Elle était en train de les énumérer dans sa tête — la plus brûlante concernant ses relations avec sa belle-mère — quand Henrietta poussa la porte et entra.

— Te voilà donc, dit Henrietta, qui sourit en voyant la *Gazette* entre ses mains. Toujours étonnée par ton propre destin ?

Mary se tourna vers sa sœur qui rapprochait un fauteuil pour s'installer près d'elle.

— Il faut que tu admettes que, étant donné mes exigences concernant mon héros, Ryder n'était pas le candidat auquel tout le monde aurait pensé.

— En fait, commença Henrietta en inclinant la tête, je ne suis pas forcément d'accord. Au-delà de ce que j'ai pu observer hier soir, je sais que maman est très contente. Elle pense qu'il est parfait pour toi et que vous ferez de grandes et belles choses ensemble. Et je crois que toutes les autres — Honoria, Patience et Alathea, ainsi que les grandes dames, y compris tante Helena, tante Horatia et Lady Osbaldestone — pensent que vous formez un couple parfait à tous points de vue.

— Hmm, fit Mary, qui se demandait depuis un certain temps quel pouvait être l'avis des autres femmes de la famille. Pourtant il serait plutôt... comment dire... ? Du genre à dépasser mes attentes...

Henrietta sourit.

— C'est possible. Mais il a l'air vraiment décidé à t'épouser, coûte que coûte.

— C'est vrai. Mais, pour ce qui concerne l'amour et le bonheur conjugal, je ne suis pas sûre.

— Ah, mais c'est exactement pour cette raison que tu es faite pour lui.

— C'est cela que je ne comprends pas, fit Mary, perplexe. Pourquoi est-ce que tout le monde en semble si sûr ?

Pendant trente bonnes secondes, Henrietta regarda sa sœur comme si elle se demandait si elle plaisantait ou non. Puis, semblant perplexe à son tour, elle dit :

— Tu sais... En fait, je sais que tu sais, puisque nous te le disons tous très souvent... que tu es la femme la plus volontaire et autoritaire de Londres.

Toujours dans le flou, Mary rendit calmement son regard à Henrietta.

— Bien sûr que je le sais. D'abord, vous vous en plaignez assez, et puis ce n'est pas comme si j'agissais de la sorte à mon insu.

— Exactement ! s'exclama Henrietta en se calant contre son dossier. Donc voilà...

Alors que Mary restait toujours aussi interdite, Henrietta ouvrit les bras.

— Tu ne vois toujours pas ? Dans la liste des gentlemen ayant besoin d'être menés à la baguette, Ryder Cavanaugh figure en première position, et il dépasse tous les autres d'une bonne tête. Plus que tous les autres, il est celui qui a besoin d'une femme comme toi. D'une femme dont le caractère sera susceptible de contrer le sien. Il a besoin d'être pris en main.

— Ah ! fit Mary, qui avait enfin compris. C'est pour cela que les grandes dames paraissent si enthousiastes.

Henrietta lui adressa un regard qui soulignait l'évidence de ce que Mary semblait tout juste avoir découvert.

Un bruit de pas se fit entendre dans le couloir, puis la porte s'ouvrit. Louise entra, les vit et sourit.

— Parfait. J'ai besoin de vous parler à toutes les deux.

Lady Cynster referma la porte et vint s'asseoir sur les coussins près de la fenêtre, juste à côté de Mary.

— Henrietta, il faut commander les fleurs pour ton mariage aujourd'hui. Mais, avant de nous attaquer à ce sujet, nous devons arrêter une date pour *ton* mariage, Mary, ainsi que pour tes fiançailles officielles.

Mary cligna des yeux.

— Je dois reconnaître que je n'y avais pas encore pensé.

Louise acquiesça.

— C'est possible, mais il va falloir jongler entre tes fiançailles et le mariage de Henrietta.

— Oui, mais le mariage passe d'abord, non ? demanda Mary en regardant sa sœur. Mon bal de fiançailles ne peut-il être repoussé pour avoir lieu après le mariage de Henrietta ?

— C'est possible, reconnut Louise. Mais, dans ce cas, il faudrait laisser au moins une semaine entre les deux événements. Et alors, à quand se trouverait reporté ton mariage ?

Elle agita les deux mains.

— C'est devenu un vrai cauchemar logistique. Que faire de

tous les membres de la famille qui sont venus à Londres pour le mariage de Henrietta, et qui vont se sentir obligés de rester jusqu'à tes fiançailles et ton mariage ?

Louise fit la grimace et regarda ses deux filles.

— Nous avons eu une petite réunion hier, chez Horatia, avec les femmes de la famille, et nous avons longuement discuté du sujet. Nous avons reconnu que, si Ryder et toi en êtes d'accord, ce qui arrangerait tout le monde serait que vos fiançailles officielles aient lieu avant le mariage de Henrietta.

Louise s'interrompit, avant de préciser :

— À moins, bien sûr, que Ryder et toi acceptiez de repousser votre mariage à septembre, voire au-delà.

Henrietta et Louise adressèrent le même regard interrogateur à Mary, qui réfléchissait à la question avec beaucoup de sérieux.

— Même si je vois des avantages certains à reporter un peu le mariage — comme celui d'avoir l'occasion de mieux apprendre à connaître Ryder avant qu'il me passe la bague au doigt —, je pense que ni lui ni moi n'avons envie d'attendre jusqu'en septembre.

— Je comprends, acquiesça Louise. Et c'est ce que tout le monde s'est dit hier. Franchement, personne ne voyait l'intérêt de repousser votre mariage.

Louise désigna le journal que tenait toujours Mary.

— Surtout maintenant que le faire-part a été publié. Il a pris les gens de court, et il n'est pas nécessaire d'accentuer l'effet de surprise en laissant vos fiançailles se prolonger. Et vous faire attendre tous les deux jusqu'en septembre nous a également paru absurde. Donc !

Louise prit une grande inspiration et se tourna vers Mary.

— Qu'en penses-tu ? Et comment penses-tu que Ryder prendra la chose ?

— Je ne sais pas... Comme je vous l'ai dit tout à l'heure, je n'avais pas du tout réfléchi à la question.

Les lèvres pincées, Mary regarda Henrietta avant de se tourner vers Louise.

— Mais, de toute évidence, c'est ainsi que nous devons

procéder. Quelle date exacte avais-tu retenue pour notre dîner et notre bal de fiançailles ?

— Le mariage de ta sœur est prévu dans six jours. Idéalement, il faudrait donc que vos fiançailles aient lieu au plus tard dans quatre jours.

— Et notre mariage ?

— Là encore, idéalement, il faudrait laisser au moins une semaine entre le mariage de ta sœur et le tien. Mais sur ce point, nous avons une plus grande marge de manœuvre. Et bien sûr, il faut avant tout consulter Ryder et sa famille.

— Très bien, acquiesça Mary. Faisons cela : les fiançailles dans quatre jours, et le mariage une semaine après celui de Henrietta.

— Parfait ! s'exclama Louise en se levant. Maintenant, il faut vraiment nous mettre en route pour Covent Garden. La fleuriste a proposé que nous visitions sa boutique et que nous voyions les fleurs nous-mêmes. Elle veut être sûre que nous fassions le bon choix.

Henrietta s'empressa de se lever, mais Mary mit plus de temps à quitter son siège. Quand sa sœur lui adressa un regard interrogateur, Mary grimaça.

— Je voulais vous accompagner, mais quatre jours ce n'est pas beaucoup.

Elle se tourna vers sa mère.

— Je pense que ma matinée sera mieux mise à profit si je vais consulter Ryder à propos des dates que nous avons retenues.

Le fait que la marquise de Raventhorne ait choisi de prendre son petit déjeuner devant la cheminée de son boudoir en compagnie de Claude Potherby, qui s'était invité de bon matin, fut ce qui sauva son service à thé en porcelaine de Sèvres d'une destruction certaine.

Tout en survolant la *Gazette*, Claude jeta un coup d'œil à Lavinia, puis il plia le journal de façon à mettre en évidence la page des petites annonces et le lui tendit.

— Tenez. Vous devriez lire ceci…

Lavinia reposa sa tasse et lut la page que Claude venait de lui tendre.

— Argh ! s'écria-t-elle en se levant d'un bond, renversant sa chaise qui heurta violemment le sol. Bon sang ! poursuivit-elle en fixant le faire-part. Pourquoi n'ont-ils pas empêché cela ?

Claude étouffa un soupir.

— Je m'excuse, mais j'ai pensé qu'il était mieux que vous voyiez cela maintenant plutôt que de l'apprendre plus tard, en public. Mais vous étiez prévenue, tout de même. Et qui cela « ils » ? demanda-t-il, perplexe. Qui aurait voulu — et pu — les en empêcher ?

À part elle, évidemment.

— Bah ! fit Lavinia en jetant le journal au feu.

Les flammes détruisirent aussitôt le papier. Claude s'en moquait. Il avait déjà lu toutes les nouvelles que contenait la gazette.

Lavinia croisa fermement les bras devant elle et se mit à faire les cent pas.

— Je pensais que les Cynster décideraient que Ryder n'était pas un époux acceptable pour leur petite chérie, expliqua-t-elle en brandissant un bras devant elle. Tout le monde connaît sa réputation de séducteur !

Séducteur d'épouses désœuvrées, toutes prêtes à se laisser séduire, songea Claude. Il préféra garder sa remarque pour lui-même et déclarer :

— Je pense que vous devriez prendre cela comme la preuve que Mary Cynster n'était pas faite pour votre Randolph.

Lavinia renifla.

— C'est clair.

Toujours en mouvement, son petit déjeuner oublié, elle se mit à mordiller l'un de ses ongles.

— Je vais devoir trouver quelqu'un de mieux encore pour Randolph. Une jeune femme d'excellente famille, avec une dot encore plus énorme. Et de toute urgence.

Pauvre Randolph.

Satisfait d'avoir accompli son devoir d'ami et évité à Lavinia la honte d'une crise de colère en public, Claude leva sa tasse, ferma ses oreilles aux récriminations de Lavinia et s'appliqua à savourer l'excellent café que préparait la cuisinière de la maison.

Une demi-heure après le départ de sa mère et de Henrietta pour Covent Garden, Mary pénétrait dans la bibliothèque de Ryder sans s'être fait annoncer. Assis à son bureau, il avait levé les yeux en entendant la porte s'ouvrir. Lorsqu'il la vit, il sourit, approuvant clairement son choix de ne pas s'être laissé conduire jusqu'à lui par Pemberly.

— Bonjour, Mary.

La voix grave et profonde de Ryder la pénétra. Tout en se levant, il l'examina de la tête aux pieds puis s'attarda sur son visage, avant d'aller à sa rencontre.

— J'espère que vous avez bien dormi, très chère.

— Oui, je vous remercie. Mais vous ?

Elle fit comme si elle n'avait pas remarqué son regard de félin affamé, comme si elle n'était pas troublée par sa présence physique, qui s'imposait à elle avec d'autant plus de force qu'ils étaient de nouveau seuls dans la pièce.

— Comment va votre blessure ?

Il lui fit signe de s'asseoir et se laissa tomber de façon nonchalante dans le fauteuil à côté du sien.

— Sanderson est passé ce matin et il a examiné son œuvre. Nous étions tous les deux d'accord pour dire que la plaie guérissait vite.

— Très bien. Étant donné que nous avons à discuter, c'est une bonne chose.

Alors qu'il fronçait les sourcils, elle précisa :

— Nous devons parler des dates de nos fiançailles et de notre mariage.

Il la regarda un moment, avant de dire :

— Ah... je vois. Le mariage de Henrietta et James a lieu... quand cela ? Dans six jours, non ?

Elle était contente qu'il comprenne la difficulté.

— Tout à fait.

Posant son réticule près d'elle, Mary retira ses gants.

— Il paraît — d'après les femmes de ma famille — que deux options s'offrent à nous : plus tôt ou plus tard.

Elle développa en faisant en sorte de rester brève et concise. Pemberly arriva avec le thé pendant qu'elle concluait :

— C'est donc pour cela qu'elles ont suggéré que notre dîner et notre bal de fiançailles aient lieu dans quatre jours à compter d'aujourd'hui, et que notre mariage suive celui de Henrietta et James, mais en laissant au moins une semaine s'écouler.

Elle s'arrêta pour servir le thé. Quand chacun eut sa tasse en main, elle but une gorgée puis demanda :

— Alors, qu'en pensez-vous ?

Ses yeux mi-clos étaient posés sur elle, et pourtant elle avait l'impression qu'il ne la voyait pas vraiment, qu'il était en train de réfléchir et de peser le pour et le contre de chaque possibilité... Puis il sembla revenir à elle.

— Je suis tout à fait d'accord pour reconnaître qu'après notre annonce officielle la société va s'attendre à ce que nos familles déclarent publiquement nos fiançailles en organisant un dîner et un bal, et ce malgré le mariage imminent de votre sœur.

Il but à son tour, avant de poursuivre :

— D'ailleurs, le fait que nos fiançailles aient surpris le plus grand nombre plaide aussi pour que les réjouissances aient lieu le plus vite possible, ne serait-ce que pour empêcher les mauvaises langues d'insinuer que nous n'aurions pas demandé l'avis de nos familles, expliqua-t-il en grimaçant. Vous savez comment sont les gens, parfois...

— Oui, acquiesça-t-elle, heureuse de constater à quel point il était lucide et réfléchi.

— Donc, poursuivit-il, bien qu'organiser un dîner et un bal de fiançailles dans quatre jours puisse sembler précipité, cela servirait davantage nos intérêts. Et bien sûr, l'imminence du mariage de votre sœur nous fournit une excuse aussi solide que recevable.

— Je suis d'accord. C'est donc décidé. Et la soirée aura lieu chez les Saint-Ives.

Tout en buvant, elle le regarda par-dessus sa tasse.

— Ces derniers temps, c'est là qu'ont eu lieu tous les dîners de fiançailles de la famille.

Il hocha la tête pour signifier son accord.

En baissant sa tasse, elle poursuivit :

— Il reste un point que je n'ai pas soulevé avec maman. Je ne le pouvais pas tant que Henrietta était avec nous. Cependant...

Elle le regarda dans les yeux un moment, avant d'expliquer :

— Socialement, nos fiançailles sont plus importantes que le mariage de Henrietta et James. Mais je ne veux pas que notre dîner et notre bal éclipsent leur cérémonie, conclut-elle en faisant un large geste de la main.

Ryder cligna lentement des paupières et se précipita sur l'occasion qui lui était offerte.

— Pourquoi serait-ce le cas ?

Il se pencha pour reposer sa tasse, avant de développer.

— Étant donné la proximité de ce mariage, si vos parents et vous-même en êtes d'accord, notre dîner de fiançailles peut se limiter à nos familles — nos cousins au premier degré, mais pas d'amis — et, de la même façon, le bal pourrait être restreint aux amis et aux connaissances proches.

Il chercha son regard, afin de l'inviter à livrer son point de vue.

Elle sourit, l'air ravi.

— Je vous remercie. Et j'aime beaucoup cette idée d'invités triés sur le volet.

Il se cala dans son fauteuil et sourit à son tour.

— Très bien. Si nous sommes tous les deux d'accord pour faire de nos fiançailles un événement plutôt *select*, alors c'est parfait.

Il l'observa et vit l'approbation qui se lisait sur son visage. Il la regarda vider sa tasse, se pencher en avant pour la reposer sur le plateau et se caler de nouveau dans son siège.

— Une chose, encore.

Il attendit qu'elle lève les yeux vers lui.

— Notre mariage. L'événement devra célébrer dignement

l'alliance de deux familles parmi les plus anciennes, les plus puissantes et les plus riches du grand monde.

Les sourcils légèrement froncés, elle soutint son regard pendant quelques instants, avant de déclarer :

— Je n'ai rien contre votre suggestion... Mais y a-t-il une raison particulière... ?

Il haussa les épaules.

— Mis à part ma volonté de donner à certaines occasions le degré d'apparat qu'elles méritent ? Pas vraiment...

Pour lui, ça n'avait pas grande importance. Mais pour elle... Et pourtant, il avait exprimé le souhait que leur mariage soit un événement mémorable, qu'on ne lésine pas sur les moyens. Elle s'était sacrifiée en faisant le choix de ne pas éclipser le mariage de sa sœur et, si elle avait tout fait pour qu'il ne le voie pas, il ne s'était pas laissé abuser. Mary était une femme qui adorait les grands événements et, pour leur mariage, il ne voyait aucune raison de ne pas la combler.

En fait, il avait de nombreuses raisons de faire de leur mariage un événement aussi grandiose que ce que Mary pouvait imaginer, mais il n'allait surtout pas les lui exposer.

Alors qu'elle continuait à le regarder avec un air sceptique qui ne semblait pas feint, il lui donna une autre raison, dont il était à peu près certain qu'elle l'accepterait.

— En plus de tout le reste, un très grand mariage prouvera à tous sans exception que nos deux familles sont absolument ravies de cette union. Il n'y aura pas meilleur moyen de faire taire les mauvaises langues.

Elle hocha la tête avec lenteur, sans le quitter des yeux.

— À ce propos... hier, quand vos demi-frères et sœur étaient ici, j'ai eu la nette impression qu'il y avait une certaine... tension, disons, entre eux et leur mère à votre propos. Et par conséquent, cela doit me concerner aussi.

— Je voulais vous mettre en garde à ce sujet.

D'un geste altier, elle lui fit signe de continuer. Il prit un moment pour mettre ses pensées en ordre et se rendit compte qu'il allait devoir en dire beaucoup. En faisant la grimace, il se cala dans son fauteuil.

— Pour bien vous expliquer la situation, et afin que vous vous prépariez comme il faut à ce que vous devrez attendre de la part de Lavinia, je pense que je dois remonter dans le temps et vous raconter pourquoi elle est devenue la seconde épouse de mon père.

Mary l'observa un moment, puis s'installa plus confortablement.

— Je suis tout ouïe.

Il sourit puis, avec sérieux, commença son récit.

— Croyez-le ou non, mais j'étais un bébé très chétif. Ma mère est morte de la grippe quand j'avais trois ans. Je l'ai attrapée moi aussi et j'ai failli mourir. Le médecin était surpris que je survive. Ensuite, très affaibli, j'ai attrapé absolument toutes les maladies qui passaient. J'ai failli mourir plusieurs fois, au grand désespoir de mon pauvre père. Au bout de quelques années, les médecins ont prédit que je n'atteindrais sans doute jamais l'âge adulte. Mon père chérissait ma mère et, durant toute sa vie, il m'a chéri, moi aussi. Mais il savait quel était son devoir. Il ne rajeunissait pas, et il lui fallait absolument un héritier. Il s'est donc remarié… et il a choisi Lavinia. Elle était de naissance et de famille quelconques, mais ce que m'a confié mon père bien plus tard, c'est que ma belle-mère était toute disposée à épouser un homme de vingt ans son aîné et prête à lui donner de nombreux enfants. C'est pour cela qu'il l'a choisie. Rand est né très vite, suivi de Kit, et quelques années plus tard sont arrivés Stacie puis Godfrey.

À partir de ce moment-là, Lavinia et mon père ont passé une sorte d'accord, et leur mariage n'a plus été qu'une façade. Chacun vivait sa vie de son côté et, d'après ce que j'ai pu comprendre, cet arrangement semblait satisfaire tout le monde.

Ryder s'interrompit puis, un sourire cynique sur le visage, il reprit :

— Pour mon père, mes frères et sœur et moi, tout se déroulait plutôt paisiblement. Nous nous entendions tous bien, et il n'y avait pas de réelles tensions entre nous. Les autres me considéraient comme leur frère aîné. Et, pour moi, ils étaient mes cadets. Mais, pour Lavinia, il y avait clairement un grain de sable dans tout cela, et ce grain de sable, c'était moi.

Ryder fixa Mary avec gravité.

— Elle avait été amenée à penser que je mourrais, mais cela n'a pas été le cas.

Mary écarquilla les yeux.

— Elle souhaitait votre mort ? Peut-être la souhaite-t-elle encore ?

Il s'empressa de secouer la tête.

— Non, ce n'est pas tout à fait cela. Comme je l'ai expliqué à vos cousins, alors que Lavinia serait heureuse de me savoir mort, elle n'a jamais fait montre de la moindre intention de précipiter ma disparition. C'est juste qu'elle s'attendait à ce que Rand hérite de notre père. Elle voulait que *son* fils devienne vicomte, comme je l'ai été, avant qu'il succède à mon père en tant que marquis de Raventhorne. Et le fait que je sois toujours en vie signifie que ce qui lui paraissait certain et dû quand elle a épousé mon père est en train de lui échapper. D'une certaine façon, le fait que j'ai survécu équivaut pour elle à une promesse non tenue.

— Ah ! fit Mary en hochant la tête. Je vois.

Puis elle fronça les sourcils.

— Et Randolph, alors ? Que pense-t-il de votre santé éclatante ?

Ryder sourit.

— Rand n'a pas la moindre envie de devenir marquis. Bien sûr, il ne se déroberait pas si les circonstances l'exigeaient. Mais il n'a pas l'ambition d'assumer de telles responsabilités, comme vous l'aurez sans doute compris quand il nous a présenté ses félicitations hier.

Elle acquiesça.

— Je jurerais qu'il était sincère. Et j'aurais été surprise si vous m'aviez dit qu'il avait des vues sur le titre que vous portez.

— Il n'en a pas. Kit est encore moins emballé par cette perspective et, en ce qui concerne Godfrey, je pense qu'il ne s'est même jamais imaginé en marquis. D'ailleurs, je crois que cette perspective l'horrifierait.

Ryder marqua une courte pause, avant de reprendre :

— Mais bien entendu, ils sont tous les quatre tout à fait conscients de la... frustration — disons-le ainsi — que Lavinia nourrit envers moi. Et ils sont extrêmement mal à l'aise quand Lavinia et moi sommes obligés de nous parler, quand nous nous retrouvons dans la même pièce par exemple. Ce qui est assez naturel puisque nous sommes tous les cinq très proches et qu'ils me sont très dévoués — comme vous l'aurez remarqué.

— Je n'imagine pas un seul instant que vous puissiez être maladroit au point d'insulter votre belle-mère. Même en privé.

— Vous avez raison. Cela ne s'est jamais produit. Même s'il m'arrive de penser certains mots, en règle générale, je la traite toujours avec une politesse glaciale. D'après ma longue expérience, c'est la meilleure solution. Et, même si elle se montre souvent indélicate et parfois insultante quand nous sommes seuls, Lavinia a une très bonne notion de sa position en tant que marquise. Étant donné que son statut et sa reconnaissance sociale dépendent du titre qui est le mien, elle ne fera rien qui soit susceptible de porter atteinte au marquis de Raventhorne, pas en public en tout cas.

Mary hocha la tête.

— En quelque sorte, elle se trouve donc coincée. Elle ne peut pas se mettre à vitupérer contre vous en plein bal.

— Ni à un dîner. Mais, afin d'épargner nos nerfs à tous les deux, j'essaye de l'éviter. Puisque nos cercles de connaissances respectifs sont très différents, la tâche est relativement aisée.

— Je ne comprends pas pourquoi sa frustration à votre égard dure encore.

Mary l'observa. En dépit de sa blessure, il était la force physique incarnée. Et, maintenant qu'il avait retrouvé des couleurs, il semblait tout sauf faible.

— Cela doit faire longtemps que vous ne ressemblez plus à l'enfant malade que vous avez été. Qui pourrait vous imaginer prêt à succomber à tout instant ?

Ryder fit la moue.

— Détrompez-vous... J'ai recouvré la santé vers l'âge de dix ans, ce qui m'a permis d'entrer à Eton. Mais les « exploits » que j'y ai accomplis, comme ceux que j'ai accomplis plus tard à Oxford et au début de mon retour à Londres, ont toujours encouragé Lavinia à penser qu'elle finirait par apprendre ma mort un jour ou l'autre. Je suis certain que c'est ce que mes professeurs leur ont répété, à elle et à mon père, tout au long de ces années.

Il jeta un regard à Mary, avant de poursuivre :

— J'étais indiscipliné et indomptable. Trublion et bagarreur. Comme on n'avait cessé de me dire que je ne vivrais pas, que je n'atteindrais jamais la majorité, je... brûlais la chandelle par les deux bouts. J'ai tout vécu de façon extrême, des égratignures de l'enfance et des chutes inévitables aux blessures plus sérieuses, des bagarres d'écoliers aux farces les plus dangereuses, aux courses de chevaux, d'attelages, à la chasse... En vérité, Lavinia avait toutes les raisons de croire que, si la maladie n'avait pas accompli ses vœux, je finirais par m'en charger moi-même.

Il s'interrompit, puis sourit faiblement et continua :

— En fait, c'est Sanderson qui m'a convaincu, après son retour d'Édimbourg où il avait étudié la médecine, qu'il y avait toutes les chances pour que je vive très vieux, à moins que je ne reçoive une blessure mortelle. Avant, je n'y croyais pas.

— Faites-moi penser à remercier le bon docteur quand je le reverrai.

— Je n'y manquerai pas. Cependant, comme cela avait semblé être le cas dans ma prime jeunesse, à chaque fois que j'échappais à un danger, un autre semblait me menacer, au moins aux yeux de Lavinia.

Ryder marqua une pause avant de reprendre :

— Elle m'a dit plus d'une fois qu'elle s'attendait à ce que je meure assassiné par un mari trompé.

Restant calme et sobre, Mary fronça les sourcils.

— C'est ce qui a failli se produire.

— C'est vrai. Si elle savait... Mais là encore, j'ai échappé à la mort puisque vous êtes apparue pour me sauver.

Mary le regarda dans les yeux un moment puis, comme si elle venait de faire une découverte, affirma :

— C'est pour cela que vous avez gardé cette attaque secrète.

Prisonnier de son regard bleu, il hésita trop longtemps pour que ses dénégations aient l'air plausibles.

— Il n'y a aucune raison de l'encourager à penser qu'elle aurait des motifs de vous en vouloir.

— Parce que je vous ai aidé à échapper à la mort ?

— Parce que vous m'avez aidé à éviter la seule chose qui lui aurait permis d'exaucer son souhait ultime : voir Rand accéder à la position de marquis. C'est son unique objectif. Et le fait que je doive mourir pour qu'elle l'atteigne est purement accessoire à ses yeux.

Au bout d'un moment, Mary déclara :

— Votre pauvre frère doit se sentir… harcelé.

— Parfois, oui. Il fait avec. Lavinia est sa mère, après tout. Il sait que je sais et que je comprends ce qu'il ressent, comme ses frères et sœur d'ailleurs. Mais c'est en effet pour lui que c'est le plus dur. Moi, au moins, je peux éviter Lavinia. Lui, non.

— Est-ce à cause de… de l'antipathie qu'elle ressent pour vous qu'elle ne vit pas ici ?

Ryder hésita, avant de reconnaître :

— Je lui ai acheté une autre maison, mais ce n'est pas seulement pour cela.

Au bout de quelques secondes, il développa.

— À Raventhorne, elle vit dans la maison douairière, avec ses propres domestiques. Ici à Londres, elle vit dans une maison à Chapel Street, avec ses propres domestiques aussi. Après la mort de mon père, elle a essayé de… m'évincer, disons. Elle a essayé de s'emparer du manoir et de cette maison, avec tous les domestiques qu'ils comptaient. Quand le personnel des deux demeures a refusé de lui obéir sans mon accord, elle a tenté de les renvoyer.

Son regard se fit plus intense.

— Ces gens appartiennent à des familles qui sont au service des Cavanaugh depuis des générations. Lavinia a fini par aller si loin que j'ai dû la bannir de cette maison. De toutes les maisons que je possède, en fait.

Mary se souvint de tout ce qu'il lui avait dit, et de la raison pour laquelle il le lui avait dit. L'instinct de protection était donc bien l'un de ses moteurs les plus puissants. Elle jeta un œil à l'horloge et s'étonna de découvrir l'heure.

— Oh mon Dieu ! s'exclama-t-elle en se saisissant de son réticule. Il faut vraiment que j'y aille. Je suis attendue pour le déjeuner chez ma tante Celia.

Ryder se leva en même temps qu'elle.

Elle enfila ses gants tout en se dirigeant vers la porte.

— Y a-t-il autre chose que je doive savoir au sujet de vos rapports avec votre belle-mère ou avec vos demi-frères et sœur ?

L'accompagnant vers la porte, il commença par secouer la tête, avant de s'immobiliser.

— Peut-être une dernière chose…

Elle le regarda dans les yeux pour l'inciter à parler, mais il riva son regard sur le sol. Ryder avança de plusieurs pas avant de lever la tête et de dire :

— Sur son lit de mort, quand j'étais seul avec lui, mon père m'a fait promettre de faire un beau mariage et de perpétuer la lignée. Il était devenu méfiant envers Lavinia, et il…

Comme il se taisait, elle continua à sa place :

— Il ne voulait pas de son sang dans la lignée principale des Raventhorne ?

— Oui, c'est cela. Exactement.

Liant les faits les uns aux autres, elle écarquilla les yeux.

— Je suppose que c'est pour cette raison que vous hantiez les salles de bal avec suffisamment d'assiduité pour tomber sur moi, et pour comprendre que j'avais des vues sur Randolph.

Arrivée à la porte, elle s'arrêta et se tourna vers Ryder, attendant qu'il l'ouvre.

Immobile, il la regarda, chercha ses yeux, son visage. Puis, à voix basse, il dit :

— C'est extrêmement tentant de vous laisser croire cela. Mais, si je veux être totalement honnête avec vous, je dois vous avouer que je vous poursuivais — vous et personne d'autre — depuis des jours entiers avant de me rendre compte que vous vous intéressiez à Randolph, de façon fort fâcheuse.

Elle essaya de ne pas plisser les yeux.

— Pourquoi ?

Il semblait disposé à répondre à ses questions, et celle-là se trouvait tout en haut de sa liste.

Sans bouger, il répondit :

— Pour les mêmes raisons que celles que je vous ai exposées quand nous étions sur la terrasse de Lady Bracewell.

Et cela suffit à la ramener sur cette terrasse au clair de lune, avec lui. Elle s'était trouvée si près de lui que ses sens s'étaient rebellés et qu'elle avait pris conscience de la possibilité qu'il soit celui qu'elle attendait depuis si longtemps.

Soudain, la tentation s'insinua en elle. Elle savait qu'elle n'aurait pas dû et pourtant, elle dit :

— Répétez-le-moi.

Son ton et ses mots exprimaient un défi clair et délibéré.

Il le perçut et leva légèrement un sourcil.

— Parce que je pense que nous allons bien ensemble.

Son regard vert et or se fit plus acéré, plus intense.

— Très bien, même. Et à tous points de vue.

D'une voix plus grave et presque suave, il susurra :

— Et parce que je vous veux. Et pour moi... cela suffit.

L'avidité, le désir, la passion. Tout était dans ses yeux, évident. Comme hypnotisée, elle s'humecta les lèvres et réussit à trouver le souffle nécessaire pour constater, d'une voix neutre :

— Vos mots ne m'ont pas totalement convaincue.

Il esquissa un sourire et inclina légèrement la tête.

— Si vous le dites... Dans ce cas, nous devrions peut-être laisser tomber les mots et passer aux actes.

Elle se retrouva dans ses bras, ses lèvres se pressèrent contre les siennes, et elle exulta intérieurement.

Elle n'avait pas voulu l'admettre, mais c'était ce qu'elle avait voulu depuis le début. C'était ce qu'elle était venue chercher ce matin.

Lâchant son réticule, elle écarta les doigts et posa les deux mains bien à plat sur son torse. Le fin tissu de sa veste rencontra ses paumes et ses doigts gantés de cuir mais, sous toutes ces épaisseurs, il était bien là, solide, ferme, et immensément attirant.

Fascinant.

Ses sens étaient à l'affût, prêts à se laisser échauffer et transporter.

Elle lui avait cédé sa bouche dès le début. Alors que sa perception des choses vacillait, submergée par tout ce qu'elle ressentait, elle prit peu à peu conscience de l'emprise qu'il exerçait, d'une façon incroyablement possessive, sur ses lèvres, sa bouche et sa langue.

Comme s'il cherchait à imprimer sa marque sur elle avec avidité mais subtilité. Tandis qu'elle suivait son exemple et tentait de reproduire ses caresses indéniablement expertes, elle prit la mesure de son incomparable et irrésistible pouvoir.

Assez.

Avec art, Ryder recula et interrompit leur baiser. L'enlaçant d'un seul bras, il étudia son visage délicatement coloré et considéra avec une certaine satisfaction la brume qui avait envahi son regard.

— Ai-je réussi à vous convaincre ?

Elle cligna des paupières, deux fois, et plissa légèrement le nez.

— De quoi ?

Il ne réussit pas à cacher entièrement le sentiment de triomphe qui l'emplissait.

— Que nous allons exceptionnellement bien ensemble. À tous points de vue.

Même s'il ne la serrait pas tout contre lui, elle devait être capable de sentir l'évidence tangible — la preuve si elle préférait — de son désir pour elle.

À en croire le léger tressaillement qui la parcourut et la fébrilité qui passa dans ses yeux, elle ne remettrait plus en cause ce point particulier.

Mais son beau regard — qui le temps d'une seconde était devenu plus intense — s'apaisa, et elle hocha légèrement la tête.

— Peut-être. Vous avez peut-être raison.

Elle se dégagea et, légèrement surpris, il la laissa partir. Même s'il lui déplaisait de renoncer à sa chaleur, et plus encore au contact léger mais envoûtant de ses mains sur son torse, il se rappela — et tenta ainsi de calmer ses instincts — qu'ils auraient tout le temps pour cela, plus tard.

Il était plus sage de ne pas insister davantage pour l'instant. La stratégie. La tactique. C'était mieux qu'elle vienne à lui.

Comme elle venait de le faire.

Il la regarda reculer, réajuster ses jupes, prendre son réticule dans une main, et ressentit une grande satisfaction. Non seulement il avait relevé le défi qu'elle venait de lui lancer comme il le fallait, mais sa stratégie sur la façon de se comporter avec elle était aussi en train de porter ses fruits. S'il jouait sa carte sensuelle correctement, elle viendrait à lui et se donnerait sans qu'il ait besoin de faire des aveux compromettants. Il pourrait s'en tenir à l'alibi du désir.

Le désir et la passion. Il était tout à fait prêt à s'y abandonner, à les revendiquer même. Surtout avec elle.

Quand, sur le point de partir, elle le regarda, il ouvrit la porte, lui fit signe de passer et l'accompagna jusqu'à la sortie.

— Avez-vous une voiture qui vous attend ? demanda-t-il.

— Oui, je me sers souvent de la deuxième calèche de mes parents.

Il acquiesça et se dit qu'il devrait penser à lui acheter sa propre voiture.

Quand il voulut ouvrir la porte, il s'immobilisa, la main sur la poignée.

— Un dernier point, chère Mary. La date de notre mariage. À moins que cela ne vous dérange, je pense qu'il serait dans notre intérêt de nous unir le plus tôt possible.

Elle lui rendit son regard, sans faire semblant de ne pas comprendre. Pour une jeune femme de vingt-deux ans, elle n'était ni coquette ni dissimulatrice, et c'était plutôt rafraîchissant.

Elle rosit légèrement puis, après une très courte pause, hocha la tête vivement.

— Oui, je suis d'accord. Eh bien, s'il en est ainsi, nous devrions nous marier une semaine tout juste après Henrietta et James.

Elle baissa les yeux et réajusta ses gants.

Amusé, il ouvrit la porte et réussit à esquisser une révérence.

En le regardant, elle inclina la tête.

— Bonne journée… mon futur époux.

Il sourit, ne cherchant pas à cacher son plaisir.

— Bonne journée, ma future épouse.

Sans cesser de sourire, il la regarda descendre les marches au pied desquelles l'attendait son cocher, qui s'empressa de lui ouvrir la portière d'une petite calèche noire. Ryder avait résisté à l'envie de lui demander à quelle soirée elle assisterait ce jour. Il était encore trop faible pour rester debout trop longtemps. Il devait se contenter de rester où il était et de la laisser partir.

Deux jours plus tard, ayant cédé à sa mère qui avait insisté pour qu'elle assiste au bal de Lady Percival, Mary se rendit compte qu'elle ne supportait plus de tenir docilement son rôle et de répondre aimablement aux félicitations et aux questions qu'avait fait naître l'annonce de son prochain mariage parue dans la *Gazette*.

Elle n'aurait jamais pensé qu'être ainsi fêtée relèverait à ce point de la corvée.

Se tenant d'un côté de la salle de bal de Lady Percival, non loin de Louise qui était en train de discuter avec des amies et se tenait prête à intervenir si nécessaire, Mary continuait de sourire et de recevoir les félicitations — qui n'étaient pas toutes sincères — en essayant de faire bonne figure, mais en regrettant amèrement de ne pas être restée chez elle.

Ce qui ne lui ressemblait pas du tout. Être autoritaire signifiait qu'elle avait besoin d'avoir des gens à diriger. Et, si elle connaissait des personnes sur lesquelles elle souhaitait avoir la haute main, aucune d'entre elles n'était présente, pas même Stacie. Plus ennuyeux encore, comme elle était le centre d'attention de tout le monde, elle ne pouvait se fondre dans la foule et trouver ailleurs de quoi se divertir. Elle devait rester sans bouger et divertir les autres.

Elle réfléchissait à la meilleure façon de convaincre sa mère de s'en aller, quand la foule se fendit sur sa gauche pour laisser passer Ryder.

Il portait sa canne mais, à part cela, il était fidèle à lui-même, captivant tous les regards. Ses cheveux brillants étaient impeccablement coiffés. Son écharpe était d'une blancheur éclatante et sa cravate savamment nouée. L'ivoire de son col et de ses poignets contrastait avec le noir profond de son costume de soirée à la coupe élégante, et avec les fines rayures noires et or de son veston.

Quand il croisa son regard, il lui adressa son plus beau sourire, félin et nonchalant — et terriblement suggestif —, et se dirigea droit vers elle.

Les quelques personnes qui se trouvaient encore sur son passage s'écartèrent pour le laisser passer. Les deux femmes qui s'apprêtaient à venir trouver Mary pour assouvir leur curiosité battirent en retraite en chuchotant.

Elle les entendit à peine. Quelque chose bondit dans sa poitrine. Enfin elle se sentait renaître.

Et pourtant, alors qu'il approchait, elle s'inquiétait de plus en plus pour lui. Elle voulut le réprimander d'avoir quitté le cocon protecteur de sa maison mais, avant qu'elle ait le temps de parler, il fondit sur elle. Il ne l'étreignit pas, mais elle en eut l'impression tant elle se sentait protégée par lui. Il prit sa main et s'inclina devant elle, et elle fut la seule à remarquer que son mouvement n'avait pas toute sa fluidité habituelle. Mais, quand il se redressa, son regard et la tension qui imprégnait chacun de ses mouvements étaient porteurs d'un avertissement clair bien que muet.

Pas un mot !

En la regardant dans les yeux, il porta la main de Mary à ses lèvres et effleura d'un baiser le revers de ses doigts. Elle lutta pour réprimer un frisson.

Comme s'il n'avait rien remarqué — ce dont elle doutait

fort — il murmura, de cette voix sensuelle et profonde qu'il réservait pour de tels moments :

— Mon cher trésor, j'espérais bien vous trouver ici. Je m'ennuyais, seul, et me languissais de votre compagnie.

Ryder ne la quitta pas des yeux et la regarda cligner des paupières. Il la vit prendre conscience de la comédie qu'il lui demandait de jouer et comprendre que la moitié des femmes présentes les observaient discrètement, l'empêchant d'exprimer le fond de sa pensée. Précaution nécessaire, il avait choisi de prendre sa canne mais, comme il n'en faisait pas usage, personne n'avait la moindre raison d'imaginer qu'il se remettait d'une blessure qui avait failli lui être fatale. Tous devaient plutôt penser qu'il souhaitait soulager une cheville foulée ou quelque chose de la sorte.

Mary se concentra de nouveau sur lui et lui sourit.

— Je suis très heureuse de vous voir ici.

Et il vit qu'elle était sincère.

— Ce qui l'amena à demander, à mi-voix :

— Était-ce si pénible ?

Elle sourit plus franchement.

— Pire que cela, murmura-t-elle, alors qu'elle se tournait tout sourires vers ses deux voisines qui semblaient plus pressées encore de venir lui parler, maintenant que Ryder l'avait rejointe.

Il vint gentiment se placer à ses côtés et joua les seconds violons avec beaucoup d'abnégation. Après tout, c'était pour cela qu'il était venu. Pour la soutenir du mieux qu'il pouvait. Se tapir dans la paix et le calme de sa bibliothèque en la laissant affronter seule la foule des curieux ne lui avait pas semblé acceptable. Sa blessure ne le gênait que lorsqu'il exerçait une torsion du buste, et il avait retrouvé les forces nécessaires pour rester debout plusieurs heures d'affilée. Il avait donc envoyé un valet demander au majordome des Cynster où il pouvait la trouver et était venu la rejoindre.

Malgré toute sa bonne volonté, au bout de dix minutes, son sourire tranquille se fit plus forcé. Jetant un regard oblique à

Mary, il profita d'une seconde de battement entre deux salves de félicitations pour murmurer :

— Comment diable pouvez-vous avaler tout ce sirop ? C'est sucré et dégoulinant à souhait, jusqu'à l'écœurement.

— Rien de plus simple : je me bouche le nez, ne voyez-vous pas ? Vous devriez essayer, vous aussi...

— Pouah !

Mais il dut se taire quand approcha un nouveau couple, pressé de les congratuler. Il dut même leur parler et s'émerveiller avec eux du tour de force qu'ils avaient réussi en prenant tout le monde de court, y compris les commères et les grandes dames. À bout de forces, il se mit à gémir quand le couple s'éloigna.

— Sommes-nous obligés d'endurer cela encore longtemps ?

Elle jeta un coup d'œil rapide à sa mère, à laquelle Ryder n'avait pas oublié de présenter ses hommages.

— Nous pourrions peut-être nous promener un peu, suggéra-t-elle en regardant autour d'elle pour s'assurer que personne ne s'apprêtait à venir leur parler.

Elle agrippa son bras.

— Excellente idée, déclara-t-il en posant la main sur la sienne et en se mettant aussitôt en mouvement. Si nous bougeons, nous deviendrons peut-être des cibles moins évidentes.

Il la regarda et se rendit compte qu'elle l'observait, les yeux légèrement plissés.

— Je ne m'attendais pas à vous voir ici. Êtes-vous sûr d'avoir la force nécessaire pour supporter tout cela ?

— Absolument, répondit-il en souriant.

Il se sentait légèrement coupable du plaisir qu'il éprouvait à la voir s'inquiéter pour lui. Il leva une main et ouvrit la paume vers l'assemblée.

— Je jure de me ménager. Voilà... Cela vous suffit-il ?

Elle grommela.

— Je suppose que je n'ai pas le choix. Mais je vous préviens, j'ai bien l'intention de savourer ma valse de fiançailles, et ce sera impossible si je dois vous soutenir pendant la moitié de la danse.

Il rit. Lorsqu'elle leva un sourcil courroucé, il expliqua :

— Vous exagérez peut-être un peu…

Elle lui pinça le bras.

— Vous savez très bien ce que je veux dire.

En riant toujours, il tapota sa main.

— N'ayez aucune crainte. Je jure que vous vous souviendrez de votre valse de fiançailles toute votre vie.

— Très bien, répondit-elle en levant le menton. Si vous tenez parole…

Il résista à l'envie de lui dire qu'étant prêt à tout pour la combler il ne pourrait que tenir parole. Il préféra employer toute son énergie et tout son savoir-faire à les tirer des griffes de ceux qui tentaient de les héler dans la foule, afin de les féliciter et d'obtenir des détails sur cette romance inattendue. Il s'y prenait fort bien, tout en la divertissant. Ce qui le divertit lui aussi.

Le destin avait beau avoir décidé qu'ils se marieraient sans s'être réellement fréquentés au préalable, il ne voyait aucune raison de ne pas profiter des jours restant avant leur mariage pour offrir à Mary ce dont elle s'était privée en lui sauvant la vie.

Ils se promenèrent en discutant, se taquinèrent, rirent et, de temps en temps, s'arrêtèrent pour discuter avec d'autres convives.

Il ne s'y était pas vraiment attendu, mais il apprécia ces quelques heures, principalement parce qu'il savait qu'elle les appréciait aussi. Il savait qu'elle était directe, qu'elle ne mentait ni ne feignait jamais, mais il goûtait de plus en plus la franchise dont elle témoignait en parlant avec lui.

Jusqu'à la fin de la soirée, ce fut l'accord parfait. Après avoir aidé Louise, puis Mary, à grimper en voiture, Ryder les regarda partir. Puis il monta dans sa propre calèche et, en souriant d'un air satisfait, se laissa tomber sur les coussins moelleux de la banquette. Mary, bien entendu, avait demandé comment il comptait rentrer chez lui. Quand il lui avait dit qu'il était venu en voiture, elle lui avait adressé un regard à la fois approbateur et impérieux.

Lorsque la calèche se mit en branle, il se rendit compte qu'il souriait toujours — sans raison particulière.

9

Trois soirs plus tard, Mary était assise à côté de Ryder, au centre de la table massive et longue de la salle à manger d'apparat, dans l'opulente demeure des Saint-Ives. Submergée par une vague de joie exubérante, entourée de sa famille et de celle de Ryder, elle écoutait son père qui, depuis sa place proche du bout de table, proposait un toast en l'honneur « de la petite dernière de la famille et du gentleman qu'elle allait épouser ».

Avec des sourires, des cris de joie, des tintements de verre, de petits coups portés sur la table, tout de monde leva haut son verre et s'exclama à l'unisson :

— À Mary et Ryder !

Puis, avec enthousiasme, ils burent à leur santé.

Mary, rayonnante, ne pouvait s'empêcher de sourire. Ce grand moment était enfin venu. Elle n'était peut-être pas encore tout à fait au bout de sa quête, mais elle s'en rapprochait. Elle était même arrivée à un point de non-retour. Son engagement était désormais officiel, et son but se trouvait bien en vue.

Elle peinait à contenir son impatience d'avancer et de passer à l'étape suivante, quelle qu'elle soit. Elle avait hâte que — de façon métaphorique — Ryder mette un genou à terre devant elle.

Tandis que le brouhaha avait repris avec les conversations, il la chercha du regard.

— Alors, heureuse ?

Ils avaient suffisamment parlé les jours précédents pour qu'elle sache qu'il ne faisait pas semblant de s'intéresser à ce qu'elle ressentait. Elle sut contenir son enthousiasme pour réfléchir à la question puis, lui rendant son regard, elle hocha la tête.

— Pour l'instant, tout s'est déroulé au mieux.

Il sourit, non pas de son habituel sourire nonchalant, mais d'un sourire bien plus personnel. Et pendant un instant, au milieu de toute cette folie, ils furent seuls au monde. Une seconde d'intimité parmi le chaos tourbillonnant.

Puis Luc, le mari d'Amelia, qui était assis à quelques places à la droite de Ryder, l'apostropha. Et il se tourna pour répondre. Marcus, le fils de Richard, l'un des cousins Cynster, était assis à la gauche de Mary à qui il posa une question. Et elle se tourna elle aussi pour répondre.

À presque dix-sept ans, Marcus avait les cheveux noirs, mais les yeux bleus de son père comme sa jumelle, Lucilla. Il était venu d'Écosse avec ses parents pour les noces de Henrietta. Pouvoir assister aussi aux fiançailles et au mariage de Mary avait réjoui Lucilla et ses parents, mais Mary n'était pas certaine que Marcus soit aussi heureux qu'eux de prolonger son séjour dans la capitale.

Alors qu'elle discutait avec son jeune parent des monuments londoniens qu'il avait visités jusque-là, son attention restait fixée sur l'homme qui se trouvait à sa droite.

Sur celui qui serait bientôt son époux.

Depuis qu'il était venu la rejoindre chez Lady Percival, affichant ainsi sa volonté de rester à ses côtés, ils avaient passé leurs journées et leurs soirées ensemble. Le lendemain du bal, le matin, il était arrivé en voiture au parc pour se promener avec elle. Jusque-là, elle n'avait pas encore pris toute la mesure de son changement de statut. Mais la façon dont tout le monde la traitait désormais — ladies et gentlemen de tous âges confondus — avait fini par lui ouvrir les yeux.

Maintenant qu'elle avait compris... quand l'instinct protecteur de Ryder menaçait de se faire trop possessif, elle le regardait en plissant les yeux. Il s'était trouvé sur le point de franchir cette limite à de nombreuses reprises, mais avait toujours fait machine arrière, comme s'il avait senti poindre la colère de Mary.

Ils s'étaient promenés dans le parc, avaient arpenté Bond Street et passé de nombreuses heures dans la bibliothèque de Ryder — à parler, discuter, se chamailler, se raconter des anecdotes et, plus étonnant encore, à profiter de longs moments de silence complice. À sa grande surprise, elle avait découvert qu'ils ne partageaient pas seulement un certain goût pour l'autorité. En soirée, il les rejoignait, elle et sa mère, à Brook Street, et sans protestation ni réticence les accompagnait là où Louise avait décidé d'aller. Une fois sur place, il avait toujours fait en sorte que la soirée de Mary soit aussi merveilleuse que possible.

Le matin même, il était arrivé au parc dans une voiture fermée, laissant chez lui son phaéton, car pour respecter ses exigences concernant leur valse de fiançailles il avait renoncé à mener lui-même ses chevaux. Ils s'étaient donc laissé conduire jusqu'à Richmond, pour passer la journée au vert et au calme, et étaient rentrés à Londres juste à temps pour se préparer au tourbillon qui les attendait : leur dîner et leur bal de fiançailles.

La façon dont il se démenait pour lui faire plaisir était assez visible et plutôt compréhensible. Peut-être agissait-il ainsi afin qu'elle accepte plus facilement cette union quelque peu précipitée. Mais ce qui avait marqué Mary était que, dans tout ce qu'il entreprenait, il semblait prendre du plaisir à lui en donner.

Il appréciait les choses qu'ils faisaient ensemble, les moments partagés, parce qu'elle les appréciait.

En fait, il semblait mesurer le succès de toutes ses initiatives à l'aune du plaisir qu'elles lui procuraient.

Il aurait pu s'agir d'un exercice totalement superficiel, davantage dicté par la raison que par les sentiments, relevant du calcul plus que de l'instinct, mais s'appliquer à la combler lui était apparemment tout à fait naturel.

Comme une prédisposition surgissant des profondeurs de son être.

Quand Marcus se tourna pour répondre à Portia, son autre voisine, Mary profita de ce moment pour jeter un regard discret à Ryder. Elle ne pouvait pas le fixer trop ostensiblement car il pourrait la remarquer, mais... à le voir discuter avec ses cousins, son frère et ses beaux-frères, au sujet desquels elle avait appris au fil des années d'éloquentes anecdotes, elle ne put s'empêcher de se demander si cette propension à faire plaisir aux femmes lui était devenue si naturelle lors de son long règne de plus grand séducteur de Londres.

C'était une idée à laquelle une femme ne pouvait s'empêcher de réfléchir.

Sentant la chaleur lui monter aux joues, elle détourna rapidement les yeux, avant qu'il — ou que quelqu'un d'autre — remarque son émoi.

En regardant autour d'elle, elle eut la confirmation que ce dîner était une grande réussite. À l'instar de la réception qui avait eu lieu avant le repas dans le grand salon, il se déroulait sans la moindre anicroche. Toute la famille de Ryder était présente, y compris sa belle-mère. Mais, comme l'avait annoncé Ryder, Lavinia se montrait sous son meilleur jour. Malgré son attitude froide et réservée à l'égard des deux fiancés, elle était tout à fait chaleureuse et avenante avec les autres.

Tout en se disant qu'elle devrait songer à réfléchir, un peu plus tard, à ce qu'elle pourrait faire pour briser la glace, Mary se leva quand, à l'invitation de Honoria, tous les convives quittèrent la table pour se diriger vers la salle de bal.

Ryder s'était empressé de se lever pour tirer sa chaise, et il lui offrit son bras en souriant. En lui rendant son sourire, elle posa la main sur sa manche. Alors qu'ils contournaient lentement la table et suivaient les autres couples, elle remarqua à quel point marcher à ses côtés lui était rapidement devenu familier.

Familier et, d'une certaine façon, rassurant. *Sûr.*

Elle n'avait jamais rien perçu de menaçant en lui. En sa présence, ses nerfs se trouvaient aiguisés, certes, mais même cet état proche de l'alarme avait fini par se transformer en une sorte de curiosité.

Souriant toujours, elle leva les yeux vers lui. Mais il regardait ceux qui se trouvaient devant eux. Elle était sur le point de parler, pour attirer son attention, quand son œil fut attiré par un mouvement.

Lucilla, mince, presque féerique dans sa robe de soie vert pâle, le visage encadré par d'épaisses boucles rousses qui tombaient en cascade sur ses épaules, fendait la foule et lui adressait de petits gestes discrets, la regardant d'un air déterminé.

Mary s'arrêta et dit à Ryder :

— Je dois parler à Lucilla un moment. Seule à seule. Pas la peine de m'attendre, je vous rejoindrai à l'entrée de la salle de bal.

Ryder tourna les yeux vers Lucilla, qui s'était arrêtée à quelques mètres. En souriant, il lui adressa un signe de tête, avant de reporter son attention sur Mary. Il scruta brièvement son visage, comme s'il voulait s'assurer que cette discussion n'allait pas préfigurer une quelconque difficulté, puis il se contenta de dire :

— Ne traînez pas trop.

— Non, c'est promis.

Puis elle lâcha son bras et se dirigea vers Lucilla.

Comme elle approchait, cette dernière déclara :

— Je crois que tu as quelque chose pour moi.

— En effet.

En souriant, Mary prit la main de Lucilla.

— Viens… Je suis à peu près certaine que nous sommes censées procéder là-bas.

Lucilla parut surprise, mais elle se laissa guider jusqu'à un coin de la pièce, près d'un grand buffet.

— Pourquoi ici ? demanda-t-elle quand Mary la lâcha.

— Parce que c'est ici qu'Angelica a donné le collier à Henrietta, et que Henrietta me l'a donné.

Mary porta la main à sa nuque et détacha le bijou.

— J'ignore où se trouvait Heather quand elle l'a donné à Eliza, et où se trouvait Eliza quand elle l'a donné à Angelica, mais il se peut très bien que cela se soit passé ici aussi.

Récupérant le collier qui glissait de son cou, Mary le regarda, puis le tint par le fermoir afin que la chaîne de perles d'améthyste et de maillons d'or soit bien droite et que le pendentif de quartz rose se balance légèrement.

— Cela me paraît sensé de reproduire le même rituel, puisque nous le pouvons.

Lucilla acquiesça et tendit la main vers le collier.

— Je te remercie. Et tu as raison. Puisque la valeur d'un talisman repose sur la foi qu'il nous inspire, respecter toutes les traditions, même celles qui semblent mineures, ne peut faire de mal.

Mary lâcha le collier, mais Lucilla resta immobile, tenant toujours la chaîne d'une main. Alors que la jeune fille restait figée, la main tendue, Mary la dévisagea. Le regard de Lucilla semblait perdu dans le lointain, comme si elle contemplait quelque chose de distant.

Puis Lucilla cligna des yeux et plissa légèrement le nez. Au bout de quelques secondes, elle regarda Mary.

— Ne tombe pas dans le piège d'être aussi aveugle que l'a été Simon. Et n'oublie jamais que Ryder… n'est pas aveugle du tout.

— Qu'est-ce que cela signifie ? demanda Mary, perplexe.

Les yeux grands ouverts, Lucilla se secoua et haussa légèrement les épaules.

— Vraiment, je ne saurais le dire.

Elle regarda Mary dans les yeux, puis fit la grimace.

— Je reçois des messages parfois — comme cela vient de se produire — mais, pour ce qui est de leur signification, cela reste plus… nébuleux.

Elle s'interrompit de nouveau, comme si elle observait quelque chose qu'elle seule pouvait discerner. Puis elle déclara :

— Ce que je peux dire, c'est que la Lady est satisfaite. À ses yeux, en épousant Ryder, tu es exactement à la place que tu dois occuper…

Lucilla cligna des yeux, avant d'ajouter :

— En l'épousant et en relevant le défi qu'il t'a lancé.

Elle jeta un œil à Mary.

— Je ne sais pas si cela te parle…

Mary fixa Lucilla quelques secondes, avant d'acquiescer.

— Oui, tout à fait, cela me parle.

Lucilla sourit.

— Très bien. Dans ce cas… je te remercie pour le collier, dit-elle en l'agitant toujours d'une seule main. J'espère qu'il se révélera aussi efficace du côté nord de la frontière qu'il l'a été ici pour vous toutes.

— Mary ?

Elles se tournèrent pour voir Henrietta faire de grands signes depuis la porte.

— Tu ferais mieux de te dépêcher, suggéra Lucilla.

En souriant, Mary souleva ses jupes et s'élança aussi vite que le permettait l'étiquette vers l'escalier, son fiancé, et leur bal.

Ryder l'attendait en haut des marches. Incapable de dissimuler son sourire ravi, il offrit son bras à sa sémillante fiancée.

— J'ai reçu l'ordre de vous conduire, sans plus attendre, à l'entrée de la salle de bal.

Elle lui adressa un sourire pétillant.

— Je suis prête. Allons-y !

Il rit et se mit en route. Son regard s'attarda sur la peau délicate et pâle, qui surmontait l'encolure de sa robe de moire violette.

— Qu'est-il arrivé à votre collier ?

Elle portait toujours un fin camée sur un ruban de velours, mais son collier avait disparu.

— Il ne m'appartenait que de façon temporaire. Je l'ai cédé à Lucilla.

Il se souvint de la première fois où il avait vu ce curieux bijou autour du cou de Mary. C'était aux fiançailles de Henrietta. Alors que les premiers invités, qui venaient juste d'entrer, devaient encore descendre l'escalier jusqu'à la salle de bal, il ralentit et demanda :

— Est-ce que Henrietta vous l'a cédé lors de son bal de fiançailles ?

Mary le regarda avec intensité.

— Comme vous êtes observateur !

— De quoi est-il question alors ? demanda-t-il, tout sourires.

Se souvenant de la conversation qu'il avait surprise entre Angelica et Mary, il supposa :

— Est-ce une sorte de talisman ?

Elle le fixa pendant plusieurs secondes, comme si elle hésitait à lui répondre et se demandait ce qu'elle avait le droit de lui dire.

— C'est un présent que nous a offert la Lady, à laquelle Catriona est dévouée, et qui est censé nous aider à trouver le gentleman qui est fait pour nous, expliqua-t-elle alors qu'ils approchaient des portes de la salle de bal.

— Il est allé à Heather en premier, puis il est passé à Eliza, à Angelica, à Henrietta... enfin, à moi.

Elle lui adressa un petit regard en coin, comme si elle s'attendait à une réaction d'incrédulité de sa part.

— Chacune d'entre nous a cru en ses pouvoirs, même si je ne m'attends pas à ce que vous accordiez crédit à ces superstitions.

Il soutint son regard. Bien conscient qu'ils n'étaient pas seuls, il hésita à lui demander si elle tenait pour un fait acquis que le collier avait fonctionné pour elle. Il l'avait menée à lui, après tout. Mais il n'osa pas et se contenta de sourire avec désinvolture.

— La Lady ? fit-il, avant de se baisser pour murmurer à son oreille. Pourquoi pas ? Mais moi, ce n'est pas comme cela que je l'appelle. Je préfère employer le mot *Destin*, avec un grand « *d* ».

En levant les yeux, elle croisa son regard et marqua un temps d'arrêt. Mais leurs premiers invités — Lord et Lady Jersey — arrivaient, et toute conversation, toutes révélations furent fatalement suspendues.

Pendant l'heure qui suivit, ni Ryder ni Mary n'eurent l'occasion de faire quoi que ce soit d'autre que d'accueillir leurs hôtes et de bavarder avec eux. Mais fort heureusement, comme les invités avaient été triés sur le volet, ils n'eurent pas à se forcer. Il s'agissait d'un bal donné alors que la saison londonienne battait son plein, un bal destiné à célébrer les fiançailles inattendues de jeunes gens appartenant à deux des familles les plus anciennes et les plus puissantes du royaume, mais malgré tout l'atmosphère restait détendue et chaleureuse, totalement exempte de cette tension inhérente aux événements plus importants et plus formels.

Pour Ryder, la seule fausse note dans cette belle soirée était la présence de sa belle-mère. Mais les efforts déployés par ses demi-frères et sœur pour divertir Lavinia, et la maintenir à bonne distance de Mary et lui, le firent sourire et lui réchauffèrent le cœur. Avec Mary, ils parcouraient ensemble la grande salle, passant de manière fluide d'un groupe à l'autre, confirmant à tous que leur mariage aurait bien lieu dix jours plus tard, une semaine après celui de Henrietta et James.

Puis les musiciens accordèrent leurs instruments, et le moment que Ryder attendait — celui dont Mary se languissait tant — arriva enfin.

Il lui sourit et s'inclina, sans aucune rigidité car Sanderson avait retiré les points de suture et officiellement annoncé sa guérison. Quand il se redressa, il referma ses doigts avec fermeté autour de la main qu'elle lui tendait, et sentit en lui quelque chose se serrer et l'étreindre. Ses beaux yeux étaient de larges bassins bleu-violet, dans lesquels miroitaient l'attente et l'impatience.

Il la conduisit vers la piste de danse.

Sans la quitter du regard, il la prit dans ses bras et l'emmena vers cette valse de fiançailles qui n'attendait qu'eux.

La musique résonna et les encouragea à tournoyer sur la piste que désertaient les invités, souriants et ravis.

Les laissant tournoyer seuls sous les lustres, dont les pampilles de cristal lançaient des reflets dans leurs cheveux, dans leurs yeux. Le reste du monde disparut.

À part eux deux, plus personne n'existait.

Les yeux dans les yeux, ils étaient captifs de l'instant.

Il sourit largement. Intérieurement aussi. Il l'avait prise au mot. Et il avait vu là une opportunité extraordinaire : celle de passer à l'étape suivante. Celle de l'attirer plus près de lui et d'imprimer sa marque sur elle, et sur ses sens, d'une façon bien plus radicale.

Celle de passer à la vitesse supérieure et de faire de Mary sa future épouse, reconnue et acceptée par la société, par leurs familles, par lui, mais surtout, par elle. Et pas seulement par la femme rationnelle qu'elle était, mais par la femme sensuelle, émotive, autoritaire et déterminée.

Tel était son but : capturer cette créature féerique. Et il était un expert de ce genre de chasse.

Alors qu'ils parcouraient la pièce en tourbillonnant, évoluant sans effort grâce à ses muscles bien rodés qui négociaient virages, tours et virevoltes avec facilité, alors qu'elle se laissait conduire sans résistance, il ne perdit jamais de vue son objectif. Pour eux, qui poursuivaient tous les deux leur but, ils n'étaient pas seulement en train de danser à Mayfair.

Ils étaient en train de danser dans un monde qu'ils avaient créé et qui leur appartenait.

Mary sentait la différence. Tout lui paraissait exacerbé. Même la tension inéluctable qui s'était emparée d'elle comme de lui et qu'ils se renvoyaient, comme dans un jeu de miroirs.

Elle avait attendu ce moment avec impatience. Elle avait tant attendu cette valse et tout ce qu'elle signifiait. Mais, lorsqu'elle avait imaginé cette première danse avec son fiancé, elle avait pensé qu'elle marquerait la fin de quelque chose, la fin de la période de séduction. Que cette valse marquerait aussi la reconnaissance de leur amour, d'un amour déjà partagé.

Mais en fait, cette valse, leur valse, n'était qu'un commencement. Le premier pas sur un chemin qu'elle ne s'était jamais imaginé emprunter, et surtout pas sans la confiance de l'amour pour la soutenir.

Et pourtant, c'était là qu'elle se trouvait. Et lui aussi. Pendant qu'il la faisait tournoyer sur le parquet, il la regardait avec une intensité qui embrasait ses sens. Et, comme Lucilla l'avait confirmé, ils se trouvaient exactement là où ils devaient se trouver.

Pour eux, c'était la bonne direction, le bon chemin, même si rien n'était conforme à ce qu'elle avait prévu. D'ailleurs, c'était peut-être précisément parce que Ryder ne correspondait en rien à l'époux qu'elle s'était imaginé. Elle avait pensé que son mari serait un homme facile à dompter... Et voilà qu'elle se retrouvait prisonnière de ce regard noisette, en train de valser avec l'homme le plus indomptable de Londres. Et cet homme était son fiancé.

Était-ce un défi ?

Oh que oui !

De temps en temps, ils se toisaient du regard. Inévitable... Mais, alors que les autres les avaient rejoints sur la piste et qu'ils dansaient dans un espace plus restreint, elle ne put s'empêcher de se demander s'il voyait ce défi de la même façon qu'elle et s'il comprenait les intentions qui l'animaient.

Elle n'avait pas le moindre doute quant à ses intentions à lui. Il aurait fallu qu'elle soit inconsciente, aveugle et insensible pour ne pas voir le caractère possessif de son comportement avec elle. Bien sûr, grâce à son éducation irréprochable et à sa volonté sans faille, il réussissait parfaitement à masquer le désir qu'elle lui inspirait, mais à ce moment précis, alors qu'elle était totalement concentrée sur lui, certains signes révélateurs ne pouvaient lui échapper. La puissance et la passion qui brûlaient de façon visible dans ses yeux ne pouvaient lui échapper.

Il l'avait choisie. Il la voulait. Et bientôt, elle serait toute à lui. Il devait penser que, grâce à la passion qui était en train d'éclore entre eux, il serait capable de faire d'elle ce qu'il voulait.

Toujours prisonnière de son regard, elle lui rendit son sourire et y mit la même détermination.

C'était ce qu'on verrait...

Alors que les musiciens entamaient la reprise finale, elle ne put s'empêcher de murmurer en penchant la tête, pour scruter ses yeux :

— Vous devriez peut-être vous rappeler que nous sommes tous les deux des personnes plutôt déterminées et que nous sommes liés désormais.

Liés l'un à l'autre. Liés à leur destin et à ce qu'il leur réservait.

Ryder cligna des paupières. Légèrement dérouté, il revint à la réalité tandis que la musique ralentissait. Concluant la valse avec élégance, il la lâcha, recula d'un pas et s'inclina devant elle.

Elle exécuta une révérence. Une très belle révérence, tout à fait adaptée à quelqu'un de son rang.

Cela le fit sourire, et c'était sans doute le but recherché. Il fallait dissiper la tension latente qui s'était installée entre eux.

Une tension qu'il avait anticipée, mais... elle dépassait ce qu'il avait imaginé.

Il avait eu l'intention de se servir de ce moment privilégié pour la capturer, et non pour se laisser capturer lui-même par ce moment.

Par ce moment, par elle, par ce qui était né et grandissait entre eux.

Cela dépassait ce qu'il avait prévu. Et de beaucoup. Et cela différait énormément de ce qu'il avait anticipé. Cependant... comme elle l'avait dit, ils étaient tous les deux des personnes très déterminées, et de toute façon maintenant ils ne pouvaient plus reculer.

L'aidant à se relever, il l'attira près de lui et posa sa main dans le creux de son bras. Puis il lui adressa son sourire le plus nonchalant et séducteur.

— Prête pour un nouveau bain de foule ?

— Je crains que nous n'ayons pas le choix, répondit-elle en lui adressant un regard désolé.

Et, dès qu'il leva la tête, il vit les invités se rassembler autour d'eux pour discuter et faire des commentaires enthousiastes. Au fil de la soirée, grâce à quelques remarques et sous-entendus glanés ici et là, il comprit que leur détermination et leur confiance s'étaient révélées plus visibles qu'il ne le pensait.

Tout en passant d'un groupe à l'autre, il murmura à l'oreille de Mary :

— Il semblerait que notre valse ait tenu lieu de déclaration publique. Telle n'était pas mon intention.

Elle cligna d'abord des yeux avant de jeter un coup d'œil autour d'elle.

— Ah... Je ne m'en étais pas rendu compte mais, maintenant que vous le dites, cela ne m'étonne pas vraiment.

Elle haussa les épaules et porta de nouveau son attention sur lui.

— Mais c'est peut-être mieux ainsi, déclara-t-elle en fronçant les sourcils avant de regarder droit devant elle.

Il n'en était pas certain. Et il était encore moins certain de ce que ses mots sous-entendaient, et de ce qui était en train de germer dans son esprit si déterminé. Mais, tandis qu'ils rejoignaient un nouveau groupe d'invités, il se dit que, connaissant Mary, il le découvrirait bientôt.

À l'autre bout de la salle, Lavinia posa son bras sur celui de Claude Potherby et renifla.

— Avez-vous entendu ce que tout le monde semble dire — au moins les grandes dames et les ladies les plus en vue ? Après cette petite démonstration, il ne ferait plus aucun doute que ces deux-là formeront le couple le plus puissant et le plus influent du grand monde...

Claude se demanda un instant s'il devait mentir.

— En fait... oui, cela ne m'a pas échappé.

Il ne se considérait pas comme quelqu'un de très réceptif, et pourtant il l'avait senti. Pendant que les fiancés dansaient leur première valse, il avait vu cette indéfinissable aura de volonté et de force qui, quand elles se mêlaient, témoignaient de la puissance du couple qu'ils formaient déjà.

— Mais vraiment, ma douce amie, personne ne peut nier — même pas vous — que nous assistons ce soir à la naissance d'une alliance singulière dans l'histoire de notre société. Cette union sera d'une importance majeure, et pas seulement parce que les fiancés occupent un rang très élevé.

— Peut-être, répondit Lavinia de mauvaise grâce. Mais j'aurais préféré voir Randolph à la place de Ryder ce soir.

Claude omit de faire remarquer que Randolph n'aurait certainement pas été de cet avis et que, s'il l'avait été, la valse des fiancés n'aurait pas eu le même impact. Sans savoir comment faire passer la mauvaise humeur de Lavinia, il murmura :

— N'oubliez pas, ma chère, qu'en tant que belle-mère du fiancé vous êtes censée être enchantée.

Lavinia plaqua aussitôt sur son visage le faux sourire qui l'avait quittée depuis la valse, puis elle inclina la tête en signe d'approbation et se tourna vers les invités, qui attendaient pour lui présenter leurs félicitations.

D'après Claude, elle faisait remarquablement bien illusion, et en toute honnêteté personne n'aurait pu espérer mieux de sa part, ni lui en demander davantage.

Il était plus de 1 heure du matin, et Ryder venait d'entrer dans son vestiaire, de poser sa veste sur une chaise, de déboutonner son veston et de poser les doigts sur sa cravate pour la dénouer quand il entendit, en bas, tinter la cloche de la porte d'entrée.

Tout en traversant sa chambre pour gagner le couloir, il se demanda de qui il pouvait bien s'agir. Quand il entendit les pas calmes de Pemberly, puis le bruit du loquet qu'on ouvrait, il s'immobilisa dans le couloir et se remit à défaire sa cravate tout en tendant l'oreille.

Pemberly dit quelque chose, puis la porte se referma, couvrant ainsi presque entièrement la voix de ce mystérieux visiteur qui semblait tout de même être… une femme.

La possibilité que l'une de ses anciennes maîtresses, ayant appris ses fiançailles, vienne se rappeler à son bon souvenir lui effleura l'esprit. Pestant à voix basse, il cessa de dénouer sa cravate et traversa le couloir.

Contrarié, il arriva sur le palier…

Et Mary vint le heurter de plein fouet.

— Ouch !

Instinctivement, il passa les bras autour d'elle pour l'empêcher de reculer et l'observa, perplexe.

— Que faites-vous ici ? demanda-t-il en clignant des yeux. Est-il arrivé quelque chose ?

— Non, répondit-elle en scrutant son visage.

Puis elle recula, et il la laissa s'éloigner à contrecœur.

Avant qu'il ait le temps de dire quoi que ce soit, elle lui fit signe de faire demi-tour.

De plus en plus éberlué, il préféra, au lieu d'obéir, jeter un coup d'œil en bas par-dessus la balustrade. Pemberly, qui avait refermé la porte à clé, regagnait ses quartiers, emportant avec lui la lampe qu'il avait prise pour s'éclairer.

Alors que le hall d'entrée se retrouvait peu à peu plongé dans l'obscurité, Ryder regarda de nouveau Mary. Elle avait noué un châle autour de ses épaules mais, à part cela, elle portait la même toilette qu'au bal.

— Je le répète : que faites-vous ici ?

Au fond de lui, il le savait. Mais tout se bousculait dans sa tête, et il était incapable de décréter si cette idée était bonne ou mauvaise. Pour elle, et pour lui.

— Mais je viens vous voir, bien sûr, répondit-elle en levant le menton.

— Vous m'avez déjà vu et vous me parliez encore il y a une demi-heure.

Elle secoua la tête d'un air impatient.

— C'était là-bas. Maintenant nous sommes ici.

C'était indéniable.

Mais ils se trouvaient sur ce palier sombre, éclairés seulement par le clair de lune qui filtrait à travers la verrière et, en plus de n'être qu'à moitié habillé, il était plus qu'à moitié émoustillé. Malgré le mètre qui les séparait, il sentait encore sa chaleur entre ses bras et l'empreinte de son corps contre le sien. Après ce qui s'était passé ces derniers jours, après les désirs primaires que cette valse avait fait naître... il n'était pas sûr du tout que la présence de Mary soit une bonne chose.

Et certainement pas si elle était venue pour parler.

Il réussit à soupirer, pour simuler un ennui un peu condescendant. Contraignant son corps à exprimer le même sentiment, il fit un geste las de la main.

— Très bien. Nous sommes ici. Vous avez toute mon attention.

Dans la pénombre, il chercha son regard.

— Alors, de quoi s'agit-il ?

Elle plissa ses yeux qui se firent belliqueux.

— Si vous croyez que je vais être la première femme de ma famille à me marier vierge, vous vous trompez.

Il ferma les paupières pour cacher sa réaction première et murmura :

— Ai-je bien entendu ?

Elle toucha son torse du doigt.

— Oui ! Vous avez très bien entendu !

Percevant un mouvement, il ouvrit les yeux. Mais il était trop tard. Elle l'avait contourné et elle avançait déjà vers sa chambre, dans un grand bruissement de soie.

Il se lança à sa poursuite. Mais, ralenti par son indécision quant à la conduite à tenir, il ne parvint pas à la rejoindre avant qu'elle atteigne sa porte.

Et elle entra.

S'arrêtant sur le seuil et jugeant qu'il n'était pas sage de la suivre, il se força à rester immobile et s'agrippa d'une main, comme s'il cherchait de l'aide, au cadre de la porte.

Une fois parvenue à son lit, elle se tourna vers lui. Le dos droit, la tête haute, elle le regardait avec défi.

— Maintenant que nous sommes officiellement fiancés et que notre alliance a été approuvée par qui de droit, je suis venue afin que vous me montriez si votre réputation est méritée ou non.

Un silence de quelques secondes s'installa.

Les bras croisés, les doigts crispés sur le cadre de la porte, il l'observait. Et il s'efforçait de réfléchir, mais son esprit ne cessait de revenir aux mots qu'elle avait prononcés. Qu'était-il censé faire ? Et dire ?

Il avait l'habitude d'être le chasseur. Quand ses proies tentaient de s'enfuir, cela lui laissait le temps de réfléchir. Mais, avec Mary, rien ne respectait les schémas conventionnels qu'il connaissait.

En dépit du silence qui se prolongeait, elle ne broncha pas, ne se radoucit pas ni ne fit machine arrière, et il choisit alors de faire ce qu'il faisait d'habitude quand les choses lui échappaient.

Il décida d'écouter son instinct.

Il prit une grande inspiration, lâcha le cadre de la porte, avança, se tourna pour refermer le vantail puis, se redressant, fit face à Mary.

— Loin de moins l'envie de protester.

— Parfait, répondit-elle avec un petit hochement de tête plutôt sec.

L'air déterminé, elle regarda autour d'elle, puis alla poser son réticule argenté sur une commode.

Alors qu'elle dénouait son châle de soie, Ryder, toujours soufflé par le tour inattendu qu'avaient pris les événements, demanda :

— Comment êtes-vous venue ? Pas à pied tout de même ?

— Bien sûr que non.

Mary plia consciencieusement son étole et la posa à côté de son réticule, pendant qu'elle essayait de calmer son cœur qui cognait dans sa poitrine. Par chance, sa voix restait calme et assurée.

— J'ai demandé à mon cocher de me conduire. Il a attendu jusqu'à ce que Pemberly vienne m'ouvrir, puis il est reparti.

— Votre cocher ?

La voix incrédule de Ryder avait résonné juste dans son dos. Son cœur bondit lorsque ses sens en alerte perçurent la chaleur de son fiancé et la solidité virile de son corps. Elle se retourna pour lui répondre.

— Oui.

Et, anticipant sa prochaine question, elle ajouta :

— John nous adore, Henrietta et moi. Il est capable de faire tout ce que nous lui demandons. Et ensuite, il reste muet comme une tombe.

Ryder l'observa un instant puis, les lèvres pincées, il secoua la tête.

— J'ai toujours un peu de mal à accepter le fait que vous soyez ici.

Quand elle ouvrit la bouche, il leva la main.

— Non... Attendez. Répondez juste à cette question : avez-vous bien réfléchi ?

— Bien sûr que oui, affirma-t-elle d'une voix irritée. Ce n'est pas le genre de choses que l'on fait sur un coup de tête.

— En effet, dit-il en fronçant les sourcils. Et surtout pas vous, j'imagine. Toutefois...

Elle posa les mains à plat sur son large torse et se hissa pour poser ses lèvres contre les siennes. Elle l'embrassa et profita de ce que ses lèvres étaient entrouvertes pour laisser sa langue le taquiner un peu. Mary se réjouit lorsqu'elle le sentit réagir, lorsque ses bras se refermèrent autour d'elle, qu'il pencha la tête et prit possession de sa bouche...

Pendant de longs instants, elle laissa son esprit vagabonder et ses sens se faire transporter. Puis, grâce à un immense effort de volonté, elle recula de la distance nécessaire pour déclarer :

— Plus de discussion !

Puis elle posa la main sur sa joue, le regarda brièvement dans les yeux, et reposa ses lèvres sur la bouche de son fiancé.

Après un baiser rapide, ce fut à Ryder de reculer.

— Pourquoi ? demanda-t-il. Parce que vous auriez peur de perdre ?

— Non... Parce que nous ne ferions que perdre du temps !

Elle attrapa sa nuque, le força à pencher la tête et l'embrassa de nouveau, plus fougueusement encore.

Pourtant, il résistait...

Elle avança alors et plaqua son corps contre le sien... et elle le sentit frissonner.

Elle sentit sa résistance tomber. Mais elle ne s'effondrait pas d'elle-même, non. C'était lui qui cédait.

Elle exulta intérieurement. Il lui appartenait.

Il referma ses mains autour de sa taille et prit le contrôle du baiser qui perdit son caractère hésitant. Avec son irrésistible expertise, il saisit les rênes et se lança à la charge. Heureuse, elle le suivit.

Ryder abandonna toute prétention à ne pas faire ce qu'elle voulait, à ne pas s'empresser de saisir ce qu'elle lui offrait si innocemment.

Car son innocence ajoutait un frisson et faisait grandir son excitation, en ajoutant du piquant à l'affaire. En même temps, elle représentait un frein et une contrainte.

Procédons avec lenteur, ne cessait-il de se répéter. *Avec assurance mais lenteur.*

Il ne s'agissait pas d'une seule nuit, d'une seule fois. Ce qui allait se passer cette nuit, ce qu'il allait lui faire découvrir teinterait à jamais leurs relations futures.

Cette nuit devait être parfaite.

Cette pression qui reposait sur ses épaules aurait peut-être fait flancher un homme moins expérimenté que lui. Mais il s'en savait capable et il saurait relever ce défi. C'était même l'occasion qu'il attendait, et qu'elle venait de lui offrir sur un plateau d'argent.

Sa jolie bouche n'était que miel, douceur et tentation. Et, contradiction étonnante, ses lèvres étaient à la fois dociles et exigeantes. Pendant de longues minutes il ne savoura pas seulement le plaisir de ce baiser, mais aussi la promesse sensuelle que représentait ce corps mince et doux, vibrant et plein de vie, indéniablement féminin.

Il aurait pu passer davantage de temps à se réjouir de ce qui l'attendait, mais il connaissait Mary. Elle n'allait pas attendre indéfiniment qu'il accepte de se décider. S'il voulait rester aux commandes, il n'avait pas le droit de traîner. À contrecœur, il mit fin à ce baiser, renonçant à l'obsédante tentation que représentait sa bouche, à la séduction douce de ses lèvres et de sa langue, et il envisagea les possibilités qui s'offraient à lui.

Le lit était derrière eux. Le couvre-lit en soie dorée était parfaitement en place, sans un faux pli, les coussins impeccablement disposés et bien rebondis. Une invitation. Quatre lampes — une sur chaque table de chevet et deux sur les étagères situées à chaque extrémité de la chambre — diffusaient une lumière douce. Les rideaux étaient tirés. Dans la cheminée, les flammes avaient laissé place aux braises, et la température était tiède et agréable, sans être trop chaude.

Sans réfléchir plus longtemps, il l'embrassa à nouveau, fit grimper une main le long de son dos, jusqu'à sa nuque. Elle frissonna de façon très évocatrice, puis ses lèvres devinrent plus avides encore. Ses doigts rencontrèrent le ruban du camée qu'elle portait autour du cou, et il les enfouit dans la somptueuse masse de ses cheveux. Il chercha les épingles qui maintenaient sa coiffure et les ôta une à une.

Il continuait de l'embrasser, de la serrer, de l'étreindre, et de la submerger sous la chaleur et le désir croissant dont il l'inondait pendant qu'il défaisait sa coiffure.

Il apprécia le spectacle de ses boucles luxuriantes et soyeuses retombant en cascade sur ses épaules. Mais elle recula. Curieux, il la laissa interrompre leur baiser et secouer la tête, ce qui fit danser ses boucles. Son regard était lourd. Il vit ses lèvres former un « oh » de surprise quand elle posa les yeux sur ses cheveux à lui.

Comme d'innombrables femmes l'avaient fait avant elle, elle tendit la main et, avec un plaisir non dissimulé, passa les doigts dans son épaisse chevelure.

Contrairement aux fois précédentes, cette caresse, à la fois innocente et altière, le fit frissonner.

Elle le regarda dans les yeux. Elle les scruta un instant puis, avec audace, elle se colla à lui, se haussa sur la pointe des pieds, prit son visage entre ses deux mains et l'embrassa.

Avec passion.

Pendant de longues secondes, alors qu'il ne s'y attendait pas du tout, sa tête se mit à tourner. Il la saisit de nouveau par la taille et la souleva pour la plaquer tout contre lui. Il retrouva suffisamment ses esprits pour se souvenir qu'elle était novice en la matière. Elle n'avait pas dû embrasser beaucoup d'hommes avant lui et devait donc ignorer les effets de ce type de contact...

Sa petite langue avide franchit la barrière de ses lèvres, dansa un instant avec la sienne, puis se retira. Sans la moindre difficulté, elle l'avait ramené à elle et à ce baiser torride, aux plaisirs de sa bouche qu'elle lui offrait à la façon d'une houri, afin qu'il s'en délecte en toute liberté.

De toute évidence, elle apprenait vite. Il n'en attendait pas moins d'elle.

Et bien entendu, elle était impatiente.

Ce qui n'aurait pas été un problème si une partie de lui ne l'avait été aussi.

Refrénant la bête vorace qu'il sentait frémir en lui, la repoussant au tréfonds de son être et se rappelant qu'il était aux commandes — et qu'il serait mieux pour tous les deux qu'il le reste —, il posa les mains sur son dos, chercha et trouva les boutons qui fermaient sa robe. Il aurait peut-être dû ralentir davantage encore pour réellement procéder avec lenteur, mais ses paumes le démangeaient déjà, et son corps affamé se réjouissait de goûter à sa peau laiteuse.

Mary était prête — et plus que prête — à se jeter la tête la première dans l'inconnu. Dans cet inconnu fascinant qu'il ne lui restait qu'à explorer, à conquérir et à s'approprier.

Mais elle n'agissait pas sans motivation ni raison. Il lui restait encore une très longue route à parcourir avant d'atteindre le but qu'elle s'était fixé. Et ceci, elle en était plus que certaine, représentait le moyen le plus sûr et le plus direct d'y parvenir.

Et, alors qu'embrasser Ryder et être embrassée par lui était un délice à part entière — la retenue de leur étreinte déguisait une soif infiniment plus puissante et presque animale qui ne cessait de croître —, elle avait bien plus à découvrir, à apprendre et à vivre. Et elle comptait sur lui pour la guider et partager son savoir avec elle.

Cette nuit.

Tel était son but immédiat. Telle était la prochaine étape.

Se libérer de la communion sensuelle de leurs bouches, du contact envoûtant de leurs lèvres, de la danse fascinante de leurs langues lui demanda un effort considérable. Ce fut un déchirement. Mais, tandis que son esprit venait de réussir ce tour de force, elle se rendit compte que Ryder avait pris les devants et qu'il était en train de défaire les petits boutons situés à l'arrière de sa robe.

Ravie de découvrir qu'ils partageaient les mêmes intentions, elle retira les mains de son visage pour s'attaquer à sa cravate, déjà partiellement dénouée.

Elle travaillait à l'aveugle et, tout à coup, il poussa un petit cri étranglé et fit un pas de côté, comme s'il voulait qu'elle lâche sa cravate. Acceptant de remettre cette tâche à plus tard, elle glissa sa main jusqu'à son veston déjà déboutonné. Elle en attrapa les deux pans et les ouvrit. Son attention passa abruptement de ses lèvres à son large torse. Les sens en émoi, impatiente de commencer son exploration, elle agrippa les emmanchures du veston pour essayer de le faire glisser dans son dos et l'en débarrasser.

Elle s'attendait à ce qu'il arrête de déboutonner sa robe et à ce qu'il l'aide en baissant les bras, mais il se contenta de grogner. *Le vilain !* Elle tira plus fort.

Soudain, il la lâcha, mais n'obtempéra pas pour autant et poursuivit sa tâche. Enfin, il écarta les pans de sa robe et, effleurant ses épaules de ses paumes brûlantes, il repoussa l'étoffe le long de ses bras, qu'il essaya de lui faire baisser.

Mais elle refusait de les tendre, refusait de lâcher le veston et d'abandonner son but.

Et lui aussi refusait de céder.

Il tirait. Elle tirait. S'ensuivirent plusieurs secondes de lutte, causée non pas tant par l'entêtement que par la volonté de voir lequel des deux céderait le premier.

Ils interrompirent leur baiser, haletant, riant à moitié.

Distraite par le rire de Ryder — qui la pénétrait et pétillait dans ses beaux yeux noisette —, elle lâcha involontairement le veston.

En deux mouvements rapides, il repoussa alors ses mains et fit glisser les manches de sa robe, qui emprisonnèrent ses bras et les empêchèrent de bouger. Son corsage, baissé jusqu'à sa taille, dévoilait sa poitrine que ne recouvrait plus que sa fine chemise de soie. Elle avait du mal à respirer. Sa bouche était sèche. Mais elle réussit à se plaindre :

— Ce n'est pas juste.

Il leva lentement les yeux vers les siens.

— Pas juste ?

Il tenait fermement ses coudes pour l'empêcher de libérer ses bras. Elle se tortillait pour lui échapper, et ce mouvement faisait bouger sa chemise sur sa poitrine et ses mamelons désormais durs et sensibles.

— Non, ce n'est pas juste. Regardez, ma robe est à moitié défaite. Maintenant, vous devez absolument retirer votre veston.

Ryder la fixa, immobile. Vraiment, il aurait dû s'y attendre.

— D'après vous, qui est aux commandes ? Non, attendez... laissez-moi formuler cela de façon plus pertinente. Lequel de nous deux possède l'expérience nécessaire pour prendre les choses en main ?

Elle plissa les yeux.

— Vous, mais cela ne veut pas dire que...

Il la souleva et l'allongea sur le lit. Puis il vint se coucher sur elle.

Nullement impressionnée, elle se tortilla sous lui et réussit à le distraire assez pour extraire ses bras des manches de sa robe.

Aussitôt, elle leva les mains et les tendit vers son veston.

En grognant, il les saisit et les plaqua sur le couvre-lit, de part et d'autre de sa tête.

Ce qui eut pour résultat de souder davantage leurs deux corps.

Il croisa son regard agacé qui reflétait la pointe d'exaspération qu'il ressentait aussi.

— Arrêtez de vous précipiter.

— Pourquoi ? demanda-t-elle en scrutant son visage.

Bonne question. Il connaissait la réponse mais, dans le contexte actuel, il ne pouvait pas lui expliquer. Pas alors que son esprit, la meilleure part de sa conscience et toutes ses sensations étaient tournés — de façon intentionnelle — vers elle. Vers son corps frêle et prisonnier sous le sien, vers le spectacle fascinant de sa poitrine, pleine et tendue, qui se soulevait et s'abaissait de façon si évocatrice sous sa fine chemise.

Il ne s'était pas rendu compte que son regard s'était arrêté sur ces magnifiques reliefs, sur ces mamelons pointus qui ne demandaient qu'à être goûtés, jusqu'à ce que, se servant de ses mains qu'il tenait toujours fermement, elle se cambre et, de façon encore plus provocante, se mette à se tordre et à se débattre.

— Arrêtez de penser et apprenez-moi. Maintenant.

Son ton était presque implorant, et il commença à baisser la tête vers sa poitrine quand, soudain, il eut un sursaut et s'arrêta. Non. Il devait procéder avec lenteur.

Croisant son regard, il vit qu'elle venait de comprendre qu'elle avait presque réussi à lui faire perdre le contrôle. Il lâcha ses mains, s'éloigna et se releva.

— Non ! s'écria-t-elle en tendant la main alors qu'il s'éloignait du lit. Revenez.

Il plissa les yeux.

— Allez-vous bien vous conduire et suivre mes instructions ?

Ces mots lui valurent un regard assassin.

Alors qu'elle l'observait toujours d'un air buté, sans la moindre équivoque, il déclara :

— C'est moi qui mène le jeu.

Il aurait voulu ajouter « ou sinon... », mais il n'osa pas. Quelle que soit la voie qu'ils finiraient par emprunter, il était peu probable qu'elle reparte de chez lui en étant toujours vierge. Mais il ne voulait pas attirer son attention sur ce fait et lui donner toutes les raisons de penser qu'elle avait d'ores et déjà remporté la bataille.

Elle poussa un petit soupir exaspéré et se laissa retomber sur le lit.

— Oh ! très bien. Je vous laisse faire.

Une seconde plus tard, elle tourna la tête et le regarda.

— Alors, fit-elle en levant les sourcils. Que fait-on maintenant ?

— Maintenant, répliqua-t-il en ôtant le veston sur lequel elle s'acharnait depuis longtemps, vous pouvez répondre à cette question : pourquoi cette nuit ?

Ce dont il avait besoin n'était pas vraiment d'entendre sa réponse, mais de gagner du temps. Du temps pour recouvrer ses esprits — et pour qu'elle retrouve les siens — avant de la rejoindre sur le lit.

Mary prit un air perplexe et ne s'expliqua pas tout de suite. Pour ce faire, il lui aurait fallu réfléchir et, en ce moment précis, son esprit se promenait dans des contrées lointaines et délicieuses. Une espèce de tourbillon d'attente, d'impatience et d'envies naissantes, un tourbillon inconnu et excitant, qui avait pris possession de ses pensées. Était-ce cela le désir ? Le désir physique ? Si c'était le cas, c'était bien la première fois qu'elle éprouvait quelque chose de semblable.

Et cette force à laquelle elle était soumise possédait clairement le pouvoir de bousculer ses priorités. Elle aurait imaginé qu'être allongée avec sa robe baissée jusqu'à la taille, sa poitrine exposée aux yeux de Ryder, aurait accaparé son attention. Mais non. Ses sens, ses envies — son désir — étaient focalisés sur un seul but : faire en sorte que Ryder plaque de nouveau son corps dur et lourd contre le sien et lui procure ainsi un plaisir exquis.

Quand il s'était levé et l'avait privée de ce bonheur, elle avait failli crier. Elle ne pensait qu'à une seule chose : qu'il revienne s'installer sur elle.

Il finit de dénouer sa cravate, qu'il posa auprès de son veston. Puis il porta les doigts aux boutons de sa chemise, avant de suspendre son geste et de lui adresser un regard interrogateur. Elle se redressa, prit une grande inspiration — notant au passage que ce mouvement avait attiré le regard de Ryder sur sa poitrine — et finit par répondre :

— Parce que je veux faire cette expérience, la découvrir et la vivre avant que vous me passiez la bague au doigt.

Il commença à déboutonner sa chemise, s'arrêta pour ôter ses manchettes, puis reprit sa tâche avec une lenteur qui semblait calculée. Une fois qu'il eut retiré son plastron, Mary s'appuya sur les coudes afin de mieux profiter du spectacle de son torse qu'il dénudait, lentement mais sûrement.

— Pourquoi ? demanda-t-il en esquissant un sourire. Vous imaginez-vous capable de me dire non si ma performance de ce soir vous déçoit ?

Elle croisa son regard noisette et vit l'assurance totale et absolue qui y brillait. Il était convaincu de sa puissance sexuelle, qu'il revendiquait haut et fort. Au lieu de se sentir menacée ou d'être agacée par cette effronterie toute masculine, elle sentit quelque chose éclore, se déployer, ramper et se propager en elle.

En s'autorisant un sourire, elle se laissa retomber doucement en arrière, mais sans le lâcher du regard.

— J'espère bien ne pas être déçue, murmura-t-elle en essayant de rendre sa voix la plus sensuelle possible, et je compte sur vous pour tout faire afin que cela n'arrive pas. Sinon…

La chemise complètement ouverte, Ryder marqua un temps d'arrêt et l'observa. Il savait qu'elle le provoquait. Malgré cela, il ne put s'empêcher de s'étonner de son impudence, tout en se délectant à la perspective de relever le défi qu'elle lui lançait.

— Sinon ? répéta-t-il, le sourcil levé.

Il se débarrassa de sa chemise et dissimula un sourire ravi quand elle fixa son torse, les yeux grands ouverts. Il en profita aussi pour quitter chaussures et chaussettes. Le torse et les pieds nus, il s'avança vers le lit. Déboutonnant les deux premiers boutons de sa ceinture, il posa un genou sur le matelas, puis se pencha lentement au-dessus d'elle. Posant ses paumes de chaque côté de ses épaules, il plongea le regard dans les prunelles bleues — pleines d'impatience et d'encouragement — et, cette fois, ne put s'empêcher de sourire.

— Dans ce cas — et il baissa les yeux vers sa poitrine —, il vaut mieux que je m'y mette sérieusement, non ?

Il effleura ses lèvres puis s'en empara, juste au moment où ses petites mains vinrent se poser sur son torse.

Ce contact le prit par surprise et scinda son attention et sa conscience en deux, le faisant vaciller entre les riches plaisirs que lui procurait sa bouche et l'irrésistible contact de ses doigts innocents sur sa peau, qu'elle parcourait avec beaucoup de douceur et de précaution, surtout quand, après avoir caressé le duvet de son torse, elle effleura sa blessure, dans un geste qu'il trouva étonnamment érotique...

C'est moi qui mène le jeu.

Se ressaisissant, il inclina la tête et prit sa bouche tout entière, si douce et accueillante, et lutta pour ne pas se laisser distraire par ses caresses. S'emparant de ses lèvres et de sa langue, et accaparant ainsi toute l'attention de Mary, il fut soulagé de constater qu'elle commençait à ralentir son geste, pour finir par l'arrêter tout à fait, laissant ses mains posées — mais immobiles — sur sa peau de plus en plus brûlante.

C'était encore trop de contact. Sans cesser de l'embrasser, il changea de position et s'allongea à côté d'elle, appuyé sur un coude. En réaction, elle se tourna à demi vers lui et glissa ses mains plus haut, au niveau de ses épaules. C'était bien mieux. De sa main libre, il l'encouragea à les lever davantage. Mais elle alla trop loin et enfonça ses deux mains dans ses cheveux. Ses doigts fins et agiles se noyèrent dans ses boucles épaisses. Agrippant sa tête, elle inversa les rôles et se mit à l'embrasser avec une fougue telle qu'il eut un moment d'égarement complet.

Puis, comme fière de cette petite victoire, elle se cambra audacieusement contre lui.

Sa poitrine à peine couverte pressait, tentatrice, contre son torse. Mary recula de quelques millimètres, et ses seins le caressèrent. Il ne lui en fallut pas davantage pour abandonner définitivement tout espoir de garder le contrôle absolu sur le déroulement des opérations.

Il s'en remit donc à son instinct.

Sans hésiter, il saisit à pleine main l'un des seins qu'elle lui offrait et frémit de plaisir en l'entendant haleter. Il perçut la sensation fulgurante qui la parcourut lorsqu'il la toucha et préféra s'en tenir là pour l'instant.

Pourtant, il devait aller plus loin. Il savait ce qu'il avait à faire. Il savait qu'il pouvait le faire. Mais quelque chose le retenait encore.

Son but était clair : la séduire, toucher ses sens et lui faire l'amour d'une façon qui à la fois la comblerait et lui donnerait envie de plus.

Cela la ferait revenir à lui, nuit après nuit, aussi longtemps qu'entre eux opérerait la magie.

Il ignorait combien de temps cela se prolongerait, mais il avait trop d'expérience pour perdre du temps à se poser la question. Leur compatibilité, l'attirance physique qu'ils éprouvaient l'un pour l'autre, leur goût mutuel pour le plaisir charnel qu'ils pourraient se donner durerait ce qu'il durerait.

En réalité, il savait qu'à long terme il ne pourrait guère exercer de contrôle sur l'usure due au temps. En revanche, il pouvait influencer la profondeur et l'intensité du plaisir qu'ils se donneraient.

Il laissa glisser sa main le long du corps de Mary et fit la connaissance de ses courbes. Il la fit se cambrer sous sa main, devenir plus brûlante et plus impatiente, alors qu'il la caressait de façon plus explicite. Il lui retira complètement sa robe, puis posa la main sur son mollet dénudé. Il prit un moment pour apprécier la douceur de sa peau, puis remonta la main le long de cette courbe, jusqu'au creux si sensible situé derrière son genou. Pour l'instant, il ne cherchait pas à s'insinuer sous sa chemise et il profita au contraire de la finesse du tissu pour rendre ses caresses plus appuyées et irrésistibles. Puis il saisit l'une de ses fesses.

Provocateur et autoritaire, il pétrit sa chair ferme, avant de plaquer son bassin contre le sien, afin de lui faire sentir son érection.

Loin de se dérober à lui dans un réflexe de pudeur virginale, elle l'embrassa avec ardeur et se cambra davantage contre lui, mue par un mouvement instinctif. L'appel de son corps de sirène contre le sien, la sensation de ses courbes féminines brûlantes et offertes furent comme un sortilège puissant, une tentation presque insoutenable.

Puis elle retira ses mains de ses cheveux et parcourut fiévreusement son torse. Elle caressait et saisissait tout ce qu'elle trouvait, à droite, à gauche, en haut et, comme irrésistiblement attirée, en bas. Elle parcourut son abdomen, ses flancs, et descendit vers sa taille.

Il mit fin à leur baiser, rejeta la tête en arrière et essaya d'aspirer l'air qui commençait à lui manquer.

Sa réaction la ravit. Avec enthousiasme, elle remonta vers son torse et, en écartant bien les doigts, parcourut ses muscles puissants avec une satisfaction évidente et un sens de la possession dont il se demanda si elle était consciente ou non.

Il garda les yeux fermés. Il n'avait pas besoin de voir. Ses caresses lui faisaient sentir tout cela. Mais... il devait l'interrompre.

Il aimait se faire choyer par ses maîtresses. Il adorait sentir leurs petites mains le toucher, puis le saisir et l'empoigner lorsque leur désir se faisait trop pressant, et enfin retomber sur lui dans l'abandon de l'extase. Normalement, il le remarquait, s'en réjouissait, et cela n'allait pas plus loin. Mais les mains de Mary et ses caresses évocatrices faisaient naître en lui des sensations si intenses qu'elles détournaient son attention du plaisir qu'il devait lui donner vers le plaisir qu'elle lui donnait.

Il inspira péniblement. Plus tard, il pourrait s'allonger et se laisser adorer par elle, mais pas tout de suite. Pas encore. Il prit une demi-seconde pour interroger son instinct et se demander s'il y avait un autre moyen de s'y prendre... et il bougea.

Il captura ses mains curieuses et les enferma dans l'une des siennes. Puis il se pencha sur elle pour la forcer à se rallonger et bloqua ses mains au-dessus de sa tête.

La façon dont elle leva les sourcils lui rappela une moue sensuelle.

— Ce n'est pas juste ! s'exclama-t-elle d'une voix suave.

Il secoua la tête.

— Au contraire, c'est tout à fait juste, répondit-il d'une voix qui se perdait dans les graves. Ici et maintenant en tout cas. Faites-moi confiance. Cette fois, nous devons absolument procéder avec lenteur.

— Et cela complique les choses si je vous touche ? demanda-t-elle en ouvrant grand les yeux.

Ils avaient pris une teinte plus sombre, presque violette. Ryder admira ce spectacle tout en réfléchissant à sa réponse. En pinçant les lèvres, il reconnut :

— C'est exact.

— Oh ! fit-elle avec un air de fausse innocence. Et si je fais cela, alors ?

Elle se tortilla et se cambra, voluptueuse et souple comme un chat, pour frotter son corps contre lui.

— Mary !

Il serra les dents, ferma les yeux et lutta pour retrouver un semblant de contrôle sur la situation.

Il l'entendit rire doucement.

— Ryder ! l'imita-t-elle, mais sa voix était plus douce, évoquant l'incitation plus que le reproche.

Puis il perçut un mouvement et, une seconde plus tard, les lèvres de Mary effleurèrent les siennes avec légèreté, délicatesse et sensualité.

Il sentit son souffle caresser sa bouche lorsqu'elle susurra :

— Je n'arrêterai pas, vous savez.

Il entrouvrit les paupières pour la regarder.

Se sentant puissante, audacieuse et très sûre d'elle, Mary sourit. En plongeant les yeux dans les siens, elle murmura :

— Je suis impatiente, je le sais, mais vous n'avez pas besoin de me protéger, pas de cela, pas avec vous. Vous avez juste besoin de me guider, comme lorsque nous valsons.

Elle s'interrompit avant de demander :

— Pouvons-nous danser maintenant, s'il vous plaît ?

Rien de visible ne se produisit, mais elle le sentit abandonner le rôle qu'il s'était fixé. L'homme dominateur, arrogant et tyrannique se rendait et abandonnait la lutte. Et elle s'en trouva profondément ravie. Elle n'avait pas imaginé que les choses se passeraient ainsi, mais elle avait déjà appris une chose ou deux au sujet de Ryder, et sur la façon dont ils pourraient continuer à avancer dans la vie, main dans la main, sans que l'un d'eux n'exerce sa suprématie sur l'autre. Et honnêtement, elle ne s'était pas attendue à parvenir aussi loin — à réussir à le faire plier — dès leur première nuit.

Leurs lèvres se rencontrèrent, et ce fut véritablement comme s'ils dansaient de nouveau. Dans le moindre geste et le moindre mouvement, l'accord entre eux semblait parfait. Leurs êtres tout entiers, esprit, corps et sens, évoluaient en harmonie.

Le désir enflait, riche, brûlant et dense, auquel se mêlaient la passion naissante et la chaleur déjà brûlante. Les mains de Ryder semaient le feu sur sa peau. Ses mains à elle se faisaient implorantes et pressantes. Il laissa échapper de sombres murmures qui l'enveloppèrent puis, sans ménagement, il lui retira sa chemise, et elle put jouir de l'éclair de possessivité qui passa alors dans son beau regard noisette.

Ses larges mains la touchèrent, avec une certaine révérence pour commencer. Puis elles gagnèrent en fermeté et se mirent à caresser pour posséder. S'approprier chacune de ses courbes, chaque centimètre de sa chair. Puis il pencha la tête et prit son mamelon dans sa bouche. Alors elle se cambra en criant.

Il ne la lâcha pas et continua de lécher, d'aspirer, faisant se déverser en elle un flot de plaisir qui l'inonda et l'emporta.

Des lèvres, il explora ses seins, lui faisant découvrir des

délices dont elle n'avait jamais soupçonné l'existence. Jusqu'à ce qu'un désir sans cesse croissant l'emplisse. Jusqu'à ce qu'une irrépressible envie la submerge.

À bout de souffle, le cœur battant, brûlant de l'intérieur et à bout de patience, elle tendit les mains vers la ceinture de son pantalon — et il la laissa faire.

Il la laissa l'ouvrir complètement, y glisser la main et le trouver — brûlant d'ardeur, dur comme l'acier. Elle referma la main et il interrompit leur baiser en gémissant.

Il était grand et large — bien plus qu'elle ne l'avait imaginé — mais, en parcourant toute sa longueur et en regardant les traits de son visage se faire plus ciselés encore sous ses caresses, elle se dit qu'il saurait lui montrer comment s'y prendre...

N'y tenant plus, Ryder saisit sa main et la retira afin de pouvoir quitter son pantalon.

Quand il se retourna vers elle, il sentit ses bras fins se refermer autour de lui pour l'inciter à s'approcher et sentit l'empreinte de sa poitrine contre son torse quand elle plaqua tout son corps contre le sien. Puis elle inclina la tête en arrière et ferma les yeux. Clairement, elle savourait.

Elle absorbait les sensations que faisait naître la présence de son corps nu contre le sien pour la première fois.

Son expression était proche de l'extase.

Quelque chose frémit en lui.

Assez.

Ryder l'allongea sur le dos, écarta ses cuisses entre lesquelles il glissa la main et la toucha. Les yeux fixés sur son visage, captivé par ses réactions, il parcourut sa toison de ses doigts tremblants puis, alors qu'elle levait le bassin avec langueur, il aperçut le violet intense de ses yeux entre ses cils.

Ses yeux se mirent à étinceler. Il continua sans relâche, jusqu'à ce qu'elle se torde et se mette à haleter doucement. Il insista et enfonça son doigt en elle, avant d'en glisser un autre.

— Maintenant. S'il vous plaît, Ryder... Maintenant.

Ne pas lui obéir était au-dessus de ses forces. Il retira ses doigts et, les mains tremblantes, écarta ses jambes pour s'installer entre ses cuisses. Son sexe prit la place qu'occupaient ses doigts à son entrée, puis il pencha la tête et prit sa bouche pour un nouveau baiser passionné.

Tout en luttant pour ne pas se laisser submerger par son propre désir, Ryder commençait à la pénétrer.

Sa surprise fut telle qu'elle poussa un petit cri.

En un seul mouvement, elle avait réussi à le conduire au bord du précipice, et il lui avait fallu faire preuve d'une concentration extrême pour ne pas y tomber.

Sous lui, elle se détendit et se mit à bouger de façon un peu hésitante. Puis elle cessa un instant de l'embrasser pour demander, dans un souffle :

— Montrez-moi… Comment doit-on faire ?

Rire, découvrit-il, était au-dessus de ses forces.

— Comme ceci.

Il se retira et la pénétra de nouveau. Il recommença, elle saisit le rythme et se mit à l'accompagner. Et, ensemble, ils purent se laisser emporter par cette danse unissant l'homme et la femme depuis des temps immémoriaux.

Au fond, les gestes qu'il devait accomplir étaient simples et directs, et c'était quelque chose qu'il avait fait un nombre incalculable de fois. Normalement, rien de tout cela n'était suffisamment puissant pour lui faire perdre la tête.

Pour qu'il perde tout contact avec la réalité. Pour qu'il se laisse emporter par ce va-et-vient primitif et se perde dans ce rythme hypnotique. Se perde dans la sensation indescriptible et évocatrice de ce corps en train de lui prodiguer les plus intimes des caresses et d'accepter les siennes avec une pure passion.

Le rythme s'accéléra.

Il ne connaissait plus rien à part ce mouvement primitif, ce va-et-vient compulsif. Haletant, aveuglé par un besoin quasi désespéré, les bras crispés, la tête se balançant au gré des coups de reins effrénés qu'il donnait, il ne voyait, ne sentait, ne percevait plus rien que la passion dévorante qui grandissait entre eux et répondait à leur appel…

Elle déferla sur eux.

Leurs corps, leurs sens, leurs esprits et leurs volontés étaient comme fondus ensemble et si inextricablement mêlés qu'il n'eut d'autre choix que de suivre. Un grondement sourd surgit de sa poitrine alors que le plaisir le saisit.

Et, ensemble, ils atteignirent l'extase. Ryder fut transporté, inondé et, comme noyé, il finit par sombrer dans ce vide si familier, et pourtant différent. Car incroyablement plus profond.

Et, comblé comme jamais, il se laissa choir avec délice.

Plus tard — mais quand exactement, il n'aurait su le dire —, il commença à recouvrer ses esprits et put concevoir sa première pensée cohérente.

Était-il en train d'écraser la pauvre Mary ?

Au moment où cette question émergeait en lui, il sentit le contact lent et tendre de ses doigts occupés à caresser ses cheveux. Pendant de longues minutes, les yeux fermés, il se contenta de savourer ce moment. S'il avait été le lion auquel beaucoup le comparaient, il aurait ronronné.

Il ne se souvenait pas s'être jamais senti aussi bien après l'amour.

Il profita de ce sentiment exquis pendant quelques secondes supplémentaires mais, alors que ses sensations retrouvaient toute leur acuité, il prit conscience de la présence de ce corps féminin qu'il venait de posséder et qui était désormais allongé avec abandon sous le sien. Quelque chose en lui insista pour la décharger de ce poids. Obéissant à cette impulsion, il s'appuya sur ses bras et se souleva. En scrutant son beau visage, il demanda :

— Est-ce que vous allez bien ?

Elle n'ouvrit pas les yeux, mais ses lèvres esquissèrent un sourire qui conféra plus de force à sa réponse.

— Mer-veil-leu-se-ment bien. Je vous remercie, fit-elle en caressant son épaule.

Le sentiment de triomphe qui s'empara de lui était proprement ridicule.

— Tout le plaisir était pour moi.

— Nous pourrions continuer ainsi pendant des années si je renchérissais, dit-elle en riant doucement, je vais donc m'abstenir de le faire.

— Bien raisonné.

Il recula et voulut se retirer de cet endroit merveilleux et chaud qui l'avait accueilli.

Aussitôt, elle serra les jambes, l'empêchant de la quitter.

— Le faut-il vraiment ?

Il la regarda de nouveau. Elle n'avait toujours pas ouvert les yeux, mais il n'y avait pas la moindre marque de tension sur son visage apaisé de madone.

— Non, mais ne suis-je pas trop lourd pour vous ?

Elle secoua la tête, et ses mèches sombres caressèrent l'oreiller.

— Je me sens bien. C'est parfait ainsi. J'adore vous sentir sur moi, et en moi. J'aime votre fermeté et votre chaleur.

Discuter ce point était impossible. En étouffant un petit cri, il se laissa retomber sur elle, pas entièrement, mais juste assez pour la satisfaire autant que lui.

Se détendant de nouveau, il s'installa, la tête posée à côté de la sienne, et elle recommença à caresser ses cheveux.

Sentant revenir cette divine impression de complétude, il murmura :

— Je vais bientôt devoir vous ramener chez vous.

— Hmm, se contenta-t-elle de répondre, heureuse que son audace l'ait comblée au-delà de ce qu'elle avait espéré. Bientôt.

Et elle sourit béatement.

10

— Cela dépasse les limites du supportable ! s'exclama Lavinia en faisant irruption dans son boudoir.

Lançant son chapeau à travers la pièce sans se soucier de l'endroit où il atterrirait, elle se tourna vers Claude Potherby qui la suivait. Les joues empourprées, elle écarta les mains dans un geste implorant.

— Qui me débarrassera de cette misérable canaille ?

Claude sourit.

— Très théâtral, ma chère. Malheureusement, je ne connais personne qui soit prêt à passer à l'acte. Et, si vous avez un instant pensé à moi, je vous prie de bien vouloir oublier cette idée.

— Ah !

Comme à son habitude quand elle était en colère, Lavinia se mit à aller et venir devant la cheminée. Les yeux baissés, elle se rongeait un ongle.

— Avez-vous vu son nouveau phaéton ? C'est la voiture la plus voyante et la plus dangereuse qui soit. Je suis surprise que les Cynster laissent leur petite chérie se faire ainsi balader dans les rues, au mépris de toutes les règles de sécurité.

Lorsqu'il avait rejoint Lavinia au parc, Claude avait vu le couple du moment se promener dans les allées. Il se laissa tomber dans un fauteuil et soupira intérieurement.

— Ma chère, si vous caressez l'espoir que Ryder puisse perdre le contrôle de ses chevaux, retourner sa voiture et se briser le cou, je crains que vous ne soyez déçue. Tout le monde connaît ses talents de conducteur et, même si ses chevaux ont du caractère, il est plus que capable de les tenir.

Lavinia répondit par un reniflement contrarié.

Au bout d'un moment, elle se remit à parler, comme si elle récitait une litanie.

— D'abord, il est né chétif, et tout le monde, y compris son cher père, était sûr qu'il allait mourir. Mais il a survécu. Ensuite, il est entré à l'école et il s'est lancé un tas de défis, tous plus ridicules et dangereux les uns que les autres. Et il en a toujours triomphé. Puis il s'est passionné pour l'épée, la boxe, la chasse, les courses de carrick, de chevaux, et Dieu sait quoi encore. D'autres en sont morts mais, lui, c'est à peine s'il a récolté quelques égratignures !

Les yeux sombres et fiévreux, elle rejeta ses jupes d'un coup de pied.

— Et puis il est rentré à Londres et s'est mis en tête de séduire toutes les femmes qu'il croisait. On aurait pu penser qu'au moins un mari trompé l'aurait provoqué en duel. Mais pas un ne l'a fait. Pas un !

Claude travestit son sourire involontaire en grimace.

— Ma chère, il faut les excuser. La réputation de Ryder l'a toujours précédé, et aucun n'a voulu risquer sa peau. D'après ce que j'ai entendu dire, c'est une fine gâchette.

— Je m'en moque ! explosa Lavinia en se laissant tomber dans un fauteuil. Je veux juste qu'il disparaisse et que Randolph devienne marquis.

Claude l'observa pendant un moment puis, avec calme et sobriété, il déclara :

— Ma chère, vous devez vraiment abandonner cette idée. Tout ce que vous avez dit à propos de Ryder est peut-être exact, mais cela doit surtout vous convaincre qu'il est né sous une bonne étoile. Il ne va pas mourir, et Randolph ne va pas devenir marquis à sa place, et défier le destin n'a jamais rien apporté de bon à quiconque.

Lavinia bouillonnait.

L'observant d'un œil critique, Claude soupira tout bas. Il

ne savait vraiment pas ce qu'il lui trouvait. Il était incapable d'expliquer pourquoi il demeurait fidèlement et dévotement à ses côtés.

Comme un bon toutou.

Mais il ne se voyait pas comme un animal de compagnie, et il était assez peu probable que les autres le voient ainsi. La vérité, c'était que Lavinia était devenue une habitude commode. Rester à ses côtés lui permettait d'évoluer dans leur cercle de connaissances sans devenir la cible que sa fortune aurait fait de lui, sinon. Et, comme aucune autre femme ne l'avait jamais intéressé, cet arrangement continuait de lui convenir. Il attendait donc patiemment que Lavinia abandonne ses rêves irréalisables et revienne à la réalité, et à lui.

— Vous savez, c'est une très bonne chose d'avoir insisté pour que notre mariage soit somptueux.

Mary leva les yeux vers Ryder, qui se tenait à ses côtés au beau milieu de la salle de bal des Saint-Ives. C'était le milieu de l'après-midi et, autour d'eux, les invités rassemblés pour célébrer le mariage de James et Henrietta se retrouvaient et conversaient.

— Comme Henrietta et James ont opté pour un petit mariage, et que cela fait plus de dix, qu'Amelia et Amanda se sont mariées, je suis sûre que, si nous avions fait le choix de la modestie nous aussi, maman aurait éprouvé une certaine frustration.

Il posa sa main sur la sienne, dans un geste possessif auquel il ne put résister et que personne ne sembla remarquer, ou auquel personne ne trouva à redire. Ryder sourit et, comme Mary, regarda les convives. Bien que modeste selon les critères du grand monde, ce mariage et le déjeuner qui l'avait suivi avaient débordé de chaleur familiale, de bonne humeur et de joie. Ainsi célébré, l'avenir des jeunes mariés s'ouvrait sous les meilleurs auspices. Participer à la fête n'avait fait que renforcer sa certitude. S'il désirait le même futur que Henrietta et James, il avait pris la bonne décision en choisissant Mary Cynster.

Étant la demoiselle d'honneur de Henrietta, Mary portait une robe dorée, ayant dû renoncer au bleu qui était d'habitude sa signature. La plupart de ses robes étaient bleues, d'une variété de nuances qui allaient toutes avec ses yeux et les mettaient en valeur sans les éclipser.

Car ses yeux, il fallait le reconnaître, étaient d'une couleur sans pareille.

Il ne put s'empêcher de se demander si leurs enfants hériteraient des yeux noisette de leur père ou des yeux bleus de leur mère.

Et cette pensée l'amena sans surprise à se souvenir de leurs activités nocturnes de l'avant-veille.

Quand ils avaient fini par se séparer et par quitter son lit, l'impression qu'en dépit des apparences il s'aventurait avec elle en territoire inconnu n'avait fait que s'intensifier. Il n'y avait pas eu la moindre gêne. La séparation — temporaire — s'était faite facilement et en douceur. Il s'était dit que c'était parce que la question de savoir s'ils se reverraient dans une chambre à coucher ne se posait pas, et pourtant...

Il ignorait pourquoi cette facilité l'avait perturbé, mais la raccompagner chez elle n'avait été qu'une simple formalité. Si le cocher de Mary était discret, le sien l'était encore plus. Il avait toutefois insisté pour la voir entrer dans sa maison et avait ainsi découvert l'existence de la fenêtre du petit salon par laquelle elle s'était échappée quelques heures plus tôt.

Ils ne s'étaient pas vus la nuit passée, ce que le stratège avisé qui restait tapi en lui jugeait préférable. Il n'y avait aucune raison pour qu'il lui révèle qu'il attendait leurs prochains ébats avec autant d'impatience qu'il avait attendu les premiers. Elle lui avait semblé en grande forme le lendemain matin, quand il l'avait emmenée faire un tour au parc. Mais ensuite, depuis le déjeuner jusqu'à maintenant, elle avait été prise dans le tourbillon des préparatifs du mariage. Il avait profité de ce temps pour s'occuper de ses affaires et, la veille au soir, il avait rejoint la plupart des hommes de la famille Cynster, quelques amis et James, dont ils célébrèrent l'enterrement de vie de garçon.

La soirée avait été joyeuse, emplie de cette camaraderie

familiale qu'il enviait tant aux Cynster. Il voulait instaurer ce type de relations chez les Cavanaugh et s'assurer qu'elles perdureraient au-delà de sa génération. Au plus profond de son cerveau de guerrier primitif, il voyait ces liens émotionnels et basiques comme une immense force, qui faisait encore défaut à sa famille.

Mary se mit à bouger. Avant qu'elle ait pris les commandes, il l'emmena se promener parmi les invités.

Elle lui adressa un regard en coin, mais il garda les yeux fixés droit devant lui, faisant comme s'il n'avait rien remarqué. Il adorait la prendre de vitesse, surtout quand elle avait l'intention de le manœuvrer.

Ils s'interrompirent pour parler avec Lord et Lady Glossup, les parents de James, qui étaient aussi liés à la famille de Ryder. Les parents Glossup passaient le plus clair de leur temps dans leur résidence de Glossup Hall, dans le Dorset, mais ils avaient fait le déplacement à Londres pour le mariage. Il était évident qu'ils partageaient le bonheur de leur fils et, malgré la présence de tous les Cynster que d'aucuns auraient pu trouver quelque peu envahissants, ils ne boudaient pas leur plaisir.

Alors que Ryder et Mary passaient leur chemin, elle se pencha vers lui et lui confia :

— Henrietta avait peur que la foule les effraye un peu. Mais ils ont l'air tout à fait à leur aise.

— Il fut une époque où ils sortaient beaucoup. Mais, les années passant, ils se sont mis à préférer la campagne. Catherine, surtout, mais Harold aussi.

— Je crois que ce que Henrietta craignait particulièrement, c'était que, à la suite du fâcheux incident dans lequel s'est trouvée impliquée la femme de Henry, le frère aîné de James, Lord et Lady Glossup aient du mal à entretenir des rapports « normaux » avec quiconque. Mais on dirait qu'ils s'en sont remis, en tout cas suffisamment pour faire honneur à James et Henrietta, ce qui est le plus important.

— En effet, répondit Ryder tout en jetant un œil à un gentleman esseulé à l'air très sérieux, appuyé contre un mur. Même s'il essaye de faire bonne figure pour le mariage, Henry semble...

— Triste, dit Mary. C'est exactement cela. Triste. On ne peut qu'espérer qu'il s'en remette, lui aussi.

Ryder la regarda en levant un sourcil.

— Savez-vous qu'il fait partie de ma famille ? Une fois que nous serons mariés, vous serez la matriarche de l'ensemble de notre clan. Je pensais, continua-t-il en regardant droit devant lui, que vous auriez peut-être envie d'aider ce pauvre Henry à se remettre de ses blessures.

Du coin de l'œil, il vit le sourire de Mary s'illuminer.

— Quelle merveilleuse idée ! Je ne m'étais pas rendu compte que vous étiez si proches.

Ryder hocha la tête, livrant sans remords Henry en pâture à la terrible Mary.

— Il reste un parent éloigné, mais il n'en fait pas moins partie de ma famille.

D'après ce qu'il avait vu, l'entraide familiale passait aussi par le fait d'encourager chacun à s'en remettre à son destin. Et, si son épouse pouvait apporter son concours, pourquoi pas ?

— Et n'oubliez pas non plus Oswald, le frère cadet de James, insista-t-il. Lui aussi aurait sans doute besoin d'aide.

— Hmm, se contenta-t-elle de répondre.

Simon émergea de la foule et se faufila jusqu'à eux.

— Vous voilà, vous deux, fit-il en souriant à Mary, puis en se tournant vers Ryder. Je...

Mais Simon s'interrompit alors que les rejoignait l'honorable Barnaby Adair.

Barnaby les salua tous deux avec le charme affable dont il était coutumier. Mary le connaissait bien, et Ryder l'avait rencontré à plusieurs reprises depuis qu'il fréquentait les Cynster.

— Nous nous demandions, reprit Simon, si vous saviez qui a engagé ces hommes pour qu'ils vous tuent.

Ryder n'avait pas eu l'intention d'aborder le sujet, mais...

— Non. Saint-Ives m'a fait savoir que Fitzhugh a démenti toute implication, et ceux qui étaient présents sont enclins à le croire. Moi-même, j'ai tendance à penser qu'il est sincère. Dans un accès de rage, il aurait pu envoyer des hommes à mes trousses. Mais il n'est pas du genre, une fois son calme retrouvé, à mentir et à nier.

— Même pour éviter certaines répercussions ? demanda Barnaby.

Ryder réfléchit, avant de secouer lentement la tête.

— Je dirais qu'en dépit de son tempérament impétueux Fitzhugh est un homme d'honneur.

Simon plissa le nez.

— Devil pense la même chose.

Il chercha le regard de Ryder, avant de poursuivre :

— Donc, dans l'état actuel des choses, nous ne savons toujours pas qui a engagé ces hommes pour vous supprimer, et encore moins pourquoi.

Mary se décala pour voir le visage de Ryder. Leurs regards se croisèrent. Elle n'avait pas besoin qu'il le lui explique pour comprendre qu'il aurait préféré la laisser en dehors de cette conversation. Mais, s'il pensait qu'elle allait s'excuser et prendre congé pour les laisser continuer sans elle, il se trompait.

Il sembla saisir ses intentions et, au bout d'un moment, il se tourna vers Simon et Barnaby.

— Le détective que j'ai engagé a poursuivi son enquête. Il a appris que la personne ayant engagé les deux hommes était un avoué douteux, trempant dans des affaires peu recommandables. Il lui a même rendu visite, mais cela n'a rien donné de plus. L'avoué a bien voulu décrire l'homme qui l'avait payé pour qu'il engage les tueurs, mais sa description était si vague qu'elle aurait pu correspondre à des centaines de domestiques.

— L'homme qui a engagé l'avoué était un domestique ? demanda Barnaby, l'air perplexe.

Ryder acquiesça.

— Il n'était pas en livrée, bien sûr, et l'avoué pense qu'il n'appartenait pas à une maison particulièrement prestigieuse, mais d'après sa description il aurait pu s'agir d'un laquais en civil, d'un valet ou d'un palefrenier.

— Et il pouvait s'agir de quelqu'un qu'on avait engagé pour engager l'avoué, et ainsi de suite, ajouta Simon en secouant la tête d'un air navré. Nos chances de retrouver cet homme parmi des centaines de domestiques sont quasi nulles...

Pendant un temps, ils gardèrent le silence. Puis Barnaby se tourna pour regarder Ryder dans les yeux.

— Étant donné la situation, je me sens obligé de vous recommander la plus grande prudence.

Barnaby porta brièvement son attention sur Mary avant de revenir à Ryder.

— Si quelqu'un s'est donné autant de mal pour engager deux hommes chargés de vous tuer, alors, d'après mon expérience, ce n'est pas après un premier échec qu'il va s'arrêter. Il est même fort probable qu'il recommence.

Près d'une minute passa. Mary regarda alternativement son fiancé puis Barnaby, plusieurs fois. Enfin, Ryder pencha la tête.

— Je vous remercie. J'y songerai.

Mary grimaça intérieurement. Il y songerait ? Elle avait la nette impression que la dernière partie de la conversation comprenait des sous-entendus qui lui échappaient.

Mais, avant de pouvoir réfléchir à la meilleure façon de se faire expliquer les choses, Barnaby l'avait distraite en lui transmettant un message de Penelope et en lui rapportant une anecdote à propos de son jeune fils, le petit Oliver.

Simon renchérit en évoquant à son tour ses deux jeunes enfants. Mary dut dissimuler un sourire. La façon dont la paternité avait changé des hommes comme son frère et Barnaby était incroyable. Ryder serait sans doute comme eux. C'était une chose à laquelle il fallait s'attendre. À cette pensée, elle ne put retenir son sourire plus longtemps et elle lui adressa un regard à la dérobée.

Il le sentit et croisa ses yeux. Il les scruta brièvement et dut assez bien lire dans ses pensées, car il leva un sourcil.

Mais alors, les musiciens se mirent à jouer la valse des mariés, et la foule s'empressa de reculer pour laisser la piste de danse à Henrietta et James.

Mary regarda sa sœur évoluer dans les bras de James et n'eut aucun mal à sentir l'amour qui vibrait entre eux. Visible et palpable par tous, il s'exprimait dans les regards qu'ils échangeaient et dans le sourire qu'esquissait Henrietta, absolument rayonnante. Le même amour se lisait sur le visage de James. La détermination qu'il affichait habituellement avait laissé place à un mélange de recueillement et de concentration, comme pour indiquer que sa vie tout entière appartenait désormais à sa femme, à laquelle il était totalement dévoué, et qu'à ses yeux n'importait plus que leur avenir commun.

« De tout mon corps, je jure de te protéger et de te chérir. »

C'était ce que signifiait cette valse. Ils avaient prononcé leurs vœux plus tôt, mais la danse en était l'expression physique, si touchante qu'elle fit naître un sourire sur les lèvres de tous ceux qui les regardaient et monter les larmes aux yeux des plus sensibles d'entre eux.

Mary cligna des paupières et se rendit compte qu'elle souriait aussi. Mais, au-delà de la joie qu'elle éprouvait pour sa sœur et son nouveau beau-frère, en elle grandissait la certitude que c'était ce qui l'attendait elle aussi. Que c'était exactement ce qui l'attendait.

Pour son mariage, elle voulait une valse aussi intense que celle-ci.

Simon était parti retrouver Portia, et Barnaby s'en était allé à la recherche de Penelope.

Ryder attrapa Mary par le coude, pencha la tête et murmura :

— C'est le moment de rejoindre les mariés sur la piste.

— Vous avez raison.

En souriant avec douceur et en prenant garde de masquer sa détermination, elle se laissa guider. Ryder la prit dans ses bras, et ensemble ils se mêlèrent aux danseurs.

Cette valse tombait bien, songea Ryder. Elle lui donnait l'occasion de satisfaire — temporairement, mais c'était mieux que rien — la bête avide qui était tapie en lui. L'occasion d'apaiser et de distraire cette part animale soumise à des provocations répétées, auxquelles elle avait bien du mal à ne pas répondre.

Alors qu'ils glissaient sur la piste et qu'avec l'abandon qui lui était coutumier Mary se donnait entièrement à la danse, il s'absorba dans la contemplation de ce spectacle inouï, tout en réussissant à conserver sa façade de séducteur blasé.

Il avait passé les deux derniers jours à désirer Mary avec une envie quasi obsessionnelle qu'il n'avait, de mémoire, jamais ressentie pour aucune autre femme, et surtout pas pour une femme déjà devenue sa maîtresse. Après un premier rendez-vous amoureux, il se passait normalement plusieurs jours, voire une semaine, avant qu'il ait envie de recommencer.

Mais, avec sa future femme, il ne pensait qu'à cela depuis le moment où il l'avait raccompagnée chez elle. Et il ignorait totalement s'il s'agissait là d'un signe encourageant ou, au contraire, d'un avertissement lui intimant l'ordre de faire machine arrière, et vite.

Quoi qu'il en soit, cette part animale, enfouie en lui, n'avait qu'une idée en tête, et ce n'était sûrement pas celle de faire machine arrière. Et, lorsque la mise en garde de Barnaby lui avait fait craindre que celui qui avait tenté de le supprimer puisse également s'en prendre à Mary, il avait ressenti le besoin de ne plus la quitter d'une semelle, pour mieux la protéger.

Il voulait qu'elle dorme toutes les nuits en sécurité à ses côtés. Comblée, alanguie et... heureuse, comme elle ne pourrait l'être avec aucun autre. C'était ainsi qu'il voyait les choses au plus profond de lui-même, et rien ne le ferait changer.

Il ne s'était jamais montré possessif envers ses précédentes maîtresses. Même s'il tentait de se justifier à ses propres yeux en se disant que les choses étaient différentes puisque Mary allait devenir sa femme, il se sentait légèrement désarçonné. Les liens qu'ils avaient noués étaient déjà si puissants qu'il ne savait pas bien où tout cela allait le mener. C'était en tout cas un chemin qu'il n'avait jamais emprunté.

Quoi qu'il en pense, et bien qu'il ignore s'il la voyait différemment à cause de son caractère tempétueux et déterminé ou parce qu'il la considérait déjà comme lui appartenant, le besoin de s'emparer d'elle et de ne plus la lâcher demeurait et, plus encore, ne cessait de croître. Contrairement à ce qu'il avait imaginé, la valse ne fit rien pour l'apaiser. Encore moins pour l'assouvir.

La musique ralentit et prit fin. Ils tournèrent une dernière fois avant de s'arrêter. Il s'inclina, elle fit la révérence, puis il la releva, plaça sa main sur son bras, et ils reprirent leurs déambulations.

L'après-midi s'écoula jusqu'au moment où, riant et plaisantant, les convives se rassemblèrent au pied de l'escalier pour souhaiter à une Henrietta radieuse et à un James très fier le plus grand des bonheurs pour commencer leur vie d'époux. On lança du riz. On prodigua les derniers conseils. On clama de chaleureux vivats. Puis James conduisit Henrietta à la voiture qui les attendait. Dès que la portière se referma, le cocher, tout sourires, fit claquer son fouet. Et les chevaux se mirent en branle, trottant fièrement dans Grosvenor Square, avant de tourner dans l'Upper Brook Street.

— Ils se rendent directement dans le Wiltshire ? demanda Ryder à Mary, qui se tenait une marche au-dessus de lui sur l'escalier du perron.

Elle hocha la tête.

— Ils seront de retour dans cinq jours, à temps pour notre mariage. Mais ils voulaient commencer là où ils ont l'intention de finir, si l'on peut dire. Et cela le plus tôt possible...

— Seraient-ils aussi impatients que vous ? s'enquit-il en haussant les sourcils.

Elle le regarda dans les yeux, avant de répondre calmement :

— Je doute sérieusement que cela soit possible.

L'occasion était là, et il s'en empara.

— Dans ce cas... laissez cette fenêtre ouverte cette nuit.

Elle le fixa un instant, avant de secouer la tête.

— Non... vous seriez capable de casser mon lit. Je viendrai vous retrouver comme je l'ai fait l'autre nuit.

— Non.

Son instinct de protection ne pouvait le permettre. Mais, en voyant un sursaut d'indépendance allumer avec arrogance le regard de Mary, il se reprit et se corrigea aussitôt.

— Je n'aime pas l'idée que vous vous promeniez seule la nuit. Nous ferons donc l'inverse de ce que nous avons fait l'autre matin. Je vous attendrai au pied de votre fenêtre. Et ma voiture nous emmènera à la maison.

Cette dernière expression lui avait échappé. Et elle ne manqua pas de le remarquer. Elle inclina la tête et réfléchit, pour se mettre finalement à sourire, comme amadouée.

— Très bien.

Elle marqua une pause, avant d'ajouter :

— Après toutes ces réjouissances, nous ne rentrerons pas tard. Retrouvez-moi à 23 heures.

Sans sourire, il se contenta d'acquiescer.

— J'y serai.

Il attendait dans l'ombre, à l'arrière de la maison, prêt à lui tendre la main pour l'aider à sortir par la fenêtre. Une fois qu'elle fut dehors, il referma sans bruit derrière elle et, sans lâcher sa main, la mena à travers le jardin, puis dans la rue où les attendait sa calèche.

Le châssis grinça lorsqu'il l'aida à grimper, puis il la suivit et referma la portière. La nuit était noire, la lune voilée. Dans ces conditions, personne ne risquait de les reconnaître. Il s'assit à côté de Mary sur la banquette de cuir. La voiture s'ébranla et se mit lentement en route, et il fut alors tenté de profiter de l'obscurité complice pour la prendre dans ses bras et l'embrasser avec fièvre, pour s'emparer de sa bouche et goûter sa passion.

Mais il ne le fit pas.

Au lieu de cela, plaquant sa main qu'il tenait toujours entre eux sur la banquette, il fit semblant de regarder les maisons qui défilaient. En essayant surtout de ne pas réfléchir à la raison pour laquelle il n'avait pas osé s'abandonner à ses pulsions.

Cela faisait longtemps, très longtemps, qu'il n'avait pas mis son self-control à l'épreuve. A priori, il n'avait aucune raison de douter de ses capacités de maîtrise. Mais le désir qui couvait en lui était trop puissant pour être ignoré. S'il commençait à l'embrasser...

Heureusement, il ne leur fallut que quelques minutes pour arriver jusqu'à Mount Street. À l'instant précis où la voiture s'arrêta, il ouvrit la portière, sortit et tendit la main à Mary pour l'aider à descendre. Quand il eut refermé la portière, il adressa un signe de tête à Ridges, son cocher, et escorta Mary jusqu'au perron.

Il sortit sa propre clé pour déverrouiller la porte.

— Pemberly n'est pas là ?

— Je lui ai donné son congé pour la nuit, ainsi qu'à tous les autres domestiques.

Dans la pénombre, il la regarda.

— Ridges reviendra pour nous conduire à Upper Brook Street au petit matin.

Il ouvrit la porte et lui fit signe d'entrer.

— Pauvre Ridges, fit-elle en pénétrant dans le hall sombre.

— Il n'est pas si à plaindre que cela, répondit-il en refermant la porte. Et il n'est que trop heureux de pouvoir nous rendre ce service.

Elle se tourna et lui adressa un regard interrogateur. Il fit quelques pas pour la rejoindre, avant de s'expliquer.

— Il sait que vous serez bientôt la maîtresse des lieux.

— Ah !

Après avoir observé son visage pendant un moment, elle demanda :

— Vos domestiques se réjouissent-ils à cette perspective ?

Il n'était pas allé la chercher pour parler intendance.

— Se réjouir est un faible mot. Ils sont extatiques, voyons !

Elle fit une moue perplexe avant d'esquisser un sourire. Alors il ne put qu'admettre :

— Évidemment, ils ne pourront jamais être aussi heureux que moi.

Il hésita un moment et, même s'il aurait mieux fait de s'en tenir là, il ajouta :

— Vous le savez, n'est-ce pas ?

Elle continua de scruter son visage, puis sourit plus franchement.

— C'est possible.

Soudain, elle fit voler ses jupes en se retournant et se dirigea d'elle-même vers l'escalier. Elle s'immobilisa, le pied sur la première marche, avant de lancer par-dessus son épaule :

— Mais malgré cela, vous devriez peut-être me rappeler à quel point la perspective de cette future union vous transporte de joie.

Il la regarda droit dans les yeux puis la rejoignit, sans se presser. Il s'arrêta tout près d'elle, attendit un instant et demanda :

— Est-ce un défi que vous me lancez ?

— J'espère que vous le voyez ainsi, et que vous allez tout faire pour le relever.

Il fut aussitôt partagé entre l'amusement et l'excitation. En souriant — mais sans cesser de la regarder avec intensité —, il tendit les bras vers elle...

Elle ne se laissa pas attraper.

Et, en étouffant un petit rire, se mit à grimper l'escalier quatre à quatre.

Il se lança aussitôt à sa poursuite.

Il la laissa atteindre le palier avant de jeter un bras autour de sa taille et de l'attirer à lui. Profitant de leur élan, il plaqua le dos de Mary contre le mur, posa ses lèvres contre les siennes.

Et dévora sa bouche.

Mary enfonça les doigts dans les cheveux de Ryder et s'y accrocha comme si elle s'accrochait à la vie même. Elle laissa son esprit prendre son envol et s'en remit à ses sens. Transportée, elle se contenta pendant un long moment d'éprouver la passion qui animait Ryder. Puis, de tout son cœur et de toute son âme, elle s'appliqua à lui rendre la pareille.

Les doigts enfouis dans ses cheveux, elle l'embrassa à son tour, répondant au feu par sa propre flamme. Par sa propre envie. Par son propre désir brûlant. Elle le sentait monter en elle, indéniable et tout-puissant. Elle était dévorée par le besoin d'être avec Ryder, d'être nue contre lui, de se mêler à lui et de brûler avec lui.

Ce besoin compulsif grandissait, encore et encore.

Son sang bouillait dans ses veines, et elle n'y tenait plus.

Les lèvres soudées, avides, brûlantes et impatientes, ils s'embrassaient à en perdre haleine. C'était tantôt lui qui menait la danse, tantôt elle. Leurs langues se défiaient, se cherchaient et se trouvaient, mais Ryder semblait toujours vouloir conserver sa suprématie, tandis qu'elle luttait pour imposer sa force et revendiquer ainsi leur égalité.

Ce fut elle qui gagna. Pas lui.

Elle ne céda pas et continua d'insister.

Elle sut quand il plia et accepta l'idée que tout ce qui importait, c'était qu'elle soit sienne — et qu'il soit sien.

Elle n'eut qu'une brève seconde pour se demander ce qui l'attendait désormais, car il la hissa aussitôt et la tint serrée contre lui. Elle réagit sans attendre en ajustant l'inclinaison de son visage pour qu'ils ne cessent surtout pas de s'embrasser et ne se mettent pas à réfléchir, pas même un instant. Puis il recula légèrement, elle leva les jambes et, en bataillant ferme contre ses jupes, réussit à emprisonner son bassin entre ses cuisses.

Il grogna mais, comme elle, ne fit rien pour mettre fin à leur baiser fiévreux. Il glissa les mains sous ses hanches et la souleva pour de bon.

Elle s'abandonna à sa force et se laissa porter vers la chambre à coucher en restant concentrée sur leur baiser, s'appliquant pour que le feu qu'ils avaient allumé ne s'éteigne pas.

Elle y parvint si bien qu'il s'arrêta dans le couloir et la posa sur une petite console, pour prendre son visage entre ses mains et l'embrasser avec plus d'ardeur encore.

Ce fut trop.

Dans un halètement, elle inclina la tête en arrière et mit fin à leur baiser. Il la laissa faire. La tenant par le menton, il plongea sa tête et ses lèvres brûlantes dans son cou. Il en suivit la courbe et descendit jusqu'à l'endroit où son pouls cognait. Il embrassa, lécha, mordilla, et elle frissonna.

Il émit un son, grave et guttural. Et, une fraction de seconde plus tard, son corsage était délacé. Avant qu'elle ait pu reprendre ses esprits et réagir, il arracha corsage et chemise et porta la bouche à sa poitrine dénudée.

Elle poussa un cri lorsqu'il aspira l'un de ses mamelons durcis. Le bruit résonna dans la pénombre, évocateur et excitant.

Il eut un petit rire un peu essoufflé. Et prit son autre sein dans sa paume pour le pétrir, tandis que ses lèvres et sa langue s'affairaient toujours. Il glissa une main dans son dos et la maintint appuyée pendant qu'il attendait qu'elle libère comme elle le pouvait ses bras de ses manches. Puis il l'inclina en arrière, jusqu'à ce que sa tête touche le mur, et il revint à sa poitrine avec ardeur, comme s'il était bien décidé à faire d'elle la créature la plus dévergondée qui soit.

Elle l'était presque devenue, déjà. Les mains enfouies dans ses cheveux, les yeux clos, la tête rejetée en arrière, elle gémit, puis se cambra pour s'offrir davantage à ses baisers, à l'adoration de sa bouche qui parcourait sa chair sensible, aux sensations puissantes et renversantes qu'il faisait naître partout en elle.

La passion faisait déjà cogner son cœur si fort qu'elle craignait qu'il n'explose. Et pourtant, ce n'était que le début.

Elle frissonna en imaginant ce qui les attendait encore.

Malgré la puissance de son désir, elle était plus consciente de ce qu'elle vivait que deux jours plus tôt, et plus à même d'apprécier le savoir-faire de Ryder. La première fois, ses sens avaient été emportés et balayés. Cette nuit, ils tenaient bon.

Et elle attendait avec une envie immense la chaleur et les flammes, la passion dévorante. Plus que tout, elle attendait la fusion à laquelle allait les mener cette passion, l'union intense.

La fois précédente, elle avait été trop distraite pour en apprécier les détails. Mais cette nuit, ses sens étaient aiguisés et attentifs, prêts à saisir chaque nuance.

Sa robe et sa chemise pendaient à sa taille. À l'aide de son bassin, il lui fit écarter les genoux. Sans cesser de la caresser, il descendit sa main le long de son buste, puis se glissa sous ses vêtements. Il posa la paume sur son ventre, puis ses longs doigts se tendirent et, entre ses cuisses, trouvèrent ce qu'ils cherchaient.

Elle se mit à frissonner puis retint son souffle quand ses doigts explorèrent son sexe en dessinant de petits cercles, en exerçant une légère pression. De délicieuses sensations coururent sous sa peau. Haletante, elle se tortilla. Ce n'était pas encore assez. Elle en voulait davantage.

Il retira sa bouche de sa poitrine pour pousser un grognement contrarié et ôta sa main d'entre ses cuisses.

— Non…, fit-elle avec désespoir en agrippant son bras.

— Attendez.

Son ordre impérieux ne souffrait aucune discussion. Mais il était déjà en train de soulever ses jupes aussi haut qu'il le pouvait, avant de poser sa main avec audace sur sa chair à vif.

Elle sursauta devant cet assaut, qui révélait un puissant désir de possession, et frissonna quand il enfonça en elle un doigt, puis deux.

Elle haleta, agrippa son bras musclé, puis se cambra et se souleva instinctivement. Et il en profita, enfouissant ses doigts plus loin, mettant ses sens à l'épreuve.

Elle fut saisie d'une grande tension — proche du besoin irrépressible qu'elle avait éprouvé l'autre nuit. Une tension qui grandissait au rythme de ses caresses intimes, à chaque fois que ses doigts entraient en contact avec sa chair.

Puis il revint à sa poitrine, posa la bouche sur ses seins gonflés et emprisonna ses mamelons dressés entre ses lèvres.

Les sensations déferlèrent sur elle en cascade, courant sous sa peau, se répandant dans sa chair. Elle ferma les yeux et écouta sa propre respiration haletante.

Ses caresses étaient de plus en plus appuyées, de plus en plus rapides, et de plus en plus torrides. Elle se tortilla, mais rien ne semblait vouloir apaiser son besoin, sans cesse grandissant, de le sentir en elle.

Puis, il exerça de savantes pressions de ses doigts qui la pénétraient, si bien qu'elle eut l'impression d'exploser.

Submergée par un cataclysme de sensations, elle vacilla. Toute sa force la quitta, et une lassitude profonde s'empara d'elle.

Elle semblait avoir perdu toute conscience. Tout lui semblait distant, lointain et comme détaché. Et pourtant elle était encore capable d'éprouver des sensations.

Le souffle court, le cœur cognant dans les oreilles, le sang pulsant entre les cuisses, elle sentit — avec une incroyable acuité — le retrait de ses doigts. Sans qu'elle pût résister, il la prit dans ses bras et se dirigea vers sa chambre.

Ryder ouvrit la porte et entra. Les deux lampes de chevet dispensaient une belle lumière chaude sur le lit doré.

L'écrin parfait pour la beauté qu'il tenait entre ses bras.

Portant Mary jusqu'au lit, il posa un genou sur le matelas et la déposa en douceur, la tête sur les oreillers. Ses boucles brunes formaient un contraste subtil avec l'ivoire des draps. Il prit un instant pour profiter de ce merveilleux spectacle.

Le désir pulsait avec puissance et insistance dans ses veines. Mais c'était une situation qu'il connaissait. Il était familier de ce genre de pause, qui n'était pas un renoncement mais une remise à plus tard, une suspension temporaire qui serait garante d'une satisfaction plus profonde et plus complète encore.

Mon Dieu, comme elle s'était montrée... Le mot qui lui venait à l'esprit était *puissante*. Elle était comme une drogue qui avait le pouvoir de le rendre fou de désir et débordant de passion.

Elle possédait une force qu'il devait refréner et maîtriser. Ce n'était plus leur première fois, mais il ressentait toujours le besoin absolu de garder le contrôle, au moins de lui-même et, si possible, d'elle aussi.

Sachant qu'elle allait bientôt reprendre ses esprits et vouloir s'occuper de lui, il se pencha au-dessus d'elle et lui retira sa robe, sa chemise et ses bas. Il remonta le couvre-lit sur son corps nu pour qu'elle ne prît pas froid et entreprit de se déshabiller à son tour, avant qu'elle veuille le faire elle-même et qu'elle lui fasse perdre la tête. Il se débarrassa de sa veste et de son veston, dénoua sa cravate, retira sa chemise, ses chaussures, ses chaussettes et son pantalon en un temps record.

Il sentit la caresse de son regard bleu quand il se tourna vers le lit. Avec une approbation manifestement pleine d'arrière-pensées, elle le détailla. Quand il s'approcha, ses lèvres esquissèrent un sourire, et son regard se réchauffa — rendant le bleu de ses yeux plus intense encore.

À son grand soulagement, il ne vit qu'une envie de possession toute féminine dans son regard et n'y décela pas la moindre surprise, pas la moindre peur.

En fait, il y vit surtout de l'impatience et un désir plus précis et maîtrisé que la première fois.

Son expression disait qu'elle savait ce qui se préparait et qu'elle n'attendait que cela.

Alors qu'il était déjà très excité, cette expression et ce qu'elle impliquait ne firent qu'accentuer son érection.

Il s'arrêta à côté du lit, retira le couvre-lit pour profiter une dernière fois du spectacle renversant de sa nudité.

Avec lenteur, il promena les yeux sur ses pieds, petits et fins, sur ses mollets galbés, ses genoux bien ronds et ses cuisses élancées. Sur son sexe, sur la légère courbe de son ventre, sur le creux de sa taille, sur sa poitrine haute et ferme dont les mamelons se hérissèrent sous son regard. Sur sa gorge, son menton, ses lèvres, et pour finir, sur ses yeux.

Mary attendait. Elle lui sourit, avec douceur mais aussi détermination, et leva les bras dans un geste lent et gracieux.

Il cligna des paupières, mais obéit à son invitation et s'allongea sur le lit tout contre elle, en s'appuyant sur un coude.

Il tendit la main pour la poser sur son ventre mais, avant qu'il ait pu la toucher, elle se releva et s'assit sur lui. Comme par réflexe, il voulut se redresser à son tour, mais elle avait déjà posé les mains sur son torse.

Avec avidité.

Elle se pencha vers lui, se laissa glisser le long de son corps jusqu'à ce que leurs hanches soient à peu près alignées, et que leurs ventres s'effleurent. Ses jambes reposaient légèrement sur celles de Ryder dont le sexe rigide taquinait son bassin. Elle ferma les yeux une seconde et respira pour mieux savourer cet instant où elle avait pleinement conscience, pour la première fois, de l'effet de son corps nu contre le sien, de la caresse de son duvet contre sa peau fine, et du contraste entre la silhouette musclée de Ryder et son corps menu.

Il aurait pu facilement la forcer à se rallonger sur le dos. Pourtant, quand elle rouvrit les yeux et croisa son regard, quand elle se mit à parcourir fiévreusement son corps de caresses, il resta immobile et scruta son visage, comme s'il essayait de deviner ce qu'elle avait en tête.

Ravie, elle sourit et répondit à ses interrogations muettes.

— Avant que nous recommencions, je voulais vous demander… pouvez-vous, si vous le voulez bien, aller lentement quand je vous le dirai ?

Il cligna des paupières, puis fronça les sourcils en signe d'incrédulité patente.

— C'est *vous* qui voulez aller lentement ? demanda-t-il, l'air surpris.

— Seulement lorsque je vous le dirai, s'empressa-t-elle de clarifier. Et pas tout le temps.

Elle soutint son regard, puis leva un sourcil. Avec lui, le défi était sans conteste l'arme la plus sûre.

— Pour le reste…, fit-elle en soulevant une épaule, j'aimerais mieux que nous adoptions notre vitesse habituelle. Cela nous correspond tellement mieux, ne trouvez-vous pas ?

Comme il ne répondait pas — et qu'elle décelait une suspicion prudente dans ses yeux noisette —, elle se mit à rire.

— Non, vraiment…

Elle se pencha sur son torse musclé qu'elle caressa de sa poitrine. Heureuse de le sentir se tendre à ce contact, elle sourit.

— Alors, qu'en dites-vous ?

Le duvet qui recouvrait son torse brûlait délicieusement ses mamelons et les faisait durcir. Résistant à l'envie de fermer les yeux de délice, elle insista :

— Peut-on faire à ma façon ? Juste une fois ?

Juste une fois ?

Ryder n'était pas certain que cela ne se produirait qu'une fois. Et il n'était pas certain non plus d'en sortir indemne. Contrairement à d'habitude, son instinct ne lui fut d'aucun secours. D'un côté, il lui criait que le danger l'attendait au détour du chemin qu'avec la puissance envoûtante d'une sirène elle voulait le forcer à emprunter, et qu'il devait donc se montrer extrêmement prudent. D'un autre côté, le même instinct le poussait à accorder à Mary tout ce qu'elle souhaitait et répétait même à l'envi que c'était son devoir d'assouvir tous ses désirs.

Il n'avait pas vraiment le choix. Malgré les appels à la prudence de la première voix, la seconde était la plus forte. Il prit une grande inspiration et s'arma du mieux qu'il put contre le contact de plus en plus appuyé de ses seins contre son torse.

— Très bien, fit-il en la regardant dans les yeux. Faisons les choses à votre façon. Pour cette fois. Et donc ?

Son beau visage rayonna comme le soleil. Elle se redressa un peu et, les yeux étincelants, l'air réjoui, elle tendit la main vers son visage.

— Je vous dirai quand ce sera le moment.

Puis elle pencha la tête, posa les lèvres sur les siennes et s'appliqua à raviver le feu.

Il fut étourdi dans un premier temps, puis se ressaisit pour essayer de conserver un minimum de contrôle.

Il ne s'était pas rendu compte que les flammes le menaçaient d'aussi près. Oui, il était très excité depuis qu'il l'avait rejointe sur le lit, mais il avait pensé — et espéré — qu'elle se calmerait, et que les choses prendraient un certain temps…

Mais non. Un seul baiser avait suffi à la transformer en torche vivante entre ses bras.

Et il n'y avait aucun apaisement possible, aucun moyen d'atténuer cette passion fiévreuse, cette conflagration de désir qui les embrasait tous les deux.

Soudain, elle roula sur le dos. Il n'eut pas besoin qu'elle l'y incite pour venir la rejoindre. Ils s'empoignèrent et, dans la mêlée, elle glissa les mains le long de son corps, vers son sexe dressé, dont elle s'empara.

Et elle prétendait vouloir procéder avec lenteur ?

Ce fut elle qui écarta les cuisses, qui se tortilla pour coller son bassin contre le sien. En gémissant, il mit fin à leur baiser et positionna son sexe tout près du sien.

Prisonnier du même désir, totalement allongé sur elle et soumis à la torture qu'exerçaient sur lui ses moindres mouvements, il posa les deux mains sur ses hanches, replongea dans le délice ardent de sa bouche et se tendit pour se préparer à la pénétrer.

Elle se libéra de son baiser et souffla, haletante :

— Maintenant. Ralentissez maintenant !

— Maintenant ?

Dieu, quelle torture voulait-elle lui infliger ?

Appuyé sur les coudes, il serra les dents et crispa la mâchoire alors qu'il forçait ses muscles à résister au besoin de bouger, de se précipiter en elle.

Elle chercha à reprendre son souffle et réussit à esquisser un hochement de tête.

— Je veux vous sentir. En moi. Je n'ai pas pu la première fois...

Son explication ne l'aida pas beaucoup.

— Je vais essayer.

Et il lutta, de toutes ses forces, pour lui donner ce qu'elle voulait.

Il la pénétra à peine.

Sous lui, il la sentit frémir. Pas de peur, mais d'un désir si violent qu'il le fit frissonner à son tour.

Cela lui donna la force de procéder centimètre par centimètre, en marquant une pause entre chaque avancée.

Le corps tendu telle la corde d'un arc, elle soupira. Puis elle murmura tout contre sa bouche :

— Oh ! mon Dieu. Oui...

Il y eut tant d'intensité dans ce dernier mot que lui seul aurait valu toute la peine qu'il se donnait.

Comprenant qu'accéder à sa requête ne faisait qu'accroître le plaisir qu'il lui donnait, il parvint plus facilement à se retenir et à se contrôler.

Mary était allongée sous lui, submergée par le plaisir qu'il lui procurait. Ses sens étaient entièrement focalisés sur son sexe qui la pénétrait lentement, brûlant comme la flamme et dur comme le fer.

Ce moment engloutit son esprit, remplit le vide immense qui l'avait habitée depuis l'instant où il l'avait posée sur son lit.

À grand-peine, elle souleva les paupières. Ryder avait les yeux fermés. Son visage semblait figé, et ses traits tendus n'exprimaient que le désir. La passion refrénée. Elle sentait le contrôle strict auquel il se soumettait, afin de lui offrir ce qu'elle avait demandé.

Refermant les yeux, elle fit un effort mental pour que ses sens ne se focalisent plus sur elle seule mais sur eux deux. Et elle fut à même d'apprécier toutes les sensations que ce moment infiniment riche et dense leur faisait vivre. Ils haletaient. Leurs souffles brûlants se mêlaient. Leurs lèvres étaient sèches. Mais leur soif n'était pas encore étanchée.

Ils se promenaient tous les deux sur un fil, leurs nerfs au summum de la tension. Ils se retenaient, mais il s'en fallait de peu pour qu'ils cèdent à l'ivresse, à la folie de leurs étreintes endiablées.

Puis, après un dernier petit coup de reins, il fut tout à fait en elle, enchâssé, l'emplissant entièrement. Elle sentait son sexe dans sa totalité, depuis sa base qui caressait sa peau, jusqu'à sa terminaison, qui poussait en elle.

Il était tout entier devenu sien, en même temps qu'elle était totalement devenue sienne.

Elle sourit autant que la tension extrême qui l'habitait le lui permit et murmura :

— Merci.

Elle tendit les mains vers sa tête et les enfouit dans ses cheveux. Puis elle se redressa légèrement et susurra tout contre ses lèvres :

— Maintenant vous pouvez y aller.

Et elle l'embrassa.

La passion jaillit comme une éruption volcanique. Retenue

pendant si longtemps, elle se déchaîna avec rage et frénésie. Elle les souffla et les emporta, en tourbillonnant, vers un feu ardent.

Ils s'y abandonnèrent avec complaisance, participant même à nourrir les flammes qui les dévoraient. Brûlants de désir, haletant, ils se lancèrent à corps perdu dans cette course vers les plus hauts sommets, dans cette recherche de la joie et du plaisir ultimes.

Leurs cœurs cognaient. Leurs respirations étaient heurtées et difficiles. Soudés l'un à l'autre, unis dans la même lutte et tournés vers le même but, ils se démenaient sans relâche.

Mary n'était pas moins frénétique que lui, pas moins soumise à la passion qu'ils avaient déchaînée. Pourtant, elle restait consciente de ce qu'elle faisait et elle était présente, bien davantage que la première fois. Elle était capable de sentir, de reconnaître et d'apprécier la puissance tempétueuse qu'ils avaient appelée de leurs vœux.

Même dans le feu de l'action, elle sentait les mains de Ryder sur son corps et sentait la conscience qu'il avait d'elle. Elle sentait la façon dont leurs deux corps se parlaient, par l'intermédiaire de leurs sensations.

Aucun mot n'aurait été assez fort, aucun mot n'aurait été capable de rendre compte de cette réalité élémentaire.

Faire l'amour, si.

Elle se contracta autour de lui, et ils continuèrent leur course effrénée vers le bonheur suprême.

Un dernier moment de tension, et tout explosa autour d'eux. L'extase les prit, les brisa, les pulvérisa.

Elle s'abandonna et le sentit faire de même.

Alors un bien-être incomparable les envahit. Elle aurait voulu que ce moment suspendu, si rare et précieux, ne finisse jamais.

Il disparut pourtant. C'était ainsi. Mais tandis qu'elle se laissait aller, le sentant toujours profondément ancré en elle, relié à elle bien au-delà du seul contact physique, flottant dans un océan de satiété, elle sut que ce moment de communion ultime existerait toujours. Elle sut qu'il serait toujours là, à les attendre, et qu'il ferait toujours partie d'eux-mêmes.

Satisfaite au-delà de ce qu'il était possible d'espérer, un léger sourire aux lèvres, elle se laissa gagner par la félicité.

Ryder s'effondra sur elle, trop anéanti pour bouger.

Trop vidé pour réfléchir, et même pour s'inquiéter.

Le danger avait surgi devant lui... et il s'était laissé prendre.

Sa dernière pensée consciente avant de sombrer fut la suivante : était-ce donc cela, être conquis ?

Il ne restait que sept jours avant leur mariage, et ils passèrent en un éclair.

Dès le lendemain des noces de Henrietta, Mary fut absorbée par la préparation des siennes. Ryder l'avait raccompagnée chez ses parents au petit matin. Comblée et heureuse, elle s'était écroulée sur son lit. Mais sa mère l'avait réveillée tôt — bien plus tôt qu'elle l'aurait souhaité — pour lui rappeler qu'elle avait un essayage pour sa robe de mariée, dans la matinée.

Comme la modiste était celle qui avait confectionné la robe qu'elle avait portée au mariage de sa sœur, l'essayage était plutôt une occasion pour ses tantes, les épouses de ses cousins et plusieurs jeunes filles de la famille, de s'extasier devant la fine dentelle flamande et les broderies de perles qui composaient sa délicate robe de mariée.

Lucilla et Prudence, la fille aînée de Demon et Flick, avaient des étoiles dans les yeux.

— Tu ressembles à une princesse de conte de fées, déclara Prudence.

En se regardant dans la psyché de la modiste, Mary dut admettre que c'était vrai. La robe la faisait paraître plus grande qu'elle n'était et mettait sa carnation en valeur. Quand la modiste plaça le léger voile sur sa tête, Mary eut l'impression que ses yeux étaient immenses.

Le reste de la journée passa dans un tourbillon. Toutes les femmes de la famille étaient là, ravies de pouvoir jouer le rôle qu'elles s'étaient attribué, afin que tout soit prêt pour le grand jour.

Le soir, Mary retrouva Ryder à un bal. Alors qu'elle aurait

souhaité le rejoindre chez lui plus tard dans la soirée, il suggéra d'attendre, car il ne restait plus que quelques jours avant leur mariage.

— Et là, vous n'aurez plus à passer par la fenêtre, dit-il avec un geste plein de langueur.

Légèrement surprise, Mary acquiesça néanmoins et le laissa partir. Pour cette fois.

Durant les deux jours qui suivirent, elle, Louise, Honoria, Patience et Alathea, aidées par toutes les autres, répétèrent les tâches qu'elles avaient accomplies la semaine précédente, réglant tout ce qui concernait les fleurs, le repas, le vin et la musique. La question du placement à l'église et lors du banquet de mariage. La question des horaires, des voitures, des extra à engager. Cependant, puisque ce mariage était bien moins modeste que le précédent, ces tâches prirent l'allure d'une campagne militaire, à laquelle participèrent toutes les femmes de la famille avec une dévotion exemplaire. La tante Helena et Therese Osbaldestone s'attribuèrent le rôle d'arbitres, ou de généraux en chef dirigeant les troupes.

Des valets ne cessaient de porter, de maison en maison, des billets comprenant instructions, questions, suggestions et plus encore.

Mary fut prise dans ce tourbillon vertigineux, entre les préparatifs et les soirées auxquelles elle se devait d'assister, et trois jours passèrent avant qu'elle puisse s'intéresser de plus près à Ryder. À celui qui allait devenir son époux.

Elle l'avait retrouvé tous les soirs, avait assisté aux soirées et aux bals à son bras. Mais, en public, Ryder n'était pas du tout le même qu'en privé, tout du moins avec elle. En public, c'était lui qui menait la danse, se servant de son expérience et de son savoir-faire pour contrer tout geste qu'il considérait comme trop autoritaire. En privé, elle pouvait lui tenir tête. Mais, au cours des derniers jours, elle ne l'avait jamais vu très longtemps en privé.

Stacie — qu'elle avait choisie comme deuxième demoiselle d'honneur — lui apprit que Ryder s'était plongé dans ses affaires, et qu'il veillait plus précisément à ce que toutes leurs demeures soient prêtes à accueillir la nouvelle marquise. Quand Mary l'interrogea, Stacie avoua que son demi-frère avait sollicité son avis sur la question à plusieurs reprises, mais elle refusa absolument de divulguer davantage de détails.

Mary décida qu'elle voulait bien respecter ses secrets, mais ce soir-là, quand il les raccompagna chez elles, sa mère et elle, et qu'on les laissa seuls pour qu'ils se fassent leurs adieux, elle le regarda droit dans les yeux et dit très simplement :

— À dans une heure.

Puis elle sourit et lui tendit la main.

Il soutint son regard pendant très longtemps, prit sa main, s'inclina et embrassa le bout de ses doigts.

— Il sera fait selon vos désirs, madame.

Il la retrouva devant la fenêtre et l'emmena chez lui. Et les heures qui suivirent furent la répétition exacte — par leur intensité et leur passion — de leur précédente rencontre amoureuse. À son grand soulagement. Entre eux, tout se déroulait exactement comme elle le souhaitait.

Après l'avoir raccompagnée chez elle, Ryder alla trouver refuge dans son lit. Et, allongé, il réfléchit au piège dans lequel le destin l'avait précipité. Mary possédait tout ce qu'il recherchait chez sa future épouse. Et plus encore. Et c'était ce « plus encore » qu'il ne s'était pas préparé à affronter.

Et ce « plus encore », il en était de plus en plus certain, était le prix qu'il aurait à payer... pour tout le reste. Pour pouvoir jouir de tout le reste. Pour pouvoir prendre et garder tout le reste.

Le sommeil se refusa à lui. Poussé par un besoin aussi irrésistible qu'incompréhensible, dès que l'heure le permit, il se rendit à Upper Brook Street et enleva littéralement Mary pour l'emmener faire un tour au parc. Pendant qu'ils se promenaient dans les allées, elle le mit au courant des derniers préparatifs. Quand il la ramena chez ses parents — elle était attendue pour l'essayage final de sa robe qu'apparemment il ne serait pas autorisé à voir avant l'entrée de sa future épouse dans l'église — son sourire radieux et son regard lumineux l'apaisèrent.

Et calmèrent la bête avide tapie en lui.

Une fois de retour chez lui, il se remit également à ses préparatifs, afin de superviser les changements qu'il avait ordonnés. L'attendaient plusieurs rendez-vous, d'abord avec Montague, puis avec Rand et Kit, et ensuite — moins sérieux — avec ses futurs cousins par alliance et ses meilleurs amis, dont Sanderson.

Le connaissant par cœur, David lui demanda s'il s'était bien remis de sa blessure. Ryder lui répondit qu'il avait eu l'occasion de se rendre compte qu'il était fringant comme jamais, ce qui fit rire toute la tablée.

— Je porterais volontiers du noir, déclara Lavinia en se regardant dans le miroir de son boudoir. Cela refléterait tout à fait les sentiments que j'éprouve au sujet de cette union.

Claude Potherby soupira et replia le journal qu'il était en train de parcourir.

— Malheureusement, je peux vous assurer que ce ne serait pas perçu ainsi.

— Ah ? fit Lavinia, qui se tourna vers lui avec un air interrogateur. Et comment cela serait-il perçu alors ?

— Comme la révélation de votre véritable nature, ma chère, et je pense que ce n'est pas ce que vous souhaitez.

Claude fit un vague signe de la main avant de poursuivre :

— Bien sûr, pour en arriver là, il faudrait que vous réussissiez à entrer dans l'église, que vous ne soyez pas refoulée et jetée dans votre voiture par un Cynster offensé.

Il s'interrompit, comme s'il imaginait la scène, puis secoua la tête.

— À votre place, je ne prendrais pas ce risque.

Il chercha le regard de Lavinia et sourit.

— Par ailleurs, ma chère, votre revanche ne sera que plus belle si vous vous montrez sous votre meilleur jour, et vous savez très bien que le noir ne vous va pas.

Lavinia pinça les lèvres. Mais, au bout d'un moment, elle hocha la tête.

— Oui, vous avez raison. Je n'avais pas vu les choses sous cet angle.

Sans cesser de sourire, Claude attrapa la théière.

Le retour deHenrietta, accompagnée d'un James rayonnant, marqua le début de la dernière phase, de la folle course finale.

Mary se trouva prise dans un tourbillon de décisions de dernière minute. Que devaient porter ses demoiselles d'honneur en plus de leur bouquet ? Préférait-elle un peigne serti de diamants ou incrusté de perles pour fixer son voile ? Porterait-elle le collier de perles de sa grand-mère ? Les réponses à ces questions étaient, dans l'ordre : un fer à cheval en argent enrubanné, un peigne en perles, et oui. Mais aucune décision ne semblait pouvoir être prise sans avoir été soumise au plus grand nombre. Mary s'attendait à ce qu'un tel procédé l'agace et lui fasse perdre patience. Mais, ravie de l'intimité qu'elle partageait avec sa famille et ses amies proches, portée par l'amour qu'elle ressentait de toutes parts et touchée de constater à quel point toutes se préoccupaient de son bonheur, elle supporta sans peine la façon dont tout le monde se mêlait de ses affaires.

Et, si elle se posait des questions — sur les changements qui s'étaient opérés en elle, sur la façon dont au cours des jours et des semaines passées elle s'était mise à davantage apprécier sa famille, même dans ce qu'elle pouvait avoir d'agaçant —, les quelques moments volés qu'elle partageait avec Ryder et les conversations calmes qu'ils avaient à propos des détails de leur vie future ne faisaient que renforcer sa certitude que, après son mariage, elle passerait à une autre étape.

Elle quitterait sa famille et commencerait une nouvelle vie qu'il leur incomberait — à Ryder et à elle — d'inventer.

Le défi lui apparaissait de façon distincte quand, agréablement épuisée, elle s'écroula sur son lit pour passer sa dernière nuit de jeune femme célibataire.

Quand elle se réveilla le lendemain matin, le soleil brillait. Le jour était venu. Elle allait entrer dans l'église où l'attendrait son héros, prêt à prendre sa main. Elle avait du mal à contenir sa joie.

Elle repoussa les couvertures, se leva d'un bond et, un sourire rayonnant aux lèvres, elle sonna sa femme de chambre.

11

Pour le Tout-Londres, le mariage de Lord Ryder Montgomery Sinclair Cavanaugh, marquis de Raventhorne, vicomte de Sidwell, baron d'Axford, Lord Marshal de Savernake avec Mary Alice Cynster en cette radieuse matinée de juin 1837 était un événement incontournable. Toutes les calèches du grand monde encombraient les rues de Mayfair. Tous les gentlemen et toutes les ladies avaient revêtu leur plus belle toilette, espérant voir et se faire voir. Tous ceux qui étaient arrivés assez tôt pour réserver les meilleures places autour de l'église Saint-George de Hanover Square et dans les rues adjacentes furent impressionnés par le nombre d'aristocrates assistant à l'événement. Les voitures, parfois à l'arrêt sur la chaussée, continuaient d'arriver et de déverser leurs propriétaires fortunés, alors que l'église était déjà pleine depuis longtemps.

Pour les membres de la haute société, ce mariage était l'endroit où il fallait être vu, et il serait sans aucun doute le plus grand événement mondain de l'année. Alors que tout le monde avait anticipé l'union qui venait de lier les Glossup aux Cynster, très peu avaient imaginé l'alliance, bien plus puissante en termes stratégiques, des Cynster aux Cavanaugh. Le rapprochement de ces deux grandes maisons, qui ancraient toutes deux leurs racines dans un passé des plus lointains et possédaient une fortune et une influence actuelles que personne n'aurait osé mettre en doute, subjuguait la haute société comme rien d'autre n'aurait pu le faire. Tous ceux qui comptaient un tant soit peu dans cette ville souhaitaient être vus en train de célébrer cette union et de présenter leurs hommages aux jeunes mariés. Et, comme tous ceux qui avaient un lien de parenté, même très éloigné, avec l'une ou l'autre de ces deux familles — ce qui concernait à peu près toute la bonne société londonienne — avaient été invités, il ne fallait pas s'étonner que l'église soit pleine à craquer.

Pour Mary, la journée commença merveilleusement bien, et son bonheur ne fit qu'aller en grandissant. Le petit déjeuner joyeux et bruyant partagé avec sa famille — ses sœurs et belles-sœurs, son frère et ses beaux-frères, ainsi que leurs enfants — fut suivi par l'étourdissant ballet des préparatifs. Il fallait que tout le monde soit prêt à temps pour aller à l'église. Bien entendu, comme sa mère et les autres femmes de la famille supervisaient les opérations, rien ne pouvait aller de travers. Quand son père la conduisit jusqu'à leur calèche décorée de gros rubans blancs, sous les acclamations exubérantes des curieux rassemblés devant chez eux, Mary douta que son sourire puisse encore s'élargir, que son cœur puisse se remplir d'une allégresse plus grande encore. Et pourtant ce fut le cas. Elle croisa le regard de son père, qui prit son bras pour la mener à l'entrée de l'église où les attendaient les demoiselles et enfants d'honneur. Chacun prit place, et le petit cortège s'avança dans le calme, vers le portail qu'ouvrirent Martin et Luc, tous deux souriants et bienveillants. Puis la musique s'éleva et les accompagna jusque dans la nef, au bout de laquelle l'attendait son héros.

Ryder se tenait devant l'autel avec son demi-frère. Alerté par l'organiste, il se tourna et vit Mary, au bras de son père, marcher calmement vers lui, d'une façon lente mais délibérée. Il prit alors conscience, enfin, du fait que sa vie allait changer. Le cataclysme était sur le point de se produire.

Il sourit, mais son cœur s'arrêta de battre un instant. Puis, quand son regard croisa celui de sa fiancée, son cœur se remit en mouvement. Mais à une autre cadence, il l'aurait juré.

Sous le voile transparent, ses yeux paraissaient immenses, intensément bleus, brillants, vivants, ravis et enthousiastes.

Sa robe dansait quand elle marchait. Elle était délicate, exquise et magnifiquement fragile… à l'image de celle qui la portait.

La convoitise s'éveilla en lui, mais ce désir de possession se mêlait à un troublant sentiment de gratitude.

Quand Mary ralentit pour venir se placer à côté de lui, il tendit la main, et Lord Arthur plaça de façon formelle la main de sa fille dans la sienne. En la regardant dans les yeux, il referma les doigts autour de ses phalanges délicates et il eut l'impression d'un nouveau commencement.

Ils reprirent tous les deux leur souffle et, ensemble, se tournèrent vers l'autel.

Il entendit à peine les mots du prêtre, et encore moins les chants. Durant la cérémonie qui dura une heure, toute sa concentration et toute son attention furent tournées vers Mary. Tout le reste semblait superflu et déplacé. Seuls leurs vœux marquèrent son esprit. Il les prononça d'une voix ferme, en pensant chacun des mots qu'il disait, en les sentant résonner en lui. Et il l'entendit prononcer les siens, écho clair et féminin à son propre engagement. Alors il sentit son monde se reformer et se dresser. Et, malgré sa prudence latente, il s'en remit sans arrière-pensée au destin pour que débute sa nouvelle vie d'époux.

Quand le prêtre les déclara officiellement mariés et leur donna la permission de s'embrasser, quand il se tourna vers Mary et qu'elle se tourna vers lui, leurs regards se croisèrent et ne se lâchèrent plus. Il se vit dans ce bleu vif, il vit l'homme qu'elle voyait devant elle, l'homme duquel elle s'approchait pour échanger avec lui un baiser tendre et délicat — bien chaste à leur goût.

L'homme qu'elle avait accepté de reconnaître comme son héros, comme celui qu'elle cherchait depuis si longtemps.

Il se surprit lui-même en répondant si franchement et si facilement à son sourire. Puis il posa la main délicate de son épouse sur son bras, et ils se tournèrent pour faire face à l'assemblée, et au reste du monde.

À tous, ils devaient imposer leur confiance, leur force, leur détermination et leurs certitudes. Avec toute l'assurance qu'ils possédaient tous les deux, ils descendirent la nef sous un tonnerre d'applaudissements. Comme galvanisé, il se fit le serment que, désormais, il serait toujours l'homme qui se reflétait dans ses yeux.

Le court trajet qu'ils firent dans une barouche décapotée jusqu'à Grosvenor Square, pour atteindre la demeure des Saint-Ives, se déroula sous les acclamations, les applaudissements et, grâce à ses demi-frères et sœur, sous une pluie de riz et de fleurs.

La même gaieté non contenue et la même joie étourdissante étaient présentes chez tous les invités rassemblés pour le déjeuner du mariage. Les discours et les félicitations coulèrent comme du bon vin, pétillants et effervescents comme du champagne. La valse, quand elle arriva enfin, fut comme une bénédiction. On aurait dit que la puissance irrévocable qui était la leur en ce jour descendait sur eux et se matérialisait aux yeux de tous.

Et puis, entourés par leurs plus proches parents, ils furent poussés dehors et conduits jusqu'à la voiture qui les attendait pour les emmener à la campagne, à Raventhorne Abbey, afin que commence leur vie commune.

Mary semblait aussi heureuse et impatiente que Ryder de se lancer dans cette aventure. Elle s'était changée et avait passé une robe de voyage bleu-violet. Avec ses yeux qui brillaient de joie et son sourire exquis, elle était encore plus splendide qu'à son habitude.

Malgré la foule, il parvint à l'aider à grimper en voiture, puis la suivit et referma la portière, faisant taire d'un coup les acclamations et les joyeux sous-entendus. Tout en s'installant, Mary regarda par la fenêtre, en souriant et en adressant de grands gestes à ceux qui assistaient à leur départ.

— Tout le monde est si heureux ! s'exclama-t-elle. Plus que tout le reste, c'est cela qui a rendu cette journée si merveilleuse. Tous les visages exprimaient la même joie, sans exception.

La voiture finit par s'ébranler, traînant les inévitables vieilles bottes et — nouveauté — une épée. En entendant ce joyeux raffut et se sentant contaminé par toute cette bonne humeur,

Ryder sourit, croisa son regard et ne chercha pas à détromper sa jeune épouse. Il ne voyait aucune raison d'entamer sa joie en mentionnant sa belle-mère. Lavinia était venue bien entendu, mais ses demi-frères et sœur, ainsi que son ami Potherby, avaient tout fait pour l'empêcher de nuire.

Cependant, au moment du départ, Lavinia se tenait avec les autres sur les marches du perron, et son expression était tout sauf joyeuse.

Mais il s'en moquait bien. En ce moment, il avait d'autres sujets de préoccupation. Il s'installa juste à côté de Mary et prit sa main pour l'embrasser.

— Maintenant nous pouvons nous détendre et nous reposer, au moins pendant quelques heures, jusqu'à notre arrivée au manoir.

Mary approuva, avant de serrer sa main et de se blottir contre lui.

Les lèvres pincées mais le reste du visage totalement inexpressif, la main posée sur le bras de Claude Potherby, Lavinia se faisait emporter par la vague des invités regagnant la salle de bal quand, un peu plus loin devant elle, elle entendit cette vieille harpie de Lady Osbaldestone déclarer :

— Je pense que, dans les clubs, ces gentlemen ne vont pas se priver de lancer des paris sur la date de naissance de l'héritier de Ryder.

— Sans aucun doute, répondit Lady Horatia Cynster. Et je suis également certaine que la date qui reviendra le plus souvent sera celle dont neuf mois pile nous séparent.

Plusieurs femmes se mirent à rire.

Lavinia crispa la mâchoire. Elle plissa les yeux, mais Claude pressa sa main. Se souvenant de l'endroit où elle se trouvait, elle contint ses émotions, se radoucit et se laissa conduire à l'intérieur.

Mary attendit que la calèche ait dépassé les environs de Londres pour revenir à la pensée qui s'était immiscée en elle et s'était faite à chaque minute plus insistante dès l'instant où elle avait appris que le voyage jusqu'à sa nouvelle demeure prendrait plus de cinq heures.

Raventhorne Abbey se trouvait bien au-delà de Hungerford. Ils s'étaient arrangés pour quitter la fête à temps afin qu'il y ait encore assez de lumière quand elle découvrirait le manoir pour la première fois. Cela signifiait qu'ils allaient passer plusieurs heures dans la calèche très confortable de Ryder. Elle connaissait bien la route jusqu'à Reading et n'avait pas spécialement envie d'admirer le paysage.

Le cocher s'était arrêté dès qu'ils n'avaient plus été en vue de la demeure des Saint-Ives pour décrocher tous les objets qui avaient été attachés à l'arrière. Ensuite, le voyage avait pu se faire dans la paix et la tranquillité. Avec Ryder, ils avaient échangé leurs commentaires et observations sur le déroulement de la journée, sur les invités, sur les micro-événements qu'ils avaient remarqués. Ce sens de l'observation et cette attention portée aux sujets concernant leurs proches ou aux problèmes les affectant étaient l'un des traits de caractère qu'ils partageaient. L'information, c'était le pouvoir. Tous les deux en avaient bien conscience.

Mais la discussion avait fini par se tarir d'elle-même, et entre eux s'était installé un silence complice.

C'était la première fois qu'elle voyageait dans cette voiture, et elle était impressionnée par sa ligne très moderne et par tous ses attributs luxueux, comme les loquets en cuivre des fenêtres, les pare-soleil dissimulés et les superbes sièges en cuir bleu foncé.

Cependant, la revue de détail des équipements ne l'occupa et ne la divertit qu'un temps. Au moment où ils dépassèrent Hounslow, le cocher fouetta ses chevaux pour qu'ils traversent la lande à vive allure, et elle décida alors que le moment était venu de laisser libre cours à ses pensées tentatrices.

Ryder était assis à côté d'elle, détendu, les épaules appuyées au dossier de la banquette, les genoux pliés, les cuisses légèrement écartées, le coude posé sur le rebord de la vitre. Grâce à un regard en coin, elle vit qu'il s'était perdu dans la contemplation des arbres qui défilaient.

La calèche avançait désormais à bonne vitesse, se balançant légèrement sur ses excellentes suspensions. Sans prévenir, elle se leva et utilisa le tangage de la voiture pour faire mine de s'écrouler sur les genoux de Ryder.

Bien entendu, il la rattrapa. Il marqua alors un temps d'hésitation puis, tandis qu'elle se tortillait pour lui faire face, ses mains la saisirent, la soulevèrent et l'installèrent comme elle le souhaitait. Ils se retrouvèrent donc face à face, elle lui sourit en posant les bras sur sa poitrine, et ils purent discuter dans de bonnes conditions de cette idée qui lui était venue.

Ryder vit ses yeux brillants et remarqua le sourire sensuel qui s'était dessiné sur ses lèvres. Avec un air quelque peu réprobateur, il leva un sourcil volontairement langoureux. Il se doutait bien que quelque chose de la sorte était en train de se préparer mais, même s'il était, au fond de lui-même, partant pour la suivre où elle le souhaitait, il n'aurait pas pris une telle initiative.

Il devait encore comprendre où les conduirait le chemin qu'elle l'avait forcé à emprunter. Et ce qu'elle avait en tête ne ferait que l'inciter à poursuivre dans cette voie qu'elle était en train de tracer pour lui. Pourtant, toute résistance était futile, voire carrément impossible.

Mais sa résignation n'entamait pas sa conscience de ce qui était en train de se passer.

Au cours des dernières heures, il avait compris clairement qu'*elle* était son destin.

Elle était sienne désormais et, s'il souhaitait qu'il en soit toujours ainsi, il allait devoir payer le prix qu'elle fixerait.

Il observa ses yeux, puis le bout de sa langue apparut et passa sur ses lèvres, qu'elle rendit brillantes et pulpeuses.

Il gémit intérieurement, mais essaya de ne pas réagir de manière trop évidente.

Elle dut percevoir ou sentir quelque chose, car la lueur dans ses yeux se fit plus vive encore, et son sourire plus prononcé.

— Je m'étais dit, murmura-t-elle en fixant sa bouche, que puisque nous sommes condamnés à ce voyage si long, voire ennuyeux, nous pourrions le pimenter un peu en vivant une petite… aventure.

— Une aventure ? répéta-t-il en fronçant davantage les sourcils.

— Oui. Ce serait une façon d'explorer, juste pour nous, ce qu'il est possible de faire dans l'espace confiné d'une calèche.

Elle le fixa dans les yeux pour poursuivre :

— Je suis sûre que vous avez déjà vécu ce genre d'aventure auparavant. Mais pas moi. Je pense donc que vous devriez me montrer, ajouta-t-elle en se penchant davantage vers lui.

Prisonnier de son regard bleu, pris dans ses filets — sans avoir cherché à se débattre —, il reconnut, presque malgré lui :

— En fait, je n'ai jamais… jamais fait la chose dans une calèche.

Elle écarquilla ses fabuleux yeux bleus.

— Jamais ? Pas même une seule fois ?

Il secoua la tête.

— L'opportunité ne s'est jamais présentée.

Il n'aurait pas cru cela possible, mais son visage s'illumina davantage, et elle prit un air transporté.

— C'est encore mieux. Nous pouvons nous lancer dans cette exploration ensemble, apprendre et découvrir tout ce qu'il y a à découvrir.

Elle posa les yeux sur ses lèvres, puis sur sa cravate.

— À ce propos…, fit-elle en tendant les mains vers son cou.

Il attrapa ses mains et les posa à plat contre son torse.

— Non, s'il y a une chose que je sais de ces petites aventures, c'est qu'on doit rester habillé.

— Vraiment ? fit-elle, l'air surpris.

Il commença à hocher la tête, avant de s'interrompre.

— Enfin, moi je reste habillé. Et vous…, lâcha-t-il en lorgnant sa poitrine, plus ou moins habillée.

Elle le regarda sans rien dire pendant un moment, avant de rire, de ce rire qu'elle ne réservait qu'à lui, ce rire enjôleur et sensuel. La femme qui se révélait alors à lui — et rien qu'à lui — était la vraie Mary Cynster, celle qui vivait à l'intérieur de la créature autoritaire et pragmatique qui lui servait de façade.

Une femme d'une incommensurable chaleur et d'une grande sensualité.

La lionne qu'attendait le lion qui se cachait en lui.

Ses yeux se plantèrent dans les siens, et il vit le défi les embraser.

— Très bien, monsieur. Vous n'avez qu'à prendre les commandes, et je vous suivrai.

Quand bien même il aurait ainsi mis sa vie en péril, il n'aurait pu résister à la tentation. Avec des gestes lents et calculés, il remonta une main le long de sa colonne vertébrale en prenant soin de lui faire sentir le poids et la fermeté de son contact. Il s'arrêta un moment entre ses omoplates, avant de continuer sa progression et d'aller effleurer la peau sensible et découverte de sa nuque. Puis il saisit l'arrière de sa tête.

L'immobilisant, il posa ses lèvres sur les siennes et, sans autre forme de procès, prit complètement et absolument possession de sa bouche.

Puis il fit ce qu'elle avait demandé et partit à l'aventure avec elle.

Quelques heures plus tard, alors que Mary, qui semblait totalement satisfaite et comblée, somnolait, abandonnée entre ses bras, Ryder se rendit compte qu'il souriait un peu bêtement, sans aucune raison particulière.

En pressant davantage le bas de son visage contre les boucles brunes de son épouse, il sentit son sourire devenir ironique.

Elle avait appelé cela partir à l'aventure. Et c'était bien de cela qu'il s'était agi. Elle était aussi inventive que lui, et pour une jeune lady de bonne famille, étonnamment prête à toutes sortes d'expériences.

Elle lui donnait constamment ce qu'il voulait, ce qu'il attendait, et même un peu plus.

Il ne s'était pas attendu à ces rires, à la façon dont ils s'amusaient ensemble, insouciants et libérés. Il ne s'était pas attendu non plus à cette explosion soudaine de passion, nourrie par le désir si vif qui s'était emparé d'eux au moment où elle l'avait enfourché pour le prendre en elle et où ils avaient joui ensemble, se rendant compte au même moment avec émotion que c'était la première fois de leur vie d'époux.

Et il avait encore moins vu venir cette proximité incroyable qui s'était ensuite installée entre eux, quand elle avait posé sa main sur sa joue, qu'elle l'avait embrassé, et qu'ensemble ils avaient franchi toutes les limites et balayé toutes les contraintes pour se laisser guider par cette passion aussi vive que vibrante.

Il n'avait pu l'anticiper, car il n'avait jamais ressenti avec aucune femme ce qu'il ressentait avec elle.

Avec elle, tout était bien plus puissant et bien plus complexe. Si complexe qu'il ne parvenait pas bien à décrire l'effet qu'elle lui faisait.

Il ignorait ce que cela signifiait, mais il s'était engagé dans une voie sans embranchement ni retour possible.

Alors que des effluves de romarin et de citron montaient de ses cheveux, se mêlaient aux parfums persistants de la passion et l'apaisaient par leur effet calmant, il reconnut et accepta l'idée qu'il n'avait d'autre option que de continuer main dans la main avec elle.

Continuer avec elle, découvrir ce qui les attendait et se faire confiance pour réussir à relever les défis qui ne manqueraient pas de surgir devant eux.

Ils arrivèrent à Raventhorne Abbey juste avant que le soleil ait disparu à l'horizon. Situé au nord de la forêt de Savernake, le domaine était largement boisé. L'imposant manoir ne fut clairement visible que lorsque la calèche sortit de l'abri formé par les grands chênes qui bordaient le chemin. Ensuite, la vue fut dégagée, l'allée traversa d'abord une grande pelouse, avant de mener à une avant-cour couverte de gravillons, au bout de laquelle se trouvaient les marches qui grimpaient jusqu'à l'impressionnante porte d'entrée.

Ryder avait déjà vécu cette scène de nombreuses fois. Il savait que le soleil couchant embraserait la pierre blanche, qu'il brillerait et se refléterait sur les nombreuses fenêtres de la façade. Malgré cela, il aurait pu admirer cette vue une nouvelle fois, aurait pu laisser son regard s'attarder sur la structure massive, sur le toit crénelé, sur le dôme de la verrière surmontant le hall d'entrée et il aurait pu ressentir la satisfaction du propriétaire contemplant son bien. Mais, en ce jour, un autre spectacle monopolisait son attention.

Il observa le visage de Mary quand elle posa, pour la première fois, les yeux sur sa future maison, sur la demeure qui serait leur résidence principale, leur vrai foyer. Soudain, une panique désagréable s'empara de lui. Et si la maison lui déplaisait ?

Heureusement, tous ses doutes furent aussitôt balayés par le ravissement qui se lisait sur le visage de sa jeune épouse.

Avec un intérêt non dissimulé, et aussi avide qu'enthousiaste, elle se pencha davantage à la fenêtre pour ne rien rater de la vue qui s'offrait à elle. Il se détendit et se persuada alors que tout se passerait pour le mieux.

Tandis que la calèche ralentissait pour pénétrer dans la cour, il en profita pour regarder dehors à son tour. Certaines parties de la grande demeure étaient anciennes, mais la façade avait été rénovée dans le style néopalladien qu'affectionnait tant la génération de son grand-père. Le résultat était superbe. Et même lui, qui voyait la maison si souvent, était toujours impressionné à son arrivée.

Il avait donné des ordres pour que tous les domestiques soient impeccablement mis, et alignés en une seule rangée depuis la porte d'entrée jusqu'au milieu de la cour, afin d'accueillir dignement la nouvelle marquise.

Quand la voiture s'arrêta, il attendit que le laquais descende pour ouvrir la portière avec cérémonie. Puis il sortit et tendit la main à Mary. Avant de la saisir, elle sembla hésiter un instant.

Comprenant ce qui l'inquiétait, il murmura :

— N'ayez aucune crainte, tout se passera divinement bien. Vous êtes parfaite.

Elle lui adressa un regard et un sourire reconnaissants, ravie qu'il ait su lire dans ses pensées. Après leurs « petites aventures », il avait lacé sa robe et l'avait aidée à remettre de l'ordre dans sa coiffure, mais un doute subsistait en elle.

Elle saisit la main de Ryder, prit une grande inspiration et se laissa conduire dans la cour. Enfin elle y était. Cela faisait si longtemps qu'elle rêvait de ce moment. Elle allait entrer dans sa propre maison, être accueillie par les domestiques auxquels il lui reviendrait de commander.

Lissant ses jupes du plat de sa main libre, elle leva la tête pour fixer celui qui se trouvait en tête de ligne et devait être le majordome de la maison.

Ryder la conduisit jusqu'à lui.

— Ma chère, permettez-moi de vous présenter Forsythe. Il est le majordome de cette maison depuis que je suis en culottes courtes.

Malgré les efforts qu'il fit pour conserver son flegme, Forsythe ne put s'empêcher d'esquisser un sourire. Néanmoins, il s'inclina avec respect.

— Bienvenue à Raventhorne Abbey, madame.

Il se redressa et poursuivit :

— Au nom de tous les domestiques, je vous souhaite la bienvenue dans votre nouvelle demeure. Nous espérons tous sincèrement que vous y régnerez longtemps et avec bonheur.

Rendre son sourire à Forsythe fut chose aisée.

— Je vous remercie, Forsythe, répondit-elle.

Puis elle parla plus fort en parcourant toute la rangée des yeux.

— Je suis enchantée d'être ici, d'avoir été choisie par votre maître pour devenir la nouvelle marquise de Raventhorne. Et j'ai hâte de travailler avec vous tous.

Elle adressa un petit regard à Forsythe et lui fit signe d'avancer.

— Après vous, Forsythe.

— Je vous remercie, madame.

Avec un petit hochement de tête, il passa devant elle, pour s'arrêter devant chaque domestique, qu'il présenta tour à tour, en expliquant leur fonction et en décrivant leur rôle.

La gouvernante, Mrs Pritchard, était une femme très mince

d'âge indéterminé, avec le dos droit et les yeux pétillants. Après que cette dernière l'eut félicitée et qu'elles eurent échangé quelques mots, Mary avait déjà toutes les raisons d'espérer qu'elles s'entendraient bien, ce qui était vital pour réussir en tant que marquise. Elle eut l'impression que Mrs Pritchard semblait depuis longtemps décidée à se plier aux ordres de l'épouse de Ryder, quelle que soit son identité.

La gouvernante avait sans doute succombé depuis longtemps au charme évident de son mari. Et, si tel était le cas, Mary n'allait pas s'en plaindre.

Collier se trouvait juste après la gouvernante. Mary le salua avec un plaisir non dissimulé. Aggie se tenait à côté de Collier, un sourire rayonnant aux lèvres. Elle avait quitté Upper Brook Street juste après le mariage et avait été conduite au manoir dans une autre calèche, avec Collier et les bagages. Aggie avait beau garder le silence, Mary crut comprendre à ses yeux lumineux que sa femme de chambre était plus qu'enchantée de son nouveau poste et de sa nouvelle maisonnée.

En suivant Forsythe, tandis que Ryder avançait derrière eux d'un pas nonchalant, Mary se rendit vite compte que c'était elle et non son mari qui se trouvait au centre de l'attention des domestiques. Apparemment, ils connaissaient bien Ryder, suffisamment bien pour ne montrer aucun signe de nervosité devant lui. Intriguée, elle prit la mesure de leur sérénité et en conclut que tous les domestiques ici présents devaient savoir depuis longtemps que, si le lion rugissait parfois, il ne mordait jamais.

Et cette attitude partagée par tous, même par les plus jeunes, lui en apprit beaucoup sur Ryder. Sur le Ryder qui vivait ici, loin du grand monde, loin de toute représentation sociale et des contraintes liées à son rang.

Elle chercha également les traces d'une réaction hostile qu'aurait pu provoquer son arrivée soudaine dans leur vie. Elle s'attendait à ce qu'au moins une ou deux personnes ne voient pas sa venue d'un très bon œil, car ce n'était pas tout à fait la même chose d'avoir un maître et une maîtresse que de ne répondre qu'à un maître seul. Pourtant, elle ne décela rien d'autre qu'une curiosité et un intérêt partagés par tous, en miroir de l'intérêt qu'ils lui inspiraient.

Arrivée devant la fille de cuisine qui se trouvait tout au bout de la file, elle lui adressa un sourire encourageant. Puis elle gravit les marches du perron. En haut, elle se tourna pour remercier Forsythe. Ensuite, elle adressa un signe de tête à la gouvernante qui avait suivi Ryder.

— Mrs Pritchard.

Levant la tête et haussant la voix, elle continua :

— Et merci à tous pour votre accueil. J'espère que nous travaillerons ensemble dans cette demeure pendant de longues années, durant lesquelles nous nous efforcerons de faire prospérer la maison Cavanaugh.

Un chœur enthousiaste de « Oui, madame ! Bien sûr, madame ! Merci, madame ! » s'éleva pendant que tous les domestiques s'inclinaient.

Mrs Pritchard lui adressa un sourire rayonnant.

— Merci, madame. Nous avons repoussé le dîner à 21 heures, pensant que vous voudriez voir vos nouveaux appartements et vous y installer. Mais si vous préférez dîner plus tôt…

— Non, non.

Mary regarda Ryder et se souvint des allusions de Stacie ainsi que de l'enthousiasme d'Aggie.

— Je crois que j'ai d'abord envie de découvrir mes appartements.

Elle se tourna de nouveau vers Mrs Pritchard et hocha la tête.

— Vous avez très bien fait. 21 heures, ce sera parfait.

Ryder lui adressa son plus beau sourire nonchalant.

— Dans ce cas, très chère, permettez-moi de vous conduire à l'étage.

En souriant elle accepta son bras et l'accompagna.

Ryder ne s'attendait pas à ressentir… ce qu'il ressentait en cet instant précis et qu'il avait du mal à nommer. Un mélange complexe de fierté et d'excitation subtile, d'enthousiasme qu'il ne se souvenait pas avoir ressenti depuis l'enfance et, surtout, de pur bonheur. Il avait ce qu'il avait souhaité : Mary était son épouse et elle se trouvait ici, dans la demeure qu'il considérait comme sa seule et vraie maison.

Le triomphe n'avait jamais été si satisfaisant.

Ni si riche en promesses.

Il la conduisit dans le grand escalier et lui montra deux armures qui se trouvaient sur le palier séparant les deux volées de marches.

— Je vous avertis, n'essayez pas de vous en débarrasser. Elles font la joie et la fierté de Forsythe.

Elle le regarda, puis s'arrêta pour observer les armures, avant de reprendre son ascension.

— Je n'ai aucune intention d'y toucher, que Forsythe se rassure. Je trouve qu'elles ont tout à fait leur place ici. J'imagine qu'elles ont appartenu à vos ancêtres.

— C'est ce que l'on dit, répondit Ryder en se tournant brièvement vers les armures. Personnellement, je n'ai jamais été convaincu, voyez-vous. Elles sont plutôt petites pour avoir appartenu à des Cavanaugh.

Elle rit. En souriant, il prit sa main et lui fit traverser la galerie en direction du couloir du fond.

— Il s'agit de l'aile réservée à la famille. Nos appartements se situent au bout de ce couloir et se font face, mais l'accès principal se fait par cette porte que vous voyez là, au bout.

Arrivé devant ladite porte, il en saisit la poignée. Tout en observant le visage de Mary, il l'ouvrit alors en grand.

— Et voici le petit salon de la marquise.

Elle regarda la pièce, et ses yeux s'arrondirent. Le plaisir éclata sur son visage, et ses lèvres dessinèrent un « o » de délice, avant qu'elle se précipite à l'intérieur.

Il la suivit en souriant, aussi enchanté qu'elle.

— Oh ! mon Dieu, Ryder ! s'exclama Mary en tournant sur elle-même au milieu de la pièce. Ces couleurs... Elles sont parfaites !

Un bleu argenté contrastait avec le bleu-violet qui était la marque de Mary, et que venaient rehausser quelques touches d'un violet plus profond. Ces trois couleurs se retrouvaient, plus ou moins prononcées, sur la soie qui tapissait les murs, les tissus qui recouvraient les sièges et les longs rideaux que constellaient de petites feuilles, et qui étaient restés ouverts pour laisser passer la lumière.

Entre les deux grandes fenêtres était installé un joli bureau très féminin sur lequel était posée une lampe dont le dessin élégant rappelait le motif de la feuille. Un ensemble d'encriers en cristal et de fins crayons d'ivoire étaient disposés, prêts à être utilisés, sur un sous-main en cuir bleu.

Tous les meubles en bois — les étagères contre les murs, une petite table entre deux fauteuils, le cadre des sièges — étaient d'un beau chêne doré, dont la patine donnait envie qu'on les touche.

Tandis que Mary se promenait dans la pièce, faisant courir ses doigts sur le bois dont elle appréciait le contact, elle découvrit les touches subtiles qu'étaient la lampe ou l'horloge placée au-dessus de la cheminée — un simple cadran en or encadré par de délicates feuilles d'or. Elle fut impressionnée par tout le mal que Ryder s'était donné. Lentement, elle se tourna vers lui.

Il avait fermé la porte, devant laquelle il se tenait immobile. Et la regardait.

— Vous avez fait faire tout cela.

C'était une remarque, pas une question. Il devait l'avoir fait pour que les couleurs soient si parfaites.

— En seulement...

Elle s'interrompit pour faire le calcul.

— Quinze ou seize jours, tout au plus.

Elle regarda autour d'elle, émerveillée.

— Vous avez supervisé tout cela.

C'était évident, mais elle savait ce que cela impliquait. En termes non seulement de coût, mais aussi d'organisation.

Il haussa légèrement les épaules et avança dans la pièce.

— Choisir les couleurs n'a pas été difficile. Et pour le reste...

Il regarda autour de lui, puis dans sa direction.

— Vos appartements de notre maison de Londres ne sont pas encore terminés, mais... — et il désigna la porte située à sa gauche — ici, tous vos appartements, votre chambre à coucher et le reste, sont prêts à vous accueillir.

Elle n'eut pas besoin d'y être incitée davantage pour se diriger droit vers la porte qu'il avait indiquée. Une autre porte lui faisait face, sur le mur opposé. Elle devait mener à la chambre de Ryder, supposa-t-elle. Elle ouvrit la première porte et la franchit, tout en sachant qu'il la suivait, qu'il l'observait et guettait ses réactions. Naturellement, il tirait une grande satisfaction du plaisir que son cadeau procurait à sa jeune épouse.

Il ne fut pas difficile pour elle de laisser s'exprimer franchement son plaisir et de lui donner cette satisfaction. Le lit était un grand lit à colonnes de chêne, au cadre solide mais délicatement sculpté, dont les motifs reprenaient les mêmes petites feuilles. D'ailleurs, les tissus et les motifs du salon se retrouvaient en grande partie dans la chambre, décorée avec encore davantage de luxe et de somptuosité. Les draps bleu argent étaient en satin. Le couvre-lit en satin lui aussi, mais plus lourd et plus riche, reprenait le motif des sièges. Et les oreillers, nombreux, étaient brodés d'un fil plus foncé.

Et il y avait les fenêtres. Les deux premières, longues et étroites, ouvraient sur le nord. Et les deux autres, qui encadraient le lit, étaient tout aussi longues mais plus larges. Elle s'approcha de l'une d'entre elles et admira la vue.

— La roseraie, dit Ryder en venant se poster à côté d'elle.

C'était le mois de juin. Les rosiers, bien entretenus, possédaient déjà un feuillage abondant, et les boutons commençaient à éclore. Des petits points d'un rose vibrant, d'abricot, de blanc et de rouge foncé parsemaient le vert foncé des feuilles. Des allées en pierre encadraient les parterres, et une ancienne fontaine également en pierre occupait le centre du jardin carré. Mary s'y connaissait en roses.

— La composition de cette roseraie est remarquable. Qui a fait ce travail ?

Elle regarda Ryder par-dessus son épaule.

— Votre belle-mère ?

Il secoua la tête.

— D'après ce que je sais, Lavinia ne s'est jamais intéressée aux jardins. Et, d'après le vieux chef jardinier — qui est plus vieux que Mathusalem lui-même —, c'est ma mère et lui qui l'ont créé ensemble.

Il marqua un temps d'hésitation, avant d'ajouter :

— Elle est morte quand j'étais très jeune, mais je me souviens que c'était son endroit favori. Quand elle était dehors, c'était toujours là qu'on la trouvait. Elle s'asseyait sur ce banc, au bout de l'allée.

Mary vit le banc et devina la vue qu'il devait offrir sur la maison.

— Il y a une roseraie un peu similaire à Somersham Place. Avec le même type de bancs.

Elle leva les yeux vers Ryder et sourit.

— C'est peut-être l'une des choses que les résidences principales de toutes les plus grandes familles sont tenues de posséder.

— Je pense plutôt que ce sont les grandes ladies qui en ont décidé ainsi, afin que leur influence civilisatrice soit manifeste.

Elle rit et se tourna vers la porte qui menait à la pièce suivante. Comme elle s'en doutait, il s'agissait de son vestiaire.

Un vestiaire fabuleux, vaste et aéré, avec une grande coiffeuse installée entre deux petites fenêtres, de nombreuses étagères, des commodes et deux armoires. Ses robes étaient déjà suspendues dans l'une d'entre elles, ses jupons et ses châles dans la seconde.

— Cette pièce, dit-elle en pivotant lentement pour embrasser l'espace dans sa totalité, ressemble davantage à un boudoir.

Ryder haussa les épaules en s'approchant d'elle.

— C'est ainsi que l'utilisait Lavinia. C'est là qu'elle recevait ses enfants, plutôt que dans son petit salon.

Détectant un sous-entendu dans ce commentaire, Mary leva un sourcil.

Il fit une moue amère.

— Ainsi, il n'y avait aucun risque pour que mon père entre et entende ce qu'elle avait à dire. Selon un accord tacite, cette pièce lui appartenait, et il n'y aurait jamais pénétré sans y avoir été invité.

Elle le regarda dans les yeux.

— Cela vous gêne-t-il que ces appartements aient appartenu à Lavinia ? Et qu'elle ait remplacé votre mère ici, dans la suite de la marquise ?

Il n'essaya pas d'éluder la question. Après un moment de réflexion — pendant lequel, en le regardant dans les yeux, elle le vit se livrer à une véritable introspection —, il esquissa un sourire.

— Non. En fait... je suppose que c'est l'une des raisons pour lesquelles cela m'a tant plu de m'occuper de la décoration. L'idée de remplacer Lavinia de façon définitive et complète m'a enchanté. Et c'est aussi pourquoi cela me plaît tant de vous voir si heureuse ici.

En soutenant son regard, elle lui rendit son sourire avec la même sincérité.

— Et je suis vraiment très heureuse.

Elle était encore plus heureuse qu'il ait répondu sans réserve à sa question. Elle se hissa sur la pointe des pieds pour poser la main sur sa joue et effleurer ses lèvres.

Comme il ne répondait pas à son baiser, elle recula et, surprise, inclina la tête.

Il sourit.

— Avant que nous nous laissions distraire, il y a quelque chose que je souhaite vous donner.

Elle écarquilla les yeux.

— Autre chose encore ?

En guise de réponse, il s'approcha de la coiffeuse. Ses brosses et ses peignes, ses boîtes à accessoires pour cheveux et ses boîtes à bijoux y étaient disposés avec ordre et se reflétaient dans le miroir à triple panneau. Il ouvrit le tiroir étroit qui se trouvait sous le centre de la table et en sortit un coffret tapissé de velours. Il se tourna vers elle et le lui tendit.

— Ceci est pour vous.

Elle le prit avec plaisir et impatience, l'ouvrit et... étouffa un cri de surprise.

— Oh !

Ce fut tout ce qu'elle réussit à dire. Les mots ne pouvaient rendre justice à ce qu'il contenait.

— C'est… Ils sont…

Fabuleux, incroyables, merveilleux.

— Splendides.

Elle continuait de fixer la parure, que constituaient un collier, un bracelet et une paire de boucles d'oreilles, avec un plaisir muet.

Ryder ne se lassait pas de ce spectacle et sentait également son propre plaisir. Il sortit le collier de son écrin de velours blanc.

— La prochaine fois que je veux vous surprendre, je penserai à vous offrir des bijoux.

— Oh ! souffla-t-elle. Mais ce ne sont pas de simples bijoux. C'est un rêve incarné.

Elle pivota sur elle-même et lui présenta son dos, toute joyeuse.

— Mettez-le-moi. Il faut que je voie cela.

Sa joie était contagieuse. Il n'aurait pu sourire davantage quand il se pencha pour accrocher le délicat bijou à son cou.

— Voilà, fit-il en se redressant.

Debout devant le miroir, contemplant son reflet avec excitation, elle mit le collier bien en place puis, du bout des doigts, l'effleura.

L'assemblage complexe de diamants et de saphirs bleu-violet se mit à frémir. Chaque diamant à taille marquise représentait la feuille ou le pétale d'une fleur, et chacun d'entre eux était relié aux saphirs richement colorés. Ces derniers, gros et éclatants, formaient le cœur de chaque fleur et étaient disposés sur la chaîne du collier, tandis que les diamants, plus libres, tremblaient et étincelaient.

Elle leva les yeux et croisa le regard de Ryder dans le miroir. Puis elle se tourna et se jeta dans ses bras.

Il rit en l'accueillant contre lui. Elle prit son visage entre ses mains et l'embrassa.

Il essaya de l'embrasser à son tour, mais elle recula et déposa de légers baisers sur ses joues, ponctuant chacun d'entre eux d'un « merci » sincère.

Mais il finit par attraper sa bouche. Quand il l'embrassa avec passion, elle soupira, se détendit entre ses bras et le laissa faire.

Pendant de longues minutes, ils communièrent. Par l'intermédiaire de ce simple baiser, ils partagèrent pensées et sentiments, ainsi qu'un désir latent qu'ils ne cherchèrent à nier ni l'un ni l'autre.

Le tintement d'une horloge les ramena sur terre et à leur nouvelle réalité d'époux.

Ils mirent fin à leur baiser, mais restèrent dans la même position, serrés l'un contre l'autre. Dans ses yeux, il décela une satisfaction profonde, comme si pour une fois elle ne voyait aucune raison de se précipiter et se sentait au contraire poussée à savourer ce moment. Puis ses lèvres, légèrement gonflées, esquissèrent un sourire, et elle recula. À contrecœur, il la laissa partir.

Elle sourit davantage.

— Venez, monsieur, et aidez-moi à me parer de vos présents.

Elle se tourna vers la coiffeuse, attrapa le bracelet et le lui tendit.

— Et ensuite, ajouta-t-elle en le regardant dans les yeux, notre premier dîner nous attend.

Avec le même sourire et une joie similaire, il prit le bijou délicat et obéit.

Pour Mary, ce dîner fut un sans-faute. Même s'ils étaient séparés par la longueur de la table, il s'agissait tout de même de la table relativement petite de la salle à manger familiale, et non de celle qui se trouvait dans la gigantesque salle à manger d'apparat. Et ni elle ni Ryder n'auraient commis l'impair de demander aux domestiques qu'ils les installent l'un à côté de l'autre. Ils semblaient tous si fiers de servir à Mary son premier dîner dans cette demeure avec toute la pompe et la cérémonie requises.

En plus de cet apparat, la nourriture fut somptueuse. Elle la trouva à la fois délicieuse et légère, quand il se félicita qu'elle soit aussi abondante et savoureuse. Pendant qu'il s'appliquait à faire honneur au génie de la cuisinière, elle bavardait, son verre de vin à la main, rappelant à son époux des moments de la cérémonie et du repas, lui rapportant des détails qu'il n'avait peut-être pas remarqués, lui décrivant des scènes auxquelles il n'avait peut-être pas assisté.

La table pouvait accueillir au moins douze convives, mais elle n'eut aucun mal à parler assez fort pour que le son de sa voix parvienne jusqu'à lui. Ryder l'entendait, de toute évidence, car il acquiesçait, souriait ou riait quand cela était approprié. Mary remarqua aussi que les valets qui se tenaient comme deux statues, dos au mur, ainsi que Forsythe, qui attendait derrière la chaise de Ryder, écoutaient avec avidité, sans doute dans l'intention de tout raconter plus tard aux autres domestiques. Pour leur faire plaisir, elle développa ses descriptions et les rendit plus colorées. À un moment, Ryder lui décocha un regard surpris. Mais, quand elle sourit et désigna d'un regard discret le valet qui se tenait à sa droite, il comprit, sourit et se remit à manger.

Ryder était grand et fort, et il avait un solide appétit. Mais, quand la table fut desservie et qu'elle lui demanda s'il voulait qu'elle le laisse seul un moment afin qu'il puisse boire un brandy, il sourit, posa sa serviette sur la table, se leva et vint la rejoindre alors que le valet reculait sa chaise pour qu'elle puisse se lever.

Ryder prit sa main et la posa sur son bras.

— Venez, je vais vous montrer le salon.

Il l'y mena. Dans les maisons de campagne, le salon était une pièce grande et confortable, suffisamment bien meublée pour que ses propriétaires n'en aient pas honte. Mais ici, le confort pratique était la première des priorités. Mary se promena dans la pièce, appréciant la tiédeur que diffusait le feu, petit mais dansant. Elle murmura :

— C'est un endroit chaleureux, et je ne parle pas seulement de la température. L'atmosphère y est accueillante et reposante. On s'y sent bien tout de suite.

En plongeant les yeux dans les siens, il esquissa un hochement de tête. Après un moment d'hésitation, il demanda :

— Voulez-vous y rester un peu ?

Elle regarda autour d'elle, avant de revenir à lui.

— Je sais que Mrs Pritchard va me montrer toutes les pièces demain, pendant ma visite officielle si je puis dire, mais vous pouvez peut-être me montrer rapidement celles du rez-de-chaussée et m'expliquer leur fonction.

En fait, elle était impatiente de découvrir son endroit à lui, la pièce dans laquelle il se retirait. Mais elle préférait ne pas le lui demander directement.

Visiblement heureux d'exaucer ses souhaits, il l'entraîna vers la salle du petit déjeuner et le jardin d'hiver. Ils passèrent de longues minutes dans la salle à manger d'apparat, où il répondit aux questions qu'elle posa sur ses ancêtres dont les portraits étaient accrochés au mur. Ils jetèrent un coup d'œil aux deux petits bureaux situés non loin de là, mais trop étroits selon elle pour lui servir de refuge.

Mais il finit par la faire entrer dans la bibliothèque, et elle sut qu'elle avait découvert son endroit de prédilection. La longue pièce était disposée comme la bibliothèque de la maison de Londres. Des étagères remplies de livres couvraient les murs, une large cheminée en pierre se tenait au centre de la cloison principale et faisait face à trois grandes doubles-fenêtres, et un bureau massif occupait le fond de la pièce.

Deux longs canapés et quatre fauteuils capitonnés étaient regroupés devant le feu. Et l'on pouvait s'asseoir à une grande table ronde pour consulter les ouvrages reliés de cuir. Une échelle installée dans un coin permettait d'atteindre la galerie supérieure, qui faisait le tour de la pièce.

Le regard attiré vers le haut, elle se tourna lentement, pour admirer les tableaux magnifiques qui ornaient les murs.

Cette bibliothèque, se rendit-elle compte, était l'original qui avait inspiré celle de Londres. Les deux pièces se ressemblaient beaucoup, mais celle-ci était significativement plus grande. Plus ancienne aussi, et d'une certaine façon plus solide.

Et cette pièce était habitée. Elle le sentait. Elle sentait le subtil parfum d'une longue présence humaine, qui s'était comme incrusté dans les tissus et le bois. Le bureau, en particulier, montrait d'évidentes traces d'un usage fréquent : marques sur le sous-main, crayons dans le tiroir, coupe-papier et bâtons de cire à cacheter.

— Votre père devait beaucoup utiliser cette pièce, n'est-ce pas ?

Elle se tourna vers Ryder qui s'était arrêté près des canapés. Quand il acquiesça, elle demanda :

— Quand est-il mort ? Cela fait plusieurs années, me semble-t-il.

— Six ans.

Cela faisait trop longtemps ; c'était donc la présence de Ryder qu'elle sentait.

Heureuse d'avoir découvert sa tanière, elle contourna le bureau pour étudier les ouvrages se trouvant sur les étagères les plus proches. Les lampes disposées aux angles de la pièce avaient été allumées. Dans la douceur de leur lumière, les lettres d'or brillaient sur le dos en cuir des reliures.

— Philosophie, murmura-t-elle, avant de continuer ses déambulations exploratoires.

Ryder la regarda pendant plusieurs minutes, puis il prit un livre qu'il avait laissé près de son fauteuil habituel, s'assit confortablement et ne s'occupa plus d'elle.

Enfin, essaya de ne plus s'occuper d'elle...

Comme il s'y était attendu, les mots imprimés sur les pages ne réussirent pas à captiver son attention. Ils n'étaient pas assez puissants pour détourner ses sens de Mary, qui était devenue leur point de mire.

Quand elle s'arrêta pour observer les armures médiévales qui se trouvaient entre les fenêtres, il murmura :

— Forsythe une fois encore. Les armures sont devenues sa passion.

Elle lui jeta un rapide coup d'œil. Même si elle n'était pas dans son champ de vision, il sentit la caresse de son regard.

— Y en a-t-il d'autres ailleurs ?

— Au grenier. Je crois que Forsythe les sort de temps en temps pour les huiler et les astiquer. Il est devenu un véritable expert.

— Hmm, fit-elle.

Et elle continua sa promenade, suivie partout par l'attention affûtée de Ryder.

Après avoir fini son petit tour, elle se dirigea vers les ouvrages de jardinage, en choisit un, puis vint s'asseoir avec un bruissement de jupes dans le fauteuil qui faisait face au sien.

Elle replia à demi ses jambes sous elle, se tortilla un instant puis s'installa, ouvrit le livre et, sans accorder le moindre regard à Ryder, commença à le feuilleter.

Portant de nouveau son attention sur l'ouvrage qu'il tenait entre ses mains, Ryder essaya de contrôler ses sens en pleine errance, pour réussir à se concentrer sur les mots, et non sur elle.

Mary s'était arrêtée sur une page qu'elle fixait, mais sans la lire. En fait elle réfléchissait. À elle, à son nouveau statut. Et à celui de Ryder. Ils étaient désormais mari et femme et, en tant que tels, ils étaient confortablement assis dans leur bibliothèque, en train de lire. Elle s'en était remise au destin, avait obéi à la Lady, et tout cela l'avait menée ici même.

Elle était bien partie, mais elle n'avait accompli que la moitié du chemin qui la mènerait à son but.

Elle portait la bague de Ryder au doigt et elle était certaine de pouvoir compter sur sa force, mais il lui manquait encore une chose, vitale. Qu'il lui déclare et lui prouve son amour.

Et c'était le minimum qu'elle exigerait.

Comment faire, alors, pour que leur relation progresse dans le sens qu'elle voulait lui faire prendre ?

Fixant les caractères noirs sans les voir, elle essaya de se souvenir de tous les moments d'intimité qu'ils avaient partagés. Elle chercha à identifier les moyens de communication les plus directs et les plus fiables, les chemins les plus certains pour capter son attention et le convaincre de la nécessité de franchir cette dernière étape.

Elle le connaissait maintenant suffisamment pour être sûre qu'avec lui la persuasion était la seule façon de procéder. Et, en plus de tout le reste, elle allait devoir lui prouver la valeur et l'intérêt réel de l'amour.

Ce qui signifiait qu'elle allait devoir définir précisément quel était cet intérêt pour lui, pour elle, et pour leur avenir commun, pour l'existence qu'ils allaient partager dans cette demeure.

Mais, après tout, il s'agissait de leur nuit de noces : quel meilleur moment pour commencer ?

Elle referma son livre et regarda Ryder.

Il mit du temps à réagir, mais elle savait qu'il faisait semblant d'être absorbé. Il leva les yeux vers elle, puis haussa un sourcil nonchalant.

Il n'avait pas oublié qu'il s'agissait de leur nuit de noces, elle en était absolument certaine. Elle posa le livre et se leva. Aussitôt, il fit de même. Quand il se retrouva debout à côté d'elle, elle chercha son regard.

— J'ai une requête, monsieur.

Elle voyait dans ses prunelles noisette indécises qu'il essayait de deviner ce qu'elle allait pouvoir lui demander, mais il finit par abandonner la partie.

— Et quelle est-elle ? demanda-t-il.

— Conduisez-moi à votre lit.

12

Ryder cligna des yeux et faillit chanceler en essayant de refréner ses pulsions. Au prix d'un gros effort, il réussit à demander :

— Mon lit ? Pas le vôtre ?

— Non, le vôtre.

Pleine d'ardeur et d'audace, elle leva le menton.

— Je trouve ma chambre très belle et je veux vous remercier comme il convient. Dans votre lit.

Il haussa les sourcils.

— Dans ce cas...

Il la prit dans ses bras. Ignorant son cri de surprise et son petit rire, il la porta jusqu'à la porte, puis dans le couloir en direction du hall.

Elle noua les bras autour de son cou et, en riant doucement, s'agrippa fermement lorsqu'il se mit à grimper les marches deux à deux. L'impatience qu'elle éprouvait brillait dans ses yeux et contaminait son expression. Il y avait chez elle une légère tension qui nourrissait et entretenait la sienne.

À vive allure, il traversa la galerie et le vaste couloir qui conduisait à leurs appartements.

La porte du petit salon n'était pas complètement fermée. Elle s'ouvrit dès qu'il l'effleura et, une fois dans la pièce, il fila droit vers sa chambre, dont il referma la porte d'un coup de pied, et continua jusqu'au lit.

Il ne s'arrêta pas. D'un seul et même mouvement, il la déposa sur le couvre-lit vert et doré et s'allongea à ses côtés.

Elle laissa échapper un petit cri, se tortilla et s'agita pour essayer de prendre l'ascendant sur lui, mais il l'immobilisa. Il saisit ses poignets et plaqua ses mains contre le lit, puis il roula sur elle et posa ses lèvres sur les siennes pour l'embrasser.

C'était leur nuit de noces, et Mary était sienne.

Il la voulait, nue et offerte, et il voulait lui donner du plaisir jusqu'à la faire hurler.

Évidemment, elle n'était pas de cet avis. À l'instant où il lâcha sa main pour s'attaquer aux boutons fermant le devant de sa robe, elle enfonça ses doigts dans ses cheveux, s'agrippa et l'embrassa avec un mélange de séduction et de supplication suffisamment puissant pour le distraire.

Le baiser se transforma en combat de bouches et de langues brûlantes, animées par une ardeur sans cesse grandissante. Puis sa robe fut ouverte jusqu'à la taille mais, au moment où il recula pour en écarter les deux pans, elle glissa la main entre eux et saisit sa cravate.

Il s'ensuivit une mêlée comme il n'en avait jamais connu. Les femmes ne le déshabillaient pas. C'était lui qui les déshabillait. Mais, de toute évidence, son épouse n'était pas prête à se contenter d'un rôle passif. Et ses mains, ses petites mains, agiles, fureteuses et pugnaces, étaient partout. Elles couraient sur son corps. Elles caressaient. Elles tiraient et arrachaient. Elles cherchaient et elles trouvaient…

Elle le mit dans un état de folie sensorielle dont il avait jusque-là ignoré l'existence.

Et, si les halètements et les gémissements qu'elle étouffait disaient vrai, elle se trouvait dans le même état que lui.

Leurs vêtements volèrent dans la pièce, lancés avec une frénésie sans pareille. Dans un moment de lucidité passager, lorsqu'il retomba, le souffle court, sur le lit, il se demanda si ce n'était pas la folie même qui les faisait se comporter de la sorte. Comment expliquer sinon cette lutte entre deux volontés puissantes qui ne voulaient plier ni l'une ni l'autre, ni changer de cap, tout en étant capables, l'une comme l'autre, de se stimuler réciproquement, d'entretenir et de nourrir la passion en voulant emporter l'autre avec soi ? Et cette lutte les conduisait sur une voie tout à fait inédite.

Sur une voie de traverse que Ryder n'avait encore jamais empruntée.

Elle s'installa à califourchon sur lui et dévora des yeux et des mains son torse nu, qu'elle caressa avec avidité. Puis elle descendit plus bas et voulut s'attaquer aux boutons de son pantalon.

Il reprit son souffle et la repoussa. Puis il roula, et elle se mit à rouler avec lui. Il se reprit à temps pour les empêcher de tomber du lit puis, avec un petit grognement de réprobation, il batailla pour caresser sa peau nue et ouvrir sa chemise à demi transparente. Quand il y parvint, elle ne portait plus que les diamants et les saphirs qu'il lui avait offerts.

Il posa les mains sur ses courbes généreuses. Sa peau, douce et soyeuse, lui fit l'effet d'un aphrodisiaque dont il n'avait absolument pas besoin dans l'instant présent. Serrant la mâchoire pour tenter de se contenir, il roula sur le dos et l'attira à lui.

Pendant qu'il avait les mains prises, Mary lui échappa et se laissa glisser le long de ses cuisses pour baisser son pantalon jusqu'à ses genoux. En protestant, il remua les jambes et termina le travail à sa place, repoussant son pantalon au pied du lit. Mais, avant qu'il puisse de nouveau rouler et s'installer sur elle, Mary plaqua ses paumes contre sa poitrine, s'appuya de tout son poids sur lui et s'écria :

— Non !

Non ?

Il la regarda. Le collier et les boucles d'oreilles captaient la lumière et étincelaient autour de son cou et de ses oreilles, renvoyant mille reflets qui lui semblaient autant de preuves du fait qu'il la possédait. Il voulait s'emparer d'elle, la ravir à jamais. Ce « non » clamé haut et fort ne correspondait pas tout à fait à cela.

Elle le voulait. Il la voulait.

Il aurait facilement pu la repousser et la renverser. Il refréna pourtant cette pulsion qui lui intimait l'ordre de faire ce qu'il avait envie de faire, car quelque chose dans ses beaux yeux bleus l'empêchait de bouger.

— Qu'y a-t-il ? lâcha-t-il dans un souffle.

— Je veux vous remercier.

— Pour cela, vous feriez mieux de...

— Comment savez-vous ?

La voix de sa jeune épouse était haletante, et le désir se manifestait dans chacun de ses mots. Elle s'humecta les lèvres. En voyant ce spectacle, il faillit gémir.

— Comment savez-vous ce qui est mieux, si vous ne savez pas ce que je veux faire ? Ce que je veux vous faire...

Il souffrait déjà depuis longtemps. Là, il était à l'agonie.

— Mary...

— C'est notre nuit de noces, et je vous demande simplement de bien vouloir vous allonger et de me laisser vous donner...

Elle plongea les yeux dans les siens, avant d'esquisser un sourire.

— Exactement ce que vous voulez que je vous donne.

Il savait qu'il aurait dû refuser, mais... en la regardant dans les yeux, il fut certain qu'elle avait déjà compris qu'il était incapable de lui refuser quoi que ce soit. Il prit une longue inspiration et hocha la tête.

— D'accord... Mais c'est juste parce que c'est aujourd'hui.

Elle sourit comme si elle n'était pas dupe de ce mensonge. Et aussitôt, elle remonta les mains jusqu'à ses épaules et s'allongea complètement sur lui. Elle glissa le long de son torse, jusqu'à ce que sa tête se retrouve au-dessus du bassin de Ryder. Là, elle s'arrêta pour le regarder dans les yeux, avant de l'embrasser.

De l'embrasser comme une houri. Comme une femme qui n'aurait eu d'autre but dans la vie que de le charmer et de lui donner du plaisir.

Il ne savait pas bien où elle avait appris cela, mais ça ne pouvait être que de lui. Puis il pensa à autre chose.

Il n'eut aucune idée de la durée de cette exquise torture, de ce sortilège puissant. Mais il sut que lorsqu'il la repoussa doucement, n'en pouvant plus, il avait depuis longtemps cessé de penser.

Elle ne semblait guère plus vaillante. Mais, à califourchon sur lui, elle serra fortement sa taille entre ses genoux, rejeta la tête en arrière et enfonça ses ongles dans ses avant-bras, lui faisant clairement comprendre qu'elle n'était pas prête à lui rendre les commandes.

C'était même tout le contraire. Avant qu'il ait le temps de reprendre son souffle, elle se mit en place et, avec lenteur, enfonça son sexe en elle. Ce fut si intense qu'il en eut le souffle coupé et qu'il en perdit tous ses esprits, ainsi que ce qu'il lui restait de volonté.

Quand elle l'eut pris tout entier en elle, il sentit qu'il était définitivement perdu. Elle allait et venait sur lui, les paupières mi-closes. Parfois, la lumière des lampes se reflétait, étincelante, dans le bleu profond de ses yeux. Les mains en appui sur son torse, elle se donnait tout entière à sa tâche.

Au rythme élémentaire auquel elle obéissait.

Au plaisir primitif, fait de désir et de passion mêlés.

De tout son être, il répondait à son appel, incapable de se retenir ni de résister à l'envie. Incapable de résister au besoin de se fondre en elle et de fondre son identité à la sienne jusqu'à ce qu'ils ne fassent plus qu'un.

Il se rendit, abandonna toute retenue et l'accompagna dans sa course débridée vers le bonheur suprême. Puis elle se redressa et se crispa au-dessus de lui.

La tenant fermement par les hanches, il la maintint sur lui, donna un dernier coup de hanche, et ils s'envolèrent vers les étoiles.

Ensemble, ils atteignirent le firmament, avant d'accéder à un état de bien-être vertigineux. Ensemble, ils flottaient dans un océan de bonheur, fait de plaisir donné et reçu.

Elle était tout ce qu'il avait toujours voulu… et plus.

Bien plus.

Ryder était allongé sur le dos, et Mary était blottie contre lui, bien installée sous les couvertures. Dans cette quiétude, il retrouva sa capacité de réflexion, suffisamment en tout cas pour se demander ce qui avait bien pu se passer et reconnaître que sa vision du mariage s'était retrouvée totalement bouleversée.

À aucun moment il n'avait imaginé quelque chose d'aussi profond.

Avant Mary, il n'avait jamais rencontré aucune femme ayant la capacité de susciter chez lui autre chose que de l'affection et le besoin de s'assurer qu'elle était en sécurité et suffisamment nourrie. Jamais rien de plus.

Mais avec Mary... Ce qu'il ressentait pour elle, et avec elle, était tout autre chose. Quelque chose qu'il n'avait pas vu venir et n'était pas forcément bienvenu.

Certes, au cours de la semaine écoulée, depuis qu'elle partageait son lit, il avait déjà eu un aperçu. Mais il avait imputé cela à l'attrait de la nouveauté et il avait pensé qu'avec l'habitude ce sentiment perdrait en intensité.

Et c'était tout le contraire qui se produisait. Après chaque étreinte passionnée, ce lien devenait plus fort.

Il savait exactement pourquoi il l'avait choisie, pourquoi il s'était tourné vers elle. Il voulait une femme qui lui apporte tout ce dont il avait manqué dans la vie — un sens de la famille et de la loyauté familiale —, qui comprenne l'importance de ces qualités et soit prête à endosser le rôle qu'il voulait lui confier.

Mary remplissait parfaitement ces critères. Si parfaitement qu'il aurait dû peut-être se montrer plus prudent mais, comme il avait toujours exercé un contrôle absolu sur sa vie et que le destin lui avait toujours souri, il n'avait pas vu de raisons particulières de se méfier.

Pas au début en tout cas.

Et, même quand il avait commencé à s'inquiéter, quand son instinct de survie s'était réveillé, il avait eu la certitude — une certitude pleine d'arrogance — que, lui, le plus grand amant de Londres, l'homme aux mille et une nuits de passion, ne tomberait jamais amoureux.

Il aurait dû se souvenir que, chez les Grecs, c'étaient trois femmes qui présidaient à la destinée. Il aurait dû prêter attention aux mises en garde de ses amis au sujet de leurs pouvoirs.

Mais il était trop tard désormais. Beaucoup trop tard pour changer quoi que ce soit.

Le destin lui avait amené une femme qui comblait toutes ses attentes, et il devait à présent en payer le prix.

Mais peut-être pouvait-il encore espérer contrôler la façon dont il allait payer.

Mary, à laquelle il était désormais inextricablement lié et d'une façon bien plus viscérale qu'il ne l'avait prévu, était manipulatrice. Il le savait, car il l'était lui aussi.

S'il lui laissait entrevoir l'emprise qu'elle avait sur lui...

Ce n'était pas une éventualité séduisante, pas pour un homme de sa trempe, habitué à garder en toutes circonstances un contrôle complet et absolu de la situation.

Habitué surtout à garder en toutes circonstances un contrôle complet et absolu de lui-même.

Non... Il allait devoir trouver les moyens d'affronter tout ce qu'il ressentait sans rien montrer de sa faiblesse.

Les yeux fermés, le corps relâché, il se demandait vaguement comment il allait y parvenir quand Mary s'étira, puis se tourna de l'autre côté et s'enfouit davantage sous les couvertures.

Il réfléchit et conclut que la sagesse imposait qu'il fasse tout pour ne montrer rien d'autre qu'une simple tendresse à son égard. Pour cela, il devait rester où il se trouvait, c'est-à-dire allongé sur le dos et à quelques centimètres d'elle.

Une minute entière passa.

Puis il soupira, desserra la mâchoire, pivota sur le côté et, plaçant un bras autour d'elle, vint se blottir contre son corps tiède et doux. Enfin capable de se détendre, il se laissa aller et en deux secondes à peine s'endormit.

Naviguant dans les brumes d'un demi-sommeil, Mary perçut la chaleur de Ryder et sentit le poids de son bras autour d'elle. Elle n'était pas endormie au point de ne pouvoir sourire à la pensée qui lui vint à l'esprit.

Aussi possessif que protecteur, tel es-tu, Ryder Cavanaugh.

— Que voulez-vous dire par là ? Vous préféreriez que je ne sorte pas ?

Mary regarda à l'autre bout de la table du petit déjeuner et décida que, dès le lendemain, elle demanderait à Forsythe de l'installer à la gauche de Ryder. À la distance où elle se trouvait, elle ne le voyait pas assez bien pour lire dans son regard.

L'expression de son visage — une légère moue, des sourcils vaguement froncés — ne lui suffisait pas à déchiffrer ses intentions. D'autant plus qu'après lui avoir adressé un bref coup d'œil, il s'empressa de baisser les yeux vers son assiette.

— Ce que je viens de vous dire et rien de plus, répondit-il devant son air incrédule. Étant donné qu'il s'agit de votre première journée ici, je suis sûr que vous avez fort à faire à l'intérieur. Il faut commencer par vous familiariser avec cette maison et la façon dont elle fonctionne. Je sais que Mrs Pritchard se tient prête pour vous emmener faire un tour complet de la maison. Même sans sortir, vous aurez donc fort à faire, et...

Il s'interrompit, fixa sa fourchette puis, sans lever les yeux vers elle, déclara :

— Je préférerais que vous restiez à l'intérieur aujourd'hui.

« Et je suis votre époux, et vous me devez obéissance. »

Il n'avait pas prononcé ces mots, mais Mary les entendit clairement. Son visage restait impassible, mais elle se sentait glacée d'effroi. Qu'était-il arrivé à l'homme qui lui avait si merveilleusement laissé les rênes la nuit dernière ? Et le matin même aussi, d'ailleurs. Quelques heures plus tôt, il était déjà presque sur le point de devenir le mari qu'elle voulait qu'il soit. Et à présent, il était assis face à elle, rigide, en train d'offrir une excellente imitation du plus dictatorial des tyrans.

Mais était-ce une imitation ou la réalité ?

Les yeux plissés, elle l'observa et ne parvint pas à trancher. Quoi qu'il en soit, elle devait absolument le prendre en main. Elle devait réagir et faire en sorte qu'il rectifie le tir. Mais étant donné sa personnalité à lui, et étant donné qu'il connaissait la sienne, quel était pour elle le meilleur moyen de parvenir à ses fins ? Il lui fallut un moment pour trouver la bonne réplique.

— Pourquoi ? fit-elle alors.

Quand il leva les yeux vers elle, elle maudit de nouveau la distance qui les séparait, mais elle crut voir passer dans son regard, de façon fugitive, une sorte de… panique. Reprenant un peu confiance, elle attrapa sa tasse de thé.

— Je suis certaine qu'il y a une bonne raison à cette interdiction.

Elle avala une gorgée de thé en l'observant par-dessus le bord de sa tasse et insista :

— Quelle est donc la cause de cette… requête ?

Il cligna des yeux. Son expression semblait délibérément impassible. Puis il dit :

— Des rats.

— Des rats ? répéta-t-elle en reposant sa tasse, surprise. Dans cette maison ?

Il fit la grimace et baissa les yeux.

— Un rat a été découvert à l'intérieur de la maison ce matin.

Il jeta un coup d'œil en direction de la fenêtre avant de poursuivre :

— Nous avons fait rentrer les chats, et la maison a été inspectée de fond en comble. Il n'y en a plus un seul à l'intérieur. Mais en ce moment, des domestiques sont en train de vérifier les terrasses et les jardins.

Cela expliquait cette curieuse effervescence qu'elle avait sentie dans la maison et aperçue par la fenêtre en descendant l'escalier. Elle s'était demandé pourquoi tant d'hommes étaient en train de battre les buissons, mais vraiment… Elle haussa les épaules et but de nouveau un peu de thé, avant de déclarer :

— Je n'ai pas du tout peur des rats.

— Vraiment ? demanda-t-il, l'air légèrement dérouté.

Elle secoua la tête.

— Ils sont petits et finissent toujours par s'enfuir. Évidemment, l'idée qu'il y en ait à l'intérieur de la maison ne me plaît pas spécialement, mais je suis heureuse que les domestiques aient réagi si vite et si bien. Et si votre interdiction était dictée par la peur que je ne m'évanouisse à la vue d'un pauvre petit rat…

— Ils ne sont pas petits, rétorqua-t-il en secouant la tête. Ils sont gros. Aussi gros que des chats. Et ils sont enragés : ils ne s'enfuiront pas. Ils vous attaqueront et pourraient vous mordre.

Il prit une courte inspiration et détourna le regard, en exécutant un geste vague de la main.

— Eh bien, comprenez-vous pourquoi, maintenant, je préfère que vous restiez à l'intérieur ?

Mary le fixa, abasourdie. Après un long moment de silence, elle demanda confirmation :

— Des rats enragés ? Aussi gros que des chats ?

Ryder leva sa tasse de café et, sans la regarder dans les yeux, acquiesça tout en espérant qu'elle avait cru à ses histoires.

— Exactement. Si tout se passe bien, nous devrions nous en être débarrassés demain ou après-demain.

Après la découverte qu'ils avaient faite le matin même, il était hors de question qu'elle échappe un seul instant à sa surveillance, ou à celle de l'un de ses plus fidèles domestiques. C'était ce qu'il fallait pour qu'il ne se laisse pas totalement submerger par la panique qui s'était emparée de lui. C'était ce qu'il fallait pour qu'il ne la garde pas toute la journée dans ses bras en menaçant de frapper quiconque tenterait de s'approcher d'elle. Il avait du mal à réfléchir, et encore plus à formuler un raisonnement logique. À chaque fois qu'il songeait qu'elle pourrait très bien, têtue, autoritaire et volontaire comme elle l'était, décider de n'en faire qu'à sa tête, passer outre son interdiction et s'exposer ainsi à de grands dangers, il était pris d'une panique indicible.

Et cette panique l'ébranlait et le secouait au plus profond de son être, faisant trembler ses fondations.

C'était la première fois de sa vie qu'il paniquait de la sorte. Il ne savait comment y faire face. Il ne savait comment refréner cette réaction incontrôlable, comment se calmer suffisamment pour réfléchir... Dès qu'il pensait à Mary, et plus encore dès qu'il la voyait, des instincts qu'il ignorait posséder le submergeaient et prenaient possession de lui. Il était si tendu que, malgré ses efforts, il avait l'impression que sa mâchoire allait céder et qu'il allait tordre sa fourchette. Et, en ce moment précis, sa santé mentale reposait sur un mensonge énorme que Mary devait absolument croire. Mais allait-elle accepter sans broncher l'idée que ce petit coin tranquille de la campagne anglaise soit infesté par des rats enragés aussi gros que des chats ?

Elle le fixait, l'observait. Il la regardait discrètement et faillit soupirer de soulagement quand elle hocha doucement la tête.

— Comme vous l'avez dit, je serai occupée toute la matinée avec Mrs Pritchard et les domestiques. J'imagine que je ne serai pas libre avant l'après-midi. Cependant...

Elle attendit qu'il relève la tête, avant de le regarder dans les yeux avec insistance.

— Si je pouvais vous suggérer un compromis... J'aimerais que vous m'accompagniiez dans la roseraie. J'aimerais la voir autrement que d'en haut, et si vous êtes avec moi — et nous pouvons peut-être demander au chef jardinier de nous accompagner aussi — alors je suis sûre que vous pourrez me protéger des rats.

Comme il avait l'impression d'être en train de se noyer, il saisit cette perche sans hésitation.

— Cela me paraît raisonnable, fit-il en hochant la tête.

Elle sourit, mais quelque chose dans son expression disait que son approbation relevait plus de la stratégie que de la reddition.

Il s'en moquait. Si elle avait accepté de l'attendre avant de s'aventurer dehors, cela voulait dire qu'elle avait décidé de se montrer prudente et raisonnable. Et pour l'instant, c'était tout ce qui comptait pour lui.

La journée de Mary passa à la vitesse de l'éclair. Tout d'abord, pour tenir son rôle de nouvelle marquise, elle accompagna Forsythe et Mrs Pritchard dans une visite complète de la maison, jusqu'aux quartiers des domestiques, aux greniers et au toit, qu'elle avait absolument tenu à découvrir. À son soulagement, elle avait compris que la maison, pourtant restée sans véritable maîtresse pendant plusieurs décennies, avait été modernisée pour en améliorer le confort et la fonctionnalité, et que les quartiers des domestiques avaient été réaménagés en respectant certains critères chers aux nouveaux idéaux progressistes, qui fleurissaient un peu partout.

Quand elle avait demandé qui se trouvait à l'initiative de ces changements heureux et bienvenus, Forsythe lui avait expliqué :

— C'est monsieur le marquis, madame. Il fait preuve d'idées progressistes dans bien des domaines.

Elle avait retenu cette observation et s'était promis de se renseigner un peu plus précisément quant aux aspirations politiques de son époux.

Au cours du déjeuner, qu'elle avait pris avec Ryder dans la salle à manger familiale, elle l'avait bombardé de questions sur la façon dont il voyait le domaine, sur ce qu'il espérait accomplir dans un futur proche, et sur ses projets à long terme. Il avait commencé par hésiter — cette tension étrange qu'elle avait décelée chez lui durant le petit déjeuner était toujours bien présente — mais avait finalement consenti à répondre. Quand elle avait continué à l'interroger, il s'était détendu, et sa parole s'était libérée.

Elle n'avait pas commis l'erreur de reparler de la réaction surprenante qu'il avait eue, quand elle lui avait fait part de son intention d'aller explorer les dépendances et les jardins. Mais, au moment de quitter la salle à manger, elle lui avait rappelé sa promesse de l'accompagner jusqu'à la roseraie. Il avait hoché la tête et lui avait répondu qu'elle n'aurait qu'à venir le chercher dans la bibliothèque quand elle serait prête à sortir.

Satisfaite, elle avait passé les deux heures suivantes à discuter avec Mrs Pritchard dans son petit salon du premier étage. Alors que Mary avait exposé ses idées sur la façon dont elles allaient diriger ensemble cette maison, elle avait trouvé la gouvernante, par moments, étrangement distraite.

Enfin libre, Mary était descendue à la bibliothèque. Ryder avait promptement interrompu son travail de correspondance, et ils étaient sortis. La promenade avait été agréable, et aucun rongeur ne s'était montré. Elle n'avait même pas aperçu le moindre chat.

Décelant de nouveau chez lui cette curieuse tension qu'il

donnait l'impression de vouloir cacher, elle s'était interdit de l'ennuyer à ce sujet. Elle préféra profiter des roses et de sa présence à ses côtés.

Cette promenade lui avait fait le plus grand bien, et elle était rentrée d'humeur apaisée. Ils avaient ensuite pris la direction de la bibliothèque, où elle s'était installée avec un livre pour lui tenir compagnie en silence. Ryder l'avait observée pendant un moment, avant de se remettre à sa correspondance. Elle avait pensé qu'il essayerait peut-être de l'envoyer ailleurs mais, au contraire, il avait semblé heureux de sa présence. Chaque fois qu'il avait levé les yeux de son courrier, elle avait senti la brève caresse de son regard.

Mais, quand vint le moment de se préparer pour le dîner, Aggie, supposant que sa maîtresse était au courant, évoqua les faits. Mary apprit alors la vérité sur ce qui avait causé ce changement étrange dans l'attitude de Ryder, et qui avait donné naissance à ce décret extraordinaire. Et sur ce qui se cachait derrière le comportement quelque peu fébrile des domestiques.

La vérité sur cette histoire de rats enragés.

Aggie, sentant la colère de sa maîtresse sur le point d'exploser, devint nerveuse. Mary la rassura aussitôt, mais préféra ne pas s'expliquer. Elle refusait d'admettre l'ignorance à laquelle on l'avait condamnée pendant toute la journée.

C'était une question qu'elle devait aborder avec celui qui avait voulu qu'il en soit ainsi : Ryder.

Sa première réaction fut de vouloir se précipiter en bas pour avoir tout de suite une petite discussion avec lui, mais... Elle prit une grande inspiration, resta immobile sur son siège et laissa Aggie continuer de la coiffer, se rappelant qu'elle était une femme mariée désormais et que les femmes mariées devaient se montrer bien plus intelligentes que celles qui ne l'étaient pas, surtout quand il s'agissait des rapports avec leur mari.

« Il ne faut pas s'opposer frontalement à eux, car cela ne conduit qu'à renforcer leur résistance instinctive. En fait, il me paraît plus efficace de trouver un moyen de prétendre s'allier à eux. Lorsqu'on leur a clairement fait comprendre que l'on est entièrement disposée à les aider à résoudre tous les problèmes pouvant se présenter à eux et à les épauler plutôt qu'à s'opposer, alors nos chers époux sont souvent si reconnaissants qu'ils acceptent de bon cœur de partager les rênes du pouvoir avec nous. Et, à partir de là, nous pouvons mener notre barque dans la direction qui nous convient le mieux. »

À l'instant où elle avait entendu ces mots pleins de sagesse, elle avait compris qu'un jour ils lui seraient utiles. Elle avait retenu par cœur ces conseils professés par la duchesse de Wolverstone, Minerva, au sujet de la conduite à adopter vis-à-vis des hommes à tendance tyrannique, comme son époux, Royce.

Et ces conseils s'appliquaient parfaitement bien à sa situation actuelle.

Alors... elle resta assise et laissa Aggie se démener, en se concentrant pour retrouver son calme et réfléchir aux moyens d'obtenir à coup sûr la part de pouvoir à laquelle elle aspirait.

Elle ne se précipita pas dans le salon dès qu'elle fut prête, mais prit son temps au contraire. Elle se dirigea vers l'escalier qu'elle descendit avec lenteur, pour se forcer à maîtriser mieux encore sa colère et à se souvenir de son but.

Arrivée dans le hall d'entrée, elle leva la tête et rejoignit le salon. Un valet se précipita pour lui ouvrir la porte. Inclinant la tête de façon impériale, elle pénétra dans la pièce.

Ryder était debout près de la cheminée, un bras posé sur la tablette. Son regard s'arrêta sur elle à l'instant où elle apparut.

Il l'attendait.

Elle reprit son souffle et, levant instinctivement la tête plus haut encore, elle avança vers lui en le regardant dans les yeux.

Avant même qu'elle s'approche de lui, Ryder réalisa qu'elle savait. Et il reconnut qu'il n'avait pas d'autre choix que de faire ce qu'il devait faire.

Il n'attendit pas qu'elle soit arrivée jusqu'à lui pour lever la main à hauteur d'épaule, paume tournée vers elle, en signe de paix offerte.

— Mea culpa. Je m'excuse.

Elle s'immobilisa et le fixa longuement. Il ne parvint pas à déchiffrer son expression, ce qui le mit mal à l'aise.

Puis elle haussa légèrement un sourcil.

— De quoi vous excusez-vous ?

Il soutint son regard sans tomber dans le piège. Quelqu'un lui avait forcément rapporté les détails de l'affaire.

— J'aurais dû vous le dire tout de suite. Dès que j'ai appris la nouvelle.

Ses sourcils délicats se levèrent davantage.

— Et ?

Et... les lèvres pincées, il reconnut :

— J'aurais dû en discuter avec vous, pour que nous décidions ensemble de la marche à suivre.

— Pourquoi ne pas l'avoir fait ? demanda-t-elle, l'air légèrement intrigué.

— Parce que...

Il inspira si profondément qu'il en eut presque mal.

— Parce que je voulais que votre première journée ici, votre première journée d'épouse, soit... parfaite. Je voulais que vous vous sentiez la bienvenue et que vous voyiez cet endroit et tous les gens qui l'habitent avec votre enthousiasme et votre allant habituels.

Son regard bleu devint sarcastique, mais ses lèvres esquissèrent un sourire.

— Je suis peut-être enthousiaste et pleine d'allant, mais je ne suis pas aveugle.

— Non. Je le sais.

Sans lâcher son regard, il prit une nouvelle inspiration profonde. Pour l'instant, les choses s'étaient mieux passées qu'il ne l'aurait cru.

— Alors...

En suspendant ainsi son discours, il invitait Mary à exprimer librement ce qu'elle ressentait.

Elle le fixa durant quelques secondes, avant de hocher très légèrement la tête et de demander :

— Qu'avez-vous appris ?

Son instinct lui criait de répondre à la question sans tarder, mais il n'arrivait pas à croire qu'il allait pouvoir s'en tirer aussi facilement.

— C'est tout ? s'enquit-il. Vous n'allez pas me réprimander sévèrement ?

Elle garda les yeux fixés sur lui. Une seconde passa, puis elle haussa les épaules.

— Puisque vous avez reconnu vos torts de vous-même, vous réprimander serait superflu et ne serait qu'une perte de temps. Inutile de me mettre en colère.

Elle inclina la tête.

— Donc, je répète : qu'avez-vous appris ?

Apparemment, il s'était tiré d'affaire, mais...

— Absolument rien, répondit-il en grimaçant.

Elle fronça les sourcils et alla s'asseoir. Elle portait une robe du soir à rayures bleues et noires, avec un camée accroché à un ruban de velours bleu. Elle était fraîche et éclatante, et sa robe était parfaite pour un dîner à la campagne, en tête à tête avec son mari. C'est-à-dire avec lui.

Levant les yeux vers Ryder, elle expliqua :

— Tout ce que je sais, c'est qu'une vipère a été trouvée dans mon lit ce matin. Je suis certaine que vous avez cherché à savoir comment elle avait pu arriver jusque-là.

Il lutta pour que son expression ne parût pas trop lugubre.

— Nous sommes entourés de bois et de forêts, où vivent forcément des vipères, mais nous n'en avions jamais trouvé dans le jardin, et encore moins dans la maison. Quand la petite domestique est venue dans votre chambre ce matin pour s'occuper du feu, elle a remarqué du mouvement sous les couvertures et elle a eu la présence d'esprit d'aller chercher Forsythe. Lui et les jardiniers ont attrapé le serpent. Mais tout le monde s'interroge sur la façon dont l'animal a pu se retrouver au premier étage, et plus encore sous vos draps.

Elle cligna des yeux et pendant un long moment se contenta de l'observer. Puis il la vit prendre une grande inspiration.

— Quelqu'un l'y a mise, dit-elle, semblant aussi incrédule que lui.

Oui, mais qui ?

Il s'approcha d'elle.

— Je suis aussi certain qu'on peut l'être qu'il ne s'agit pas de l'un des domestiques.

Il s'assit sur le canapé à côté d'elle, croisa son regard quand elle se tourna vers lui et s'expliqua.

— Les gens qui travaillent dans cette demeure, tous sans exception, et même ceux qui travaillent au jardin et à l'écurie sont membres de l'une des familles qui habitent le domaine. Ce qui veut dire, comme vous le savez, que leur loyauté ne peut être remise en question. D'après Forsythe et Mrs Pritchard, et d'après Filmore, le chef palefrenier, et Dukes, le chef jardinier, tout le monde était ravi de notre mariage et impatient de faire votre connaissance. Pas le moindre mot n'a été prononcé contre vous. Et pour vous répondre : oui, je leur ai demandé d'enquêter, et c'est ce qu'ils ont fait. Tout le monde ici a été très choqué d'apprendre la nouvelle.

Il marqua un temps d'hésitation, avant de reprendre :

— Qui plus est, comme hier était un grand jour, chacun a tout mis en œuvre pour que tout soit parfait. Les valets et les femmes de chambre n'ont pas cessé de monter et descendre l'escalier, d'entrer et sortir de vos appartements. Votre lit n'a pas été fait avant 16 heures, et votre femme de chambre, Aggie, n'a pratiquement pas quitté votre vestiaire depuis l'instant où elle est arrivée jusqu'au moment où tout le monde s'est mis en rang dans la cour pour vous accueillir.

Mary cligna des yeux, puis chercha son regard.

— C'est à ce moment-là que le forfait a été commis, assena-t-elle. Quand tout le monde était en rang dans la cour. C'était le seul moment où l'on pouvait être certain que personne ne se trouvait à l'intérieur, où l'on pouvait entrer et sortir sans être vu.

Il fronça les sourcils.

— Mais...

— Vous êtes-vous renseigné pour savoir si un étranger avait été aperçu aux alentours ? demanda-t-elle en prenant sa main.

Son froncement de sourcils s'accentua.

— Non, répondit-il en refermant les doigts autour de ceux de Mary. Nous avons juste inspecté la maison et tenté de vérifier que personne n'avait menti.

Elle hocha la tête. Soudain, une explication lui vint à l'esprit. Une explication glaçante. Elle regarda Ryder dans les yeux et serra davantage sa main.

— Est-il possible que ce contre quoi Barnaby nous a mis en garde à Londres se soit produit ? demanda-t-elle. Que le scélérat qui a essayé de vous faire tuer une première fois ait tenté de recommencer ?

Il lui rendit son regard, mais secoua la tête.

— Si tel était cas ne pensez-vous pas que la vipère aurait plutôt été placée dans mon lit ?

— Pourquoi ? C'était notre nuit de noces. On a pu penser que vous dormiriez dans mon lit, non ?

— C'est… possible, répondit-il en grimaçant.

Mais ensuite, il secoua de nouveau la tête.

— Non… cela ne va pas. Si nous avions suivi la tradition, alors vous auriez été vous installer dans votre lit avant que je vous y rejoigne.

— Le coupable a peut-être placé le serpent tout au bout du lit en supposant que mes pieds ne l'atteindraient pas, contrairement aux vôtres.

— Non, cette hypothèse me paraît fantaisiste.

Mary n'était pas de cet avis, mais elle n'allait pas discuter ce point, pas avant d'avoir eu le temps d'y réfléchir plus avant. Et de prendre ses dispositions pour réagir de la meilleure façon qui soit.

Ryder jeta un regard vers la porte.

— Forsythe va venir nous chercher pour le dîner d'un moment à l'autre.

Puis il se tourna de nouveau vers elle.

— Voilà, continua-t-il. Maintenant que nous connaissons

tous les deux l'affaire dans ses moindres détails, qu'en pensez-vous ? Quelle doit être notre réaction ?

Il fit un petit signe de tête en direction de la porte.

— Quelles dispositions prendre au sujet des domestiques ? Car ils attendent et guettent notre réaction.

Elle le regarda un moment dans les yeux avant de répondre :

— On m'a toujours enseigné que des domestiques loyaux pouvaient faire les meilleurs alliés. D'après ce que vous m'avez dit, et d'après ce que j'ai pu observer moi-même, je ne vois aucune raison de soupçonner l'un d'eux, ne serait-ce que de complicité.

Il hocha la tête, profondément soulagé.

— Je suis d'accord.

— Très bien alors.

Elle jeta un coup d'œil vers la double-porte quand derrière elle se firent entendre des bruits de pas.

— Et je suggère que nous fassions passer cela, au moins pour le moment, pour un regrettable accident.

Il hésita, avant d'incliner la tête.

Il l'aida à se relever et, ensemble, ils se tournèrent vers Forsythe qui avait ouvert la porte pour leur annoncer avec solennité que le dîner était servi.

Ryder tira lui-même la chaise de sa jeune épouse pour qu'elle s'installe à un bout de la table, avant de prendre place en face d'elle. Une fois assise, Mary fit plusieurs commentaires, auxquels Ryder répondit comme il le fallait, à propos de l'épisode de la vipère. Le but tacite de la manœuvre était de formuler à voix haute leur hypothèse de l'accident et de la faire ainsi entendre à Forsythe et aux deux valets de pied, qui se chargeraient de la répéter à tous les domestiques.

Quand cela fut fait, ils cessèrent d'évoquer l'incident qui devait continuer néanmoins — elle en était tout à fait certaine — à occuper leurs pensées. Mais ils entreprirent de se divertir l'un l'autre en abordant une myriade d'autres sujets et ils y parvinrent plutôt bien.

Après le dîner, ils se retirèrent dans la bibliothèque. Ryder ne lui avait pas demandé son avis, mais elle décida d'accepter qu'il l'emmène dans son repaire. Elle s'installa dans le fauteuil qu'elle avait déjà fait sien, reprit son livre et tâcha de s'abstraire en s'instruisant sur l'histoire des jardins.

Ryder rangea son bureau avant de venir la rejoindre. Il s'assit face à elle et ouvrit un livre à son tour. Mais, contrairement à Mary qui semblait absorbée par sa lecture, il ne parvint pas à se concentrer sur son ouvrage. Il était toujours aux prises avec les événements de cette journée. Et avec les émotions qu'ils avaient provoquées.

Ce matin avait sans aucun doute servi de révélateur. Jusque-là, il ne se savait pas capable d'une telle panique. Elle avait été si violente qu'elle l'avait empêché de réfléchir et l'avait amené à se comporter de façon peu avisée.

Surtout s'il espérait pouvoir continuer à cacher les sentiments profonds qu'il éprouvait pour sa femme.

Il ne savait pas qu'il pouvait tenir à elle au point de paniquer en la sachant menacée. Maintenant, il le savait, et tout cela n'en était que plus effrayant.

Il voulait s'en remettre à l'hypothèse selon laquelle la vipère avait été destinée à le tuer, lui… Mais il ne parvenait pas à savoir s'il se sentait soulagé du fait que Mary n'avait pas été prise pour cible ou horrifié qu'elle ait pu être la victime collatérale d'une tentative d'assassinat perpétrée contre lui, par quelque dément.

À cette pensée, ses émotions menacèrent de surgir de nouveau. Avec détermination, il les contint. C'était ridicule de se torturer avec des « peut-être » et des « et si ». Il avait mieux à faire, comme de s'interroger sur la réaction de Mary quand elle avait appris la nouvelle. Il s'en étonnait. Il savait qu'il n'avait pas sous-estimé l'aspect volcanique de son tempérament. Elle aurait dû surgir comme une furie prête à le mettre en pièces. Mais au lieu de cela, elle s'était comportée de façon bien plus raisonnable que lui.

Soit elle possédait un caractère plus placide et calme qu'il ne l'avait cru, soit... elle avait compris pourquoi il s'était comporté comme il l'avait fait.

Il ne parvenait pas à trancher et, pour la première fois de sa vie, ne se sachant sûr de rien, il se sentit manquer d'assurance.

L'horloge se mit à sonner, et Mary réprima un bâillement avant de reposer son livre.

— Je vais me coucher, déclara-t-elle en quittant son fauteuil.

Il bondit instantanément du sien et s'empressa de déclarer :

— Je monte aussi.

Elle leva un sourcil et esquissa un lent sourire de sirène.

— Je l'espérais bien. Si cela ne vous fait rien, étant donné les circonstances, j'aimerais mieux partager votre lit que de me glisser dans le mien.

Réprimant un frisson, il lui désigna la porte.

— J'allais vous proposer la même chose.

Côte à côte, ils grimpèrent l'escalier et se dirigèrent vers leurs appartements. Il la laissa pénétrer la première dans le petit salon, puis prendre les devants dans sa chambre.

Il l'y suivit et, après avoir refermé la porte, prit sa main pour l'attirer à lui et la prendre dans ses bras.

Il s'assura d'un bref regard que les deux lampes avaient été allumées, et les rideaux fermés. Même s'il n'en avait pas donné l'ordre, il faisait confiance à ses gens pour avoir inspecté son lit et toute la chambre. En effet, les domestiques avaient été profondément choqués par ce qui était arrivé, et ils avaient réagi. Ils ne permettraient pas que se répète une nouvelle fois ce que, dans leurs cœurs, ils voyaient comme une attaque perpétrée contre lui et contre eux, contre la maison Cavanaugh qu'ils servaient, et Mary était désormais, à leurs yeux autant qu'aux siens, un membre central de cette famille.

Il la saisit par la taille, observa son visage et le mystère de ses yeux bleu-violet. Il prit un moment pour savourer sa force légère, sa fermeté sous ses doigts, avant de dire :

— Je vous remercie d'avoir compris et excusé ma conduite atroce d'aujourd'hui.

Aussitôt, il leva un sourcil.

— Vous m'avez pardonné, n'est-ce pas ?

— Bien sûr, répondit-elle en souriant.

Alors qu'il ne semblait pas convaincu, Mary se mit à rire.

— Je suis une Cynster. Je sais comment se comportent les hommes tels que vous.

Et pourquoi.

Elle omit d'ajouter ces deux mots, mais c'était ce « pourquoi » qui l'intéressait le plus, qui retenait toute son attention. C'était peut-être même tout ce qu'elle cherchait, le soubassement sur lequel ils allaient pouvoir bâtir leur vie future.

Loin d'être abattue par ce qui s'était passé dans la journée, elle avait désormais de quoi entretenir de solides espoirs.

Et comme toujours, elle était pressée d'avancer. Souriant, incapable de masquer son impatience, elle posa les mains sur sa nuque.

— Laissons derrière nous ce qui s'est passé aujourd'hui et recommençons à partir de ce moment précis, et de l'endroit où nous nous trouvons, ici même dans cette pièce.

Elle vit la méfiance paraître dans son regard. La méfiance d'un grand prédateur qui ne voyait pas de piège, mais sentait une entrave invisible. Mais, si elle avait vu juste, il portait désormais cette entrave en lui et bientôt il l'accepterait de son plein gré.

Mais pour l'instant, il ne la voyait pas encore. Et, s'il l'apercevait, il ferait de son mieux pour l'ignorer.

D'ailleurs, après ce bref moment d'hésitation, il hocha la tête.

Puis il se pencha, et elle se hissa vers lui.

Leurs lèvres entrèrent en contact, se touchèrent, s'effleurèrent avant de se confondre. Elle ne savait pas pourquoi c'était à chaque fois différent, mais c'était bien l'impression qu'elle avait. Et cette fois, il fut surtout question de se rassurer.

Il fut question d'explorer de nouveau et de se reconnecter. Il s'agissait de revisiter leurs expériences passées, mais avec une conscience et une compréhension plus aiguës des émotions provoquées et contenues.

Contenues jusqu'à maintenant.

Désormais, elles pouvaient se libérer et s'exprimer, se nourrir du contact physique.

Et, même s'ils avaient essayé de les retenir, ils n'y seraient pas parvenus cette fois. Cette force qui surgissait quand ils s'unissaient, et qu'ensemble ils semblaient générer, les dépassait inévitablement.

Elle les submergeait.

Cette fois, elle se transforma en une explosion de passion, de caresses brûlantes et possessives émanant de lui comme d'elle, et en un besoin dévorant de satisfaire cette soif qui avait grandi en eux.

Cette soif impérieuse.

Ils finirent par plier et se rendre. Par laisser les flammes les gagner et les dévorer, les consumer et les faire renaître, puis les relâcher, vidés et en pièces, dans l'océan rafraîchissant du contentement, afin qu'ils dérivent jusqu'au rivage lointain où les attendait un bien-être profond et apaisant.

Les échos de l'extase résonnaient toujours dans leur corps quand, anéantis, ils ne se lâchèrent que pour remonter les couvertures, avant de retomber dans les bras l'un de l'autre.

Ensemble, là, comme ils se devaient d'être.

13

La vie était agréable. Au cours des jours suivants, Mary se sentait de plus en plus heureuse à mesure qu'elle découvrait à quel point elle aimait son rôle de marquise et à quel point il lui allait comme un gant.

L'incident de la vipère ne fut pas éclairci. Cependant, comme plusieurs jours passèrent sans que rien d'autre ne vienne gâcher son installation dans sa nouvelle demeure, l'épisode s'effaça de la conscience collective.

Cela suffit pour que Mary décide qu'il était temps que Ryder lui fasse visiter le domaine à cheval. Assise à côté de lui à la table du petit déjeuner, elle lui fit part de son envie et ajouta, avant de lui laisser le temps de répondre :

— Comme je vous l'ai dit hier soir, je pense qu'à la fin de l'été nous devrions inviter toutes les familles qui vivent au domaine et toutes les personnes qui y travaillent à un grand pique-nique. Et avant cela, j'aimerais justement me faire une idée un peu plus précise du domaine et de tous ceux qui y habitent.

Elle le regarda bien en face avant de poursuivre :

— Et vous êtes indiscutablement la meilleure source d'information sur le sujet.

Elle fronça les sourcils et conclut :

— Alors, quand pouvons-nous y aller ?

Déjà habitué à ses petites manipulations — sa dernière question présupposait qu'il était d'accord —, Ryder la regarda en réfléchissant à sa requête. Il hésitait encore, mais pourtant ce pique-nique était exactement le type d'événements qu'il voulait voir institués, un grand rassemblement annuel dont Raventhorne manquait et qu'il serait ravi que son épouse organise. Il finit par hocher la tête.

— Très bien, c'est d'accord.

Voyant le triomphe éclairer son visage, il leva sa tasse pour cacher son sourire amusé.

— Quand êtes-vous libre ? demanda-t-il.

Elle avait remarqué son amusement et le regarda en clignant des yeux.

— Dès que vous le serez.

Il y avait tant de défi dans sa voix qu'il promit de la retrouver dans son petit salon dès qu'ils auraient passé leurs tenues. Il ne fut pas surpris de constater que ses vêtements d'équitation étaient bleus — d'un bleu plutôt terne —, mais les brandebourgs sur la poitrine, la coupe très cintrée de la veste et le drapé de sa large jupe retinrent toute son attention. Il la suivit dans le couloir, et ce ne fut qu'une fois dans la galerie qu'il remarqua la plume qui flottait sur la petite toque qu'elle portait au-dessus de ses boucles savamment arrangées.

Comme à son habitude, elle marchait de son allure décidée, et à chaque pas la plume bougeait, ce qui le fit sourire bêtement.

Il lui montra le chemin le plus court pour arriver aux écuries. Il avait fait prévenir ses domestiques, et leurs chevaux les attendaient, sellés. Son étalon gris, Julius, et la jument baie aux pattes agiles qu'elle avait fait venir de Londres s'ébrouaient dans la cour de l'écurie, impatients d'aller galoper et faisant claquer leurs sabots sur les pavés.

Ryder lança un regard de connaisseur à la jument, puis il aida Mary à se mettre en selle. Elle s'installa et prit en main les rênes que lui tendait le palefrenier.

— Je suppose qu'elle provient des écuries de Demon, déclara Ryder.

— Oui, répondit-elle en enroulant les rênes entre ses doigts gantés, avec savoir-faire et décontraction. C'est lui qui fournit toute la famille en chevaux.

— J'ai entendu dire qu'il faisait très attention à assortir chevaux et cavaliers.

Saisissant la question sous-entendue dans sa remarque, elle sourit et hocha la tête.

— En effet, il refuse de nous laisser monter un animal que nous ne pourrions maîtriser.

Elle se pencha en avant et caressa le cou au poil brillant de sa jument. Elle leva un sourcil et plongea les yeux dans les siens.

— Nous apprenons donc tous à maîtriser les animaux que nous montons.

Il soutint son regard pendant un long moment, essayant de découvrir si ce double sens était délibéré ou non. Incapable de trancher, il finit par détourner les yeux en souriant.

En saisissant les rênes à son tour, il se hissa en selle. Dès qu'il fut installé, Mary lui jeta un coup d'œil avant de passer devant lui pour quitter la cour de l'écurie.

Il la rejoignit dans l'avant-cour et, d'un signe de tête, l'incita à traverser une douce pente herbeuse.

— Comment vous en tirez-vous avec les barrières et les haies ? demanda-t-il.

Elle était en train de jauger son étalon. Elle leva les yeux et adressa à Ryder un regard légèrement condescendant.

— Lucinda et moi-même pouvons passer partout où vous et cette brute pouvez passer.

Ayant remarqué avec quel calme et quelle assurance elle se tenait en selle, il supposa que ce n'était pas une vantardise, mais plutôt que de la flatter, il répondit :

— Très bien. Nous verrons.

Elle grommela doucement, mais le suivit avec facilité quand il lui fit franchir une première barrière. Ils parcoururent au petit galop les champs et les enclos de la ferme du domaine, mais les deux chevaux semblaient insatisfaits, comme s'ils voulaient galoper pour de bon.

Quand ils quittèrent les champs pour prendre la direction des bois en empruntant une piste cavalière bien entretenue, Ryder lança :

— Laissons-les se défouler un peu. Il y a une grande clairière un peu plus loin.

— Merveilleux ! Je vous suis.

Il prit la tête et, dès qu'ils aperçurent la clairière, ils lâchèrent leurs rênes, laissèrent leurs chevaux s'emballer et, côte à côte, partirent au galop.

Les deux chevaux s'envolèrent. L'étalon était plus fort, mais la jument était affûtée et puissante. Ryder ne put s'empêcher de sourire avec délice alors qu'ils traversaient la clairière en trombe.

Penchée sur sa jument, Mary riait, mais le fracas de leur passage couvrait ses rires. Son cœur battait au rythme des coups de sabots de Lucinda, alors qu'elles se maintenaient à côté de Ryder et de sa monture, ne leur cédant pas le moindre centimètre. Mary se sentait transportée de joie et de fierté.

Mais soudain, Lucinda perdit le rythme de sa foulée.

Mary était une cavalière trop expérimentée pour ne pas réagir aussitôt. En tirant sur les rênes, elle se redressa en répartissant son poids afin d'équilibrer la jument du mieux possible.

Lucinda ralentit, mais elle s'agita, se tournant à moitié, les muscles contractés comme si elle cherchait à ruer. Alarmée — Lucinda ne s'était jamais mal comportée —, Mary s'efforça de rester calme, sachant que c'était le moyen le plus sûr d'apaiser sa monture. Totalement concentrée sur sa jument, elle tira sur les rênes avec vigueur pour la forcer à ralentir et, dès qu'elle put, elle désengagea sa jambe du pommeau, retira son pied de l'étrier et sauta à terre.

Tenant les rênes fermement, elle attendit que sa jument s'arrête, frémissante, puis, stupéfaite mais attentive à ne pas l'effrayer, elle s'approcha de Lucinda pour lui caresser le museau.

— Que se passe-t-il, ma belle ? demanda-t-elle.

Remarquant sa soudaine absence, Ryder avait fait faire demi-tour à son étalon et il s'arrêta à quelques pas.

— Que s'est-il passé ?

Mary secoua la tête d'un air perplexe.

— Je ne sais pas. Mais regardez-la, fit-elle en désignant Lucinda, elle tremble. Comme si elle était traumatisée.

Ryder pesta. Puis il descendit de cheval. Après avoir attaché Julius à un arbre, il vint la rejoindre.

Le regard en alerte, il surveillait la jument, dont il fit le tour. Mary continuait de caresser le museau de Lucinda qui semblait se calmer, mais tressaillait toujours et respirait avec difficulté.

— Voyez-vous quelque chose ?

— Non.

Au bout d'un moment, Ryder demanda :

— Racontez-moi exactement ce qui s'est passé. Qu'est-ce qui vous a fait vous arrêter ?

— Elle a perdu le rythme de sa foulée. J'ai eu peur qu'elle ait pris un mauvais appui ou qu'elle ait mis le sabot dans un trou. Elle n'a pas vraiment sursauté, mais elle a quand même eu un petit soubresaut.

Elle ferma les yeux pour mieux se remémorer la scène.

— Je crois qu'elle venait de prendre appui sur l'une de ses pattes arrière quand cela s'est produit.

Ryder grommela.

— Tenez-la fermement. Je vais inspecter ses pattes et ses sabots.

Curieusement, il ne trouva rien, ni plaie, ni blessure, ni caillou coincé dans l'un de ses sabots. Rien qui puisse expliquer ce brusque changement de comportement. Et, même si elle s'était déjà bien calmée, Lucinda semblait toujours nerveuse.

Reculant et posant les mains sur ses hanches, il déclara, plus que perplexe :

— Faisons-la marcher. Voyons si je peux repérer ce qui la dérange.

Mary obéit et fit marcher la jument, qui avança sans gêne apparente. Ses longues pattes brunes se mouvaient avec fluidité, de façon tout à fait normale... sauf que, après quelques pas, elle s'agita, se tortilla et se mit à tressaillir.

— Cela ne vient pas de ses pattes.

Interdit, mais désormais certain de ce qu'il venait d'avancer, il s'approcha de la jument et l'observa.

— Cela semble venir de la selle.

Mary regarda la selle, l'air circonspect.

— C'est ma selle habituelle. Celle que j'utilise toujours quand je monte Lucinda.

— Peu importe... Enlevons-la-lui et voyons si nous trouvons une explication.

Il fit le tour de la jument. Quand il tira sur la boucle qui fermait la sangle, elle souffla par les naseaux et fit un pas de côté.

— Oh ! fit Mary en replaçant l'animal. Je vois ce que vous voulez dire. Quelque chose s'est peut-être glissé entre la selle et sa peau.

Elle maintint sa jument immobile. En faisant plus attention, Ryder défit la boucle. Lorsque la selle fut détachée, il la souleva, et ils identifièrent aussitôt le problème.

— Une branche d'ajonc.

Écœurée, Mary attrapa la branche pleine d'épines et voulut la jeter. Mais elle interrompit son geste et, en se hissant sur la pointe des pieds, examina l'endroit où les épines avaient blessé la jument.

— Comment diable est-elle arrivée ici ? demanda-t-elle, l'air perplexe.

Ryder regarda à son tour et dut se rendre à l'évidence.

— Elle n'a pas pu pénétrer si loin sous la selle pendant que vous la montiez.

— Ni même avant. La selle est trop bien ajustée.

Mary passa sa main gantée sur l'endroit en question, et la jument frissonna, comme si elle frémissait de soulagement.

— Enfin, quoi qu'il en soit, c'était bien cela le problème, dirait-on.

— Peut-être, enchaîna Ryder en essayant de ne pas paraître trop sombre, mais il reste une question de taille : comment cette branche a-t-elle pu arriver jusque-là ?

Mary le regarda dans les yeux. Au bout d'un moment, elle déclara :

— Elle ne pouvait pas être déjà là quand on l'a sellée. Elle ne semblait pas gênée quand je suis montée en selle. Mais, en même temps, je ne vois pas comment une branche de cette taille aurait pu se glisser là pendant notre promenade.

— Je suis d'accord, acquiesça-t-il, avant de poursuivre le raisonnement jusqu'à la conclusion qui s'imposait. Elle devait déjà être en place au moment où on l'a sellée, mais sans la piquer.

Il s'accroupit auprès de la selle pour l'examiner. Sans lâcher les rênes, Mary se rapprocha et se pencha.

— Là, dit-elle en désignant un pli dans le cuir, à l'intérieur de la selle. Il y a une petite feuille dans la rainure, vous voyez ?

Il regarda l'endroit qu'elle désignait. Retirant ses gants, il examina le pli en question.

— C'est une couture. Elle a été défaite et ouverte pour créer une espèce de poche.

En levant lentement la tête, il dévisagea Mary.

Elle croisa son regard, vit l'expression qu'il affichait et souffla :

— Ce n'est donc pas un accident...

Plutôt que de lui faire courir le risque de remonter sur sa jument, Ryder prit Mary en selle devant lui, et ils retournèrent dans la cour de l'écurie, en tenant la jument par les rênes.

Leur retour prématuré et leur étrange convoi causèrent aussitôt une grande agitation. Filmore et deux palefreniers — ceux-là même qui avaient sellé les chevaux — se précipitèrent vers eux dès leur arrivée.

— Que s'est-il passé ? demanda Filmore.

— Un léger souci.

L'adjectif *léger* fut démenti par la mâchoire crispée et le ton lugubre de Ryder. Il sauta à terre et aida Mary à descendre. Filmore était déjà en train d'examiner la jument, essayant de comprendre ce qui n'allait pas.

— C'est la selle, déclara Ryder. Enlevez-la, et je vais vous montrer.

Le plus vieux des deux palefreniers, Benson, s'en chargea et posa la selle sur un escabeau. Ryder la retourna et montra à

Filmore et aux autres l'ouverture pratiquée dans la couture à l'intérieur de la selle.

— Il y avait une branche d'ajonc coincée à l'intérieur.

Il regarda les palefreniers.

— Ce n'est pas votre faute. C'était quasiment indétectable. Mais bien sûr, au cours de la promenade, la branche s'est enfoncée dans le cuir de la jument. Et, quand nous nous sommes mis à galoper, l'animal a commencé à réagir.

Il regarda Mary et, de façon bien involontaire, contracta la mâchoire.

— Heureusement, la marquise est une cavalière émérite et elle a arrêté sa jument sans incident.

Les trois hommes semblaient atterrés.

Comme l'était Ryder. Si Mary n'avait pas réagi aussi rapidement qu'elle l'avait fait... Et combien de cavaliers — ou de cavalières ? — possédaient sa maîtrise ? Elle aurait très bien pu ne pas...

Puis le visage de Filmore s'éclaira soudain. Une seconde plus tard, il s'assombrit de nouveau.

— C'est donc ce que sont venus trafiquer ces salopiaux !

Se rendant compte de la présence de Mary, Filmore rentra la tête dans les épaules.

— Je vous prie de bien vouloir m'excuser, madame la marquise.

— Non, non, ce n'est rien, dit Mary en dessinant un grand geste de la main. Quels « salopiaux » ?

Filmore adressa un coup d'œil à Ryder.

— La porte de la sellerie était ouverte avant-hier matin, et elle n'aurait pas dû l'être. Je sais que je l'avais fermée à clé la veille au soir. Mais le verrou n'était pas cassé et, quand nous avons vérifié, rien n'avait été volé, et rien ne semblait même avoir été déplacé.

L'air dégoûté, il désigna la selle.

— Je ne sais pas qui ils étaient, mais c'est pour faire cela qu'ils ont pénétré dans la sellerie. Pour défaire cette couture et cacher cette branche d'ajonc. C'est un vieux truc utilisé pour fausser les courses de chevaux.

— Eh bien, il semble clair qu'il ne s'agit pas de quelqu'un d'ici, déclara Mary en entrant la première dans la bibliothèque et en se dirigeant directement vers les fauteuils situés devant le feu. Pourquoi l'un de nos domestiques aurait éprouvé le besoin de s'introduire de nuit dans la sellerie, alors qu'il aurait tranquillement pu agir pendant la journée, où les occasions ne lui auraient pas manqué ?

— Est-ce censé me consoler ? demanda Ryder en refermant la porte.

— Pas nécessairement, je vous le concède.

Posant sa cravache et ses gants sur une petite table, elle s'assit dans ce qui était déjà devenu son fauteuil.

— Mais cela nous dit au moins que ces « salopiaux », comme les a appelés Filmore, ne voulaient surtout pas prendre le risque d'être vus. Ils ne font donc pas partie de la maison, mais ce sont des personnes que les domestiques auraient pu reconnaître.

Ryder croisa son regard déterminé et assuré, puis s'assit dans le fauteuil en face du sien.

— Cela n'est pas le plus important, comme vous le savez. Qui a commis ce méfait est une chose. Pourquoi en est une autre, et c'est aussi une question bien plus troublante.

Il ne fut pas totalement surpris de l'entendre soupirer.

— Je ne me connais aucun ennemi et je n'ai aucune raison de croire que quelqu'un me déteste au point de vouloir me faire du mal, dit-elle en tendant les deux mains. Quelqu'un essaye peut-être de me faire peur, mais je ne vois pas pourquoi.

— Vous faire peur ? rétorqua-t-il en réussissant à garder une voix à peu près calme. Une morsure de vipère à cette époque de l'année aurait très bien pu se révéler fatale, surtout pour quelqu'un de votre corpulence. En chutant de cheval, surtout au galop, vous auriez pu vous briser la nuque. Si vous imaginez que…

— En fait…

En le regardant dans les yeux, elle fronça les sourcils et poursuivit sans paraître se soucier de l'avoir interrompu :

— Avez-vous déjà envisagé que, pour une raison quelconque,

quelqu'un ait pu vouloir provoquer ces accidents pour mettre un terme à notre mariage ?

Ces mots le glacèrent d'effroi. Il lui fallut un moment pour contenir cette réaction instinctive. Quand il y parvint, il demanda d'une voix neutre :

— Que voulez-vous dire exactement ?

Il y avait songé, lui aussi, mais avait refusé d'y réfléchir davantage. Maintenant, toutefois, il avait besoin de savoir ce qu'elle en pensait et comment elle voyait la chose.

— Je veux dire que ce n'est sans doute pas une coïncidence. Quelqu'un a d'abord essayé de vous faire tuer à Londres. Et puis, après notre mariage, c'est à moi qu'on s'en prend. D'abord en plaçant une vipère dans ce qui aurait dû être notre lit de noces — et vous devez reconnaître que, vu sous cet angle, ce n'est pas anodin — et ensuite, après l'échec de cette première tentative, en essayant de me faire tomber de cheval lors de notre première sortie, pendant laquelle il y avait de grandes chances pour que nous soyons seuls.

Elle soutint son regard sans frémir.

— Il y a une forte probabilité pour que ces trois incidents soient liés, vous ne pensez pas ? Et, si c'est bien le cas, quel type de personnes pourrait d'abord s'en prendre à vous et, une fois que vous êtes marié, s'en prendre plutôt à votre femme ?

Plusieurs secondes passèrent dans le silence, puis Ryder inclina légèrement la tête.

— Le coupable le plus probable serait un gentleman se croyant trompé.

— Nous pensions qu'il s'agissait de Fitzhugh, mais il semble finalement lavé de tout soupçon. Qui d'autre cela peut-il être ?

Il observa ses yeux qui n'avaient rien perdu de leur assurance. Elle n'était pas ébranlée. Elle était concentrée et, s'il ne se trompait pas, un tantinet agacée. Pas par lui, mais par celui qui avait la témérité de perturber leur existence telle qu'elle voulait qu'ils la mènent.

Pour sa part, il était perturbé au plus haut point. Il utilisait une grande partie de sa force mentale à essayer de refréner cette envie de massacrer celui qui avait osé attenter à la vie de Mary et essayé de la lui enlever. Et le reste de ses capacités intellectuelles était mobilisé pour trouver les moyens de garantir sa sécurité à tout prix. À la seule idée de la perdre, il bouillait d'une rage intérieure qui dépassait en intensité tout ce qu'il avait connu jusque-là.

Avec les quelques facultés qu'il possédait encore, il se creusa la tête pour répondre à sa question. C'était la bonne question, et il devait y avoir une réponse, mais...

Il finit par secouer la tête.

— Honnêtement, je n'en sais rien. Je suppose que le coupable est un mari se croyant trompé, comme je vous l'ai dit, mais je ne parviens ni à savoir ni à deviner de qui il peut s'agir.

Elle plissa le nez.

— En fait, vous ne saviez même pas que Fitzhugh vous en voulait. Il est possible qu'il existe d'autres gentlemen à qui leurs femmes auraient raconté des histoires à votre sujet, peut-être pour masquer une liaison avec quelqu'un d'autre.

Au bout d'un moment, il avoua :

— Je commence à penser que je suis en train de payer les erreurs de mon ancienne vie. Et je vous ai entraînée dans tout cela malgré vous.

Elle ne sourit ni ne s'insurgea contre ce qu'il venait de dire et se contenta de soutenir son regard pendant un long moment — assez long pour qu'il se demande jusqu'à quel point elle était capable de lire en lui —, puis elle finit tout de même par sourire, mais brièvement. Elle se leva et, avant même qu'il ait pu l'imiter, elle se laissa tomber sur ses genoux dans un bruissement de jupes.

Elle plaça une main sur sa joue, inclina son visage et se contenta de dire :

— Ne vous inquiétez pas. Ensemble, nous pouvons triompher de tout.

Elle le regarda dans les yeux et, avec confiance, déclara :

— Ensemble, nous allons régler ce problème.

— Vous ne pouvez pas quitter la maison.

Une demi-heure plus tard, debout à côté du fauteuil occupé par Mary, Ryder pinça les lèvres et se prépara à entendre ses protestations.

Mary leva les yeux vers lui, puis fronça les sourcils et se replongea dans son livre.

— De toute façon, pour l'instant, je n'ai pas envie de sortir.

Alors qu'il continuait de la regarder — sans oser y croire —, elle leva brièvement les yeux vers lui.

— Je vous ai dit que nous réglerions ce problème ensemble.

— Je pensais que vous étiez d'accord pour ne pas sortir ? dit-il, la gorge nouée par un soudain accès de panique.

— C'était hier. Aujourd'hui, eh bien... Mais pas besoin d'aller loin de la maison. La roseraie suffira, expliqua Mary en passant son bras sous le sien. Vous pouvez m'accompagner pour vous assurer que je ne risque rien. Marcher un peu vous fera du bien. Vous êtes beaucoup trop tendu.

Il commençait à croire que c'était en effet le destin qui avait présidé à leur union. Mary ne faisait pas que surpasser toutes ses attentes, elle dépassait aussi ce qu'il méritait.

« Ensemble nous réglerons ce problème. »

Il avait supposé qu'elle voulait dire qu'ils uniraient leurs ressources intellectuelles pour enquêter sur la personne se trouvant derrière ces multiples attaques, mais pas qu'ils réfléchiraient ensemble aux moyens de garantir sa sécurité afin qu'il puisse affronter sereinement le tumulte de sentiments et d'émotions qui l'agitait.

Afin qu'il puisse s'endormir à ses côtés tous les soirs sans avoir à craindre pour le lendemain.

Il n'était pas prêt à se pencher sur ce qu'il ressentait — il avait l'esprit occupé ailleurs — ni à se demander si cette émotion si puissante, si prédominante et exigeante, qui avait pris racine dans son cœur, était normale ou même logique. Pas tant que la vie de Mary serait menacée.

Et elle comprenait, ce dont il lui serait éternellement

reconnaissant. Elle comprenait que sa transformation en tyran et en dictateur était quelque chose qui échappait à son contrôle, que ce n'était pas la façon dont il aurait aimé se comporter avec elle, mais que c'était au contraire une réaction qu'il lui était impossible de combattre.

Étant donné le caractère et la personnalité qu'il possédait, et qu'ils possédaient tous les deux, si elle n'avait pas compris... Au cours des jours suivant leur malheureuse promenade à cheval, il l'avait constamment remerciée de se montrer si compréhensive.

Si on lui avait dit qu'un jour il serait heureux que sa femme puisse lire en lui, il aurait ri et n'y aurait pas cru.

Mais ce matin où elle avait décidé qu'il était temps pour elle de s'aventurer hors des sentiers battus, il ne riait pas.

Depuis le désastre de leur première sortie à cheval, elle était restée à l'intérieur du périmètre de sécurité qu'il avait délimité, avec l'aide des domestiques. Le premier jour, elle était restée dans la maison. La veille, elle l'avait convaincu de se promener avec elle dans les jardins. Un peu plus tard, durant le déjeuner, elle avait évoqué la possibilité de remonter à cheval. Mais, quand il lui avait fait part de ses réticences, elle l'avait considéré avec indulgence, puis elle avait hoché la tête et acquiescé, mais lui avait demandé de la laisser se rendre en cabriolet jusqu'au village voisin.

L'ayant informée un peu plus tôt que les hommes à qui il avait demandé de se renseigner pour savoir si des étrangers avaient été aperçus aux alentours avaient rapporté que personne n'avait rien vu de suspect, il n'avait pu se servir de cet argument pour l'empêcher de sortir. Cela ne l'avait pas empêché de protester avec véhémence et de s'opposer à ce projet, mais cette fois elle était demeurée inflexible. Et, comme jusque-là, elle s'était montrée fort accommodante...

Incapable de la faire fléchir, il avait changé de tactique et avait accepté qu'elle sorte, à condition qu'elle lui prouve qu'elle pouvait conduire le cabriolet.

Elle avait souri et accepté.

Comment aurait-il pu savoir qu'elle avait habilement manœuvré Simon afin qu'il lui apprenne à conduire ?

Quand elle mena le cabriolet devant lui avec maîtrise et avec un plaisir non dissimulé, il dut accepter de la laisser sortir.

Ce matin-là, après le petit déjeuner, Mary s'entretint comme chaque jour avec Mrs Pritchard, puis ils se dirigèrent vers l'avant-cour où les attendait le cabriolet, attelé d'un cheval rouan, un très bon et solide trotteur au caractère particulièrement placide.

Le cabriolet était petit et léger. Il ne pouvait les transporter tous les deux et, étant donné son poids, Ryder n'aurait même pas pu l'utiliser seul. Il aida Mary à prendre place sur le siège, puis il se tourna vers Benson, qui tenait les rênes de Julius. Il grimpa en selle puis, une fois les rênes en mains, regarda Mary qui souriait avec éclat.

— Hue, dit-elle en faisant claquer son fouet.

Serrant les dents, Ryder lança Julius au trot et suivit le rythme imprimé par Mary.

Le village d'Axford se trouvait à moins de trois kilomètres du manoir, et la route la plus directe pour s'y rendre empruntait des petits chemins de campagne. Alors que Ryder avait un carrick et un phaéton dans ses écuries, il n'aurait pu emmener Mary au village avec aucune de ces deux voitures, qui n'étaient pas faites pour les petits chemins. Et puis il aurait dû conduire, diriger deux chevaux particulièrement nerveux, ce qui ne l'aurait pas aidé à surveiller et à protéger Mary. Il avait jugé préférable de l'accompagner avec Julius, comme un garde du corps, un pistolet dans sa sacoche et une petite épée dans un fourreau de selle.

Par ailleurs, depuis la croupe de Julius, il voyait bien plus loin.

Ses propres pâturages s'étendaient sur une grande superficie, et le chemin serpentait entre les prés.

Mary menait le rouan à une allure très tranquille. Au moins, elle était dehors et respirait l'air frais. Et, malgré sa concentration et la tension qui l'habitait toujours, Ryder était avec elle, chevauchait à ses côtés. Pour elle, la journée avait bien commencé et ne pouvait que devenir meilleure encore.

Elle faisait contre mauvaise fortune bon cœur. Elle était

contente, voire ravie, de la façon dont se déroulait son plan. Et jusque-là les résultats qu'elle avait obtenus dépassaient ses espérances. Elle avait suivi les conseils de Minerva sur la façon de se comporter vis-à-vis d'un aristocrate surprotecteur. Mais sa réussite était telle qu'elle n'était pas loin de penser qu'elle-même pourrait bientôt coucher par écrit ses propres conseils pour dompter un homme de cet acabit.

Se ranger à son avis. Collaborer avec lui. Trouver des solutions à ses problèmes...

La veille, elle avait écrit à Minerva pour la remercier chaleureusement des conseils qu'elle lui avait prodigués et lui dire qu'ils portaient leurs fruits au moment même où elle était en train de lui écrire. Ryder était peut-être encore un peu méfiant — elle le voyait bien dans ses yeux noisette, de temps en temps —, mais il apprenait à lui demander son avis, à tenir compte de ses suggestions et à solliciter son point de vue, afin que leur collaboration soit plus efficace.

Un peu plus loin, une petite allée croisait le chemin, qui s'interrompait de façon abrupte. Ryder rapprocha Julius du cabriolet.

— Je vais sauter par-dessus la haie là-bas — et d'un signe de tête, il indiqua un endroit précis de l'allée — et je vous attends de l'autre côté.

— Très bien.

Avec un petit sourire, elle agita son fouet en guise de salut.

Alors que Mary ralentissait encore pour négocier le virage, Ryder positionna Julius face à la haie, talonna ses flancs et apprécia la puissance que dégagea l'étalon lorsqu'il accéléra et franchit l'obstacle avec une facilité déconcertante.

Tirant sur les rênes pour arrêter son cheval, Ryder inspecta la haie, car c'était pour cela et uniquement pour cela qu'il avait devancé Mary. Il n'y avait rien ni personne en vue. Se détendant, il accorda une pause à Julius et attendit Mary qui n'allait pas tarder.

Au moment où le cabriolet arrivait dans l'allée, Ryder remarqua quelque chose qui ressemblait à des branchages sombres disséminés sur le sol, entre l'endroit où il se trouvait et le cabriolet.

— Qu'est-ce donc ?

Il devina ce dont il s'agissait au moment précis où Mary aperçut qu'il y avait quelque chose par terre. Elle réagit aussitôt et tira sur les rênes, pas seulement pour arrêter le cabriolet mais aussi pour faire dévier le cheval et le diriger vers le fossé. Le rouan refusa d'abord de changer de direction, mais Mary insista et il répondit répondit enfin... trop tard. Il marcha sur ce qui jonchait le sol et hennit violemment.

Le cheval se cabra à moitié et fit tanguer le cabriolet.

Mary lâcha les rênes et tomba à terre.

Le rouan chancela et s'écroula, roula et glissa sur le bas-côté. Tiré par l'animal, le cabriolet bascula violemment dans le fossé.

Ryder était déjà en train de galoper vers Mary, en jurant, pris de panique.

Arrêtant Julius avant qu'il piétine à son tour les chausse-trapes, Ryder sauta à terre. Comme il courait à en perdre haleine, ses yeux s'arrêtèrent sur Mary, allongée face contre terre de l'autre côté du fossé. Heureusement, elle se mit à bouger. Puis elle prit appui sur ses bras, chassa ses cheveux en bataille de devant son visage et tenta de se lever.

Ryder franchit le fossé d'un bond et passa sans s'arrêter devant le cheval qui y était allongé, une patte tendue. Sa panique s'était un peu calmée, Dieu soit loué ! Il sauta par-dessus le cabriolet, que sa chute avait fracassé, et se précipita pour prendre Mary dans ses bras et la serrer fort contre lui.

Pendant de longues minutes, il resta le visage enfoui dans ses boucles brunes, à respirer son odeur, à sentir son corps chaud et frêle contre lui. Il tremblait, intérieurement tout du moins, et elle aussi sans doute.

Elle finit par dégager l'une de ses mains et caressa sa joue.

— Je n'ai rien, dit-elle d'une voix qui semblait dépourvue de son assurance habituelle.

Osant à peine croire qu'elle s'en était tirée sans la moindre blessure, il leva la tête et recula pour scruter son visage. Son expression était grave, mais ne montrait aucun signe de souffrance.

— Vous n'avez rien ? Pas d'ecchymose ni de foulure ?

— Non... C'est pour cette raison que j'ai sauté. J'ai vu que l'herbe était épaisse par ici et une fois que le cheval s'est cabré, je savais que je ne pourrais plus rien faire pour le contrôler.

Elle avait eu beaucoup de présence d'esprit. Une fois de plus, cela l'avait sauvée.

Considérant l'état du cabriolet, elle fit la grimace et tapota la main de Ryder.

— Il faut aller voir le cheval, suggéra-t-elle.

Ils approchèrent de l'animal avec toute la précaution nécessaire, mais la chausse-trape plantée dans son sabot avant gauche semblait être sa seule source de souffrance. Quand Ryder l'eut retirée et qu'il eut libéré le cheval du cabriolet, il aida l'animal à se relever. Puis il l'inspecta attentivement, mais le rouan ne semblait blessé qu'au sabot.

— Si vous n'aviez pas eu le réflexe de forcer votre cheval à l'embardée, cela aurait été bien pire.

Tendant les rênes à Mary, Ryder dit :

— Tenez-le pendant que je retire ces satanés objets.

Caressant machinalement le museau du rouan, Mary regarda Ryder sortir du fossé le cabriolet — ou ce qu'il en restait —, en extraire son panier vide qu'elle avait espéré remplir au village et y fourrer ces étranges piquants métalliques torsadés qui avaient été disposés de façon à former une large bande sur l'allée.

Après les avoir tous ramassés, Ryder reprit les rênes de Julius et revint vers Mary. Il exhiba devant elle l'un de ces objets en le faisant tourner entre ses doigts afin qu'elle puisse bien le voir. L'objet faisait à peu près la taille de son poing et était constitué de deux longs clous entortillés l'un dans l'autre.

— Qu'est-ce que c'est ? demanda Mary, interdite.

— C'est une chausse-trape. Une arme inventée pour gêner les charges de cavalerie. Celles-là sont des imitations des modèles militaires, mais elles n'en sont pas moins efficaces.

Ryder posa le piège dans le creux de sa main.

— Vous voyez, ces objets sont fabriqués afin de reposer sur les têtes des clous, pour que la partie pointue soit toujours dirigée vers le ciel.

Mary secoua la tête.

— C'est horrible. Pensez à la souffrance endurée par les pauvres chevaux.

— Hmm.

Ryder pensait davantage à la souffrance qu'elle aurait pu endurer, elle. Il jeta un coup d'œil au cabriolet cassé, à l'assise en bois brisée, à la roue tordue, au siège en deux morceaux, puis il chercha le regard de Mary.

— Ramenons le rouan dans le pré le plus proche, et ensuite nous rentrerons tous les deux sur Julius.

Elle acquiesça.

— Filmore va avoir une attaque en nous voyant tous les deux revenir une nouvelle fois sur le dos de Julius.

Lui non plus n'était pas loin d'avoir une attaque, mais sa première préoccupation était de la ramener au manoir où, en principe, elle ne risquait rien.

Plus tard dans la nuit, tandis qu'ils étaient allongés côte à côte et qu'ils regardaient les reflets de la lune sur le plafond de sa chambre, baignés d'un bien-être que seul l'amour sait provoquer, il murmura :

— Nous devrions peut-être rentrer à Londres.

La réponse de Mary fut immédiate.

— Non. Je ne laisserai pas un scélérat me chasser de ma nouvelle maison.

Elle était entre ses bras. Il la serra un peu plus.

— Je disais cela parce que je veux vous protéger.

— Je ne vois pas comment…

Une seconde passa, puis elle se corrigea.

— Enfin si, je vois, mais si vous caressez l'idée de me renvoyer à Londres et de me confier aux bons soins de ma famille, avant de revenir ici pour tenter de découvrir qui se cache derrière ces attaques et servir d'appât pour piéger le coupable, alors...

Elle s'interrompit pour reprendre son souffle, avant de conclure :

— Alors, pour dire les choses simplement, vous allez devoir changer d'avis.

Mary se tourna pour observer le visage de Ryder dans la pénombre. À la tension qui habitait ce corps puissant, serré contre le sien, elle sut qu'elle avait deviné juste.

— Je ne vous quitterai pas d'une semelle. Nous sommes mariés, au cas où vous l'auriez oublié. J'ai fait le serment de rester à vos côtés « pour le meilleur et pour le pire, dans la joie comme dans la peine, dans la santé et dans la maladie » et de vous aimer et de vous chérir « jusqu'à ce que la mort nous sépare ». Je n'ai pas fait le serment de vous abandonner dans l'adversité...

Ryder remarqua son ton belliqueux.

— Moi non plus, je n'ai pas oublié.

Mais il se rendit compte qu'elle avait omis de répéter qu'elle lui avait juré obéissance. Il soupira et reconnut :

— Garantir votre sécurité... est crucial pour moi.

Elle hocha la tête.

— Et qu'il ne vous arrive rien est tout aussi crucial pour moi. Nous devons donc accepter l'idée que nous sommes tous les deux dos au mur. En fait, nous devrions sans doute voir cela comme un défi.

— Un défi ?

Son instinct lui disait de se méfier, mais il ne put s'empêcher de demander :

— Comment cela ?

— Eh bien, une fois que nous aurons triomphé de cette épreuve, nous saurons triompher de toutes celles qui se présenteront à nous.

Étant donné ce qu'il était en train d'endurer, elle avait peut-être raison. La situation commençait à ressembler à un baptême du feu.

Comme il gardait le silence, elle se tortilla pour se hisser jusqu'à son visage et scruter son regard.

— Faites-moi confiance, Ryder. J'ai raison. Vous verrez. Nous en sortirons plus forts et plus sûrs de nous. Je considère cela comme une expérience formatrice et, si vous arrêtez de réfléchir, vous vous rendrez compte que c'est la même chose pour vous.

Il l'avait déjà à moitié compris. Mary positivait comme à son habitude, et il était tenté de l'imiter. Mais, comme il ne souhaitait pas spécialement répondre, il marmonna quelque chose, la serra dans ses bras et embrassa ses cheveux.

— Nous verrons.

Après d'âpres discussions, Mary accepta de rester dans les limites du domaine les jours suivants.

Les deux premiers jours furent occupés par les visites que leur firent les notables locaux afin de les féliciter pour leur mariage. Ces ladies avaient attendu les sept jours réglementaires, mais ce délai d'une semaine pendant laquelle on ne devait pas déranger les jeunes époux étant passé, les voitures se succédaient dans la cour. Tout le monde voulait faire la connaissance de la nouvelle marquise.

Prise dans ce tourbillon mondain — moins mondain que celui de Londres bien évidemment, mais tout aussi étourdissant —, Mary oublia presque les incidents qui avaient entaché sa première semaine passée dans sa nouvelle demeure. Les visites de leurs voisins leur fournirent, à Ryder et à elle, de nombreux sujets de discussion et donnèrent à Mary l'occasion d'apprendre beaucoup de choses. Les journées et les soirées se passaient dans un joyeux tumulte qui lui plaisait beaucoup et correspondait en tout point à l'existence dont elle avait rêvé.

Le lendemain matin, ils reçurent leur dernière visite de voisinage, celle de Lady Hamberly. Cette grande dame très influente resta à peine plus d'une demi-heure et parut conquise par tout ce qu'elle vit.

Se tenant aux côtés de Ryder sur le perron, tandis qu'ils disaient au revoir à leur voisine, Mary murmura :

— Je suis prête à parier qu'elle va passer l'après-midi à écrire des lettres à toutes ses amies aux quatre coins du pays.

— C'est l'évidence même, répondit Ryder en lui adressant un regard amusé.

En riant, Mary passa son bras sous le sien, et ils se dirigèrent ensemble vers la bibliothèque.

À la tête d'un vaste patrimoine foncier et immobilier, et d'une grande fortune, Ryder croulait sous la correspondance. Mary lisait, assise dans son fauteuil. Et, quand il s'interrompait pour la regarder — et lui offrir un peu de son temps —, elle en profitait pour le questionner sur les autres domaines, plus petits, qu'il possédait dans toute l'Angleterre.

Un peu plus tard dans l'après-midi, décidant qu'il était temps pour elle de trouver un endroit à elle où se retirer en paix quand elle n'avait pas envie d'aller à la bibliothèque, elle fit seule le tour des pièces du rez-de-chaussée. Elle testa plusieurs fauteuils, ici et là, mais aucun ne la séduisit particulièrement.

Elle finit par se rendre dans son petit salon, à l'étage, et se rendit compte que l'endroit lui convenait parfaitement. Il y avait quelque chose d'apaisant et de charmant dans la façon dont la lumière baignait la pièce. Un fauteuil installé dans l'angle à gauche du bureau semblait lui tendre les bras.

Elle s'y assit et contempla la pièce depuis ce nouveau poste d'observation. Mary avait hésité à choisir ce lieu parce qu'il était trop éloigné des autres pièces de réception. Pourtant, il lui semblait lui appartenir plus que n'importe quel autre, en grande partie grâce aux travaux de décoration entrepris par Ryder. Il avait conçu l'endroit comme une espèce de temple lui étant dédié, et elle avait l'impression d'y être chez elle.

En souriant, elle se détendit. Elle tourna la tête et admira le spectacle qui s'offrait à elle. Puis elle se demanda si elle devait redescendre chercher son livre.

Elle hésitait à le faire quand ses yeux s'arrêtèrent sur sa boîte à ouvrage. Elle n'avait pas brodé depuis longtemps, mais Aggie avait laissé sa boîte près du fauteuil, et c'était en effet l'endroit le mieux éclairé de la pièce, le plus adapté à ce genre d'occupation. Souriant et se disant qu'il était sans doute temps pour elle de se remettre à cette housse de coussin qu'elle avait commencée, elle se pencha, ouvrit le couvercle et tendit la main...

Un scorpion surgit de la boîte et se tourna vers sa main, le dard levé.

En hurlant, elle retira ses doigts juste au moment où il s'apprêtait à la piquer.

Elle se leva d'un bond et, du bout du pied, referma le couvercle.

Le cœur cognant à tout rompre, elle fixait la boîte, incapable d'en détacher son regard et paniquée à l'idée que le scorpion réussisse à soulever le couvercle et à s'échapper.

Des bruits de pas résonnèrent dans le couloir, puis la porte s'ouvrit brusquement, et Ryder fut là, l'enserrant dans ses bras d'un geste protecteur et posant une main sur ses cheveux.

— Que se passe-t-il ?

Il scrutait la pièce quand deux valets, suivis de Forsythe, se précipitèrent à l'intérieur, l'air alarmé et aux aguets.

— Où ?

Toujours tremblante, Mary se libéra un peu de l'étreinte de Ryder, suffisamment pour désigner sa boîte à ouvrage.

— Un scorpion. Dans la boîte.

— Un scorpion ? répéta Ryder d'une voix stupéfaite.

Mary hocha la tête, déglutit, puis déclara :

— Je n'ai pas peur des rongeurs mais je déteste tout ce qui rampe, et il y a bien un scorpion dans ma boîte. Il est rouge. Il était au-dessus de mes affaires et il a essayé de me piquer.

Ryder jura. La mâchoire serrée, il éloigna Mary puis se dirigea vers la boîte, se pencha et, en appuyant sur le couvercle pour le maintenir bien fermé, la ramassa.

— Faites attention.

Malgré sa peur, Mary tournait autour de lui.

— Il est déjà prêt à piquer, et vous ne portez pas de gants.

Ryder ne répondit pas. Il emporta la boîte et traversa la maison, avec Mary et les trois domestiques à sa suite, jusqu'à la porte d'entrée. Quand Forsythe l'eut ouverte pour lui, il sortit sur le perron. Puis il posa la boîte et se tourna vers Mary.

— Reculez, demanda-t-il.

Elle hocha la tête sans grande assurance mais, pour une fois, elle obéit et resta dans l'embrasure de la porte. De façon très attentionnée, Forsythe se campa devant elle en se décalant un peu afin qu'elle puisse assister à la suite des opérations.

Satisfait, Ryder regarda les deux valets qui étaient venus l'encadrer.

— Prêts ?

Quand ils hochèrent tous les deux la tête d'un air grave, il souleva le couvercle du bout de sa botte. Un scorpion — un spécimen d'une couleur remarquablement vive — se trouvait bien au-dessus des morceaux de tissu rangés dans la boîte. Alors que le scorpion ne semblait pas avoir envie de sortir de sa cachette, Ryder contourna la boîte, se pencha et, la saisissant par l'arrière, en renversa une partie du contenu en la secouant.

Plusieurs morceaux de tissu brodé tombèrent avec le scorpion, qui se mit à avancer vers Ryder, le dard en l'air.

Il l'écrasa sous sa botte.

Laissant les valets examiner les restes — c'était la première fois qu'ils voyaient un scorpion —, il regarda à l'intérieur de la boîte. Avec précaution, il souleva chaque morceau de tissu, chaque écheveau de soie, et inspecta soigneusement chaque recoin. N'y trouvant rien, il ramassa les deux tissus brodés qui étaient tombés, les secoua avec vigueur puis les rangea dans la boîte, qu'il referma et tendit à Mary.

— C'est bon, il n'y a plus rien.

Elle la prit et hocha la tête.

— Merci.

Puis elle leva les yeux, et il vit à son visage qu'elle semblait toujours choquée.

Il passa son bras autour de ses épaules et la serra contre lui.

— Forsythe ?

— Oui, monsieur. Nous allons passer au peigne fin la pièce

et l'ensemble de vos appartements. En fait, nous allons même inspecter l'aile tout entière.

Ryder acquiesça.

— Très bien, faites.

Puis il ramena Mary à l'intérieur. Et elle se laissa faire sans résistance.

— Venez vous asseoir avec moi dans la bibliothèque.

Un verre de brandy leur ferait le plus grand bien à tous les deux.

Une demi-heure plus tard, Mary était passée du choc à la colère absolue.

— Cela doit cesser !

— Je suis tout à fait d'accord.

Installé dans le fauteuil face à elle, Ryder était en train d'avaler son deuxième verre de brandy. Il avait bu le premier d'un trait, tandis que Mary était encore en train de siroter le sien.

Au bout d'un moment, elle avoua :

— Je n'avais jamais vu de scorpion auparavant, à part dans es livres.

— Moi, si.

Il marqua une pause, avant d'ajouter :

— J'ai un ami qui habite près de Rye. Il en voit de temps n temps, mais ils ne sont pas du tout pareils : plus gros et marron foncé. Ils ne sont pas venimeux, même si leur piqûre st douloureuse, paraît-il.

— Hmm. Celui-ci était rouge.

— J'ai remarqué.

Quelques minutes plus tard, Mary prit une grande inspiraion, avant de déclarer :

— Je suis en train de me demander si nous n'avons pas tiré es conclusions hâtives et erronées.

— C'est-à-dire ? demanda Ryder en la fixant avec intérêt.

— Nous avons supposé que c'était celui qui avait essayé de ous tuer à Londres qui se trouvait derrière les attaques dont e suis la cible. Mais, si l'on regarde d'un peu plus près ce qui s'est passé ici — une vipère dans mon lit, une branche d'épines sous ma selle, des chausse-trapes sur mon chemin, et maintenant ce scorpion —, alors que tous ces incidents auraient pu, potentiellement, se révéler fatals, les risques pour qu'ils l'aient été sont somme toute assez peu nombreux.

Elle croisa son regard.

— En revanche, on réchappe difficilement d'un coup de poignard.

Il prit un air perplexe, réfléchit un moment puis répondit :

— Vous avez raison, mais je ne suis pas sûr de comprendre où vous voulez en venir.

— Et si ces incidents n'avaient pas eu pour but de me blesser mais plutôt de me faire fuir et de mettre ainsi en péril notre mariage ?

— J'imagine que cela est possible.

— C'est une hypothèse qui mérite d'être prise en considération et qui jette une lumière un peu moins terrifiante sur les incidents des jours derniers.

Pour toute réponse, Ryder émit un son inarticulé.

Mary le regardait boire son brandy, en espérant qu'il se laisserait convaincre par ces propos rassurants. Si elle était s en colère contre celui qui se trouvait derrière tout cela, c'était parce que ces incidents répétés nourrissaient et accentuaient le comportement protecteur de Ryder. À plusieurs reprises, il n'avait pas été loin de se montrer dictatorial, et à chaque nouvel incident il devenait plus intransigeant encore. Évidemment c'était une attitude compréhensible, et elle ne pouvait pas lui en vouloir.

Ces incidents touchaient en lui un point très sensible.

En fait, la réaction de Ryder ne faisait que prouver que Mary avait vu juste depuis le début et que tout se passait exactement comme elle l'avait prévu. Cependant, elle savait grâce à son expérience familiale à quel point les sentiments surprotecteurs chez un homme tel que Ryder, pouvaient s'ancrer durablement et devenir étouffants.

— Je propose, continua-t-elle avant qu'il ait le temps de

suggérer autre chose, de rester à l'intérieur de la maison ou juste autour pendant les quelques jours à venir. Tout le monde sera en alerte, et nous verrons bien ce qui se passe. Avec un peu de chance, nous réussirons à surprendre quelqu'un en train d'essayer de s'introduire dans la maison.

Ryder grogna, mais il ne s'opposa pas à sa suggestion, ce qui lui suffit.

— Pendant ce temps, poursuivit-elle, nous pouvons peut-être demander conseil à Barnaby et Penelope, et élargir nos recherches pour trouver qui, dans la bonne société, pourrait vous vouloir du mal.

— Hmm.

Ryder vida son verre, puis se leva.

— Je vais tout de suite écrire à Adair. J'imagine que vous voudrez joindre à ma lettre un petit mot pour Penelope.

Elle hocha la tête.

— Oui. Écrivez votre lettre, et je l'ajouterai à la fin.

Après avoir lu ce qu'il avait écrit...

Il se dirigea vers son bureau, et elle se mit à réfléchir à la stratégie qu'elle avait mise en place. S'employer à faire ensemble tout ce qui était en leur pouvoir pour identifier le coupable, pendant qu'elle faisait tout pour éviter que d'autres incidents se produisent, était sans conteste une très sage décision.

Ils étaient bien partis tous les deux. Elle n'allait pas laisser un scélérat réduire à néant ce qu'ils avaient déjà accompli.

— Elle est donc toujours vivante ?

— Oui. Je l'ai aperçue ce matin se promener sur la terrasse.

— Cela ne me plaît pas. Vous m'aviez dit que vous pouviez vous en occuper.

— Je le peux. Et facilement. Mais vous avez insisté pour que cela ait l'air d'un accident. La marche de manœuvre est forcément réduite dans ce cas, et en plus la mort n'est pas garantie. C'est pour cela que la marquise et son marquis sont toujours en vie.

— Qu'il aille au diable ! Il a toujours eu la chance de son côté. Et elle aussi, dirait-on.

— Peut-être mais, si vous voulez mon conseil, pour vous débarrasser d'eux pour de bon, vous allez devoir nous laisser tenter quelque chose de plus direct et définitif. Quelque chose qui ne pourra que fonctionner.

Un long silence s'installa, interrompu par cette question :

— À quoi songez-vous ?

14

Une semaine passa, dans la paix la plus totale.

Enfin.

Traversant la galerie pour aller rejoindre le salon avant le dîner, Mary s'arrêta pour prendre une grande inspiration et pousser un soupir de contentement. Les sens en éveil, elle tendit l'oreille et entendit les valets en train de s'affairer dans la salle à manger, et le pas altier de Forsythe. Tout semblait calme et bien en ordre.

Ryder devait déjà l'attendre au salon. Ils avaient pris l'habitude de s'y retrouver pour commencer à se raconter leur journée, de continuer pendant le repas et de se retirer ensuite dans la bibliothèque où elle lisait pendant qu'il terminait son travail de correspondance. Puis il venait la rejoindre et, soit ils lisaient l'un à côté de l'autre, soit ils montaient directement dans la chambre de Ryder.

De plus en plus impatiente de retrouver son époux, elle commença à descendre l'escalier.

Cela faisait trois semaines qu'ils résidaient au manoir, et ils avaient enfin atteint la sérénité qui, selon elle, devait régner au sein de toute grande maison bien tenue. Diriger une demeure comme celle-ci était une tâche qui lui allait à merveille. Elle avait été élevée et éduquée pour tenir ce rôle qui, de plus, s'accordait parfaitement avec sa personnalité. Elle aimait diriger et elle aimait que les choses soient bien dirigées. Et la maison lui appartenait.

Son maître aussi lui appartenait, mais pas du tout de la même façon.

Au départ, elle avait vu les attaques dont elle avait été l'objet sous un jour résolument négatif. Mais, au cours des deux dernières semaines, son point de vue avait évolué. Désormais, elle considérait non pas les attaques mais les mesures qu'elles les avaient forcés à prendre comme ce qui avait fait d'eux un véritable couple.

Aucune autre situation ne les aurait mis d'emblée face aux aspects les plus délicats de l'amour. Face aux nuances et aux conséquences des sentiments que Ryder éprouvait pour elle, et qu'elle éprouvait pour lui.

Au cours des semaines passées, elle avait beaucoup appris, et pas seulement sur lui.

Il avait appris lui aussi. Et les découvertes et les progrès qu'il avait faits teintaient tous leurs échanges.

Elle descendit la dernière marche, le sourire aux lèvres, et se dirigea vers le salon. Adressant un signe de tête altier au valet qui lui ouvrit la porte, elle s'avança et vit Ryder qui l'attendait comme à son habitude, un pied sur le rebord en cuivre de la cheminée, un bras appuyé sur la tablette.

Même si l'on était à la campagne, il était toujours impeccablement habillé. Elle sourit devant sa prestance féline, inégalable et inégalée. Il avait parcouru tout le domaine à cheval au cours des derniers jours, et des mèches de ses cheveux avaient éclairci, accentuant les contrastes dans sa chevelure qui donnait plus que jamais l'envie d'y glisser les doigts.

Il avait souri en la voyant. Et il continua de sourire lorsqu'il s'approcha d'elle.

Quand il croisa son regard, ses yeux toujours acérés se mirent à briller d'une lumière particulière qui les adoucit et la toucha au cœur. Il n'était pas question ici de sensualité ni de séduction, mais il était question du lien qui les unissait désormais. Le scélérat qui avait commandité ces attaques lâches avait précipité les choses entre eux. Mais rien ne s'était fait sans leur consentement et, d'après elle, ils étaient presque arrivés au bout du chemin.

Ryder prit sa main et la porta à ses lèvres pour y déposer un tendre baiser. En souriant, il conserva sa main qu'il caressa avec légèreté.

— Mrs Hubert vous a-t-elle agacée en vous parlant de la vente de charité à l'église ?

— Oui et non. Elle a ses idées, mais moi aussi.

Mary sourit à son tour, de façon un peu malicieuse.

— Mais, comme elle a l'habitude d'organiser l'événement, j'ai décidé de n'y faire que de la représentation, ce qui est clairement ce qu'elle voulait. J'ai assez à faire ici avec le manoir et je veux creuser cette idée de pique-nique au domaine.

Main dans la main, ils discutèrent de ce projet pendant quelques minutes, jusqu'à ce que Forsythe vienne leur annoncer que le dîner était servi.

Tout en se laissant conduire par Ryder dans la salle à manger familiale et en le laissant tirer puis repousser sa chaise pour qu'elle puisse s'asseoir, elle remarqua que les domestiques avaient eux aussi semblé plus souriants ces derniers jours.

Le dîner se passa comme d'habitude : ils se firent part des différents problèmes qu'ils avaient rencontrés pendant la journée. Cette fois, il fut question des bohémiens et de la méfiance que ces voyageurs avaient suscitée chez les autochtones en s'installant sur le territoire d'Axford. Puis ils se lancèrent dans une discussion politique née d'une controverse rapportée par les journaux du jour, qu'ils avaient lus tous les deux. Comme toujours, ces échanges nourris étaient divertissants et stimulants. Sans le moindre effort, ils trouvèrent de quoi alimenter la conversation pendant tout le repas et ils finirent leur dernière discussion sur le chemin les menant à la bibliothèque.

En marchant à côté de Mary et en écoutant son point de vue sur l'éclairage au gaz qui se développait de plus en plus, Ryder se trouva une fois de plus surpris, par lui, et par elle. Jamais il n'aurait imaginé échanger de cette façon avec son épouse. Avant que son choix s'arrête sur Mary, il n'avait pas d'image précise de ce que serait sa femme, mais s'il avait réfléchi un peu... il n'aurait jamais osé rêver de quelqu'un avec qui il aurait abordé de tels sujets, et encore moins à qui il aurait demandé son avis et dont il aurait écouté les conseils. Plus que ceux de n'importe qui d'autre.

Ils pénétrèrent dans la bibliothèque au moment où ils mettaient fin à leur discussion.

— Je suis d'accord avec vous.

Il la suivit jusqu'à son fauteuil, s'arrêta pendant qu'elle s'asseyait et, quand elle lui adressa un regard interrogateur, il hocha la tête.

— Il faudra y songer quand la question se posera. En particulier pour notre demeure de Londres.

Elle sourit et attrapa son livre. Il caressa légèrement l'épaule de Mary, avant de se diriger vers son bureau.

Il lui restait plusieurs lettres à écrire mais, leur objet n'étant pas très important, elles requéraient assez peu de concentration.

Pendant qu'il écrivait, son esprit, largement absent, dérivait vers des perspectives plus séduisantes. Il songeait à Mary et lui, et au lien qui se nouait entre eux, un lien qui ne cessait de changer et commençait à ressembler à un véritable partenariat.

Il ne savait comment c'était arrivé — il ne savait même pas que c'était possible — mais, au fil des événements qui les avaient rapprochés, au fil des drames qui avaient émaillé les semaines passées, ils avaient trouvé une façon d'être ensemble, de fonctionner en tant que couple qui les unissait profondément l'un à l'autre. C'était un lien qui pouvait se manifester dans un regard, un sourire complice, un baiser léger sur le bout des doigts, un contact. Ou, comme cela venait de se produire, dans une petite caresse sur une épaule.

À l'autre bout de ce lien, il y avait la bienveillance de Mary à son égard, son plaisir manifeste quand elle se trouvait en sa compagnie, la lumière qui éclairait son beau regard bleu dès que ses yeux se posaient sur lui.

Il ne s'était attendu à rien de tout cela. Il n'avait anticipé aucun lien émotionnel, car il ignorait être capable de tels sentiments. Maintenant, il savait que c'était ce qu'il voulait.

Et son instinct lui criait même de veiller sur ce lien et de chérir la promesse qu'il contenait. Ce partage était le chemin le plus direct et le plus sûr vers tout ce qu'il avait toujours voulu, pour son mariage et pour sa vie.

Il avait toujours écouté son instinct, et son instinct savait. Avec certitude.

Son instinct s'était arrêté sur Mary dès le départ, et il était désormais fixé sur elle, animé d'un sentiment bien plus possessif. Elle était la pierre de fondation de son futur. Pour lui, tout ce qui était à venir se construirait autour d'elle.

Ce qui rendait la lettre que lui avait envoyée Barnaby Adair plus inquiétante encore.

Il ne l'avait pas montrée à Mary. La lettre avait été écrite pour lui seul, Barnaby s'était montré assez clair à ce sujet. Il y disait que, même si les attaques semblaient avoir cessé, et même si lesdites attaques n'avaient peut-être pas eu d'autre but que d'effrayer Mary et de briser leur mariage, il restait une possibilité pour que les agressions perpétrées contre eux deux fassent partie d'une seule et même stratégie. Et, si tel était bien le cas, Barnaby aussi bien que Stokes, forts de leur expérience, pensaient que celui qui les avait perpétrées ne s'arrêterait pas, et qu'il pouvait avoir décidé de marquer une pause pour mieux se recentrer et se redéployer.

« Restez très vigilant. » Telle était la mise en garde de Barnaby et Stokes, inscrite en lettres de feu.

Tant d'incertitudes demeuraient... Bien qu'il ait interrogé tous les Cynster et tous les hommes liés à la famille par alliance comme Jeremy Carling, Breckenbridge, Meredith et les autres — que Ryder connaissait tous —, aucun n'avait été capable de nommer un seul gentleman susceptible de vouloir sa mort.

L'enquête menée par Ryder au sujet des deux brigands qu'il avait laissés morts dans la ruelle n'avait donné aucun résultat. Cette piste ne mènerait à rien.

Comme Barnaby l'avait fait remarquer, Mary et lui se

trouvaient confrontés à une menace inconnue, qui pouvait frapper n'importe où et n'importe quand.

La situation n'était pas propice à apaiser la bête qui se tapissait en lui, mais... tout en finissant sa dernière lettre, il regarda Mary qui penchait la tête sur son livre. Et, une fois de plus, il rendit grâce à son intelligence. Avec beaucoup de compréhension, elle acceptait de rester à l'intérieur de la maison ou à ses abords immédiats, sans protester ni se plaindre.

Après avoir apposé son sceau sur les enveloppes, il les mit sur un plateau que viendrait chercher Forsythe, puis il se dirigea vers sa femme.

Elle leva la tête alors qu'il approchait.

Il sourit et tendit la main. Elle posa son livre et se laissa relever.

Sans lâcher ses mains, il la regarda.

— Barnaby vous salue bien. Et il nous demande de rester sur nos gardes.

Elle inclina la tête en scrutant son visage et ses yeux.

— Heureusement, pour le moment, je n'ai aucune raison de m'aventurer trop loin.

— Cela ne vous dérange pas de rester à l'intérieur de la maison et juste à côté ?

Elle secoua la tête.

— Pour le moment, non.

Elle lui prit le bras et se tourna vers la porte.

— Je peux recevoir ici même tous ceux qui souhaitent me voir ou s'entretenir avec moi. Et j'ai découvert que cette immobilité m'allait bien...

Il se mit à rire et la suivit jusqu'à leurs appartements. Comme les précédentes, la journée s'était bien passée, et il pouvait se détendre. Mais qu'en serait-il du lendemain ? La menace planait toujours.

Essayant de chasser ses sombres pensées, il la suivit jusqu'à la pièce qui avait été sa chambre mais montrait désormais les signes évidents d'une occupation féminine : une robe de chambre en soie pliée sur une chaise, une brosse sur une commode, posée à côté de la petite coupelle où elle déposait ses épingles à cheveux et ses bijoux. Collier et Aggie étaient parvenus à une sorte d'accord et se partageaient les droits territoriaux de la pièce.

En poussant un petit soupir d'aise, Mary se dirigea droit vers la commode et commença à défaire sa coiffure.

Ryder retira son épingle à cravate et dénoua cette dernière. Il s'agissait du vêtement que Mary avait le plus de mal à lui enlever. Les nœuds compliqués qu'il affectionnait tant la mettaient en peine et lui faisaient parfois perdre patience, pour le plus grand amusement de Ryder.

Ce soir, cependant, il ne se sentait pas d'humeur à la mettre à l'épreuve. Il était déjà suffisamment impatient lui-même.

Sans bien savoir pourquoi, il sentait déjà cette envie compulsive qui cognait, lentement mais sûrement, dans ses veines. C'était peut-être une conséquence de son angoisse. Sans s'attarder plus longtemps sur la question, il retrouva Mary à l'autre bout de la pièce. Sa cravate enfin dénouée, il tendit les bras vers elle.

Les cheveux retombant en cascade autour de son visage et sur ses épaules, Mary vint se blottir dans ses bras. Elle posa les mains à plat sur son torse et, tandis que ses doigts cherchaient instinctivement à s'accrocher, elle le regarda en fronçant les sourcils. Parfois, ils s'adonnaient à des petits jeux mais, le plus souvent, ils optaient pour la voie la plus directe et la plus spectaculaire, tant leurs envies étaient simples et complémentaires. Ce soir… dans la dureté de son regard noisette, dans la crispation de son bras autour de sa taille, elle sentait qu'il voulait quelque chose de plus, quelque chose qu'il avait envie de suggérer. Mais, après une légère hésitation, il décida de ne rien dire et baissa la tête. Alors elle lui offrit ses lèvres, pour l'inciter à les cueillir.

Il les cueillit, et plus encore. Dès ce premier contact, dès ce premier baiser impérieux, elle sut que ce soir ne serait pas la simple répétition de quelque chose qu'ils avaient déjà vécu. Ce soir, tout serait neuf et inédit.

Après cet assaut initial, il se délecta avec lenteur et entreprit de la séduire. Conquise, elle le suivit dans un long échange qui leur procura délice et plaisir. Tous deux se délectèrent à parts égales et goûtèrent ce moment qui présageait une intimité à venir encore plus profonde et grisante.

C'était parti et bien parti.

Pour une fois, Ryder n'eut pas peur de faire appel à tout son savoir-faire, quasi légendaire, et le déposa en offrande non pas aux pieds de Mary mais aux pieds de ce qui avait grandi entre eux. Et il déploya ses merveilleux et indéniables talents pour honorer et servir ce lien magique et unique.

Elle le savait. Elle sentait cette intention dans son baiser. Et elle se délecta de la dévotion passionnée qui teintait chaque contact, chaque étreinte.

Leurs vêtements volèrent, arrachés par des mains désormais habituées à ce rituel d'adoration de la chair et de la peau nue offerte à l'air de la nuit et à la lumière dorée de la lune.

Offerte à des mains qui semblaient toujours tremblantes et fiévreuses au début.

Il la plaqua contre lui. Sa silhouette délicate et sa peau soyeuse caressèrent son corps puissant et musclé. Ils s'immobilisèrent, pris par la délicieuse sensualité de l'instant, ensorcelés.

Les sensations que lui procurait la présence de Ryder autour d'elle, sa chaleur, la fermeté de sa chair, la tension de ses muscles bandés, son sexe brûlant et rigide pressant contre son ventre, l'étourdirent et l'excitèrent.

Ses mains effleurèrent ses épaules, puis elle enfonça les doigts dans ses cheveux et l'embrassa avec une ferveur décuplée.

Sans pudeur, elle releva le défi qu'il lui soumettait et, se laissant glisser le long de son corps, elle lui présenta le sien.

Elle avait vu juste : il y avait quelque chose de spécial ce soir. Jamais l'engagement n'avait été aussi total. À l'étourdissante rencontre physique se mêlaient la passion, les sentiments, le besoin, nourris par un désir qui semblait insatiable. Ils s'y donnèrent corps et âme, et cette étreinte hors du commun fut entre eux un vecteur, un moyen de pure expression, un moyen de communication sincère, direct et irréfutable.

Mettant fin au baiser, il la prit dans ses bras et la porta jusqu'au lit.

Alors qu'il la déposait puis s'allongeait à ses côtés, elle mit ses sens en alerte pour entendre ce qu'il avait à dire. Non pas avec des mots mais avec ses gestes, avec les caresses qu'il dispensait à sa chair frémissante, avec la délicieuse toile qu'il tissait afin de la rendre captive du plaisir, de la joie, de la passion et du désir qui surgissait avec la force d'une éruption volcanique pour les submerger tous les deux.

Elle le ressentit comme une pression dans la poitrine, comme un besoin irrépressible de donner, d'ouvrir son cœur et de partager, de laisser sortir cette émotion qui croissait sans cesse. De la lui donner, de la partager avec lui. Ouvertement.

De la libérer.

Les mains toujours enfouies dans ses doux cheveux, elle cherchait comment s'y prendre, frémissait sous ses caresses — celles de ses mains, de ses lèvres, de sa langue, toutes aussi avides et gourmandes —, qu'il distribuait le souffle court et les yeux clos.

Il souleva la tête et se décolla légèrement de son corps.

Elle tendit les bras vers lui. Parcourut son torse. Et le sentit frémir.

Puis elle le trouva, rigide et brûlant, et le guida jusqu'à elle.

Il se positionna et la pénétra d'un seul coup, en poussant un gémissement sourd.

Il se tenait au-dessus d'elle, la tête pendante, les muscles tremblants, pendant qu'il essayait de se contenir et de rester immobile le temps qu'elle se fasse à cette pénétration profonde, à cette intrusion solide qui l'emplissait superbement.

Elle parvint à sourire.

Après ces quelques semaines, elle n'avait plus vraiment besoin de ce temps, mais elle l'appréciait néanmoins. Elle l'accepta bien volontiers et, ce soir, l'utilisa pour se redresser, pour attirer le visage de Ryder vers le sien, pour poser ses lèvres sur les siennes, pour se cambrer afin de le toucher et de s'unir à lui.

Entièrement, complètement et sans réserve.

Sans aucune réserve.

Sans filtre. Sans retenue.

Elle sentit son cœur s'ouvrir et ne fit rien pour l'en empêcher. Elle n'essaya plus de retenir quoi que ce soit. Elle lui avait déjà donné sa main, confié son avenir, offert son corps. Maintenant, elle lui donnait la dernière partie d'elle qu'elle ne lui avait pas encore cédée, le tout petit morceau de son cœur qu'elle avait gardé, au cas où il ne lui donnerait jamais totalement le sien.

Il était temps. Elle le sentait dans chaque coup de reins, dans chaque battement synchronisé de leurs cœurs rugissants. Il était temps de se donner à lui tout entière. Temps de croire en tout ce qu'ils pouvaient être, de s'engager totalement et irrévocablement et de tout partager avec lui.

Cela faisait longtemps que Ryder ne pensait plus. Sentir l'accaparait tout entier et le poussait à un abandon auquel il ne se serait jamais cru prêt. Il était prêt à tout admettre, à se faire tout petit devant ce qui l'écrasait, à poser un genou à terre et à se déclarer vaincu.

Rien ne l'avait préparé à cela. Pourtant, c'était tout ce qu'il voulait.

C'était ce qu'il réclamait du plus profond de son être.

Il la pénétra davantage et il la sentit venir à lui. Ensemble, ils étaient consumés par la friction et la chaleur, l'ardeur et la communion des sens. Mais, poussés par une force qui semblait les dépasser, ils aspiraient aussi avec fougue et opiniâtreté à quelque chose de plus fondamental, de plus profond et de plus élevé.

Donnant et prenant, recevant et offrant, ils ne cherchaient qu'à atteindre ce degré ultime de fusion.

Ils se précipitaient, impatients et déterminés, vers le cataclysme qui les lierait l'un à l'autre pour l'éternité.

Étourdi par le plaisir que lui donnait le corps de Mary et par le plaisir que son corps à lui semblait lui donner en retour, il distinguait néanmoins précisément ce qui s'imposait à son esprit avec une clarté cristalline.

C'était cela ne faire qu'un.

C'était cela être ensemble pour de bon. Être réellement proches.

C'était cela partager une puissante intimité physique et être guidés par une même émotion.

C'était cela aimer.

Laisser de côté toute réserve. Donner sans limites.

Perdre son cœur.

Non... Plutôt le confier de son plein gré à quelqu'un d'autre, devenir dépendant et possessif, et accepter cela comme étant le prix à payer pour recevoir la même chose en retour.

C'était leur moment, et ils étaient tellement semblables qu'ils l'avaient atteint en même temps et ensemble.

Ils s'étaient mutuellement ouvert leurs portes et s'étaient mutuellement conduits jusqu'à leurs seuils.

C'était le lien ultime.

Dans un éclair de lucidité, alors qu'ils se précipitaient à la conquête du dernier et du plus haut sommet, il reconnut ce qui se passait en tant que tel, c'est-à-dire comme une étape sur laquelle on ne pourrait jamais revenir.

Et pourtant c'était ce qu'il voulait.

Cela le lierait à elle, mais cela la lierait aussi à lui.

Et il était prêt à en payer le prix.

Dans un dernier élan désespéré, il se jeta dans la bataille pour lui faire cet ultime cadeau et le recevoir en retour. Sans flancher, il se jeta tête baissée dans cette conflagration de passion, de sensations et d'émotions qui les brûlèrent.

Il se jeta dans la fournaise de leur passion commune, dans l'explosion de leur amour partagé.

Cet amour les dévora, les consuma, les fondit ensemble et les fit renaître, transformés.

Il fit d'eux des êtres nouveaux, entiers et meilleurs.

Quand ses frémissements furent sur le point de cesser, quand les spasmes de Mary faiblirent, il s'écroula sur elle, trop anéanti pour bouger, trop épuisé et bouleversé pour penser.

Bien après, quand il glissa à côté d'elle et la prit dans ses bras, tout ce qu'il fut capable de se dire, c'était qu'il ne la laisserait jamais partir.

Ce n'était pas possible. Elle était tout pour lui.

Après la passion de la nuit et leur soumission volontaire à cette nouvelle réalité, Ryder s'était attendu à ce qu'une légère gêne ou une certaine réserve s'installe entre eux. Mais au contraire, en se réveillant, ils s'étaient regardés dans les yeux et s'étaient souri.

Il avait roulé sur elle, et ils avaient fait l'amour. Leur journée avait ainsi commencé, idyllique et paisible.

L'horloge de la bibliothèque sonna cinq coups. Alors qu'il terminait ses calculs prévisionnels sur la récolte à venir, son esprit continuait de réfléchir à ce changement qui s'était opéré en lui. Ce changement qu'il n'avait ni recherché, ni attendu, ni anticipé, mais qui lui prodiguait tant de joie et lui promettait tant de promesses qu'il le rendait réellement vulnérable.

Il se surprenait lui-même d'avoir accepté si facilement cette vulnérabilité. Et même maintenant, alors qu'il était en pleine possession de ses moyens, s'il devait de nouveau prendre cette décision, il n'hésiterait pas une seule seconde.

Certaines choses, en effet, valaient que l'on en paye le prix. Même s'il était élevé.

C'était un fait qu'il acceptait.

Malheureusement, il ne pouvait profiter pleinement de son nouveau bonheur à cause de la menace qui pesait sur eux. Mais ni lui ni Mary n'étaient du genre à capituler, et encore moins à laisser un scélérat les manipuler en jouant sur leur peur.

Non. Quoi qu'il arrive, ils l'affronteraient. Et, grâce à la nuit passée, ils étaient plus forts encore.

Alors que son esprit glissait vers les plaisirs de la soirée à venir, il referma le tiroir de son bureau et entendit frapper à la porte.

— Oui ?

Forsythe entra, l'air légèrement contrarié. D'une main, il tenait un plateau sur lequel se trouvaient plusieurs lettres. Le courrier de l'après-midi. En tendant le plateau, Forsythe déclara :

— Monsieur… Aggie, la femme de chambre de madame, cherche sa maîtresse mais sans succès. Auriez-vous une idée de l'endroit où madame la marquise pourrait se trouver ?

Tout en prenant les lettres, Ryder fit la moue.

— Elle a dit qu'elle allait broder un peu, mais — et il regarda le ciel bleu par la fenêtre — elle a très bien pu aller faire une petite promenade.

Il recula sa chaise et se leva.

— Elle n'a pas dû aller bien loin. Aggie a-t-elle cherché dans la roseraie ? Allons le lui demander.

Elle l'avait fait. Elle avait aussi inspecté les terrasses et les abords immédiats de la maison, ainsi que toutes les pièces du premier étage.

La femme de chambre se tordait les mains.

— D'habitude, elle n'est jamais bien loin, monsieur. Et c'est toujours l'heure à laquelle nous choisissons la robe qu'elle portera au dîner.

Il fallut un quart d'heure aux domestiques pour inspecter le reste de la maison.

Pendant ce temps, Ryder avait fait chercher Dukes, le chef jardinier, qui était immédiatement ressorti pour aller interroger ses hommes.

— Madame la marquise n'est vraiment pas dans la maison, monsieur.

Forsythe semblait dans le même état que Ryder, comme s'il refusait encore de céder à la panique, mais que la peur avait commencé à s'insinuer en lui.

— J'ai envoyé des gens à l'écurie. Je ne pense pas qu'elle soit allée faire une promenade à cheval, mais elle a peut-être voulu rendre visite à sa jument.

À cette heure de la journée, c'était un peu curieux toutefois.

— Nous n'avons pas vu madame la marquise de toute la journée, monsieur, rapporta Filmore.

Soudain, Dukes arriva en courant, ce qui était assez inhabituel chez un homme à la nonchalance légendaire, et attira donc l'attention de tous. Il adressa un signe de tête à Ryder.

— L'un de mes gars a vu madame la marquise dans le jardin des arbustes, monsieur. Il était en train d'y travailler. Elle lui a souri, lui a dit un mot gentil et elle est repartie vers la maison. D'après lui, elle se dirigeait vers la terrasse de droite. Mais c'était il y a longtemps, il y a plusieurs heures. Et, depuis l'endroit où il se trouvait, il n'a pu voir si elle était bien rentrée ou si elle était partie dans une autre direction.

Un frisson à l'intensité inédite, à la fois glacial et moite, parcourut l'échine de Ryder. Il regarda Forsythe, Filmore, puis Dukes.

— Que tous les hommes physiquement capables se rassemblent dans la cour. Il faut organiser une battue.

— Oui, monsieur, répondit Forsythe d'une voix lugubre.

— Tout de suite, enchaîna Filmore, qui salua avant de se diriger vers la porte.

Dukes ne répondit pas, se contenta de hocher la tête d'un air grave et de suivre Filmore. Forsythe envoya un valet passer le message à tout le monde et resta pour aider Ryder à rassembler les cartes du domaine et des alentours.

À la surprise de Ryder, Aggie cessa de se tordre les mains et, la mâchoire serrée, quitta précipitamment la pièce.

Tout compte fait, ce ne furent pas seulement les hommes qui se rassemblèrent dans la cour, mais aussi les femmes les plus jeunes, recrutées par Aggie avec l'aval de Mrs Pritchard, et qui souhaitaient ardemment participer aux recherches.

Cela donna une plus grande marge de manœuvre à Ryder. Il répartit les femmes deux par deux et leur demanda d'inspecter le domaine centimètre carré par centimètre carré. Il put alors envoyer des cavaliers dans les fermes des alentours et former des groupes chargés de fouiller les bois et les champs.

On avait beau se trouver dans le Wiltshire, un comté paisible comme tous les comtés anglais, il était néanmoins possible que Mary ait eu un accident, même sans s'être aventurée dans les bois.

C'était ce qu'il espérait, et ce à quoi ils s'accrochaient tous. Une chute, une cheville foulée — n'importe quoi de préférable à l'autre possibilité.

Celle qu'il ait pu lui arriver quelque chose de plus grave.

Il faisait encore tout à fait jour quand ils commencèrent leurs recherches mais, au bout d'une heure, le soleil commença à décliner, et les ombres dessinées par les arbres s'allongèrent.

Heureusement, il faisait encore suffisamment clair pour continuer la battue. Dès qu'un groupe avait accompli la tâche qui lui avait été assignée, il rentrait au manoir, et Ryder s'empressait de l'envoyer ailleurs.

Le domaine de Raventhorne était très étendu. Le quadriller tout entier allait prendre du temps. Pour plus d'efficacité, Forsythe, qui était né et avait grandi sur ces terres, vint se joindre aux recherches.

La nuit était en train de tomber doucement quand on frappa à la porte de la bibliothèque. Le cœur de Ryder se mit à cogner. Mrs Pritchard entra.

— Oui ? demanda-t-il en essayant de se dominer.

— Monsieur, l'un des fils de Dixon est avec moi. Il vient d'Axford, et je crois que vous devriez écouter ce qu'il a à dire.

Ryder quitta des yeux les cartes déployées devant lui.

— Dixon ?

— Le poissonnier.

Mrs Pritchard franchit le seuil et laissa passer quelqu'un.

Ryder essaya de garder un visage impassible — c'était ce qu'il y avait de mieux à faire dans de telles circonstances — alors qu'un jeune garçon entrait dans la pièce.

— Dixon fils, je suppose ? demanda-t-il sur un ton aussi neutre que possible.

Le garçon hocha la tête.

— Oui, m'sieur.

Il regarda Mrs Pritchard qui lui fit signe d'avancer jusqu'au bureau.

Visiblement peu sûr de lui, le garçon avança de trois pas, puis s'arrêta.

Ryder leva les yeux vers Mrs Pritchard.

— Davy — c'est ainsi que se nomme ce jeune homme — est venu nous livrer notre commande. Et il m'a appris qu'il avait livré la maison douairière hier.

— La maison douairière ?

Aussitôt, Ryder se tourna vers le jeune garçon.

— Qui s'y trouvait ? Le sais-tu ?

Le garçon secoua la tête.

— Non. Je n'ai vu que la cuisinière et deux filles, mais je peux vous dire quelle était la commande.

Comme Ryder hochait la tête d'un air encourageant, le garçon lui fit la liste des poissons qu'il avait livrés. Ryder ne comprit rien et se tourna vers Mrs Pritchard pour la traduction.

L'air grave, la gouvernante lui fournit les explications nécessaires.

— Le turbot, monsieur, ne pouvait pas être destiné aux domestiques. Ni l'esturgeon.

— Pour sûr ! s'exclama Davy Dixon. C'est le fin du fin.

Pendant un instant, la tête de Ryder se mit à tourner. Non, ce n'était pas possible... Mais il repoussa ses pensées fantaisistes pour revenir à Davy Dixon.

— Merci. Mrs Pritchard, je suis sûr que ces informations du plus grand intérêt méritent récompense.

Mrs Pritchard hocha la tête.

— Viens, Davy. Il y a une part de gâteau et un shilling qui t'attendent à la cuisine.

Elle fit sortir le garçon et referma la porte, que Ryder fixa pendant un long moment. Puis il tourna les yeux vers les cartes, et vers le ciel qui commençait à s'assombrir. Il réfléchit un instant et quitta la pièce pour se diriger à pas rapides vers l'escalier.

Lorsqu'il redescendit, vêtu de sa tenue d'équitation, Mrs Pritchard attendait dans le hall.

— Vous partez à cheval ?

En enfilant ses gants, il acquiesça.

— Je veux savoir si quelqu'un a vu la marquise. Je vais essayer d'aller interroger le plus de monde possible. Si je n'obtiens aucun résultat... quand Forsythe reviendra, dites-lui de superviser les recherches et que, de mon côté, j'ai poussé jusqu'aux bois de la maison douairière. Nous n'y avons encore envoyé personne et, puisque je serai dans les parages, je peux très bien aller voir par moi-même.

La gouvernante fit la grimace.

— Je vous conseillerais plutôt de rester ici et de laisser

quelqu'un y aller à votre place. Mais malheureusement, à part moi et la cuisinière, il n'y a plus personne à la maison.

— Pas la peine, dit Ryder en se dirigeant vers la sortie qui menait directement aux écuries. Si ma belle-mère est à demeure, comme cela semble être le cas, je suis le seul qu'elle daignera recevoir.

Mrs Pritchard grommela en le regardant partir. Il sentait l'inquiétude de son regard peser sur lui alors qu'il traversait le couloir, en proie à un mauvais pressentiment qui se faisait de plus en plus funeste.

15

— Lavinia n'aurait pas osé.

Il murmurait les mots tout en pénétrant dans les bois qui marquaient à l'est la limite du domaine. Il n'y avait pas de chemin dans les bois, mis à part la piste cavalière qu'il était en train d'emprunter.

La forêt était dense et les arbres touffus. D'antiques bosquets de chênes et de hêtres projetaient leurs ombres sur le chemin et plongeaient les bois dans une obscurité profonde.

La maison douairière était aussi vieille que les parties les plus anciennes du manoir, et à l'époque où l'ensemble était encore une abbaye elle faisait partie des bâtiments ecclésiastiques. Sa grand-mère paternelle y vivait quand il était né, mais elle était morte peu de temps après. Ensuite, on avait continué d'entretenir la maison, mais elle était restée inoccupée, jusqu'à ce que Ryder y bannisse Lavinia.

Puisque aucun des domestiques originaires des environs ne voulait travailler pour elle, elle avait été contrainte de recruter son personnel de maison ailleurs. Par conséquent, contrairement à ce qui se passait d'ordinaire à la campagne, surtout dans un comté aussi peuplé que le Wiltshire, les occupants de la maison douairière avaient peu de contacts et n'avaient aucun lien avec les domestiques des maisons environnantes. En outre, même si Lavinia insistait pour vivre à la campagne une bonne partie de l'année, elle n'avait jamais voulu s'abaisser — même quand elle était maîtresse du domaine — à côtoyer les notables locaux qu'elle méprisait ouvertement. Elle ne voyait donc quasiment jamais ses voisins.

Cela signifiait que la maison douairière, qui était déjà très isolée par nature, faisait figure de territoire presque inconnu.

Ryder galopait à un rythme régulier, et le bruit des sabots de Julius faisait écho à ses propres battements de cœur.

À chaque heure passée, il accusait plus durement la disparition de Mary. Chaque minute passée sans qu'elle soit à ses côtés, sous sa protection — là où elle aurait dû se trouver —, renforçait sa réaction instinctive. Et accroissait sa peur qu'elle ait été enlevée. Rien d'autre ne pouvait expliquer son absence prolongée. L'ennemi inconnu qui avait tout d'abord essayé de le tuer, qui avait ensuite choisi Mary comme nouvelle cible, l'avait enlevée.

Peu importait son identité, il payerait.

Au cours des heures passées, les instincts qu'il refrénait d'habitude si bien avaient de temps en temps affleuré à la surface désormais, et ils le gouvernaient largement. Quand il s'agissait de Mary et qu'elle était menacée, il n'était pas enclin à se comporter de façon civilisée.

Ses instincts et son intellect étaient à présent tournés vers un seul et même but : retrouver Mary et ne plus la laisser échapper à sa protection.

Jusqu'ici, il avait rejeté l'idée que Lavinia puisse être responsable de la disparition de Mary et de tout le reste. Sa belle-mère était un être agaçant, vindicatif et virulent, mais d'après lui elle restait inoffensive. Il n'avait pas voulu la croire capable d'agir, et de le faire de façon réfléchie et organisée. Elle ne l'avait jamais fait auparavant. Fulminer était une chose, concevoir des plans et passer à l'acte en était une autre.

Lavinia avait toujours été dans la protestation et la revendication, mais jamais dans l'action.

Cependant, si cette fois elle avait agi, alors quelque chose avait changé.

Et certaines choses avaient bel et bien changé... D'ordinaire, à chaque fois qu'elle s'installait à la maison douairière, elle envoyait un billet hautain au manoir pour prévenir de son arrivée. Et souvent, les voitures de ses amis londoniens échouaient dans la cour du manoir et devaient être redirigées vers la maison douairière.

Cette fois, Lavinia n'avait pas envoyé le moindre mot.

Ryder savait qu'elle avait très mal pris son mariage mais, selon lui, elle aurait dû vouloir les informer de sa présence, les informer qu'elle était là, en tant que marquise elle aussi, prête à défendre son titre et son rang, bec et ongles. Cela ressemblait davantage à Lavinia telle qu'il la connaissait.

En réalité, il n'y avait aucune compétition possible entre son épouse et son égoïste belle-mère, mais Lavinia ne le voyait pas ainsi, et c'était pour cette raison qu'il était curieux qu'elle n'ait pas prévenu de sa présence.

Mrs Pritchard était au courant de l'antipathie que lui et sa belle-mère se vouaient, de même que la plupart des domestiques. Aucun ne s'était plu sous le règne de Lavinia, et personne ne l'aimait. C'était pour cette raison qu'il était perçu comme un sauveur.

Ainsi, lorsqu'elle avait appris que Lavinia avait pris ses quartiers à la maison douairière, mais en secret cette fois, Mrs Pritchard en avait promptement tiré la conclusion à laquelle il ne se résolvait pas encore.

C'était tout simplement qu'il ne parvenait pas à imaginer Lavinia en train d'organiser activement son assassinat. Ni de comploter pour faire enlever Mary.

Apercevant le toit pentu de la maison douairière à travers les arbres, il fit ralentir Julius, d'abord au trot, puis au pas. Pas besoin d'attirer l'attention sur son arrivée.

D'abord, il voulait inspecter les alentours.

La piste cavalière rejoignait le chemin gravillonné à environ cinquante mètres de la cour d'entrée. Les jardins de la maison n'étaient pas très étendus, et les bois l'encerclaient de près sur trois côtés. Il s'agissait d'un endroit très calme et isolé.

Remarquant ce calme, et même ce silence étourdissant, il

s'arrêta à l'entrée du chemin et observa la maison, dissimulé sous un arbre.

Elle semblait... non pas inhabitée mais temporairement désertée, comme si tout le monde s'était absenté pour la journée.

En laissant la porte d'entrée entrouverte.

Lorsqu'il vit cela, il fut glacé d'effroi.

Toutes les pensées qu'il avait consciencieusement repoussées se bousculèrent dans son esprit. Lavinia avait les moyens d'engager des malfrats pour le tuer, et d'engager des hommes pour les engager, et ainsi de suite. Elle savait quel chemin il empruntait pour rentrer chez lui à Londres. Ici, à la campagne, malgré l'absence de relations entre les domestiques du manoir et ceux de la maison douairière, le palefrenier ou les valets de Lavinia devaient savoir où se trouvait la sellerie du manoir et auraient pu être capables d'identifier quelle était la selle de Mary — la seule nouvelle selle d'amazone. Et, depuis les bois, ils auraient facilement pu les guetter, la voir conduire le cabriolet et deviner quel itinéraire ils allaient emprunter pour se rendre à Axford...

En ce qui concernait le scorpion, il ne trouvait pas d'explication. Mais pour la vipère... Les domestiques de Lavinia auraient pu savoir à quel moment le personnel du manoir devait se rassembler dans la cour, et quelle était la chambre de Mary. Et bien entendu, pour atteindre ses appartements et en sortir sans être vus, ils devaient connaître l'escalier de service.

Assis sur son cheval, il scrutait cette porte entrouverte. Il s'agissait clairement d'une invitation, ce qui en disait long sur le type d'hommes qui se trouvaient derrière tout cela.

Pas très sophistiqués mais efficaces.

En ce moment même, ils étaient en train de l'observer depuis les bois, quelque part à l'autre bout de l'allée.

Il sentait leurs regards. Mais il connaissait les bois en question. Y poursuivre quelqu'un était pure folie, et il les soupçonnait d'être nombreux car peu d'hommes seraient assez stupides pour se présenter devant lui seuls et désarmés.

Si sa raison éprouvait encore quelques difficultés à se représenter

Lavinia — insignifiante, malveillante et bête comme ses pieds — dans le rôle de la grande instigatrice de cette attaque perfide, son instinct n'avait pas ce problème. Mais, en ce moment, il considérait que cette question n'avait pas lieu d'être, sa seule préoccupation étant de sauver Mary.

Ryder était sûr qu'elle se trouvait dans la maison douairière. C'était le message laissé par cette porte entrouverte. Mais il n'était pas armé et, d'après ses souvenirs, aucun mur n'était décoré d'épées croisées.

Il avait du mal à retenir son envie de se précipiter à l'intérieur pour retrouver Mary, de la serrer dans ses bras et de s'assurer qu'elle n'avait rien mais, s'il fonçait tête baissée sans s'être préparé à cet assaut, c'étaient leurs vies à tous les deux qu'il mettrait en danger.

Et, s'il périssait, comment assouvir sa vengeance ?

Par ailleurs, il n'était pas prêt à renoncer à ce que Mary et lui venaient de conquérir.

Contenant ses émotions, il gonfla la poitrine et obligea son esprit à plus de calme et de logique. Il était peu probable qu'ils s'en prennent à Mary. Pas tout de suite. C'était avant tout lui que Lavinia visait. Elle avait peut-être essayé d'effrayer Mary mais, en ce moment précis, sa femme n'était qu'un appât. Pas besoin de lui faire du mal pour l'instant, et sans doute valait-il même mieux s'en abstenir. Un leurre vivant serait toujours plus efficace.

Il essaya d'envisager toutes les possibilités et confronta les options qui s'offraient à lui, se forçant à prendre le temps de bien réfléchir. Il finit par descendre de cheval, puis il raccourcit les rênes de Julius et les entortilla avec la sangle d'un des étriers. L'étalon l'attendrait sans être attaché mais, si quelqu'un s'approchait et essayait de s'emparer de lui, il ne le laisserait pas faire et finirait par rentrer seul aux écuries du manoir.

C'était le seul message qu'il pourrait envoyer à ses domestiques si quelque chose tournait mal. Vraiment mal.

En s'interdisant d'y penser, il emprunta l'allée, s'arrêta pour regarder la grande maison, les nombreuses fenêtres à croisillons, la pierre grise et froide de la façade. Son regard se posa sur la porte entrouverte. Fixant la partie du hall qui se trouvait dans l'obscurité, il avança.

Quand il la toucha, la porte s'ouvrit davantage. À l'intérieur, tout était sombre. Pas le moindre son ne parvenait à ses oreilles, pas le moindre murmure, pas le moindre grincement, pas la moindre trace de vie humaine.

Il marcha jusqu'au salon qu'il trouva vide, comme les autres pièces de réception, toutes situées au rez-de-chaussée. Il garda l'oreille tendue pendant qu'il finissait son tour, mais le silence persistait, lourd et total.

Lentement, aux aguets, il grimpa l'escalier. Les chambres montraient des traces évidentes d'occupation. Dans la plus grande d'entre elles, il trouva des flacons de parfum et des poudres sur la coiffeuse, et les robes présentes dans l'armoire confirmèrent que toutes ces affaires appartenaient à Lavinia. Il reconnut son style. Dans une autre chambre donnant sur le couloir, il découvrit des brosses, des peignes et des accessoires masculins. La coupe particulière des vestes et des vestons ainsi que la présence de foulards en soie et l'absence de cravates lui apprirent qui résidait aussi en ce moment même à la maison douairière.

Potherby.

Avec un calme olympien, Ryder réfléchit à cette information. Il connaissait Potherby depuis qu'il connaissait Lavinia. Lui et elle étaient amis d'enfance mais, en dépit de ce que la plupart des gens pensaient, Ryder ne croyait pas que Potherby soit — ou ait été — l'amant de Lavinia. Il y avait quelque chose dans la façon dont il la regardait, qui trahissait davantage une longue amitié qu'une liaison secrète. Mais, au nom de cette amitié, Potherby pouvait-il être lié aux attaques portées contre Ryder et Mary ?

L'homme possédait sans aucun doute l'intelligence dont manquait Lavinia, mais… Ryder avait toujours considéré Potherby, malgré son allégeance à sa belle-mère, comme quelqu'un d'estimable.

Mais comme il n'avait jamais imaginé Lavinia dans la peau d'une meurtrière…

Laissant la question de Potherby en suspens, Ryder quitta la pièce. Il s'arrêta dans le couloir et tendit l'oreille. La maison était tellement silencieuse qu'il était certain que personne d'autre que lui ne se trouvait à cet étage. Ses sens, en état d'alerte maximale, ne décelaient aucune trace de Mary.

Mais il y avait un grenier.

Arrivé au bout du couloir, il ouvrit la porte étroite qui donnait sur l'escalier du grenier. Il était sombre mais les tuiles, par endroits, laissaient passer un peu de la lumière pâle du dehors. Une fois que ses yeux s'y seraient habitués, il serait capable d'y voir suffisamment.

Lentement, marche après marche, il grimpa l'escalier.

S'il avait été à la place de ses adversaires, c'est ici qu'il aurait tendu son embuscade. Dans une cage d'escalier si étroite qu'il devait incliner les épaules pour passer, il était vraiment à son désavantage. Mais non… Avant même que sa tête atteigne le niveau du sol du grenier, il savait que personne ne l'attendait pour l'assommer ou pour lui tirer dessus. Et il savait que Mary ne s'y trouvait pas non plus.

Les gens, quand ils étaient vivants et conscients, ne faisaient jamais si peu de bruit.

Après un coup d'œil rapide, il redescendit l'escalier, faisant très attention lorsqu'il déboucha dans le couloir du premier étage. Mais les lieux restaient toujours aussi déserts.

D'un pas plus rapide, il retourna vers le grand escalier, qu'il se hâta de dévaler. Il n'avait vu personne et pourtant, il était certain que Mary était bien là, qu'elle était cachée quelque part dans cette maison. Pourquoi la porte aurait-elle été laissée ouverte sinon ? Pourquoi tous les domestiques auraient-ils été absents ?

Poussant la porte verte située dans le fond du hall d'entrée, il emprunta un petit couloir, passa devant un placard à balais et descendit les trois marches raides qui conduisaient à la cuisine. Comme le reste de la maison, elle était vide, mais tous les ustensiles étaient alignés sur le plan de travail, quelques assiettes et des couverts étaient rangés dans un buffet, des serviettes pliées étaient sorties, et un plateau portant un service à thé déjà préparé était posé sur un banc près de la cuisinière.

Les domestiques habitaient toujours ici, mais on avait dû leur donner congé pour la journée. Ou pour plusieurs jours peut-être. En regardant par la fenêtre, il constata qu'il faisait de plus en plus sombre dehors mais, comme on était au milieu de l'été, il ne ferait pas nuit noire avant un bon moment.

S'avançant dans la cuisine, il regarda autour de lui et vit que la porte de la cave avait elle aussi été laissée entrouverte.

Il la fixa un instant, avant de remarquer plusieurs lampes posées sur une étagère. En en prenant une, il se rendit compte, à une marque sur le bois, qu'il en manquait une autre. Il alluma la lampe à l'aide d'un morceau d'amadou et, après avoir ajusté la mèche, il ouvrit plus grand la porte de la cave. C'était le seul endroit de la maison qu'il n'avait pas encore exploré et même s'il y avait aussi, dehors, de petites écuries avec des chambres pour les cochers et les palefreniers, la cave semblait idéale pour cacher Mary et lui tendre un piège lorsqu'il viendrait l'y chercher.

Certain que personne n'avait passé la porte verte et que personne ne s'apprêtait à l'attaquer par-derrière, il avança sur le palier qui se trouvait en haut de l'escalier de la cave et tendit la lanterne devant lui pour y voir plus clair.

Le faisceau lumineux éclaira des caisses de pommes, de pommes de terre, d'oignons, des barriques contenant diverses denrées, des étagères d'aliments séchés dans des boîtes et des sacs, et beaucoup de bocaux. Mais toutes ces étagères l'empêchaient de voir plus loin dans la pièce.

Il ne vit personne, ne détecta aucun élément prouvant que Mary était bien là et ne sentit même pas sa présence.

Pourtant, cette fois encore, pourquoi la porte avait-elle été laissée ouverte ?

Il recula vers la cuisine et regarda autour de lui. Ses assaillants potentiels pouvaient venir de n'importe où, mais ils n'avaient pas encore osé se montrer.

Il ne lui fallut qu'un moment de réflexion pour se convaincre que, s'ils avaient le choix, ils ne se montreraient pas avant qu'il ait trouvé Mary. Ce serait le moment où il serait le plus vulnérable. Soucieux avant tout de la protéger, il ne leur accorderait peut-être pas toute son attention.

Ils ignoraient certainement qu'il n'était pas armé mais, de nos jours, peu d'hommes portaient toujours une épée ou un pistolet sur eux, et surtout pas quand ils étaient sur leurs propres terres.

Son regard glissa sur les ustensiles alignés sur le plan de travail. Il posa sa lampe et chercha fébrilement. Pas de couteau. Ni ici ni ailleurs. Il fouilla les étagères et les buffets, mais il ne restait pas la moindre lame. Ses adversaires manquaient peut-être de sophistication, mais ils n'étaient pas stupides.

Il trouva néanmoins quelques objets susceptibles de lui servir.

Avec l'une des plaques en fonte de la cuisinière, il réussit à casser le cadenas de la porte de la cave. Puis il glissa une longue spatule sous le coin inférieur de la porte afin qu'on ne puisse la refermer complètement. Il continua ensuite ses recherches.

Le tisonnier pourrait se révéler utile. Il le prit et fourra quelques pics à broche dans sa poche, tout en étudiant les autres ustensiles à sa disposition.

En plus des couteaux, ses ennemis avaient fait disparaître tout ce qui était long et pointu, comme les grandes fourchettes et les pics à viande qui auraient dû se trouver là. Au cas où, il glissa quatre fourchettes ordinaires dans une autre poche et finit par se diriger vers la porte de la cave.

Ils devaient le guetter depuis l'extérieur, dissimulés dans les bois. La cuisine était orientée vers l'ouest. Les dernières lueurs du jour devaient éclairer suffisamment la pièce pour qu'ils puissent suivre ses mouvements. Ils devaient donc savoir qu'il avait le tisonnier.

Et, en voyant la lumière baisser dans la cuisine, ils avaient dû comprendre qu'il s'était décidé à descendre dans la cave.

Arrivé en bas, il se déplaça rapidement, déplaçant la lampe de chaque côté, pendant qu'il avançait entre les hautes étagères. Il y avait un espace dégagé au bout de la pièce. Un espace complètement vide et nu. Et il vit, sur la couche de poussière qui provenait des sacs de grain entassés contre le mur du fond et qui recouvrait les lattes du parquet, des traces de pas et du passage d'une jupe.

Ces marques entouraient une trappe carrée dont on devinait le dessin au sol.

C'était la première fois qu'il descendait à la cave. Et il ne savait pas ce qu'il y avait sous cette trappe, dont il ne se souvenait pas avoir jamais entendu parler.

Un gros anneau en fer affleurait à la surface. Il posa sa lampe à terre, se pencha et ouvrit la trappe. Avec son cadre et ses renforts métalliques, elle était particulièrement lourde. La laissant sur ses gonds, il s'accroupit près de l'ouverture et regarda à l'intérieur, dans une espèce de trou béant. Il reprit sa lampe et dirigea le faisceau lumineux vers l'intérieur. Il distingua un sol en pierre, non pas polie mais brute, à plus de trois mètres en contrebas. Il n'y avait ni escalier ni échelle.

L'espace était nu. Il inclina la tête et la lanterne, se pencha davantage et observa. Mais il ne vit rien d'autre que cet espace vide cerné de murs taillés directement dans la roche. Ce trou faisait peut-être partie d'une carrière de pierre à l'origine. Un tunnel, assez large pour qu'il puisse s'y engouffrer, prolongeait cet espace. Il y jeta un bref coup d'œil, essayant de bien regarder dans toutes les directions. Au bout d'un moment, il maugréa et tint la lanterne à distance. Oui, il avait vu juste, il y avait bien une lumière, faible et lointaine, au bout de ce tunnel.

Il hésita une seconde mais, n'ayant rien à perdre, se mit à appeler :

— Mary ?

Aussitôt, il entendit un bruit. Comme si quelqu'un tapait des talons sur le sol en pierre. Plus faiblement encore, il perçut des cris étouffés. Elle était là !

— Attendez, j'arrive.

Ses mots déchaînèrent un torrent de protestations étouffées. Elle voulait le prévenir de ne pas descendre, lui faire comprendre qu'il s'agissait d'un piège.

Il le savait déjà. Et il en avait accepté l'idée. Rien ne l'empêcherait de descendre la rejoindre.

Avant même d'avoir franchi la porte d'entrée, il s'était rendu compte qu'il était impossible pour lui de la laisser pour aller chercher de l'aide au manoir. S'il l'avait fait, elle n'aurait plus été là à son retour. Elle était un appât, destiné à l'attirer dans ce piège. Lavinia et ses hommes de main savaient désormais qu'ils avaient vu juste et que leur stratagème allait fonctionner. Ils garderaient donc Mary jusqu'à ce que Ryder tombe dans leur piège. Mais refuser d'y tomber ne ferait que prolonger cette épreuve et mettre Mary en danger, sans lui donner la garantie de pouvoir la délivrer dans de meilleures conditions.

Cependant, s'il franchissait cette trappe — ce qui, en soi, n'avait rien de compliqué — il ne voyait pas comment il pourrait remonter. Et s'il n'y avait pas d'autre issue dans ce qui semblait être une cave restée inutilisée depuis longtemps...

Il marqua un temps d'hésitation et réfléchit de nouveau. Mais, décidément, aucune autre possibilité ne s'offrait à lui. Même s'il essayait de retarder l'arrivée de ces brigands, ils finiraient par se montrer — bien avant que ses domestiques ne partent à sa recherche — et il n'était pas armé. En revanche, eux l'étaient très certainement.

Il allait devoir se débrouiller avec sa force et son intelligence pour toute arme. Il faudrait que cela suffise.

Et Mary était là, en bas, seule, ligotée et bâillonnée.

Il fouilla la cave et trouva ce qu'il cherchait : une corde. Il en accrocha une extrémité à l'anneau métallique, avant de la faire passer dans l'ouverture qui séparait le sol de la trappe et de la laisser tomber. Elle atteignait presque le sol de la pièce souterraine.

Il réfléchit un moment, puis fit remonter la corde pour en passer l'extrémité libre autour de la poignée de la lampe qu'il fit lentement descendre.

Il se retourna vers la porte de la cave, qu'il voyait désormais à peine, puis revint vers l'escalier et s'empara de tous les bocaux en verre qu'il put porter ainsi que de deux seaux métalliques vides.

Il disposa les bocaux et les seaux au pied des marches, puis remonta à la cuisine où il alluma trois lanternes supplémentaires. Il les fit bouger autour de lui, pour avertir ceux qui le surveillaient qu'il se trouvait toujours dans la cuisine et n'était pas encore tombé dans leur piège.

Puis il laissa les lampes devant la porte de la cave en dirigeant leurs faisceaux afin que ses poursuivants ne puissent savoir s'il se trouvait au rez-de-chaussée ou plus bas. Après cela, il referma rapidement la porte de la cave et la bloqua avec la spatule, puis il descendit et disposa stratégiquement les bocaux et les seaux sur les marches pour fabriquer une alarme de fortune. Ensuite, sans réfléchir plus longtemps, il courut vers la trappe, lança le tisonnier, s'assit sur un bord et se laissa tomber.

Au moment où ses bottes touchèrent le sol en pierre, il récupéra le tisonnier et s'élança dans le passage, qui était assez large pour que deux hommes puissent s'y tenir côte à côte. Il était long d'une bonne vingtaine de mètres et, au bout, il distingua un vieux mur en pierre à la base duquel une lampe était posée, sans doute dans le but de l'attirer. Il arriva dans une espèce de pièce rectangulaire d'environ cinq mètres sur trois, creusée directement dans la roche.

Il entendit une plainte étouffée à sa gauche. En se tournant, il vit Mary assise sur une chaise tout au bout de la salle. Elle était attachée à son siège et portait un capuchon noir enfoncé sur la tête.

La découvrir ainsi le mit dans une rage folle. Lui avaient-ils au moins demandé si elle avait peur du noir ? Il se précipita vers elle et lâcha le tisonnier pour retirer l'infâme capuchon.

Des yeux bleus furieux rencontrèrent les siens. Le bâillon ne l'empêcha pas de grogner.

Malgré son humeur lugubre, il sourit.

— Bonsoir, Mary.

Son regard bleu lança des éclairs, puis elle tourna la tête sur le côté. Il obéit et entreprit de défaire son bâillon.

— Je sais que c'est un piège. J'ai fait ce que j'ai pu pour nous sortir de là, mais ils ne m'ont pas laissé d'autre choix que de descendre ici vous chercher.

Elle secoua la tête, et le bâillon tomba.

— On a toujours le choix !

Mary s'humecta les lèvres, choquée par la rudesse de sa propre voix.

— En effet, répondit Ryder en la regardant dans les yeux, avant de s'attaquer aux nœuds qui l'attachaient à la chaise. Et j'ai fait le mien.

Que pouvait-elle dire ? Elle poussa un grognement sourd et attendit qu'il vienne à bout des liens qui la retenaient prisonnière, se sentant impatiente, pressée, inquiète et terrifiée — pour lui plus que pour elle.

— Ils vont revenir. Ils sont trois. Costauds. Où sommes-nous ?

— À la maison douairière. Vous n'y étiez encore jamais venue.

Elle regarda autour d'elle et essaya d'apercevoir le visage de Ryder.

— C'est là qu'habite votre belle-mère ?

— Oui, répondit-il d'un ton froid et dur.

Les liens tombèrent, et elle se leva. Elle chancelait, mais il la soutenait.

— Nous devons faire vite.

— Oui, je vous en supplie, faisons vite.

Il se pencha pour ramasser le tisonnier puis, la main dans la main, ils coururent aussi vite qu'ils le purent dans le passage qu'il avait dû emprunter pour arriver jusqu'à elle. Elle n'avait rien vu de sa prison jusqu'ici. Elle portait déjà le capuchon sur la tête quand ils l'avaient fait descendre.

Soudain, alors qu'ils couraient toujours, des bruits de métal et de verre cassé se firent entendre au-dessus de leurs têtes.

Ryder pesta, la prit dans ses bras et continua de courir.

Ils entendaient des jurons à présent et des bruits de pas.

Ils débouchèrent dans une autre pièce, située au bout du couloir, juste à temps pour voir la corde suspendue à la trappe tomber à terre, en même temps que la lanterne qui y était accrochée.

La serrant dans ses bras, Ryder regarda le trou, avant de déclarer avec une froide détermination :

— Vous allez mourir, gredins.

Sa voix contenait suffisamment d'assurance glacée pour faire frissonner Mary.

Sa déclaration fut accueillie par un silence complet, puis Mary entendit un cliquetis.

Ryder jura et courut avec elle se réfugier dans le passage.

Une énorme explosion se fit entendre derrière eux. La roche trembla, et des éclats volèrent. Ils leur tiraient dessus.

En la protégeant de son corps, Ryder s'arrêta, appuyé contre le mur du passage à un endroit où les hommes ne pouvaient plus les voir.

Un rire gras retentit et résonna autour d'eux.

— C'est pas nous qu'allons mourir, mon bon seigneur. C'est vous et vot' dame.

Un énorme bruit ponctua rudement ces mots.

Ryder n'eut pas besoin de lever les yeux pour savoir qu'ils avaient refermé la trappe.

Mary se tortillait, sans doute mal à l'aise. Il se redressa et la reposa à terre pour qu'elle puisse se tenir debout et se dégourdir les jambes, mais il garda un bras autour d'elle. Appuyés l'un contre l'autre, ils tentèrent de faire le point sur la situation.

Les hommes étaient toujours là, quelque part au-dessus de leurs têtes. Ryder et Mary entendirent des éclats de voix étouffés puis, quelques secondes plus tard, des pas suivis d'un bruit sourd.

Il y eut d'autres bruits, qui leur parvenaient incroyablement étouffés.

— Qu'est-ce que c'est ? demanda Mary, interdite.

Ryder comprit. Laissant tomber la tête en arrière contre la paroi rocheuse, il ferma les yeux et pesta.

— Bon sang !

Il tendit l'oreille, puis soupira.

— J'ai vu des sacs de grain et de farine appuyés contre un mur. Ils les ont installés sur la trappe.

— Pourquoi ? Je ne vois pas comment nous pourrions remonter et pousser la trappe.

— Non, mais les sacs vont cacher la trappe, expliqua-t-il en ouvrant les yeux pour la regarder.

— Mais ceux qui travaillent ici doivent connaître son existence.

Il fit la grimace et jeta un coup d'œil aux deux espaces vides qui se trouvaient à chaque bout du passage.

— C'est possible, mais… cet endroit n'est clairement pas utilisé. Moi-même j'ignorais son existence. Il serait donc étonnant qu'ils soient nombreux à la connaître.

Il la vit réfléchir, puis chercher son regard.

— Quelqu'un au manoir sait-il que vous êtes venu ici ?

— Oui, mais je ne savais pas que je vous y trouverais. Nous venions d'apprendre que Lavinia était ici, et j'étais venu vérifier si personne ne vous avait aperçue. J'ai dit qu'après j'irais inspecter les bois.

— Donc, si vous ne revenez pas, personne ne donnera l'alarme.

— Probablement pas avant demain matin, dit-il d'un air lugubre. Et quand bien même… Personne n'a aucune raison de penser que je suis ici. Je n'ai pas attaché Julius. Il retrouvera son chemin jusqu'aux écuries, mais rien ne dira que je l'ai quitté ici plutôt que dans les bois.

Pendant un long moment, ils restèrent silencieux, chacun trouvant un peu de force dans la compagnie de l'autre, dans la simple présence de l'autre. Puis elle se dégagea de son étreinte, et il la laissa partir.

— Eh bien, dans ce cas, énonça-t-elle en faisant quelques pas dans la salle, ramassons cette lanterne et tâchons de voir s'il n'y a pas une autre issue.

Son optimisme obstiné lui fit mal au cœur. Il doutait sérieusement qu'il y ait une autre sortie. Pourquoi aurait-on voulu les enfermer ici alors ?

Il la regarda ramasser la lanterne. Elle n'était tombée que de quelques centimètres et elle était intacte. Mary se redressa et éclaira les parois. Tenant toujours le tisonnier, il la rejoignit. Ensemble, ils inspectèrent la deuxième salle qui était à peu près ronde, mais il ne s'agissait que d'une espèce de puits creusé directement dans la roche, et seul le tunnel en sortait. Ils empruntèrent de nouveau le passage en examinant les murs autour d'eux pendant qu'ils marchaient et débouchèrent dans l'espace rectangulaire situé à son autre extrémité, où Mary avait été retenue prisonnière.

Tournant lentement sur elle-même, elle examina cette autre pièce. Le tunnel arrivait sur l'un des longs côtés. Le sol, le plafond et trois des quatre murs étaient taillés grossièrement dans la roche, mais la paroi qui se trouvait face au passage était un vieux mur fait de gros blocs de pierre. La chaise à laquelle Mary avait été attachée était installée à gauche de l'entrée, tournée vers le centre de la pièce. À la droite du passage, à l'autre bout de la pièce, se trouvaient une vieille table rayée, un pichet d'eau et deux verres posés sur un plateau.

Ryder avait lui aussi remarqué la table. Il s'y dirigea.

Elle le suivit plus lentement, essayant de se souvenir du moment où le plateau y avait été posé. Avant ou après ?

— Combien de temps ai-je passé ici ?

En tendant la main vers le broc, Ryder lui adressa un bref regard.

— Quand vous ont-ils attrapée ?

— Peu de temps après le déjeuner. Je suis allée me promener dehors. Après avoir quitté le jardin des arbustes, j'ai eu envie de donner un rapide coup d'œil au potager. J'étais dans l'allée aux rhododendrons quand quelqu'un a surgi des buissons pour se jeter sur moi. Il a maintenu mes bras. Un autre m'a bâillonnée. Un troisième m'a mis le capuchon sur la tête, et c'était fait. Ils m'ont lié les mains et les chevilles, et portée comme un sac de pommes de terre.

Il devait être 14 heures ou un peu plus.

Il sortit sa montre à gousset et vérifia.

— Il est maintenant 20 heures passées.

— Six heures, dit-elle en grimaçant. Cela m'a semblé bien plus long.

Elle le regarda verser de l'eau dans les deux verres, en se

demandant ce qui la dérangeait tant et qui planait, là, comme une ombre dans son esprit.

Ryder lui tendit un verre. Elle le prit et le vit porter l'autre verre à ses lèvres.

— Non !

Elle repoussa la main de Ryder loin de sa bouche. Puis elle fixa son propre verre.

— Pourquoi les ont-ils mis ici ?

Ryder fronça les sourcils, puis son regard s'éclaira.

— Du poison ?

— Ils m'attachent et me bâillonnent, me mettent une espèce de sac sur la tête, puis ils nous tirent dessus. Mais ils laissent un pichet d'eau et deux verres ?

Les lèvres serrées, elle reposa son verre.

Avec violence, Ryder balaya le plateau du bras. Tout vola. Et le pichet et les verres se fracassèrent en mille morceaux sur le sol.

Ryder ferma les yeux. Il prit une grande inspiration et tenta de se calmer. Quand il sentit Mary agripper son bras, il s'excusa.

— Ne soyez pas désolé, répondit-elle. J'avais exactement la même idée en tête, mais je n'aurais pas réussi à tout envoyer valser de façon aussi spectaculaire que vous.

Il ne put s'empêcher de rire à ces mots. Il ouvrit les yeux et croisa le regard interrogateur de Mary. Mais il se contenta de secouer la tête.

Elle jeta un coup d'œil autour d'elle, puis fixa le mur.

— Il y a peut-être une porte cachée, suggéra-t-elle.

S'emparant de la seconde lanterne, il la rejoignit pour examiner la pierre. Mais aucune porte n'était visible. Rien ne laissait penser que se trouvait quelque part une issue dissimulée. Il recula en secouant la tête.

— On dirait un mur de soutènement. Il a dû être construit pour contenir la terre de l'autre côté.

Mary fit la moue et étendit son inspection aux autres murs. Mais, comme dans la première pièce, ils étaient taillés directement dans la roche et faits d'une seule pièce.

Elle finit par abandonner et soupira.

— Bon, ayant répondu à cette question par la négative, nous ferions mieux de nous asseoir un peu pour réfléchir et décider de ce que nous allons faire.

Ryder approcha la chaise du mur de soutènement.

— Tenez, asseyez-vous.

Il lui désigna la chaise, puis se laissa glisser contre le mur pour s'asseoir en s'y appuyant. Il plia les jambes et posa les mains sur ses cuisses tout en la regardant le rejoindre. Après quelques secondes d'hésitation, elle repoussa la chaise et vint s'asseoir par terre à côté de lui. Elle attrapa son avant-bras et posa la tête sur son épaule.

À son tour, il appuya la joue contre ses cheveux.

À voix basse, il déclara :

— Ils ne peuvent pas juste nous laisser là. À un moment, d'autres domestiques vont descendre à la cave et, si nous crions, ils nous entendront. Nos ravisseurs vont donc venir finir leur basse besogne, sans doute cette nuit.

Il marqua une pause, avant de reprendre :

— Ils vont venir pour nous tuer, et je ne peux rien faire du tout pour les en empêcher.

— Ils ne nous ont pas encore tués, rétorqua Mary avec virulence. Et vous savez ce qu'on dit. Tant qu'il y a de la vie, il y a de l'espoir.

Au bout d'un moment, elle ajouta :

— Et, s'ils ont essayé de nous empoisonner — enfin, vous surtout, car moi je ne représente pas une menace pour eux —, c'est qu'ils ne veulent pas prendre le risque de vous affronter.

Il regarda l'ouverture du tunnel.

— Je pourrais les arrêter s'ils n'étaient pas armés. Mais s'ils viennent avec des pistolets...

Un long moment passa. Puis, d'une voix plus douce et plus fragile, elle s'enquit :

— Ils vont venir avec des pistolets, n'est-ce pas ?

Il soupira.

— Si j'étais à leur place, je prendrais même deux pistolets par personne, pour être sûr...

Le silence s'installa pendant qu'ils réfléchissaient au dénouement fatal qui semblait les attendre. Il n'y avait aucune issue, aucun endroit pour se cacher ni pour se protéger. Ils ne pouvaient pas tendre une embuscade ni espérer gagner.

S'attendre à la mort était une perspective glaçante. Il ne fut pas surpris de sentir Mary frissonner. Il enserra ses épaules et l'attira plus près de lui. Puis il posa un baiser sur ses cheveux.

Elle s'installa contre lui. Et, au bout d'un moment, elle demanda :

— Pourquoi attendent-ils ? Le savez-vous ?

Il était heureux qu'ils le fassent, mais il comprenait sa perplexité.

— Lavinia. Elle n'est pas là. Il n'y a personne là-haut, mis à part ceux qui nous ont tiré dessus et qui ont refermé la trappe, et qui sont sans doute les trois hommes qui vous ont enlevée.

Elle tourna la tête pour le regarder.

— C'est *elle* qui est derrière tout cela ?

L'air lugubre, il pencha la tête.

— Je pense. Ses affaires sont dans sa chambre, et elle est la seule à pouvoir ordonner à ses domestiques de déserter la maison pour la journée et la soirée. Et je l'imagine très bien vouloir être présente pour pouvoir jubiler devant moi.

Il s'interrompit, avant de reprendre :

— Il se peut aussi que, cette fois, elle veuille me voir mort de ses propres yeux, être bien certaine que je ne m'en tire pas.

— Mais où est-elle, alors ?

Partageant sa perplexité, il secoua la tête.

— Je n'en sais rien. Mais je ne l'imagine pas en train d'attendre patiemment dans une taverne que l'on vienne la prévenir.

Au bout d'un moment, Mary déclara :

— En fait, si j'étais elle, je ferais en sorte de ne pas être à proximité du domaine et même je ferais tout pour être vue ailleurs.

Elle regarda Ryder.

— Songez à l'heure qu'il est... Je parierais qu'elle est allée déjeuner quelque part, et que maintenant elle assiste à un dîner ou à un bal, assez loin d'ici.

Il fit la grimace.

— Cela me paraît trop bien pensé pour Lavinia. Mais Potherby réside ici lui aussi, j'ai vu ses affaires à l'étage. J'ignore s'il est impliqué dans cette histoire, mais ce que vous suggérez serait aussi le meilleur moyen pour Lavinia de s'assurer de l'absence de Potherby.

Mary se serra davantage contre lui.

— Que Potherby soit complice ou non, sa présence constante aux côtés de Lavinia lui fournit un alibi un or.

Ryder hocha la tête.

— Si c'est bien ce qui est en train de se passer, alors cela nous laisse sans doute plusieurs heures devant nous.

Plusieurs heures avant que...

Le silence s'installa et n'en finit plus. Puis, prenant sa main dans les siennes, Ryder finit par murmurer :

— C'est moi qu'elle veut.

— En fait, je n'en suis pas si certaine. Plus maintenant. Vous avez entendu ce qu'a dit ce scélérat : « vous et votre dame ». Ils ne peuvent pas m'épargner. Pour Lavinia, même si elle doit affronter la colère de Dieu et de tous les Cynster réunis, il y a la question trop importante de votre héritier.

— Comment ?

Abasourdi, il regarda Mary.

Elle lui rendit son regard et haussa les épaules.

— Il se peut que je sois déjà enceinte. Qui sait ? Et non, pour l'instant, je ne peux pas en être sûre, mais elle non plus.

Il devint silencieux. Après de longues minutes, il demanda :

— Vous pensez vraiment qu'elle a l'intention de me tuer, de vous tuer et de tuer notre enfant, tout cela pour que Rand hérite ?

Mary hocha la tête avec certitude.

— Vous m'avez dit qu'elle s'était toujours attendue à ce que Randolph hérite et, tant qu'il y avait un espoir pour que cela se fasse naturellement, elle était d'accord pour patienter. Mais maintenant...

Mary s'interrompit et fronça les sourcils.

— Pourquoi maintenant ? Pourquoi après toutes ces années

a-t-elle décidé qu'il était temps d'agir ? Ce n'est pas à cause de notre mariage puisque c'est avant cela qu'elle a essayé de vous faire assassiner... Oh ! mais bien sûr !

Mary le regarda dans les yeux.

— Randolph.

Il secoua la tête.

— Randolph n'a rien à voir avec cela.

Elle soutint son regard.

— En êtes-vous certain ?

— Oui. Rand et moi — et Kit, et Stacie, et Godfrey — sommes proches d'une façon qu'il est difficile de définir. Faites-moi confiance : aucun d'entre eux ne peut être lié à cette affaire de près ou de loin. Ils ne peuvent pas nous vouloir du mal, ni à moi ni à vous. Qui plus est, Rand ne veut pas hériter. Les responsabilités allant de pair avec mon titre le terrifient.

En tordant la bouche, il reconnut :

— C'est en partie pour cela que Randolph n'était pas celui qu'il vous fallait, je l'avais compris. Même quand j'étais un enfant chétif, j'ai toujours su que Raventhorne m'appartiendrait un jour et je connaissais depuis tout petit les devoirs que je devrais assumer en devenant marquis. Mais Rand... Évidemment, s'il y était forcé, il ne se déroberait pas. Mais il compte sur vous et moi pour le décharger de ces responsabilités.

En scrutant son regard, elle y vit une conviction inébranlable.

— Très bien, répondit-elle en hochant la tête, je vous crois. Mais Randolph se trouve tout de même au cœur de tout cela, qu'il le veuille ou non. Lavinia sait-elle ce qu'il pense de la charge de marquis ? Et, si elle l'apprenait, en tiendrait-elle compte ?

— Non, elle n'en tiendrait pas compte.

Ryder marqua une courte pause, avant de reprendre :

— Lavinia voit ses enfants — tous ses enfants — uniquement comme un prolongement d'elle-même. Pour elle, ils n'ont d'autre but dans la vie que d'être ses enfants. Quand mon père essayait de s'immiscer dans leur vie et d'avoir plus d'influence sur eux, Lavinia se défendait bec et ongles, jusqu'à ce qu'il finisse par abandonner. Il m'avait moi, et nous étions très proches tous les deux. Mais il n'était pas autorisé à avoir beaucoup de contacts avec mes demi-frères et sœur.

Elle hocha de nouveau la tête.

— En dépit de ce que souhaite Randolph, Lavinia a donc l'intention de le faire hériter du titre, et si c'est bien cela...

Plissant les yeux d'un air pensif, elle demanda :

— Quel âge aviez-vous quand vous avez hérité ?

— J'avais vingt-quatre ans à la mort de mon père...

Il s'interrompit, puis continua d'une voix plus forte :

— Quand tout a été réglé, j'en avais vingt-cinq. J'avais donc juste l'âge pour hériter de plein droit, sans mise sous tutelle.

Il croisa son regard et hocha brièvement la tête.

— Vous avez raison, c'est cela... C'est l'âge de Rand qui a précipité les choses.

— Exactement. Quand vous avez hérité de votre père, Lavinia a découvert comment se déroulait une succession et à quel âge Rand pourrait à son tour devenir votre héritier de plein droit. Elle a donc attendu le bon moment. Je ne crois pas me tromper en disant que, si vous mouriez maintenant, Rand aurait vingt-cinq ans quand la succession serait réglée. N'est-ce pas ?

— C'est exact, répondit Ryder en crispant la mâchoire. Elle a donc attendu tout ce temps et, maintenant que Rand a l'âge qu'il faut, elle essaye de me faire tuer... Le pire, c'est qu'elle a bien failli y réussir, la scélérate.

— Oh ! Dieu du ciel ! s'exclama Mary en agrippant son bras. C'est pour cela qu'elle s'était présentée chez vous ce matin-là. Il était 11 heures passées, et elle n'avait toujours pas reçu la nouvelle de votre mort. Elle s'est donc rendue chez vous pour voir ce qui se passait...

— En se faisant accompagner par deux des plus terribles commères de la ville, afin qu'elles l'aident à propager la nouvelle. Elle a dû penser que mes gens faisaient tout pour garder ma mort secrète.

Après une courte pause, Ryder ajouta :

— J'aurais aimé le savoir sur le moment, pour mieux apprécier sa réaction quand elle m'a découvert on ne peut plus vivant.

Mary frissonna.

— Vous n'étiez pas si vivant que cela. Vous étiez pâle, faible, et soutenu par des coussins !

Puis elle émit un petit rire, étrangement ironique.

— Je viens de penser à une chose..., expliqua-t-elle en le regardant. À ce moment-là, la dernière chose que Lavinia souhaitait, c'était que vous vous mariiez et que vous conceviez un héritier. Mais, si elle n'avait pas envoyé ces hommes pour vous tuer, pensez-vous que nous nous serions mariés ?

— Oui, j'en suis persuadé, même si les choses auraient sans doute été moins rapides.

Quand elle haussa un sourcil, il sourit tendrement et serra plus fort sa main.

— J'avais déjà décidé que c'était vous que je voulais comme marquise et jamais je n'aurais abandonné.

Elle inclina la tête et scruta son regard.

— Pourquoi ? Je me suis toujours demandé pourquoi vous étiez si sûr de vous, si obsessionnel à mon sujet. Parce que c'est ainsi que les choses se sont passées, depuis le moment où nous nous sommes croisés au bal de fiançailles de Henrietta et James.

Il sourit plus franchement.

— Je n'étais pas encore tout à fait sûr quand nous nous sommes vus au bal. Ensuite, si.

— Dieu du ciel ! Mais qu'ai-je dit ce soir-là ?

— Ce n'est pas tant ce que vous avez dit que ce que vous avez fait.

— Ah, souffla-t-elle en hochant la tête. Je me souviens. Le défi. Je ne suis pas tombée en pâmoison devant vous.

— Cela n'a pas dû vous arriver une seule fois dans votre vie, grommela-t-il.

— C'est vrai. Mais reconnaissez-le, c'était bien cela, non ?

— Non, ce n'était pas cela.

Il hésita un moment, mais se sentit forcé d'avouer :

— C'était en partie à cause de cela, sans doute. Mais c'était davantage parce que je ne pouvais pas exercer le moindre contrôle sur vous, parce que vous étiez imprévisible et que cela me fascinait.

La mort était proche. Il n'y avait aucune raison de ne pas lui dire le reste. Il prit une grande inspiration et poursuivit :

— Mais ce n'est pas pour cette raison que j'ai commencé à m'intéresser à vous et que je vous ai délibérément cherchée pendant le bal.

Elle le regarda avec curiosité.

— Pourquoi alors ?

— En un mot : la famille, répondit-il en fixant leurs mains enlacées. Les Cavanaugh... Comme je vous l'ai dit, mes demi-frères et sœur et moi-même sommes proches, et le lien qui nous unit est difficilement descriptible. C'est en quelque sorte l'absence de mère qui nous unit. La mienne est morte quand j'avais trois ans. Et, même si les autres ont Lavinia, je vous ai expliqué la façon dont elle les considère et comment elle les a toujours traités. Pour elle, ils ne sont guère plus que des poupées animées. C'est parce que nous souffrions de ne pas avoir de famille normale que s'est construit ce lien. Nous n'avions pas ce pivot que représente la figure maternelle, pourtant centrale dans toute famille digne de ce nom. Ne pas avoir de mère pour s'occuper de nous est un point commun que nous partageons tous les cinq. Et, comme je suis l'aîné, les autres se sont tournés vers moi. Nous nous sommes soutenus et nous avons veillé les uns sur les autres, du mieux que nous avons pu. Mon père a fait comme il pouvait mais, avec Lavinia se dressant constamment sur sa route, il n'est pas allé bien loin. Après sa mort, j'ai aidé Rand, et ensuite Kit, à échapper à l'emprise de Lavinia. Mais Stacie et Godfrey sont toujours pris dans ses filets, et je ne vais pas pouvoir...

Il inclina la tête.

— Enfin, je ne pourai pas les en libérer avant leur vingt-cinquième anniversaire.

Il marqua une pause et, regardant toujours leurs doigts entrecroisés, il reprit :

— Mais le point important c'est que, depuis la génération

de mes grands-parents, les Cavanaugh n'ont pas fonctionné en tant que famille. Je voulais... arranger les choses, y mettre de l'ordre. Mais tout seul, je ne saurais pas comment m'y prendre. Je n'ai pas cette expérience. J'ai vu d'autres grandes familles — comme la vôtre — qui sont si... fortes. Il n'y a pas d'autre mot. Cette structure dans laquelle chaque branche soutient les autres rend l'arbre quasiment invulnérable.

Il leva la tête pour la regarder dans les yeux.

— C'est ce que je voulais pour les Cavanaugh. Et je vous ai trouvée, la dernière Cynster de votre génération à être encore célibataire. Alors, quand vous avez refusé de tomber en pâmoison devant moi, votre destin et le mien en ont été scellés.

Elle avait légèrement plissé les yeux. Elle entrouvrit les lèvres mais, avant qu'elle ait le temps de parler, il leva la main.

— Et oui, sachant que les Cynster ne contractaient que des mariages d'amour, je veux bien admettre que j'étais tout à fait prêt à faire semblant de tomber amoureux de vous si c'était ce qu'il fallait pour que vous deveniez marquise, pour que vous soyez la mère de mes enfants et la matriarche du clan Cavanaugh...

La regardant dans les yeux, il prit une immense inspiration, et conclut :

— Mais ensuite, je me suis rendu compte que je n'avais pas besoin de faire semblant.

Perdu dans la profondeur azuréenne de son regard, il porta sa main à ses lèvres pour l'embrasser avec dévotion, avant de caresser doucement son poignet. Puis, en baissant la tête mais sans la quitter des yeux, il retourna sa main et embrassa sa paume.

— J'ai découvert, constata-t-il à voix basse, que quelque part en chemin j'étais tombé amoureux de vous.

Elle cligna rapidement des paupières, puis sourit dans le vague.

— Oui, je le sais. Et si vous ne savez pas que je vous aime autant que vous m'aimez, alors c'est que vous n'avez pas été très attentif.

Il sourit et prit un air malicieux.

— Je n'avais donc pas besoin de faire cet aveu ?

Elle sourit plus franchement.

— Ne vous méprenez pas. C'est merveilleux de vous entendre prononcer ces mots, et j'ai longtemps pensé que rien ne pourrait me rendre plus heureuse. Mais, au cours des semaines passées, je me suis rendu compte qu'il était infiniment plus précieux de voir l'émotion et le sentiment en action, d'éprouver et de vivre votre amour tous les jours dans une infinité de petites choses. Éprouver l'amour et se sentir aimé n'a pas de prix. Je ne peux rien souhaiter de plus, et la seule chose que je peux vous demander, c'est de continuer de m'aimer comme vous le faites déjà.

En cessant de sourire, il murmura :

— C'est une chose que vous n'avez pas besoin de demander. Cela fait plusieurs semaines que mon cœur vous appartient. Il est à vous pour toujours.

Tous les deux avaient conscience du temps qui s'écoulait, et ils savaient qu'il s'agissait peut-être de la dernière conversation intime qu'ils pourraient partager. Ils ne dirent pas qu'ils s'aimeraient jusqu'à ce que la mort les sépare, car la mort était trop proche pour qu'ils puissent supporter cette idée.

Mary réussit pourtant à sourire tendrement.

— Eh bien, maintenant que j'ai entendu vos aveux, vous n'aurez pas à prononcer ces mots une deuxième fois. Je sais à quel point les hommes comme vous doivent se faire violence pour exprimer leurs sentiments.

Il fronça les sourcils, garda un peu le silence puis déclara :

— Curieusement, c'est de me taire et de tenter de nier mes sentiments pour vous — mon amour pour vous, n'ayons pas peur des mots — qui m'aurait paru d'une violence inouïe.

Elle rit doucement, et cet effort qu'elle faisait pour essayer d'être courageuse lui fendit le cœur. Elle se plaça entre ses bras, et il les referma autour d'elle. La température était fraîche, et ils commençaient tous les deux à avoir froid.

Le temps s'écoulait, inexorablement.

Et soudain, assis là dans leur prison souterraine avec Mary qui lui était si parfaitement complémentaire et qui était si tiède, si vivante et tellement sienne entre ses bras, il prit pleinement conscience de ce qu'ensemble ils avaient réussi à créer et qu'il était désormais sur le point de perdre.

Elle lui avait apporté tout ce qu'il avait toujours voulu, et plus encore. Le potentiel qu'ils avaient ensemble dépassait ce qu'il avait espéré dans ses rêves les plus fous. Mais cela ne servirait à rien. Ils n'auraient pas le temps de réaliser quoi que ce soit, ni de jouir de leurs succès.

Le regret, le désespoir, l'amertume et le chagrin l'emplirent.

Il ne se souvenait pas de la dernière fois où il avait pleuré, mais les larmes lui montèrent aux yeux, et il pencha la tête. Il posa sa joue contre les cheveux de Mary. Il s'humecta les lèvres et confessa d'une voix âpre et grave :

— Je regretterai seulement ce que nous ne ferons pas ensemble : vieillir, avoir des enfants, rire, pleurer et nous mettre au défi.

Sa voix se brisa, et il préféra se taire.

Elle le serra plus fort. Il la sentit se crisper et se nouer autant que lui.

Il soupira et baissa la tête.

— Je suis désolé.

Elle prit son visage entre ses mains.

— Non ! Ce n'est pas votre faute. C'est sa faute à *elle* !

Farouche et indomptable, elle le regarda dans les yeux. Du bout des doigts, elle essuya les larmes de Ryder sans que rien dans son regard ne traduise qu'elle les avait remarquées. Elle chercha ses yeux.

— Vous..., commença-t-elle, avant de s'interrompre et de s'immobiliser.

Puis, très lentement, elle retira une main de sa joue et regarda ses doigts.

Son expression le mit aussitôt en état d'alerte.

— Qu'y a-t-il ?

Il regarda en direction du tunnel, mais aucun bruit n'en parvenait. Il la regarda de nouveau et la vit en proie à un étonnement intense.

— Il y a comme une brise.

Elle se libéra de son étreinte, se redressa et tendit la main vers le mur.

— Je la sens sur ma peau humide.

Mary se leva et se campa face au mur.

— Cela vient de quelque part par ici.

Il la rejoignit aussitôt.

— Êtes-vous sûre de vous ? ne put-il s'empêcher de demander.

Elle lui adressa un regard qui signifiait qu'elle ne tolérerait pas les questions inutiles.

— Léchez-vous un doigt et vous devriez pouvoir la sentir vous aussi.

Elle bougeait la main, mouillée de ses larmes, le long d'un joint séparant deux rangées de pierres.

— Ici ! s'exclama-t-elle avec excitation.

Elle s'approcha tout près du mur, inspecta le mortier, puis se tourna vers lui avec un air triomphant.

— Il y a une fissure, et je sens de l'air frais sur mon visage.

Elle recula et lui fit signe d'avancer.

— Essayez.

Il se lécha un doigt et le positionna à l'endroit qu'elle désignait. Mais il ne sentit rien. Soupirant intérieurement, il s'apprêtait à se tourner quand un courant d'air caressa sa peau mouillée. Osant à peine respirer, il se concentra et vit le trou dans le mortier.

Il recula pour observer le mur, puis le reste de la pièce. En regardant le sol il se rendit compte qu'il y avait comme une légère déclivité.

— Bon sang, le tunnel dévie, mais il continue.

Tout en suivant le creux, il se tourna vers le mur.

— Il continue, mais...

— Il a été condamné, termina Mary, qui se précipitait à ses côtés avec le tisonnier. Si nous pouvons déplacer les pierres, nous pourrons peut-être nous enfuir.

Il lui prit le tisonnier et se souvint de tout ce qu'il avait trouvé à la cuisine.

— Tenez, dit-il en sortant les pics et les fourchettes de ses poches. Servez-vous de ceci et concentrez-vous uniquement sur cette pierre.

Ils se mirent à l'ouvrage avec une volonté née de leur force intérieure et de leur opiniâtre détermination. Elle grattait d'un côté, et lui de l'autre. À l'aide des pics et des fourchettes, ils réussirent à creuser les joints sur une profondeur de dix centimètres. Le bloc était toujours en place mais, en appuyant des deux mains et en y mettant tout son poids, Ryder sentit que rien ne le maintenait plus.

— Reculez.

Il lui fit signe de s'éloigner puis, tenant le tisonnier à l'envers il percuta violemment l'angle de la pierre avec la poignée, puis répéta l'opération sur tout le contour du bloc.

Mary regarda vers l'autre bout du tunnel.

— De combien de temps disposons-nous, à votre avis ?

— J'ai vérifié il y a quelques minutes. Il sera bientôt 23 heures

Il poussa la pierre et la sentit vaciller.

— Nous les entendrons arriver, car il leur faudra retirer les sacs. Mais, si j'étais Lavinia, je ne rentrerais pas avant minuit, au moins. Si l'on suppose que Claude Potherby n'est pas au courant — et plus j'y pense plus cela me paraît probable qu'il ne sache rien —, elle risque d'éveiller les soupçons si elle rentre plus tôt

— C'est juste.

Impatiente, elle sautillait sur place.

— Alors, bouge-t-elle ?

— Pas encore.

Il donna deux autres coups de tisonnier, avant de le lui tendre

— Maintenant, voyons voir.

Rivant bien ses pieds au sol, il appuya ses paumes contre la pierre, contracta ses bras, son dos, prit une immense inspiration, la retint et poussa.

La pierre bougea d'un bon centimètre.

Mary remercia le ciel à voix basse et se mit à danser sur place

Il prit une nouvelle inspiration, se prépara et poussa encore plus fort et plus longtemps cette fois.

Sous les encouragements bruyants de Mary, il répéta l'opératio trois fois encore, jusqu'à ce que la pierre cède à la pression et s'effondre lentement. Ils l'entendirent chuter lourdement au sol, de l'autre côté du mur.

Ryder retira son bras du trou et recula alors que Mary se précipitait avec l'une des lanternes. Elle éclaira l'ouverture.

— C'est bien un passage ! Dieu soit loué !

Mais aussitôt, elle ajouta :

— Argh, des toiles d'araignée !

Il se mit à rire. Quand elle lui adressa un regard mauvais, il désigna le trou.

— La liberté nous tend les bras, et vous avez peur des toiles d'araignée !

— Non... j'ai peur de ce qui fabrique les toiles d'araignée. Je vous ai dit que je détestais toutes ces horribles bestioles qui rampent, et les araignées en font partie.

— Allons, je vous connais, vous allez surmonter cette aversion. La promesse est si belle.

Il examina les blocs de pierre situés au-dessus et en dessous du trou qu'ils avaient fait.

— Il faut que nous dégagions ces deux blocs, et je pense que nous pourrons passer.

Ils se remirent au travail. Après avoir fait tomber une deuxième pierre, conscient des minutes qui s'écoulaient, il insista pour qu'elle se glisse dans l'ouverture et travaille depuis l'autre côté. Ainsi, si leurs attaquants devaient surgir, elle pourrait toujours s'enfuir. Mais elle refusa catégoriquement.

— Les araignées, n'oubliez pas. J'ai besoin de vous à mes côtés pour les affronter.

Un seul regard à son visage, à son menton et à sa bouche, crispés dans une même détermination, suffit à lui faire comprendre qu'il n'était pas la peine qu'il gaspille sa salive pour tenter de la convaincre. De toute façon, ils n'avaient pas de temps à perdre non plus.

Heureusement, ils vinrent plus facilement à bout du troisième bloc.

— Très bien, fit Mary en regardant autour d'elle. Que prenons-nous ?

— Le tisonnier, répondit-il en l'empoignant. Et les deux lanternes.

Elle les ramassa. Ils en avaient baissé une au minimum afin d'en économiser l'huile.

Prenant celle qui éclairait le mieux, il se pencha dans le trou et éclaira le tunnel devant lui.

— Pas d'araignée en vue.

Et les murs et le plafond du tunnel semblaient stables, solides et assez sûrs. Il tendit le bras autant qu'il le put et posa la lampe à terre, puis se retourna et offrit sa main à Mary. Il la vit qui hésitait à lui demander de s'engager le premier, mais le temps qui s'écoulait commençait à la rendre nerveuse. Tout comme lui. Elle saisit sa main, souleva un peu ses jupes et passa à travers l'ouverture.

Il la lâcha, puis jeta un dernier regard à leur prison qui avait été tout près de devenir leur tombeau, avant de lui tendre la seconde lanterne et le tisonnier. Et, en contractant les épaules et en poussant un ou deux jurons, il passa de l'autre côté à son tour.

Ils se mirent en route immédiatement, bien conscients de la nécessité de s'éloigner au plus vite de la cave. Ils ne dirent rien ni l'un ni l'autre pendant dix bonnes minutes. Puis Mary, qui marchait en donnant le bras à Ryder, murmura :

— Savez-vous où nous allons ?

— Non, mais un réseau très étendu de souterrains parcourt tout le domaine.

Au bout d'un moment, elle demanda d'une petite voix :

— N'existe-t-il pas d'innombrables histoires au sujet de gens errant pour l'éternité dans ces labyrinthes ?

— Si, mais nous ne sommes pas dans n'importe quel souterrain. Celui-ci a été creusé par l'homme. On voit un peu partout des traces d'outils sur les murs, comme ici, expliqua-t-il en désignant un endroit précis de la paroi.

Elle regarda et, pour la première fois depuis son enlèvement elle sentit la peur perdre du terrain.

— Si ce tunnel a été creusé par des gens, alors on peut supposer qu'il mène quelque part.

— C'est ma théorie. Et il y a des courants d'air, ce qui signifie qu'il débouche sur l'extérieur, à un endroit ou à un autre.

Ils se hâtèrent autant qu'ils le purent, sentant ce courant d'air sur leurs visages comme une promesse de survie. Ils arrivèrent à un embranchement qui ouvrait sur d'autres tunnels, mais naturels ceux-ci car le sol et les parois ne portaient aucune trace d'outils. Il fut assez facile de rester sur la même voie, celle qui, d'après Mary, les menait lentement mais sûrement le plus loin possible de la maison douairière et de sa cave secrète.

Elle finit par murmurer :

— Avez-vous une idée de la direction dans laquelle nous allons ?

— Ce n'est pas facile à dire sous terre, mais je pense que nous nous dirigeons vers Axford, ce qui signifie que le manoir se trouve quelque part sur notre droite.

Alors que Ryder prononçait ces mots, le reflet de la lampe se perdit soudain dans le noir. Ils ralentirent tous les deux. Ryder dessina un vaste arc de cercle de la main afin de voir où ils étaient arrivés et découvrit alors que devant eux se trouvait une espèce de caverne.

Ils y pénétrèrent, puis s'immobilisèrent. Il leva la lampe et ne fit qu'apercevoir le plafond. L'espace était si vaste que la lampe ne suffisait pas à l'éclairer dans sa totalité mais, alors qu'il dirigeait le faisceau vers le sol, Mary agrippa son bras.

— Regardez, dit-elle en pointant le doigt vers leur gauche.

Il éclaira dans cette direction et découvrit ce qu'elle avait vu. Un gros bloc de pierre, plus ou moins rectangulaire, haut d'un mètre environ et large de deux.

— C'est un autel.

À mesure qu'ils s'approchèrent, cela devint plus clair. Un objet métallique fixé sur le mur attira son attention.

— Un crucifix.

Rustique et sommaire mais identifiable.

Mary regarda autour d'elle.

— C'est une église. Une chapelle secrète.

Il hocha la tête.

— Protestante ou catholique. Les deux sont possibles.

— L'endroit doit remonter au règne de Mary Stuart ou d'Elizabeth. Les fidèles venaient ici pour prier en secret.

Adossé à l'autel, Ryder dirigea lentement le faisceau lumineux dans toute la pièce. Il y avait cinq entrées. Il réfléchit, puis déclara :

— C'est une chapelle protestante qui date du règne de Mary Stuart.

— Comment pouvez-vous en être sûr ?

— Parce que les Cavanaugh, comme la plupart des familles de la région, n'ont jamais été catholiques. En tout cas, pas réellement.

Il désigna l'entrée située à leur gauche, à l'opposé ou presque de l'endroit par lequel ils étaient arrivés.

— Ce chemin doit donc conduire au village d'Axford. Et celui-ci, dit-il en désignant le tunnel suivant, au lieu-dit Les Chênes. Celui-ci à Kitchener Hall. Et donc, celui-là, fit-il en désignant le tunnel situé juste en face de l'autel, doit logiquement mener au manoir.

Mary lui adressa un rapide coup d'œil.

— En êtes-vous sûr ?

— Non, répondit-il en lui rendant son regard. Mais il faut que nous continuions d'avancer et, si nous restons dans un souterrain creusé par l'homme et parcouru par un courant d'air, nous allons bien finir par déboucher quelque part.

Se retournant vers l'endroit d'où ils venaient, elle hocha la tête.

— Allons-y alors.

Ils se remirent en route. Le tunnel qu'ils espéraient être celui du manoir avait été élargi, et son sol bien aplani. Ils purent progresser assez rapidement. Ils marchaient depuis environ huit cents mètres quand Mary tira sur la manche de Ryder.

— Quelle heure est-il ?

Il la regarda et décida qu'une petite pause ne serait pas superflue. Il tendit la lampe à Mary et sortit sa montre.

— Pas tout à fait minuit.

Puis il la rangea, récupéra la lampe, et ils repartirent.

Le souterrain grimpait légèrement. Ils arrivèrent à un endroit où il se rétrécissait sévèrement, ne les autorisant plus à marcher côte à côte. Au bout de ce passage, il semblait y avoir un espace plus large, et plus loin encore on entendait un doux bruit de chute d'eau.

Ryder regarda au-delà du goulet d'étranglement en essayant d'orienter le faisceau lumineux de façon à voir le mieux possible. Ce qu'il découvrit le stupéfia.

— Incroyable !

Regardant au-dessus de son épaule, Mary demanda :

— Qu'y a-t-il ?

— Je crois que nous nous trouvons derrière la cascade, dans a grotte qui se situe au-dessus du lac du manoir.

Il s'écarta pour la laisser passer.

— Faites-moi confiance, vous ne verrez aucune araignée. 'as avec toute cette eau.

Mary lui tendit sa lanterne, puis s'engagea dans l'espèce de revasse et avança prudemment.

— Du moment que je ne suis pas trempée…

Elle déboucha sur une sorte de passage incurvé, qui menait la cascade vers la gauche.

— À mon tour. Prenez les lampes.

Elle se tourna et prit les lampes et le tisonnier tendus par Ryder. Puis, avec difficulté et quelques jurons, il se glissa dans l'étroit assage et vint la rejoindre près de la cascade qu'ils n'avaient amais vue que depuis l'extérieur de la grotte.

Au lieu de se précipiter dehors, elle posa ce qui l'encombrait, egarda Ryder puis sourit. Elle passa ses bras autour de son cou t l'embrassa fiévreusement.

Il referma ses bras autour d'elle et l'embrassa à son tour, vec autant de passion et davantage de possessivité. Mais il ecula bien vite.

— Nous ne sommes pas encore tirés d'affaire. Il reste presque n kilomètre jusqu'à la maison.

Une fois sortis de la grotte, mouillés mais pas trempés, ils éteignirent les lampes. Ryder connaissait par cœur chaque centimètre carré de ses jardins, et la lune brillait suffisamment pour éclairer leurs pas.

Tenant une lanterne et le tisonnier d'une main, et Mary de l'autre, Ryder avançait aussi rapidement que le permettaient les jambes de Mary. Il avait plusieurs fois remercié le ciel qu'elle ne soit pas une jeune femme faible, délicate et alanguie. Elle avait parcouru tous les souterrains sans se plaindre et continuait de marcher d'un bon pas à ses côtés.

Devant eux, le manoir était tout illuminé. Les grandes fenêtres de la bibliothèque étaient éclairées, et des flambeaux avaient été plantés dans la cour. Il y avait de l'animation du côté de l'écurie, mais aucune voiture ne stationnait devant le perron, ce dont Ryder fut soulagé.

— Prions pour que Forsythe n'ait pas encore envoyé chercher Lord Hughes, le magistrat. Si c'est possible, j'aimerais régler cette affaire moi-même.

— C'est vous qui êtes censé rendre la justice sur vos terres non ? demanda-t-elle.

— Oui, répondit-il en hochant la tête. Mais puisque je suis celui qui a disparu…

— Certes, mais vous êtes de retour désormais, et prêt à reprendre le contrôle de la situation.

Il sourit, mais pas très longtemps.

— J'essaye de réfléchir aux preuves que nous avons, déclara-t-il, plus grave. Comment prouver que c'est bien Lavinia l'instigatrice de ce complot ? Les hommes qui vous ont enlevée sont certainement les seuls témoins. Mais comment les identifier

Il croisa le regard de Mary.

— Avez-vous pu les voir ?

— Non.

Il fit la grimace.

— Mais je les ai sentis, continua-t-elle.

— Sentis ?

— Ils sentaient le cheval. Tous les trois. Et c'est une odeur que je reconnaîtrais entre mille. Et l'un d'eux donnait des ordres aux deux autres. Je pourrais reconnaître sa voix, j'en suis sûre. Combien d'hommes travaillent à l'écurie de la maison douairière ?

Un sourire vint lentement éclore sur le visage de Ryder.

— Lavinia a un palefrenier attitré, qu'elle adore. Et il a deux aides, me semble-t-il.

Dans ce cas, enchaîna Mary en allongeant le pas, je pense que nous tenons nos trois hommes.

— Hmm... c'est possible. Mais je crois que le palefrenier, Snickert, est totalement dévoué à Lavinia. Je parie qu'elle va prétendre qu'il a agi de son propre chef, et il ne la trahira sans doute pas.

— Peut-être, mais pensez-vous qu'ils vont la couvrir tous les trois ?

Il pencha la tête.

— Probablement pas.

Ils arrivèrent à la terrasse, qu'ils traversèrent pour gagner la porte d'entrée principale.

— D'abord, je suggère que nous calmions nos troupes. Ensuite nous ferons un brin de toilette. Et, malgré l'heure tardive, je pense que nous devrions rendre une petite visite à Lavinia.

Sur les lèvres de Mary, il vit apparaître un sourire particulièrement féroce.

— Oui, faisons cela.

Ils franchirent la porte.

Et une indescriptible agitation les accueillit.

16

Il fallut plusieurs minutes pour calmer le tumulte qui s'était déchaîné lorsque Mary et Ryder s'étaient calmement avancés au milieu de leurs domestiques paniqués.

Ryder était stupéfait, et terriblement heureux d'avoir sa jeune épouse à ses côtés. Bien que marquise depuis à peine trois semaines, elle s'était imposée dans ce rôle et avait adopté un ton efficace et direct que les domestiques trouvaient de toute évidence rassurant. Elle calma leur affolement et répondit à leur inévitable avalanche de questions en un minimum de mots. Ensuite, nullement gênée par le désordre de sa tenue, elle parcourut le hall en donnant toute une série d'ordres et, comme une équipe bien entraînée, les domestiques obéirent. En un rien de temps, ils furent tous les deux dans leurs salles de bains respectives, y trouvèrent eau chaude et vêtements propres, brosses, serviettes et savons parfumés.

Un quart d'heure plus tard, ils avaient retrouvé leur élégance habituelle et descendaient côte à côte le grand escalier. Forsythe vint leur ouvrir la porte d'entrée afin qu'ils puissent sortir. Leur voiture les attendait. Ridges tenait les rênes, et Filmore était assis à côté de lui, tandis que deux valets de forte carrure — l'un leur ouvrit la portière pendant que l'autre s'installa sur le marchepied arrière — se joignirent à eux.

Derrière eux, la maison ne comptait plus un seul homme, à part Forsythe. Avant de suivre Mary au premier étage, Ryder avait demandé à tous les hommes — sauf aux quatre domestiques qui allaient venir en voiture avec eux — de former un cordon tout autour de la maison douairière. Dukes était chargé de diriger les opérations. Il connaissait le domaine par cœur, y compris les bois de la maison douairière. Ryder avait ordonné à chaque homme de ne faire aucun bruit et de ne pas se faire voir, et leur avait demandé de laisser pénétrer tous ceux qui le voulaient sans se montrer, mais de ne laisser partir personne.

Il aida Mary à grimper en voiture et la suivit. Le valet de pied ferma la portière, puis alla prendre place à l'arrière, juste avant que Ridges fasse claquer son fouet.

— Quelle heure est-il ? demanda Mary, qui avait vu Ryder regarder sa montre juste avant de monter en voiture.

— Minuit vingt. Nous y serons dans moins de cinq minutes.

— Et on ne peut pas savoir si elle est rentrée ou pas.

Ryder s'était installé à côté d'elle et avait pris sa main entre les siennes. L'épaule de Mary vint toucher son bras lorsque la calèche tourna au bout de l'allée qui menait au manoir.

— J'ai demandé à Dukes de surveiller la maison et d'essayer de voir qui s'y trouvait. Je lui ai aussi enjoint de repérer en priorité où se trouvaient Snickert, le domestique de Lavinia, et les deux autres garçons d'écurie.

— Hmm... Corrigez-moi si je me trompe, mais nous supposons que Potherby va revenir avec Lavinia et nous ne savons pas encore s'il a joué un rôle dans cette sordide affaire.

— En effet, nous ne le savons pas, répondit Ryder en pressant tendrement sa main. Nous allons devoir improviser en nous fiant à notre instinct et observer la façon dont il réagit.

La calèche ralentit, tourna et continua plus lentement.

Lorsqu'un léger hululement se fit entendre, la voiture s'arrêta.

Ryder baissa la vitre quand Dukes apparut.

Le chef jardinier salua.

— La marquise n'est pas encore rentrée, monsieur. Les domestiques sont là, en revanche. Ils viennent juste d'arriver. Ils sont tous dans la cuisine en train de souper. Nous les avons espionnés et écoutés en nous plaçant sous les fenêtres. Il semblerait que la marquise ait insisté pour qu'ils aillent tous au cirque à Marlborough. Enfin, tous sauf Snickert et les deux palefreniers. Aucun des autres domestiques ne sait ce que ces trois-là ont fait, et les spéculations vont bon train, croyez-moi. En tout cas, les trois palefreniers sont là eux aussi. Ils rôdent près de la cuisine et ils ont l'air très contents d'eux. J'ai entendu la cuisinière se plaindre que le verrou de la porte de la cave avait été cassé. Snickert lui a dit de ne pas s'inquiéter, mais lui et ses deux gars ne quittent pas la porte des yeux.

Ryder réfléchit un instant, avant de déclarer :

— Voici ce que je veux que vous fassiez.

Trois minutes plus tard, leur voiture s'arrêta devant les marches de la maison douairière. Ryder aida Mary à descendre. La tête haute, vêtue d'une robe de voyage élégante, elle gravit à ses côtés les marches du perron. Une petite lampe placée en haut de la façade éclairait l'espace qui était juste devant la porte mais laissait les alentours dans l'ombre.

Ryder s'arrêta dans la lumière et adressa un hochement de tête à Dukes. Ayant mené six hommes qui se fondirent dans l'obscurité de part et d'autre de la porte, Dukes tira sur une chaîne, et une clochette tinta dans le lointain.

Puis Dukes rejoignit ses hommes, invisibles dans le noir.

Une minute passa, puis l'on entendit les pas mesurés du majordome qui approchait. Le loquet fut soulevé, et la porte s'ouvrit.

Le majordome, suivi d'un valet de pied, cligna des yeux de surprise.

— Monsieur le marquis ?

— Bonsoir, Caldicott.

Ryder fit entrer Mary.

Caldicott recula en prenant un air peu assuré.

— Monsieur ?

Puis le majordome vit sept hommes vigoureux sortir de l'ombre pour se placer derrière Mary et lui.

— Qu'est-ce que... ? Monsieur ! fit Caldicott en écarquillant les yeux. Madame la marquise...

— Est absente pour le moment, dirait-on, termina Ryder en regardant le majordome dans les yeux. Mais vous savez à qui appartient cette maison, et qui paye les gages de tous ceux qui travaillent ici.

Caldicott marqua un temps d'hésitation, avant de hocher la tête avec prudence.

— En effet, monsieur.

— En tant que véritable employeur de tous les domestiques ici présents, voici ce que je veux que vous fassiez.

Cinq minutes plus tard, la maison était sécurisée. Tous les domestiques étaient confinés à la cuisine, dont les portes étaient gardées par trois valets du manoir. Snickert et ses deux aides, qui semblaient se montrer particulièrement rebelles et récalcitrants, étaient assis sur les sacs de grain de la cave, surveillés par Dukes et trois autres domestiques du manoir, tous armés. La voiture de Ryder et Mary avait été conduite dans la cour de l'écurie et ne pouvait être visible depuis le chemin qui conduisait à l'entrée de la maison. Ridges surveillait les écuries et guettait l'arrivée de la voiture de Lavinia.

Satisfait, Ryder mena Mary dans le salon éteint et ferma la porte. Dans l'obscurité, il croisa son regard.

— Maintenant, nous n'avons plus qu'à attendre.

Elle hocha la tête, jeta un coup d'œil autour d'elle puis s'assit.

— Pourquoi ne pas avoir voulu que Snickert et les deux autres nous voient ou nous entendent ? Ni qu'ils apprennent que nous avions échappé à leur piège ?

Ryder avait chargé Dukes de surveiller Snickert, en demandant à ses domestiques de faire comme s'ils ignoraient où Mary et lui se trouvaient. Il alluma une petite lampe posée sur une table.

— Parce que, si Snickert et ses acolytes pensent qu'ils sont maîtres du jeu et que nous sommes toujours enfermés dans ce souterrain, ils seront plus faciles à contrôler. Snickert fera confiance à Lavinia jusqu'au bout pour qu'elle les tire d'affaire en cas de problème. Et honnêtement, si nous n'avions pas réapparu, personne, ni les domestiques du manoir ni même les autorités, n'aurait pu imaginer qu'un tel acte avait été fomenté.

Il avait aussi fait jurer à Caldicott et au valet qui l'accompagnait de taire sa présence et celle de Mary, avant de les laisser retrouver les autres à la cuisine. Il était évident que ni le majordome ni les autres domestiques ne savaient ce qui s'était passé. Dukes avait rapporté qu'ils étaient tous surpris et interdits, mais disposés à attendre à la cuisine et à se tenir à l'écart de ce qui occupait leurs maîtres.

La mèche de la lampe s'embrasa, et Ryder baissa la flamme au minimum, avant de montrer la fenêtre de la tête. Comprenant ce qu'il lui suggérait, Mary se leva et s'approcha de la grande baie vitrée dont elle ferma les rideaux. Bien dissimulée, elle regarda par le petit espace laissé découvert au centre de la fenêtre.

— Il y a une voiture — un carrick je crois — qui arrive dans l'allée. J'ignore qui est le conducteur, mais il me semble terriblement pressé.

Perplexe, Ryder se dissimula à son tour derrière les rideaux et observa.

Mary dut voir la surprise se peindre sur son visage, car elle demanda aussitôt :

— Qui est-ce ?

— C'est Rand, dit-il d'un air sombre.

Ses mains se crispèrent sur la bordure du rideau, puis il la regarda dans les yeux.

— Je ne crois toujours pas qu'il soit mêlé à tout cela.

— Moi non plus, répondit-elle en souriant.

Ryder observa ses yeux et comprit qu'elle s'en remettait à son jugement. Puis, alors que le gravier de l'allée crissait, il jeta un coup d'œil par la fenêtre. Rand faisait entrer ses chevaux écumant dans la cour.

— Attendez-moi ici. Je vais l'accueillir, déclara-t-il après avoir complètement fermé les rideaux.

Quand Ryder ouvrit la porte d'entrée, Rand était en train de gravir les marches du perron.

Il ralentit à la vue de son demi-frère.

Malgré l'obscurité, Ryder vit que Rand était d'une pâleur anormale, et que ses traits étaient tirés. Il vit aussi son visage s'éclairer et exprimer joie et soulagement à sa vue.

— Dieu merci, tu n'as rien ! s'exclama Rand en finissant de grimper les marches.

— Comme tu peux le constater... Mais entre.

Alors que Rand passait devant lui, Ryder aperçut ses hommes en train de conduire le carrick à l'écurie. Quand il se retourna après avoir fermé la porte, il trouva son frère occupé à l'examiner de haut en bas.

L'air interloqué, Rand regarda Ryder dans les yeux.

— Tu n'es même pas blessé.

— Non. Pas le moins du monde.

Ryder lui désigna le salon, et Rand obéit sans discuter. Mais, quand Ryder referma la porte derrière eux, il eut l'impression d'entendre les questions se bousculer dans l'esprit de son frère.

À la vue de Mary, Rand s'immobilisa, puis marcha vers elle, les mains tendues.

— Mary.

— Randolph.

Elle prit ses mains, et Rand embrassa la joue qu'elle lui tendait.

Mais, alors qu'il reculait, il semblait de plus en plus perdu. Il jeta un coup d'œil à Ryder.

— De toute évidence, vous allez bien tous les deux.

— Qu'est-ce qui t'a fait penser le contraire ? demanda Ryder en levant un sourcil. Et pourquoi es-tu ici ?

— Pour une seule et même raison.

Rand tira un billet de sa poche, qu'il tendit à Ryder. Puis son regard sembla hésiter, se posa sur son frère, sur sa belle-sœur, et passa encore de l'un à l'autre.

— Mais, puisqu'on en est aux questions, que faites-vous là tous les deux ? Et où est maman ?

Ryder parcourut le billet, avant de le tendre à Mary.

— On dirait que nous avons tous été victimes de la même machination.

Mary lut le billet à voix haute.

— « Randolph, très cher. Viens de toute urgence. Il s'est passé quelque chose d'horrible au manoir. Passe d'abord à la maison douairière, je t'expliquerai. »

Mary regarda Ryder.

— Quand a-t-elle écrit cela ?

Devant le regard interrogateur de son frère, Rand haussa les épaules.

— C'est un coursier qui me l'a apporté. Il m'a été remis à 21 heures, et je suis parti dès que possible.

— Si nous supposons qu'elle ne l'a pas envoyé d'ici, commença Ryder, mais d'un endroit plus proche de Londres, elle a pu écrire ce billet au plus tard vers 18 heures.

Les lèvres serrées, Mary hocha la tête en signe d'approbation.

Rand les regardait toujours l'un après l'autre.

— Que se passe-t-il ? demanda-t-il d'une voix légèrement inquiète. Qu'a encore fait maman, et où est-elle ?

— Nous supposons qu'elle est partie d'ici en début d'après-midi, voire plus tôt. Et, en ce qui concerne ce qu'elle a fait, mieux vaut que tu l'apprennes de sa bouche.

Rand étudia le visage de Ryder, avant de hocher la tête.

— Très bien.

Ils se dirigèrent tous les trois vers le canapé et les fauteuils, mais s'arrêtèrent bientôt pour lever la tête et tendre l'oreille.

— Une autre voiture, dit Mary en regardant Ryder.

— Aussi pressée que la première, renchérit-il en se plaçant derrière le rideau, aussitôt suivi par Rand.

— C'est le carrick de Kit, déclara ce dernier.

— Et Stacie et Godfrey sont avec lui. Elle a dû vous envoyer le même billet à tous.

Rand hocha la tête.

— Je vais les chercher.

Il sortit, et Ryder retourna auprès de Mary. Comme Rand avait laissé la porte du salon ouverte, ils purent entendre Kit demander d'une voix paniquée :

— Que s'est-il passé ?

— Rien, apparemment, répondit Rand. Ryder et Mary sont ici. Entrez.

Stacie passa la première.

— Mon Dieu ! Ils vont bien ? Vraiment ? Depuis que j'ai reçu le billet de maman, je ne vis plus.

Aussitôt, Stacie se précipita dans le salon, vit Ryder et Mary, et courut les serrer dans ses bras. Ryder d'abord, puis Mary.

— Dieu merci, vous n'avez rien !

Godfrey et Kit entrèrent ensuite, suivis par Rand qui referma la porte. Ce fut d'abord le temps des embrassades et des exclamations de soulagement. Puis vinrent les questions.

Ayant eu le temps de réfléchir, Ryder s'en tint à sa décision première et refusa de répondre. Il se contenta de rassurer ses demi-frères et sœur en leur jurant que Mary et lui n'avaient rien. Debout, dos à la cheminée, il gardait les mains croisées derrière lui. Il s'était cassé plusieurs ongles en repoussant les blocs de pierre, et c'était le genre de choses que Stacie aurait pu remarquer.

Bien que perplexes, ses quatre frères et sœur acceptèrent qu'il garde le silence sur ce qui s'était passé. Ils semblaient si soulagés de les voir en bonne santé qu'ils étaient prêts à tout lui passer. Il en profita pour dire :

— Quand votre mère arrivera... mieux vaudrait que vous écoutiez ce qu'elle a à vous dire sans que Mary et moi nous en mêlions.

Il regarda Mary qui s'était assise sur le canapé.

— En fait, reprit-il, je préférerais que vous ne lui disiez pas que nous sommes là et que vous vous contentiez de lui poser vos questions.

De la tête, il désigna le paravent que l'on plaçait en hiver devant la porte pour bloquer les courants d'air. Il était en partie replié et rangé dans un angle de la pièce.

— Quand Lavinia arrivera, Mary et moi nous cacherons derrière le paravent, et je compte sur vous pour mobiliser vos talents de comédiens, en faisant semblant de ne pas nous avoir vus et d'ignorer où nous nous trouvons.

Les autres échangèrent des regards quelque peu interrogateurs. Ils connaissaient tous la nature tendue des relations qu'entretenaient Ryder et leur mère, et tous étaient assez intelligents pour deviner qu'une limite avait été franchie, voire dépassée. Quand ils le regardèrent de nouveau, Ryder vit sur leurs visages qu'ils étaient tous disposés à lui obéir. Et que tous lui faisaient confiance, malgré l'incongruité apparente de la situation.

Après un moment d'hésitation, Rand demanda tout de même :

— Est-ce réellement nécessaire ?

Ryder savait qu'il posait la question pour protéger ses frères et sœur, et non Lavinia. En regardant Rand dans les yeux, il hocha la tête.

— Oui, je le crois.

S'il avait eu du mal à accepter l'idée que sa belle-mère ait pu souhaiter sa mort et celle de Mary, ce serait à n'en pas douter encore plus difficile pour ses propres enfants.

— Comme je vous l'ai dit, précisa-t-il, il faut que vous entendiez ses explications sortir directement de sa bouche.

Les lèvres pincées, Rand inclina la tête.

— Dans ce cas, oui, bien sûr, nous ferons comme tu dis.

Tous opinèrent du chef.

Kit se leva pour déployer le paravent et le disposer de manière à le dégager de l'angle du mur.

Ryder s'apprêtait à lui venir en aide mais, au moment où il rejoignait Kit, ils entendirent le cliquetis métallique des roues d'une voiture, qui arrivait non pas à vive allure cette fois, mais bien tranquillement.

— Ce doit être Lavinia, déclara Ryder en croisant les yeux de Mary, qui se leva et traversa la pièce.

Kit finit de disposer le paravent.

— Voilà, je pense que ce sera bon.

Ryder prit la main de Mary et regarda Rand, qui hocha la tête.

— Cachez-vous. Pendant ce temps, je vais lui ouvrir.

Il jeta un coup d'œil à ses frères et sœur. Kit était allé s'asseoir à côté de Stacie sur le canapé, et Godfrey se tenait debout devant la cheminée.

— Prêts ?

Tous acquiescèrent. Ryder laissa Mary se cacher la première, avant de la suivre.

En regardant au-dessus du paravent, il adressa un dernier signe de tête aux trois autres, avant de courber le haut de son corps pour parvenir à se cacher. L'espace compris entre les panneaux du paravent lui permettait de voir assez bien la zone située devant la cheminée. Une main posée sur son épaule, Mary, qui n'avait pas besoin de se baisser, regardait elle aussi.

Ils entendirent des voix dans l'entrée. Lavinia s'exclama. Rand la salua, ainsi que Potherby. La porte d'entrée se referma, puis Lavinia fit irruption dans le salon. Elle portait une robe de bal à rayures, crème et rouge, et sur ses épaules était drapé un châle à franges de soie rouge.

En voyant ses enfants rassemblés près de la cheminée, elle ouvrit les bras.

— Mes chers enfants ! Je ne vous attendais pas avant demain. Mais finalement, c'est mieux ainsi. Quelle catastrophe ! Quelle tragédie ! C'est terrible. Terrible...

— Qu'y a-t-il de si terrible, maman ? demanda Kit, qui s'était levé à son entrée.

— Eh bien, ce qui est arrivé à Ryder et à sa chère Mary, bien sûr... Ils ont disparu ! Tout le monde au manoir doit être en train de les chercher, mais on dirait qu'ils se sont volatilisés.

Posant ses gants et son réticule sur la table, Lavinia avança vers ses trois jeunes enfants, attendant de toute évidence qu'ils la prennent dans leurs bras et l'embrassent. Kit, Stacie et Godfrey obéirent. Si elle remarqua leur gêne, elle n'en laissa rien deviner.

Rand, qui était entré après Claude Potherby et avait refermé la porte, se tenait en retrait à l'autre bout de la pièce. Quant à Potherby, il fixait Lavinia, l'air stupéfait, ce qui ne sembla pas échapper à Rand.

— Que pensez-vous qu'il soit arrivé à Ryder et Mary, maman ? demanda-t-il en la regardant bien en face.

Lavinia écarta les mains.

— Comment pourrais-je le savoir, très cher ? Peut-être l'a-t-il emmenée faire un tour dans l'un de ses phaétons ridicules, peut-être la voiture s'est-elle renversée, et peut-être se sont-ils tous les deux brisé la nuque...

— Et vous ne pensez pas que Filmore ou les autres domestiques du manoir l'auraient su ? demanda Godfrey, qui était tout pâle. Non, vous savez bien qu'un tel accident n'aurait pu se produire sans que nous l'apprenions.

— Tu as raison, je ne sais vraiment pas ce qui a pu leur arriver, mais je ne vois pas ce que cela change. Ils sont peut-être allés se promener et se sont fait attaquer par des voleurs. Ils sont peut-être tombés dans un trou, ou d'une falaise, ou... ou... peu importe ! L'important, c'est qu'ils ont disparu !

— Quand avez-vous appris leur disparition, Lavinia ?

La question, posée très calmement par Claude Potherby, sembla la prendre de court. Elle se retourna vers lui, fronça les sourcils, ouvrit la bouche, la referma et cligna des yeux.

Ses enfants l'observaient pendant que, de toute évidence, elle réfléchissait à ce qu'elle allait pouvoir répondre en essayant de garder un visage impassible.

Semblant de plus en plus mal à l'aise, Potherby s'humecta les lèvres puis déclara, en s'adressant aussi bien à Lavinia qu'aux autres :

— Je séjourne ici depuis deux jours. Nous sommes partis ce matin vers 11 heures pour Marlborough où nous étions invités à déjeuner. Ensuite, nous sommes allés directement chez les Quilley, où nous avons dîné puis assisté au bal de la chasse. Nous sommes partis relativement tôt et nous sommes rentrés ici sans nous arrêter.

Un moment de silence passa, puis Potherby regarda Rand.

— C'est la première fois que j'entends parler de la disparition du marquis de Raventhorne.

Lavinia se raidit. Signe certain que sa colère couvait, son visage se couvrit de petites taches rouges. Et elle regarda de haut son ami d'enfance.

— J'ignore ce que vous sous-entendez, Claude, mais je trouve votre attitude fort déplacée. Vous pouvez vous retirer. Je n'ai pas besoin de vous !

Elle lui adressa un geste dédaigneux, avant de se tourner vers Rand.

— Ce qui compte — et vous n'avez pas l'air de vouloir le comprendre, ni les uns ni les autres —, c'est que quelque chose est arrivé à Ryder et Mary. Et dans ces conditions, c'est à *toi*, Randolph, de t'occuper du manoir. Une propriété d'une telle importance ne peut être laissée à la dérive, sans maître, ne serait-ce que pour une journée ! Bien sûr, cela aurait été mieux que tu sois déjà marié — ou mieux encore si tu avais épousé Mary comme je l'avais prévu —, mais il n'empêche...

— Pardon ? Attendez ! l'interrompit Rand, qui avait pâli. Comment cela, vous aviez prévu que j'épouse Mary ?

Lavinia le regarda comme s'il était incroyablement obtus.

— Eh bien oui, j'ai fait en sorte de la diriger vers toi. Penses-tu qu'elle aurait eu toute seule l'idée de te tourner autour ?

Derrière le paravent, Ryder jeta un coup d'œil rapide au visage de Mary. Il ne fut pas surpris de découvrir ses lèvres pincées et ses yeux plissés.

Lavinia poursuivit, véhémente :

— Mais Ryder s'en est mêlé et il l'a détournée de toi. Et toi, idiot, tu n'as rien fait pour l'en empêcher. Mais, avec du recul, je me suis rendu compte qu'elle était plus prétentieuse et capricieuse que je ne l'avais pensé. Peut-être est-ce donc mieux ainsi. Je suis certaine de réussir à te trouver une jeune femme gentille et complaisante une fois que tu seras le nouveau marquis de Raventhorne, mais nous verrons cela plus tard. Pour l'instant...

Elle se tourna et tendit théâtralement le doigt en direction du manoir, avant d'ajouter :

— Tu dois faire ce que ton père aurait souhaité que tu fasses. Tu dois prendre la place de Ryder et faire ton devoir !

Rand soutint son regard pendant un long moment, puis il prit une longue inspiration avant de secouer la tête.

— Non, maman. Je ne prendrai pas la place de Ryder. Ni maintenant ni jamais.

Lavinia resta un instant bouche bée, puis la colère s'empara d'elle. Ses yeux lancèrent des éclairs, incandescents de rage. Les poings serrés, elle ferma les paupières, rejeta la tête en arrière et se mit à hurler.

— Ne sois pas si stupide ! S'il n'est plus là, alors c'est toi le marquis, et fais-moi confiance...

Elle redressa la tête, regarda son fils et siffla à travers ses dents serrées :

— Il n'est pas près de réapparaître cette fois, et...

— En fait, Lavinia...

Ryder se redressa lentement et sortit de derrière le paravent.

— Je suis là et bien là.

Il prit la main de Mary et la fit venir à ses côtés.

— Tout comme ma femme.

Toute trace de colère quitta aussitôt le visage de Lavinia. Elle écarquilla les yeux, exprimant l'incrédulité la plus totale.

— *Non !* souffla-t-elle, hagarde. Enfin... Ce que je veux dire, c'est...

Ryder fronça les sourcils.

— Comment ai-je échappé à vos hommes de main ?

Lavinia tressaillit, comme s'il l'avait frappée. Elle recula d'un pas. Elle regarda Rand, puis Potherby, et agita les mains, les doigts écartés, comme pour nier toute implication dans cette histoire.

— Je ne sais pas de quoi vous parlez.

— Ah non ? rétorqua Ryder en la regardant froidement. Alors, suggéra-t-il, pourquoi ne pas descendre à la cave pour voir ce que Snickert et ses deux acolytes ont à nous dire ?

Lavinia aurait volontiers reculé davantage, mais Kit était là. Il voulut lui prendre le bras, mais elle se dégagea d'un bond.

— Non !

Elle regarda Kit, Godfrey qui était à côté de lui, puis Rand, à l'autre bout de la pièce.

— Pourquoi l'écoutez-vous ? Vous l'écoutez toujours.

Elle tapa du pied.

— Je suis votre mère ! Vous allez m'obéir. Vous n'avez pas le droit de le laisser me parler sur ce ton.

Aucun ne répondit.

Lavinia se tourna vers Potherby.

Le visage fermé, il ne la regarda qu'un instant, avant de se tourner vers Ryder devant lequel il s'inclina.

— Avec votre permission, monsieur le marquis, je vais me retirer. Il s'agit, me semble-t-il, d'une affaire de famille dans laquelle je n'ai joué aucun rôle, je vous l'assure, et dans laquelle je veux surtout n'en jouer aucun.

Après réflexion, Ryder hocha la tête.

— Très bien.

Après une courte hésitation, il lui tendit la main.

— Je sais que vous avez toujours été pour elle un ami fidèle et dévoué. Mais parfois, avoir un ami ne suffit pas.

Les lèvres pincées, Potherby inclina la tête.

— Apparemment.

Il serra la main de Ryder, tourna les yeux vers Rand et hocha la tête.

— Cavanaugh.

Puis il salua les autres, tour à tour. À la fin, il regarda Lavinia et prit une grande inspiration avant de déclarer d'une voix monocorde :

— Au revoir, Lavinia.

Sur ces mots, il fit volte-face et quitta la pièce.

La porte se referma doucement derrière lui.

Lavinia fixait le mur. Au bout d'un moment, elle se tourna vers Ryder, raide comme un piquet.

— Je ne sais pas ce qui vous prend, ni quelles calomnies vous cherchez à répandre sur moi.

— Je ne cherche pas à vous calomnier, Lavinia. Rassurez-vous. Tout ce que je veux, c'est élucider cette affaire.

Ryder s'interrompit un instant, avant de poursuivre :

— Et d'après moi, pour ce faire, rien de mieux que d'entendre ce que vos hommes ont à en dire.

— Mais bien sûr, répondit Lavinia en désignant la porte. Allez donc à la cave si vous le jugez utile. Moi, je reste ici.

Avant qu'elle ait le temps de s'asseoir, Kit lui saisit le bras.

— Non, maman, vous devez nous accompagner.

Godfrey obéit au regard que Kit lui adressa. Et avec une détermination surprenante, étant donné sa pâleur, il saisit l'autre bras de Lavinia.

Ses deux fils commencèrent à la faire avancer vers la porte.

— Non !

Lavinia essaya de se débattre, mais ils la tenaient fermement.

— Je refuse d'aller à la cave, gémit-elle.

— Voyons, maman, reprenez-vous et comportez-vous dignement, dit Stacie en saisissant la main de sa mère. Cela ne sert à rien de résister, nous sommes tous déterminés. Et vous ne voulez tout de même pas que vos domestiques vous voient dans un tel état et parlent dans votre dos ?

D'autres arguments auraient sans doute été voués à l'échec, mais celui-là convainquit tout de suite Lavinia, qui se calma de façon instantanée.

Ryder ajouta :

— Vous n'imaginez tout de même pas que l'on puisse vous faire du mal dans votre propre cave sous les yeux de vos propres enfants ?

Le ton très posé qu'il avait employé eut l'effet escompté. Lavinia se ressaisit. Elle se redressa, prit une immense inspiration, puis leva la tête.

— Très bien. Puisque vous semblez tous si décidés, descendons et voyons ce que nous découvrirons à la cave.

Ryder et Mary passèrent les premiers. Rand et Stacie les suivirent. Et Kit et Godfrey fermèrent la marche, encadrant toujours Lavinia qu'ils tenaient fermement.

À la cuisine, Ryder s'arrêta devant la porte de la cave. Il demanda à Dukes qu'on laisse partir Potherby, son valet et son cocher, et l'informa que le reste des domestiques pouvait aller se coucher. Puis la petite procession descendit les marches qui conduisaient à la cave.

Deux des jardiniers du manoir montaient la garde en bas de l'escalier.

— Allez retrouver Dukes en haut, leur demanda Ryder.

Ils hochèrent la tête et, quand tout le monde se trouva en bas, ils remontèrent et fermèrent la porte derrière eux.

Une lampe avait été posée près des marches et une autre éclairait Snickert et ses comparses, assis sur des sacs de grain. Remarquant leur air suffisant et leur attitude décontractée, Mary comprit qu'ils ne les avaient pas reconnus, sans doute parce que la petite troupe se trouvait dans l'ombre.

Mais, à l'instant où Ryder et elle entrèrent dans la lumière, toute arrogance déserta leurs visages. Ils blêmirent, écarquillèrent les yeux, et leurs corps entiers semblèrent se tendre.

L'un d'entre eux — Snickert, supposa-t-elle — se mit à rugir. Dans une grimace atroce, il se jeta sur Ryder.

Lâchant le bras de son époux, Mary recula prudemment.

Aussitôt, Ryder avança et lança son poing dans la figure de Snickert, un poing que la colère rendait plus puissant encore.

On entendit quelque chose se briser. Snickert recula, chancelant. Puis, alors que le sang coulait abondamment de son nez, il tomba à la renverse.

— Espèce de brute !

Mary se retourna et vit Lavinia se libérer de Kit et Godfrey qui avaient relâché leur emprise, stupéfaits par l'attaque de Snickert.

Mais elle n'essaya pas de s'enfuir. Elle se jeta en avant, poussant Stacie et bousculant Mary au passage, pour se précipiter auprès de Snickert.

Abasourdis, tous la regardèrent s'accroupir à côté de Snickert et se pencher sur lui pour lui relever la tête.

Snickert gémit, puis il se mit à hurler. Ses jambes s'agitèrent, se raidirent puis retombèrent, inertes, sur le sol.

Sous le choc, ils restèrent tous immobiles une seconde, puis Ryder jura. Il attrapa les poignets de Lavinia et la força à se redresser.

— Bon sang ! vitupéra-t-il. Qu'avez-vous fait ?

— Oh ! mon Dieu !

Randolph avait lui aussi bondi vers sa mère. Et il fixait avec horreur un petit objet qu'elle tenait dans la main gauche. Un objet brillant, le long duquel glissaient quelques gouttes.

Mary avait posé la main sur sa bouche. Entre ses doigts, elle murmura :

— C'est l'épingle de son châle.

L'étoffe était tombée à terre, formant une tache écarlate sur le sol.

Randolph s'accroupit à côté de Snickert. Une seconde plus tard, d'une voix stupéfaite et incrédule, il déclara :

— Elle lui a enfoncé son épingle dans l'œil. Il est mort.

Ryder serra plus fort les poignets de Lavinia.

Elle ne sembla pas le remarquer. Elle haletait, les yeux rivés vers Snickert et Randolph.

— Je devais le tuer. Tu comprends, n'est-ce pas ?

Se retournant lentement, Randolph leva les yeux vers elle.

— Non, je ne comprends pas. Pourquoi ?

Avec une grimace de souffrance, il désigna la silhouette immobile de Snickert.

— Vous venez de *l'assassiner* ! Mon Dieu, qu'allez-vous pouvoir trouver pour excuser ce geste ?

Lavinia voulut s'approcher de Randolph, mais Ryder la retint. Sans la moindre gêne, elle s'empressa de dire :

— Il était le seul à savoir. Et maintenant, il n'est plus là.

Elle haussa très légèrement une épaule.

— On ne pourra rien contre moi. Rien ne pourra être prouvé. Tout va bien.

— *Tout va bien ?*

L'expression qu'affichait Randolph allait bien au-delà de l'incrédulité.

— Comment pouvez-vous imaginer que les choses vont bien après ce que vous avez fait ?

Sur son visage se lisait la plus absolue et la plus inflexible des condamnations.

Haletant toujours, Lavinia étudia le visage de son fils, puis elle plissa les yeux. Sans prévenir, elle pencha la tête en arrière et s'écria :

— Je l'ai fait pour toi !

Essayant de se libérer de Ryder, elle répéta ces mots comme si elle les crachait au visage de son fils. Alors qu'il se contentait de la fixer, avec une expression d'horreur, elle hurla une dernière fois :

— Pour toi !

Mary vit les mots venir heurter Randolph, son visage se contracter, son expression se fermer. Puis elle se tourna vers Ryder. Vers celui qui voulait toujours protéger les siens. Et qui dans ce cas précis...

La violence s'était emparée de lui, elle le décela à ses muscles contractés, son visage crispé, ses yeux fermés, alors que, sans aucun doute, il luttait contre l'envie de...

Il pourrait si facilement tuer Lavinia.

Mary reprit son souffle, se plaça derrière lui et posa une main dans son dos.

— Ryder, murmura-t-elle.

Il frémit. Elle n'eut pas besoin de faire ni de dire quoi que ce soit d'autre. Le contact, sa voix, entendre son nom lui suffirent. Néanmoins, il lui fallut fournir un effort considérable pendant plusieurs secondes pour reprendre le contrôle de lui-même. Il emplit lentement ses poumons et ouvrit les yeux. Tenant toujours Lavinia par les poignets, il vit Rand se lever et s'éloigner de sa mère — comme s'il ne pouvait plus en supporter la vue —, puis se diriger vers le fond de la cave et se placer face au mur.

Ryder retrouva sa voix.

— Kit, s'il te plaît..., dit-il.

Il n'eut pas à le demander deux fois. Kit, le plus pragmatique des demi-frères de Ryder, avança et pointa du doigt les deux palefreniers qui avaient assisté à la scène et étaient immobiles, en état de choc, sur les sacs de grain.

— Vous deux, debout, ordonna Kit. Allez là-bas, ajouta-t-il en désignant le fond de la cave.

Les deux hommes sursautèrent, comme s'ils revenaient à eux, puis ils s'empressèrent d'obéir.

Kit se tourna vers Lavinia. Il n'y eut pas la moindre trace d'émotion perceptible dans sa voix ou sur son visage, quand il dit :

— Madame.

Comme Ryder la relâchait, Kit désigna les sacs.

— Allez vous asseoir, s'il vous plaît.

Lavinia se frotta les poignets. Elle regarda Kit en plissant les yeux d'un air mauvais, puis Godfrey, puis Stacie. Ryder les observa à son tour. Les deux plus jeunes se tenaient épaule contre épaule, bloquant la sortie. Malgré le regard insistant de leur mère, ils restèrent immobiles, sans réagir.

Lavinia finit par se retourner et alla s'asseoir sur l'un des sacs.

Alors seulement, elle posa les yeux sur Ryder, mais celui-ci ne s'intéressait plus à elle.

Pour protéger ses demi-frères et sœur, il devait faire en sorte que la suite se passe le plus « normalement » possible. En fixant les deux palefreniers, il déclara :

— Comme vous le savez certainement, sur mes terres, c'est moi qui rends la justice. Cela signifie que je peux vous remettre aux autorités. Mais cela signifie aussi que je peux très bien me substituer aux autorités.

— On l'a vue ! répondit le plus âgé des deux en désignant Lavinia de la tête. De nos propres yeux, on l'a vue enfoncer son épingle dans l'œil de Snickert. Elle l'a tué ! Et de sang-froid en plus.

— Oui, je sais, répliqua Ryder. Mais ce n'est pas cela que je veux que vous me disiez. Vous avez tous les deux aidé Snickert à enlever mon épouse hier après-midi, dans nos jardins.

L'homme qui avait parlé regarda Mary.

— Elle ne peut pas savoir que c'était nous. À aucun moment elle n'a pu nous voir. Et Snickert est le seul à avoir parlé.

— En effet, répondit Ryder en secouant la tête malgré lui. Mais, comme vous venez de le confirmer, vous étiez présents. Ne perdez pas de temps à essayer de le nier. Enlever une marquise, la séquestrer, nous tirer dessus…

— Le pistolet, c'était Snickert.

— Peu importe. En l'aidant, vous vous êtes rendus coupables de crime, vous aussi. Un seul de ces actes suffirait à vous envoyer à la potence. Cependant, fit Ryder en levant un doigt, si vous coopérez, en tant que magistrat du domaine et victime de votre machination, j'accepterai de commuer votre peine. Ce sera la déportation, et non la pendaison.

Il marqua une courte pause avant de finir :

— Mais cela ne sera possible que si vous me dites ce que je veux savoir.

Les palefreniers échangèrent un long regard, avant de tourner la tête vers Ryder. L'air résigné, le plus âgé demanda :

— Qu'est-ce que vous voulez savoir ?

— Je veux que vous nous disiez, à moi et à tous ceux qui sont présents, tout ce que vous savez, tout ce que Snickert vous a dit, sur les projets d'assassinat qu'il a fomentés contre mon épouse et moi.

L'homme sembla réfléchir un moment, puis il déclara :

— Je ne suis pas vraiment au courant de ce qui s'est passé à Londres, mais Snickert a raconté comment il avait contacté cet avocat véreux qui connaissait des terrassiers prêts à tout pour un peu d'argent...

Et il raconta à peu près toute l'histoire. Après le mariage de Ryder et Mary, Lavinia avait changé d'avis et décidé de tuer les deux époux.

— Snickert a répété ce qu'elle avait dit, continua le palefrenier en désignant Lavinia. Que, maintenant que vous étiez mariés, il fallait liquider votre dame d'abord. Parce que vous l'aviez peut-être déjà mise enceinte et, comme la famille de votre dame est très puissante, elle les aurait protégés, elle et son bébé, et ça, ça ne lui plaisait pas non plus. Vous et votre descendance, elle voulait vous faire disparaître à jamais.

Rand décocha un regard haineux à Lavinia.

— Et donc...

Les palefreniers continuèrent, racontant dans le détail comment Snickert s'était introduit au manoir, pour cacher la vipère d'abord, puis le scorpion, en empruntant un passage secret qui menait de la salle à manger de la maison douairière à la chapelle du manoir.

Ryder se tourna vers ses frères et sœur et s'enquit :

— Un passage secret ? Quel passage secret ?

Ils le regardèrent d'un air surpris.

— Tu ne savais pas ? demanda Godfrey.

Comme Ryder secouait la tête, Kit marmonna :

— Nous pensions que tu le connaissais...

Ryder fit signe aux palefreniers de poursuivre. Après une brève intervention de Mary et une question de Rand, ils confirmèrent tout ce que Snickert avait entrepris pour le compte de Lavinia, jusqu'à l'enlèvement de Mary, qui devait servir d'appât, et le piège ainsi tendu pour les enfermer tous les deux dans les souterrains.

— Snickert pensait que l'eau empoisonnée était une bonne idée et, apparemment, la marquise était d'accord avec lui. À son retour, on pensait soulever ces gros sacs, descendre et vous trouver déjà morts sans que l'on n'ait rien à faire.

Le palefrenier le regarda avec une espèce de perspicacité résignée.

— Pas très futé, n'est-ce pas ? J'avais dit à Snickert que ce n'était jamais bon de s'en prendre à un lord.

— Vous auriez dû écouter votre propre conseil, répliqua Ryder.

— Oui, c'est bien vrai, j'aurais dû, fit le palefrenier en inclinant la tête. Et maintenant ?

— Maintenant, je vais vous confier à mes hommes. Ils vous conduiront au manoir, où se trouve une cellule. Vous y resterez jusqu'à ce que la police vienne vous chercher.

— Attendez, les interrompit Rand.

Il alla se placer juste en face de Lavinia.

— Niez-vous quoi que ce soit dans ce que vous venez d'entendre ?

Elle lui adressa un regard vide, puis se mit à ricaner.

— Bien sûr que non.

Elle regarda Ryder avec une haine non dissimulée.

— Je regrette seulement d'avoir eu des gens aussi incompétents à mon service.

Rand l'observa pendant un long moment, avant de se tourner vers Ryder.

— Kit et moi allons la conduire dans sa chambre et l'y enfermer.

Ryder acquiesça.

Nous vous attendrons au salon.

Sans un regard pour Lavinia, il tendit la main à Mary.

— Nous devons discuter de la suite.

Mary prit son bras et, ensemble, ils quittèrent la cave, suivis de Stacie et Godfrey qui laissèrent Kit et Rand s'occuper seuls de leur mère.

Qui était aussi une vraie meurtrière désormais.

Une bonne tasse de thé faisait toujours des miracles.

À la suggestion de Mary, Caldicott, qui était resté en service, prépara un plateau sur lequel se trouvaient deux théières mais aussi un quatre-quarts.

En voyant Godfrey picorer une part au lieu de la manger, Mary déclara :

— Vous devez mourir de faim.

Godfrey regarda les petites miettes qu'il avait faites et soupira.

— C'est vrai. Mais je ne suis pas sûr d'être capable d'avaler quoi que ce soit dans cette maison.

Stacie frissonna.

— Et encore moins à Chapel Street, ajouta-t-elle.

Mary échangea un regard avec Ryder, puis elle prit la main de Stacie.

— Ne vous en faites pas pour cela. Vous viendrez vous installer avec nous. Tous les deux, ajouta-t-elle en regardant Godfrey.

Le soulagement et la gratitude qui se lurent aussitôt sur leur visage l'émurent profondément.

La porte s'ouvrit, et Randolph entra, suivi de Kit.

Mary souleva la théière en leur adressant un regard interrogateur. Randolph reprit son souffle, puis vit le verre de brandy que tenait Ryder.

— Non merci, pas de thé.

Il se tourna vers Kit qui était déjà en train de remplir deux verres.

— J'ai davantage besoin d'un brandy.

Quand les deux frères furent assis, leur verre à la main, Ryder les regarda tous avant de demander :

— Alors, que faire ?

— Il faut l'isoler et l'enfermer, cela ne fait aucun doute, déclara Randolph. Mais où ? C'est la seule question.

Kit acquiesça en faisant rouler son verre entre ses mains, puis il précisa :

— Pour des raisons évidentes, nous ne pouvons pas le faire ici. Ni dans aucune de nos propriétés. Le secret serait trop dur à garder. Et, où qu'elle soit, il faudra faire très attention. Elle vient de nous montrer à quel point elle était dangereuse et imprévisible.

L'air sombre, Godfrey acquiesça.

— Oui, qui l'aurait crue capable d'enfoncer une épingle dans l'œil de quelqu'un ?

Stacie garda le silence, mais se raidit davantage.

Ryder se cala dans son siège.

— Je respecterai votre décision, quelle qu'elle soit. Si tant est qu'elle ne risque pas de nous mettre en danger, moi et ma famille.

— Cela va sans dire, répondit Randolph, qui regardait son brandy. Je comprends maintenant pourquoi tu as tant insisté pour que j'entende l'histoire de sa bouche.

Il vida son verre d'une traite, avant d'admettre :

— Si tu m'avais dit cela, et même si je l'avais entendu en son absence de la bouche de ces hommes, en toute honnêteté, je ne pense pas que j'aurais vraiment cru que...

Un hurlement l'interrompit. Ils levèrent tous les yeux, à temps pour voir une forme passer devant la fenêtre et s'écraser à terre.

— Oh non ! gémit Stacie en bondissant, le visage caché entre les mains.

Tout le monde se leva. Mary retint Stacie et laissa les hommes se précipiter, Randolph et Kit d'abord, puis Godfrey. S'arrêtant dans l'embrasure de la porte, Ryder se retourna et vit Mary suivre plus lentement avec Stacie. Ils échangèrent un regard, puis il s'élança à la suite de ses demi-frères.

Quand Mary et Stacie arrivèrent sur le perron, Randolph et Kit avaient déjà couvert le corps de leurs manteaux.

Mary leur en fut reconnaissante. Elle avait eu assez d'émotions pour la journée et elle savait Stacie à bout de nerfs. Avec ses frères, elle avait dû affronter en quelques heures plus que n'importe qui ne pourrait endurer.

Ryder vint se placer aux côtés de Stacie pour l'aider à descendre les marches.

Ils approchèrent tous les trois, mais s'arrêtèrent quand les jambes flageolantes de Stacie ne semblèrent plus vouloir la porter.

Ses frères la virent, tremblante dans les bras de Mary, soutenue par Ryder, et l'un après l'autre, ils quittèrent le corps de leur mère pour venir les rejoindre, eux, les vivants.

Mary et Ryder s'effacèrent pour laisser Kit prendre sa sœur dans ses bras.

Randolph, atrocement pâle et choqué, s'approcha de Ryder.

— Penses-tu qu'elle a sauté ou qu'elle est tombée en essayant de s'enfuir ? demanda-t-il à son aîné.

Ryder hésita avant de répondre :

— Je ne l'imagine pas un seul instant envisager le suicide, et vous ?

L'un après l'autre, ils secouèrent la tête.

— Dans ce cas, conclut Ryder, comme nous sommes tous d'accord, je peux déclarer que sa mort est un accident.

— C'est ce qu'elle aurait voulu. Cela lui attirera la compassion. Elle aimait tant se faire plaindre et être au centre de l'attention, dit Randolph en jetant un regard au corps inerte, allongé sur le gravier. Elle a toujours fait comme si les autres n'existaient pas. Et maintenant, c'est elle qui n'est plus...

Mary laissa passer un instant de silence, avant de déclarer d'une voix ferme :

— Très bien. Maintenant que tout est décidé, rentrons. Nous avons des ordres à donner. Ensuite, nous irons tous au manoir.

Elle avait pris sa voix de marquise, et Ryder ne fut pas étonné de constater que personne ne discuta.

L'aube était en train de poindre quand Ryder suivit Mary dans leur chambre à coucher.

Elle poussa un énorme soupir.

— C'est enfin terminé.

Ils avaient passé les dernières heures à tout organiser du mieux qu'ils avaient pu. Sous la direction de Mary, Rand, Kit, Stacie et Godfrey avaient été pris en charge par les domestiques du manoir. Comme les demi-frères et sœur de Ryder venaient souvent lui rendre visite, ils avaient leurs propres chambres. Épuisés, ils s'étaient retirés dès que leurs appartements avaient été prêts.

— J'espère seulement qu'ils vont réussir à dormir, soupira Ryder.

— Hmm, fit Mary. À votre avis, les deux palefreniers vont-ils créer des problèmes au sujet de la mort de Snickert ?

Il secoua la tête.

— Par l'entremise de Snickert, Lavinia leur avait offert une petite fortune pour qu'ils la débarrassent de nous. Ils savent que la potence n'est pas loin...

Après une légère hésitation, il ajouta :

— Évidemment, si Lavinia n'était pas morte, alors la disparition de Snickert aurait davantage posé problème. Mais comme elle n'est plus et que les palefreniers le savent...

Il expira.

— Je pense — j'espère — que l'affaire sera étouffée et qu'elle n'aura aucune répercussion sur l'avenir de mes frères et sœur.

— Quels détails devez-vous officiellement fournir à propos de la mort de Lavinia ?

— Je suis tenu au minimum. Il me suffit de dire qu'elle est morte accidentellement. En commettant une imprudence, ce qui est la vérité. Comme les domestiques de la maison douairière sont tous présents, ils s'occuperont du corps et des pompes funèbres demain. À part l'organisation des funérailles, nous n'avons pas grand-chose à faire.

— Lavinia reposera en paix, et ses enfants pourront enfin vivre librement.

— Oui, je l'espère.

Passant un bras autour de la taille de Mary, Ryder l'attira à ses côtés, près de la fenêtre.

Ils restèrent debout, serrés l'un contre l'autre, à regarder le soleil se lever.

Mary finit par s'étirer.

— Une aube nouvelle. Un nouveau départ.

— Et pas seulement pour nous deux. Pour mes quatre frères et sœur aussi. Pour tous les Cavanaugh.

Mary sourit.

— Pour tous les Cavanaugh.

Elle prit ses deux mains et recula vers le lit, l'entraînant avec elle.

— À ce propos...

Elle s'arrêta près du lit, se colla contre lui et, en se hissant, passa les bras autour de son cou pour plonger dans son regard noisette.

— Je pense que nous devrions nous allonger et faire ce que nous avons à faire pour le bien des générations futures.

Ryder sourit, puis se mit à rire. Il la serra contre lui, l'embrassa et se laissa tomber avec elle sur le lit.

Ils rebondirent.

Mary poussa un petit cri, avant d'éclater de rire.

Ils se jetèrent l'un sur l'autre pour s'arracher leurs vêtements. Mais ils marquèrent un temps d'arrêt lorsque le contact de leurs peaux nues les emplit d'un bonheur sans nom. Galvanisés, ils se caressèrent avec amour et adoration et parcoururent avec émotion des courbes, des creux et des à-plats devenus familiers.

Leurs regards se rencontrèrent, et dans le bleu comme dans le brun-vert se lisait la même certitude. Après ce qu'ils venaient de vivre, leur amour encore naissant était déjà solide comme le roc. Tous deux le savaient.

Ils s'appartenaient.

Entièrement.

Sans filtre ni écran, ils se donnèrent l'un à l'autre dans un seul et même élan. Ce moment fut si pur et si beau qu'ils en eurent le souffle coupé. Puis Mary attira Ryder à elle et ils s'embrassèrent, submergés par une puissante vague de passion.

Ils se laissèrent emporter loin, très loin.

Ils laissèrent le désir et l'avidité allumer un feu qu'ils ne pouvaient contrôler.

Ils laissèrent la joie d'être vivants — la joie d'avoir affronté la mort ensemble, d'avoir survécu ensemble et de pouvoir vivre ensemble un tel moment d'émerveillement, d'espoir, d'engagement et d'adoration — les emplir.

Jusqu'à ce qu'ils ne fassent plus qu'un.

Dans l'amour et la passion. Dans le bonheur et dans l'extase.

Dans l'espoir et l'abandon.

Prêts à accueillir tout ce qu'il adviendrait d'eux, tout ce qui arriverait, tout ce qu'ils créeraient ensemble.

17

« Né de la poussière, tu redeviendras poussière. »

Les funérailles de Lavinia marquèrent la fin d'une période maudite pour les Cavanaugh. Ryder avait décidé qu'à partir de ce moment, sans Lavinia pour s'interposer entre lui et ses demi-frères et sœur, et avec Mary comme guide, ils deviendraient tous les cinq la famille unie dont il rêvait depuis si longtemps.

Cela prendrait du temps, et ils avaient beaucoup à apprendre, mais ils n'étaient pas pressés et ils se sentaient déterminés. Et puis Mary serait là pour les aider quand ils rencontreraient des difficultés. Elle s'était jetée à corps perdu dans son rôle de marquise, de matriarche, et elle avait clairement fait comprendre à tous qu'en cas de problème c'était à Ryder et à elle qu'il fallait s'adresser.

Il adorait qu'elle soit si directive. Ce qui le stupéfiait toujours, c'était que tout le monde se laissait faire sans rien dire. Le plus souvent, il soupçonnait les gens de capituler devant cette force qui les dépassait, même s'ils n'étaient pas d'accord avec elle. Et ils capitulaient incroyablement vite. Et tout le monde était concerné.

Il ne se passait pas un jour sans qu'il soit amusé par une chose qu'elle disait ou qu'elle faisait. Parfois, il se contentait de sourire dans son coin, mais le plus souvent il partageait son amusement avec elle, juste pour la voir plisser ses yeux vifs avant de grommeler et de hausser les épaules.

L'avoir à ses côtés pendant les jours qui avaient suivi la

mort de Lavinia avait été une bénédiction. Elle avait tout fait pour le soutenir et pour lui donner la force d'aider les autres à franchir les obstacles — sociaux et autres — qui se dressaient devant eux. Honnêtement, il ne savait pas comment il s'en serait sorti sans elle.

Tous les six avaient abordé ensemble la question du deuil. Mary et lui avaient conclu que, pour eux, une semaine de grand deuil suivie par trois semaines de demi-deuil suffiraient. Étant donné que tout le monde connaissait l'antipathie que Lavinia et lui se vouaient, en rajouter serait facilement passé pour de l'hypocrisie. Ils avaient encouragé Rand, Kit, Stacie et Godfrey à décider par eux-mêmes de ce qu'ils voulaient faire, et ils avaient fini par opter tous les quatre pour un mois de grand deuil et trois de demi-deuil, et tous ceux qui s'étaient rassemblés à Raventhorne pour l'enterrement et la réception avaient approuvé.

Après la cérémonie funéraire qui eut lieu à l'église toute proche et la mise en terre, la réception se tint au manoir, et elle ressembla davantage à la célébration d'un nouveau commencement qu'à une cérémonie funéraire. Les voisins présents firent comprendre qu'ils étaient plutôt là pour témoigner de leur soutien à Mary et de leur volonté de tourner la page, que pour accompagner Lavinia dans son dernier voyage. Visiblement, tout le monde attendait des jeunes époux qu'ils impriment une nouvelle direction. Et, fort heureusement, la nouvelle marquise de Raventhorne était prête à relever ce défi. Ce dont Ryder lui serait éternellement reconnaissant.

Elle passait dignement entre les convives, avec grâce et calme, et avec cette présence rassurante qui était sa signature. Ceux qui ne l'avaient jamais vue auparavant perdaient aussitôt leur réserve et se mettaient à sourire. Quant à ceux qui étaient déjà sous son charme, ils étaient heureux de la retrouver. En mesurant le succès de son épouse et le plaisir évident qu'elle prenait à accomplir son devoir d'hôtesse, Ryder se sentit rassuré lui-même. À sa grande satisfaction, dans ce rôle de maîtresse de maison, elle était clairement dans son élément.

Elle était faite pour être la nouvelle marquise de Raventhorne.

Et cela était heureux pour lui, pour Mary elle-même, mais aussi pour bien d'autres.

Au cours de l'après-midi, elle ne cessa d'aller et venir. Et, de temps en temps, elle s'arrêtait pour poser une main sur son bras, pour se pencher vers lui et enivrer ses sens, afin de lui faire part d'une remarque ou d'un commentaire. Et puis, comme elle était venue, elle disparaissait et retournait s'occuper des autres.

Claude Potherby assista à la messe, à la mise en terre et à la réception. Connaissant l'affection qu'il avait toujours éprouvée pour Lavinia, Ryder lui avait envoyé un billet signé de sa main pour l'inviter à la cérémonie. Potherby était venu, mais il avait quitté la réception dès qu'il l'avait pu. Le rôle de confident qu'il jouait auprès de Lavinia était connu de tous.

Et Potherby semblait un homme brisé. Il avait pris dix ans en une semaine. Profitant d'un moment seul à seul avec Ryder, il lui demanda si Lavinia s'était suicidée. Quand Ryder lui avait assuré qu'il s'agissait d'un accident, et qu'elle était morte en tentant d'échapper à la justice, Potherby avait hoché la tête et s'était mis à réfléchir.

— Ce n'est pas cela qu'elle aurait choisi, mais cette fin... a peut-être été la meilleure fin possible.

Au bout d'un moment, il avait ajouté :

— Pour elle comme pour moi.

Et puis, en regardant Ryder, Potherby avait mis fin à leur conversation en prononçant ces quelques mots équivoques :

— Il est temps que je tourne la page.

Avec une évidente sincérité, il avait ensuite souhaité beaucoup de bonheur à Ryder, Mary et tous les Cavanaugh, puis il avait pris congé.

En repensant à cette conversation, Ryder ne put que se ranger à l'avis de Potherby. Il était temps pour tous de tourner la page.

Et d'ailleurs, en contemplant toutes ces personnes rassemblées dans le salon du manoir, il eut l'impression qu'il suivait enfin la voie que son père lui avait demandé d'emprunter. Pour les Cavanaugh, son règne serait placé sous le signe de la reconstruction. Et il ne manquait pas d'exemples pour l'aider dans cette tâche ardue.

Ils étaient tous là. Devil et Honoria, ainsi que Lord Arthur et Lady Louise, venus de Londres pour représenter la famille Cynster. Mary l'avait regardé avec étonnement quand il lui avait demandé si le reste de la famille serait présent, comme si la réponse était si évidente que la question ne méritait pas d'être posée.

Toute sa famille proche était là : Simon et Portia, Henrietta et James, Amanda et Martin, Amelia et Luc.

À la surprise de Ryder, Helena, la duchesse douairière de Saint-Ives, la matriarche du clan Cynster, et sa grande amie Lady Therese Osbaldestone étaient arrivées avec Devil et Honoria. Lady Osbaldestone l'avait inspecté minutieusement de la tête aux pieds, avant de lui dire qu'être l'époux de Mary lui allait bien, et qu'il pourrait convenir. Cela commençait mal... Mais, quelques minutes plus tard, Helena lui avait tapoté la joue, lui avait dit qu'il était un bon garçon et qu'il ne devait pas s'inquiéter, que tout se passerait bien.

Il n'avait pas bien su comment le prendre.

Un peu plus tard encore, quand il avait fait part de ces remarques à Mary afin qu'elle l'aide à les comprendre, elle lui avait dit que Helena était réputée pour la perspicacité de son jugement et qu'il devait s'estimer heureux qu'elle ne soit pas entrée dans les détails.

Il n'avait pas mieux compris, et cela ne l'avait pas rassuré.

Pourtant, en ce qui concernait la famille, il n'avait aucune hésitation. Il reconnaissait la force et la puissance que possédaient les Cynster. Cette solidité à toute épreuve était le résultat d'une cohésion sans faille observée depuis des générations, il n'en doutait pas. Et, puisque la lignée principale des Cavanaugh était réduite à lui-même et à ses demi-frères et sœur, le chemin menant à l'avenir qu'il voulait créer semblait tout tracé.

Toutes les horloges de la maison venaient de sonner trois coups quand Mary le rejoignit, passa son bras sous le sien et l'orienta vers la porte.

— Il est temps que nous accompagnions nos invités vers la sortie.

Posant sa main sur celle de Mary, il acquiesça, ravi d'obéir.

Naturellement, tout le monde les suivit.

Malgré les tristes circonstances, les invités partirent avec le sourire. Au bout d'une demi-heure, tous les convives les avaient quittés, et Mary conduisit Ryder vers la bibliothèque, où s'étaient retirés ceux qui restaient dormir au manoir.

Mary s'arrêta dans le hall pour s'entretenir avec Forsythe et Mrs Pritchard, qui attendaient leurs instructions. Les domestiques étaient déjà au salon et s'affairaient pour remettre la pièce en état. Après avoir donné ses ordres, Mary évoqua le dîner.

— Comme je le pensais, nous serons quatorze à table.

— Très bien, madame, répondit Forsythe. Le dîner sera servi dans la salle à manger d'apparat, alors.

Mary hésita avant de finir par acquiescer.

— Oui, ce sera l'occasion d'utiliser cette pièce. Elle n'a encore jamais servi depuis que je suis ici.

Elle salua le majordome et la gouvernante, avant de se tourner vers Ryder, qui attendait patiemment à ses côtés. En reprenant son bras, elle déclara :

— Tout s'est bien passé, ne trouvez-vous pas ?

En se dirigeant vers la bibliothèque, il posa sa main sur la sienne.

— Extrêmement bien. Une page se tourne. Une autre s'ouvre.

— Exactement, répondit-elle, sans être surprise par sa manière de voir les choses.

— Alors, qui sera des nôtres ce soir ? Vous avez dit que nous serions quatorze à table.

— Oui, Devil et Honoria ont raccompagné Helena et Lady Osbaldestone à Londres. Il reste donc mes parents, mon frère, mes sœurs et leurs conjoints, et vos demi-frères et sœur.

— Parfait.

Comme elle lui adressait un regard interrogateur, il expliqua :

— Nous devons discuter de l'avenir de Stacie et de Godfrey, et j'aimerais solliciter l'avis de vos parents et de vos frère et sœurs.

Elle sourit tout en ouvrant la porte de la bibliothèque.

— Ne vous inquiétez pas. Vous n'aurez même pas besoin de demander, ils vous donneront leur avis, quoi qu'il arrive.

Et elle savait que Ryder leur en serait d'autant plus reconnaissant.

Ils vinrent s'asseoir avec les autres et, après avoir brièvement évoqué la journée écoulée, Mary orienta la conversation sur Stacie et Godfrey, plus particulièrement sur l'endroit où ils devaient désormais résider.

— Vous êtes les bienvenus ici quand vous le désirez. Mais où irez-vous à Londres ?

— Malheureusement, je n'ai aucune chambre supplémentaire, déplora Rand, qui possédait son propre logement.

— Moi non plus, renchérit Kit. Qui plus est, il faut que je déménage.

Ryder regarda Godfrey et Stacie.

— Vous pouvez revenir habiter à Raventhorne House si vous le souhaitez. La maison est largement assez grande, et Mary et moi n'y résiderons que pour la saison et pendant quelques semaines en automne.

Kit et Godfrey échangèrent un regard, avant que ce dernier prenne la parole.

— Nous pouvons essayer. Pour commencer en tout cas, et voir comment cela se passe.

Puis il sourit à Mary avant de poursuivre :

— Il se peut que Mary nous trouve trop envahissants ou qu'elle veuille que nous débarrassions le plancher pendant la saison, mais pour l'instant... nous serions ravis de pouvoir profiter de Raventhorne House.

Tapotant l'accoudoir de son fauteuil, Ryder enchaîna :

— Autre point : la maison de Chapel Street. Elle nous appartient. Souhaitez-vous que nous la gardions ou que nous la vendions ?

Les enfants de Lavinia furent tout à fait clairs à ce sujet : ils ne voulaient plus avoir affaire avec cette maison. Malgré cela, la discussion traîna en longueur, car on envisagea toutes les possibilités. Quelqu'un proposa de la louer. Mais, étant donné les coûts d'entretien que cela entraînerait, l'opération ne serait sans doute pas rentable. Finalement, tout le monde opta donc pour la vente. Ryder apprécia les remarques justes et pertinentes de Lord Arthur, de Louise, des jumelles et de leurs époux. Il inclina la tête.

— La question est réglée, alors. Je vais en informer Montague.

— Parfait, intervint Mary, qui se tourna vers la jeune sœur de son époux. Il nous reste donc à parler de Stacie.

Elle lui sourit avec bienveillance.

— Comme je l'ai dit tout à l'heure, vous serez toujours la bienvenue chez nous. Mais, comme Ryder l'a précisé, nous passerons la plupart de l'année ici, et je suppose que vous avez envie de résider à Londres davantage que quelques semaines par an.

Stacie fit la grimace.

— Eh bien, pour commencer, il faut que j'y retourne pour ranger mes affaires, surtout si la maison de Chapel Street est vendue. Et, même si cela ne me prendra pas plus d'une semaine, je suis invitée à plusieurs mariages et j'ai aussi accepté d'autres invitations...

Elle s'interrompit, puis ajouta d'une petite voix :

— Évidemment, je pourrais me décommander...

— Puis-je me permettre une suggestion ?

Tout sourires, Louise attendit que Ryder et Mary hochent la tête, avant de se tourner vers Stacie.

— Si cela vous tente, vous êtes la bienvenue chez nous dans notre maison d'Upper Brook Street. Mary et Henrietta sont parties toutes les deux, tout comme leurs sœurs et leur frère. Il n'y a plus qu'Arthur et moi. Nous avons donc toute la place qu'il faut pour vous accueillir. Et logiquement, je devrais être invitée à tous les événements auxquels vous avez prévu de vous rendre et je serais heureuse de faire office de chaperon pour vous, au moins jusqu'à ce que Mary soit de retour à Londres.

Louise regarda sa plus jeune fille en esquissant un sourire.

— Quand Mary sera là, nous pourrons sortir toutes les trois, jusqu'à ce qu'elle apprenne les rudiments du métier de chaperon, car je dois avouer que c'est un rôle qu'elle n'a pas encore été appelée à jouer.

Le reste de la famille se mit à rire. Fusèrent ensuite des commentaires, observations et anecdotes, certains gentiment moqueurs mais tous drôles et bon enfant.

Ryder écouta ces petites taquineries familiales. Il vit les yeux de Mary briller quand elle répondit à une pique de Luc par une réplique drôle et brillante, et vit ses demi-frères et sœur les observer avec une envie qui faisait écho à la sienne, comme s'ils voulaient comprendre et participer à ce type d'échanges.

C'était l'autre aspect de la famille. La chaleur, le soutien, la compréhension parfaite et l'acceptation inconditionnelle des différences et particularités de chacun. Chaque membre de la famille était respecté pour ce qu'il était, pour ce qu'il pouvait apporter aux autres, avec ses qualités et ses défauts, ses forces et ses passions. Chaque individu était traité avec une affection particulière qui faisait le ciment de la famille et lui conférait une puissance unique.

Force, chaleur et soutien étaient ce dont il devait s'inspirer pour les Cavanaugh.

Après avoir reçu l'assurance de chacun qu'elle ne serait un poids pour personne, Stacie accepta la proposition de Louise. La décision fut acceptée par tous, jeunes et moins jeunes.

Ils passèrent le reste de la journée et le début de la soirée ensemble, à discuter aimablement et à se découvrir des centres d'intérêt communs. Le petit groupe finit par se scinder en deux. Les femmes restèrent à la bibliothèque pour parler de mode et des derniers scandales londoniens. Les hommes, quant à eux, se livrèrent dans la salle de billard à un petit tournoi impromptu, pendant lequel s'affrontèrent les familles Cynster et Cavanaugh.

Aucune équipe ne gagna.

Le dîner, bien que servi avec les formes dans la salle à manger d'apparat, demeura très décontracté, comme la conclusion naturelle de ces quelques heures si agréablement passées ensemble. Après le porto et le brandy, les hommes rejoignirent les femmes au salon. Quand tout le monde regagna sa chambre une heure et demie plus tard, les moments sombres et tendus de la première partie de la journée avaient déjà été oubliés. Et tous, Ryder l'aurait juré, regardaient vers le futur.

Vers le futur proche, celui des jours à venir, mais aussi vers un futur plus lointain et vers tout ce que la vie devait encore leur apporter.

Mary s'arrêta en haut du grand escalier pour souhaiter bonne nuit à sa famille et à sa belle-famille, et pour s'assurer que tout le monde se souvenait bien de l'endroit où se trouvait sa chambre. Quand tous furent partis dans la bonne direction, elle sourit, se retourna et vit Ryder qui l'attendait.

Elle n'en fut pas surprise.

Elle glissa sa main dans la sienne et, ensemble, ils regagnèrent leurs appartements. Elle se sentait pleine d'entrain et d'allégresse. Elle avait envie de courir et de sautiller mais malheureusement, maintenant qu'elle était marquise, elle ne pouvait pas se le permettre.

Néanmoins elle pouvait sourire. Et, pendant que Ryder lui tenait la porte, elle lui adressa un sourire rayonnant. Puis elle attrapa sa main et l'entraîna dans sa propre chambre à coucher. Vers la chambre qu'il avait superbement décorée pour elle, mais qu'ils n'avaient pas encore étrennée.

Attrapant au passage un candélabre allumé, il obéit volontiers, comme il l'avait fait toute la journée, mais quand elle se retourna vers lui, il en profita pour lui demander :

— Êtes-vous sûre de vouloir dormir ici ?

— Oui, répondit-elle d'une voix ferme. Ce matin, nous avons enterré le passé. Cet après-midi, nous avons tiré un trait dessus. Et ce soir, nous avons entamé notre nouvelle vie. C'est très bien que nous dormions ici cette nuit. La première nuit de ce nouveau départ.

Il scruta ses yeux pour y découvrir certitude et détermination. Alors, il hocha la tête et esquissa un sourire.

— Comme d'habitude, vos désirs sont des ordres.

Elle eut un joli rire et se tourna pour retirer les épingles de ses cheveux.

Posant le candélabre, Ryder la regarda un moment, avant de se débarrasser de sa veste. Tout en réfléchissant à l'endroit où il allait la poser, il fit remarquer :

— J'espère seulement que nous n'allons pas créer la consternation demain matin quand Collier et Aggie trouveront mes appartements vides.

— Ils comprendront, j'en suis certaine. Personne n'imaginera que nous puissions avoir de nouveau disparu.

Puis elle lui présenta son dos.

— Pouvez-vous m'aider à ouvrir ma robe ?

Il posa sa veste sur le lit et s'exécuta. Puis, pendant qu'elle ôtait sa robe, il récupéra sa veste et la déposa sur une chaise. Après avoir quitté son veston, il s'attaqua à sa cravate et il l'avait à peine dénouée quand il entendit un froissement de tissu familier. Il leva les yeux juste à temps pour voir Mary, nue et si jolie, en train de se glisser sous les draps.

Il sourit, à la vue de ce spectacle brièvement aperçu autant qu'à l'idée de ce qui l'attendait dans ce lit. Ce lit qu'il avait choisi et paré en pensant à elle.

Ils n'étaient mariés que depuis trois semaines et pourtant ils avaient déjà des habitudes. Au début, la façon dont Mary semblait préférer qu'ils se déshabillent séparément l'avait étonné. Mais il avait compris ensuite qu'elle aimait en fait le regarder se dévêtir, qu'elle se dépêchait de retirer ses propres vêtements pour pouvoir s'allonger et le regarder, exactement comme elle venait de le faire.

Quand elle essayait de le déshabiller, souvent il posait ses mains sur elle, et Mary manquait ce spectacle. Elle ne voyait pas Ryder se révéler à elle, au sens propre comme au sens figuré.

Il ne précipita pas ses gestes. Au contraire, il prit tout son temps pour retirer sa cravate, la poser sur sa veste et son veston, retirer ses boutons de manchettes, déboutonner sa chemise.

Sous les couvertures, elle s'agitait.

Baissant la tête pour dissimuler son sourire, il se souvint qu'il mourait d'envie de lui demander quelque chose. Ce soir, le moment était peut-être venu. En retirant sa chemise, il regarda Mary et vit que ce n'était pas son visage qu'elle fixait.

— Je me demandais...

Il attendit que le regard et l'attention de Mary quittent son torse — à contrecœur sembla-t-il.

— S'il y avait quelque chose que vous vouliez me dire. Quelque chose que vous voudriez partager avec moi.

Elle le regarda dans les yeux pendant un moment puis, l'air faussement timide, elle souleva un sourcil.

— Quel genre de choses ?

Il ne répondit pas tout de suite. Il s'assit d'abord pour retirer ses chaussures et ses chaussettes. Puis il se releva et s'approcha lentement, tout en la regardant et en déboutonnant son pantalon.

Arrivé près du lit, il s'y agenouilla et continua d'avancer vers elle, à quatre pattes, jusqu'à ce que leurs visages se touchent presque.

— Je sais compter, vous savez.

Elle le regardait toujours dans les yeux, mais le corps de Mary se tendit, impatient et avide. Ses mains se crispèrent, mais elle les laissa où elles se trouvaient, sous son oreiller, pendant qu'elle réfléchissait.

Puis elle se décida et, levant lentement les bras, elle noua les mains autour de sa nuque. Elle s'y suspendit pour s'installer à son aise sous lui et sourit.

Elle lui adressa un regard triomphant.

— Oui, murmura-t-elle, avant d'embrasser doucement son menton. Je crois que je suis enceinte.

Elle effleura brièvement ses lèvres, puis recommença à susurrer :

— J'attends votre héritier.

Ils s'embrassèrent, poussés l'un vers l'autre par une émotion partagée.

Puis elle se déroba à son baiser, les lèvres légèrement gonflées, le regard brûlant de désir, et désigna d'un geste impérieux son pantalon.

Alors qu'il l'ôtait, elle précisa :

— Bien sûr, il pourrait s'agir d'une fille.

— Cela m'est égal.

Nu, il se glissa sous les couvertures. Elle était là, avec sa peau soyeuse et tendue, ses courbes subtiles, à attendre qu'il la prenne dans ses bras. Il s'installa au-dessus d'elle en s'appuyant sur les coudes et vit son regard sceptique. Il sourit, l'embrassa sur le bout du nez.

— C'est la vérité, insista-t-il. Cela m'est totalement égal. Fille ou garçon, cet enfant sera le premier bourgeon de notre arbre généalogique.

Elle sourit, puis se mit à rire. Elle l'attira à elle et leurs désirs, en même temps que leurs lèvres, se rencontrèrent, se mêlèrent et se fondirent.

Et avec joie, le cœur grand ouvert, en communion spirituelle et charnelle, ils s'abandonnèrent à ce qui les attendait. Ils s'abandonnèrent à la puissance, à la passion et à l'amour solide et indéfectible qui les liait désormais l'un à l'autre.

Leur futur était clair, leur chemin tout tracé. Ils n'avaient qu'un seul but et qu'un seul désir, auquel ils étaient tout dévoués. Un désir qu'ils poursuivaient avec ardeur.

Ils n'avaient ni l'un ni l'autre besoin d'y penser, ni de le formuler avec des mots. Il faisait corps avec eux, était inscrit au fer rouge à même leur âme.

Ils créeraient une famille à eux.

Ils empliraient leur maison d'enfants et feraient en sorte d'être imités par les frères et sœur de Ryder, pour construire un réseau d'oncles, de tantes, de cousins et de cousines, et de former ainsi les branches et les ramifications d'un arbre généalogique sain et vigoureux.

Ils redonneraient vie aux Cavanaugh.

Portés par des sensations cataclysmiques, ils coururent, puis s'envolèrent, avant de retomber en tourbillonnant dans le vide.

Les doigts enlacés, au moment où leurs cœurs battaient à l'unisson, ils prirent une grande inspiration puis, sous leurs paupières lourdes, se regardèrent dans les yeux.

Ils accompliraient tout cela. Et même plus.

Alors que leurs souffles se mêlaient, ils s'accrochèrent à ce moment, à la promesse que chacun lisait dans les yeux de l'autre. Puis leurs lèvres s'effleurèrent et se scellèrent, comme pour formuler un vœu muet. Ensemble, ils possédaient tant de force, tant de passion. Sans mal, ils pourraient se dévouer à leur tâche.

À leur famille. Pour toujours.

Il n'y avait pas de but plus élevé ni plus gratifiant.

Épilogue

Août 1837
Somersham Place, Cambridgeshire

Les Cynster se rassemblèrent cet été-là, comme ils le faisaient depuis dix-sept ans, pour célébrer les événements heureux de l'année écoulée : les mariages, les alliances et les naissances — surtout les naissances. Pour rendre grâce d'être une famille si grande, si heureuse et si unie.

Honoria, la duchesse de Saint-Ives, hôtesse et instigatrice de l'événement, se tenait sur le perron de sa demeure et contemplait les petits êtres qui jouaient dans les jardins avec une profonde satisfaction.

— Pour la première fois depuis très longtemps — depuis le triple mariage de 1829 me semble-t-il —, personne ne manque à l'appel.

Patience Cynster, qui se tenait aux côtés de Honoria, sourit.

— Vous pouvez remercier Henrietta, et Mary surtout. C'est comme si elles avaient tout calculé à la perfection. Avec deux mariages si rapprochés, la mort du roi et l'accès au trône de Victoria, tous ceux qui étaient venus de loin pour assister aux mariages en ont profité pour rester jusqu'à la fête d'aujourd'hui.

— C'est vrai, renchérit Catriona, qui les rejoignait sur le perron en même temps que Phyllida et Alathea. Moi-même je n'avais pas prévu de rester à Londres si longtemps, mais je suis ravie que Ryder et Mary nous aient donné une occasion de prolonger notre séjour. Sans cela, nous serions rentrés chez nous, en Écosse, mais dès que Richard aurait appris la mort du roi il aurait voulu retourner à Londres. Nous avons donc fait l'économie d'un voyage long et éprouvant.

Flick, qui s'était penchée au-dessus de la balustrade pour réprimander l'un de ses fils, se redressa. Elle rejoignit les autres et, en regardant la horde d'enfants, soupira de contentement.

— Il y en a un peu plus chaque année. Qui aurait cru, lors de ce premier rassemblement, durant l'été 1820, qu'ensemble nous créerions une famille aussi vaste ?

— Je suis pratiquement certaine que si nos maris étaient à nos côtés, reprit Honoria avec une petite moue à la fois blasée et amusée, ils s'en attribueraient tout le mérite et considéreraient que nous n'avons rien fait que de très normal.

Les autres se mirent à rire.

— Où se trouvent-ils, d'ailleurs ?

Comme les autres, Catriona cherchait instinctivement celui des Cynster qui avait toujours aimanté son regard.

— Je les ai vus se diriger vers les écuries, répondit Flick d'une voix résignée. Demon a insisté pour montrer sa dernière acquisition, et bien sûr les autres sont censés regarder avec admiration et envie, et se renseigner sur la progéniture à venir.

Toutes les femmes sourirent avec bienveillance et complicité. Pendant plusieurs minutes, elles regardèrent en silence leurs enfants, fières de les voir grandir.

— Je dois dire, dit Phyllida en appuyant une hanche contre la balustrade, que même si ma maison du Devon me manque je n'aurais pour rien au monde manqué la réunion familiale de cette année. On dirait vraiment que c'est la fin d'une ère, et qu'une autre est en train de s'ouvrir lentement.

— Hmm, répondit Alathea, qui regardait un groupe de jeunes enfants en train de jouer aux osselets au pied des marches. Gabriel a entendu dire, par l'une de ses sources au palais, que la cérémonie de couronnement n'aurait pas lieu avant le milieu de l'année prochaine. Il nous faudra donc patienter un peu avant que le changement s'amorce vraiment.

— D'un point de vue social comme politique, ajouta Honoria en levant un sourcil. Et familial, si possible.

Patience hocha la tête.

— C'est bien la fin d'une génération, n'est-ce pas ? Mary était la dernière à marier.

— C'est vrai, répondit Catriona. Nous allons devoir attendre une dizaine d'années avant que la prochaine vague de mariages commence. Mais en attendant, les naissances vont se poursuivre, et nous devrons fêter chacune comme nous l'avons toujours fait.

— Et comme nous le ferons toujours, appuya Alathea. Les rois, les hommes politiques et même les mœurs sont voués à changer ou à disparaître, mais la famille ne mourra jamais.

— Celle-ci en tout cas, constata Honoria. Et, étant donné que nous tenons son avenir entre nos mains, je n'ai aucun doute quant à sa pérennité.

Elles rirent mais, au-delà de leur amusement, elles étaient toutes déterminées, et aucune d'entre elles ne l'ignorait. Quand il était question de la famille, elles étaient toutes là pour se serrer les coudes. Elles étaient prêtes à s'investir pour les générations futures, quel qu'en soit le coût.

Tout naturellement, elles se mirent à descendre les marches du perron et s'éparpillèrent dans les jardins.

La dernière à descendre fut Honoria. En souriant, elle regarda les autres se mêler aux enfants tout en cherchant du regard les leurs, pour les surveiller. Chaque couple présent avait eu des enfants, souvent plusieurs, ce qu'attestait la présence massive de cousins issus de la seconde génération.

Elle se dirigea vers le banc où était assise sa belle-mère Helena, que tous considéraient comme la matriarche du clan. En voyant qu'elle tenait sur ses genoux Persephone, la dernière-née de Portia et Simon, Honoria ne put s'empêcher de sourire, attendrie. Le bébé, qui n'avait que quelques mois, se tortillait et agitait ses petits poings en l'air.

Helena leva les yeux quand Honoria approcha. Elle lui adressa son charmant sourire, avant de promener ses beaux yeux verts autour d'elle.

— Combien sommes-nous ? Le savez-vous ?

— J'ai compté, répondit Honoria en riant. Je ne sais pas si vous me croirez, mais nous sommes soixante-dix-neuf.

Lady Therese Osbaldestone, qui était partie se promener, revint juste à temps pour entendre la réponse de Honoria. En s'asseyant à l'autre bout du banc, elle protesta :

— Mais vous, les Cynster, avez été aidés. Vous avez avec vous les Carmathen, les Kirkpatrick, sans compter les Anstruther-Wetherby, les Ashford, les Tallent, les Morwellan, les Caxton, et aussi les Adair.

— C'est vrai, répondit Honoria en se tournant vers la foule. Mais tous nous sont liés et sont liés entre eux d'une façon ou d'une autre. Et c'est comme cela que les choses fonctionnent, non ? L'amitié qui se noue entre nos enfants lors de réunions comme celle-ci ne disparaîtra jamais.

Lady Osbaldestone et Helena acquiescèrent de concert.

— Vous avez tout à fait raison, déclara Helena. C'est ainsi que les choses fonctionnent. Et c'est grâce à vous et aux autres femmes de votre génération que notre famille est devenue si solide.

Elle s'interrompit avant d'avouer, avec une mélancolie qui ne lui était pas coutumière :

— J'aimerais que Sebastian soit encore en vie pour voir cela. Il aurait été si fier.

— En même temps, ajouta Lady Osbaldestone, cela n'aurait pas été pareil, et rien de tout cela ne serait peut-être arrivé s'il était encore en vie. Sylvester aurait été fait duc de Saint-Earith, ce qui n'est pas du tout la même chose que d'être duc de Saint-Ives, et tout se serait passé différemment, si vous voyez ce que je veux dire. Le destin prend et donne à sa guise. En vous prenant votre époux, il vous a donné ceci. Et je pense que Sebastian aurait trouvé ce marché équitable.

Helena rit doucement.

— Oh ! oui, vous avez sans doute raison. Il aurait vu tout cela comme son héritage.

Laissant les deux grandes dames échanger des commentaires

sur la jeune génération, Honoria, comme toute bonne hôtesse, s'apprêta à passer d'un groupe à l'autre.

Portant le nom de son grand-père, Sebastian, fils aîné de Honoria et marquis de Saint-Earith, était le plus âgé des cousins de la génération suivante. Il avait dix-huit ans et était en passe de devenir aussi irrésistible et beau que son père. Il se tenait au centre d'un groupe formé de jeunes hommes de seize ou dix-sept ans, tous de futurs gentlemen. Michael, le frère de Sebastian, en faisait partie lui aussi, tout comme Christopher et Gregory, les fils aînés de Vane et Patience, Marcus, l'aîné de Richard et Catriona, Justin, le fils de Gabriel et Alathea, et Aidan, le fils aîné de Lucifer et Phyllida. Ils devaient être en train de se raconter des histoires que Honoria préférait ne pas entendre.

Les hommes changeaient peu de génération en génération, constata-t-elle.

Heureusement, quelqu'un avait convaincu les plus jeunes — les adolescents de treize, quatorze et quinze ans — qu'aider leurs benjamins à jouer au cricket serait bien plus drôle que d'écouter leurs aînés leur emplir la tête avec leurs rêves de jeunes adultes. Nicholas, le fils aîné de Demon et Flick, Evan, le deuxième fils de Lucifer et Phyllida, Julius, l'aîné de Gyles et Francesca, et Gavin et Bryce, les pupilles de Dominic et Angelica, supervisaient activement la partie opposant les onze garçons de neuf, dix et onze ans.

Flick, la plus sportive des mères, et la seule à comprendre les règles du cricket, surveillait la troupe. Elle vint néanmoins rejoindre Honoria.

Passant en revue les noms, les visages et les âges, cette dernière sourit.

— 1826 a été une bonne année pour les garçons. Huit sont nés cette année-là.

— Il n'y a pas eu de filles, n'est-ce pas ?

— Non, pas cette année-là. Mais nous en avons eu cinq l'année suivante, et deux encore l'année d'après qui n'a vu naître aucun garçon.

— Hmm... Au fait, si vous vous demandez où se trouvent nos

jeunes demoiselles — et Flick fit un signe de tête en direction du mur du jardin —, je crois qu'elles sont allées échanger des secrets dans la roseraie.

Honoria sourit.

— J'aurais dû m'en douter. Avez-vous vu lesquelles étaient parties par là ?

— Seulement Lucilla, ma Prudence et Antonia. Concernant les autres… Il semblerait que votre fille suive votre voie. Je crois l'avoir vue à la tête d'un grand groupe de cousines, qu'elle a emmenées s'asseoir dans l'herbe sous les chênes.

— Connaissant Louisa, fit remarquer Honoria en fronçant les sourcils, je ferais mieux d'aller vérifier qu'elles y sont toujours et de m'assurer qu'elle ne les a pas toutes embarquées dans une aventure dont elle seule a le secret.

En riant, Flick acquiesça, et elles se séparèrent. Cette dernière partit se promener sous les arbres, en s'arrêtant de temps à autre pour discuter, sans jamais cesser de surveiller les garçons, pendant que Honoria continuait d'aller d'un groupe à l'autre.

Elle passa suffisamment près de l'entrée de la roseraie pour apercevoir les trois jeunes filles assises sur un banc tout au bout de l'allée centrale. Sous le soleil, les cheveux roux de Lucilla flamboyaient. La blonde Prudence, la fille aînée de Demon et Flick, se trouvait à droite de Lucilla. La brune Antonia, première-née de Gyles et Francesca, était quant à elle assise à sa gauche. Lucilla avait dix-sept ans et ses deux cousines seize. Elles formaient un tableau touchant. Honoria le remarqua, tout comme elle remarqua leur façon très expressive de parler, en agitant les mains. Elle sourit et passa son chemin pour ne pas les déranger.

Quand elle parvint à la rangée de chênes qui bordaient l'extrémité la plus éloignée de la pelouse, vingt bonnes minutes s'étaient écoulées. Elle fut soulagée de constater que les filles étaient toujours sagement assises dans l'herbe. Avec leurs robes pastel, on aurait dit des petites fleurs disséminées sur le gazon.

Honoria compta et vérifia que les douze fillettes qui avaient entre neuf et quatorze ans se trouvaient bien là. Même si elles étaient assises en cercle, il ne faisait aucun doute que leur meneuse était bien Louisa, sa propre fille qui, du haut de ses quatorze ans, était en passe de devenir le pire cauchemar de son père.

Louisa était la version féminine de Devil à bien des égards. Insolemment intelligente, l'esprit vif, et douée pour commander, elle possédait les yeux vert pâle de Devil et de Helena mais, d'après Honoria, elle était encore plus volontaire et têtue que son père et sa grand-mère.

Comme d'habitude, en regardant sa fille, Honoria ne put s'empêcher de sourire. Elle était fière. Et ce n'était pas tout à fait la même fierté que celle qu'elle éprouvait avec Sebastian et Michael.

Honoria fit demi-tour et quitta les zones ombragées du gazon pour revenir à l'endroit où se trouvaient la plupart des convives.

Elle s'arrêta pour discuter avec Francesca et Priscilla, et admira avec elles Jordan, le dernier-né de Dillon et Priscilla, qui n'avait que quelques semaines et qui dormait, blotti dans les bras de sa mère. Puis elle passa quelques minutes avec Sarah et Charlie, et admira leur petite Celia, qui réussissait presque à se tenir assise sur les genoux de son père, incapable de cacher sa fierté. Les hommes commençaient à revenir des écuries et à rejoindre leurs épouses.

Les onze enfants — garçons et filles — qui avaient entre six et huit ans, étaient engagés dans une partie de chat endiablée, zigzaguant entre leurs aînés qui faisaient attention à ces petites silhouettes jaillissant ici et là sans prévenir. Cette activité était devenue une tradition et, de façon étrange mais heureuse, personne ne s'était jamais fait mal.

Les plus jeunes, âgés de cinq ans ou moins, étaient confiés à leurs nurses. Ces dernières s'étaient toutes rassemblées dans un coin de la pelouse avec les enfants dont elles avaient la charge. Des cubes, des anneaux et une infinité d'autres jouets étaient dispersés sur l'herbe tandis que les petits se promenaient de manière maladroite et que les bébés rampaient en babillant et en riant.

N'ayant aucune crainte à leur sujet, Honoria se contenta de

les observer de loin. En comptant ceux qui se trouvaient dans les bras de leurs parents, les plus jeunes étaient vingt-cinq. Un nombre plus qu'honorable.

Elle passa son chemin en souriant et remarqua deux hommes seuls, qui semblaient ne pas avoir retrouvé leurs épouses. James Glossup et Ryder Cavanaugh avaient l'air vaguement perdus, mais Luc et Martin les rejoignirent, suivis de Portia, qui avait laissé la petite Persephone dans les bras de sa grand-mère. Tous les trois expliquèrent à James et Ryder pourquoi ils ne trouvaient pas Henrietta et Mary.

En effet, tous les ans, Amanda, Amelia, Simon, Henrietta et Mary s'éclipsaient quelques minutes pour aller se recueillir sur la tombe de Tolly.

Ils y allaient toujours sans leurs conjoints, car aucun d'entre eux n'était marié à la mort de Tolly.

Honoria s'arrêta. Elle se souvint de ce coup de feu. Après toutes ces années, elle l'entendait encore comme s'il avait été tiré la veille. Ce coup de feu avait pris la vie de Tolly et précipité Devil et elle dans les bras l'un de l'autre. C'était ainsi que tout avait commencé.

En regardant autour d'elle, elle vit tous ceux qui étaient réunis, elle vit leur nombre, leur force, les liens indéfectibles qui les rapprochaient tous et, comme tous les ans, elle rendit grâce à Tolly. Si les Cynster étaient devenus ce qu'ils étaient aujourd'hui, c'était en partie grâce à lui. Grâce à son sacrifice.

C'était grâce à son sacrifice qu'ils étaient devenus une famille, avec tous les aspects que cela comportait. Dans la souffrance et dans la peine, aussi bien que dans la chaleur, dans la joie et dans l'émerveillement.

Après quelques minutes de recueillement, Honoria retrouva son sourire et reprit son chemin.

Dix minutes plus tard, Mary réapparut comme par enchantement aux côtés de Ryder. Quand il lui adressa un regard interrogateur, elle passa son bras sous le sien.

— Je vous expliquerai plus tard, dit-elle.

Il sourit tendrement.

— Pas besoin.

Il inclina la tête vers Portia, que venait de rejoindre Simon tandis que, à côté de Mary, Henrietta avait rejoint James.

— Portia me l'a dit.

Mary eut un sourire un peu mélancolique, puis elle prit une grande inspiration et se tourna vers les autres.

Comme d'un commun accord, ils reprirent leur conversation, et discutèrent de la famille et des divers événements qui émaillaient la vie des uns et des autres. Le voyage de noces dont venaient de rentrer Henrietta et James leur fournit un bon point de départ.

— L'Italie est un pays merveilleux ! commença Henrietta, enthousiaste.

— Beaucoup de vieilles ruines, que Henrietta a toutes voulu voir, fit James avec un sourire ironique. Rendez-vous compte, la plupart des statues étaient... fascinantes.

Les autres se mirent à rire, puis un cri plaintif interrompit la conversation et Portia, inquiète, regarda autour d'elle.

— Oh ! grand Dieu ! s'exclama-t-elle en tapant sur l'épaule de Simon. Allez tirer la pauvre Milly des griffes de votre fils. Il se calmera si c'est vous qui le grondez.

— *Mon* fils ?

Mais Simon se tournait déjà vers le petit groupe des nurses.

— Pourquoi est-il toujours mon fils quand il n'est pas sage ?

— Parce que, moi, je suis la sagesse même, et qu'il faut bien qu'il tienne de quelqu'un.

Portia le poussa gentiment dans le dos, mais adressa un petit signe aux autres avant de lui emboîter le pas.

Les quatre autres se retrouvèrent seuls, à s'observer... Au bout d'un moment, chaque couple échangea un regard. Puis Henrietta se tourna vers Mary, au moment où Mary se tournait vers elle.

— Nous attendons...

Elles avaient parlé en même temps.

Elles clignèrent toutes les deux des yeux, et un immense sourire éclaira leurs visages.

Henrietta poussa un petit cri et serra Mary dans ses bras.

Elles s'étreignirent avec émotion.

— Pour quand ?

— Pour mars ! Et chez vous ?

— Mars aussi !

James et Ryder, aussi souriants l'un que l'autre, se serrèrent la main et se tapèrent sur l'épaule.

— Nous ne l'avons dit à personne d'autre, avoua Ryder.

— Nous non plus, fit James, avant de regarder autour de lui. Nous avons pensé que cela pouvait attendre quelques mois.

— Sage décision, commenta Ryder. Nous nous sommes dit la même chose.

Épaule contre épaule, les hommes regardèrent fièrement leurs épouses en train de discuter sans fin.

— Ce n'est pas évident de s'habituer à l'idée d'avoir un enfant dans sa vie, déclara James.

— C'est vrai, acquiesça Ryder. Mais cette attente nous comble au plus haut point.

— Oui, répondit James en riant. C'est une idée à la fois terrifiante et merveilleuse.

Un peu plus tard, après avoir quitté Henrietta et James en leur promettant de garder leur secret, Ryder demanda à Mary :

— Aimeriez-vous partir en voyage de noces, vous aussi ?

Elle réfléchit un long moment, avant de secouer la tête.

— Avant le mois de mars, j'aimerais régler plusieurs choses au manoir, dans vos autres propriétés et à Londres. Je préférerais m'y consacrer pleinement avant d'aller explorer des terres inconnues. Quand nos enfants auront grandi, peut-être...

L'air décidé, elle ajouta :

— En revanche, il faut vraiment que je fasse une suggestion à maman. Quand nous nous installerons à Londres et que Stacie vivra avec nous, mes parents ne devraient pas se priver de voyager et de découvrir le monde.

Ryder fit une légère moue dubitative.

— À moins que votre mère en ait réellement envie et qu'elle sache le convaincre, je ne suis pas certain que votre père accepterait de quitter l'Angleterre.

— Vous avez raison, répondit Mary avec une petite moue contrariée.

Au bout d'un moment, elle se rapprocha de lui.

— J'ai pensé... En plus du pique-nique que j'ai eu l'idée de faire coïncider avec le début de la moisson, puisque nous sommes à la tête de la famille Cavanaugh, nous devrions organiser des rassemblements comme celui-ci. Pas seulement avec vos demi-frères et sœur mais aussi avec tous vos parents éloignés. Comme ici. Cela aide...

— À rendre les gens solidaires les uns des autres, compléta-t-il. À renforcer leurs valeurs communes.

— Et à souligner l'importance de cette communauté de valeurs, précisa-t-elle. Alors, qu'en dites-vous ?

Ryder sourit.

— Faites, ma chère épouse, faites. Vous avez ma bénédiction.

— Merveilleux ! s'exclama Mary, déjà pleine d'enthousiasme et d'impatience.

Un quart d'heure plus tard, Mary retrouva Henrietta près du chariot à thé. Une fois leurs tasses remplies par Webster, elles allèrent s'installer à l'ombre d'un grand chêne pour les boire.

Elles parlaient de leurs grossesses quand Lucilla passa non loin d'elles.

— Lucilla ! appela Mary, surprise.

Pendant que Lucilla approchait, Henrietta prit un air surpris à son tour. Elle regarda Mary.

— Tu lui as bien donné le collier, n'est-ce pas ? Le soir de tes fiançailles ?

— Oui, bien sûr. Pourquoi ne le portes-tu pas, Lucilla ?

Lucilla fronça les sourcils, mais répondit tout de suite.

— Parce que le moment n'est pas encore venu, et... apparemment l'endroit ne convient pas non plus.

Regardant Mary et Henrietta, elle grimaça légèrement et haussa les épaules.

— Vous savez ce que c'est, vous êtes passées par là. Je ne connais pas les détails. Je sais juste que je dois attendre.

Quelqu'un l'appela. Elle se retourna puis, après avoir adressé un petit signe de la main aux deux sœurs, elle les quitta et disparut dans la foule.

— Le moins qu'on puisse dire, fit Mary après une gorgée de thé, c'est que je n'ai pas eu sa sagesse.

— C'est certain, répondit Henrietta en éclatant de rire.

Après avoir fini leur thé, les deux sœurs allèrent reposer leurs tasses là où elles les avaient prises. Elles s'embrassèrent chaleureusement, puis se séparèrent pour aller rejoindre le héros que la Lady avait attribué à chacune.

Pendant ce temps, Lucilla retrouvait son frère jumeau, Marcus, qui venait de la héler. C'étaient une voix et un appel qu'elle entendrait toujours, et auxquels elle répondrait toujours, malgré les distractions, malgré la distance.

— Qu'y a-t-il ? demanda-t-elle en plongeant dans ce regard bleu sombre qui ressemblait tant à celui de leur père.

D'un signe de tête, il l'entraîna à l'écart. À l'origine, les cheveux de Marcus étaient aussi roux que les siens mais, tandis qu'elle avait conservé sa couleur flamboyante, il avait bruni, et désormais sa chevelure était presque noire.

— Nous nous demandions avec les garçons si toi et les autres filles aviez envie de venir faire un tour avec nous près du lac.

— Pourquoi ?

Marcus regarda brièvement en direction de ses aînés.

— Sebastian a proposé que nous commencions à faire des projets pour la fin d'année, et nous étions tous d'accord. Lui et ses frères aimeraient venir passer Noël chez nous en Écosse, et c'est vrai que cela fait des années que nous n'avons eu personne pour les fêtes. Évidemment, il faudra convaincre nos aînés mais si vous, les filles, étiez d'accord, nous pourrions discuter de la stratégie à adopter pour y parvenir.

Lucilla réfléchit et trouva l'idée excellente.

— Très bien, acquiesça-t-elle. Je vais aller chercher Prudence et Antonia. Nous vous retrouverons au pavillon d'été. Nous pourrons partir de là.

— N'hésite pas à en parler à d'autres aussi. À Therese et à Juliet, au moins. Et bien sûr, si nous voulons réussir...

— Nous aurons besoin de Louisa, termina Lucilla. C'est elle que je vais aller trouver en premier. Elle se chargera ensuite d'enrôler les autres.

Sans rien se dire de plus — malgré les années, ils continuaient à se comprendre de façon instinctive —, les jumeaux se séparèrent. Lucilla cherchait déjà Louisa du regard tandis que Marcus rejoignait les garçons de son âge.

Cinq minutes plus tard, Devil rejoignit sa femme près des marches du perron. Tous deux avaient les yeux fixés sur les jeunes gens qui étaient en train de se rassembler devant le pavillon d'été.

— Que font-ils ? Le savez-vous ?

Elle frissonna délicieusement, car son mari lui faisait toujours cet effet, avant de répondre :

— Je ne sais pas trop. Mais, étant donné que nos trois enfants sont là-bas, et que Louisa semble jouer un rôle actif dans ce petit rassemblement, je pense que nous le saurons bien assez tôt.

Ils regardèrent le groupe se former, puis se mettre en marche en direction du lac.

Prenant la main de Honoria, Devil déclara :

— Ils grandissent. Dans un an, Sebastian entrera à Oxford. Et l'année suivante, Michael le rejoindra, sans doute avec Christopher et Marcus.

Honoria leva les yeux vers le visage aux traits découpés de Devil, un visage de guerrier qui avait peu changé avec les années. Et elle pensa à ses fils, surtout à leur aîné, qui ressemblaient tant à leur père.

— Avez-vous réfléchi à ce que fera Sebastian durant cette première année, sans la compagnie des autres ?

— Occuper son temps ne lui sera pas difficile. Il a encore beaucoup à apprendre sur la façon de diriger un duché.

Il regarda sa femme, avant d'ajouter :

— Et sur la façon de diriger une famille ducale.

Honoria sourit.

— Cela, il n'aura pas besoin de l'apprendre. Sa femme s'en

chargera. Et, jusqu'à ce qu'il se marie, Louisa sera là, ne demandant qu'à prendre les rênes du pouvoir.

— C'est vrai. Mais il faut justement qu'il apprenne à reconnaître le rôle que doivent jouer les femmes, et ce qu'elles ont à apporter à la famille.

Devant le regard reconnaissant et flatteur de son mari, Honoria ne put rien répondre, tant elle était émue.

Devil s'en rendit sans doute compte et, toujours délicat, il détourna les yeux.

Soulagée, elle reprit son souffle, puis passa son bras sous le sien, et ensemble ils descendirent les marches.

Ils se promenèrent parmi leurs invités, leur famille, leurs amis proches, échangeant des commentaires et partageant leurs vues et prévisions pour le futur.

Momentanément distraits par le spectacle de toute une petite troupe d'enfants en train de danser parmi les adultes, ils s'arrêtèrent au bout du jardin, non loin de l'endroit où les nurses s'occupaient des bébés. D'ici, ils pouvaient voir le match de cricket d'un côté et les fillettes occupées à confectionner des couronnes de fleurs de l'autre. Pendant ce temps, les plus grands revenaient de leur promenade.

Devil et Honoria les remarquèrent et les observèrent.

Ils virent les regards complices, l'énergie, la force et l'autorité naturelles.

En fier patriarche, Devil sourit.

— Ils sont notre futur, le futur de cette maison, la prochaine génération.

— C'est vrai, répondit Honoria en levant la tête. Ils sont forts et vigoureux, et ils connaissent la valeur de l'entraide et de l'amitié, et...

Comme elle ne finissait pas sa phrase, Devil inclina la tête et l'interrogea du regard.

— Et quoi ?

En souriant de façon mystérieuse, Honoria prit le bras de Devil.

— Et ils ont des projets, susurra-t-elle.

Le regard acéré, Devil les observa mieux.

— Est-ce une bonne chose ?

Elle tapota son bras et attendit qu'il la regarde pour expliquer :

— Cela veut dire qu'ils vont de l'avant et qu'ils cherchent à prendre leur futur en main. Ce qui est très bien. Ce qui est même exactement ce qu'on leur demande.

Légèrement perplexe, il se laissa conduire de nouveau parmi les invités. Au bout d'un moment, il ne put s'empêcher de murmurer :

— Et quel sera notre rôle à nous, dans le futur ?

Honoria sourit tendrement et répondit :

— Notre rôle sera toujours de faire en sorte que les fondations restent solides comme le roc, et puis... nous devons apprendre à les laisser partir.

Elle savait que ce dernier point rencontrerait une certaine résistance chez son mari et ses pairs, car cela allait à l'encontre de leurs instincts premiers. Mais pourtant, c'était bien la prochaine bataille qu'ils allaient devoir livrer.

Toutefois, le duc de Saint-Ives finit par prendre une grande inspiration et demanda :

— Donc, d'après vous, tout va bien ?

En souriant toujours, la duchesse répondit :

— D'après moi, tout va parfaitement bien dans ce petit monde qu'est notre famille.